Oksa Pollock

Anne Plichota et Cendrine Wolf

Oksa Pollock

*

L'Inespérée

XO Editions

ISBN : 978-2-84563-460-2

Pour Zoé, la Petite Fée
et pour tous les Sauve-Qui-Peut, d'ici ou d'ailleurs

PROLOGUE

Un garçon aurait exclu toute possibilité. La moindre espérance se serait envolée…

Bouleversé, Pavel Pollock se leva avec une certaine rudesse et, pour cacher son trouble, se pencha sur le berceau dans lequel dormait une minuscule petite fille.

SA FILLE.

Celle sur qui tout allait reposer, il le savait et il en souffrait déjà. Une sombre inquiétude emplissait son cœur et pourtant ses yeux brillaient du bonheur d'être devenu père. Le regard perlé de larmes, il se tourna vers sa femme. Marie Pollock lui sourit. Parviendrait-il un jour à être moins anxieux ? Moins tourmenté ? Et cependant, au fond d'elle, elle devait reconnaître que c'est ainsi qu'elle l'aimait…

Tout à coup, un cri provenant du berceau les fit sursauter : la petite fille venait de se manifester avec une puissance étonnante. Les yeux grands ouverts, elle tentait de se redresser sur ses bras tout frêles et tout fripés. Mais malgré une farouche détermination, sa tête couverte de soyeuses mèches brunes retombait systématiquement sur l'oreiller. Son père s'approcha et, le cœur battant, entreprit de la prendre dans ses bras.

— Ça va comme ça ? Je ne suis pas trop maladroit ? Je ne lui fais pas mal ? demanda-t-il à sa femme, les sourcils froncés d'inquiétude.

— Ne t'inquiète pas, tu es parfait… lui répondit-elle avec légèreté. Tiens, regarde qui arrive ! Bonjour, Dragomira !

Tout ce que faisait la mère de Pavel se distinguait par une certaine exubérance et ce jour-là ne faisait pas exception : disparaissant derrière le bouquet de fleurs le plus fantastique qu'on ait jamais vu, Dragomira portait par ailleurs de volumineux sacs de toutes les couleurs remplis de cadeaux. Des sacs qu'elle lâcha dès qu'elle vit le bébé dans les bras de son fils.

– Oksa ! s'écria-t-elle. Te voilà réveillée, ma merveille ! Comme je suis heureuse, mes enfants ! lança-t-elle à l'intention de Marie et de Pavel en les embrassant tour à tour.

– Hum, je crois qu'il faut changer la couche... fit remarquer Pavel, affolé à l'idée que la tâche lui revienne.

– Je m'en occupe ! se précipita Dragomira. Si tu le permets, Marie, bien sûr... ajouta-t-elle en l'implorant du regard.

Quelques secondes plus tard, la petite Oksa frétillait sur la table à langer pendant que sa grand-mère se débattait avec la grenouillère. Pavel, à ses côtés, surveillait chaque geste avec une vigilance perceptible. Rien ne lui échappait.

– Oksa... Notre Inespérée... murmura Dragomira dans un souffle presque inaudible.

Pavel tressaillit. Une ombre obscurcit son visage contrarié. Il laissa sa mère finir de rhabiller le bébé, puis l'invita à le suivre dans le couloir de la maternité.

– Maman ! lança-t-il rageusement entre ses dents. Tu n'as pas pu t'en empêcher, c'est plus fort que toi ! Si tu crois que je ne t'ai pas entendue...

– Qu'as-tu entendu, mon cher Pavel ? demanda Dragomira en plongeant son regard bleu dans celui de son fils.

– Je sais ce que tu penses. Je sais ce que vous avez en tête, toi et les autres ! Mais votre espoir repose sur une probabilité qui n'a pas plus de valeur que du vent !

– Mais le vent peut s'avérer fort utile aux navires pour franchir les mers... répliqua Dragomira d'une voix sourde. Nous n'abandonnerons jamais l'espoir, Pavel, jamais...

– Tu n'emmèneras pas ma fille là-bas, martela Pavel en s'appuyant contre le mur. Je ne te laisserai pas faire, tu dois te mettre ça dans la tête ! Je suis son père et je veux que ma fille grandisse *normalement*. Le plus normalement possible... se reprit-il, les traits crispés.

Sans un mot, tous les deux se toisèrent dans le couloir de l'hôpital, ignorant les infirmières et les patientes en robe de chambre qui passaient à côté d'eux en observant à la dérobée cette femme et cet homme qui se défiaient, les dents serrées. Ils restèrent ainsi de longues minutes, concentrés sur le regard de l'autre, essayant de se convaincre mutuellement. Ce fut Dragomira qui rompit le silence tendu :

– Mon cher fils, je t'aime du fond de mon cœur, mais je te rappelle que, comme nous, tu es lié à notre Terre. Et que tu le veuilles ou non, Oksa l'est aussi… Tu ne peux rien contre cela. S'il existe une chance, même infime, de retourner chez nous, sois certain que nous la saisirons. Nous le devons à ceux qui sont restés et qui vivent sous l'emprise du Mal depuis le Grand Chaos !

– Ma chère maman, répliqua Pavel avec une animosité qu'il avait du mal à retenir, je te respecte, mais tu ignores de quoi je serais capable pour que ma fille reste en dehors de tout ça. Il faut oublier, il est trop tard maintenant. Tout est fini.

– J'ai peur que le destin ne soit plus fort que nous tous, Pavel, conclut Dragomira avec une fermeté qui la surprit elle-même. Nous aurons beau nous déchirer, c'est bel et bien lui qui décidera…

1

Mobilisation à tous les étages

Treize ans plus tard. Bigtoe Square. Londres.

Oksa se fraya un passage entre les cartons de déménagement pour rejoindre tant bien que mal la fenêtre de sa chambre. Elle tira le store et appuya son nez contre la vitre froide. D'un air incertain, elle tenta de fixer son attention sur l'agitation matinale qui régnait dans le square. Puis elle poussa un profond soupir.

– Bigtoe Square… Il va falloir que je m'habitue… murmura-t-elle, ses yeux gris ardoise perdus dans le vague.

La famille Pollock – première, deuxième et troisième génération – avait quitté Paris pour Londres quelques jours plus tôt sur ce qui ressemblait fort à un coup de tête de Pavel Pollock, le père d'Oksa. Après des heures de conciliabules dont Oksa avait été écartée, Pavel avait officiellement annoncé la nouvelle avec sa gravité coutumière : pendant dix ans, il avait occupé la place enviable de chef cuisinier dans un restaurant parisien réputé. Mais aujourd'hui il avait enfin la possibilité d'ouvrir son propre restaurant. À Londres. Ce *détail* avait été prononcé sur un ton presque anodin et, sur le coup, Oksa crut ne pas avoir bien compris.

– Tu veux dire… Londres… en Angleterre ? avait-elle demandé après quelques secondes d'hésitation.

Son père avait acquiescé et enchaîné en voyant son air stupéfait. Bien entendu, si sa femme et sa fille refusaient de déménager, il respecterait leur choix… Même si l'opportunité londonienne représentait une occasion rêvée.

– Une occasion qui ne se présente qu'une fois dans la vie d'un homme ! avait-il lourdement insisté.

Marie Pollock n'avait pas mis longtemps à réfléchir : son mari était très angoissé ces derniers temps et elle s'était dit qu'un changement radical serait certainement bénéfique à toute la famille. Quant à Oksa, avait-elle son mot à dire ? À treize ans, on ne pouvait décider de rien. Elle n'avait pas franchement envie de quitter Paris et encore moins sa grand-mère et son meilleur ami, Gus. Jamais elle ne pourrait vivre sans eux. Mais quand ses parents lui avaient précisé que Dragomira et la famille Bellanger les suivaient à Londres, Oksa avait bondi de joie. Tous ceux qu'elle aimait faisaient partie de l'aventure !

Après avoir observé distraitement la circulation autour du square, Oksa quitta la fenêtre et se retourna. Les mains sur les hanches, elle regarda autour d'elle en poussant un long sifflement.

– Pppffff... Quel bazar ! Il va falloir des mois pour déballer tout ça ! Galère...

Dans chaque pièce, des dizaines de cartons envahissaient le peu d'espace qui n'était pas déjà occupé par les meubles. Le logement était plus petit que celui de Paris, mais les Pollock avaient eu la chance inouïe de trouver une maison victorienne typiquement anglaise en brique rouge, avec un perron surélevé, un bow-window et une cour microscopique fermée par une grille en fer forgé laissant apparaître les fenêtres du sous-sol. Les deux premiers étages étaient occupés par Oksa et ses parents, le troisième par sa grand-mère Dragomira, qui avait toujours vécu avec eux, aussi loin qu'Oksa s'en souvienne.

Elle leva les yeux vers le plafond.

– Qu'est-ce que Baba est en train de fabriquer ? Elle saute à la corde ou quoi ? Bon, il faut peut-être que je me prépare si je ne veux pas être en retard, moi ! se reprit-elle en se dirigeant vers la penderie. Être en retard le jour de la rentrée, il ne manquerait vraiment plus que ça ! L'horreur to-ta-le...

À l'étage au-dessus où logeait Dragomira Pollock, l'atmosphère avait un caractère beaucoup moins ordinaire. Il régnait un désordre absolu dans le salon baroque drapé de tentures mordorées. La faute en revenait aux créatures magiques qui semblaient rivaliser de malice pour mettre la pagaille. De tout petits oiseaux dorés se révélaient d'actifs collaborateurs... Après de joyeux tours d'essai autour du lustre à pampilles, ils volaient furieusement en piqué comme des avions de chasse pour venir tourmenter une espèce de grosse pomme de terre frisée qui déambulait sur le tapis de laine pourpre.

– À bas la dictature des gastéropodes ! scandaient les oiseaux minuscules. Nous ne pouvons plus accepter de vivre sous le joug ! Luttons activement contre l'impérialisme mollusque, mes amis !

– Eh ! Je suis peut-être court sur pattes, mais je ne suis pas un mollusque ! Je suis un Gétorix ! Et j'ai une chevelure d'enfer, moi, répondit la créature en bombant son petit torse et en rejetant ladite chevelure sur le côté.

– Laaaaaarguez les bombes ! Vive la libération du peuple opprimé ! lancèrent les oiseaux en guise de réponse.

Et, sur ces paroles offensives, ils lâchèrent leurs dangereux obus, soit une dizaine de graines de tournesol qui rebondirent sur le dos du dénommé Gétorix.

– Tu parles d'un peuple opprimé… grommela ce dernier en récupérant les graines pour les croquer.

Les plantes, très sensibles à cette agitation, gigotaient frénétiquement dans leur pot en gémissant. Perchée sur un guéridon vieil or, l'une d'entre elles, plus nerveuse que les autres, avait laissé la totalité de son feuillage pendouiller le long de ses tiges et semblait frissonner.

– ÇA SUFFIT MAINTENANT ! hurla Dragomira. Regardez dans quel état de stress vous avez mis la Goranov !

La vieille dame rassembla son ample robe de velours violet et posa un genou à terre. Tout en fredonnant une douce mélodie, elle massa les feuilles de la plante terrorisée qui poussait des soupirs pathétiques.

– Si vous continuez comme ça, poursuivit-elle en fixant avec sévérité certains des fauteurs de troubles, je vais être obligée de vous envoyer en pension chez mon frère. Et vous savez ce que cela signifie : un TRÈS long trajet !

À ces mots, les créatures et les plantes se turent aussitôt, gardant à l'esprit le souvenir douloureux de leur dernier voyage, quand Dragomira avait entrepris ce déménagement précipité – et totalement absurde à leurs yeux. Car toutes avaient en horreur les moyens de locomotion. Train, bateau, avion, voiture : des inventions démoniaques destinées à vous renverser le cœur et l'estomac… Les oiseaux avaient vomi pendant presque tout le trajet et la chlorophylle des plantes avait tourné comme du lait périmé, manquant de les empoisonner.

– Allez, tous à l'atelier ! ordonna Dragomira. Je dois sortir, c'est la rentrée de ma petite-fille aujourd'hui. Mes Foldingots, venez m'aider, je vous prie !

Deux créatures insolites, vêtues de salopettes bleues, accoururent en clopinant. L'une était grassouillette avec un crâne couvert de duvet, l'autre filiforme surmontée d'un toupet jaune citron. Elles partageaient néanmoins certaines singularités : une petite taille – quatre-vingts centimètres –, une face potelée et d'immenses yeux bleus dans lesquels on lisait une bienveillance absolue.

– Les ordres de notre Gracieuse sont le plaisir éternel, vous avez la certitude de notre appui et de notre constance, lancèrent-elles avec le plus grand sérieux.

Dragomira se dirigea vers un énorme étui de contrebasse plaqué contre le mur au fond de la pièce. Elle l'ouvrit : il était vide. Elle posa la paume de sa main bien à plat sur le fond en bois. Aussitôt, l'arrière de l'étui s'ouvrit comme une porte. Dragomira se pencha et pénétra à l'intérieur pour accéder à l'escalier en colimaçon menant au grenier-atelier. À sa suite, les deux Foldingots prirent chacun une plante et entraînèrent les autres créatures, qui s'engagèrent à leur tour dans l'étrange passage. Une fois tout ce petit monde à l'intérieur de l'atelier, Dragomira ferma l'étui derrière elle.

2

Le clan Pollock

– Salut P'pa ! Salut M'man !

Assis à la table de la cuisine, Marie et Pavel Pollock levèrent en même temps le nez de leur tasse de thé fumant et demeurèrent bouche bée.

– Oui, je sais, soupira Oksa. Je suis méconnaissable…

– Ben… à part ta p'tite tête, effectivement ! dit son père en la dévisageant avec curiosité. J'ai du mal à croire qu'il s'agit de l'intrépide ninja que je connais. Mais je dois dire que ce changement de style est… charmant. Radical, mais charmant.

– Ça, pour être radical, c'est radical… marmonna Oksa.

Ses parents laissèrent échapper un rire en voyant sa mine dépitée. Elle tenta de leur lancer un regard qui se voulait lourd de reproches et leur répliqua d'un ton vif :

– Ma vie vient de basculer et ça vous fait rire ? Non, mais vous avez vu de quoi j'ai l'air !

– D'une authentique collégienne anglaise ! répondit sa mère d'un ton léger en reprenant une gorgée de thé. Et ça te va plutôt bien, je trouve !

Sceptique, Oksa s'observa une nouvelle fois en grognant. Qui aurait pu penser qu'un jour elle serait capable de se montrer *en public* avec une jupe plissée, une chemise blanche et une veste blazer bleu marine ? Pas elle, en tout cas…

– Si on m'avait prévenue que je devrais porter un uniforme pour aller en cours, j'aurais refusé de venir en Angleterre, marmotta-t-elle en desserrant rageusement la cravate marine et bordeaux aux couleurs de son futur collège.

– Oh, s'il te plaît, Oksa… soupira sa mère en la contemplant de ses jolis yeux noisette. C'est juste pour les cours ! Le reste du temps, tu peux mettre tes jeans et tes T-shirts autant que tu veux...

– Bon, d'accord, d'accord ! capitula Oksa, les deux mains levées. Je n'en parlerai plus... Mais je n'oublierai jamais que vous m'avez sacrifiée sur l'autel de votre carrière. Et de la part de parents qui disent aimer leur fille unique, c'est pas joli-joli... Vous ne viendrez pas vous plaindre si j'ai de graves séquelles psychologiques.

Ses parents, habitués aux discours enflammés d'Oksa, se regardèrent en souriant. Marie Pollock se leva, la prit dans ses bras, et toutes les deux restèrent un moment ainsi, collées l'une contre l'autre. Oksa se sentait un peu vieille pour se prêter à ce genre d'effusions, mais au fond d'elle, elle devait reconnaître qu'elle adorait ça. Alors, elle plongea avec délice son visage dans la longue chevelure châtaine de sa mère.

– Et moi alors ! les interrompit Pavel Pollock d'un air faussement accusateur Personne ne pense à moi, jamais ! Pas de baiser qui claque sur ma joue mal rasée. Personne pour me cajoler. On me laisse dans mon coin, solitaire et malheureux comme un chien puant !

Le père d'Oksa était un homme aux traits marqués, qui affichaient une gravité permanente. Ses cheveux cendrés et ses yeux gris adoucissaient cette impression, mais ceux qui le connaissaient savaient que ses tourments, ancrés dans une enfance tragique, étaient aussi profonds qu'indélébiles. Même son sourire paraissait triste... Marie Pollock résumait le charme particulier de son mari en parlant avec attendrissement de son envoûtant regard de chien battu. « Voilà ce qu'a fait de moi le poids colossal de la douleur de la vie », répondait-il en général, car il avait un atout, hérité de sa mère Dragomira : un solide sens de l'humour dont il usait en toutes circonstances, par jeu ou par désespoir, personne ne le savait vraiment.

– Oh ! mais voilà le retour du grand tragédien russe, Pavel Pollock en personne ! lança la mère d'Oksa dans un éclat de rire étincelant. Avec vous deux, on peut dire que je suis gâtée...

Oksa regarda ses parents avec tendresse. Elle adorait leurs échanges savoureux qui l'émouvaient et l'amusaient à la fois.

La sonnerie du téléphone portable de Pavel les interrompit en annonçant bruyamment sept heures trente. Il était temps de partir.

– Baba ! On n'attend plus que toi ! cria Oksa dans l'escalier qui menait au troisième étage de la maison, réservé à sa grand-mère.

Dragomira Pollock apparut sur le palier, suscitant des cris d'admiration. D'une prestance remarquable, qui lui valait d'être respectueusement désignée par son entourage comme la Baba Pollock, elle se tenait toujours très droite, presque raide. Pourtant, son visage, loin d'être hautain, affichait une perpétuelle vivacité, ses pommettes colorées et son large front mettant en valeur ses yeux d'un bleu foncé intense. Ses cheveux blonds parsemés de fils argentés et tressés autour de sa tête ajoutaient une petite touche slave à son allure. Néanmoins, ce matin, ce n'était pas sur ces qualités-là que sa famille s'extasiait, mais sur son éblouissante tenue.

– Je suis prête, mes chéris ! lança-t-elle en descendant les escaliers d'une démarche impériale, sa longue robe violette brodée de silhouettes de biches en perles noires flottant autour d'elle comme une corolle de fleur.

– Baba, t'es trop belle ! s'exclama Oksa, ravie, en se jetant dans ses bras pour l'embrasser.

Dans son élan, elle ne fit pas attention aux petites exclamations joyeuses provenant des boucles d'oreilles de Dragomira. Des boucles d'oreilles finement ouvragées en forme de perchoir sur lesquelles se balançaient deux minuscules oiseaux dorés hauts d'à peine deux centimètres, qui commentaient d'une petite voix suraiguë leurs exploits de pilotes de chasse.

– Oh ! j'allais oublier… Donnez-moi encore une toute petite minute, je reviens !

À peine ces quelques mots prononcés, Dragomira fit volte-face, remonta prestement dans son appartement et ferma à double tour la porte derrière elle.

3

Les retrouvailles

Face à son miroir, Dragomira se mit à réprimander son reflet en levant un index menaçant.

— Mais vous êtes insortables, vous deux ! Vous devez rester si-len-cieux, mes Ptitchkines, vous avez promis ! Sinon je ne vous ferai plus jamais sortir de votre cage… C'est bien compris ?

— Oui, notre Gracieuse, d'accord ! Message reçu, bec cousu ! s'égosillèrent les petits oiseaux dorés tout en se frottant contre le cou de Dragomira pour se faire pardonner.

La belle dame tapota leur tête minuscule et ils reprirent leur balancement enthousiaste sur le perchoir en or. En silence, cette fois.

— Hum, notre Gracieuse, notre Gracieuse…

Tout près d'elle, les créatures en salopette bleue se tordaient les mains d'un air embarrassé tout en toussotant pour essayer d'attirer son attention.

— Qu'est-ce qu'il y a, mes Foldingots ? leur demanda Dragomira.

— L'Abominari a rompu ses nerfs… dit l'un d'eux en écarquillant les yeux avec démesure.

Dragomira se dirigea vers l'étui de contrebasse et pénétra à l'intérieur. Elle gravit précipitamment l'escalier qui permettait d'accéder à son atelier-strictement-personnel. Là, une créature haute d'environ quatre-vingts centimètres se tenait face à la lucarne et griffait rageusement le verre. Elle se retourna en grognant. Dotée de petites jambes et de longs bras, le corps et la tête squelettiques recouverts d'une peau grisâtre exhalant une odeur passablement écœurante, la créature toisa d'un air mauvais tous ceux qui se trouvaient dans son périmètre. De sa large bouche d'où dépassaient deux dents acérées dégoulinait une substance blanche aux reflets irisés.

– L'Abominari a pratiqué la morsure sur la plante dénommée Goranov, précisa un Foldingot. Nous avons sollicité une tentative d'empêchement, mais nos membres ont subi des rayures cuisantes.

Les deux Foldingots tendirent leurs bras couverts de griffures témoignant de la violence de l'échange. En voyant cela, Dragomira gronda de colère. Une colère qui redoubla d'intensité quand elle aperçut la malheureuse Goranov qui avait été agressée et qui se tordait de douleur. D'une de ses branches, de la sève coulait lentement en se répandant sur la terre de son pot.

– L'ABOMINARI ! vociféra Dragomira. Ce n'est plus possible, tu dépasses les bornes ! Qu'est-ce que tu as ?

La créature bondit sur des cartons et grogna en montrant ses dents pointues et ses griffes crasseuses.

– Je vous maudis ! Je vous maudis tous ! Et toi, la vieille, tu n'es pas ma maîtresse, tu n'es rien pour moi ! Quand mon Maître viendra me chercher, tu feras moins ta fière…

– Oui, bien sûr… répliqua Dragomira d'un air blasé. Laisse-moi te rappeler qu'il y a plus de cinquante ans que tu tiens ce discours et que ton prétendu Maître n'est toujours pas venu…

L'Abominari rugit de rage.

– Tu n'es rien, tu m'entends ? Juste un sinistre tas d'ordures purulentes ! À peine plus qu'une immonde chiure de mouche à viande !

À ces mots, les créatures recroquevillées aux quatre coins de l'atelier frémirent d'indignation. Dragomira se dirigea vers les cartons sur lesquels se dressait l'insolent Abominari. Dès qu'elle arriva à son niveau, il sauta sur le sol et se rua sur un Foldingot qu'il attrapa par-derrière en lui serrant fortement le cou comme s'il voulait l'étrangler.

– Je te préviens, la vieille, si tu me touches, je le massacre et après je vous réduis en lambeaux, toi et ta ménagerie minable ! cracha-t-il.

Dragomira, loin d'être impressionnée, leva les yeux au ciel d'un air excédé et sortit des plis de sa robe un fin cylindre nacré d'une quinzaine de centimètres qu'elle braqua froidement vers l'Abominari menaçant. D'une voix empreinte d'une grande lassitude, elle prononça :

– Vertes Grenettes !

Puis elle souffla légèrement dans le cylindre. Aussitôt, une rafale d'étincelles vertes crépita à son extrémité et un craquement sonore se fit entendre. Deux menues grenouilles, dotées d'ailes translucides, apparurent et voletèrent vers l'Abominari. Elles le saisirent avec fermeté sous ses bras malingres pour l'élever à près d'un mètre du sol et le secouèrent, l'obligeant à lâcher le Foldingot otage qui retomba lourdement sur le parquet. Dragomira saisit l'Abominari par la peau du cou en tendant le bras droit devant elle pour échapper aux lacérations et aux morsures. Mais au moment où elle ouvrait une cage pour l'enfermer à l'intérieur, la créature en profita pour lui griffer méchamment l'avant-bras.

– Je m'occuperai de toi plus tard, l'avertit la grande dame d'un ton cinglant en bouclant la cage à double tour.

Puis, s'adressant aux Foldingots :

– Mes Foldingots, je dois partir maintenant. Je vous conseille d'appliquer cette pommade sur les feuilles de la Goranov et sur vos bras, cela devrait vous soulager, dit-elle avec douceur en leur tendant un petit pot. Je reviens très vite.

– Notre obéissance est incorruptible et votre retour désiré, répondirent-ils, encore bouleversés par l'agression.

Juste avant de quitter son appartement, Dragomira réajusta sa couronne de cheveux tressés.

– Voilà, c'est mieux ainsi ! conclut-elle. Mais il va vraiment falloir que je trouve une solution pour cet Abominari…

– Ça va, Dragomira ? lui demanda Marie Pollock quelques secondes plus tard. Vous avez l'air contrariée… Oh, mais vous vous êtes blessée ?!

Dragomira regarda son avant-bras sur lequel deux marques sanglantes étaient imprimées. Préoccupée par la malveillance de cet insupportable Abominari, elle ne s'était même pas rendu compte qu'il l'avait griffée !

– Oh, ce n'est rien, Marie. Je me suis battue avec une paire de ciseaux en déballant mes cartons et j'ai bien peur d'avoir perdu la bataille, mentit-elle en souriant largement. Il serait peut-être temps d'y aller maintenant, non ?

Le petit groupe se mit en route vers St Proximus, le collège français qu'Oksa allait découvrir quelques minutes plus tard.

Elle entrait en classe de quatrième et, malgré son air détendu, elle ressentait une certaine appréhension : tout était si nouveau ! À commencer par elle... Elle rêvait souvent d'être une aventurière héroïque ou une ninja invulnérable. Mais parmi les choses qu'elle détestait le plus au monde, on trouvait les poireaux, la couleur rose, les insectes... et se faire remarquer. Et les nouveaux, c'est bien connu, passent rarement inaperçus dans les cours d'école. Nerveuse, elle mit la main dans la poche de sa veste et palpa le talisman offert par Dragomira la veille, une petite bourse plate en cuir renfermant des graines aux vertus relaxantes. « Si tu sens la tension serrer ton cœur et envahir ton esprit, prends ceci et caresse-le doucement. Le ciel te paraîtra plus clair et le chemin plus sûr », lui avait conseillé sa grand-mère.

Alors qu'Oksa se remémorait ces réconfortantes paroles, de grosses gouttes de pluie s'écrasaient mollement sur les trottoirs londoniens qui la rapprochaient à chaque pas de son nouveau collège.

– Eh bien, c'est pas aujourd'hui que le ciel va me paraître plus clair... bougonna-t-elle, l'humeur sombre.

– OKSA !

Oksa se retourna. Un jeune garçon accompagné de ses parents courait dans sa direction, ses yeux bleu foncé brillants de joie.

– Gus ! Waouh, c'est bien toi ? demanda-t-elle en riant.

– Tu peux toujours ironiser ! répliqua-t-il en l'inspectant de la tête aux pieds. Je ne sais pas si tu t'es vue dans une glace, mais moi, j'ai du mal à croire ce que je vois... Oksa Pollock en jupe plissée ! ajouta-t-il, rieur.

– Gustave Bellanger en costume-cravate ! dit Oksa sur le même ton. Non, mais regardez-moi ce look ! En tout cas, t'es plutôt *classe* comme ça. Pas mal du tout !

– Je vais choisir de prendre ça pour un compliment, décida Gus en rejetant ses longues mèches brunes en arrière. Et essayer d'oublier que ça serre un max, ces cols de chemise...

– Tu devrais commencer par dénouer ta cravate, t'aurais l'air moins congestionné ! railla Oksa en le détaillant du coin de l'œil.

Après cet excellent conseil, les deux amis ramassèrent leurs sacs éjectés sur le trottoir dans la frénésie des retrouvailles et tout le monde reprit le chemin du collège en discutant.

— Alors, comment tu vas depuis tout ce temps ? demanda Gus, le visage radieux. Ça fait quand même une semaine qu'on ne s'est pas vus !

— Ça va super bien ! répondit Oksa avec la même expression de joie. J'ai une jupe plissée, tu imagines comme j'en rêvais… Et ces socquettes grises superbranchées, tu as remarqué ? Je me demande comment j'ai fait pour vivre sans ça jusqu'à aujourd'hui, ajouta-t-elle avec dérision. Sinon, c'est le bazar total dans la maison. Dès qu'on cherche quelque chose, il faut ouvrir trente cartons avant de trouver. Mais ça va ! J'adore le quartier !

— Moi aussi… J'en reviens pas d'être là, on a quitté la France tellement vite ! C'est complètement hallucinant comme endroit, limite exotique, je dirais. J'ai l'impression qu'on a fait des milliers de kilomètres et qu'on est à l'autre bout du monde…

Dès que son vieil ami Pavel Pollock en avait parlé, Pierre Bellanger, le père de Gus, s'était associé à son projet et tous les deux allaient ouvrir prochainement le fameux restaurant français dont ils rêvaient depuis des années. Quelques jours auparavant, les Bellanger avaient été les premiers à traverser la Manche et s'étaient installés quelques rues plus loin, tout près du quartier chinois.

— Bon, j'espère qu'on sera dans la même classe ! reprit Gus.

— Tu m'étonnes… dit Oksa. Sinon, je fais un scandale. Ou alors une crise d'hystérie, tiens ! Je me roulerai par terre avec l'écume aux lèvres, j'aurai les yeux exorbités et je mordrai les mollets de tous ceux qui m'approcheront…

— Chiche ! lança Gus en riant. En tout cas, je vois que malgré ton uniforme de collégienne modèle, tu n'as pas changé. Enfin, tu ne t'es pas arrangée, je devrais dire…

À ces mots, Oksa se jeta sur lui en rugissant pour faire mine de l'étrangler.

— Ingrat ! Après tout ce que j'ai fait pour toi ! Tu ne comprendras jamais rien aux filles ! gronda-t-elle en le secouant comme un poirier.

— Et toi, tu n'es qu'une furie déjantée ! répliqua Gus en pleurant de rire. Déjantée et excessive !

– Ça, je n'y peux rien, c'est génétique, objecta Oksa en haussant les épaules avec fatalisme. Les Pollock sont excessifs de nature, tu le sais bien. C'est notre sang russe qui veut ça... Bon, on va dire que je réserve encore ma décision pour le scandale et la crise d'hystérie. Tout ce que je veux, c'est qu'on soit dans la même classe, par pitié !

4

St Proximus College

Les battants en bois de l'énorme porte d'entrée étaient ouverts. Sous la magnifique voûte de pierre débouchant sur la cour pavée, deux gardiens en chapeau melon saluaient les collégiens et leur famille. Gus et Oksa passèrent le porche d'un pas hésitant. Plusieurs regards se tournèrent vers eux. Un groupe de filles s'attarda notamment sur Gus à grand renfort de commentaires et de coups de coude. Oksa ne put s'empêcher de constater une fois de plus que, partout où passait Gus, les filles arrêtaient leur conversation et se retournaient pour le regarder. Sans aucun doute captivées par son charme… Gêné, le jeune garçon rougit en passant la main dans ses cheveux. Les deux amis s'avancèrent, laissant à contrecœur leur famille rejoindre les parents massés au fond de la cour.

– Super… La Primitive est encore là… marmonna un collégien d'une voix suffisamment forte pour être entendu des deux amis.

– La *quoi* ? lança Oksa en se tournant vers lui.

Le garçon qui venait de parler la regarda avec intensité. Des cheveux blonds bouclés encadraient son visage illuminé par de grands yeux bruns.

– Salut ! Je m'appelle Merlin Poicassé, enchaîna-t-il, la main cérémonieusement tendue. Comment allez-vous ? Vous êtes nouveaux ?

– Oui ! répondit Oksa en lui tendant à son tour la main par pur réflexe. On vient juste d'arriver à Londres. Je m'appelle Oksa Pollock.

– Et moi, Gustave Bellanger. Mais tu peux m'appeler Gus…

– OK, Gus ! Elle, c'est la Primitive, dit Merlin en indiquant d'un mouvement discret du menton une fille étonnamment massive au regard hargneux. Son nom officiel est Hilda Richard et je peux vous dire que tous ceux qui l'ont approchée de près ou de loin ont gardé d'elle un souvenir *inoubliable.*

— De quel genre ? s'enquit Gus.

Merlin soupira d'un air grave.

— Du genre guet-apens, ecchymoses et vexations, vous voyez le genre. Enfin, c'est la vie… Bienvenue à St Proximus !

— Je te préviens, Gus ! dit Oksa, les dents serrées. Si tu n'es pas dans ma classe et qu'en plus, je dois me retrouver avec cette fille, je te jure que je fais une crise, une vraie…

— Ah, ça va être l'appel ! lança Merlin en se redressant subitement. Approchons-nous !

Entouré de tous les professeurs du collège, le directeur de St Proximus, Lucien Bontempi, était juché sur une petite estrade et tapotait le micro installé devant lui. Avec ses joues rebondies et sa silhouette volumineuse, il ressemblait à un clown culbuto, impression renforcée par sa cravate vert pomme et la pochette orange glissée dans sa veste. Mais dès qu'il prononça le discours de circonstance, tout le monde se rendit compte que son ton, ferme et autoritaire, contrastait avec cette silhouette affable.

— Passons maintenant à ce que vous attendez tous : la répartition des classes. Comme toutes les années, au collège français de Londres, la coutume veut que les trois classes de chaque niveau soient représentées par des éléments chimiques : Mercure, Hydrogène et Carbone. Nous allons commencer l'appel avec les plus jeunes : les sixièmes…

Les noms se succédèrent alors à un rythme régulier et les rangs de collégiens en uniforme se formèrent peu à peu. À la fin de la deuxième liste, la voix de M. Bontempi se brisa subitement.

— Williams Alexandre, appela-t-il.

Un jeune garçon, qu'accompagnait une femme très pâle toute vêtue de noir, s'approcha. Le directeur, visiblement ému, posa sa main sur l'épaule du garçon, se pencha et lui glissa quelques mots à l'oreille.

— C'est son fils ? murmura Oksa à l'intention de Merlin.

— Non, répondit-il. C'est le fils du prof de maths retrouvé mort dans la Tamise, il y a deux semaines…

— Oh ! s'exclama Oksa, troublée. C'est affreux… Il s'est suicidé ?

– Non, il a été assassiné, précisa Merlin sur le ton de la confidence. Un meurtre atroce. On en a parlé dans tous les journaux.

– Le pauvre garçon… fit Oksa, peinée.

Réprimant un frisson, elle se concentra à nouveau sur l'appel des élèves qui reprenait.

– À présent, la classe de quatrième Hydrogène avec le professeur McGraw, clama M. Bontempi en invitant un homme long et maigre à prendre place à ses côtés. Merci aux élèves suivants de se présenter : Beck Zelda… Bellanger Gustave…

Gus cria « *présent !* » et jeta un dernier regard à Oksa, un dernier sourire, puis s'avança vers le groupe qui se constituait peu à peu devant le professeur McGraw. Le cœur d'Oksa battait à tout rompre. Ses paupières papillonnaient avec nervosité sur ses grands yeux gris ardoise et, comme les noms égrenés par le directeur, elle avait l'impression que les coups qui heurtaient sa poitrine résonnaient sur les murs de la cour. Elle se sentait terriblement seule. Elle chercha ses parents des yeux. Ils n'étaient pas loin, à quelques mètres seulement. Son père lui fit un signe d'encouragement en serrant ses deux poings. Réconfortée, elle lui adressa un petit geste de la main. À côté de lui, Marie et Dragomira lui souriaient de toutes leurs dents.

Le regard d'Oksa fut soudain attiré par un mouvement sur la jupe de sa grand-mère : l'espace d'une demi-seconde, elle crut voir les biches brodées bondir dans une course-poursuite effrénée. Ce devait être le stress qui lui jouait des tours. Ce fichu stress… « *Si je me mets à halluciner, maintenant… Allez, s'il vous plaît, qu'on en finisse, faites que je sois en quatrième Hydrogène ! S'il vous plaît, dites Pollock, P-O-L-L-O-C-K, dites-le maintenant…* » pria-t-elle en fermant les yeux et en croisant les doigts à s'en exploser les phalanges.

L'alphabet se mélangeait dans sa tête, les noms s'éparpillaient en désordre dans ses oreilles. Elle crut même que la lettre *P* était déjà passée !

– Prollock Oksa, dit enfin le directeur en la cherchant des yeux dans la cour.

Le professeur McGraw se pencha pour murmurer quelque chose à son oreille. Le directeur se reprit :

– Excusez-moi… Pollock ! Pollock Oksa, s'il vous plaît ! annonça-t-il en insistant lourdement sur le *po*.

Cette fois, le cœur d'Oksa explosa en milliers d'étincelles. Elle réussit à hoqueter « présente ». Puis, soulagée, elle jeta un regard plein de joie à ses parents et rejoignit Gus.

— St Proximus, nous voilà…

Guidés par le professeur McGraw, les élèves de quatrième Hydrogène s'engagèrent dans un des immenses couloirs du collège, le nez en l'air et les yeux ébahis.

— Waaaah… murmura Oksa. Cet endroit est complètement dingue !

Aménagé dans un ancien couvent construit au XVIIe siècle, le collège dégageait en effet une atmosphère très particulière. Des blasons aux couleurs fanées, gravés d'inscriptions en latin qu'Oksa avait du mal à déchiffrer, tapissaient les murs du majestueux hall d'entrée. Les salles de classe étaient réparties le long du cloître et dans les deux étages bordés de galeries ouvertes sur la cour. Les fines colonnades de granit avaient été conservées, ainsi que les fenêtres à vitraux en forme d'ogives qui donnaient à la lumière naturelle un aspect à la fois coloré et opaque.

— Tu l'as dit, acquiesça Gus à mi-voix. Et regarde ! C'est sacrément bien surveillé !

Du regard, il indiqua à son amie les dizaines de statues qui jalonnaient les coursives, suscitant l'étrange sensation de ne pouvoir échapper à leur féroce vigilance.

— En silence, s'il vous plaît ! ordonna sévèrement le professeur. Y aurait-il des volontaires pour récolter une heure de retenue dès le premier jour ?

Avec un enthousiasme refroidi, la classe monta à l'étage et pénétra dans une salle lumineuse aux murs couverts de cartes anatomiques.

— Installez-vous ! clama le professeur d'un ton impérieux.

— Où on veut, monsieur ? demanda un élève.

— Oui, du moment que vous restez dans les limites de ces murs, évidemment… répondit le professeur avec ironie. Déposez vos affaires au pied de votre bureau. Je vous montrerai tout à l'heure les casiers dans lesquels vous pourrez mettre tout ce que vous jugerez utile : casse-croûte, tenue de sport, livres, gris-gris, doudous, etc., précisa-t-il sans se priver d'un petit rire grinçant. Nous allons passer la matinée ensemble. Je suis M. McGraw, votre professeur de mathématiques et de sciences physiques, et accessoirement votre professeur principal. Autant vous préciser qu'il est inutile de venir me déranger pour des broutilles de gamins. Vous n'êtes plus en sixième, vous devez assumer ce que vous êtes et ce que vous faites. Je n'accepterai de vous écouter que pour des raisons valables, c'est bien entendu ? En échange, j'exige de votre part la plus grande discipline, ainsi que le travail le plus acharné que vous serez capables de fournir. Sachez que cette école et moi-même ne tolérons ni la paresse ni la médiocrité. Vous avez néanmoins le droit d'être médiocres, mais uniquement si c'est le meilleur niveau que vous êtes capables d'atteindre. Votre summum. Votre top. Nous n'attendons que le meilleur de vous, rien de moins. Est-ce bien compris ?

Un murmure poli parcourut la classe. Aux côtés de Gus, Oksa se faisait toute petite. Elle n'espérait qu'une seule chose : ne jamais avoir besoin de faire appel au professeur McGraw. En cas de problème, elle trouverait quelqu'un d'autre à qui s'adresser !

À cet instant précis, elle ne se sentait pas au mieux de sa forme. Un peu à cause du discours du professeur McGraw qui lui mettait une pression désagréable. Mais elle n'était pas seulement impressionnée, non. Cet homme la mettait véritablement mal à l'aise.

— Maintenant que je me suis présenté, c'est à votre tour, continua-t-il sur un ton glacial invitant plutôt à se sauver à toutes jambes qu'à entamer une conversation décontractée. Brièvement, dites-nous qui vous êtes, quelles sont vos matières fortes, vos passions si vous en avez et tout ce que vous souhaitez que nous sachions, vos camarades et moi-même. Mais n'exagérons rien, ne vous sentez pas obligés de nous raconter toute votre vie… Jeune homme, voulez-vous commencer, s'il vous plaît ?

Gus se tortilla sur sa chaise, peu ravi d'être le premier « heureux élu ».

— Je m'appelle Gustave Bellanger, dit-il d'un air incertain. Je viens d'emménager à Londres avec mes parents. Je suis plutôt matheux. J'aime beaucoup les mangas et les jeux vidéo. Je fais du karaté depuis six ans et également de la guitare.

— Plutôt matheux ? Je m'en réjouis… commenta le professeur. À votre tour, jeune homme…

Pendant que les élèves parlaient et en attendant son tour, Oksa profita de ce que l'attention du professeur McGraw était occupée par ces présentations pour l'observer. C'était un homme grand, maigre, à l'allure élégante réhaussée par un costume sombre, une chemise gris anthracite, et des cheveux bruns gominés en arrière mettant en relief ses yeux d'un noir d'encre. Barrant son visage sillonné de fines rides, ses lèvres minces, légèrement pincées, semblaient soudées l'une à l'autre. Un détail attira le regard d'Oksa : au majeur droit, le professeur portait une magnifique bague en argent torsadé, ornée d'une étonnante pierre couleur ardoise dont les reflets semblaient mouvants. Une bague imposante qui paraissait trop lourde pour la main si émaciée qu'elle en était presque squelettique.

– À vous, mademoiselle, nous vous écoutons.

Le professeur McGraw prononça ces mots à mi-voix en la fixant. Face à son regard où se mêlaient dureté et curiosité, Oksa se sentit mal, comme oppressée de l'intérieur par une douleur qui enflait en elle. Elle respira profondément, comme le lui avait appris sa mère pour se détendre. Mais elle s'aperçut avec stupeur que sa cage thoracique se bloquait dès qu'elle commençait à inspirer. Pendant une fraction de seconde, son visage se crispa dans une expression inquiète.

– Je m'appelle Oksa Pollock...

Elle essaya encore de respirer, cherchant à faire entrer l'air dans ses poumons. Un filet d'oxygène réussit à passer.

– Je m'appelle Oksa Pollock et j'aime l'astrono...

Plus d'air ! Oksa, paniquée, tenta une nouvelle inspiration. Non ! Elle ne devait pas se laisser submerger par ses émotions. Avec courage, elle respira de nouveau en essayant de faire comme si de rien n'était. Mais peine perdue... Une bulle d'air était coincée dans sa poitrine. Une bulle monstrueuse impossible à chasser. Oksa s'affola et desserra la cravate de son uniforme.

– Oui, mademoiselle Pollock, je crois que nous avons bien compris votre nom, nous vous écoutons... précisa de nouveau le professeur sur un ton beaucoup plus impatient.

Sa voix, nimbée de coton, parvenait à peine jusqu'à Oksa. La collégienne étouffait, à court d'air alors que son cœur s'emballait tel un cheval fou. Puis, plus brutalement encore, elle ressentit une douleur insupportable, comme si on lui assenait un violent coup de poing en plein estomac. Au bout de quelques secondes de résistance, la douleur et la panique dominèrent son corps et son esprit. Oksa regarda autour d'elle en espérant que quelqu'un vienne à son secours. Peine perdue… Tous tournés vers elle, les autres élèves ne semblaient pas comprendre dans quelle détresse elle se trouvait. Et quand bien même, qu'auraient-ils pu faire ?

À bout de forces, elle agrippa le bras de Gus et s'effondra par terre.

5

Une journée épouvantable

Depuis qu'elle était toute petite, Oksa avait l'habitude d'aller voir sa grand-mère le soir après la classe. Ses parents étaient si occupés par leur travail et Dragomira était tellement disponible ! Oksa pouvait toujours compter sur elle. Toutes les deux discutaient alors de choses et d'autres, de ce qui s'était passé dans la journée. Parfois aussi de choses plus graves, des tracas d'Oksa, de ses peines ou de ses joies.

Mais ce soir-là avait un goût tout à fait exceptionnel. Quand elle était rentrée après cette journée épouvantable – une des pires qu'elle ait jamais vécues –, elle avait trouvé la maison silencieuse et en avait éprouvé un certain dépit.

– Maman ? Papa ? Vous êtes là ? avait-elle tenté, le cœur déçu d'avance.

Avec un soupir, elle avait jeté son sac au pied de l'escalier. Bien sûr que non, ils n'étaient pas là... Ils étaient au restaurant. En pleins préparatifs. Enfin, maintenant, elle se trouvait dans l'appartement de Dragomira, si désordonné, si rococo, mais si accueillant... Elle avait attendu ce moment toute la journée. Comme d'habitude, Dragomira l'avait assaillie de questions :

– Alors, comment ça s'est passé ? Raconte-moi, je veux tout savoir !

Elle avait préparé un délicieux goûter avec tout ce qu'Oksa préférait : framboises fraîches accompagnées de petits gâteaux et thé aux épices, spéciale recette maison. Près de sa Baba, Oksa pouvait enfin se détendre. Elle s'affala dans son fauteuil préféré, le petit rose râpé dans lequel elle aimait se rouler en boule, face à un immense mur couvert du sol au plafond d'étagères chargées de bocaux, de boîtes, de casiers et de livres que Dragomira avait mis la journée entière à ranger.

– Ça s'est bien passé, Baba, très bien, dit-elle en feignant un enthousiasme qu'elle était loin de ressentir.

– Mais quelle mine terrible tu as, ma Douchka ! Tu as l'air épuisée… Déjà tant de travail dès le premier jour ?

Puis, changeant radicalement de sujet :

– Est-ce que tu as faim ?

– Je suis affamée… répondit Oksa en mordant avidement dans un savoureux cookie au chocolat.

– Mange et raconte-moi, même la bouche pleine ! Je suis tellement impatiente de savoir !

– Eh bien… À l'intérieur, le collège est vraiment très impressionnant, c'est un endroit incroyable, tu adorerais. Notre prof principal est M. McGraw et c'est aussi notre prof de maths et de sciences physiques. Il est *hyper* sévère, on a intérêt à se tenir à carreau avec lui. C'est pas la joie…

Un silence crispé s'installa. Dragomira attendait la suite.

– Et ?…

– Ben, à part ça, je ne pouvais pas rêver mieux que d'être dans la même classe que Gus ! Je suis vraiment contente, tu imagines… Sinon, rien de spécial, ajouta Oksa en tentant de cacher sa contrariété tant bien que mal. Gus et moi, on a fait la connaissance d'un garçon très sympa. Il s'appelle Merlin, et il a l'air très brillant. Les autres élèves sont cool, sauf une fille qui ressemble à un pitt-bull. Elle doit avoir deux neurones, pas plus.

– Viens… dit Dragomira en l'observant attentivement, pas du tout convaincue par sa légèreté apparente.

Elle la prit par la main et la conduisit jusqu'à un majestueux canapé de velours rouge qu'elle débarrassa prestement de tout ce qui l'encombrait.

– Attends-moi une seconde…

Elle se dirigea vers le fond de l'appartement où étaient installés une immense étagère surchargée et un large plan de travail en bois poli sur lequel elle s'adonnait à sa passion de la botanique et des plantes médicinales – Dragomira avait été herboriste pendant près de trente ans. Elle détacha une petite clé pendue à l'un de ses bracelets et ouvrit une bibliothèque aux vitres opaques. En lieu et place de livres, des centaines de fioles étaient disposées sur les rayonnages. Dragomira en prit une et referma la porte.

– Voilà qui va te faire du bien, ma petite fille. Une huile spéciale « journée difficile ».

– Mais Baba, la journée n'a pas été difficile…

– Chuuut… Plus un mot…

Oksa obéit et abandonna ses tempes au massage réconfortant de sa grand-mère, son regard se fixant sur les volutes parfumées de l'encens qui brûlait aux quatre coins du salon encombré par des dizaines de bibelots, consoles, guéridons et sofas de velours cramoisi ou vieil or. Les volutes s'échappaient mollement vers les médaillons en stuc du plafond alors que de pénibles pensées tournaient dans l'esprit d'Oksa. Dragomira avait bel et bien tort : la journée n'avait pas été difficile. Non. Elle avait tout simplement été abominable ! Et les souvenirs encore frais de cette rentrée n'avaient pas fini de la tourmenter. Sans pitié, ils s'imposèrent et la ramenèrent deux heures en arrière, dans la salle de classe…

Quand elle avait repris connaissance, Oksa était étendue sur le sol de la classe, le front couvert de sueur et le sang battant furieusement dans ses veines. Il lui semblait s'être cognée à sa chaise en tombant car elle ressentait une violente douleur au ventre. Plusieurs visages étaient penchés au-dessus d'elle. Gus, l'air très anxieux, s'était accroupi à côté d'elle. Merlin, le front plissé, lui murmurait : « Ne t'inquiète pas, ne t'inquiète surtout pas… » et sa voisine de bureau, Zelda, une jolie fille au regard profond, s'était elle aussi agenouillée, mais ne savait que faire pour soulager Oksa.

Le professeur McGraw, quant à lui, paraissait contrarié.

– Vous êtes très impressionnable, mademoiselle Pollock, vraiment très impressionnable… lança-t-il avec froideur.

Pour contredire le professeur et ses paroles si peu réconfortantes, elle fit un effort considérable et se redressa, le cœur bouillonnant de rage, de honte et de frustration.

– Monsieur, monsieur, vous voulez qu'on appelle les pompiers ? demanda un élève d'une voix affolée.

Le professeur McGraw le regarda avec mépris avant de lui répondre d'un ton brusque :

– Et pourquoi pas la cellule d'urgence du ministère de la Santé pendant que vous y êtes ? Mais peut-être devrions-nous poser la question à Mlle Pollock ? Devons-nous vous conduire à l'infirmerie, mademoiselle Pollock, ou bien pensez-vous être en état de supporter cette *harassante matinée* jusqu'à son terme ?

Stupéfait, Gus lui lança un regard noir de reproche, que le professeur ignora. Avec l'aide de ses camarades, Oksa se rassit tant bien que mal sur sa chaise, essayant d'oublier sa douleur au ventre et la colère qui noircissait son cœur.

– Quelqu'un a-t-il encore l'intention de s'effondrer ? Oui ? Non ? Pas de volontaire ? demanda le professeur.

À sa grande surprise, une main se leva.

– Mademoiselle Pollock ?

Loin de s'attendre à ce coup de théâtre, le professeur McGraw parut déstabilisé. Son ton, débarrassé de toute ironie, tremblait presque. Le remords d'avoir été si dur, peut-être…

– Je voudrais finir ma phrase, monsieur.

Oksa venait de prononcer ces mots d'une voix monocorde, mais néanmoins claire et déterminée. Simultanément, un souffle glacial à donner la chair de poule s'engouffra dans la salle de classe et les fenêtres entrouvertes claquèrent dans un bruit sourd. Tout le monde sursauta. Sauf le professeur McGraw, dont le regard resta infailliblement braqué sur Oksa.

– Je m'appelle Oksa Pollock, continua la jeune fille sans se laisser perturber, et je viens d'arriver à Londres. Mes matières préférées sont les sciences et les maths. J'aime l'astronomie et le roller, et je pratique le karaté depuis six ans, comme Gus. Voilà, j'ai fini, monsieur.

Tous les élèves la regardaient, certains avec stupeur, d'autres avec admiration. Mais ce qu'aucun d'eux ne pouvait voir, c'était la profonde jubilation qu'elle éprouvait tout au fond d'elle et qui agissait comme une mégadose de vitamines.

– Merci, mademoiselle, répondit le professeur McGraw, impassible. Continuons, à présent. Nous avons perdu assez de temps…

Quand la cloche avait annoncé la pause, Oksa avait ressenti un soulagement immédiat. S'échapper *enfin* de cette salle de classe ! Il était temps ! Une minute de plus et elle se serait mise à hurler à pleins poumons. Voilà qui ne lui ressemblait pas. Et pourtant, cela lui était bel et bien arrivé. Gus retrouva son amie recroquevillée contre la statue d'un ange ailé, dans la cour du collège. Il s'agenouilla en face d'elle. Voyant la profonde tristesse d'Oksa, il voulut la serrer dans ses bras. Mais il n'osa pas.

– Qu'est-ce qui s'est passé ? demanda-t-il avec douceur. J'ai cru que t'avais une crise cardiaque ! T'étais toute raide et t'es tombée par terre… Tu m'as fichu une de ces trouilles…

– Je ne me suis jamais sentie aussi mal de ma vie. Ça tourbillonnait, je ne pouvais plus respirer…

– Mais tu avais mal quelque part ? Tu avais le trac de parler devant la classe ?

Oksa ne répondit pas. Intrigué, Gus la regarda du coin de l'œil sans savoir que dire pour la rassurer. Il réfléchit un court instant avant de déclarer :

– Allez, t'inquiète, ma vieille ! N'y pense plus, c'est du passé maintenant !

– Oui, t'as raison, répondit Oksa. T'as sûrement raison…

Dans l'obscurité de sa chambre, Oksa était allongée sur son lit, les yeux braqués sur les étoiles phosphorescentes fixées au plafond. La jeune fille essayait vainement de trouver le sommeil. Son mal de tête s'était évaporé – le massage de Dragomira avait été très efficace – et elle ne sentait presque plus sa douleur au ventre. Gus lui avait téléphoné dans la soirée pour prendre de ses nouvelles. Ils en avaient profité pour se réjouir de nouveau d'être dans la même classe. Quel soulagement ! Ce coup de téléphone lui avait fait du bien, elle était si heureuse d'avoir un ami comme Gus. Mais quelle drôle de journée, quand même… Pourvu qu'elles ne soient pas toutes semblables.

Minuit approchait et le sommeil avait déserté son esprit. Oksa alluma sa lampe de chevet et, assise dans son lit, elle regarda autour d'elle, préoccupée. Sur son bureau était éparpillé le contenu d'un carton qu'elle n'avait pas eu le temps de ranger : des bibelots et des jouets qu'elle n'utilisait plus, mais dont elle ne pouvait se résoudre à se séparer. Elle aperçut une poupée qui avait été une de ses préférées quelques années plus tôt, Poupette, celle avec les cheveux roux. Les doux moments de l'enfance étaient si loin désormais… Elle soupira en haussant tristement les épaules. Ses yeux mi-clos s'attardèrent sur la poupée avant de se fermer. Elle se remémora les événements les plus désagréables de cette journée. Le trac de la rentrée. Les sensations d'anxiété qu'elle avait ressenties, qui lui faisaient encore mal et qui broyaient son cœur. Elle rouvrit les yeux et les écarquilla aussitôt de stupeur : les longs cheveux de la poupée se dressaient sur sa petite tête en plastique comme s'ils étaient aimantés par une puissance mystérieuse ! Oksa cligna des paupières pour se convaincre qu'elle ne rêvait pas et constata avec incrédulité que la poupée oscillait au rythme des battements de son cœur ! Soudain, Poupette décolla et se mit à flotter au milieu de la pièce. La jeune fille se leva d'un bond en faisant voler sa couette derrière elle. La main tendue en avant, elle eut juste le temps de voir une petite boule de feu s'échapper de sa paume et foncer droit vers la tête de la poupée.

— Mais c'est quoi, ce truc ? s'affola-t-elle.

Devant ses yeux horrifiés, des flammes commencèrent à crépiter sur la chevelure synthétique. Par pur réflexe, elle saisit la poupée à pleines mains. Une très mauvaise idée qu'elle regretta sur-le-champ quand elle sentit la morsure du plastique brûlant sur ses doigts… Elle lâcha la poupée en étouffant un cri de douleur et, deuxième mauvaise idée, elle se mit à souffler sur les cheveux qui ne firent que s'embraser davantage. Le feu ne tarda pas à gagner le mur couvert de lattes de bois contre lequel le bureau était plaqué et une fumée aussi âcre qu'alarmante commença à se dégager. Le cœur battant douloureusement dans sa poitrine, Oksa ne vit pas d'autre solution que de se saisir du vase de fleurs déposé par sa grand-mère le matin même et de le jeter sur les flammes, mettant fin à l'incendie.

Interloquée par ce qui venait de se passer, elle se laissa tomber sur son lit, haletante. Elle se sentait affreusement mal et son ventre la faisait de nouveau souffrir. Elle se tordit de douleur, prise d'une nausée qui se transforma en un violent vertige. Elle ferma les yeux et se laissa glisser dans un état d'inconscience, oubliant tout de la réalité.

— Oh, non… gémit-elle en se couvrant la tête de son oreiller.

Lorsque Oksa se réveilla, la première chose sur laquelle ses yeux se posèrent fut sa petite poupée. Au cours de cette nuit hors du commun, c'est elle qui avait payé le plus lourd tribut… Un œil en moins, le corps rembourré de mousse éventré et – véritable drame – les mèches rousses qui n'étaient maintenant plus que… des mèches roussies !

– Mais qu'est-ce que j'ai fait ? Qu'est-ce que j'ai fait ? J'ai cramé Poupette ! se lamenta Oksa en se tordant les mains, bien consciente de la réalité de ce qui s'était passé.

Elle n'avait pas rêvé. Ce n'était pas son imagination, ni sa tête qui ne tournait pas rond : il s'était vraiment passé quelque chose, *quelque chose de bien réel.* Chauve, calcinée, le sourire tordu par la fonte du plastique, la malheureuse Poupette gisait sur le bureau. Oksa observa longtemps son vieux jouet au destin brisé et se sentit terriblement honteuse.

Honteuse. Terrifiée. Excitée. Émerveillée.

Surtout émerveillée, pour dire la vérité…

6

Petit matin difficile

TOC TOC TOC !

– Oksa, tu prends le petit déjeuner avec moi ?

Oksa sursauta : c'était sa grand-mère. Le restaurant devait ouvrir dans quelques jours et ses parents avaient travaillé très tard, ils devaient encore dormir.

– J'arrive, Baba ! J'arrive tout de suite !

Persuadée de se découvrir transformée en monstre, elle fonça devant le miroir fixé sur la porte de son armoire et se regarda attentivement en touchant chaque partie de son visage. Ses yeux étaient les mêmes, gris ardoise. Ses joues aux pommettes hautes et saillantes. Ses lèvres ourlées. Ses dents légèrement irrégulières. Ses fossettes qui apparaissaient dès qu'elle souriait ou faisait la moue. Ses cheveux coupés au carré. Rien n'avait changé, tout était semblable à la veille. En plus fatigué. Et pourtant... Elle enfila en vitesse sa jupe plissée et sa chemise. Le passage par la salle de bains prit à peine une minute, juste le temps de se donner deux coups de peigne et de se passer un peu d'eau fraîche sur le visage.

Elle se dirigeait vers la cuisine quand une pensée lui fit brutalement faire demi-tour : l'état de sa chambre ! Personne ne devait voir le mur brûlé ni la poupée calcinée, hors de question ! Nerveusement, elle rechercha son gros feutre noir qui avait atterri quelque part quand elle avait balayé du revers de la main tout ce qui se trouvait sur le bureau pour éviter un embrasement général. Finalement, elle le trouva sous l'armoire et réussit à fabriquer une pancarte avec un morceau de carton qu'elle accrocha à la porte de sa chambre.

CHAMBRE EN TRAVAUX
N'entrer sous aucun prétexte
sous peine de TRÈS graves représailles !!!
☠☠☠

Pendant le petit déjeuner, Oksa resta silencieuse. Elle était en état de choc. Elle, Oksa Pollock, capable de ces phénomènes incroyables ? Elle n'aurait même pas osé en rêver…

– Ma Douchka, intervint Dragomira en ajustant le nœud de la cravate de sa petite-fille, je ne veux pas jouer les rabat-joie, mais je trouve que tu as une mine affreuse. Tu as mal dormi ? Tu as des soucis ? Tu es malade peut-être ?

– J'ai très mal dormi, Baba…

– Ne bouge surtout pas, j'ai ce qu'il te faut !

Dragomira se leva et monta précipitamment chez elle au troisième étage. Elle revint quelques minutes plus tard avec une petite bouteille.

– Tu vas prendre ça.

– C'est quoi ? Encore une de tes recettes bizarroïdes ? demanda Oksa, toujours intriguée par les excentricités de sa grand-mère.

– C'est de l'Élixir de Bétoine, répondit Dragomira.

Et tout en filtrant le contenu de la bouteille dans une minuscule passoire, elle chantonna d'une voix légère.

– C'est excellent pour effacer ces vilains cernes sous tes yeux, fit-elle enfin en lui tendant une tasse pleine à ras bord. Avec cela, tu seras en forme jusqu'à ce soir, je te le garantis !

À cette perspective, Oksa avala le liquide d'un trait.

– Beuh… Je dois t'avouer que je n'ai jamais rien bu d'aussi mauvais, dit-elle en grimaçant.

– Allez, finis vite ton petit déjeuner, sinon tu vas être en retard…

– Je ne suis jamais en retard, Baba, tu le sais bien… répondit Oksa.

Oksa n'était effectivement jamais en retard. Il suffisait qu'elle se mette dans la peau d'une gazelle voulant échapper à son prédateur ou bien d'un personnage magique doté d'aptitudes fabuleuses, et ses jambes redoublaient de force et de vélocité. Le rôle qu'elle préférait, c'était celui de la farouche guerrière ninja aux pouvoirs surhumains. Elle imaginait qu'elle avait acquis des pouvoirs incroyables pendant son sommeil, l'invisibilité, une ouïe ou une vision hors du commun, une force herculéenne, c'était très varié. Ces pouvoirs, inspirés par les livres et les films, prenaient souvent leur source dans le quotidien : une contrariété, un obstacle, une dispute, toutes les raisons pouvaient être bonnes pour qu'Oksa s'imagine détenir un don « extra-naturel ». Cela ne suffisait peut-être pas pour régler tous les problèmes du monde, mais c'était une aide précieuse qui lui permettait de surmonter les difficultés et de rêver. Tout simplement. Elle ne vivait pas dans ces mondes virtuels risquant dangereusement d'éloigner de la réalité ceux qui y pénétraient. Non ! Oksa était une jeune fille lucide, elle savait tout à fait où se situait la part de rêve qu'elle mêlait à son quotidien.

Mais ce matin, les choses étaient bien différentes de la veille... Un rêve avait rejoint la *vraie vie* – la chair brûlée de ses doigts le lui rappelait douloureusement. Bien des fois, Oksa avait désiré être capable de faire ce qu'elle avait fait cette nuit. Un désir qui s'était transformé en une réalité redoutable qui provoquait en elle une écœurante sensation de vertige et accélérait les battements de son cœur.

Cependant, Oksa-la-fulgurante-ninja avait pour le moment un défi capital à relever : atteindre le collège à une vitesse au moins équivalente à celle du son si elle ne voulait pas être en retard pour la première fois de sa vie ! Quand elle arriva, légèrement essoufflée, les élèves commençaient à se diriger vers leur classe. Ouf... Le pari était gagné ! Oksa chercha la salle où avait lieu le premier cours de la journée : l'histoire-géo avec Mlle Crèvecœur. En longeant le cloître, elle vit des élèves de troisième qui se rendaient dans une salle à l'opposé de la sienne. Arrivée à leur niveau, elle reçut un violent coup d'épaule.

– AÏE ! ne put-elle s'empêcher de s'écrier.

– Tu peux pas faire attention où tu vas, minus ? lui lança le garçon qui l'avait heurtée.

– Mais c'est toi qui m'as bousculée ! s'indigna Oksa.

– T'as qu'à retourner en maternelle si t'es pas capable de marcher droit ! Fais gaffe à toi, morveuse... grogna-t-il en lui donnant une nouvelle bourrade qui la fit chanceler contre une colonnade.

Il la dépassa en ricanant avec ses amis. Oksa le regarda s'éloigner. Très brun et plutôt baraqué, il avait une bonne tête de plus qu'elle. Et une quinzaine de kilos… Il se retourna pour lui lancer un regard sombre et haineux qui la surprit. Elle haussa les épaules et se rendit enfin dans sa salle de classe.

– Eh, ma vieille, t'as bien failli rater le début du cours ! s'exclama Gus en accueillant son amie. Une première dans l'histoire de la célèbre Oksa ! J'aurais pu dire : « Moi, j'étais là ! »

– Salut, Gus ! Il était moins une… répondit-elle en se frottant l'épaule.

– Qu'est-ce que t'as ? T'es tombée ?

– Oui, on peut dire ça comme ça… Sur un type de troisième qui m'a bousculée. Il m'a fait mal, cette espèce d'Ostrogoth !

– Il s'est excusé, j'espère ?

– Tu parles ! Même pas ! En plus, il m'a traitée de morveuse et il a rigolé, ce crétin…

– Bah, n'y pense plus, ça n'en vaut pas la peine, lui conseilla Gus.

– T'as raison… Mais j'ai drôlement mal, en attendant !

Mlle Crèvecœur arriva dans la classe et commença son cours. C'était une femme charmante. De petite taille, mince comme un roseau, elle avait un visage très souriant. Son regard, à la fois agréable et perçant, laissait présager une douceur qui contrastait radicalement avec la rigidité du professeur McGraw, dont le souvenir tout frais faisait frissonner les collégiens.

Oksa fut littéralement captivée par ce premier cours d'histoire. Quand la cloche annonça la fin des deux heures de cours, elle ne fut pas la seule à laisser échapper une exclamation de déception qui fit sourire le professeur.

– Passez tous une très bonne journée ! dit-elle aux élèves sur un ton joyeux. On se revoit demain.

La journée fut effectivement bonne pour Oksa. À la pause, de petits groupes commencèrent déjà à se constituer. Merlin Poicassé s'était rapproché d'Oksa pour lui demander de ses nouvelles. De son côté, en voyant Zelda Beck toute seule sur un banc, Gus l'avait invitée à rejoindre le trio en lui proposant de partager son sachet de crêpes au chocolat qui aurait pu nourrir la classe entière tant il était énorme. Zelda avait souri et accepté l'invitation avec reconnaissance.

– Je me sens un peu perdue, je ne connais personne ici, on vient d'emménager avec mes parents, il y a un mois…

– Gus et moi, c'est pareil ! s'exclama Oksa. Ça te fait pas bizarre de te retrouver en Angleterre dans ce collège où tout le monde parle français ? C'est comme si on était encore en France, j'ai du mal à croire que j'ai changé de pays ! Sauf quand je vois les bus à étage et les taxis…

– Oui, j'ai cette impression aussi, répondit Zelda. Ça fait très touriste, mais je n'arrête pas de m'extasier quand je vois passer un bus rouge ou quand je croise un *bobby* !

– On va finir par s'habituer, intervint Gus.

– C'est sûr ! les rassura Merlin. Et le jour où vous serez capables d'apprécier la *jelly* rose fluo, ça voudra dire que vous serez passés du statut d'expatriés à celui de véritables jeunes Anglais !

Ils éclatèrent tous de rire, heureux de cette entente naissante. Oksa jeta un regard à Gus qui lui sourit en retour.

L'amitié était résolument un réconfort sans prix…

7

Une découverte magi... strale

Plusieurs fois au cours de la journée, Oksa avait voulu parler à Gus de son incroyable expérience de la nuit. Elle avait failli le faire au moment de la pause déjeuner. Mais le réfectoire, bondé et bruyant, était loin d'être le lieu propice aux révélations. Les cours se succédèrent jusqu'au soir sans que les deux amis puissent se trouver une seule minute en tête à tête. Et finalement, ce n'était pas plus mal, Oksa avait besoin de vérifier deux ou trois petites choses. Enfin... petites choses... façon de parler...

Comme souvent, ses parents n'étaient pas là quand elle était revenue à la maison et elle en était contrariée. Elle passa donc une partie de la soirée avec Dragomira. La Baba Pollock fut enchantée de constater que sa petite-fille était en bien meilleure forme.

— Ton élixir de ce matin est miraculeux, Baba ! Tu sais, j'ai eu la pêche toute la journée !

— Je sais, ma Douchka, je sais...

Oksa brûlait d'envie de parler de son secret à Dragomira. Elle comprendrait, c'était sûr. Dragomira comprenait toujours tout. Mais ce qui arrivait là était *légèrement* spécial... Non, pour le moment, il valait vraiment mieux pour tout le monde qu'elle se taise. Pendant une minute, elle imagina faire une démonstration et pensa en frémissant à la réaction de son père. Tel qu'elle le connaissait, il hurlerait. De stupeur et d'effroi. Il ne voudrait plus qu'elle sorte, il aurait constamment peur pour elle. Bref, ce serait l'enfer... Elle écourta le goûter avec sa grand-mère, le dîner avec ses parents, le coup de fil de Gus qui voulait lui souhaiter un bon week-end, et elle s'enferma dans sa chambre. Par chance, l'interdiction signalée sur la pancarte avait été respectée et personne ne semblait être entré pendant son absence. Ouf ! Elle aurait eu bien du mal à expliquer ce qui s'était passé.

Subitement – et selon une habitude de longue date –, elle se mit en position de ninja, les mains dressées devant elle, une jambe pliée à angle droit et l'autre tendue vers l'arrière. Puis elle tourna lentement la tête, les yeux plissés comme si elle était à l'affût d'un ennemi ou d'un danger.

– Yyaahhaa, murmura-t-elle d'un air féroce.

L'inspection terminée, elle reprit tout aussi soudainement une position plus ordinaire.

– Rien à signaler, vénérable Oksa-san ! conclut-elle en parlant toute seule. Et maintenant, passons aux choses sérieuses !

Pleine d'énergie, elle s'assit au bord de son lit et fixa ses vêtements posés sur le dossier de sa chaise de bureau. Elle se concentra, impatiente de voir le résultat de ce qu'elle pressentait. Quelques secondes plus tard, les habits étaient éjectés en l'air par une force invisible. Oksa poussa un cri où se mêlait autant de surprise que de triomphe. Elle jeta alors son dévolu sur son bureau : les crayons innocemment rangés dans un pot ne tardèrent pas à se transformer en fusées, s'élançant vers le plafond dans lequel ils se plantèrent comme de gros clous. Oksa étouffa un nouveau cri. Au fur et à mesure qu'elle fixait son attention sur eux, les cartons de déménagement pas encore déballés implosaient en crachant leur contenu n'importe où et n'importe comment.

Rien n'échappait à son pouvoir dévastateur et tous les efforts de rangement de la veille furent réduits à néant en quelques secondes...

– J'hallucine ! murmura-t-elle en renversant des bibelots par la seule force de sa volonté.

Après avoir cherché sous son lit et fouillé dans les derniers cartons en attente de rangement, elle se souvint où elle avait mis les petites figurines de dessins animés sur lesquelles elle voulait tenter une nouvelle expérience magique : dans cette boîte tout au-dessus de son placard plein à craquer de bric-à-brac. Elle approcha sa chaise de bureau et monta dessus. Mais même en se hissant sur la pointe des pieds et en tendant le bras, il manquait encore une bonne dizaine de centimètres.

– Oh, elle commence à m'énerver, cette boîte ! grommela-t-elle. Allez, Oksa, par le pouvoir de tes muscles, ATTRAPE-LA !

Tout à coup, elle se sentit grandir, ou plutôt s'élever jusqu'à ce que sa main atteigne la boîte. Mais le pouvoir des ninjas ou des muscles n'y était pour rien... Oksa flottait au-dessus de sa chaise ! Elle battit des pieds et ne sentit plus rien d'autre que le vide sous elle.

– Mais qu'est-ce qui se passe ? s'exclama-t-elle avant de s'écrouler sur le sol.

La boîte de figurines fut entraînée dans sa chute et le contenu se répandit sur elle.

– Ça alors ! C'est trop fort ! dit-elle en se frottant les épaules.

Stupéfaite, elle remonta sur la chaise et essaya d'attraper une autre boîte tout aussi difficile à atteindre. Elle tendit le bras et fixa son attention sur son objectif. Le même phénomène se produisit : c'était comme si ses pieds étaient poussés *par en dessous* !

– C'est d'enfer ! eut-elle le temps de dire avant de s'écrouler une nouvelle fois.

Ignorant les chocs subis à chaque chute, elle tenta l'expérience une dizaine de fois encore pour essayer de comprendre ce qui pouvait se passer. Euphorique et débraillée, les joues en feu, elle se laissa enfin tomber sur son lit.

– Il faut que je réfléchisse, il faut que je réfléchisse… C'est de la folie…

Mais, les nerfs à fleur de peau, elle était incapable de se concentrer.

– J'ai une idée !

Elle se releva aussitôt et se planta devant son miroir.

– Je vais y arriver !

Elle essaya de se rappeler dans quel état d'esprit elle se trouvait quand elle avait voulu attraper la boîte. L'effort du bras, l'étirement, les muscles qui durcissent, l'envie farouche de toucher cette fichue boîte.

Non, pas l'envie. Ce n'était pas une envie. Plutôt un sentiment d'exaspération et d'impatience. Oui, c'était vraiment TRÈS agaçant de ne pas pouvoir atteindre cette satanée boîte, cela la mettait presque en colère. Il fallait qu'elle l'attrape à tout prix, il n'y avait que cela qui comptait. Elle ferma les yeux et s'imagina flotter comme elle l'avait fait juste avant. Quelques secondes plus tard, elle sentit ses pieds s'appuyer sur tout autre chose que le sol. Elle ouvrit prudemment les yeux pour regarder dans le miroir : elle se tenait debout, intacte, toujours la même Oksa.

Elle était juste suspendue à un mètre du sol…

8

Un secret perturbant

À Londres comme à Paris, le premier geste de Gus quand il se réveillait était d'éteindre son ordinateur. Il ne pouvait pas terminer une journée sans jouer pendant au moins une heure à un jeu vidéo. Et quand il sentait le sommeil arriver, la plupart du temps devant son écran, il se jetait sous sa couette dans un état comateux et s'endormait aussitôt, l'écran allumé projetant une lumière opaline sur les murs de sa chambre.

Ce samedi londonien avait un goût bien étrange. C'est la première fois que Gus déménageait et ce qu'il éprouvait aujourd'hui était à des années-lumière de ce qu'il avait craint. Ce changement n'avait rien de terrible et s'avérait même plutôt excitant. Au bout d'une semaine, tout était devenu presque familier ! Lui qui avait appréhendé ce départ au point de s'en rendre malade, il n'en revenait pas de se sentir aussi bien. Bien sûr, il ne fallait pas se mentir, la présence des Pollock – et surtout d'Oksa – facilitait cette adaptation fulgurante. Mais, comme disait sa mère, tout bonheur est bon à prendre…

Ses parents prenaient déjà leur petit déjeuner. Ils lui collèrent chacun un baiser mouillé sur les joues.

– Ce que vous pouvez être affectueux… leur fit-il remarquer en feignant de s'essuyer les joues avec la manche de son pyjama.

Pierre Bellanger, surnommé « le Viking » par ses amis, était un homme volumineux, toujours vêtu de noir. Une longue mèche de cheveux blonds grisonnants barrait son front et couvrait une partie de son visage rond. Jeanne, elle, avait le visage ovale et doux d'une madone, encadré par de courts cheveux noirs. Son allure svelte et élancée s'harmonisait parfaitement avec la vivacité de son regard brun.

Tous deux regardaient leur fils prendre son petit déjeuner. C'était un garçon magnifique avec ses yeux d'Eurasien, bleus et bridés à la fois, ses cheveux noirs et lisses comme des baguettes, ses mains longues et fines. Du reste, les filles ne s'y trompaient pas : depuis la maternelle, on ne comptait plus celles qui craquaient pour lui. Enfin… c'était surtout Oksa qui remarquait ce genre de choses, Gus se contentant de rougir d'un air embarrassé quand son amie lui signalait un nouveau *cas*.

– Enfin, Gus, t'es aveugle ?

– Quoi ? Qu'est-ce que j'ai ? demandait-il avec une innocence sincère.

La plupart du temps, Oksa préférait ne pas répondre et soupirait en haussant les épaules. Ce que Gus avait ? Tout simplement un physique d'enfer, un super look et une timidité que les filles trouvaient *a-do-ra-ble*. Mais pour Oksa qui le connaissait tellement mieux que les autres, il avait surtout des qualités rares : il était fidèle, prévenant, humble, gentil, intelligent… La liste était longue, mais ce qu'était Gus à ses yeux pouvait simplement se résumer en trois mots : son meilleur ami.

Deux rues plus loin, dans la petite maison de Bigtoe Square, Oksa trépignait à côté du téléphone en se mordillant les ongles. Toutes les trente secondes, elle pressait la touche « bis » et raccrochait avant d'entendre la tonalité. Si elle mourait d'envie de parler à Gus de sa prodigieuse découverte, quelque chose l'en empêchait. Elle ne doutait pas de lui, mais ce qu'elle brûlait de lui révéler était déjà assez bouleversant pour elle… Alors, tout en restant rivée près du téléphone, tremblante d'émotions contradictoires, elle essaya de se rendre à l'évidence : il était trop tôt pour parler de… *ça*. Elle n'était pas prête.

Elle essaya de fixer son attention sur un brouillon du menu que sa mère avait griffonné la veille en rentrant du restaurant, et c'est prostrée, au pied de l'escalier, que Pavel la trouva en sortant de sa chambre.

– Mais qu'est-ce que tu fais là, ma grande ? s'inquiéta-t-il.

Oksa sursauta.

– Euh… rien… bredouilla-t-elle. J'attendais que quelqu'un daigne se réveiller et me rejoigne pour déjeuner ! se reprit-elle en essayant de paraître aussi détendue que possible. Ça fait quand même quarante-huit minutes et demie que je poireaute dans ce hall battu par les vents !

– C'est la faute de ta mère ! se défendit Pavel, les yeux pétillants de malice. Moi, tu me connais... Si je m'écoutais, je serais debout à l'aube !

Oksa pouffa de rire devant l'énormité de cet « aveu ».

– Oui... si on considère que l'aube se lève aux alentours de dix heures du matin !

Pavel poussa un soupir qui se voulait pathétique, mais qui ne réussit à arracher à Oksa qu'un petit rire réjoui.

– Qu'est-ce qui se passe ? Vous avez l'air bien joyeux ce matin !

Encore tout ensommeillée, Marie Pollock venait d'apparaître en haut de l'escalier.

– C'est ma fille qui est joyeuse, lui répondit Pavel. Joyeuse de me persécuter.

– Pauvre homme... lança Marie en faisant un clin d'œil à Oksa.

Tous les trois s'installèrent dans la cuisine pour prendre un généreux petit déjeuner dans une ambiance qui conservait toute sa légèreté. En apparence, car les pensées qui traversaient l'esprit d'Oksa avaient plutôt la densité du plomb... en fusion. Tout en engloutissant d'épaisses tartines beurrées, la jeune fille bouillonnait. À plusieurs reprises, elle faillit ouvrir les vannes et parler de son secret. Devait-elle se lever et faire une annonce très solennelle ? Ou bien lâcher l'information avec désinvolture, l'air de rien, entre deux phrases ? Mieux encore : la révélation par la démonstration !!! Lancer en l'air ce torchon accroché là-bas à côté de l'évier ! Apporter un peu de fantaisie aux pots d'épices impeccablement alignés sur l'étagère !

L'idée était tentante, mais Oksa ne pouvait pas faire cela.

Elle ne pouvait rien faire. Rien dire. À personne.

Pas encore.

– Je vais prendre un bain, Maman ! avertit Oksa.

– Pas de problème, chérie.

Une fois plongée dans l'eau chaude, les yeux fixés sur le mur couvert de carrelage qui s'embuait peu à peu, Oksa essaya de remettre un peu d'ordre dans ses pensées embrouillées. Elle se sentait épuisée et en même temps débordante d'énergie. Que tout cela était compliqué… Il lui arrivait quelque chose de fantastique, ça, elle le comprenait bien. Elle avait toujours rêvé de détenir un pouvoir extraordinaire. Mais ce *quelque chose* lui faisait aussi une peur terrifiante. Elle laissa reposer sa tête contre le rebord de la baignoire et ferma les yeux. C'est alors qu'un curieux son lui parvint. D'abord faible et lointain, il se rapprocha rapidement, gonfla et prit bientôt d'assaut les tympans d'Oksa. Apeurée, la jeune fille se redressa et frémit en comprenant la terrible nature du bruit qu'elle percevait maintenant si nettement : des cris de femme, effroyables ! Elle se figea, l'oreille tendue, se demandant s'il fallait ou non qu'elle sorte de la salle de bains. Mais quelques secondes lui suffirent pour comprendre que les cris ne venaient pas de la maison, ni même de l'extérieur. Non ! Les cris venaient d'*elle* ! Ils virevoltaient dans son esprit et l'envahissaient de la tête aux pieds, la paralysant d'épouvante. Puis ils s'étouffèrent et disparurent aussi vite qu'ils étaient apparus.

Éberluée, Oksa regarda autour d'elle avant de s'enfoncer dans l'eau chaude en ne laissant émerger que le haut de son visage. Les battements de son cœur venaient de retrouver une cadence plus paisible quand elle remarqua un miroitement doré sur le carrelage embué du mur. Elle bougea la main sous l'eau pour vérifier si les reflets venaient de la baignoire. Mais le miroitement, loin d'en être modifié, persista avec cette incroyable couleur. Oksa ferma les yeux et, quand elle les rouvrit, l'éclat avait disparu. « *Il faudrait peut-être que je dorme un peu plus, moi…* se dit-elle. *Si je me mets à avoir des hallucinations…* »

Et pourtant, tout semblait si réel !

– Ça va, Oksa, tu es toujours vivante ?

Pavel Pollock était derrière la porte pour demander de ses nouvelles. Comme d'habitude… Dès qu'elle prenait un bain – et cela depuis qu'elle était en âge de le faire seule –, il l'appelait environ toutes les trois minutes pour savoir si tout allait bien.

– Oui, Papa, ça va. Je suis juste en train de me noyer… répondit-elle sur un ton faussement sérieux. Et puis j'ai branché le sèche-cheveux parce que j'aimerais bien me sécher les cheveux dans le bain. Ah, et j'oubliais, j'ai mis de l'eau de Javel au lieu du bain moussant !

– C'est ça, moque-toi d'un pauvre homme soucieux de la survie de sa petite fille adorée !

– Ah, dure dure, la vie d'une petite fille adorée, marmonna Oksa en souriant.

– Bon, appelle-moi si tu as besoin de quelque chose.

– Pas de problème, Papa, ne t'inquiète pas !

– Mais je ne suis pas inquiet !

Oksa ne put s'empêcher de sourire.

– La légendaire démesure slave… murmura-t-elle avant de s'enfoncer de nouveau sous l'eau.

Elle sortit du bain quelques instants plus tard. En s'enveloppant dans son peignoir, elle remarqua un bleu impressionnant sur son ventre, qui entourait son nombril. Oksa se demanda où elle avait bien pu se faire un tel hématome. Elle avait un peu mal, mais, vu la taille et la couleur du bleu, pas tant que ça finalement ! Était-ce en tombant quand elle avait eu ce malaise, le jour de la rentrée ? On aurait plutôt dit qu'elle avait reçu un coup de poing, et c'était exactement la sensation qu'elle avait ressentie juste avant sa chute. Bizarre… Elle regarda de plus près. « *Il faut que je montre ça à Baba… Elle doit sûrement avoir une pommade* », pensa-t-elle. Elle s'habilla et monta chez sa grand-mère.

Celle-ci l'accueillit vêtue d'une longue robe d'intérieur en velours bleu nuit.

– T'es trop belle, Baba !

– Merci, ma Douchka ! Comment vas-tu ?

– Bien. Je voulais te voir parce que j'ai un gros bleu au ventre, je suis sûre que tu as une crème ou une huile pour ça.

– Montre-moi…

Oksa souleva son T-shirt. En voyant le bleu, Dragomira mit la main devant sa bouche, l'air bouleversé.

– Tu as ça depuis combien de temps ? Pourquoi tu ne me l'as pas montré plus tôt ? Est-ce que quelqu'un d'autre l'a vu ? lâcha-t-elle, le souffle court.

– Holà ! Baba, ça fait beaucoup de questions pour un petit bleu de rien du tout ! Non, je n'ai pas ça depuis longtemps, je viens juste de le voir. Mais je suis tombée il y a trois jours, je me suis peut-être fait mal à ce moment. Euh… C'était quoi, la dernière question ?

Dragomira resta muette, ce qui était inédit pour la Baba Pollock d'un naturel si bavard. Elle paraissait à la fois abasourdie et euphorique. Puis, les yeux brillants, elle se mit à marmonner des paroles incompréhensibles, probablement en russe, pensa Oksa.

– Alors, Baba ? Tu as une crème ? répéta-t-elle.

Dragomira sortit de sa torpeur, l'air toujours aussi incrédule, et bredouilla :

– Oui oui, bien sûr, ma Douchka…

Dès qu'Oksa eut regagné l'appartement du bas, Dragomira se rendit dans son atelier-strictement-personnel. Les deux Foldingots étaient en train de dépoussiérer les étagères avec un minuscule plumeau et saluèrent leur maîtresse avec déférence. Dragomira tapota leur petit crâne fripé d'un air absent et s'installa à son bureau. Elle alluma son ordinateur, ouvrit la messagerie et pianota fiévreusement sur le clavier :

Léomido, un événement incroyable vient d'arriver : l'Empreinte, il n'y a aucun doute. Viens dès que possible ! Je contacte nos amis.
Signé : ta sœur aimante.

Le cœur battant et les mains tremblantes, elle cliqua sur « Haute importance » puis sur « Envoyer ». Un sourire éclairait son visage et ses yeux brillaient d'une étrange lueur. Elle ne put retenir un soupir à mi-chemin entre le gémissement et l'exultation.

– Notre Gracieuse endure la souffrance d'une tracasserie, c'est la question ? demandèrent les Foldingots en se précipitant vers elle.

Pour toute réponse, Dragomira se mit à danser autour de la table installée au centre de l'atelier. Flottant verticalement à un mètre du plancher, elle tournoyait en tapant des mains, les bras en l'air, et chantait avec enthousiasme. La créature en forme de pomme de terre frisée grimpa sur la table et se dandina en ébouriffant son abondante chevelure, pendant que les plantes remuaient leurs feuilles en rythme. Sauf la Goranov, effrayée par cette soudaine frénésie.

À part la Baba Pollock, personne ne connaissait les raisons de ce déchaînement. Néanmoins, aucun n'hésitait à se joindre à leur maîtresse. C'était la fête dans l'atelier !

– Mes valeureuses créatures, mes bons Foldingots, l'Empreinte est réapparue !

– L'Empreinte est réapparue ? L'Empreinte est réapparue ? Mais qu'est-ce que ça veut dire ? demanda une créature plissée à la crête dorée.

Les autres levèrent les yeux au plafond en poussant des soupirs las.

– Je t'expliquerai, l'Insuffisant, proposa le Gétorix frisé. Je t'expliquerai...

– C'est une magnificence extrême ! s'exclama l'un des deux Foldingots. L'espoir est une possibilité, c'est la question, notre Gracieuse ?

– Je ne sais pas... répondit Dragomira, retrouvant une mine songeuse. Je ne sais pas encore... Mais maintenant, j'ai des choses très importantes à faire, je vous demanderai donc de ne pas me déranger.

Les créatures rejoignirent aussitôt leurs abris : des niches douillettes aménagées dans les murs de l'atelier-strictement-personnel de Dragomira. Cette dernière s'assit devant son ordinateur, reprit sa correspondance électronique et envoya des messages à son parrain, Abakoum, ainsi qu'à d'autres amis intimes disséminés aux quatre coins de l'Europe. Une fois cette tâche accomplie, elle descendit l'étroit escalier en colimaçon et sortit par l'étui de contrebasse en le fermant soigneusement derrière elle. Puis, l'esprit en ébullition, elle s'allongea sur le sofa rouge, la tête soutenue par trois coussins moelleux, et plongea dans une profonde réflexion.

9

Confrontations

Oksa et Gus filaient à toute vitesse sur leurs rollers, ce lundi matin. Oksa se sentait toujours autant en ébullition. Elle étouffait. Son secret prenait beaucoup de place et semblait enfler d'heure en heure. Pendant le week-end, ses pas l'avaient dirigée à maintes reprises vers le téléphone ou vers l'ordinateur et elle avait bien failli céder à la tentation de tout raconter à Gus.

– Je vais exploser… se lamenta-t-elle le dimanche soir en s'affalant sur son lit.

Heureusement, elle avait dormi d'un sommeil de plomb grâce à une potion spéciale préparée par Dragomira : l'Élixir d'Or-Fée, fabriqué à base de persil, de vin, de miel et de bave d'Insuffisant, lui avait dit sa grand-mère. Bave d'Insuffisant ? Une blague *dragomirienne*, sans doute…

Aujourd'hui, la jeune fille devait affronter deux heures de cours avec le professeur McGraw, maths à neuf heures et sciences physiques à onze heures. Quel début de semaine barbare ! Pour se consoler, elle se disait qu'après, elle serait tranquille tout le restant de la journée. Jusqu'au lendemain. Ce McGraw était une vraie plaie…

Dès qu'ils furent arrivés au collège, les deux amis rangèrent leurs rollers dans leur casier. Merlin les attendait, ainsi qu'un groupe de filles qui dévisagèrent Gus d'un œil ardent tout en riant nerveusement.

– Quelle bande de cruches… marmonna Oksa.

D'habitude, ce genre de comportement l'amusait. Mais aujourd'hui – pourquoi ? –, elle se sentait exaspérée.

– Quoi ? fit Gus, toujours aussi imperméable aux minauderies des filles.

— Salut ! intervint Merlin en s'avançant. Je vous ai vus quand j'étais dans le bus, vous filiez comme des flèches, dites donc !

— Oh, tu sais, Oksa est pratiquement née avec des roues aux pieds, répondit Gus en jetant à Oksa un drôle de regard en coin.

Merlin lança un sifflement admiratif. Oksa se détourna, sentant le rouge couvrir ses joues.

— Bon, il serait peut-être temps d'y aller, maintenant... dit-elle précipitamment en réajustant sa jupe plissée.

La première heure, le cours d'anglais du professeur Bento, passa très vite. Trop vite au goût des élèves de quatrième Hydrogène, à l'unanimité. Et à neuf heures, c'est d'un pas traînant qu'ils se dirigèrent vers la salle de sciences.

Gus fut le premier à entrer et à saluer le professeur McGraw. Ce dernier était en train de planter un clou au mur.

— Installez-vous en silence, s'il vous plaît ! Si vous en êtes capables... dit-il en guise de bienvenue.

Pendant que tous prenaient place, il accrocha un petit tableau représentant l'image holographique d'une spirale. Ce qui rendit perplexe plus d'un élève. Après s'être assuré que le tableau tenait solidement, le professeur McGraw se retourna et fixa les collégiens de son regard d'encre, un à un, comme s'il cherchait à démasquer le responsable d'un crime horrible. Cet homme semblait en permanence suspecter tout le monde sans que l'on puisse savoir de quoi. Après cette inspection réfrigérante, il tourna le dos et écrivit au tableau les consignes du jour. Soudain, le silence de plomb fut rompu par le bruit d'un crayon tombant par terre. Le professeur McGraw s'arrêta net. Sans même se retourner, il annonça brutalement :

— Mademoiselle Beck ! Avez-vous besoin d'aide pour maîtriser l'extrême vitalité matinale de votre crayon ou pensez-vous y arriver seule ?

— Excusez-moi, monsieur, bredouilla l'infortunée Zelda en se baissant pour ramasser le crayon.

Certains élèves se regardèrent, surpris. D'autres inclinèrent la tête, impressionnés. Oksa fit un petit sourire à Zelda pour la détendre. Cette dernière rejeta ses longs cheveux châtains en arrière et lui répondit par un regard désespéré qui embuait ses grands yeux bruns.

– Prenez vos cahiers, ordonna le professeur, et recopiez l'énoncé de cet exercice.

Toujours face au tableau, il continua à écrire ce qu'il avait commencé. Deux minutes plus tard, il s'interrompait de nouveau. Il se retourna pour fixer Zelda qui, sous l'effet de l'émotion, avait accidentellement fait glisser son sac du dossier de sa chaise.

– Puisque vous avez décidé de déranger mon cours à l'infini, mademoiselle Beck, permettez que je perturbe à mon tour votre emploi du temps en vous donnant deux heures de colle !

– Mais, monsieur, je ne l'ai pas fait exprès ! dit Zelda, les larmes aux yeux.

– Oh, s'il vous plaît ! Inutile de penser m'attendrir avec des pleurs et des gémissements, je suis hermétique à toutes ces mièvreries.

– Ça, c'est sûr… murmura Oksa.

Le professeur McGraw se tourna vers elle.

– Mademoiselle Pollock a-t-elle un commentaire dont elle voudrait nous faire part ?

Surprise, Oksa eut un temps d'arrêt. Puis elle inspira à fond avant de lancer :

– Je trouve que deux heures de colle pour un sac qui tombe par terre, c'est un peu sévère.

Le silence que le professeur laissa s'installer avant de répondre figea tous les élèves dans un très inconfortable malaise.

– Mademoiselle Pollock, si héroïque que soit votre intervention, je vous dispense de ce jugement, fit-il d'une voix cassante. Ces deux heures de colle sont tout à fait justifiées et ce n'est pas à vous de les remettre en cause. Et maintenant, reprenons le cours. Cette interruption n'a que trop duré.

Il se tourna et écrivit au tableau avec une nervosité contenue. « *Il abuse…* » se dit Oksa. Elle ressentait une grande colère et une grande frustration face à la rudesse de cet homme glacial. Et dire qu'elle disposait de tous les moyens pour le mettre à l'épreuve… Lui faire tomber le tableau sur la tête ou bien faire voler toutes les feuilles du livre posé sur le bureau, le choix était vaste.

Cette pensée ne tarda pas à faire son chemin dans son esprit révolté. Quelques secondes plus tard, le feutre que tenait le professeur s'éjecta littéralement de sa main pour cogner le plafond avant de tomber sur le sol. Hasard ou préméditation ? Quoi qu'il en soit, le petit bruit sec produit par la chute ne manqua pas de crisper le professeur. Tout le monde retint son souffle. Au comble de la jubilation, Oksa s'agita sur sa chaise, faisant crisser les quatre pieds métalliques sur le parquet ciré. Gus lui jeta un regard alarmé juste au moment où le professeur se raidissait dangereusement. Puis le rugissement jaillit, guttural et effrayant :

– MADEMOISELLE POLLOCK !

Le cœur d'Oksa fit un looping dans sa poitrine. Le professeur McGraw était toujours de dos, mais personne n'avait besoin de le voir de face pour comprendre combien il était furieux.

– Mademoiselle Pollock ! répéta-t-il d'une voix tonitruante. Veuillez quitter cette salle *im-mé-dia-te-ment* !

Le sourire d'Oksa s'effaça pour laisser place à une expression de panique. Son sang se glaça et elle sentit ses oreilles se boucher sous la pression qui s'accélérait. Les élèves la regardèrent, ébahis. Aucun ne comprenait pourquoi le professeur McGraw s'en prenait à elle. En essayant de ne pas montrer le trouble qui gagnait du terrain, elle quitta la salle de classe avec dignité, sans un regard pour le terrible professeur.

Une fois dehors, pourtant, elle n'en menait pas large. Furieuse et effrayée d'avoir été renvoyée, elle erra un moment dans le couloir, le long des salles de classe dont elle voyait l'intérieur par les vitres qui occupaient la partie supérieure des murs. Le professeur McGraw lui avait demandé de sortir, mais elle ne savait pas où aller. Tout ça pour un malheureux grincement de chaise…

– C'est trop fort, quand même… se dit-elle, dégoûtée par ce qu'elle considérait comme un véritable abus de pouvoir.

Elle continua de déambuler dans le couloir en se rongeant nerveusement un ongle. Alors qu'elle passait devant les sanitaires, elle se retrouva nez à nez avec un collégien qui sortait des toilettes pour garçons. HORREUR ! C'était la brute de troisième qui l'avait bousculée !

– Alors, la morveuse, tu rôdes autour des toilettes pour garçons ? lui souffla-t-il en pleine figure, tournant autour d'elle comme un lion autour de sa proie, la figeant sur place.

Et sans qu'elle s'y attende, il la poussa violemment à l'intérieur.

Oksa se recroquevilla dans le box du fond vers lequel elle s'était précipitée. Une vaine protection, elle le savait bien... Elle était à la merci de cet Ostrogoth, piégée comme une souris. Mais qu'est-ce qu'il lui voulait ? Pourquoi s'en prenait-il à elle ? Il ne tarda pas à la rejoindre.

– Ah, te voilà ! Tu fais moins ta fière, hein ? brailla-t-il en la fixant de ses yeux noirs, perçants comme des flèches empoisonnées. Tu t'es fait jeter de cours, c'est ça ? Mademoiselle se prend pour le génie du siècle, mais t'es qu'une pauvre minable !

– Je ne te connais pas ! Je ne t'ai rien fait, laisse-moi tranquille, tenta-t-elle de se défendre.

– Et pourquoi je te laisserais tranquille ? répondit-il d'un ton mauvais.

Abasourdie par cette question inquiétante, Oksa se tassa dans le peu d'espace qui restait. Son corps commença à trembler et sa vue à se brouiller. Elle ne se souvenait pas d'avoir déjà eu aussi peur de toute sa vie. Et en même temps, elle était furibarde de se trouver dans cette situation ridicule.

– Je ne veux plus te voir traîner près de moi, ça me fatigue d'avoir des morveuses comme toi dans les jambes, continuait d'éructer l'Ostrogoth de sa grosse bouche molle. Je vais t'enfermer dans les toilettes parce que c'est le seul endroit qui convient aux mômes débiles qui se croient supérieurs aux autres...

À ces mots totalement injustifiés, Oksa se mordit si fort la lèvre inférieure qu'elle sentit le goût métallique du sang envahir sa bouche. L'Ostrogoth lui prit le bras et la tira méchamment hors du box. Oksa gémit. Le tourbillon de terreur qui s'était formé au creux de son ventre se transformait peu à peu en une vertigineuse vague de colère. Elle n'allait pas se laisser faire !

Soudain, une des portes battantes tapa violemment contre le mur. Oksa ne put s'empêcher de sursauter. Mais sa surprise ne fit qu'augmenter quand toutes les portes se mirent à battre avec une telle force que les murs laissaient tomber de petites écailles de plâtre. Le vacarme était épouvantable. Les yeux écarquillés, elle regardait les portes frapper les cloisons quand l'Ostrogoth lui assena une bourrade dans le dos. Elle se retourna. Il ne paraissait pas comprendre combien la situation était... anormale ! Et dangereuse ! Elle le fixa avec la folle envie de l'aplatir comme une crêpe tout en tendant une main devant elle pour l'empêcher d'approcher. Un grondement sourd se fit alors entendre et le corps de l'Ostrogoth fut agité de spasmes étranges. Oksa ne saisissait pas très bien ce qui se passait, mais elle constata le terrible résultat : comme assailli par une force invisible, l'Ostrogoth fut littéralement soulevé de terre et projeté contre les lavabos à plus de quatre mètres en arrière ! Il retomba contre le mur de faïence en poussant un grognement de douleur et resta là, à moitié groggy, gisant sur le sol, du sang coulant de son nez.

Oksa se précipita, affolée, les yeux grands ouverts et emplis d'effroi.

– Je n'ai rien fait ! Je ne t'ai pas touché… Ce n'est pas moi ! se défendit-elle en se tordant les mains. Je te jure que ce n'est pas moi, je te jure !

L'Ostrogoth se releva tant bien que mal en se frottant la tête et en jetant un regard assassin à Oksa. Son pantalon descendait sur ses hanches, faisant ressortir un bourrelet de peau blanche. D'un geste brusque, il passa la main dans ses cheveux noirs coupés en brosse et remonta son pantalon. Puis il s'avança pesamment vers Oksa, le poing menaçant, quand, soudain, la porte s'ouvrit.

M. Bontempi venait de faire irruption dans les toilettes et les regardait d'un air sévère.

10

Une humeur orageuse

– Que signifie ce vacarme ? tonna M. Bontempi. On vous entend dans tout le collège !

– Excusez-nous, monsieur, intervint l'Ostrogoth. La porte était bloquée, je n'arrivais pas à la refermer et un courant d'air a fait claquer toutes les autres portes.

– Hum hum… marmonna le directeur en balayant le local du regard. Que faites-vous dans les toilettes des garçons, mademoiselle Pollock ? interrogea-t-il en apercevant Oksa qui tentait de se faire toute petite. Vous devriez être en cours !

Puis son attention dévia vers l'Ostrogoth qui se tamponnait le nez avec un essuie-mains. Son regard passa alternativement du garçon à Oksa.

– Que se passe-t-il avec vous deux ? Vous vous êtes battus ? demanda-t-il d'un ton mi-soupçonneux, mi-inquiet.

Oksa, interdite et confuse, se sentit incapable de prononcer le moindre mot. « *Je suis la fille la plus dangereuse du monde, surtout ne m'approchez pas, je n'ai aucune maîtrise de mon pouvoir !* » C'est tout ce qu'elle aurait pu dire à cet instant. L'Ostrogoth lui jeta un coup d'œil hargneux, laissa passer quelques secondes qui la plongèrent dans une terreur noire et répondit enfin avec un petit rire :

– Battus ? Oh, non, monsieur ! Le professeur Lemaire m'a autorisé à quitter le cours parce que je saignais du nez. J'ai croisé Oksa Pollock dans le couloir et elle m'a accompagné aux toilettes pour m'aider à me nettoyer.

Oksa resta bouche bée en entendant le mensonge de l'Ostrogoth. Il n'y avait qu'une chose vraie dans les paroles de ce barbare : son nom ! Comment le connaissait-il, d'ailleurs ? Et pourquoi racontait-il des histoires pareilles à M. Bontempi ?

Certaines connexions avaient dû être endommagées dans son cerveau au moment de l'*accident*, ce n'était pas possible autrement ! Quel intérêt avait-il donc à cacher la vérité ? Il avait pourtant une occasion en or de la compromettre. À moins qu'il n'en soit pas à son coup d'essai et que tous ces mensonges ne soient destinés en réalité qu'à le couvrir, *lui*...

– Est-ce vrai, mademoiselle Pollock ? Il n'y a pas eu de bagarre ?

– Non, monsieur, répondit Oksa avec aplomb mais le cœur cognant dans la poitrine. Je serais bien incapable de me battre avec un garçon aussi costaud ! ajouta-t-elle avec une grimace en évitant soigneusement de croiser les yeux du garçon en question.

Elle se maudissait de paraître aussi *gnangnan*. Bien sûr qu'elle était capable de se battre ! Elle venait de le prouver en direct...

– C'est vrai que je ne vous imagine guère en boxeuse ! souligna M. Bontempi, contredisant sur-le-champ les pensées d'Oksa. Bon, jeune homme, vous devriez passer à l'infirmerie.

– Ce ne sera pas nécessaire, monsieur, répondit l'Ostrogoth. Je retourne en classe. Ça va beaucoup mieux.

Sur ce, il tourna les talons et sortit des toilettes, raide comme un piquet, sans un regard pour Oksa qui se faisait plus petite que jamais. Une fois qu'il fut parti, M. Bontempi continua son interrogatoire.

– Et vous, mademoiselle Pollock, que faisiez-vous donc dans le couloir à cette heure ? Vous alliez aux toilettes, vous aussi ?

– Non, monsieur. J'ai été... j'ai été renvoyée du cours du pro... professeur McGraw, bredouilla Oksa, trop troublée pour pouvoir dire autre chose que la vérité.

– Renvoyée ? Seigneur... Et pourquoi donc ? répliqua M. Bontempi en fronçant les sourcils.

– Je ne sais pas, monsieur, répondit Oksa d'une toute petite voix.

– Comment ça, vous ne savez pas ?

– Il m'a dit de quitter le cours, c'est tout, monsieur.

– Je suis très étonné... grommela-t-il entre ses dents.

Il la regarda avec un peu plus d'attention : elle avait l'air bien inoffensive pour pousser quelqu'un de la trempe de McGraw à la renvoyer de cours. Franchement, il se demandait ce qui avait pu susciter une telle sévérité. Une élève de quatrième… Une nouvelle…

– Suivez-moi.

Le directeur posa la main sur l'épaule d'Oksa. Quand elle comprit qu'ils se dirigeaient vers la salle de sciences, son désespoir s'accrut.

– Oh, non, pitié… laissa-t-elle échapper.

M. Bontempi devait avoir l'oreille particulièrement fine car il entendit ces mots, pourtant à peine murmurés.

– Pourquoi « pitié », mademoiselle Pollock ? Le professeur McGraw est-il si terrible ?

– Non, non, monsieur… mentit-elle en se donnant mentalement deux grosses claques sur les joues.

Pendant qu'elle longeait les couloirs bordés de colonnades en compagnie du directeur, elle se sentait sur des charbons ardents. Des bouffées de rage et d'appréhension explosaient en elle et se répandaient dans ses veines comme un véritable poison. Sa mésaventure dans les toilettes l'avait perturbée et elle n'avait aucune envie que McGraw en rajoute une couche. Ça suffisait comme ça ! Soudain, le directeur marqua un temps d'arrêt. Prenant appui sur la rambarde de pierre qui bordait la galerie, il se pencha vers l'extérieur en direction de la cour. La tête levée, il regarda le ciel en marmonnant :

– Seigneur, on dirait qu'il va y avoir une sacrée averse…

En effet, de lourds nuages sombres chargeaient le ciel, l'obscurcissant considérablement. La luminosité se réduisit vite et, bien qu'il fût à peine dix heures du matin, on aurait pu croire que la nuit tombait déjà. Des lampes s'allumèrent dans les salles de classe, éclairant les couloirs. Un long frisson parcourut l'échine d'Oksa alors qu'une pluie furieuse s'abattait dehors avec violence.

Le directeur et la jeune collégienne étaient arrivés devant la porte de la salle de sciences, ainsi qu'Oksa l'avait redouté. M. Bontempi entra directement après avoir toqué deux coups brefs à la porte. Les élèves se levèrent en faisant racler leur chaise sur le parquet comme Oksa l'avait fait tout à l'heure. *« Oh ! là, McGraw ne va pas aimer du tout… Ça va pas arranger mes affaires… »* pensa-t-elle en faisant un énorme effort de concentration pour tenter de devenir invisible. Ses nouveaux talents le lui permettaient peut-être ?

— Monsieur le directeur, que puis-je…

— Professeur McGraw, j'ai rencontré cette élève perdue dans les couloirs et je voulais m'assurer qu'elle retrouverait bien sa classe, l'interrompit M. Bontempi en taisant l'épisode des toilettes pour garçons.

— Mlle Pollock n'était pas perdue, monsieur le directeur, je l'ai renvoyée du cours, lança sèchement McGraw.

— Je vous demande pardon ? demanda M. Bontempi. Je ne vous ai pas entendu, cette pluie fait un vacarme de tous les diables…

McGraw répéta ce qu'il venait de dire en forçant la voix pour couvrir le bruit des trombes d'eau qui s'abattaient dehors. Il était très pâle et on voyait qu'il contenait difficilement sa rage.

— Et qu'a donc fait Mlle Pollock pour mériter ce renvoi ? continua M. Bontempi sur un ton détaché.

— Oublions cela, monsieur, murmura McGraw en serrant les dents, blanc de colère. Veuillez reprendre votre place, mademoiselle Pollock.

Et pour la première fois depuis l'irruption du directeur, son regard croisa celui d'Oksa. Un regard noir et sinistre que la jeune fille reçut comme une gifle. Elle sentit son cerveau se glacer, puis exploser. La douleur fut telle qu'il lui sembla que des éclats de verre transperçaient sa boîte crânienne. Soudain, un formidable coup de tonnerre éclata, suivi d'un éclair brillant qui cingla le ciel. Toutes les lumières s'éteignirent, faisant aussitôt jaillir des cris des salles de classe.

— Bonté divine ! s'exclama M. Bontempi. Les plombs qui sautent, il ne manquait plus que cela !

Oksa fut assourdie par le claquement brutal de la foudre. Profitant de l'obscurité dans laquelle le collège tout entier était désormais plongé, elle sortit de la classe dont la porte restée ouverte battait contre le mur. Un puissant courant d'air soufflait dans les galeries des trois niveaux qui donnaient sur la cour et des élèves affolés se pressaient aux portes des classes. Oksa se rapprocha de la rambarde et regarda le ciel avec un sentiment partagé entre la terreur et la fascination. Les nuages de plomb laissaient échapper des éclairs terribles et se succédaient à un rythme soutenu, éclairant de façon intermittente la cour et les statues de pierre.

— C'est le déluge ! cria un élève à côté d'elle.

– La fin du monde ! renchérit un autre en courant se mettre à l'abri dans une classe.

Oksa, quant à elle, ne pouvait détacher ses yeux de ce spectacle cataclysmique. La violence des éléments était à la mesure de ce qu'elle ressentait et, même si elle était effarée, elle se trouvait en parfaite harmonie avec ce ciel ténébreux lacéré d'éclairs.

– Je n'ai jamais vu un orage d'une telle force, lança quelqu'un à côté d'elle.

Oksa tourna la tête et reconnut Merlin.

– C'est infernal ! cria-t-il pour se faire entendre. Écarte-toi, ça peut être dangereux !

L'orage ne dura pas longtemps. Quelques minutes plus tard, la pluie cessa et les nuages se dissipèrent pour laisser place à un ciel bleu et pur. Les élèves, excités par cette interruption, rejoignirent leur classe et les cours reprirent dans un calme très relatif. Oksa se tassa sur sa chaise et, consciente d'avoir été triplement amnistiée – par l'Ostrogoth, par Bontempi et par McGraw –, se promit de ne pas bouger d'un seul millimètre jusqu'à la fin du cours.

Pendant la pause, deux sujets monopolisèrent toutes les conversations. D'abord, l'orage, dont les traces étaient encore bien visibles : la cour détrempée était jonchée de tuiles brisées et des flaques d'eau s'étaient formées sur le sol couvert de pavés irréguliers. Le second objet de toutes les attentions n'était autre qu'Oksa. Nombreux étaient ceux qui l'avaient vue revenir en cours, escortée par le directeur, et les potins allaient bon train.

– Eh ben, ma vieille, fit Gus, tu m'as encore fichu une de ces trouilles ! Personne n'a compris ce qui s'était passé. Et résultat, c'est toi qui prends... C'est injuste ! En plus, toi qui détestes te faire remarquer, c'est super réussi...

– Je sais, je suis désespérée... C'est la cata totale, répondit Oksa d'une voix misérable.

– Pourquoi ? intervint Merlin en la regardant avec insistance. Tu mériterais qu'on te porte en triomphe pour avoir tenu tête à McGraw !

– Bravo, Oksa ! la félicita un autre élève qui venait de rejoindre le groupe. Tu as osé dire tout haut ce qu'on pensait tous ! McGraw abuse vraiment...

— Il va finir par se calmer, tu sais, la rassura Zelda. Le directeur n'avait pas l'air content après lui. Surtout que tu n'avais rien fait !

— Toi non plus... renchérit très justement Oksa.

Elle faillit faire remarquer que McGraw avait été maladroit, lui aussi, en laissant « échapper » son feutre. Mais sa conscience n'était pas totalement indemne... Alors, elle préféra passer l'incident sous silence.

— C'est nul ! ajouta Merlin, scandalisé.

Gus regarda Oksa du coin de l'œil avec un air désolé tandis qu'elle se ratatinait encore un peu plus sur le banc.

Elle passa le reste de la journée à se faire aussi discrète que possible et à concentrer son attention sur les cours, y compris celui du professeur McGraw en fin de matinée. Ce dernier lui facilita la tâche car, toute l'heure durant, il se comporta comme si Oksa n'était pas là. Pas une seule fois il ne croisa son regard. Pas une seule fois il n'adressa de remarque désobligeante à quiconque. Déconcertés mais soulagés, tous profitèrent de cette accalmie en se plongeant dans le cours de leur étrange professeur avec une application studieuse.

— Monsieur Poicassé et mademoiselle Pollock, vous resterez pour ranger le matériel... annonça-t-il quand la sonnerie retentit.

Oksa regarda Gus d'un air dépité. Cette journée était aussi pénible qu'interminable...

— Courage, ma vieille ! lui murmura Gus. On se rejoint au réfectoire, d'accord ?

— D'accord... marmonna Oksa.

Elle commença à rassembler les éprouvettes disséminées sur les plans de travail. Pendant ce temps, Merlin rinçait des pipettes.

— Tu sais ce que pensait Einstein ? lança-t-il soudain.

— Non, je ne sais pas... répondit Oksa, heureuse de cette diversion.

— Eh bien, c'est assez extraordinaire. On le connaît surtout pour sa théorie de la relativité, mais cet homme était un vrai visionnaire, il a compris très tôt qu'on pouvait utiliser l'énergie solaire, par exemple...

— Je suis tout à fait d'accord avec vous ! résonna la voix du professeur McGraw.

Oksa se figea pendant que Merlin perdait contenance. Aucun des deux n'avait entendu entrer le professeur.

– Qu'est-ce qui vous plaît tant chez Einstein ? continua ce dernier, le visage éclairé.

La simple évocation du grand scientifique semblait avoir métamorphosé le rigide McGraw en homme attentif et exalté, tout à l'écoute du jeune collégien.

– C'est surtout son travail sur la lumière qui m'intéresse, répondit Merlin en rougissant, à la fois impressionné et inquiet de l'intérêt qu'il suscitait.

McGraw l'observa un instant et l'encouragea à poursuivre.

– Que savez-vous des travaux d'Einstein ?

Merlin hésita, puis se laissa convaincre par les yeux brillants de curiosité du professeur.

– Je sais qu'il a démontré que la lumière pouvait être comparée à une onde ou à un courant de particules…

– Je comprends que ce sujet vous intéresse, je suis moi-même passionné par ce grand scientifique et l'effet photoélectrique. J'ai travaillé pour la CIA, voyez-vous, et je peux vous dire que les applications que l'on peut concevoir à partir des théories d'Einstein sont fort nombreuses, notamment dans le domaine militaire…

Emporté par son enthousiasme, il fit un grand geste de la main. Le flacon rempli d'un liquide bleuté qui était posé sur son bureau se retrouva projeté en l'air sous l'impact. Oksa ne put s'empêcher d'agir.

Le flacon se figea, suspendu à deux mètres du sol, parfaitement vertical. Puis il retrouva la place qu'il venait de quitter sur le bureau.

Tout cela en une seconde et demie et, surtout, sans aucune intervention… manuelle.

Oksa se mordit la lèvre, horrifiée par sa bévue. Merlin continuait de nettoyer ses pipettes, rien à craindre de ce côté. Mais en ce qui concernait McGraw… AÏE ! Le professeur avait les yeux braqués sur elle et la regardait d'un air impassible. Impassible ! Il avait tout vu, Oksa le savait. Et pourtant, il était là, imperturbable, comme si ce qu'elle venait de faire *sous ses yeux* était normal !

– Nous reparlerons d'Einstein plus tard, si vous le voulez bien… dit-il enfin. Il est temps que vous rejoigniez vos camarades, maintenant.

Oksa ne se le fit pas dire deux fois. Déroutée, elle ramassa son sac et, le cœur brûlant, elle sortit en vitesse, Merlin sur ses talons.

11

La Tanière aux Statues

Oksa savait bien que Gus essayait par tous les moyens de se retrouver en tête à tête avec elle. « Qu'est-ce qui s'est passé ? T'as l'air vraiment bizarre... » lui avait-il glissé quand elle était arrivée au réfectoire. Mais, dès le déjeuner terminé, elle s'enfuit en bredouillant qu'elle allait aux toilettes. N'importe quoi ! Elle venait d'y aller dix minutes plus tôt ! Loin d'être dupe, Gus voulut la retenir. Trop tard. Elle s'était échappée...

Le jour de la rentrée, profitant de sa qualité d'ancien de St Proximus, Merlin avait joué les guides en entraînant Gus, Oksa et Zelda à travers le dédale du collège. Un endroit avait particulièrement frappé Oksa : le local où étaient stockées les vieilles statues brisées, aussitôt baptisé « la Tanière aux Statues » par le petit groupe. Dans sa volonté d'échapper aux questions de Gus, Oksa eut du mal à resituer son emplacement. Mais à peine eut-elle franchi le seuil qu'elle se dit qu'elle avait choisi le lieu idéal pour s'isoler.

Il émanait de cette ancienne cellule monastique une ambiance singulière et confinée tout à fait conforme à son état d'esprit. Là, dans l'obscurité à peine troublée par la lumière des vitraux, elle resta enfermée pendant près d'une heure, adossée au buste d'un saint inconnu.

Depuis cet incident malheureux avec l'abominable McGraw, elle se sentait en proie au trouble le plus intense. En faisant voltiger le feutre des mains du professeur, elle avait agi bêtement, elle le savait. Et pourtant, quel plaisir elle avait eu à le tourmenter ! Elle avait senti en elle un pouvoir qui l'avait fascinée. La suite, par contre, avait une tout autre saveur. Car maintenant qu'elle pouvait se repasser intérieurement le film de ce qui s'était produit, elle comprenait son imprudence et en redoutait les conséquences. Elle n'avait rien prémédité. Seul son instinct l'avait poussée à agir, ce qu'elle avait en elle était devenu incontrôlable. Et c'était pire que tout !

– Mais qu'est-ce que j'ai fait ? murmura-t-elle, désespérée.

Quant à l'*affaire Ostrogoth*, Oksa s'avouait encore plus perdue. Même si cet abruti l'avait mise dans une colère noire, elle n'avait jamais voulu lui faire de mal. Absolument pas ! Elle avait beau avoir une imagination fertile, elle savait quand même faire la différence entre le rêve et la réalité ! La tentation d'utiliser ses pouvoirs était grande et ô combien facile, mais elle était consciente qu'ils devaient rester soumis aux contraintes et aux exigences du monde réel. Cependant, face à l'Ostrogoth, c'était comme s'il n'y avait plus aucun fossé entre les deux. Quand il la terrorisait dans les toilettes, elle aurait adoré lui envoyer un coup de poing surpuissant dans le ventre et l'éjecter à quatre mètres d'elle. Elle aurait adoré. Vraiment. Mais virtuellement. Pourtant, c'était arrivé *pour de vrai* et bien qu'elle n'ait rien fait. Comment aurait-elle pu ? Et lui, alors ? Comment avait-il pu se retrouver dans cet état ? Elle ne l'avait même pas touché… Elle revit le nez en sang et le corps effondré du garçon contre la céramique du mur. Quelle violence ! Il aurait pu se tuer ! *Elle aurait pu le tuer ?* À cette pensée, elle frissonna.

Toujours assise par terre, dépitée, les coudes sur les genoux, Oksa inspira profondément. Un rai de lumière rougeâtre passait à travers les vitraux sales et éclairait l'étrange local d'une lumière poussiéreuse. Il s'arrêtait sur un lave-mains encrassé qu'Oksa se surprit à fixer d'un regard plein de défi. À la fois par jeu et par curiosité, elle se concentra en canalisant toute son attention sur le petit robinet. Il semblait rouillé et hors service. Néanmoins, elle sentit une singulière envie prendre forme : et pourquoi n'ouvrirait-elle pas ce robinet par la seule force de sa volonté ? C'était inutile, mais tellement réconfortant d'imaginer qu'elle pouvait y arriver ! Immobile et résolue, elle rassembla la moindre de ses pensées et la plus infime portion d'énergie.

Le robinet ne mit pas longtemps à céder. Quelques secondes plus tard, un filet d'eau formait un étonnant tourbillon dans l'air et se tordait en gracieuses volutes pour venir s'écraser aux pieds d'Oksa. La jeune fille tendit la main vers le jet qui dessinait maintenant une arabesque compliquée. L'eau gicla mollement sur sa paume, éclaboussant la manche de sa veste.

Tout cela était impossible à croire et, pourtant, rien n'était plus vrai…

12

Des hypothèses troublantes

– Oksa, attends-moi !

Gus essayait de rejoindre son amie qui, rollers aux pieds, avait filé dès le dernier cours en le semant pour la cinquantième fois de la journée. Oksa, le cœur serré d'agir ainsi, fit mine de ne pas l'entendre, mais réduisit néanmoins ses efforts pour le distancer. Tout en filant comme une flèche, elle jetait des coups d'œil derrière elle pour s'assurer qu'il la suivait toujours. C'était cruel et minable, elle le savait. Son attitude était contradictoire et bien peu amicale, elle la regrettait sans parvenir pourtant à faire le moindre effort pour l'améliorer…

Elle poursuivit son chemin jusqu'à St James' Park où elle s'installa sous un saule pleureur. Face à la rivière qui coulait paisiblement, elle contempla les canards. Ils avaient de la chance, eux. Pas de McGraw pour leur pourrir la vie, pas d'Ostrogoth pour leur gâcher le paysage…

– Oh, tu es là ? s'exclama-t-elle en voyant Gus qui, quelques minutes plus tard, s'avança vers elle en affichant un air contrarié.

– Oui, je suis là, et ne me dis pas que ça te fait plaisir, je ne te croirai pas ! répondit-il d'un ton cinglant. Merci ! C'est sympa de m'avoir attendu…

– Excuse-moi… Je ne voulais pas te faire de peine. Je me sens un peu bizarre aujourd'hui.

– J'avais remarqué… renchérit-il en lui adressant malgré tout un sourire indulgent. J'espère seulement que tu n'oublies pas qui est ton meilleur ami !

Il s'installa à côté d'elle.

– Je me doutais que tu viendrais là…

Ils regardèrent un moment les écureuils qui bondissaient sur l'herbe et les enfants qui leur jetaient des cacahuètes.

– Tu te rappelles quand on est venus dans ce parc l'année dernière pendant le voyage scolaire ? dit Gus. Si on m'avait dit qu'un an plus tard, j'habiterais juste à côté…

Puis, sur un ton triste, il lança :

– J'ai l'impression qu'on ne s'est jamais aussi peu vus… Heureusement qu'on est dans la même classe, qu'est-ce que ce serait sinon ?

Oksa se sentit honteuse. Elle n'avait pas très bien traité son ami aujourd'hui. Un peu gênée, elle attendit qu'il continue.

– Ça va, ma vieille ? demanda-t-il sans la regarder, en tripotant un brin d'herbe.

– Non, ça ne va pas très fort… avoua-t-elle. Je suis complètement paumée.

– C'est normal, déclara Gus. Ça fait beaucoup de changements en peu de temps, tout est nouveau : le pays, la maison, le collège… Tu subis le contrecoup, c'est tout.

– C'est pas ça, Gus…

Quelques minutes s'écoulèrent dans un silence inconfortable.

– Bon… finit par lancer le garçon en jetant un regard en biais à son amie. J'ai l'impression qu'il va falloir que je te tire les vers du nez si je veux réussir à comprendre !

Oksa avait l'impression de s'enliser dans ses propres pensées. Son secret commençait à prendre beaucoup de place et elle mourait d'envie de le révéler. Alors, pourquoi hésiter ?

– Gus ? fit-elle, les nerfs à vif. Quoi qu'il arrive, est-ce que je suis et resterai ton amie ?

– Euh… oui, bien sûr !

– Tu me le jures ?

– Je te le jure !

Oksa prit une profonde inspiration, excitée par ce qu'elle s'apprêtait à faire.

– Tu vois cette pomme de pin là-bas, près du banc ?

– Oui, répondit Gus, intrigué.

– Regarde bien…

La pomme de pin s'éleva du sol, d'abord timidement, puis plus résolument, pour se propulser une dizaine de mètres plus loin où un écureuil s'élança pour s'en emparer. Gus poussa un cri d'étonnement et regarda tour à tour la pomme de pin et

Oksa. Mais la démonstration ne faisait que commencer… La pomme de pin monta à la verticale, comme portée par une main invisible. L'écureuil se mit à sauter pour l'attraper et Oksa ne put s'empêcher de le faire tourner en bourrique en envoyant le fruit convoité du sol jusqu'aux premières branches d'un gros arbre. Puis elle jeta son dévolu sur un énorme tas de feuilles mortes et aussitôt un véritable tourbillon se déchaîna, éparpillant le monticule dans les airs – et suscitant les cris scandalisés des jardiniers du parc.

– Ne me dis pas que c'est toi qui viens de faire ça ?! s'exclama Gus d'une voix étouffée.

– Pourquoi ? Tu en doutes ? Regarde !

Cette fois-ci, c'est le sac de Gus qui fut sa cible. Impressionné, le garçon sauta comme s'il était monté sur ressorts et attrapa son sac qui flottait à cinquante centimètres du sol. Il regarda autour de lui d'un air inquiet avant de bredouiller :

– Comment tu fais ça ?

– Je ne sais pas, Gus.

– D'accord… fit le garçon, sceptique. Tu essaies de me faire croire que tu arrives insolemment à défier les lois de la gravité et que tu n'as aucune idée de la façon dont tu y parviens, c'est ça ?

– Je veux que ça arrive, c'est tout.

– Euh… tu sais, moi aussi je ferais bien ce genre de choses. Mais j'ai beau le vouloir, il me semble que ça ne suffit pas. Il va falloir que tu me donnes des arguments un peu plus convaincants, ma vieille !

– Comme ça ? demanda Oksa en s'élevant à vingt centimètres du sol à la manière d'un yogi hindou.

Gus la dévisagea avec stupéfaction et agrippa sa main pour la ramener brutalement sur le sol.

– Mais t'es malade ? T'imagines si on te voyait ?

Oksa se rembrunit.

– Non, je ne préfère pas…

– Mais… comment c'est arrivé ?

– Je n'en ai pas la moindre idée, Gus.

Et le cœur soulagé de pouvoir enfin parler, elle se mit à lui raconter tout ce qui s'était passé pendant ces six derniers jours. Les expériences dans sa chambre. Le bon tour joué à McGraw. Le duel avec l'Ostrogoth. Gus l'écouta attentivement jusqu'au bout, sans l'interrompre. Quand elle eut terminé, il plaqua son dos contre le tronc d'arbre et siffla entre ses dents :

— C'est hallucinant ! Jamais je n'aurais cru que ce genre de choses pouvait *réellement* arriver !

Il la regarda à nouveau et, cette fois-ci, il put croiser ses yeux, brillants d'exaltation.

— Mais il faut que tu sois très prudente, tu sais ? Tu pourrais t'attirer de gros ennuis. Est-ce que tu as conscience de ne pas être *tout à fait* comme tout le monde ?

Oksa opina vigoureusement de la tête.

— Tu sais ce qu'on faisait aux gens comme toi, il n'y a pas si longtemps ? On les brûlait vifs ou on les pendait aux arbres jusqu'à ce qu'ils deviennent des cadavres desséchés !

— Oh, Gus, n'exagère pas, on est au XXIe siècle, quand même ! En tout cas, merci de me rassurer, c'est trop sympa…

— Je dis ça parce que je te connais, ma vieille. Tu as tendance à déborder facilement…

Sur ce point, Oksa ne pouvait qu'être d'accord avec lui. Depuis leur petite enfance, Gus avait toujours été la voix de la raison. « Attention, Oksa ! Tu ne devrais pas… Sois prudente… Punaise, Oksa, non… » Combien de fois avait-il joué les garde-fous ? C'était extrêmement énervant, mais il fallait le reconnaître : il ne se trompait jamais…

Quand Oksa et Gus se décidèrent à quitter le parc, dix-huit heures venaient de sonner. Il était temps de rentrer. Les deux amis s'engagèrent vers la sortie, réconfortés par leur connivence retrouvée. Cependant, au moment de rechausser ses rollers, Oksa sembla soudain s'assombrir.

— Ça va pas ? lui demanda Gus, inquiet.

— Je ne voulais pas t'en parler, mais il y a autre chose…

— Autre chose ?

Oksa hésita.

— Il n'est pas celui qu'on croit…

— De qui tu parles ?

— De McGraw. C'est dur à expliquer… marmonna-t-elle sans oser le regarder. Il n'est pas prof de maths, ni de sciences physiques. Ça, c'est une *couverture*, lâcha-t-elle dans un souffle.

— C'est quoi, ce délire ?

— Écoute-moi jusqu'au bout, s'il te plaît, le pria Oksa, tendue. J'ai bien réfléchi et tout se recoupe, tu vas voir… Premier point : McGraw savait qui j'étais avant de me rencontrer, j'en suis sûre. Rappelle-toi quand Bontempi a fait l'appel dans la cour : il écorche mon nom et McGraw l'interrompt pour l'aider à le prononcer correctement. C'est étrange, non ? Deuxième point : il me renvoie de cours. La version officielle, c'est à cause du bruit que j'ai fait avec ma chaise. Mais j'ai plutôt l'impression que c'est à cause du feutre que j'ai éjecté…

Gus la dévisagea d'un air intrigué. Les hypothèses d'Oksa le troublaient.

— Troisième point : il s'est passé quelque chose de complètement… décisif.

Le regard de Gus devint plus interrogateur.

— Qu'est-ce que tu as fait ? murmura-t-il.

— Je te jure que je ne l'ai pas fait exprès !

— Oksa, qu'est-ce que tu as fait ? insista-t-il en articulant lourdement.

La jeune fille lui raconta l'épisode du « flacon sauvé de la casse » sans oublier le moindre détail. Gus se prit la tête entre les mains.

— T'es malade !

— Je n'ai pas pu m'en empêcher… J'ai fait ça par réflexe ! Et Mc Graw est resté là, les yeux rivés sur moi, sans aucune réaction ! Ce type n'est pas net, Gus. Je pense que s'il est là, c'est parce qu'il cherche quelque chose. Ou quelqu'un. Je ne me fais pas des films…

— Non, ce n'est pas ton genre, l'interrompit Gus avec une certaine ironie. On connaît la légendaire modération des Pollock… Qu'est-ce que tu en déduis ?

— Je te rappelle qu'il a travaillé pour la CIA. Alors regarde les choses en face et imagine ce que peuvent représenter des pouvoirs surnaturels comme les miens pour des gens de la CIA, du KGB ou de n'importe quels services secrets. McGraw savait *avant moi* que j'avais ces pouvoirs, il me connaît mieux que moi-même. Il sait tout, j'en mettrais ma main au feu. Tu vas sûrement penser que je suis parano, mais j'ai peur, Gus… lâcha-t-elle.

— Je comprends…

— Tu te rappelles cette histoire de criquets ? demanda-t-elle à brûle-pourpoint.

— Les criquets ? Mais de quoi tu veux parler ?

— On en a parlé, il n'y a pas longtemps, précisa Oksa. Des scientifiques veulent étudier ces vers microscopiques qui se logent dans le cerveau des criquets…

— Ah, oui ! l'interrompit Gus. Je me rappelle ! Des criquets se jettent à l'eau et meurent parce qu'ils ne savent pas nager. On a longtemps cru qu'ils se suicidaient, ce qui est complètement inimaginable car les animaux ne peuvent pas se suicider. C'est resté une énigme pendant longtemps. Mais on a découvert que c'est tout simplement à cause de ces fameux vers qui trouvent abri dans leur cerveau. Au moment où ils doivent se reproduire, ils guident les criquets jusqu'à l'eau, les criquets plongent et se noient puisqu'ils ne savent pas nager. Ensuite, les vers déchirent la carapace des noyés et se reproduisent enfin dans l'eau. Mais… quel rapport avec McGraw et toi ?

— Peut-être qu'il veut me cloner ou faire des expériences sur moi… Peut-être même disséquer mon cerveau pour voir comment j'arrive à faire tout ça. Comme les scientifiques avec ces vers afin de comprendre comment ils arrivent à téléguider les criquets vers l'eau bien que ce soit contre nature. Tu imagines les applications qu'il pourrait y avoir ?

Gus la regarda du coin de l'œil, un peu déconcerté par l'hypothèse de son amie et troublé par la conviction avec laquelle elle lui avait parlé. Oksa, quant à elle, faisait tourner les roues de ses rollers du bout des doigts. Pourtant, l'esprit tendu comme un arc, elle était en ébullition.

Les deux amis restèrent ainsi, côte à côte, dans un silence perturbé qui s'étira pendant plusieurs minutes avant que Gus ne le rompe.

— Ça tient debout, si on y réfléchit un peu… Mais si c'est vraiment ça, on est dans de beaux draps !

— Je crois qu'il faut à tout prix qu'on essaie d'en savoir plus sur McGraw, qu'est-ce que tu en penses ? demanda Oksa avec espoir.

— D'accord, confirma Gus. Mais surtout ne panique pas, tu dois garder la tête froide et ignorer ses provocations. Si vraiment tu as raison, il va tout faire pour que tu te dévoiles encore. De notre côté, on va essayer de trouver d'où il vient et ce qu'il fait là. Tu peux compter sur moi, ma vieille ! lança-t-il.

Il se leva et tendit la main pour aider Oksa. Une dernière question lui brûlait les lèvres.

– Tu en as parlé à quelqu'un ?

– Ça ne va pas ? T'es fou ! s'enflamma Oksa. À qui voudrais-tu que j'en parle ?

– Je ne sais pas, moi ! Tes parents ou ta grand-mère… rétorqua-t-il en cachant tout au fond de lui le soulagement et l'intense plaisir qu'il éprouvait à être le seul au courant.

– Non ! répondit Oksa que cette idée épouvantait. Je ne peux en parler à *personne* !

Gus ne sut pas comment interpréter cette réponse. Puis, après quelques secondes de réflexion, il décida de la prendre comme un traitement spécial qu'Oksa lui accordait.

– Ne t'inquiète pas, dit-il pour la rassurer. T'es pas seule.

Après s'être assuré que son amie était bien rentrée chez elle, Gus éprouva le besoin impérieux de réfléchir. Il se jeta sur son lit, le cœur palpitant, les nerfs à fleur de peau. Quelle révélation bouleversante… Il se sentait excité et inquiet. Oksa était comme une sœur.

Non, mieux qu'une sœur !

Plus qu'une sœur !

Son *alter ego*.

Celle qui le connaissait le mieux, avec ses parents. Tout comme lui savait exactement qui elle était.

Jusqu'à aujourd'hui… Car ce qu'elle lui avait montré dépassait tout ce qu'il aurait pu imaginer. Et pourtant, il n'avait pas rêvé.

Oksa était une sorcière ? Un être surnaturel ? Une fée ?

C'était difficile à croire, mais il n'y avait aucun doute : elle était un peu de tout cela !

13

Une douce soirée

Dès qu'elle eut quitté Gus, Oksa monta dans sa chambre. Elle sentit chaque muscle, chaque nerf de son corps se détendre, et la tension retomba. Dans l'atmosphère paisible de cette pièce, il lui semblait que rien de grave ne pouvait arriver, qu'elle était à l'abri du monde et de ses dangers. Elle ressentait cette sécurité dès qu'elle refermait la porte derrière elle. Et aujourd'hui plus que jamais...

Elle passa à LA priorité du soir : troquer son costume jupe plissée-veste blazer contre un jean usé à la corde et un T-shirt orange vif. Elle ébouriffa ses cheveux, s'allongea quelques minutes sur son lit puis, ne tenant à nouveau plus en place, elle sortit. Alors qu'elle s'apprêtait à gravir l'escalier qui menait à l'appartement de Dragomira, elle entendit la porte de l'entrée claquer : sa mère venait d'arriver. Oksa se précipita vers elle. C'était bon de la voir à la maison.

– Hello, ma grande ! Tu as passé une bonne journée ?

– Pfffff... La journée de la mort qui tue... Mais ça va ! Comme tu vois, je suis toujours vivante ! J'allais chez Baba...

– Tu ne veux pas prendre un petit casse-croûte avec moi ? Je sais que tu as tes habitudes... reconnut sa mère en plongeant son regard noisette dans les yeux de sa fille. Mais ta grand-mère est occupée avec ton père et des amis, il ne faut pas les déranger.

– Oh ! le Baba's Band ? Alors, dans ce cas, ils en ont pour des heures à tchatcher ! Très peu pour moi, merci...

Quand les Pollock habitaient à Paris, Dragomira aimait inviter des amis avec lesquels elle restait enfermée dans son appartement pour discuter longuement en buvant du thé noir comme du café. Une coutume qui semblait vouloir se perpétuer ici, à Londres.

– Oui, ce soir, c'est un important Baba's Band ! répondit Marie Pollock en riant. Mais tout cela ne nous regarde pas, allez, viens ! J'ai fait chauffer des *pirojki*[1] à la viande, comme tu les aimes. Et puis, j'ai envie de te voir, moi !

Installées à la table de la cuisine, la mère et la fille achevèrent la demi-douzaine de petits pâtés russes tout juste sortis du four, puis attaquèrent le saucisson, avant de régler son sort au camembert. Oksa était si heureuse de pouvoir profiter de ce moment d'intimité – et de totale gloutonnerie – avec sa mère... Un instant doux et précieux qu'elle n'aurait échangé pour rien au monde ! Le cœur pétillant de bonheur, elle lui jetait mille petits regards pleins d'étoiles auxquels Marie répondait par des sourires lumineux.

– Et le restau, ça avance ? demanda Oksa après avoir longuement parlé du collège.

Marie avait toujours travaillé aux côtés de Pavel. À Paris, alors que son mari œuvrait aux fourneaux, elle dirigeait un véritable bataillon de serveurs et régissait le restaurant avec brio. « Une main de fer dans un gant de velours ! » disait Pavel, qui admirait plus que quiconque l'habileté de sa femme. Maintenant qu'ils allaient ouvrir leur propre restaurant, Oksa savait que ses parents auraient encore plus de travail. Et au fond d'elle, elle le regrettait. Les soirées en famille allaient être rarissimes...

– Les travaux sont presque terminés, mais ton père est persuadé que rien ne sera prêt pour l'ouverture, tu le connais. Les ouvriers n'en peuvent plus, il est sans cesse sur leur dos, je les plains du fond du cœur ! Heureusement que Pierre est là, il est tellement moins *speed*... Je suis contente qu'ils se soient associés, cela devrait faire le plus grand bien à ton éternel angoissé de père. Même si j'ai de moins en moins d'espoir de le voir se détendre un jour... Mais il faut se faire une raison et le prendre comme il est. Après tout, c'est comme ça qu'on l'aime, non ?

Oksa acquiesça avec vigueur.

– Et tes cours ? fit Marie en changeant de sujet. Tu veux bien me montrer où tu en es ?

Heureuse de cette attention, Oksa s'empressa d'aller chercher ses affaires de classe. Les cartons étaient tous déballés, il fallait désormais s'habituer à la nouvelle maison, si anglaise avec ses

---

1. Petits pains ukrainiens fourrés à la viande ou aux légumes.

pièces douillettes, sa plomberie capricieuse et ses fenêtres à guillotine… et si différente de l'appartement parisien. Oksa éprouvait des sensations très contrastées : tout était là, les meubles, les objets, les personnes qu'elle aimait. Tout, mais dans une nouvelle ville, un environnement inconnu et, pour le moment, plutôt hostile. Du moins en ce qui concernait le collège. Car la maison de Bigtoe Square était très agréable et Londres, incroyable, Oksa adorait ! Tous ces parcs, ces musées, c'était extra ! Sans parler du mode de vie *british,* la décontraction et la courtoisie, l'extravagance et la grande classe qui se mélangeaient naturellement… Tout cela lui plaisait, mais il lui fallait encore un peu de temps pour se sentir réellement chez elle.

Quand elle revint, elle se surprit à observer sa mère qui s'était installée dans le salon, près de la cheminée. Marie Pollock était une grande femme au teint laiteux, fine mais solide, d'un tempérament positif et serein. Très endurante, elle avait une énergie illimitée qui contrastait avec l'impression de calme indolent qu'elle donnait au premier abord. Elle s'habillait toujours de vêtements aux lignes épurées et aux couleurs unies, simples et discrets comme elle.

Ce soir-là, elle était très jolie dans sa robe de soie bleu-gris, les cheveux rassemblés en un chignon lâche. Mais Oksa remarqua son air soucieux et les rides qui striaient son front. La fatigue, sans doute… Il fallait dire qu'en quelques jours, toutes les traces du récent emménagement avaient disparu. Qui aurait pu croire que les Pollock venaient d'arriver ? Marie avait dû travailler d'arrache-pied pour arriver à ce résultat… Les quelques années qu'elle avait passées en Chine avaient fortement influencé son caractère et ses goûts. Elle avait recréé dans cette pièce une ambiance asiatique qui lui donnait un caractère tout à fait insolite. Dans les maisons voisines – construites sur le même modèle – régnaient la dentelle, les imprimés fleuris, les fauteuils de cuir ou de taffetas. Mais chez les Pollock, tout était différent.

Près de la cheminée se dressait la statue en pierre grise d'un mandarin qui semblait vouloir régenter le foyer entier et, sur le sol, une natte de bambou s'étalait sous la table basse en laque rouge supportant un gros bouquet d'anémones. Au plafond, un énorme lampion en papier huilé jaune projetait une lumière dorée sur les murs ornés de masques de l'Opéra de Pékin, de calligraphies et de photos d'Oksa. Que ce soit dans les étages inférieurs ou à celui réservé à Dragomira et à son univers baroque, l'atmosphère tranchait radicalement avec l'aspect extérieur de la maison. Oksa aimait ces contrastes, ils correspondaient à sa famille. Et à sa vie actuelle…

La jeune collégienne s'installa près de la fenêtre dans une méridienne tendue de brocart noir, face à sa mère qui écouta attentivement le compte rendu de ses cours. Après avoir fait ses exercices de maths et d'anglais, Oksa vint se blottir contre elle, saisit tendrement une de ses longues mèches de cheveux et, lovée dans le creux de son épaule, respira son parfum, celui qu'elle portait depuis toujours, à base de gentiane blanche. Quelques minutes plus tard, assommée par cette pénible journée et apaisée par la chaleur de sa mère, elle dormait à poings fermés.

Quand elle rouvrit les yeux, Oksa s'aperçut qu'elle était toujours allongée sur la méridienne du salon. La pièce n'était plus éclairée que par les lampadaires du square dont la lumière filtrait à travers les fenêtres. La jeune fille était couverte d'un plaid brodé de fleurs de lotus, la tête posée sur un coussin.

– Maman ?

Aucune réponse ne lui parvint. Oksa se redressa, un peu hébétée par cet assoupissement. Elle alluma une lampe et regarda l'horloge : vingt et une heures. Elle n'avait dormi qu'une toute petite heure. Fallait-il qu'elle aille se coucher ou bien était-elle d'attaque pour faire autre chose ? Elle ne savait pas vraiment… Désœuvrée, elle lança une petite boule de feu en direction de la cheminée pour relancer le foyer qui s'était éteint.

– *Yes !* fit-elle, les poings serrés en signe de victoire.

C'est alors qu'elle vit une grande feuille sur la table devant elle. Un mot de sa mère.

Ma grande, tu t'es endormie. Je n'ai pas le courage de te réveiller. Je vais au restaurant un moment pour aider Pierre. Dors, ma douce, je t'aime. Maman.

L'esprit embrumé, Oksa rassembla ses affaires de classe et monta dans sa chambre. Elle enfila un pantalon de pyjama et un

T-shirt, puis se brossa les dents, hésitant encore à se mettre au lit tout de suite.

– Tiens, je vais aller faire un bisou à Baba…

Elle n'avait pas vu sa grand-mère depuis la veille, quand elle avait appliqué cet onguent sur son ventre. Par réflexe, elle souleva le bas de son T-shirt pour voir l'évolution de l'hématome.

– Ooohhh ! C'est quoi ce *truc* ?

La pommade avait plutôt bien marché, car l'hématome avait perdu toutes ses couleurs, qui allaient quelques heures plus tôt du bleu au noir, en passant par le jaune et le brun. Mais les contours étaient bizarrement restés autour de son nombril et formaient une étoile parfaite à huit branches haute d'environ cinq centimètres. Les lignes étaient si régulières qu'on les aurait dites tracées à la règle avec un feutre violet. La peau était un peu boursouflée, mais Oksa ne ressentait plus aucune douleur. Intriguée, elle prit la direction de l'escalier et monta chez sa grand-mère.

14

Réunion au sommet

Oksa s'arrêta sur le palier et tendit l'oreille. De nombreuses voix s'entremêlaient dans une discussion qui paraissait terriblement sérieuse. Plusieurs personnes parlaient à voix basse, certaines y parvenant moins bien que d'autres car des bribes de paroles préoccupées lui parvenaient tout de même à travers la porte fermée. « *Drôles de retrouvailles,* se dit Oksa. *On ne peut pas dire qu'ils débordent de joie, là-dedans...* » Elle s'approcha encore et décida de jeter un coup d'œil par le trou de la serrure. Elle reconnut Dragomira de dos, avec ses nattes enroulées autour de sa tête. Son père était assis à côté, raide dans son fauteuil. En face, une femme brune qu'elle ne connaissait pas regardait attentivement Pavel, les sourcils froncés. Elle entendit une voix qu'elle identifia comme étant celle de Léomido, le frère de Dragomira.

– Reconnaissez que nous devons nous poser la question, mes amis...

Elle mourait d'envie d'entrer, ne serait-ce que pour embrasser son grand-oncle qu'elle adorait.

– Tu te rends compte de ce que tu me demandes ? résonna la voix de son père. Il y a quelques semaines, quand nous avons eu ce *problème* – appelons-le ainsi –, j'ai fait tout ce qu'il fallait pour organiser notre fuite dans les meilleures conditions possible, tu dois le reconnaître, Dragomira ma chère mère. Mais c'était uniquement pour protéger ma famille, ne t'y trompe pas. Je n'ai jamais caché mon opposition concernant l'éventualité d'un retour...

Oksa ne l'avait jamais entendu s'exprimer avec autant de gravité. Et pourtant, il en connaissait un rayon en matière de tragédie ! Mais qu'est-ce qui se tramait ? De quoi parlaient-ils donc ? Qu'est-ce que c'était que cette histoire de fuite ?

– Nous avons tous des familles, nous sommes tous devenus de vrais Du-Dehors, poursuivit Pavel Pollock d'une voix étouffée.

– C'est vrai, lui répondit une voix féminine. Mais aucun de nous n'a oublié qui il était, ni d'où il venait. Pavel, tu es le fils de Dragomira, tu sais ce que cela signifie…

– Nous venons de partir une nouvelle fois dans l'urgence, renchérit Dragomira. Pourtant, dis-toi bien que c'est juste un nouveau sursis. Nous ne serons jamais en sécurité. Nulle part.

Oksa ne put entendre la suite. Abasourdie par ce qui venait d'être dit, elle avait le cerveau en ébullition. Aussitôt, les rouages de son imagination se mirent en route : son père et sa grand-mère étaient les chefs d'une conspiration ! D'une société secrète. D'un gang d'espions. Mais oui ! Des espions venus de l'Est, bien sûr ! Ou pis : des membres de la puissante mafia russe ! « Oh non, pitié, pas la mafia russe… » pensa-t-elle en se mordillant la lèvre, des images de luttes sanguinaires entre clans rivaux lui venant à l'esprit.

Sa curiosité attisée, elle colla de nouveau son œil au trou de la serrure. C'est alors qu'elle vit passer quelque chose… une chose… « Aahh ! Mais qu'est-ce que c'est ? » s'exclama-t-elle en plaquant une main devant sa bouche pour s'empêcher de crier. Choquée, elle recula brutalement et se frotta les yeux, persuadée d'avoir eu une vision. « J'hallucine ! Je dois être en train de rêver ! Oui, oui, oui, c'est ça, je rêve… » Elle se pinça le dos de la main pour vérifier et grimaça de douleur. Non, aucun doute : elle était réveillée.

Ce qui voulait dire que la chose qu'elle venait de voir était bien réelle.

Elle ne l'avait aperçue que d'une façon très furtive, mais c'était ahurissant. Elle s'assit sur la première marche de l'escalier et essaya de retrouver la vision qu'elle avait eue de la *chose* : ne créature rebondie avec un petit nez épaté et des oreilles décollées, une bouche d'une largeur démesurée et de gros yeux ronds. Un être qui n'avait rien d'humain, à part sa salopette bleue… Oksa respira à fond et décida de regarder une nouvelle fois par le trou de la serrure. La possibilité qu'elle ait eu une hallucination fut définitivement rejetée car la créature était toujours là, telle qu'Oksa l'avait vue, près de Dragomira, un plateau chargé de verres à la main.

Elle s'apprêtait à se sauver à toutes jambes quand un coup de tonnerre retentit juste au-dessus de l'immeuble. Une rafale de vent mêlée de pluie s'engouffra par les fenêtres ouvertes et toutes les lampes se mirent à grésiller, en faisant vaciller la lumière. Soudain, dans un claquement sec, les ampoules s'éteignirent. Le salon fut plongé dans la pénombre, mais aucun de ses occupants ne sembla réagir à ce curieux phénomène. Ni à l'apparition d'une pieuvre orangée qui prit immédiatement le relais des lampes défaillantes... Posté dans un coin de la pièce, voletant au ras du plafond, l'étrange mollusque agitait mollement ses multiples tentacules lumineux et on put de nouveau voir comme en plein jour. Trop stupéfaite pour fuir, Oksa se concentra sur le trou de la serrure.

— Hum, hum, ma Gracieuse, une indication doit être communiquée... dit la créature d'une petite voix de crécelle.

Oksa plissa le front d'un air sceptique. « *Ma Gracieuse ?* s'interrogea-t-elle. *Mais qu'est-ce que ça veut dire ? Ils sont tous barjos !* » L'être étrange essayait d'attirer l'attention de Dragomira en toussotant de façon si peu mesurée qu'il s'étouffa à moitié. La Baba Pollock se tourna alors vers lui pour saisir ses oreilles décollées qu'elle tira fermement. Il s'arrêta de tousser aussi net et s'inclina.

— Ma Gracieuse doit être remerciée avec vénération d'avoir sauvé son Foldingot de l'étouffement. Mais vous devez avoir la connaissance qu'une personne a mis son œil dans la serrure...

Dragomira et Pavel se regardèrent quelques secondes sans rien dire. Puis, d'un air accablé, Pavel fit un petit signe de la tête et Dragomira se leva pour ouvrir la porte. Oksa était descendue de quelques marches après avoir entendu – et compris ! – l'avertissement de la créature, mais il était trop tard pour se cacher.

— Oksa, ma petite-fille, viens !

Dragomira l'appelait d'une voix frémissante d'émotion.

— Baba, je ne voulais pas ! Je n'ai rien vu rien entendu, je te jure ! Je voulais juste te dire bonsoir...

— Je sais, ma Douchka, je sais... Ne crains rien ! Veux-tu venir saluer quelques vieilles connaissances ?

Dragomira lui tendait la main de façon engageante. Oksa remonta l'escalier et sa grand-mère la serra dans ses bras avec plus d'intensité que d'habitude. Pavel, qui les avait rejointes sur le palier, embrassa nerveusement Oksa. Ses yeux brillaient, il avait l'air très tourmenté. C'était un état naturel chez lui, mais là, il semblait particulièrement affecté.

— Ça va, Papa ?

— Ça va, ma fille, ça va... dit-il avec empressement.

Tous les trois entrèrent dans l'appartement. Il y régnait une espèce de fièvre, amplifiée par les lumières tamisées et la préoccupation évidente qu'on pouvait lire sur le visage des trois personnes présentes qui observaient Oksa.

Tout le monde se leva quand elle pénétra dans la pièce.

— Léomido ! Je savais bien que c'était toi !

Oksa se précipita vers son grand-oncle qui ouvrit les bras pour l'embrasser.

— Comment vas-tu, ma jolie ? Que tu as grandi !

Cela faisait environ six mois qu'Oksa ne l'avait pas vu. Si elle avait grandi, Léomido, lui, était toujours le même : long, sec, les traits fins, le regard d'un bleu limpide et le sourire lumineux éclairé par des dents d'une blancheur exemplaire. Très distingué, il portait une redingote de velours noir rehaussé de fines rayures grenat sur un pantalon en lainage impeccablement coupé. Ses cheveux, d'un blanc uniforme, étaient ramassés en un catogan attaché par un ruban prune.

— Comme tu es élégant ! s'exclama Oksa.

Léomido Fortensky était le frère aîné de Dragomira. Il avait été un chef d'orchestre réputé et vivait aujourd'hui sur les côtes tourmentées du pays de Galles. Sa femme était morte avant la naissance d'Oksa et ses deux enfants, Cameron et Galina, habitaient à Londres. Sa présence ici, dans l'appartement de sa sœur, était un événement car Léomido sortait rarement de chez lui.

— Bonsoir, chère Oksa !

— Abakoum !

Ravie de revoir celui qui venait de la saluer, Oksa se jeta dans ses bras. Abakoum, le parrain de Dragomira, avait lui aussi quitté la France et emménagé quelques semaines plus tôt dans la maison de campagne qu'il possédait depuis des années, une ancienne ferme magnifiquement rénovée à une cinquantaine de kilomètres de Londres. Le regard vif et l'allure massive, c'était un homme de près de quatre-vingts ans, très grand bien que voûté, à la barbe courte et taillée à la perfection. Une grande sagesse émanait de ses traits. Mais, malgré sa discrétion naturelle, il était impossible de ne pas le remarquer quand il se trouvait quelque part. Sa présence magnétique attirait l'attention sans que l'on puisse exactement définir pourquoi. Il veillait sur Dragomira depuis qu'elle était née. Tous les deux avaient travaillé ensemble dans l'herboristerie qu'elle avait tenue à Paris et il se révélait aussi imbattable qu'elle en botanique.

À peine venait-elle d'embrasser Abakoum qu'Oksa fut de nouveau assaillie par les terribles cris de femme qu'elle avait déjà entendus dans la salle de bains. Elle pâlit et marqua un temps d'arrêt tout en jetant un regard à la fois surpris et apeuré à Abakoum. Le vieil homme paraissait lui aussi en proie à un malaise aigu. Son visage se décomposa et, d'un geste nerveux, il plaqua les mains sur ses oreilles. Quelques secondes plus tard, les cris s'évanouissaient.

– Abakoum, ça ne va pas ? s'empressa de lui demander Dragomira.

– Je te remercie, Dragomira, répondit-il en retrouvant sa contenance. J'ai une violente otite qui provoque des élancements dont je me passerais volontiers... ajouta-t-il sans quitter Oksa des yeux.

– Une otite ? s'étonna Dragomira. Où donc es-tu allé attraper cela, mon cher ami ?

– Dieu seul le sait, sourit mystérieusement Abakoum. Mais ne nous laissons pas distraire par ces petits désagréments. Je t'en prie, Dragomira, si tu veux bien présenter nos amis à notre jeune hôte...

– Oksa, je te présente Mercedica de La Fuente, une vieille amie qui vient d'Espagne.

– Bonsoir, Oksa, lui répondit la dame espagnole avec un petit signe de la tête. C'est un grand privilège pour moi de te rencontrer.

Mercedica était grande et mince. Elle avait un visage ovale encadré par des cheveux d'un noir profond, presque bleu, noués en un énorme chignon compliqué. Elle portait un tailleur rouge coquelicot avec un col montant très haut, lui conférant une allure altière. De ses yeux aussi sombres que ses cheveux, elle regardait Oksa avec une curiosité intense.

– Tugdual ?

Abakoum venait d'appeler un quatrième invité qu'Oksa n'avait pas vu. Installé avec nonchalance dans un fauteuil tout au fond du salon, ses longues jambes à cheval sur un des accoudoirs, le jeune homme interpellé se redressa et s'approcha. Âgé d'une quinzaine d'années, c'était la personne la plus étrange du groupe pourtant déjà excentrique. Il était intégralement vêtu de noir dans un style gothique : pantalon et jupe superposée, chemise étroite sur laquelle pendaient de lourdes chaînes d'argent, des croix et des breloques. Perdus dans son visage pâle émaillé de piercings, ses yeux maquillés cernés de mauve foncé donnaient à son regard, partiellement occulté par une longue mèche d'un noir de jais, une expression mêlée de désespoir et d'hostilité.

Il émanait de ce sombre jeune homme quelque chose de si particulier qu'Oksa ne pouvait détacher ses yeux de lui, alors qu'il l'observait attentivement de la tête aux pieds.

– Salut, lança-t-il enfin avec une intensité glaciale avant de reprendre sa place.

Oksa se sentit rougir bêtement, embarrassée de se retrouver en pyjama et en T-shirt face à ce jeune homme singulier. Étant donné les circonstances, cette pensée était incongrue. Mais plus elle luttait pour la chasser, plus elle accroissait son sentiment de gêne.

– Tugdual est le petit-fils de nos très chers amis Naftali et Brune Knut, expliqua Dragomira, la délivrant de son malaise. Tu te souviens d'eux, n'est-ce pas ?

Oksa acquiesça en silence.

– Il séjourne quelque temps chez Abakoum, précisa Baba.

Tout le monde regardait Oksa de façon insistante. Malgré les sourires qui éclairaient le visage de chacun, la jeune fille commençait à se sentir mal à l'aise. Être le point de mire d'une assemblée, même quand elle était familière, n'était pas ce qu'elle préférait dans la vie… Mais il y avait un autre problème, plus incontrôlable et plus inquiétant : elle venait de mettre le pied dans quelque chose qui la dépassait. « *C'est du lourd…* » se dit-elle. À l'instant où la créature bizarre l'avait vue, un engrenage implacable s'était déclenché. Elle ne pouvait plus revenir en arrière et elle l'avait bien compris.

– Bon, je vais vous laisser maintenant, dit-elle poliment dans une tentative de fuite qu'elle savait dérisoire. On se verra demain, Baba ?

– Oksa, je crois que tu devrais rester un moment, indiqua son père d'un air troublé. Nous avons des choses à te dire…

15

Édéfia

– Des choses à me dire ? À moi ? C'est grave ? s'alarma Oksa.

– Grave, je ne sais pas, répondit son père. Mais en tout cas, c'est très important.

– Je voudrais poser une question avant. Est-ce que je peux ? demanda-t-elle, hésitante.

– Nous t'écoutons, l'invita Dragomira, le front plissé par des rides inquiètes.

– Je sais que je n'aurais pas dû, mais j'ai vu… *une chose* dans ton appartement, Baba.

Dragomira se leva et se dirigea vers la cuisine pour revenir quelques secondes plus tard accompagnée de la fameuse créature qu'Oksa avait aperçue par le trou de la serrure. La jeune fille poussa un cri de surprise et recula d'un pas.

– Oksa, je te présente mon Foldingot. Ne crains rien, ajouta Dragomira en voyant le mouvement instinctif d'Oksa. Il est totalement inoffensif.

– Le bonsoir vous est adressé, petite-fille de ma Gracieuse, dit la créature en s'inclinant devant Oksa.

– Qu'est-ce… qu'est-ce que c'est que ce *truc*, Papa ? bredouilla Oksa en se tournant vers son père.

– C'est le Foldingot de ta grand-mère, ma chérie.

– Le QUOI ?

– Le Foldingot, une sorte d'intendant si tu préfères. Dragomira possède un Foldingot et une Foldingote à son service. Ils font les travaux ménagers et toutes sortes de tâches, précisa Pavel en ébauchant un vague sourire.

– C'est complètement dingue ! Où tu les as trouvés, Baba ? s'exclama Oksa sans lâcher la créature des yeux.

– C'est une longue histoire, ma Douchka… Mais viens prendre place près de nous, tu veux bien ?

Oksa s'assit à côté de son père sur le canapé de velours rouge, face à sa grand-mère et à ses invités. Le Foldingot s'avança et proposa des boissons. Avec curiosité, Oksa accepta le verre qu'il lui tendait afin de pouvoir l'observer de plus près, sans toutefois oser le toucher.

– Cette créature est incroyable ! C'est un extraterrestre, c'est ça ?

– Non, ce n'est pas un extraterrestre, répondit son père.

– Alors, vous l'avez ramené de Russie, c'est un être des steppes ?

– Ni l'extraterre ni les steppes ne sont la constitution de notre origine, petite-fille de ma Gracieuse, la croyance nage dans l'erreur, précisa le Foldingot en secouant frénétiquement sa grosse tête ronde.

Dragomira regarda ses hôtes comme si elle les consultait silencieusement. Tous abaissèrent les paupières en signe d'approbation. Dragomira prit une longue inspiration et continua :

– Ma Douchka, mes Foldingots ne viennent ni de l'espace ni de Russie, mais, comme nous tous ici, d'un pays lointain. Ton père, Tugdual et toi, vous êtes nés ici. Sur cette Terre. En ce qui concerne les plus anciens d'entre nous, notre terre natale est Édéfia.

– Édéfia ? Je n'en ai jamais entendu parler ! C'est où ?

– Édéfia est notre monde, répondit Dragomira. Un monde qui se trouve quelque part sur Terre et qui pourtant n'est recensé nulle part.

– Attends, Baba… Un monde parallèle ? C'est ce que tu veux dire ? s'exclama Oksa, abasourdie et fascinée à la fois.

Léomido et Abakoum sourirent.

– Oui et non, répondit Dragomira en cherchant ses mots. C'est une Terre invisible aux yeux des Du-Dehors.

– Les Du-Dehors ? l'arrêta aussitôt Oksa.

– Les Du-Dehors, en opposition aux Du-Dedans, sont ceux qui vivent en dehors d'Édéfia. Imagine que c'est une sorte de biosphère géante que personne ne peut voir…

– Oui, imaginer, ça, je peux. On peut toujours tout imaginer, souffla Oksa. Mais croire, c'est un peu plus dur…

– C'est normal, continua Dragomira, compréhensive. Il te faudra sûrement un peu de temps, mais je vais tout de même t'expliquer en essayant d'être aussi claire que possible… Édéfia existe depuis que la Terre est Terre, mais c'est un territoire protégé par un manteau solaire invisible aux yeux des Du-Dehors. Pourquoi ? D'après ce que nous avons constaté, la lumière à l'intérieur est plus rapide que la lumière ordinaire. À Édéfia, la frontière est infranchissable, mais visible, car notre œil s'est génétiquement adapté à la vitesse lumineuse phénoménale qui lui donne une couleur qu'aucun de nous n'a jamais retrouvée à Du-Dehors. Une couleur inconnue…

— Comment ça, une couleur inconnue ? releva Oksa, ébahie. Toutes les couleurs sont censées exister, non ?

Dragomira ne répondit pas et baissa les yeux, visiblement très troublée par le récit qu'elle venait de commencer.

— Mais c'est dingue ce que tu me racontes là, Baba ! Complètement dingue ! commenta Oksa en se passant une main sur le visage. J'espère que tu ne me fais pas marcher…

Toutes les personnes présentes autour d'elle observèrent un silence grave qui balaya ses doutes. Son père resserra l'étreinte de sa main et Oksa se tourna vers lui.

— Papa ?

— Ta grand-mère dit la vérité, articula Pavel avec difficulté. À part Marie qui est une authentique Du-Dehors et qui ne sait rien de nos origines, nous avons tous un peu d'Édéfia en nous. Même si certains d'entre nous n'y sont pas nés, nous faisons partie de cette communauté que nous avons choisi d'appeler les Sauve-Qui-Peut…

— Les Sauve-Qui-Peut ? s'étonna Oksa.

— Les Sauve-Qui-Peut sont les exilés d'Édéfia, ma chérie. Un nom qui ressemble parfaitement à ce que nous sommes, que nous le voulions ou non, tu ne trouves pas ? fit remarquer son père d'un ton amer. Il m'a fallu du temps pour admettre cette part d'Édéfia qui existe en moi. Pendant des années, j'ai voulu ignorer mes origines et je ne suis même pas certain d'être parvenu à les accepter, tu sais… J'ai longtemps refusé d'être différent. Mais il a bien fallu que je me rende à l'évidence : je n'ai jamais été comme les autres garçons, tout comme aujourd'hui je ne suis pas tout à fait comme les autres hommes.

— Moi non plus, je ne suis pas comme tout le monde ! s'exclama Oksa.

Tous les regards se rivèrent sur elle. Emballée par sa curiosité, elle avait oublié les principes de discrétion qu'elle s'était promis de respecter. Elle se mordit un ongle en se reprochant sa négligence.

– Ta réponse signifie-t-elle que tu arrives à faire des choses un peu spéciales, ma Douchka ? lui demanda Dragomira avec fébrilité.

– Euh, un peu spéciales, oui... On peut dire ça comme ça...

Et aussitôt, elle posa les coudes sur ses genoux et cala son visage entre ses mains, le souffle court. Tous étaient suspendus à ses lèvres, les yeux braqués sur elle. Abakoum l'encouragea du regard.

– Eh bien, j'arrive à me soulever du sol, pas très haut, mais je n'en reviens pas, c'est génial ! commença-t-elle. Et puis, je peux déplacer des objets juste en me concentrant.

– Le Magnétus ! Magnifique ! s'exclama Dragomira.

– J'arrive aussi à lancer des petites boules de feu, mais je ne sais pas comment je fais, ça part de la paume de ma main...

Elle s'interrompit, troublée d'avoir un auditoire aussi captivé par ce qu'elle disait.

– Et ?... demanda doucement Pavel.

– Je sais aussi dresser des cheveux sur la tête à distance... ajouta-t-elle en se remémorant sa toute première expérience magique.

L'exaltation faisait briller ses yeux. Mais ceux qui la connaissaient mieux que quiconque dans cette pièce – son père et Dragomira – n'étaient pas dupes et avaient conscience de ses tourments. Les deux plis verticaux entre ses yeux en étaient les signes les plus manifestes. De nombreuses images affluaient dans sa mémoire et mettaient sa conscience à l'épreuve. Devait-elle parler de McGraw ? De l'Ostrogoth ? Bien qu'elle en brûlât d'envie, son instinct lui hurlait : « *NON ! Ne fais surtout pas ça !* »

– J'aimerais bien en savoir un peu plus sur Édéfia, maintenant, fit-elle enfin d'une voix ferme pour balayer les derniers doutes.

Dragomira se cala dans son fauteuil.

– Bien sûr, ma chère petite, bien sûr... Pour commencer, je dirai qu'on peut se représenter Édéfia comme une immense centrale solaire, de la taille de l'Irlande et partagée en cinq régions. Sur notre Terre, protégée par le manteau et respectée par les Du-Dedans, la vie animale, végétale et humaine pouvait se développer dans des conditions idéales. L'équilibre et l'harmonie représentaient le fondement de notre civilisation et déterminaient le mode de vie de chacun. Notre peuple était réparti en quatre tribus, toutes différentes, mais toutes liées les unes aux autres : les Sylvabuls, les Mainfermes, les Gorges-Hautes et les Fées Sans-Âge.

– Les Fées Sans-Âge ? l'interrompit Oksa, les yeux écarquillés.

– Des êtres très mystérieux… Les Sans-Âge vivaient sur l'Îlot des Fées, une région qui leur était entièrement dévolue. Moi, j'habitais dans la Colonne de Verre construite très précisément sur le point de convergence des quatre points cardinaux d'Édéfia. Cette résidence bâtie dans le cristal était réservée à la Gracieuse et à sa famille, ainsi qu'au Pompignac…

– C'est quoi, le Pompignac ? l'arrêta Oksa. Et la Gracieuse ?

– Le Pompignac ? Disons que c'est l'équivalent de notre gouvernement. Quant à la Gracieuse…

– C'est le nom que t'a donné l'extraterrestre… euh… le Foldingot ! s'exclama Oksa en montrant des yeux la petite créature sagement assise en tailleur contre l'étui de contrebasse au fond de la pièce.

– La Gracieuse est la souveraine d'Édéfia, poursuivit Dragomira en fixant sa petite-fille. Celle qui cumule tous les pouvoirs, qui garde et qui préserve notre équilibre. Celle qui détient le pouvoir fabuleux de la lumière, de la chaleur, de l'eau… l'origine de la vie animale, minérale et végétale. Celle qui garantit avec les Sans-Âge la pluie et les bienfaits des rayons de soleil si féconds qui font d'Édéfia ce qu'elle est. Ou ce qu'elle était… Une Terre généreuse dont les richesses nous permettaient de vivre dans l'égalité et l'abondance.

Dragomira se tut un instant, le regard trouble et les narines frémissant au rythme de sa respiration saccadée.

– Voilà si longtemps que je n'avais pas parlé de tout cela, murmura-t-elle en plissant les yeux.

Tout le monde dans la pièce se tenait immobile et silencieux, par respect pour la Baba Pollock. Oksa, impressionnée par cette ambiance, regarda un à un les participants à cette réunion très spéciale. Léomido et Abakoum semblaient être le reflet l'un de l'autre, les mains jointes posées sur les genoux, le visage alourdi par la nostalgie. Quant à l'élégante Mercedica, elle hochait la tête en tirant mollement de ses doigts laqués de vernis rouge la peau du dos de sa main droite.

Mais de tous, c'était Pavel qui paraissait le plus affecté. Il était assis à côté d'Oksa ; aussi ne pouvait-elle voir que son profil grave et le sang battant à sa tempe. Il déglutit à grand-peine, les traits tendus et la gorge serrée. Seul l'énigmatique Tugdual semblait imperméable à ce qui se passait autour de lui. Toujours avachi dans son fauteuil, il était concentré sur son iPod d'où émanait un grésillement rythmé.

— Baba... tu es donc une Gracieuse ? risqua Oksa d'une toute petite voix.

Elle sentit son père se figer à ses côtés quand Dragomira opina de la tête. Cette approbation, muette et intense, venait de sceller le destin de sa famille.

— Tu te souviens de la marque sur ton ventre, hier ? reprit Dragomira d'une voix brisée par l'émotion.

— Mon bleu ? Oh, je voulais te le montrer, justement !

— Je sais, ma Douchka, je sais... Le bleu a disparu, n'est-ce pas ? Et tu as maintenant une marque en forme d'étoile à huit branches autour de ton nombril, précisa la vieille dame.

Oksa resta bouche bée. Instinctivement, elle mit la main sur son ventre et sentit une terrible curiosité l'envahir. Une curiosité mêlée à un violent sentiment d'inquiétude.

— Comment tu sais tout ça, Baba ?

— Parce que j'ai eu la même marque, il y a plus de cinquante ans. Comme ma mère et d'autres avant nous, j'ai eu l'honneur de la recevoir. Mais elle a disparu lorsque je suis devenue une Sauve-Qui-Peut. Aujourd'hui, c'est toi qui en hérites, Oksa.

— Qu'est-ce que ça signifie, Baba ? Qu'est-ce que ça signifie ?

L'excitation et l'appréhension s'immisçaient peu à peu dans l'esprit d'Oksa et faisaient trembler sa voix. Elle regarda sa grand-mère en respirant bruyamment, le cœur oppressé.

— Cette empreinte désigne tout simplement la jeune fille qui sera la prochaine Gracieuse, répondit Dragomira, le souffle court. Et c'est toi, Oksa, toi ! TU ES LA FUTURE GRACIEUSE D'ÉDÉFIA ! NOTRE INESPÉRÉE...

16

Le Secret-Qui-Ne-Se-Raconte-Pas

Dragomira s'était interrompue, les joues rouges et les yeux noyés, comme si elle n'osait croire à ce qu'elle venait de dire. Le silence se fit pesant. Tous les regards étaient rivés sur Oksa qui, abasourdie, se sentait entraînée dans un tourbillon vertigineux. Elle était une… reine ? La reine d'un pays invisible peuplé de gens aux pouvoirs surnaturels ? Inimaginable… Et pourtant, l'idée que tout cela puisse être vrai la mettait dans un état d'exaltation intense. Elle ? Oksa ? C'était de la folie ! De la pure folie !

– Mais pourquoi vous êtes ici ? Qu'est-ce qui s'est passé ? demanda-t-elle en haletant.

– Nous avons dû fuir, répondit Dragomira, des larmes faisant briller ses grands yeux bleus. J'avais un peu plus de treize ans. Ma mère, Malorane, régnait alors et l'Empreinte m'avait désignée comme étant la prochaine Gracieuse. Je devais bientôt commencer ma formation…

– Comment ça, ta formation ? l'interrompit Oksa.

– Régner ne s'improvise pas, surtout à cet âge. Cela s'apprend et c'est la Gracieuse en titre qui a cette charge : elle règne jusqu'à ce que la nouvelle Gracieuse soit prête. En dehors de ses nombreux dons innés, l'apprentie Gracieuse doit avant tout parvenir à maîtriser son esprit.

Dragomira s'interrompit pour lui prendre la main.

– Toi aussi, tu devras apprendre à canaliser et à contrôler tes pouvoirs. Aujourd'hui, ils sont confus et indomptables, tu n'en mesures ni l'usage ni la portée. Comme toutes les Gracieuses, tu devras être initiée. À Édéfia, le début de cette formation est officialisé lors d'une cérémonie pendant laquelle la future Gracieuse reçoit une Pèlerine et d'immenses pouvoirs dont le plus important est l'ouverture du Portail d'Édéfia, permettant de passer à Du-Dehors. C'est, ou plutôt c'était le Secret-Qui-Ne-Se-Raconte-Pas. Car malheureusement, ma mère, Malorane, a été très imprudente. À cause de sa négligence, quelqu'un s'est emparé du Secret, alors qu'elle devait en être l'unique gardienne. Dès que le Secret fut brisé...

Dragomira stoppa net son récit, la gorge nouée. Les souvenirs remontaient à la surface et semblaient très douloureux. Toute voûtée, les traits tirés et les yeux débordant de larmes, la Baba Pollock se leva pesamment de son fauteuil, décrocha deux grands tableaux du mur et, d'un geste de la main, éteignit toutes les lumières, plongeant la pièce dans l'obscurité.

– Qu'est-ce qu'elle fait ? murmura Oksa, très impressionnée.

– Tournons-nous, tu vas *voir* ce qui s'est passé, répondit son père.

Dragomira se rassit et fixa l'espace qu'elle venait de dégager sur le mur en face d'elle. Des images apparurent, aussi nettes que sur un écran de télé, comme si les yeux de Dragomira étaient un projecteur. Oksa poussa un cri vif.

– J'y crois pas ! C'est dingue !

– Ta grand-mère a le pouvoir du Caméroeil, c'est-à-dire qu'elle peut projeter ses souvenirs ou ses pensées afin que nous puissions les voir, expliqua Léomido à mi-voix.

– Ce que je vais te montrer, dit Dragomira d'une voix étranglée par l'émotion, c'est mon souvenir le plus terrible, un souvenir qui me hante. Mais regarde, ma chère petite, regarde ce qui s'est passé...

Sur le mur apparut une pièce ronde, immense, entourée de piliers translucides sur lesquels grimpaient des vignes vierges écarlates. Une lumière éblouissante tombait du plafond en verre et filtrait par les fenêtres. Au centre, une coupe chargée de fruits énormes miroitait sur une table basse qui semblait taillée dans un diamant. Au fond de cette pièce étonnante, on apercevait une grande femme, debout devant une profusion de plantes et de fleurs démesurées. Elle avait une silhouette noble et élancée, et ses cheveux noirs tombaient en cascade dans son dos.

Tout à coup, un grand bruit et des cris violents. L'image projetée trembla avant de tourner dans tous les sens. Oksa comprit alors qu'elle était en train de voir ce qui s'était passé à Édéfia à travers les yeux de Dragomira.

Le souvenir de sa grand-mère en direct !

La grande femme se précipita à l'intérieur de la pièce, son ample robe jaune flottant autour d'elle, et s'approcha de Dragomira.

– Maman, qu'est-ce que c'est ? Que se passe-t-il ?

On pouvait maintenant voir de près la grande femme, qui, selon toute logique, devait être la Gracieuse Malorane, la mère de Dragomira. Très belle, elle était aussi très pâle et son regard trahissait l'affolement.

– Reste là, mon enfant, n'aie pas peur !

La porte s'ouvrit brutalement et plusieurs hommes entrèrent avec fracas en repoussant sans retenue ceux qui essayaient en vain de les en empêcher.

– Nous venons voir Malorane... rugit l'un d'entre eux en projetant un gardien contre le mur par la seule force de sa main tendue.

– OCIOUS ?! s'écria Malorane.

Un homme trapu se démarqua du groupe. Il était vêtu d'un pantalon ample à larges plis plats et le haut de son corps était protégé d'une sorte d'armure légère en cuir souple. Ses yeux affichaient une assurance et une froideur inquiétantes. Malorane, visiblement très abattue par cette irruption soudaine, se tourna vers la jeune Dragomira avec une immense tristesse dans le regard, puis se dirigea vers l'homme.

– Ocious... C'était donc toi... Toi, le premier Serviteur du Pompignac à la tête de cette conspiration ! Traître !

– Pourquoi me parles-tu de trahison ? tonna Ocious. N'oublie pas, ma Gracieuse, que c'est *uniquement* ta négligence qui a permis que je connaisse le Secret-Qui-Ne-Se-Raconte-Pas !

– Ma négligence est une chose, certes, rétorqua Malorane. Mais si tu n'avais pas rusé pour me voler ce Secret, nous n'en serions pas là. Mon plus grand tort est mon imprudence, effectivement, mais c'est aussi la confiance aveugle que j'ai accepté de t'accorder contre l'avis unanime du Pompignac, ainsi que ton ambition démesurée qui nous mènent aujourd'hui à notre perte. Regarde ce que tu as fait !

D'un geste du bras, elle indiqua le balcon d'où parvenait une clameur inquiète.

– Ta traîtrise a fait exploser mon Sablier de Règne ! poursuivit Malorane en élevant encore la voix. Le choc a été ressenti jusqu'aux confins d'Édéfia et nous commençons déjà à voir les conséquences de ton outrage. Je ne vais malheureusement pas être la seule à subir le châtiment. Tu as vu combien la luminosité a baissé ? Et la température ? Le peuple est paniqué. C'est la première fois qu'un tel chaos se produit dans l'histoire d'Édéfia !

– Oui ! Et tu peux te vanter d'en avoir été la cause, ma Gracieuse, cracha Ocious en défiant la souveraine du regard. Mon but n'est pas le déclin d'Édéfia, bien au contraire. Je veux faire de notre territoire le centre du monde ! Alors, ouvre-moi le Portail, je sais que tu peux le faire. Je veux sortir et aller à Du-Dehors !

– JAMAIS ! TU M'ENTENDS ? hurla Malorane.

– Ton obstination est la preuve d'un égoïsme et d'un aveuglement forcenés que tous les Du-Dedans ne peuvent accepter plus longtemps, gronda l'homme.

– Tous les Du-Dedans ? l'interrompit Malorane d'une voix irritée. Aie le courage de parler en ton propre nom, Ocious ! C'est toi qui veux sortir, pas le peuple ! C'est toi qui m'as trahie, pas le peuple !

– Ma Gracieuse, tu te trompes, je suis loin d'être seul... poursuivit Ocious d'un ton féroce. Tu serais surprise de voir qui se trouve dans mes rangs... Mais aujourd'hui est un grand jour, tu vas ouvrir le Portail pour moi et mes alliés, de gré ou de force, je ne te laisserai pas le choix !

– T'ouvrir le Portail de gré ou de force ? Mais Ocious, ce ne peut pas être de gré. Je sais ce que tu veux faire à Du-Dehors car seul le pouvoir t'intéresse. Je ne voulais pas le reconnaître, je pensais naïvement que tout homme était perfectible et qu'il était injuste de te faire porter la responsabilité des erreurs commises par tes ancêtres. Envers et contre tous, je t'ai donné ta chance, ce qui me coûte aujourd'hui très cher. Te laisser sortir mettrait définitivement Édéfia en péril, et Du-Dehors aussi !

Elle le regarda avec une grande rancœur avant de poursuivre :

– Nos pouvoirs ne nous ont pas été donnés pour soumettre ceux qui n'en ont pas, c'est un principe que nous avons toujours respecté. Par ailleurs, maintenant que le Secret-Qui-Ne-Se-

Raconte-Pas n'est plus un secret, qui te dit que l'ouverture du Portail est encore possible ? Ce pouvoir s'est peut-être éteint avec l'explosion de mon Sablier...

Son adversaire grimaça.

– Veux-tu que je te dise quel est le serment que j'ai prêté dans la Chambre de la Pèlerine, comme toutes les autres Gracieuses avant moi ? lança Malorane d'un air frondeur.

Seule toi la Gracieuse
Tu garderas ce Secret
Nul autre que toi le connaîtra
Car il y a dans l'homme
À Du-Dedans, à Du-Dehors
Du bon et du mauvais
Le Secret perdu
Ta vie tu donneras.

L'homme frémit et parut déstabilisé par ces mots presque crachés par Malorane. Pendant quelques secondes, il sembla réfléchir, puis se reprit :

– C'est une feinte, ma Gracieuse ! Tu essaies de ruser. Ce sera donc par la force que tu céderas ! Et si ce n'est pas toi, ce sera elle ! dit-il enfin d'un ton brutal en s'approchant à grands pas de la jeune Dragomira.

– NON ! Dragomira ne te servira à rien ! Tant qu'elle n'est pas entrée dans la Chambre de la Pèlerine, elle ne peut pas ouvrir le Portail, elle n'en a pas le pouvoir.

Ocious s'arrêta, l'air ébranlé. Puis son visage se barra d'un rictus mauvais :

– Je te laisse réfléchir jusqu'à la tombée de la nuit. Mais, passé ce délai, si tu persistes dans ton refus de coopérer, les conséquences seront terribles, pour toi comme pour tes proches. Après tout, que sont quelques heures d'attente dans la vie du premier homme d'Édéfia à passer à Du-Dehors ?

Puis on ne vit plus rien sur le mur...

17

Le Grand Chaos

Quand l'image revint sur le mur, une atmosphère oppressante régnait dans la grande pièce où Malorane et Dragomira se trouvaient prisonnières. Dans un fauteuil, dos à la fenêtre et au balcon, un homme gardait son regard fixé sur elles.

Le Caméroeil changea d'axe et on put apercevoir, enjambant le rebord, deux garçons d'une vingtaine d'années, l'un légèrement bossu, l'autre très sec. L'index sur les lèvres, ils indiquèrent de garder le silence et soufflèrent dans une espèce de sarbacane. Le gardien s'effondra.

– Abakoum ! Léomido ! fit Malorane à mi-voix en se redressant. J'ai cru que vous ne reviendriez jamais... Avez-vous appris quelque chose ?

Le visage du jeune homme voûté s'assombrit.

– C'est plus grave que nous ne le pensions, ma Gracieuse. Ocious dispose de nombreux partisans infiltrés au cœur des tribus et du Pompignac. Aux quatre coins d'Édéfia, des traîtres se sont ralliés à sa cause.

– Il va enlever Dragomira, Mère ! intervint Léomido. Cette nuit.

– Quoi ? s'étrangla Malorane. Mais je lui ai dit qu'elle n'était pas prête ! Il sait qu'elle ne pourra ouvrir le Portail que lorsqu'elle aura reçu la Pèlerine à l'intérieur de la Chambre, pas avant !

– C'est pourquoi il veut mettre la main sur elle, précisa Abakoum. Il ne vit que pour le moment où elle sera intronisée. Il pourra alors l'obliger à ouvrir le Portail et passer à Du-Dehors...

– Je ne veux pas aller avec Ocious ! résonna la voix de la petite Dragomira. Je ne lui ouvrirai jamais le Portail, JAMAIS !

Elle tourna la tête vers sa mère. Le visage de Malorane apparut dans le Caméroeil.

– La Chambre de la Pèlerine a disparu… murmura la souveraine en pâlissant.

Les deux jeunes hommes la regardèrent, interloqués.

– Dès que le Secret-Qui-Ne-Se-Raconte-Pas a été découvert, le Serment a été rompu et la Chambre s'est effacée. J'ai menti à Ocious en lui faisant croire qu'il fallait attendre que Dragomira entre dans la Chambre. Je voulais gagner du temps.

– Mais alors… le Portail va rester fermé ? bredouilla Abakoum.

– Dragomira ne peut pas ouvrir le Portail, mais Ocious l'ignore. Cependant, il existe une ultime possibilité, répondit sombrement Malorane, la voix tremblante.

Abakoum la fixa avec une expression horrifiée.

– À quel prix, ma Gracieuse ?

– Il faut sauver Dragomira, répondit Malorane en esquivant la question. Rien n'est plus important. Elle doit passer le Portail, c'est seulement à Du-Dehors qu'elle sera en sécurité. L'avenir d'Édéfia repose sur elle !

– Mais je ne veux pas ! s'emporta Dragomira.

Malorane se tourna vers elle et la regarda, les larmes aux yeux.

– Il le faut, ma fille. Tu dois échapper à Ocious coûte que coûte !

Puis, s'adressant aux deux jeunes hommes :

– Emmenez-la, vite !

Abakoum attrapa Dragomira et l'entraîna. À peine venait-il de franchir le balcon que plusieurs hommes pénétrèrent dans la pièce. Le Caméræil eut le temps de montrer Malorane s'élevant à plus de deux mètres du sol, les bras écartés. Elle se mit aussitôt à tourner en vrille à une vitesse vertigineuse, soulevant autour d'elle un souffle dément qui propulsa tout ce qui se trouvait à proximité. Les fruits posés sur la table volèrent et explosèrent contre les murs ou sur les hommes d'Ocious qui titubaient, se tenant aux colonnes pour garder leur équilibre. Puis Dragomira fut emportée par le jeune homme pendant que la lutte faisait rage dans la grande salle.

Deux étages plus bas, tous deux se faufilèrent par une ouverture étroite pour déboucher dans un couloir sombre dans lequel les attendaient plusieurs personnes.

– Où est Malorane ? murmura l'une d'elles.

– Elle est restée là-haut avec Léomido ! répondit le jeune gardien. J'espère qu'ils vont pouvoir nous rejoindre... Mais il n'y a pas une minute à perdre !

Et, se tenant fermement par la main, ils coururent dans ce couloir parallèle où résonnaient des cris effrayants. Les murs devaient être faits de miroirs sans tain, car personne ne semblait les voir tandis qu'eux pouvaient assister à une véritable bataille : des hommes éjectés en l'air s'effondraient contre les cloisons transparentes, d'autres s'élevaient du sol en se servant de leurs bras ou de leurs jambes tendus pour frapper violemment leurs adversaires. Les pires de tous étaient les hommes d'Ocious, repérables à leurs armures de cuir. Armés de simples tubes ressemblant aux sarbacanes des gardiens de Dragomira, ils lançaient des substances qui semblaient redoutables puisque leurs cibles tombaient aussitôt en se tenant la gorge, anéanties avant même d'avoir tenté de se défendre.

– Qu'est-ce que c'est ? demanda Oksa à voix basse.

– Des Globus Noirs... lui murmura Pavel à l'oreille sans se rendre compte que sa réponse était loin d'éclairer Oksa.

Le petit groupe se trouva bientôt face à une porte close, imbriquée dans le mur de verre.

– Le couloir s'arrête là, nous allons être à découvert maintenant ! lança Abakoum, la main sur la poignée, prêt à ouvrir la porte. Dragomira ne doit pas être repérée, allons-y !

Ils s'élancèrent. Il régnait une telle confusion que personne ne semblait en état de les remarquer. Soudain, le Camérœil s'abaissa vers le sol : la jeune Dragomira venait vraisemblablement de tomber. Quand l'image se rétablit, ce fut pour se trouver face à un homme qui se tordait de douleur sur le sol. Son bras droit semblait *pourrir* à une vitesse invraisemblable ! Sa peau se mit à verdir, puis produisit comme des boursouflures de poussière blanchâtre. L'homme poussa un gémissement terrible, proportionnel à la douleur qu'il devait ressentir. La jeune Dragomira fut alors littéralement arrachée du sol par son gardien et la course effrénée reprit.

Tout le monde descendait en se bousculant les dizaines de volées de marches à travers la grande tour où régnait le chaos le plus total. Des hommes et des femmes gisaient, morts ou touchés par d'épouvantables blessures, leurs cris résonnant dans les couloirs jonchés de corps. Tout à coup, on entendit un hurlement : un homme casqué de cuir barrait le passage en brandissant comme une arme un de ces mystérieux petits tubes.

— TU N'ES QU'UN TRAÎTRE ! l'apostropha Abakoum.

— Donne-moi Dragomira ! lui répondit l'homme. Nous ne lui ferons pas de mal, bien au contraire. Nous avons juste besoin d'elle pour ouvrir le Portail. Donne-la-moi et vous serez tous saufs !

— Dragomira ne peut pas ouvrir le Portail ! Elle n'a pas reçu ce pouvoir !

Sur ce, l'homme fonça droit devant lui. Un des gardiens de Dragomira essaya de s'interposer et prit de plein fouet une substance éjectée par la sarbacane noire du Félon. Le sang sembla gicler sur Dragomira car les images projetées sur le mur rougirent subitement. La jeune fille poussa un cri strident et se passa la main sur les yeux pour s'essuyer. Le Félon, quant à lui, avait été touché par quelque chose qui le neutralisait : il tournait sur lui-même à toute vitesse, comme une tornade furieuse emballée par son propre élan. Mais ses complices empêchaient tout passage !

— On est perdus…

— Non ! Il reste une issue !

Le jeune gardien montra alors la petite alcôve surplombant les étages qu'il leur restait encore à parcourir.

— Vas-y, Gracieuse ! Saute, ton père est en bas !

Suivie de quelques personnes, la jeune Dragomira obéit sans hésiter une seule seconde. Le Caméroeil indiqua une plongée dans le vide et une descente en douceur, comme si Dragomira flottait.

— Père ! Tu n'as rien ?

Un homme fin, au regard très doux, regarda la jeune fille, puis l'homme qui l'avait emportée.

— Dragomira, mon enfant ! Abakoum ! Où sont ma femme et mon fils ?

— Nous voici, Waldo !

Le Caméroeil pivota : Malorane et Léomido se tenaient là. Tous deux étaient en sueur, les cheveux en désordre, et leurs vêtements tachés de suie et de sang.

– Léomido et moi, nous avons essayé… haleta Malorane, le souffle court. Mais Ocious a bien préparé son attaque, plusieurs dizaines de Mainfermes et de Gorges-Hautes se sont ralliés à sa cause. Ils possèdent des armes minérales que nous ne pouvons repousser… Nous ne savons pas nous défendre. Il faut fuir ! Dragomira doit passer à Du-Dehors !

Waldo leur tendit alors des habits rustiques qu'ils s'empressèrent de revêtir.

– N'oubliez pas cela ! dit Waldo en leur lançant des chapeaux de paille. Malorane, Dragomira, ceux-là sont pour vous !

Il leur donna des chapeaux munis de voilettes épaisses comme en portent les apiculteurs. Après avoir solidement ajusté leur sac en bandoulière, ils se dirigèrent tous vers une sorte de traîneau auquel étaient attelées deux poules géantes piaffant d'impatience. Ou de nervosité, car l'équipage était chargé de ruches d'abeilles qui bourdonnaient furieusement !

– Nous devons nous séparer, sinon les Félons vont nous remarquer, dit Abakoum. La famille de notre Gracieuse partira avec moi sur l'attelage de Gélinottes, ajouta-t-il en désignant les deux immenses poules.

– Rendez-vous au lac Saga avant le coucher du soleil, dit Malorane. Prenez soin de vous, mes chers amis. Dès que la nuit tombera, il sera trop tard. Bonne chance à tous !

Elle salua avec émotion chacun des membres du groupe et tous disparurent en se noyant dans la foule. Il ne restait que cinq personnes à côté du traîneau : Malorane, son mari Waldo, Abakoum, Léomido et Dragomira, dont on devinait la présence par le regard qu'elle portait sur tout ce qui l'entourait. Et surtout, on entendait des bruits de lutte qui se rapprochaient dangereusement.

– Vite, dépêchons-nous ! Il n'y a plus une minute à perdre ! s'exclama Waldo.

L'image projetée au mur devint soudain plus opaque, Dragomira avait dû mettre son chapeau d'apiculteur afin de dissimuler son visage. Son regard se dirigea une dernière fois vers la magnifique bâtisse en forme de colonne translucide qu'elle venait de quitter. Les étages supérieurs étaient en feu, on voyait de longues flammes s'échapper du balcon sur lequel Malorane se tenait plus tôt. L'attelage sortit de la cour et s'engagea dans une rue où circulaient des personnes à l'allure tout à fait ordinaire et des créatures beaucoup plus insolites. Tout à coup, le traîneau eut un léger soubresaut, les poules géantes remuèrent leurs ailes gigantesques et l'équipage s'envola.

— Halte ! Faites halte !

Suspendus dans les airs, trois hommes harnachés comme des soldats, la mine sévère, barraient la route à l'incroyable attelage de poules géantes. D'une main, ils tenaient le même genre de sarbacanes que les Félons de la tour de verre. Deux d'entre eux les braquaient sur Abakoum et Léomido, dont une partie du visage était dissimulée par leur chapeau baissé.

— Prenons garde, murmura Malorane. Ce sont certainement des Félons à la solde d'Ocious...

— Qui êtes-vous ? Où allez-vous ? Que transportez-vous ? dit d'une voix forte celui qui semblait être le chef.

Abakoum toussota avant de répondre d'une voix assurée :

— Nous sommes des Sylvabuls de Vert-Manteau, je m'appelle Per Boeg et voici ma mère et mes deux apprentis. Nous retournons à Vert-Manteau car nous avons écoulé tout notre miel, vous pouvez voir les ruches dans le traîneau...

Les soldats s'approchèrent et le Caméroeil montra alors le pied de Malorane donner discrètement quelques coups sur les ruches qui laissèrent aussitôt échapper un bourdonnement très inquiétant. Les hommes reculèrent.

— Les abeilles sont un peu agitées en ce moment, précisa Per Boeg, *alias* Abakoum.

— Nous avons ordre de contrôler l'identité de toutes les personnes circulant dans le secteur, dit le premier soldat d'un ton ferme.

Malorane se leva brusquement et ouvrit une des ruches en hurlant à Dragomira :

— Protège-toi !

Une grande confusion s'ensuivit. Les abeilles se ruèrent sur un des soldats et lui couvrirent le visage. L'homme s'agita frénétiquement et se mit à crier. Mais les abeilles s'engouffrèrent aussitôt dans sa bouche grande ouverte et le firent taire rapidement. Quelques secondes après, il s'écrasait plusieurs mètres plus bas. Pendant ce temps, Léomido s'était saisi d'une courroie d'attelage avec laquelle il se mit à fouetter violemment le deuxième

Félon, lui zébrant le visage et le crâne d'une profonde entaille d'où s'échappa un abondant filet de sang. La force du coup fut telle que son armure et son casque de cuir se séparèrent en deux comme s'ils avaient été lacérés par les griffes d'un ours, et l'homme tomba à son tour, sans avoir eu le temps de faire quoi que ce soit.

Profitant du désordre, Malorane s'était attaquée au troisième Félon en soufflant dans sa sarbacane. Une substance jaunâtre se répandit alors sur sa cage thoracique et, agissant comme de l'acide, rongea son armure de cuir, puis la peau de l'homme, pour atteindre ses poumons et les dissoudre en quelques secondes seulement. Le Félon – ou ce qu'il en restait – s'effondra à son tour dans le vide.

Abakoum agita les rênes et les grosses poules reprirent leur vol. Dragomira retira son chapeau, la vision s'éclaircit aussitôt.

– Quel sang-froid, ma Gracieuse ! murmura Abakoum d'une voix tremblante.

– Merci aux abeilles, répondit Malorane.

– C'est un honneur de vous rendre service, notre Gracieuse, bourdonnèrent ces dernières en agitant dangereusement les ruches.

– Nous approchons ! signala Léomido.

Le Caméroeil se fixa sur l'horizon. Le ciel était étrange, d'une couleur singulière et inédite. Une couleur indéfinissable et mystérieuse.

– La frontière d'Édéfia, sûrement... murmura Oksa qui comprenait maintenant ce que sa grand-mère voulait dire par « *couleur inconnue* » sur Terre.

Arrivées à la lisière d'une forêt très touffue entourant les eaux miroitantes d'un lac, les poules géantes amorcèrent leur descente jusqu'à ce que le traîneau touche terre.

– Regardez ! Naftali est déjà là ! dit Dragomira en courant vers un arbre immense dont le tronc devait mesurer au moins quarante mètres de diamètre.

Un homme au regard d'émeraude s'approcha avec une dizaine d'autres personnes qu'on avait vues lutter, puis fuir de la tour.

– Nous avons été inquiétés en quittant Du-Mille-Yeux, Ocious était là, il m'a reconnu alors que des Félons tentaient de nous arrêter ! dit Naftali. Dépêchons-nous, ils ne doivent pas être loin...

Le regard de Dragomira fut attiré par un oiseau rouge qui s'approchait.

– Voilà ton Phénix, annonça Malorane d'une voix épuisée. Il est né des cendres du mien dès que l'Empreinte est apparue sur ton ventre.

Son visage était d'une pâleur effrayante, elle avait l'air abattue. Elle posa les deux mains sur les épaules de Dragomira et lui dit à mi-voix :

– Je suis à l'origine de ce qui nous arrive, mon enfant. Un mal terrible frappe Édéfia à cause de mon irresponsabilité et nous mène au Chaos. La puissance qui régit la Chambre de la Pèlerine est anéantie car, en brisant le Secret-Qui-Ne-Se-Raconte-Pas, j'ai détruit ce qui fait l'essence de notre Terre : l'équilibre et le respect de toute forme de vie.

Elle retira de son cou une fine chaîne au bout de laquelle pendait un imposant bijou usé par le temps.

– Ce Médaillon appartient aux Gracieuses. Garde-le toujours sur toi comme si ta vie en dépendait... murmura-t-elle à son oreille en mettant la chaîne autour de son cou. Le Portail va s'ouvrir grâce à l'union des Sans-Âge et l'âme des anciennes Gracieuses. Mais en t'offrant leur pouvoir, elles deviendront errantes. C'est toi qui devras trouver la force qui les sauvera et la sagesse qui annulera la malédiction. Si par ton courage et par tes choix tu trouves l'issue, la Chambre pardonnera mes erreurs. Surtout, n'oublie jamais ce que j'ai dit : en toi se trouve la solution. C'est toi qui portes l'Espoir d'Édéfia.

– Mais Maman, je veux rester avec toi ! articula la jeune fille dans un sanglot.

– Fais-moi confiance ! l'implora Malorane. Et n'oublie jamais...

Le Phénix était maintenant tout près. Il se posa aux pieds de Dragomira qui s'accroupit pour caresser son somptueux plumage. Soudain, elle tourna la tête et le Caméroeil suivit son regard : des dizaines d'hommes s'approchaient en volant à toute vitesse vers l'arbre gigantesque.

– Vas-y, Dragomira ! VAS-Y MAINTENANT ! lui ordonna Malorane.

Le Phénix entonna un chant profond et poignant qui transperça le cœur de tous ceux se trouvant là. Un arc lumineux s'inscrivit alors contre la paroi à la couleur mystérieuse et se mit à briller dans le crépuscule qui s'annonçait.

– Allez-y, PASSEZ LE PORTAIL ! NE LÂCHEZ SURTOUT PAS DRAGOMIRA ! Les autres, vite, couvrons-les, hurla Malorane de toutes ses forces.

– Maman ! Je ne veux pas, NON ! Viens avec nous ! hurla à son tour Dragomira.

Abakoum et Léomido attrapèrent Dragomira et ils coururent ensemble vers l'arc de lumière. Naftali les dépassa en volant et disparut subitement en atteignant l'arc, alors qu'un de leurs amis s'effondrait, touché par les Félons. D'autres personnes passèrent l'arc lumineux et se volatilisèrent à leur tour. Le Caméræil pivota jusqu'à Waldo qui tentait de s'interposer pour empêcher les Félons de foncer à la poursuite de sa fille. Soudain, il se figea en plein élan et roula lourdement sur le sol. Dragomira poussa un cri déchirant. Plus loin, Malorane luttait au corps à corps avec Ocious. Elle semblait touchée à la tête, car on pouvait apercevoir du sang sur son visage. Brusquement, elle s'éleva du sol et donna de violents coups de pied au chef des Félons, puis elle s'abattit sur lui de tout son poids. À bout de forces, sonnés par leurs attaques réciproques, tous deux se retrouvèrent agenouillés face à face, à côté du corps ensanglanté de Waldo. Il parut évident pour les spectateurs du Caméræil que les deux ennemis venaient de se porter mutuellement un assaut redoutable : leurs deux silhouettes s'effondrèrent et disparurent dans les herbes hautes.

– MAMAN ! hurla Dragomira.

L'arc était maintenant tout près.

– ACCROCHEZ-VOUS ! cria Léomido.

Et le mur sur lequel étaient projetés les souvenirs de Dragomira ne montra plus qu'une espèce de tourbillon noir qui virevoltait à toute vitesse comme un monstrueux toboggan.

Quand la descente fut enfin terminée, le regard de Dragomira tourna en tremblant pour montrer un paysage désolé et aride. Il devait faire extrêmement froid, car Léomido claquait des dents.

– Où sommes-nous ? résonna la voix de Dragomira, terrorisée.

– Tout ce que je sais, petite Gracieuse, répondit Abakoum, c'est que nous sommes à Du-Dehors. Où ? Je ne sais pas…

Le mur écran devint complètement trouble, et ce fut comme si les images se noyaient dans les larmes qui envahissaient les yeux de Dragomira.

18

Confusion

Oksa regardait les taches de lumière sur les murs colorés par les rayons du soleil qui passaient à travers les vitraux. Elle avait certainement vécu la nuit la plus courte, la plus intense et la plus hallucinante de toute sa vie. Mais, malgré la fatigue, elle se sentait plus excitée que jamais. Partagées entre l'euphorie et le tourment, des milliers d'émotions assiégeaient le moindre recoin de son esprit, mettant ses nerfs à vif et remplissant son cœur à ras bord. Cette heure de permanence était la bienvenue. Penchée sur son livre de géographie, Oksa pouvait laisser son esprit s'échapper en toute liberté sans être suspectée de rêverie ou de manque d'application. Sans relâche, elle pensait à cette Terre Du-Dedans. Le seul qu'elle ne pouvait duper, c'était Gus. Son ami lui jetait des coups d'œil à la fois intrigués et impatients après qu'elle lui avait confié avoir quelque chose d'*extrêmement important* à lui dire.

Ils réussirent enfin à se retrouver seuls un bon moment, juste après le déjeuner. Pour cela, il fallut ruser et se replier dans le local d'entretien du premier étage – la Tanière aux Statues étant déjà occupée par des élèves plus rapides qu'eux… Et c'est entre les balais et les serpillières qu'Oksa lui fit un compte rendu aussi précis qu'exalté des révélations de la nuit.

Pendant près d'une heure, Oksa parla sans s'arrêter. Puis, à la fois épuisée et soulagée d'avoir confié son secret, elle regarda fiévreusement Gus.

– C'est FA-BU-LEUX ! s'exclama ce dernier, béat de stupéfaction. Waouh ! Qu'est-ce que tu ressens ? lui demanda-t-il en se passant une main dans les cheveux. Qu'est-ce que ça te fait… *tout ça* ?

– Je ne sais pas trop, avoua Oksa, ses grands yeux gris brillants d'exaltation. Maintenant, je sais que mes pouvoirs sont héréditaires, c'est déjà important. Je suis rassurée. Mais en même temps, ça me fait bizarre de l'apprendre et je me dis que si je n'avais pas montré cette empreinte à Baba, personne ne m'aurait rien dit. Je n'aurais jamais rien su et je serais restée toute ma vie comme ça, dans l'ignorance !

Gus la regarda, surpris de voir son visage se durcir si brutalement. La mâchoire serrée, Oksa continua :

– Tu te rends compte ? Ils ont gardé ça pour eux depuis toutes ces années ! Ils auraient pu m'en parler plus tôt... En plus, ils n'ont jamais rien dit à ma mère, tu te rends compte ?

– Ça n'aurait peut-être servi à rien, avança Gus.

– Mais ce n'est pas le problème ! s'emporta Oksa. C'est une question de *confiance* ! C'est quand même important de savoir d'où on vient et pourquoi on est comme ça, non ?

Gus baissa les yeux, personnellement touché – et concerné – par les paroles d'Oksa. Cette dernière, prenant conscience de son indélicatesse, se mordit les lèvres. Gus avait été adopté et elle venait de le lui rappeler sans ménagement.

– Excuse-moi, Gus, ce n'est pas ce que je voulais dire... Je suis vraiment trop nulle, murmura-t-elle d'une voix tremblante.

– Ça va, t'inquiète... lança bravement Gus. Tu vois, finalement, tu étais comme moi et tu ne le savais même pas... Je comprends ce que tu ressens. Quand mes parents m'ont parlé de mes origines, j'avais un peu plus de sept ans, je me suis senti à la fois heureux et furieux. Heureux parce que je comprenais enfin ma différence. Depuis longtemps, je voyais bien que je ne ressemblais ni à mon père ni à ma mère. Et d'ailleurs les autres ne se gênaient pas pour me le faire remarquer... Quand j'ai appris qui étaient mes parents biologiques et comment les choses s'étaient passées, ça m'a enlevé un poids énorme. Ma différence n'était plus un mystère pour moi et je me sentais presque fier, même si j'ai toujours eu du mal à en parler. Quand ça n'allait pas, je pensais à tout cela et je me disais que c'était une belle histoire, que j'avais de la chance et que je devais me montrer digne.

– Et pourquoi tu te sentais furieux ? demanda Oksa, attentive.

– J'avais l'impression d'avoir perdu tellement de temps... J'en voulais à mes parents d'avoir attendu pour me dire tout ça, parce que je me suis senti si soulagé de comprendre et de savoir ! J'aurais pu connaître cette sensation tellement plus tôt ! C'est ça qui me rendait dingue… J'allais très mal les mois qui ont suivi, tu t'en souviens peut-être, on était en CE1.

– Oui, reconnut Oksa. Tu étais complètement replié sur toi-même.

– En fait, c'était ma colère que je renfermais, continua Gus. Tu me connais, je ne suis pas du genre démonstratif. Mais là, c'était pire, tout était concentré à l'intérieur, ça me bouffait ! Un jour, j'étais assis sur mon lit en train de jouer à un jeu vidéo. Je m'en souviendrai toute ma vie… Mon père s'est assis en face de moi, il m'a pris la console des mains, il m'a regardé droit dans les yeux et m'a tout expliqué : quand ma mère et lui ont appris qu'ils ne pourraient jamais avoir d'enfant, ce fut un choc terrible, ils n'arrivaient pas à s'en remettre. Et puis, quelque temps après, ils comprirent qu'ils avaient le choix : soit ils se laissaient noyer par la tristesse, soit ils réagissaient. Leur décision ne tarda pas. Dès le lendemain, ils ont entrepris les démarches d'adoption. Après plusieurs voyages en Chine – c'est là-bas qu'ils ont rencontré ta mère –, leur espoir s'est concrétisé : un jour, ils sont venus me chercher dans un orphelinat pour me ramener en France. J'avais un peu plus d'un an et tout ce qu'on savait de mon histoire, c'est que ma mère biologique était une très jeune Shanghaienne qui avait eu une aventure avec un étudiant hollandais. Quand elle s'est aperçue qu'elle était enceinte, le jeune homme était déjà reparti dans son pays et elle n'eut le courage ni d'interrompre sa grossesse ni d'en parler à sa famille restée à la campagne. Quand je suis né, elle m'a abandonné à l'orphelinat, elle ne pouvait pas s'occuper de moi.

Il s'interrompit quelques secondes avant de reprendre :

– Tu sais, Oksa, quand mon père m'a dit tout cela, j'ai compris qu'il n'y avait pas de *bon moment* pour apprendre de telles choses. Qu'on les apprenne à cinq ans, dix ans, quinze ans, ça bouleverse, ça fait mal, ça change la vie. Et c'est ce qui est en train de t'arriver…

Oksa le regarda longuement. C'était rare que Gus parle autant de lui-même… D'ailleurs, il semblait en être le premier surpris. Il passa la main dans ses cheveux noirs pour la cinquantième fois et, gêné, se mit à tordre un trombone qui traînait sur une étagère.

– En tout cas, ton histoire dépasse tout ce qu'on aurait pu imaginer, remarqua-t-il. J'aimerais vraiment voir à quoi ça ressemble, cette Édéfia. J'espère que tu n'oublieras pas ton vieux copain de Du-Dehors et que tu m'inviteras quand tu seras devenue la Suprême Souveraine... Euh... Comment je dois t'appeler, d'ailleurs ?

– Yaaahhoouu ! Appelle-moi Oksa-la-redoutable-ninja-Gracieuse ! cria Oksa pour se défouler.

Elle s'était élevée à un mètre du sol et mimait une posture d'attaque kung-fu en levant sa jambe sur le côté, comme elle l'avait vu faire par Malorane lors de la séance de Caméroeil de sa grand-mère. Mais le cagibi n'était pas vraiment adapté à ce genre d'activité et tous les produits d'entretien qui se trouvaient sur sa trajectoire dégringolèrent par terre. Gus éclata de rire.

– Une attaque pas très bien maîtrisée, si je peux me permettre, Oksa-san ! Encore quelques progrès à faire...

En sortant de leur abri, ils eurent la mauvaise surprise de se trouver nez à nez avec quelques élèves de leur classe, parmi lesquels la redoutée Hilda Richard – la Primitive – et son acolyte, Axel Nolan, qui virent là l'occasion de lancer une offensive :

– Oh, mais voilà Miss-Super-Maligne et Mister-Fidèle-Chienchien ! Enfermés tous les deux dans le local à poubelles ! C'est pas un peu puant comme endroit pour un tête-à-tête romantique ? Qu'est-ce que t'en penses, Axel ? s'esclaffa la Primitive en coinçant Oksa contre le mur.

– Bof... C'est pas plus puant qu'eux ! ricana Axel.

Oksa bouillait intérieurement. Les traits figés dans une expression de mépris, elle s'avança pour se planter devant Hilda comme si elle allait lui balancer son poing en pleine figure. Elle avait vraiment envie de faire ravaler ses propos à cette arrogante Primitive ! Mais, tant bien que mal, elle parvint à se maîtriser.

– Eh, les chacals ! lança Merlin qui avait assisté à la scène. Il serait temps d'apprendre à lire ! Vous n'avez pas vu ce qui est écrit sur la porte : « Matériel d'entretien » et pas « Local à poubelles » ! Mais les poubelles, c'est vrai que vous devez bien connaître, c'est un peu comme chez vous, non ?

– Oh, toi, ça va ! Arrête de jouer au premier de la classe !

– Mais il ne joue pas ! répliqua Oksa. Il *est* le premier de la classe !

— Laisse tomber, Oksa... fit Merlin, soudain confus.

Les deux chacals le toisèrent avec dédain et s'éloignèrent en gloussant.

— Super... Tout le monde va être au courant dans deux minutes... marmonna Oksa, les poings serrés.

Gus, rouge comme une tomate, la regarda avec embarras.

— Ça, c'est sûr, avec ces deux-là ! fit remarquer Merlin entre ses dents. On peut compter sur eux pour diffuser l'info aux quatre coins du collège. Mais quelle idée aussi de vous enfermer dans ce cagibi !

— On avait besoin de discuter, répondit Oksa sur la défensive. La Tanière était prise...

— Oui, c'est le problème avec les bonnes planques ! Euh... Je ne veux pas jouer les fouineurs mais... qu'est-ce que vous aviez de si important à vous dire pour vous enfermer là-dedans ?

Décontenancée, Oksa chercha le soutien de Gus. Mais ce dernier s'appliquait visiblement à observer dans ses moindres détails le sol granité, ne détachant pas ses yeux des dalles de pierre.

— Ooofff... Des histoires de famille, rien de plus...

— Ça devait être une sacrée longue histoire ! insista Merlin.

— Juste un peu compliquée, précisa Oksa. Bon ! Il faut peut-être y aller, maintenant, non ?

— Je file à mon casier et je vous rejoins, vous m'attendez ? s'exclama le garçon.

Et il s'éloigna d'un pas vif. Gus leva enfin les yeux du sol.

— Je ne te remercierai jamais assez de m'avoir aidée à nous tirer de ce mauvais pas ! lui lança-t-elle d'un ton rancunier. Quel précieux secours...

— Tu t'en es très bien sortie ! rétorqua Gus en souriant.

Oksa grogna en montrant les dents avant de lui rendre son sourire.

— En tout cas, je crois qu'on vient de voir deux beaux spécimens de Félons, tu ne crois pas ?

— Tu veux parler de la hyène et du vautour ? demanda-t-il.

— Exactement ! Tiens, ça ferait un supertitre de livre, *La Hyène et le vautour : une aventure héroïque de la Gracieuse Oksa et du Hardi Gus.* Pas mal, non ?

Leur complicité retrouvée, ils discutèrent encore un moment à voix basse des confidences dévoilées dans le cagibi. Gus buvait les paroles d'Oksa, le cerveau en ébullition. Puis la cloche sonna et, en compagnie de Merlin, ils rejoignirent leur classe, plus unis que jamais par ce secret que Gus jura de garder coûte que coûte.

– Arrête ! Je ne suis pas fou, ma vieille… C'est impossible de raconter ça, on me prendrait pour un fou de toute façon et on m'enfermerait dans un asile avec une camisole de force !

Les cours de l'après-midi furent suivis avec une concentration très discutable par les deux camarades. Ils n'écoutaient que d'une oreille, mais, heureusement, personne ne le remarqua. Submergée par ses émotions, Oksa était très agitée et, malgré les avertissements que tentait de lui donner sa conscience, elle ne put s'empêcher de faire quelques travaux pratiques de Magnétus sur ses livres, activité qu'elle parvenait maintenant à mener en toute discrétion.

– Arrête de pouffer de rire, tu vas nous faire remarquer… marmonna-t-elle à son ami.

– Quoi ? T'es gonflée, quand même ! C'est moi qui vais nous faire remarquer ? s'indigna Gus à voix basse, en contrôlant difficilement ses spasmes d'hilarité. Vraiment pas gênée, cette fille…

À peine venait-elle de franchir le pas de la porte qu'Oksa sentit qu'il se passait quelque chose de bizarre à la maison. Le son de la télé et le bruit sourd des voix de son père et de Dragomira lui parvinrent. Elle se débarrassa en silence de son sac et de ses chaussures, puis se posta à l'entrée du salon dont la porte vitrée était restée entrouverte.

– Pavel ! appela Dragomira avec vigueur, tandis que retentissait le générique des infos de la BBC. Viens ! Ça va commencer !

« Mesdames et messieurs, bonsoir, annonça le présentateur. À la une ce soir : le corps de Peter Carter, le célèbre journaliste d'investigation américain, a été découvert ce matin dans un hôtel londonien. Les inspecteurs de Scotland Yard n'ont pas caché qu'un certain mystère régnait sur cette affaire, la mort semblant résulter d'une totale dissolution des poumons de la victime. On a retrouvé d'infimes quantités d'une substance qui n'a pas encore livré tous ses secrets. À l'heure où je vous parle, aucune analyse n'a pu déterminer l'origine de cette substance, mais les analyses en cours devraient prochainement éclairer les enquêteurs. Politique : le Premier ministre polonais en visite dans notre pays... »

La télé se tut soudain et ce fut le silence. Le cœur d'Oksa battait à tout rompre. Elle essayait tant bien que mal de retenir sa respiration et manquait étouffer. Quand Dragomira prit la parole, elle s'autorisa enfin à reprendre son souffle.

– Mon Dieu ! prononça péniblement la Baba Pollock d'une voix étranglée. Peter Carter assassiné ! À Londres ! Ce n'est pas possible...

– Mais qu'est-ce qui a pu se passer ? lança à son tour Pavel.

– Je n'en ai aucune idée... Pavel, mon cher Pavel, j'ai bien peur que ce ne soit l'un de nous...

– Que veux-tu dire ? demanda-t-il froidement.

– Je sais que tu vas avoir du mal à l'admettre, mais tu as vu comment est mort Carter ?

– Il a reçu une Pulmonis, répondit-il gravement.

– Ce qui signifie que c'est forcément l'un de nous qui a fait ça !

– Je le sais bien, ma chère mère, répondit Pavel d'un ton résigné. Je déplore sa mort, mais Carter nous a causé beaucoup d'ennuis et il risquait de continuer puisqu'il se trouvait à Londres. Même si c'est terrible de le reconnaître, celui ou celle qui a fait ça nous a délivrés d'un grand danger.

Oksa se glaça d'horreur. Sa famille était à l'origine du meurtre d'un homme ! Mais *pourquoi* ? Elle plaqua son dos trempé de sueur contre le mur. Une image du Caméroeil lui revint violemment en mémoire : Malorane envoyant une terrible substance qui avait fait fondre les poumons d'un des Félons. Peter Carter était mort exactement de la même façon !

C'était un cauchemar. Elle allait se réveiller. Il fallait qu'elle se réveille. Mais, au lieu de cela, elle restait pétrifiée sur le palier du salon, bien éveillée et surtout horrifiée par ce qu'elle entendait. Le corps toujours collé au mur, elle se décala, centimètre par centimètre, jusqu'à gagner l'escalier menant au deuxième étage. Dans le plus grand silence, elle monta dans sa chambre et se jeta sur son lit, le cerveau en feu. Dragomira avait bien dit : « C'est forcément l'un de nous qui a fait ça. »

Mais pourquoi sa famille avait-elle tué ce journaliste ? C'était monstrueux...

19

Désarroi chez les Pollock

La semaine s'écoula dans une ambiance étonnante. Que de bouleversements il y avait eus. Apprendre que sa propre famille venait d'un territoire inconnu et qu'un de ses membres était un cruel criminel n'avait rien d'anodin. Tout se passait cependant comme si rien de tout cela n'avait eu lieu.

Oksa se sentait complètement abandonnée. Son père ne s'intéressait qu'aux travaux du restaurant qui allait bientôt ouvrir ses portes. Il était très angoissé, mais ni plus ni moins que d'habitude. Marie ne le quittait pas d'une semelle, remplissant avec patience le rôle de conseillère psychologique personnelle de son grand stressé de mari. Tous les deux passaient le plus clair de leur temps au restaurant et ils ne prirent même pas la peine de se relayer auprès d'Oksa comme ils veillaient à le faire lorsqu'ils étaient à Paris. C'est tout juste si la jeune fille les vit plus de deux heures au cours des derniers jours... Et elle en ressentait une douloureuse amertume qui faisait l'effet d'un poison dans son cœur.

Un soir, elle était montée voir sa grand-mère comme à son habitude, mais il semblait n'y avoir personne. La version officielle était que Dragomira séjournait quelque temps chez Abakoum, son parrain. Pourtant, Oksa savait bien qu'elle était revenue depuis au moins deux jours. Une certitude qui la contrariait fortement... Si sa Baba se mettait, elle aussi, à la négliger, c'était la fin de tout ! Le samedi soir, elle se décida enfin à toquer à la porte après y avoir collé son oreille et entendu le Foldingot fredonner dans l'appartement.

— Oohh, petite-fille de ma Gracieuse, la visite est impromptue, mais le ravissement de votre vision est une assurance pour moi, lui dit la créature en ouvrant la porte.

– Qui est-ce, mon Foldingot ? Si c'est Oksa, fais-la entrer, je te prie !

C'était la voix de Dragomira, faible et rauque. Le Foldingot s'effaça pour laisser passer Oksa, non sans s'être courbé devant elle.

La Baba Pollock était allongée sur un canapé, le corps recouvert d'un épais plaid écossais. Son visage pâle et amaigri, ses longs cheveux tressés pendant négligemment jusqu'au sol, elle lança :

– Entre, ma Douchka !

Oksa se précipita vers sa grand-mère et la serra tendrement dans ses bras. Toutes les deux restèrent un moment ainsi, heureuses de se retrouver.

– Ça n'a pas l'air d'aller fort, Baba. Tu es malade ?

Dragomira la regarda avec douceur.

– Oui, je suis malade. Mais rien de grave, n'aie crainte. Il faut juste que je me repose.

Aussitôt après avoir prononcé ces mots, elle ferma les yeux et sa tête roula légèrement sur le côté. Oksa était persuadée que l'état de sa grand-mère était lié à la mort de ce journaliste. Le poids de la culpabilité ? La brûlure du remords ? Elle imaginait mal sa tendre grand-mère en criminelle. Mais qui pouvait deviner que sous cette ancienne herboriste un peu excentrique se cachait la souveraine exilée d'un empire déchu ? Alors pourquoi pas, en plus, une tueuse maniaque de l'acide ? Ce n'était pas plus incroyable... La seule chose dont Oksa pouvait être certaine, c'est que Dragomira en savait beaucoup plus long que n'importe qui sur cette affaire. « C'est forcément l'un de nous qui a fait ça ! » avait-elle dit. Alors qui ? Son père ? Abakoum ? Léomido ? C'était difficile à concevoir. Mais depuis une semaine, la vie d'Oksa n'était remplie *que* de choses difficiles à imaginer...

– Je dois me reposer, ma chère petite, répéta Dragomira d'une voix lasse.

Avant de se lever, Oksa ne put s'empêcher de demander :

– Qu'est-ce que tu as, Baba ? Dis-moi, s'il te plaît !

Dragomira hésita un instant. Elle détourna la tête, puis lâcha d'une voix rauque :

– Tous ces souvenirs ont bouleversé la vieille dame que je suis. Tu sais, revoir ces images de chaos, entendre les mots de ma mère, c'est très déchirant. Il me faut un peu de temps pour me faire à l'idée que tu viens d'hériter de tout cela. Dans quelques jours, tout ira mieux, je serai de nouveau d'aplomb, n'aie crainte...

– Baba, je peux te poser une question ?

Dragomira acquiesça en silence.

– Qu'est-ce qui va se passer ? Je veux dire... maintenant que j'ai cette empreinte ?

– Nous en parlerons plus tard, ma Douchka.

– J'espère bien ! Est-ce que je peux juste dire bonjour à Léomido et à Abakoum ? insista Oksa sans abandonner l'espoir d'en apprendre un peu plus. Ils sont toujours là, n'est-ce pas ?

– Oui, nous sommes toujours là. Bonjour, Oksa.

Oksa se retourna : les deux hommes étaient là, en effet, près de l'énorme étui de contrebasse au fond de la pièce.

– Nous viendrons dîner avec tes parents et toi, si vous voulez bien nous inviter, annonça Léomido après l'avoir embrassée. Mais maintenant, il faut que tu laisses ta grand-mère se reposer.

Oksa se leva à contrecœur, fit un dernier baiser à Dragomira et quitta l'appartement. Au milieu de l'escalier, elle se ravisa et remonta les quelques marches qui la séparaient du palier. Elle toqua de nouveau à la porte. Léomido lui ouvrit.

– Mais je voulais vous poser quelques questions ! lança-t-elle d'un ton vif. On n'a même pas pu parler depuis dimanche dernier !

– Plus tard, Oksa, plus tard, lui répondit son grand-oncle d'un ton soucieux en la regardant d'un air vague, comme s'il ne la voyait pas vraiment.

Oksa redescendit dans sa chambre en pestant.

– On me dit des tas de trucs super importants et quand je veux en savoir plus, il n'y a plus personne ! J'ai plein de questions, moi ! Et voilà, on me ferme la porte au nez et on me laisse toute seule ! J'EN AI MARRE ! s'insurgea-t-elle en donnant un violent coup de pied dans son sac de classe qui traînait par terre.

Elle sentit une présence derrière elle et se retourna : son père, appuyé au chambranle de la porte, la fixait fiévreusement.

– Papa ?

Pour toute réponse, Pavel Pollock se passa la main sur le visage d'un air désespéré et tourna les talons.

– PAPA !

Oksa le suivit. Mais quand elle le vit dans le salon, la tête entre les mains et le corps replié sur lui-même, elle fit demi-tour et regagna sa chambre. Là, ses nerfs craquèrent. Sans bouger de son lit, d'un regard lourd de rage, elle balaya tout ce qui se trouvait sur son bureau, puis s'attaqua à ses posters accrochés aux murs en les transformant en longs lambeaux de papier. Une fois que tout fut brisé, déchiqueté ou haché menu, elle dirigea sa fureur sur les débris et, armée de sa seule volonté, elle les suspendit en l'air où ils se mirent à dériver mollement. Puis elle s'effondra, le cœur pulvérisé par la tristesse et la rancœur.

Quand elle rouvrit les yeux, son père était assis à côté d'elle, par terre contre le mur.

– Une nouvelle décoration plutôt audacieuse, si je peux me permettre, dit-il avec un mince sourire en contemplant le saccage flottant tout autour de lui.

– Oh ! Papa !

Oksa se jeta dans ses bras et enfouit son visage dans son épaule.

– Papa… Je ne sais plus quoi penser… Je suis perdue.

– Tout cela est très brutal, ma chérie. Je suis si contrarié que tu aies appris toute notre histoire comme ça, sans être préparée. Franchement, je regrette que cela se soit passé ainsi. Pour ma part, j'aurais préféré attendre encore… Mais maintenant, le mal est fait, ajouta-t-il comme s'il se parlait à lui-même.

– Il n'y a pas que ça, Papa, lui dit Oksa en le regardant avec fièvre.

Mais, plongeant ses yeux bleus et tristes dans ceux d'Oksa, il continua sur sa lancée en ignorant sa remarque :

– Attends un peu, sois patiente ! Nous-mêmes, nous sommes désemparés, nous ne savons plus très bien quoi faire. Nous ne sommes même pas tous d'accord… Il faut juste prendre le temps de réfléchir pour ne pas nous tromper, dit-il sagement en entourant de son bras les épaules d'Oksa.

– Je ne comprends rien… Vous devez être d'accord sur quoi ?

– Je ne peux pas t'en dire davantage tant que nous n'y voyons pas clair nous-mêmes.

– OK, OK ! Quand vous aurez fait de moi une fille traumatisée, vous ne viendrez pas vous plaindre ! rétorqua-t-elle d'un ton exagérément appuyé en reprenant du poil de la bête. Car je préfère te prévenir : plus tard, je serai totalement névrosée et je dirai aux plus grands spécialistes de la psychiatrie qui examineront mon cas que ça vient de mon adolescence. J'expliquerai alors que j'ai subi un monstrueux choc psychologique et que ma famille a été d'une extrême négligence avec moi, voilà !

Son père hésita un instant, puis éclata d'un rire franc et sonore qui ne tarda pas à gagner Oksa. Elle s'esclaffa en le regardant en coin pendant qu'il lui ébouriffait les cheveux avec tendresse.

– Bon, alors, si j'ai bien compris, je dois garder toutes mes questions en réserve en attendant que vous daigniez m'accorder votre précieuse attention, résuma Oksa sur un ton plus provocateur. C'est vrai que je ne suis qu'une petite adolescente soumise au bon vouloir des adultes *si* sages et *si* raisonnables…

Son père la regarda à nouveau avec un embarras et une impuissance qu'il ne cherchait même pas à cacher. Gagnée par un sentiment de pitié, Oksa décida de capituler momentanément.

– Je ne te garantis rien, mais je vais essayer… dit-elle en tirebouchonnant le bas de son T-shirt autour de son doigt. Oh, j'allais oublier de te dire : Léomido et Abakoum vont venir dîner avec nous !

– Voilà une excellente nouvelle ! s'exclama son père, heureux de cette trêve. Viens, on va leur préparer un repas digne de ce nom. Mais avant, il serait peut-être bon de remettre un peu d'ordre dans cette chambre avant que ta mère ne voie ça, qu'en penses-tu ?

Et tous les deux se mirent à quatre pattes pour récupérer tout ce qu'Oksa avait balancé ou fracassé lors de son dernier Magnétus. Pavel Pollock remarqua la grande tache de brûlé sur le mur, mais préféra ne pas y faire allusion, se contentant d'accrocher un poster recollé tant bien mal.

Pas la peine de rajouter de l'huile sur le feu, c'était le cas de le dire…

20

Des dérapages (in)contrôlés

Marie Pollock n'avait pas besoin de connaître tous les détails de l'affaire pour sentir que quelque chose s'était passé. La seule différence avec tous ceux qui vivaient dans cette maison, c'est qu'elle ne savait pas de quoi il pouvait s'agir. Tout avait commencé en début de semaine, à l'arrivée des amis de Dragomira. Elle avait bien remarqué que Pavel et Oksa étaient redescendus à plus de minuit. Elle avait même failli intervenir et passer un savon à son mari pour avoir fait veiller leur fille si tard un soir de semaine. Mais en voyant la tête de Pavel le lendemain matin, elle n'en avait pas eu le courage. Il avait l'air si tourmenté… Elle avait cherché à savoir, avec toute la délicatesse dont elle était capable. Pourtant, rien n'était sorti de la bouche de Pavel qui savait s'emmurer dans un mutisme inébranlable quand il le voulait.

L'ambiance qui régnait à table était étrange, à la fois électrique et morose. Léomido et Abakoum s'étaient joints à la petite famille. D'habitude d'excellente compagnie, ils affichaient ce soir-là un air préoccupé. Peut-être l'accès de fatigue de Dragomira les affectait-il plus qu'elle ne l'avait pensé. D'ailleurs, la présence de Léomido était un signe : ces dix dernières années, jamais ses visites n'avaient excédé deux jours. Et voilà presque une semaine qu'il était là…

— Dragomira ne descend pas ? demanda Marie pour briser le silence.

— Non, ma chère Marie, elle se sent encore un peu faible, lui répondit Léomido en la regardant avec bienveillance.

— J'espère que vous ne me cachez rien de grave, renchérit Marie avec un léger sourire.

– Ne t'inquiète pas, chérie, répondit à son tour Pavel. Tout va bien, c'est juste une faiblesse passagère.

« *Ils sont gonflés, quand même !* » pensa Oksa, mécontente. Elle s'agita sur sa chaise en lançant des regards furibonds à son père. Abakoum et Pavel, les sourcils froncés et la mine sévère, se tenaient raides comme des piquets sur leur chaise.

– Mais qu'est-ce que vous avez tous ce soir ? s'inquiéta Marie.

– La fatigue, chère Marie, la fatigue… lui répondit Léomido sur un ton qu'il tentait vainement d'adoucir.

Oksa, quant à elle, n'était pas du tout fatiguée. Elle sentait en elle de gros bouillons de colère, de trouble et d'impatience qui mettaient ses nerfs à vif. La petite discussion avec son père lui avait fait du bien, mais elle était loin d'avoir été suffisante. Toutes ces questions sans réponse la mettaient dans un état de frustration qu'elle avait beaucoup de mal à cacher.

Qu'était devenue Malorane ? Pourquoi n'était-elle pas sortie en même temps que les autres ? Qu'est-ce que c'était que cette histoire de Phénix ? Est-ce que quelqu'un avait déjà essayé de retourner à Édéfia ? Savait-on où c'était ? Et combien étaient-ils à avoir fui ? Qui avait tué le journaliste ? Pourquoi refusaient-ils tous de répondre à ses questions ? Pourquoi mentaient-ils à sa mère ? POURQUOI ?

Il n'y avait que ça, des *pourquoi*. Et aucun *parce que*.

Son père l'observait du coin de l'œil et Oksa fulminait de se sentir surveillée. Elle regarda sa mère qui, le dos tourné, finissait de préparer la salade verte. Affairée devant le plan de travail, on voyait ses épaules tressauter au rythme des mouvements de son bras qui remuait la vinaigrette. « *Quand même, ils auraient pu lui dire… La laisser dans l'ignorance, c'est vraiment nul !* » se dit Oksa.

Soudain, ce fut plus fort qu'elle : IL FALLAIT PASSER À L'ACTION ! Elle était loin de pouvoir le reconnaître, mais, au fond d'elle, elle mourait d'envie de faire payer à son père le comportement distant qu'il avait eu à son égard pendant cette étrange semaine. Aveuglée par sa frustration, elle regarda intensément devant elle, sans plus réfléchir. Tous les couverts, sans exception, se retrouvèrent dressés au centre de la table et se mirent à tourner en cercle. Sans qu'Oksa y mette les mains, bien sûr… Elle se contentait de tapoter sur la table comme si elle battait la mesure de ce ballet insolite. Avec une précipitation affolée, les trois hommes replacèrent couteaux et fourchettes à côté des assiettes, juste avant que Marie ne reprenne sa place.

Cependant, Oksa était loin d'en avoir terminé. Elle décida d'innover. Le Magnétus, c'était drôle, mais, maintenant, elle allait passer aux choses sérieuses. Ce fut sa mère qui lui donna l'idée de sa prochaine cible : elle venait de se relever pour allumer les bougies parfumées placées sur le guéridon à l'entrée de la cuisine. Elle actionna le briquet et alluma la première bougie. La deuxième, Oksa s'en chargea. Le plus naturellement du monde : depuis sa chaise, elle se contenta d'ouvrir la paume de sa main pour laisser échapper une minuscule boule de feu droit vers la mèche de la bougie ! Sa mère resta interdite devant le bougeoir, le briquet à la main et le front plissé.

– Vous parliez de fatigue, Léomido ? Je crois bien que vous m'avez contaminée...

Oksa, au contraire, débordait d'énergie. Les trois bougies étaient maintenant allumées. Une bonne dizaine de flammes s'en échappèrent et, telles des lucioles prises de folie, se mirent à voleter de façon désordonnée au-dessus des têtes des convives. Abakoum et Léomido se jetèrent des regards effarés tout en essayant de dissimuler leur panique. Léomido assena à Oksa un coup de pied dans le tibia, tandis qu'Abakoum lui saisissait la main pour tenter de la raisonner. En pure perte : Oksa leur adressa un sourire mi-satisfait, mi-narquois, spécial « je-suis-une-adolescente-digne-de-ce-nom-et-je-fais-ce-que-je-veux-quand-je-veux », tout en continuant à orchestrer du bout des doigts le ballet aérien des flammèches.

L'attention inévitablement attirée par les lumières – et par les regards d'Abakoum et de Léomido dirigés vers le sommet de sa tête –, Marie leva les yeux. Chacun retint son souffle, se préparant au pire... Elle baissa la tête et resta immobile, le regard fixé sur son assiette. Puis elle cligna des paupières comme pour effacer ce qu'elle venait de voir, se passa la main sur les yeux et continua de manger. Abakoum profita de cette accalmie pour faire diversion et dirigea la conversation sur un sujet d'actualité qui n'intéressait pas du tout Oksa, tout occupée qu'elle était à chercher ce qu'elle pourrait bien inventer cette fois-ci. Elle se sentait survoltée, prête à tout. En regardant autour d'elle, elle trouva : le robinet ! Voilà qui était nouveau ! Après le feu, l'eau. Tout cela restait dans le registre des éléments, c'était formidable ! Et tellement innovant… Elle fixa le robinet de l'évier en formant discrètement des ronds avec son index. Au bout de quelques secondes, le robinet laissa échapper un filet d'eau, avant de passer à un débit bien plus spectaculaire, puisque l'eau éclaboussa à grands jets Léomido et Pavel qui se trouvaient les plus proches de l'évier. Marie poussa un cri et Pavel se leva d'un bond pour fermer le robinet, ce qui se révéla difficile car l'eau giclait furieusement. Trempé , les cheveux et la chemise dégoulinants, il fixa sur sa fille un regard noir de colère.

– Oksa, arrête maintenant ! ÇA SUFFIT ! gronda-t-il, furieux.

Marie le regarda avec étonnement.

– Mais enfin, Pavel, elle n'a rien fait ! C'est une fuite…

Oksa ne manqua pas d'afficher un large sourire satisfait : c'était la panique à bord, surtout du côté de son père. Touché, coulé ! « *Il n'avait qu'à lui dire depuis toutes ces années…* » pensait-elle. Sans aucune considération pour l'avertissement de son père, elle décida de finir en beauté.

L'apothéose eut pour objet la corbeille de pain. Posée au milieu de la table, elle causa la stupéfaction de tous quand elle se souleva d'une cinquantaine de centimètres pour aller vider son contenu dans l'assiette de Pavel.

– MAIS QU'EST-CE QUI SE PASSE ICI ?

21

Le prix à payer

Marie s'était violemment écartée de la table, renversant sa chaise en arrière.

– Vous voulez bien me dire ce qui se passe ici ? C'est quoi ce cirque ? hurla-t-elle. Ce n'est pas drôle, ça ne me fait pas rire du tout !

Léomido lui adressa un vague sourire malgré la sensation grandissante que les ennuis n'allaient pas tarder à commencer.

– Marie, veux-tu venir avec moi, s'il te plaît ? dit Pavel, abattu.

Pâle comme la mort, il lui prit fermement le bras et l'entraîna dans le salon. Léomido et Abakoum regardèrent Oksa avec sévérité, dans un silence plus réprobateur que tous les reproches du monde.

– Je suis… désolée… murmura-t-elle en se mordillant les lèvres, un peu honteuse.

– Nous aussi, Oksa, nous aussi, lança Abakoum, insistant sur ces quelques mots à double sens qu'Oksa ne sut comment interpréter.

D'un mouvement accablé, Abakoum se leva de table et, suivi immédiatement de Léomido, il quitta la cuisine, laissant la jeune fille seule face à ses responsabilités.

Quand Oksa rejoignit sa chambre, ses parents étaient encore dans le salon, en pleine discussion. Et les bribes qui lui parvenaient étaient loin de la rassurer : la discussion prenait de plus en plus la forme d'une violente querelle. La jeune fille s'installa devant son ordinateur et ouvrit la messagerie :

Gus, j'ai fait une grosse bourde. Ma mère est au courant maintenant. Papa est en train de parler avec elle et ça ne se passe pas bien du tout, ils se disputent. J'ai fait des trucs devant elle, je suis nulle. Je vais essayer d'en savoir plus. Je te raconterai. À demain. Signé : Oksa-l'idiote-de-première.

Guère échaudée par sa dernière tentative d'espionnage à la porte de Dragomira, elle s'assit par terre dans le couloir, face à la porte du salon. Et bien qu'elle fût fermée, Oksa entendait parfaitement ce qui se disait à l'intérieur tant le volume des voix était élevé…

– Notre fille est l'héritière du pouvoir d'Édéfia, elle a l'Empreinte…

– C'est ça ! Et moi, je suis la fée Clochette ! répondit Marie avec un rire de démente.

– Marie… pourquoi est-ce que je te mentirais ? J'en suis incapable… Oksa a des pouvoirs, elle sait déjà en utiliser certains, mais elle a un potentiel fantastique ! Notre fille a en elle une puissance phénoménale, plus grande que n'importe qui.

– Arrête ! Tu me rends dingue avec tes histoires de fou ! Ton *Édifia* et tout le reste !

– Édéfia…

– Et à supposer que je puisse te croire un jour, tu me dirais tout ça seulement maintenant ? Nous sommes mariés depuis combien de temps ? Puisque tu n'as pas l'air de t'en souvenir, je vais te le dire : DIX-HUIT ANS !

– Viens, soupira profondément son mari. Je vais te montrer quelque chose. Allons chez Dragomira, tu comprendras mieux…

La porte s'ouvrit mais, hébétés par leur conversation, ils passèrent sans la voir devant Oksa assise dans le couloir, recroquevillée dans son coin, l'air misérable. Ce qui ne fit que l'affliger davantage encore…

Dragomira, qui les attendait sur le palier du troisième étage, les fit entrer chez elle. Oksa grimpa à son tour et s'assit sur la dernière marche. Quelques instants plus tard, Marie poussa un cri à faire dresser les cheveux sur la tête. « *Maman a dû voir le Foldingot…* » se dit Oksa. La conversation reprit à l'intérieur de l'appartement du troisième, aussi virulente que précédemment.

– Vous avez trop vu de films, tous autant que vous êtes ! Il faut arrêter maintenant… Et revenir sur terre !

Oksa ne put s'empêcher de murmurer tristement :

– Mais on est sur terre, Maman. On est sur terre…

Quand elle ouvrit les yeux, la première chose que constata Oksa, c'est qu'elle était dans son lit. Le temps de se réveiller, et les premières questions fusèrent. Est-ce qu'elle s'était endormie sur le palier de Dragomira ? Qui l'avait ramenée dans sa chambre ? Comment les choses avaient-elles tourné entre ses parents ? Pavel avait-il réussi à lui expliquer ? Mais quand elle alla prendre son petit déjeuner dans la cuisine, elle dut se poser une question beaucoup plus importante :

– Où est Maman ? demanda-t-elle d'une voix incertaine.

Tout le monde était là, au complet : son père, Dragomira – enfin sortie de son appartement –, Léomido et Abakoum. Ce qui rendait l'absence de Marie plus évidente encore.

– Ta Maman est chez sa sœur, répondit Pavel, les traits ravagés par la fatigue et l'inquiétude.

Tous les quatre la regardaient à la fois avec compassion et dureté.

– Elle m'en veut, c'est ça ? demanda-t-elle d'un ton brusque.

– Non, ce n'est pas à toi qu'elle en veut ! dit son père en détournant les yeux et en glissant vers elle un papier plié en quatre.

Oksa le déplia et lut :

Oksa, ma fille chérie, je pars quelques jours chez ta tante Geneviève, il faut que je réfléchisse calmement à tout ce qui vient de se passer. Je reviens bientôt, n'oublie jamais que je t'aime. Maman.

– Oksa, ce que tu as fait est grave, enchaîna aussitôt Dragomira. C'était cruel vis-à-vis de ta mère et de nous tous.

– Je sais, Baba, je suis désolée ! s'écria Oksa, les larmes aux yeux. Je suis une grosse nulle, je suis désolée !

– Nous savons que tu es désolée, répliqua Léomido d'un air irrité. Mais le mal est fait… Ta mère a subi un vrai choc, tout cela a été très brutal pour elle.

– Pour moi aussi, c'était brutal d'apprendre tout ça, rétorqua Oksa. Si vous nous l'aviez dit plus tôt, ça se serait peut-être mieux passé…

Ils prirent tous les quatre cette remarque mordante de plein fouet, mais aucun n'osa rebondir : la jeune fille n'avait pas tout à fait tort.

– Que ressentais-tu ? Pourquoi as-tu agi ainsi ? demanda Abakoum en dévisageant Oksa avec une bienveillance qui tranchait avec l'attitude sévère des trois autres adultes.

Oksa hésita avant de répondre. Elle se croqua un ongle, la tête penchée sur le côté, puis explosa :

– J'apprends des choses extraordinaires et puis tout le monde disparaît en refusant de répondre à mes questions ! Vous désertez la maison, personne ne me parle, c'est comme s'il fallait que je me débrouille toute seule avec ce *truc énorme* entre les mains ! En plus, je suis capable de faire des tas de choses que j'ai envie de vous montrer, mais vous vous en fichez complètement ! Vous ne m'avez même pas demandé à les voir ! Vous ne vous rendez pas compte que TOUT ÇA EST EN TRAIN DE CHANGER MA VIE ! Non, vous continuez vos messes basses entre adultes, sans vous soucier ni de Maman ni de moi. J'étais en colère à un point que vous n'imaginez même pas… Ça gonflait en moi, j'étouffais, j'aurais pu tout casser rien qu'en regardant autour de moi et en restant là, assise sur ma chaise. Quand Maman a demandé si vous ne lui cachiez rien et que vous lui avez menti, ça a été plus fort que moi : c'est parti tout seul, je ne pouvais plus m'arrêter.

– Et comment te sens-tu en ce moment ? lui demanda Abakoum avec douceur.

– En ce moment ? Tu veux vraiment que je te dise comment je me sens ?

– Oui, répondit simplement Abakoum.

– Eh bien, vous voyez cette pluie qui tombe dehors ?

Tous se tournèrent vers la fenêtre. Des trombes d'eau s'abattaient sur le square. Au même moment, un coup de tonnerre fit vibrer les vitres.

– Je me sens comme le temps aujourd'hui : j'ai plein de larmes qui sont en train de me noyer, dit Oksa d'une voix tremblante. Je suis malheureuse. Malheureuse et furieuse. Je pourrais exploser tellement je suis furieuse…

Les quatre adultes s'entre-regardèrent, gênés. Ils étaient bien conscients du malaise dans lequel, par leur distance et leur manque de considération, ils avaient plongé Oksa. Et ils semblaient le regretter amèrement. Le mal était fait, comme l'avait dit Léomido… Les traits d'Oksa étaient tendus, son visage livide à faire peur. Dans ses yeux perlaient des larmes qui ne demandaient qu'à couler et elle avait fini par ronger tous ses ongles jusqu'à s'en faire mal. Les signaux évidents de souffrance qu'elle envoyait depuis quelques jours en passant du rire aux larmes et de l'enthousiasme le plus délirant à l'abattement total sautaient désormais aux yeux de son père et de ses proches. Mais c'est surtout sa colère qui les surprenait. Une colère terrible, noire et brûlante, à laquelle Oksa ne les avait pas habitués.

Pavel se rapprocha de sa fille, s'agenouilla devant elle et posa les mains sur ses épaules.

— Nous sommes désolés de ce qui est arrivé, lui dit-il aussi doucement qu'il le put. S'il te plaît, ne sois pas en colère. Tu as raison, nous avons négligé les questions que tu te poses, mais nous t'expliquerons ce que tu dois savoir en temps voulu. Il est encore trop tôt…

— TROP TÔT ! s'exclama Oksa, de nouveau hors d'elle. Mais vous en avez déjà trop dit ! Vous n'avez pas le droit de me laisser plantée là toute seule comme si j'étais incapable de comprendre !

En disant ces mots, elle s'était levée telle une furie et, les poings sur la table, elle regarda tour à tour chacun des quatre adultes, des flammes ardentes dans les yeux. Devant leur mutisme et leur absence de réaction, elle sentit des flots de rage quitter son cœur abîmé pour venir se concentrer dans son cerveau. Une sensation qu'elle avait déjà ressentie face à l'Ostrogoth dans les toilettes. Elle baissa les yeux pour tenter de se calmer. En vain ! Avec effarement, elle vit le bol de chocolat chaud posé devant elle décoller de la table et se projeter contre le mur, éclaboussant au passage Dragomira. Dans la violence du choc, le bol se brisa tandis que le lait chocolaté imprimait une traînée brune sur le mur.

— REGARDEZ CE QUE VOUS ME FAITES FAIRE ! hurla Oksa.

Puis elle fit volte-face et se précipita hors de la cuisine, le cœur prêt à éclater. Son père bondit et la rattrapa dans le vestibule où un grand miroir s'apprêtait à subir le même sort que le bol.

— Tu as décidé de tout casser dans cette maison ? demanda Pavel en serrant rageusement les dents.

— Laisse-moi, Papa ! Laissez-moi tous ! cria Oksa en se débattant pour se libérer de l'étau des doigts de son père autour de son bras.

Elle réussit à se dégager par un geste si brusque qu'elle perdit l'équilibre et tomba à terre. Ce qui décupla sa colère.

– Maintenant, tu vas te calmer et m'écouter ! tonna son père. Nous traversons *tous* un passage pénible et nous avons *tous* un mal fou à y voir clair. Ce qui arrive est compliqué pour nous *tous*, tu peux le croire. Alors n'aggrave pas les choses, s'il te plaît !

– Trop compliqué pour en parler avec une gosse, c'est ça ? Alors vous n'auriez jamais dû me raconter tout ça ! Tout ce qui arrive à Maman, c'est à cause de vous ! JE VOUS DÉTESTE !

Oksa hurlait à s'en briser les cordes vocales. La rage l'étouffait et la faisait trembler des pieds à la tête. Depuis la cuisine, Léomido et Abakoum la regardaient avec douleur, désemparés par sa détresse. Dragomira, quant à elle, avait fermé les yeux et restait ainsi, blême et immobile. Pavel tendit une main en direction d'Oksa pour l'aider à se relever. Celle-ci l'ignora, se remit debout et fonça dans sa chambre en retenant les profonds sanglots qui ne demandaient qu'à éclater. Après avoir placardé rageusement son panneau d'interdiction d'entrer sur la porte, elle se jeta sur son lit, le cœur en vrac.

Quand elle vit le Foldingot devant elle, elle ne put s'empêcher de sursauter. Le petit être attendait sagement près de son lit, les bras pendant le long de son corps replet.

– La peur doit s'exclure de votre esprit, petite-fille de ma Gracieuse, fit-il d'une voix aigrelette. La domesticité de ma Gracieuse ne faisait pas la préméditation de provoquer l'effroi...

Oksa se redressa, les yeux rivés sur lui.

– Je... je n'ai pas peur ! bredouilla-t-elle. Je suis juste surprise. Euh... Je peux faire quelque chose pour toi ?

Le Foldingot secoua négativement la tête avec une frénésie qui impressionna Oksa.

– Le Foldingot de ma Gracieuse a reçu dans son oreille les mots dont les hôtes de cette habitation ont pratiqué l'échange... La petite-fille de ma Gracieuse a rencontré la combustion de son cœur qui était farci de colère. Alors, la magie a connu l'inondation et nul Sauve-Qui-Peut n'a pu faire le montage de digues pour empêcher l'énergie née de cette colère.

– J'ai fait une grave erreur, n'est-ce pas ?

– L'erreur est gonflée d'humanité et la petite-fille de ma Gracieuse a maintenant la connaissance qu'elle recèle à l'intérieur de son cœur plusieurs portions pleines de variétés. Elle devra désormais faire la conduite de sa vie avec cette composition de Du-Dehors et de Du-Dedans. L'erreur ne peut pas connaître de réparation, mais elle doit néanmoins rencontrer l'admission : la petite-fille de ma Gracieuse n'a plus l'ignorance des nourrissons, elle fait son introduction dans l'âge vigoureux de l'adolescence où les actes font la rencontre avec le paiement de leur prix.

– Autrement dit, je dois assumer… grogna Oksa.

– La petite-fille de ma Gracieuse a fait la réception éclairée des paroles du Foldingot.

Puis, laissant Oksa en pleine réflexion, la petite créature s'inclina cérémonieusement et recula jusqu'à la porte de la chambre avant de disparaître.

22

Catégorie « Top Secret »

Se sentant lui-même dans un état de grand trouble, Pavel Pollock attendit une bonne heure avant de venir réconforter sa fille. Il s'assit au bord du lit et lui caressa les cheveux avec douceur.

— Excuse-moi, Papa… Je suis désolée.

— Ça va, c'est oublié.

— J'espère que je n'ai pas blessé Baba avec le bol, continua-t-elle.

— Oh, elle avait juste quelques éclats de porcelaine incrustés sur le visage la dernière fois que je l'ai vue, ça lui donnait une étonnante allure de porc-épic…

— Papa, arrête ! Ce n'est pas drôle ! répondit Oksa en se retenant de rire.

Il la regardait avec une tendresse triste malgré son soulagement de pouvoir la taquiner à nouveau. Puis tous les deux gardèrent le silence un moment avant qu'Oksa ne le rompe :

— Vous allez divorcer, hein, c'est ça ? demanda-t-elle en gardant les yeux fixés sur le mur face à elle.

— Divorcer ? Mais non, Oksa ! s'écria son père. Il n'est pas question de ça ! Ne t'inquiète pas pour ta mère. Elle a subi un grand choc, mais elle est solide, j'ai confiance. Et surtout, elle t'aime, il n'y a aucun doute là-dessus. Tout va s'arranger, tu verras.

— Tu crois ? interrogea Oksa en se tournant vers lui.

— J'en suis persuadé. Et en notre nom à tous, je te demande pardon pour notre manque d'attention. Nous allons être plus vigilants à partir de maintenant, je te le jure solennellement, ajouta-t-il en levant la main droite et en faisant mine de cracher par terre. Mais avant que tu ne reprennes l'école demain, tu dois me promettre de ne pas utiliser tes dons *en public*. Tu as en toi une puissance que tu n'imagines même pas. Je comprends que tu sois tentée d'en profiter, mais cela ne servirait qu'à te mettre en danger.

— Je crois que j'ai compris… marmonna Oksa.

— Je vais te donner un exemple qui devrait te faire comprendre les risques que n'importe lequel d'entre nous encourt en cas de dérapage. Et c'est valable pour toi comme pour nous tous, d'ailleurs. Te souviens-tu de Tugdual ?

— Oui, répondit-elle en se mordillant les lèvres à la pensée de leur première rencontre. C'est ce garçon un peu *space* qui était chez Baba et qui n'a pas décroché un seul mot de toute la soirée.

— Oui, c'est ça, répondit son père. Ce garçon est le petit-fils de Naftali et Brune, des amis Sauve-Qui-Peut de ta grand-mère, tous deux issus de la tribu des Mainfermes. Quand Tugdual était enfant, tout le monde voyait en lui un garçon silencieux, plutôt taciturne, le jugeant à tort comme quelqu'un de très timide et d'introverti. Mais il ne faut pas se fier uniquement à ce que l'on voit. Car sous son air maussade et son mutisme, Tugdual endurait d'impitoyables tourments et je vais t'expliquer pourquoi… Ses grands-parents avaient fait le choix de taire leurs origines. Pendant longtemps, leurs enfants n'ont pas eu connaissance d'Édéfia et par conséquent, leurs petits-enfants non plus. Or il se trouve que le métabolisme des Mainfermes entraîne une mue des jeunes garçons au moment de l'adolescence : à un moment donné, des croûtes se forment sur toute la surface de leur corps, puis tombent pour laisser place à une toute nouvelle peau.

— Comme les serpents ! releva Oksa, ébahie.

— Oui, c'est assez symbolique… Mais c'est surtout très impressionnant. Dans le cas de leur fils, Naftali et Brune ont habilement réussi à faire passer cet épisode inévitable dans la vie d'un Mainferme – y compris dans la vie d'un Mainferme qui s'ignore – pour une allergie causée par un aliment exotique. Mais pour Tugdual, les choses se sont révélées plus complexes, car tout le monde ignorait que le jeune garçon faisait partie depuis ses treize ans d'un groupe d'adeptes de sorcellerie, magie noire et compagnie. Avec ses amis, il pratiquait des cérémonies occultes au cours desquelles il fabriquait des breuvages censés donner des pouvoirs. Tout cela était relativement inoffensif si ce n'est que, dans le même temps, Tugdual commença à se rendre compte qu'il possédait certains dons : la lévitation, la télékinésie ou la vue ultra-perçante...

– Il a découvert ça tout seul ? Comme moi ? l'interrompit Oksa.

– Oui. Et pendant deux ans, il n'en a parlé à personne. Par contre, il en a attribué la vertu aux breuvages qu'il fabriquait avec ses amis. Bien qu'étant beaucoup plus jeune qu'eux, il est rapidement devenu le chef du groupe en raison de ses dons qui lui donnaient une supériorité légitime. Ce qu'il ignorait, c'est que les breuvages n'avaient rien à y voir...

– Laisse-moi deviner... le coupa Oksa. Je suis sûre qu'il y avait des choses hyperdégoûtantes là-dedans...

– Effectivement, reconnut son père. D'après ce que je sais, Tugdual et ses amis – ses adeptes, devrais-je dire, car c'est une véritable secte qui s'est formée autour de lui – ont absorbé des litres de sang de poulets et de chèvres sacrifiés, mélangés à des kilos de cloportes écrasés, de cœurs de crapauds, de foies de rats broyés et d'herbes douteuses...

– Arrête, Papa, supplia Oksa, écœurée. Je crois que ça va aller...

– Ces potions, tu t'en doutes, n'avaient rien de magique. Mais Tugdual était persuadé qu'il devenait peu à peu un mage exceptionnel. Grâce à ses dons naturels, il acquit un pouvoir terrible sur ses amis qui le vénéraient, obtenant d'eux qu'ils fassent tout ce qu'il désirait, de préférence des choses morbides comme de rapporter de la terre de tombes fraîchement refermées ou des cheveux de cadavres qui allaient être autopsiés à la faculté de médecine, ce genre d'*exploits*. Lui-même ne reculait devant aucune expérience. Il se livra à toutes sortes de méfaits sordides.

La mue de Tugdual a commencé le lendemain d'une soirée assez répugnante pendant laquelle il avait programmé de sacrifier un chat noir. Après avoir aspergé la pauvre bête d'une de ses potions immondes, il reçut un coup de griffe – mérité, si tu veux mon avis – qui lui laissa une profonde marque sur l'avant-bras. Quand il se réveilla le lendemain matin, son corps était recouvert de plaques, sa peau se détachait en lambeaux. Tugdual a vu là un rapport de cause à effet entre la griffure du chat et l'état dans lequel il se trouvait. Il prit terriblement peur, à tel point qu'il entra dans une forme de délire paranoïaque profond. Je te rappelle qu'il n'avait que quinze ans…

Ses parents, aussi affolés que lui, s'apprêtaient à le conduire aux urgences. Heureusement, avant de le faire, ils alertèrent Naftali et Brune qui les en dissuadèrent. Dans les heures qui suivirent, la famille au complet prit connaissance de ses origines. Tout le monde essaya tant bien que mal d'encaisser le choc et décida de déménager en toute hâte en Suède. Quant à Tugdual, il retrouva vite une nouvelle peau. Mais son esprit avait été violemment ébranlé par tout ce qu'il s'était imaginé pendant ces longs mois malsains. La vérité était séduisante à ses yeux, il l'a reconnu. Être un Mainferme d'Édéfia est tout de même plus fabuleux que d'être un pseudo-mage macabre. Malgré cela, il est resté très choqué, surtout au souvenir de ces litres de mélanges sanglants qu'il avait avalés *pour rien* ! Ces chocs, ajoutés à une nature attirée par les mondes obscurs, ont fait de Tugdual un être dangereux pour lui-même et insaisissable pour son entourage. Ses parents ont fini par être dépassés. Il y a un mois, le garçon a été confié à Abakoum qui a toutes les compétences et les outils pour traiter ce genre de mal. Tugdual n'a pas un mauvais fond, sinon Abakoum n'aurait pas pris cette responsabilité. Je suis persuadé, comme nous tous d'ailleurs, qu'il est sur la bonne voie.

Oksa siffla longuement entre ses dents en hochant la tête d'un air soucieux.

– C'est une histoire affreuse… Mais quel rapport avec moi, Papa ?

– Le rapport avec toi, espèce d'écervelée, répondit son père en grommelant avec exagération, c'est qu'il ne faut jamais abuser de son pouvoir. Surtout quand il s'agit d'un pouvoir de la catégorie « Top Secret »… Tu dois tirer les leçons de cette histoire. Fais-nous confiance et écoute-nous quand nous te mettons en garde. D'accord ?

– D'accord, répondit Oksa, les yeux dans le vague.

Mais le lendemain, en filant vers l'école sur ses rollers, l'esprit plein à craquer de toutes ces histoires, elle se prit à rêver qu'elle volait librement, sans l'entrave du regard des autres – ces Du-Dehors qui ne comprendraient rien… Elle s'aperçut soudain que l'élan provoqué par les rollers et sa capacité à s'élever du sol l'avaient fait décoller d'une trentaine de centimètres. Elle lévitait en patinant au-dessus du trottoir !

– Waouh ! C'est du délire ! Mais je ferais peut-être bien de revenir sur terre avant de m'attirer des ennuis, se raisonna-t-elle en regardant autour d'elle.

Décision qu'elle ne put malheureusement tenir très longtemps… L'Ostrogoth de troisième était posté à l'entrée du collège avec une bande de garçons aussi « sympathiques » que lui.

– Super début de semaine… marmonna Oksa. Maman qui part, une dispute, une crise de nerfs et, maintenant, l'Ostrogoth ! C'est la totale…

Elle s'installa sur le banc de l'autre côté de la rue pour retirer ses rollers et en profita pour se concentrer : il fallait élaborer une tactique d'urgence pour entrer sans encombre dans la cour.

– Tiens, tiens, mais c'est ma minus préférée ! s'exclama l'Ostrogoth en lui barrant le passage alors qu'elle essayait de se faufiler dans un groupe de collégiens qui entrait.

Pour ce qui était de l'entrée discrète, c'était raté !

– Je peux pas te blairer, tu sais ça ? grimaça le garçon en lui soufflant son haleine chaude dans la figure.

– Moi non plus, je ne peux pas te blairer, grommela Oksa en déclenchant le plan B.

Ces mots dits, elle le fixa de ses grands yeux gris avec une telle intensité qu'il ne put s'empêcher de tressaillir. Oksa sourit intérieurement et laissa son regard d'acier descendre vers la cravate de l'Ostrogoth, dont le nœud commença aussitôt à se serrer autour du cou épais, millimètre par millimètre. Le garçon regarda Oksa d'un air ahuri et tenta de glisser un doigt entre sa peau et le tissu qui l'étranglait. Les veines de son cou et de ses tempes se gonflaient au rythme de sa panique, son souffle devenait rare et douloureux. Les yeux larmoyants, il tira sur son col. Mais la cravate se serrait impitoyablement, n'obéissant qu'à la volonté d'Oksa.

Enfin satisfaite, elle relâcha la pression.

– Moi non plus, je ne peux pas te blairer, répéta-t-elle en jetant un dernier regard au garçon écarlate.

Et elle entra dans la cour, la tête haute.

23

On n'a rien sans rien !

Adossé à son casier grand ouvert, Gus était en pleine conversation avec une très jolie fille qu'Oksa ne connaissait pas. Absorbé qu'il était, il ne vit pas son amie qui déposait ses rollers dans le casier juste à côté du sien. Oksa, un peu vexée, alla directement s'installer en classe. Gus la rejoignit quelques minutes plus tard.

– Salut ! Ça va ? J'ai sonné chez toi en passant, ton père m'a dit que tu étais déjà partie… T'étais où ?

– Je suis arrivée juste après toi, mais tu étais *très occupé*… répondit Oksa sur un ton lourdement teinté de reproche, sans lever les yeux de son bureau.

– Ooofff… soupira-t-il en haussant les épaules avec un air de fausse désinvolture. Alors ? Comment ça s'est passé avec tes parents ?

– Je crois qu'ils vont divorcer, murmura Oksa. Maman est partie…

– Quoi ?!

L'échange dut s'interrompre. Le professeur Bento entrait, le cours allait commencer. Oksa ne fut guère attentive pendant l'heure qui suivit. Cernée par les tourments qui fondaient sur elle de tous les côtés, elle se sentait bien seule. Et en plus de ses soucis, Gus qui discutait avec d'autres filles au point de ne même pas remarquer sa présence. Il la lâchait ? Le traître… Et puis cet affreux McGraw qui lui cherchait des poux dans la tête… Décidément, rien n'allait plus pour Oksa-san.

Quand midi sonna, les deux amis foncèrent au réfectoire et Oksa réussit à expliquer dans les grandes lignes ce qui s'était passé.

– Je m'en veux, Gus, si tu savais… Et je leur en veux à tous aussi ! Surtout à mon père !

Pendant le déjeuner, Gus prit la mesure de la grande tristesse qui noyait le cœur de son amie. Jamais il ne l'avait vue ainsi, les yeux humides de larmes et la voix étranglée par l'accablement. Elle paraissait si… *fragile* ! C'est comme si le chagrin et le fort sentiment de culpabilité qu'elle exprimait à mots couverts faisaient fondre sa carapace. Gus mourait d'envie de la réconforter et de la retrouver telle qu'elle était, pétillante et vive. Mais il ne savait pas comment l'aider. Comment faisait-elle, elle, quand il traversait des moments difficiles quelques années plus tôt ? Il avait bien du mal à répondre à cette question. Tout ce qu'il savait, c'est qu'elle était plus douée que lui pour réconforter ses amis. « *Je suis nul, archinul, même pas fichu d'aider ma meilleure amie…* » pensa-t-il en s'infligeant intérieurement de vigoureuses claques.

Il l'observa, assise en face de lui en train de se servir de cet étrange plat de viande accompagnée de sauce à la menthe. Leurs regards se croisèrent et Gus comprit aussitôt que son amie allait mieux. Ça, c'était tout Oksa ! Elle avait vraiment un don pour se servir des obstacles ou des épreuves dressées sur son chemin pour devenir plus forte. Et lui, il était là, empêtré dans ses complexes, pendant qu'Oksa tentait de lui faire des signes qu'il ne parvenait pas à interpréter. Il la regarda et articula un « *quoi ?* » muet auquel elle répondit en roulant des yeux en direction du fond du réfectoire. Enfin, il réagit et comprit ce qu'elle tentait de lui montrer : M. Bontempi et le professeur McGraw étaient installés à la même table.

Quelques minutes plus tard, Gus et Oksa se retrouvaient dehors, débarrassés de leur plateau. Et de leurs amis…

– Tu as vu ? lança Oksa. McGraw déjeune avec Bontempi !

– Oui, c'est plutôt rare, reconnut Gus. À quoi tu penses ?

– Si on faisait une descente dans le bureau de Bontempi ? proposa Oksa. Il doit avoir les dossiers des profs et je suis sûre qu'on trouverait des infos sur McGraw.

– Attends une minute… Tu veux entrer dans le bureau du directeur et fouiller dans ses dossiers ? s'exclama Gus à mi-voix en regardant autour de lui dans la crainte que quelqu'un ne surprenne cette conversation hautement compromettante. Rien ne te fait peur, toi !

– Oh ! Gus, on n'a rien sans rien ! Où veux-tu qu'on trouve des infos ? En allant les demander directement à McGraw ? « Excusez-moi, cher monsieur McGraw, pourriez-vous nous dire d'où vous venez, qui vous êtes et si vous travaillez toujours pour des services secrets ? » dit Oksa sur un ton de défi. Non, franchement, Gus, on n'a pas le choix. Cependant, tu n'es pas obligé de venir si vraiment tu ne le sens pas…

Pendant quelques secondes, Gus fut tenté d'opter pour cette possibilité, la plus raisonnable. Mais aveuglé par son amitié pour Oksa, il accepta de la suivre tout en se disant que c'était certainement la chose qu'il regretterait le plus de toute sa vie.

– J'ai réfléchi et je pense que ce serait bien que tu fasses le guet dans le couloir, exposa Oksa. Moi, je vais entrer dans le bureau. À cette heure-là, tout le monde mange. Les profs et les surveillants étaient tous au réfectoire, je les ai comptés. On devrait être tranquilles…

– On *devrait*… bredouilla Gus qui se maudissait et se réjouissait à la fois, trouvant cette expédition aussi périlleuse qu'excitante. Et si quelqu'un arrive ?

– Eh bien, tu me préviens ! répondit Oksa avec fougue. C'est à ça que sert un guet, non ? Tu n'as qu'à tousser ou siffler, comme tu veux.

– Et si on me demande pourquoi je suis là, dans le couloir des profs ?

Oksa se gratta la tête en plissant les yeux. Puis elle se dirigea vers un angle de la cour, enjamba sans hésiter la petite clôture qui encerclait le massif de rosiers et cueillit une magnifique rose blanche qu'elle brandit comme un trophée devant Gus.

– Tu n'as qu'à dire que tu cherchais la salle des profs pour déposer cette rose dans le casier de Mlle Crèvecœur parce que c'est ta prof préférée !

– QUOI ?! s'écria Gus, rouge comme une tomate. Mais t'es malade, je ne pourrai jamais dire ça !

– Tu as une meilleure idée ? lâcha Oksa.

– Je ne sais pas encore, mais je trouverai, tu peux me faire confiance ! répliqua Gus.

– D'accord ! En tout cas, garde la rose, ça peut servir… dit Oksa en souriant largement. Allez viens, il faut qu'on se grouille !

Les deux amis se dirigèrent vers le deuxième étage. La salle des professeurs se trouvait juste en face du bureau de M. Bontempi, ce qui arrangeait Gus qui se préparait mentalement à justifier sa présence dans ce lieu.

– Flûte ! C'est fermé à clé ! dit Oksa en pestant. Je vais essayer de l'ouvrir…

– Comment ? demanda Gus en espérant que cette embûche stoppe définitivement l'opération.

Espoir déçu au bout d'une demi-seconde…

– Avec ça, répondit Oksa en montrant son index qu'elle agita sous le nez de son ami.

Elle se retourna pour se concentrer sur la porte. Puis, à quelques centimètres du verrou qui faisait obstruction, elle fit des cercles avec son index, très lentement, dans le sens inverse des aiguilles d'une montre. Le mécanisme semblait réagir, d'abord de façon imperceptible. Mais Oksa sentait qu'elle arriverait à le soumettre, il n'y avait aucun doute. Au bout de deux minutes, elle posa sa main sur la poignée, l'abaissa et… la porte s'ouvrit. Elle retint un cri de satisfaction, mais serra les poings en signe de victoire à l'intention de Gus qui ne réussit qu'à sourire faiblement en se passant une main dans les cheveux – signe familier d'une grande agitation intérieure.

Oksa disparut dans le bureau et referma la porte derrière elle.

– Bento, Crèvecœur, Martino… Ah, voilà, McGraw ! murmura Oksa.

Elle était penchée au-dessus d'un des tiroirs de l'armoire de classement de M. Bontempi. Elle en retira un dossier brun et le feuilleta. « *Quelle idiote ! Je n'ai rien pris pour noter…* » se dit-elle.

Elle regarda autour d'elle : sur le grand bureau de bois sombre, parfaitement rangé, étaient posés quelques piles de papiers bien régulières, un téléphone, une lampe, un ordinateur, un bloc-notes, mais pas le moindre crayon. Contre le mur de gauche, une étagère pleine de livres et, sur celui de droite, un meuble avec un fax, une imprimante et… un photocopieur !

– *Yes !* s'exclama Oksa à voix basse. Juste ce qu'il me faut !

Elle l'alluma et entreprit de photocopier la dizaine de feuilles qui constituaient le dossier de McGraw, sans les lire. Elle aurait bien le temps plus tard ! Le photocopieur devait être un vieux modèle, car la première copie arracha à la machine un grincement peu discret. Et à Oksa un gémissement affolé…

– Tiens bon, Oksa, se dit-elle à mi-voix pour se motiver.

Elle plaquait les feuilles contre la vitre en appuyant sur le couvercle de toutes ses forces et en retenant sa respiration, ce qui n'atténuait en rien les plaintes du photocopieur. Entre deux copies, elle réussit à entendre Gus qui semblait être la proie d'une violente quinte de toux.

Le signal ?

LE SIGNAL !

24

Opération McGraw

Dès qu'Oksa avait commencé à faire sa première copie, Gus avait eu un mauvais pressentiment. Ce qu'Oksa qualifiait de chuintement, Gus le percevait plutôt comme un vrombissement proche de celui de l'avion à réaction en plein décollage... Le couloir étant plutôt sombre, les flashes bleutés jaillissant du photocopieur filtraient de l'encadrement de la porte et projetaient des raies brillantes sur les murs. Gus, au supplice, serrait les dents et se tordait les mains en jetant des coups d'œil des deux côtés du couloir, terrifié à l'idée de voir déboucher quelqu'un.

Soudain, la lumière s'alluma à une des extrémités : quelqu'un montait les escaliers ! Avec un peu de chance, cet intrus s'arrêterait au premier étage. Sinon ? Gus sentit une sueur glacée dégouliner le long de son dos et sur son front. Ses jambes s'alourdirent, le figeant sur place, et sa bouche devint subitement pâteuse. Il n'attendit pas de voir si la personne qui avait allumé la lumière de l'escalier montait jusqu'au deuxième étage, et il se mit à tousser. À cause de sa gorge contractée et sèche, sa toux se transforma en une puissante quinte irritante. « *C'est la cata !* s'affola-t-il. *Je vais ameuter tout le monde avec cette toux débile ! Oksa... Oksa... Dans quoi tu nous as entraînés ?!* » Jake, un des surveillants, venait d'apparaître au bout du couloir. Gus se sentit vidé de tout son sang. À l'intérieur du bureau de M. Bontempi, les éclairs bleutés et le mugissement du photocopieur avaient cessé. Gus entendit le cliquètement du verrou : Oksa venait de le fermer de l'intérieur. Il s'était attendu à ce qu'elle sorte quand il l'alerterait, mais elle semblait avoir choisi une autre tactique. À moins qu'elle ne compte sur lui pour la tirer de ce mauvais pas ? « *Mais qu'est-ce que je vais bien pouvoir faire ?* se demanda-t-il, paniqué. *Cette fille est complètement folle de m'avoir emmené avec elle !* »

Par chance, Jake était loin d'être le surveillant le plus redoutable du collège. Ce qui n'empêcha pas Gus d'être pris au dépourvu quand il l'interpella :

– Qu'est-ce que vous faites là ?

– Euh… J'attendais M. McGraw, aarrgghh non… Mlle Crèvecœur… Je voulais lui demander un truc à propos du cours d'histoire, réussit-il à bredouiller d'une voix blanche.

– Je crois plutôt que vous vouliez lui donner ça ! le taquina le surveillant en indiquant des yeux la rose que Gus tenait à la main.

– Ça ? Euh, non… répondit le garçon en se sentant terriblement niais.

– Bon, en tout cas, vous ne pouvez pas rester ici. Vous lui demanderez quand vous aurez cours avec elle, d'accord ? Retournez dans la cour maintenant.

– D'accord ! dit Gus en hésitant à redescendre seul.

Mais depuis l'escalier lui parvenaient des voix, parmi lesquelles il reconnut celle de Mlle Crèvecœur et celle de McGraw. Horreur ! Sa conscience mise à rude épreuve, le garçon dut se diriger vers l'autre extrémité du couloir pour rejoindre la cour, docilement mais à contrecœur.

À l'intérieur du bureau de M. Bontempi, Oksa avait entendu toute la conversation. Comprenant que son ami était bloqué, elle éteignit le photocopieur et rangea précipitamment le dossier de McGraw, avec tout de même la satisfaction d'avoir pu le copier en entier. Elle roula les feuilles et les fourra sous sa chemise en les coinçant dans la ceinture de sa jupe. Des voix emplissaient maintenant le couloir, elle ne pouvait pas sortir par là ! Le cœur cognant dans la poitrine, elle fit un rapide inventaire des possibilités : se cacher sous le bureau de M. Bontempi… et risquer d'être coincée tout l'après-midi à quelques centimètres des genoux du directeur ; sortir comme une flèche et foncer si vite que personne n'aurait le temps de la reconnaître ; ou bien tout simplement emprunter la seule issue qui restait : la fenêtre.

Elle entendit la voix du directeur qui se rapprochait. La porte du bureau était sur le point de s'ouvrir ! Alors, sans écouter ce que la prudence lui dictait, elle ouvrit la fenêtre, tira le rideau derrière elle et s'agenouilla sur le rebord en ramenant les battants vers elle pour refermer partiellement la fenêtre. Devant elle s'avançait une des innombrables gargouilles. Mais quand elle regarda vers le bas, le souvenir qu'elle se trouvait au deuxième étage lui revint brutalement. « *Waouh ! C'est haut !* remarqua-t-elle. *Un nouveau défi pour Oksa-san !* » Elle ferma les yeux, à la fois concentrée sur le vide sous elle et motivée par ce qu'elle devait faire pour échapper au piège dans lequel elle s'était jetée toute seule. Après deux secondes d'immersion totale à l'intérieur d'elle-même, elle tendit le pied gauche avec assurance et le bougea légèrement, comme si elle tâtait le terrain. Le vide s'était matérialisé, OUF ! « *Ça marche !* » se félicita-t-elle sans se déconcentrer. Elle posa son pied comme s'il s'agissait de la terre ferme et décida d'avancer le deuxième pied. L'opération était plus hasardeuse et beaucoup plus lourde de conséquences en cas d'échec. Car Oksa risquait de s'écraser dix mètres plus bas ! Cette pensée l'effleura insidieusement, la déstabilisant au passage.

– Non ! N'y pense même pas ! murmura-t-elle.

Courageuse, elle jeta un dernier regard vers le bas pour s'assurer qu'il n'y avait personne. Non, la voie était libre, les élèves étaient encore dans le réfectoire, mais plus pour longtemps, il fallait descendre *maintenant* ! Concentrant ses pensées sur sa descente, Oksa avança alors le pied droit et, n'éprouvant aucune sensation de chute, s'imagina flotter comme une plume jusqu'à ce qu'elle touche enfin le sol dallé, quelques minutes seulement avant que le flot des collégiens n'envahisse la cour.

– Tu m'as fichu la trouille de ma vie, murmura Gus à l'oreille d'Oksa. J'ai bien cru que mon cœur allait lâcher... Ça va ? T'es descendue comment ?

Oksa mit les bras le long du corps et agita les mains comme si elle voletait.

– De là-haut ? continua Gus, ébahi, en regardant le deuxième étage.

– *Yes sir !* acquiesça Oksa avec un sourire radieux. Et regarde un peu tout ce que j'ai là ! continua-t-elle en montrant le rouleau de feuilles coincé dans sa ceinture.

Gus émit un sifflement d'admiration entre ses dents.

– Qu'est-ce que vous complotez tous les deux ? lança Merlin en s'approchant d'eux. Une évasion par la voie des airs, hein ?

ajouta-t-il en regardant fixement Oksa. Vous me direz, St Proximus vu du ciel, ça doit être plutôt sympa…

– Mais pourquoi il me dit ça ? chuchota Oksa à Gus. Tu crois qu'il m'a vue ?

– Tais-toi, souffla Gus, je ne veux même pas y penser… Allez, c'est l'heure, il faut qu'on y aille !

– Je vous rejoins, il faut juste que je pose un truc dans mon casier, dit Oksa, mal à l'aise avec son rouleau de feuilles qui lui collait au ventre et troublée par les propos ambigus de Merlin.

Le cours de M. Lemaire la plongea dans une torpeur apaisante. L'effort de concentration qu'elle avait fourni lors de sa descente *en vol libre* l'avait à la fois surexcitée et vidée de toute son énergie. Mais la voix calme du professeur soulageait ces deux sensations extrêmes en ramenant la jeune collégienne vers un état d'esprit plus modéré. Quant à Gus, il avait vécu quelques longues minutes d'une terreur implacable, persuadé de retrouver Oksa réduite en bouillie sur les dalles de la cour.

Comme tous les cours précédant ceux du professeur McGraw, celui-ci passa beaucoup trop vite. Une heure plus tard, à grand renfort de soupirs, les élèves se rendirent dans la salle de sciences. Malgré ses efforts et ses bonnes résolutions, il ne fallut pas plus d'un quart d'heure à Oksa pour se faire remarquer.

– Mademoiselle Pollock ! beugla le professeur McGraw. Si ce n'est pas trop vous demander, voulez-vous bien nous faire l'honneur de regagner la planète Terre ? Nous savons que vous êtes une experte en astronomie, mais, même si cela vous déçoit terriblement, je vous rappelle que nous sommes en cours de mathématiques ! Venez donc vous installer à ce bureau vide au premier rang, vous aurez moins de difficulté à rester avec nous…

Oksa obtempéra en rougissant jusqu'à la racine des cheveux. Avant que McGraw ne l'interrompe dans ses réflexions, elle était en train de se demander ce qu'elle allait trouver dans son dossier. Quelle journée de fou… Elle jeta un coup d'œil désabusé au bureau que lui indiquait McGraw, à quelques centimètres de sa table et de l'estrade : une place si convoitée… que personne ne voulait jamais s'y asseoir ! À peine venait-elle de s'installer que la porte de la classe s'ouvrit pour laisser apparaître M. Bontempi. Tout le monde se leva.

– Monsieur McGraw, pouvez-vous m'accorder un instant, je vous prie ?

– Bien sûr, monsieur le directeur, acquiesça le professeur. Monsieur Poicassé, je vous confie la responsabilité de la classe pendant mon absence…

– Bien, monsieur ! fit Merlin d'un air inquiet.

Après le départ de McGraw, il ne fallut pas dix secondes aux élèves de quatrième Hydrogène pour se mettre à chahuter. Merlin tenta d'abord de raisonner ses camarades en insistant sur les conséquences qui allaient retomber sur ses frêles épaules, mais l'occasion de se défouler était plus intéressante que tous les arguments qu'aurait pu donner le garçon. Dans un joyeux brouhaha, pendant que certains se lançaient des boulettes de papier, d'autres décidèrent de faire la course autour des bureaux. C'est en heurtant le cartable de McGraw posé sur l'estrade qu'Axel Nolan fit germer sans le savoir une idée dans l'esprit surchauffé d'Oksa : dans ce cartable se trouvaient certainement des papiers personnels ou d'autres choses très intéressantes sur le professeur ! Profitant de la confusion, elle se leva pour aller ramasser le cartable renversé et, en essayant de ne pas se faire remarquer, elle risqua un œil à l'intérieur. Le portefeuille lui apparut aussitôt. Elle plongea la main et le prit, stupéfaite de sa propre audace. Ce genre de choses ne se faisait pas… Mais ses principes n'avaient guère de poids face à l'importance de son enquête ! Elle retourna à sa place et ouvrit le portefeuille posé sur ses genoux. Il fallait agir vite ! Quelques secondes plus tard, elle se levait à nouveau pour ramasser le cartable qui gisait toujours sur le sol et remit le portefeuille à sa place. Avec le chahut qui régnait, les élèves n'y avaient vu que du feu, elle le savait.

– Faites gaffe ! McGraw revient ! s'écria-t-elle d'une voix forte.

Tout le monde regagna sa place à toute vitesse. De fait, McGraw fut de retour peu après et, quand il ouvrit la porte, les collégiens de la quatrième Hydrogène offraient l'image d'une classe studieuse et exemplaire, à l'abri de tout soupçon.

25

La mystérieuse liste

– Orthon/McGraw, né en 1960 à Milwaukee, dans le Wisconsin, aux États-Unis…

Gus était assis sur le lit d'Oksa. Enfin ! L'après-midi avait été épouvantablement long pour tous les deux et, dès la fin des cours, ils avaient foncé plus vite que jamais sur leurs rollers pour se rendre chez l'apprentie espionne et examiner leur butin. Hors d'haleine, ils s'étaient précipités dans la chambre d'Oksa et avaient étalé les photocopies du dossier de McGraw partout autour d'eux pour les étudier soigneusement.

– Tiens, écoute ça, fit Oksa, c'est sa fiche d'informations : il habite au 12, Franklin Roosevelt Street, ça tombe bien pour un Américain ! Il est marié et il a un fils de quinze ans. Ça doit être eux que j'ai vus sur la photo.

– Une photo ? l'interrompit Gus.

– Oui, dans le portefeuille, il y avait la photo d'une femme avec un petit garçon. Ils étaient devant le Capitole, à Washington, si j'ai bien reconnu. Alors, qu'est-ce qu'il y a d'autre sur cette fiche ? Ah, voilà ! C'est bien ce qu'il a dit à Merlin, il a été chercheur pendant dix ans pour un laboratoire scientifique rattaché à la CIA. Il travaillait en lien avec la NASA sur l'effet photoélectrique et les ondes lumineuses. Waouh ! Vise un peu la liste de ses diplômes ! C'est une sacrée tête, quand même, ce McGraw !

Oksa tendit la longue liste à Gus et continua de feuilleter les documents étalés sur le lit. Soudain, elle s'écria d'une voix suraiguë :

– Regarde ça ! McGraw a été chargé de mission pour le gouvernement américain pendant deux ans ! Quand je te dis que c'est un agent secret…

Gus soupira bruyamment.

– Oksa… objecta-t-il avec un maximum de délicatesse, tous les gens qui travaillent pour des gouvernements ne sont pas forcément des agents secrets…

– Peut-être pas *forcément*, mais ça peut être une bonne couverture, tu ne crois pas ?

– En tout cas, ce qui est bizarre, c'est qu'un homme comme lui soit aujourd'hui prof de maths et de sciences physiques dans un collège. Là, je suis d'accord avec toi, confirma Gus, le curriculum vitae de McGraw à la main.

– Tu te rends compte ? Passer de la NASA aux sciences physiques, c'est vraiment *space*… ajouta Oksa.

Gus se mit à rire.

– NASA… *Space*… Bravo, ma vieille ! Très drôle ! Je vois que ton cerveau fonctionne à plein régime…

Ils continuèrent un bon moment à décortiquer la dizaine de feuilles photocopiées par Oksa. La jeune espionne était un peu déçue, car il s'agissait surtout de documents administratifs sans grand intérêt. Il n'y avait qu'un élément plus privé : la lettre de candidature de McGraw dans laquelle l'ancien chercheur exposait de sa belle écriture déliée les raisons motivant sa demande.

– Écoute ça : il a postulé à St Proximus pour « des raisons personnelles » ! Des raisons personnelles, Gus ! Et il a précisé qu'il souhaitait particulièrement retrouver « l'exaltation de l'enseignement aux jeunes générations » ! Non, mais tu te rends compte ? s'emporta Oksa.

– C'est un peu fort, reconnut Gus en fronçant les sourcils.

– Un peu louche, tu veux dire ! renchérit Oksa, survoltée.

Gus prit la lettre et, à son tour, la lut attentivement. Les soupçons d'Oksa se confirmaient, il ne pouvait pas dire le contraire. Il reposa la lettre et s'allongea de tout son long sur le lit en étirant ses bras et ses jambes, puis il regarda son amie assise en tailleur qui continuait de dépouiller chacune des feuilles qu'elle avait photocopiées en prenant de si grands risques. Quelle fille étonnante… Elle était si forte, si déterminée ! Et pourtant, il savait combien la période qu'elle traversait était difficile. Un sentiment d'admiration et d'inquiétude mêlées le saisit. Pourvu qu'elle tienne bon…

– Et tu as pu voir ce qu'il y avait dans ce portefeuille ? Des choses intéressantes ? reprit Gus, toujours allongé sur le lit, les yeux rivés sur son amie.

— Non, reprit Oksa sans lever la tête, pas vraiment. Il y avait tout ce qu'on peut trouver dans un portefeuille : une carte de crédit, un permis de conduire, des tickets de caisse, des numéros de téléphone griffonnés, rien de bien palpitant, tu vois. J'ai également vu une carte sur laquelle était écrite une drôle de phrase : « Si tu penses être plus fort que moi, tu devras me le prouver. »

Les deux amis gardèrent le silence un moment. Gus opinait de la tête, concentré sur ce qu'Oksa venait de lui apprendre. De son côté, Oksa se délestait péniblement de la pression qui lui avait tordu les entrailles pendant cette journée un peu spéciale. Elle n'avait peut-être pas appris autant de choses qu'elle l'aurait souhaité, mais elle ressentait une intense satisfaction d'avoir accompli une véritable performance. Entrer dans le bureau de Bontempi et fouiller dans le dossier de McGraw ! Regarder dans son portefeuille sans qu'il s'en rende compte ! Un travail de pro qui lui avait néanmoins causé quelques palpitations et sueurs froides. Surtout au moment de sa stupéfiante – et téméraire – descente du deuxième étage… Jamais elle ne se serait cru capable de faire de telles choses. Franchir des limites pareilles la réjouissait, mais, avec un peu de recul, ce qu'elle avait fait l'effarait également. Elle avait pris des risques inouïs pour un résultat finalement médiocre. Non, mieux valait ne pas penser à cela, sauf si elle voulait *vraiment* se faire très peur. Car, comme d'habitude, elle avait beaucoup plus peur *après* que *pendant*. Une chronologie qui pouvait devenir un problème…

— En tout cas, c'était un coup de maître, ma vieille ! dit Gus en rompant le silence.

— J'ai quand même un peu la trouille… avoua Oksa sans relever le compliment de Gus.

— Ooohhh, Oksa ! C'est vrai que d'entrer dans le bureau du directeur et de photocopier des dossiers de profs, ce n'est pas ce qu'il y a de plus réglo, je suis d'accord avec toi. Mais les circonstances sont exceptionnelles ! McGraw n'est pas net et on en a la preuve maintenant. Tu n'as rien fait de mal, tu as juste photocopié un dossier et regardé dans le portefeuille de quelqu'un, ce n'est pas si grave ! Tu n'as rien volé !

— Euh… souffla Oksa en regardant piteusement ses ongles rongés.

– Attends… Ne me dis pas que tu as pris quelque chose dans son portefeuille ? s'écria Gus en se redressant sur le lit.

– Ça… reconnut Oksa en sortant de sa poche un papier plié en huit, aux coins ramollis par l'usure.

– C'est pas vrai… gémit Gus en se passant une main sur le visage. Cette fille est dingue ! Et qu'est-ce qu'il y a sur ce papier ? continua-t-il, la curiosité dépassant son inquiétude.

Oksa déplia le papier avec soin, le lissa du plat de la main, et tous les deux se penchèrent fébrilement pour en découvrir le contenu :

G.L. 19/04/54 Kagoshima (Jap.) 10/67+08/68
G.F. 09/06/60 Londres (Angl.) 09/73+05/74+01/75
J.K. 12/12/64 Plzen (Tchéc.) 04/77+02/78
H.K. 01/12/67 Mänttä (Finl.) 11/79+10/80
A.P. 07/05/79 Myrdalsjökull (Isl.) 01/91+06/92
C.W. 16/03/88 Houston (USA) 12/99+05/01+10/01
Z.E. 29/04/96 Amsterdam (Pays-Bas) 07/08
O.P. 29/09/96 Paris (Fr.) 05/09

Les deux amis se regardèrent, perplexes, puis observèrent de nouveau le mystérieux document pour essayer de décrypter ce qui se cachait sous ces lettres et ces chiffres.

– On dirait une liste, dit Gus. Avec des initiales et des dates.

Il continua de lire attentivement la feuille. Soudain, il s'exclama :

– Eh, c'est bizarre ! Il y a la date de naissance de ma mère ! Et à côté, la ville où elle est née !

Étonnée, Oksa plissa les yeux et repéra la ligne que Gus pointait du doigt.

– Là, regarde ! « *J.K. 12/12/64 Plzen (Tchéc.) 04/77+02/78* ».

– C'est quoi, le nom de jeune fille de ta mère ? demanda Oksa, de plus en plus intriguée.

– Kallo, souffla Gus, le visage soudain décomposé. Avec un K. Avant de se marier avec mon père, elle s'appelait Jeanne Kallo et elle est née le 12 décembre 1964 à Plzen, en Tchécoslovaquie… Comment ces informations peuvent-elles se trouver sur une liste dressée par McGraw ?

– Et surtout *pourquoi* ? renchérit Oksa, le souffle court.

Silencieusement, les deux amis échangèrent un long regard dans lequel se lisait autant d'inquiétude que de stupéfaction.

– Regarde ! fit Gus en pointant son doigt sur la dernière ligne. « *O.P. 29/09/96 Paris (Fr.) 05/09* ». C'est toi, ma vieille…

Il gémit en dévisageant Oksa qui se sentait comme vidée de tout son sang.

– Alors là, t'as visé en plein dans le mille… chuchota-t-elle, catastrophée.

– Si les chiffres qui suivent représentent des dates, en ce qui te concerne, ça voudrait dire que McGraw te connaissait avant la rentrée des classes…

– Il est venu à St Proximus pour moi, j'avais raison !

– J'en ai bien peur, marmonna Gus.

Oksa frissonna. Elle ressentait une vraie fierté d'avoir réussi à échafauder une théorie qui se vérifiait aujourd'hui. Mais la confrontation avec la réalité lui faisait froid dans le dos. Prise d'un vertige, la respiration lourde, elle se laissa tomber à son tour de tout son long sur le lit et fixa le plafond.

26

Histoires de famille

Oksa n'avait pas vu sa mère et sa grand-mère depuis deux semaines. Marie Pollock était toujours réfugiée chez sa sœur et Dragomira était partie en convalescence chez Abakoum, à la campagne. Il ne restait qu'Oksa et son père dans la maison de Bigtoe Square, soudain devenue trop grande pour eux deux. La situation avait imposé à Pavel d'organiser différemment son emploi du temps et sa présence au restaurant se faisait plus rare : sa carrière ne pouvait pas être plus importante que sa famille. Levé avant Oksa, il préparait des petits déjeuners princiers, soucieux de bien faire. Et dès qu'elle rentrait du collège, il était là, attentif et prévenant. Ils passaient leurs soirées tous les deux. Bien qu'on soit seulement à la fin de l'été, Pavel allumait une bonne flambée dans la cheminée et ils restaient ensemble jusqu'au coucher. Il redécouvrait le plaisir de s'impliquer dans le quotidien de sa fille en supervisant ses devoirs avec intérêt. Pour sa part, Oksa avait décidé de s'atteler à ses études avec le plus grand sérieux. Une façon de prouver à ses parents que, malgré ses erreurs, ils pouvaient être fiers d'elle. D'ailleurs, ses efforts de concentration commençaient à porter leurs fruits : les premières notes étaient tombées, excellentes, et Oksa en tirait une gloire méritée.

– Un esprit affûté comme la lame du sabre, allié à la vivacité d'un corps énergique, une parfaite ninja ! s'était exclamé Gus en lui donnant une vigoureuse tape sur l'épaule.

– Un esprit affûté, il faut le dire vite, avait rétorqué Oksa. Regarde dans quel pétrin je peux me mettre !

Elle pensait évidemment à ses tout nouveaux pouvoirs. Comme l'avait prédit son père, ils risquaient d'attirer l'attention sur elle et ce n'était pas très malin, elle s'en était vite rendu compte. Cependant, elle avait récidivé à quelques reprises, notamment avec la fille qui, à son avis, s'approchait trop près de Gus. « *Bien trop jolie pour être honnête*... » pestait-elle en son for intérieur. Quand elle avait de nouveau surpris son ami en pleine conversation avec cette *intrigante*, elle n'avait pas pu se retenir de faire sauter à distance un bouton de son chemisier... La malheureuse avait dû s'enfuir en courant pour échapper à la moquerie générale, ce qui avait valu à Oksa une grimace atterrée de la part de Gus.

– Pourquoi t'as fait ça ? Tu es monstrueuse !

– Elle m'énerve, cette fille ! Toujours à traîner...

– À traîner ? Oksa, ne me dis pas que c'est pour *ça* ? C'est complètement *nul* ! Et si ça me plaît qu'elle traîne autour de moi ?

Ces mots, ajoutés aux événements de ces derniers jours, avaient sérieusement fait réfléchir Oksa. Le soir, pelotonnée sur le canapé devant les flammes qui crépitaient, elle parlait à son père comme jamais elle n'avait pu le faire et cette complicité lui faisait un bien fou.

Elle gardait cependant pour elle quelques petits secrets, en particulier l'inquiétant « Dossier McGraw », comme elle l'appelait maintenant. Elle avait essayé de lui en parler un jour en mentionnant son pseudo-professeur et l'acharnement qu'il mettait à tourmenter les élèves. Sans même connaître les détails, son père avait souri en lui disant qu'il ne connaissait personne qui n'ait rencontré au moins une fois dans sa scolarité un professeur bizarre ou douteux. Certes, il avait dédramatisé ce qu'elle ressentait tout en l'encourageant à résister et à rester forte face à cette situation inconfortable.

– Inconfortable, inconfortable... Je voudrais t'y voir, toi ! avait-elle grommelé tout en gardant au fond d'elle la conviction que McGraw n'était pas celui qu'il prétendait être.

Son père avait insisté pour qu'elle lui parle de ses expériences magiques et qu'elle lui fasse quelques brillantes démonstrations. Impressionné et ému, il l'avait admirée non sans la mettre de nouveau en garde, à juste titre. Même si cela n'était pas toujours plaisant à entendre, il avait sacrément raison.

– Tu es très douée, Oksa. Mais fais attention, je t'en prie. Pour ma part, j'ai toujours évité d'utiliser *ça*. Bah, je ne dis pas que je n'en ai jamais eu envie, mais j'ai trop peur que quelqu'un ne se pose des questions.

– Tu te retiens, c'est ça ?

– Non, je ne me retiens pas ! Mais je ne veux à aucun prix que ça se sache, c'est une question d'instinct de protection. Toi, ce n'est pas tout à fait pareil, c'est mieux et en même temps c'est pire, car tu es une Gracieuse !

Pavel regarda sa fille avec tristesse. Un sourire fatigué creusa encore davantage son visage.

– Papa ? Tu as découvert tes pouvoirs quand tu étais en Russie ? C'est là-bas que tu es né, n'est-ce pas ?

– Oui, on disait l'Union soviétique à l'époque. Plus exactement, je suis né en Sibérie. Quand ta grand-mère, Léomido et Abakoum ont été éjectés d'Édéfia, ils se sont retrouvés dans un lieu qui n'avait rien en commun avec ce qu'ils avaient toujours connu. La Sibérie était un endroit terrifiant pour des Du-Dedans. Passer directement d'une terre douce et généreuse à cette Sibérie froide et hostile, je peux te dire que le contraste a été abominable. Ta grand-mère était terrorisée. Imagine un peu : jusque-là, elle vivait heureuse avec ses parents sur une terre où tout n'était qu'harmonie et abondance. Et en quelques heures, le chaos, la fuite, l'abandon, puis la Sibérie. Tu as certainement entendu parler de la Sibérie, ma chérie ?

– Le pays des goulags ? Là où on trouve tant de camps de prisonniers ?

Pavel la regarda avec surprise et amusement.

– Ce n'est pas la première chose que j'aurais retenue... Mais je n'ai pas tout à fait la même vision des choses, la Sibérie est mon pays natal. Cependant, tu n'as pas tort et ce n'est pas tout à fait par hasard que les goulags y ont été installés. Tu peux faire des centaines de kilomètres sans rencontrer âme qui vive, si ce n'est les animaux et les esprits de la nature. Car la nature est souveraine là-bas, une souveraine magnifique et pourtant très cruelle qui décide de tout, de la vie comme de la mort. Abakoum, la jeune Dragomira et Léomido ont erré pendant plusieurs jours, transis de froid. Sur Édéfia, la température n'était jamais descendue en dessous de vingt degrés, il ne neigeait jamais, alors tu te rends compte du choc ? Abakoum les a nourris de racines, de baies et des poissons qu'il pêchait dans les rivières. Grâce au Feufoletto de Léomido – le pouvoir du feu –, ils ont pu se chauffer. Ce qui est primordial si l'on veut survivre dans ces contrées. Quelques jours plus tard, ils ont rencontré un homme incroyable, un chaman très puissant qui vivait dans un petit village isolé à la lisière d'une forêt. L'hiver approchait à grands pas. Metchkov, le chaman, les a abrités tous les trois et les a protégés pendant les durs mois glacés en attendant de pouvoir les guider vers une grande ville dès que le redoux serait là.

Abakoum et lui sont rapidement devenus comme frères, ils se ressemblaient beaucoup. Tous les deux étaient capables d'entendre, de comprendre et de communiquer avec la nature. À leurs côtés, Dragomira a appris le pouvoir des plantes, c'était une élève exceptionnellement douée. Quand le printemps est revenu, seul Léomido a choisi de partir. Il a traversé l'Europe, il est allé jusqu'en Grande-Bretagne où il est devenu le grand chef d'orchestre que tu connais. Douze ans plus tard, je suis né dans le même petit village sibérien.

– Alors… ton père ? C'était le chaman Metchkov ?

Pavel rit avec douceur.

– Non, pas Metchkov, il avait plus de cent ans ! Mon père était son petit-fils. La vie était dure, mais nous avons vécu très heureux tous ensemble, jusqu'à mes huit ans. Là, tout s'est effondré. Mon père a été tué par le KGB et les conditions politiques étaient devenues si difficiles que nous avons dû quitter précipitamment la Sibérie et notre petit village. Abakoum est venu avec nous, il avait juré à Malorane de protéger Dragomira, et même si elle était devenue une femme et une mère, il a toujours tenu parole.

Nous avons eu beaucoup de difficultés à sortir d'Union soviétique, c'était la guerre froide, le pays était une vaste prison pour ses habitants. On ne pouvait partir qu'au péril de sa vie… Ta grand-mère et Abakoum ont pas mal utilisé leurs pouvoirs à cette époque, ça nous a été d'une grande aide.

Mais je crois que sans Léomido, nous n'aurions jamais pu réussir. Il effectuait une tournée mondiale avec son orchestre et c'est lors de son passage à Saint-Pétersbourg – à cette période, on disait Leningrad – que nous avons pu quitter clandestinement le pays.

– Comment vous avez fait ? demanda Oksa, passionnée par le récit de son père.

– Eh bien, figure-toi qu'il nous a fait passer pour des membres de l'orchestre. C'était extrêmement risqué et courageux de sa part, il risquait de tout perdre, sa liberté et surtout sa vie. Le plus difficile fut de trouver une solution pour moi, car comment justifier la présence d'un enfant de huit ans dans un orchestre ? Eh bien, tout simplement en sacrifiant un violoncelle et en m'enfermant dans une des caisses ! Le KGB a regardé attentivement les caisses des contrebasses dans lesquelles un homme aurait pu se cacher, mais, par chance, pas les caisses des violoncelles, bien plus petites. Je peux te dire que nous l'avons échappé belle… grâce à Léomido. Il était devenu un Sauve-Qui-Peut si bien intégré…

– Mais vous aussi ! fit remarquer Oksa.

– Oui, nous aussi, cependant nous vivions dans un environnement un peu *spécial*. Les huit premières années de ma vie, je n'ai eu dans mon entourage que des gens comme ta grand-mère et Abakoum, qui n'ont jamais caché leurs pouvoirs, ainsi qu'un père, un grand-père et un arrière-grand-père qui étaient tous trois d'extraordinaires chamans… Si tu ajoutes à cela une vie relativement isolée dans un petit village sibérien, je te laisse imaginer la vision que j'avais du monde ! Mon village natal représentait la Terre entière à mes yeux, c'était la belle vie ! J'aurais aimé que cela dure toujours… Car ce que j'ai découvert des hommes par la suite ne m'a pas particulièrement convaincu. Je peux te dire que mon intégration dans la société a été très compliquée. Pour ta grand-mère et Abakoum, ce fut encore pire : ils vivaient à l'écart depuis plus de vingt ans ! Malgré tout, ils ont magnifiquement réussi et je suis très admiratif, ils se sont fondus dans ce nouveau monde avec une aisance et un mimétisme incroyables, comme de véritables caméléons. Ils observaient beaucoup et reproduisaient ce qu'ils voyaient. Mais je sais de l'intérieur les efforts que cela leur a coûtés.

« Je pense que Léomido avait compris très tôt qu'il lui fallait quitter notre petit cercle s'il voulait réussir à vivre comme un Du-Dehors. Il a vite abandonné l'espoir de retourner à Édéfia, contrairement à ta grand-mère et à Abakoum qui ont, en quelque sorte, continué à vivre comme avant – avec trente degrés de moins… Nous trois, nous avons vécu les choses à l'envers : la magie, les pouvoirs extraordinaires et les créatures faisaient partie de notre quotidien, les villageois nous acceptaient et nous respectaient comme nous étions. J'étais persuadé que le monde entier était comme nous et que tout cela était *normal*.

– Tu n'avais jamais vu de gens normaux ? l'interrompit Oksa. Euh… Excuse-moi Papa, je ne veux pas dire que tu n'es pas normal…

– Non, je comprends, ne t'inquiète pas. Par « Du-Dehors ordinaires », je veux parler de ceux qui ne pouvaient pas admettre notre différence. Désormais, nos dons devaient devenir un secret qu'il ne fallait dévoiler à aucun prix. Et de toute façon, je l'ai vite appris à mes dépens…

– Comment ça ? l'interrompit Oksa.

– Léomido avait organisé notre installation en Suisse dans une petite ville paisible à la montagne. Très vite, Dragomira m'a inscrit à l'école…

– C'était la première fois que tu allais à l'école ?

– Non, il y en avait une dans notre village sibérien. Et puis mes parents m'avaient appris beaucoup de choses.

– Et… comment tu as fait pour la langue ? Tu parlais russe, non ?

– Aahh, je reconnais bien là ton esprit pratique, ma fille ! Je parlais russe effectivement, c'était ma langue maternelle. Mais aussi le français, l'anglais, l'allemand, le chinois, l'espagnol, le suédois…

– QUOI ?! Tu te moques de moi, Papa ! s'exclama Oksa.

– Pas du tout ! contesta son père. Nous autres Du-Dedans, nous avons le pouvoir de la Poluslingua…

– C'est quoi ?

– La capacité de parler parfaitement et en quelques heures la langue du pays dans lequel nous nous trouvons. Une sorte de bain linguistique ultrarapide, si tu veux. À Édéfia, personne ne connaissait ce don, mais ceux qui sont sortis l'ont découvert et mis aussitôt en pratique, tu imagines ! Et il faut avouer que c'est une aptitude qui a particulièrement favorisé notre intégration. Tu as peut-être remarqué que Mercedica et Léomido n'ont aucun accent alors qu'ils n'ont jamais vécu en France – et encore moins appris la langue… Et pourtant, au bout de quelques heures avec nous, ils parlent français comme toi et moi. Ou russe comme ta grand-mère et Abakoum. Ou finnois et suédois avec Tugdual. C'est la Poluslingua !

– Alors, je vais bientôt parler anglais aussi bien que la reine d'Angleterre ? demanda Oksa pleine d'espoir.

– Peut-être, sourit son père.

– Ça, c'est top ! Je vais récolter des notes d'enfer ! Mais tu ne m'as pas dit ce qui s'était passé en Suisse…

– Oh ! la Suisse…

Au bout de longues minutes de méditation, Pavel reprit :

– Ce fut terrible… Je passais mon temps à essayer de faire attention à ne pas *déborder*. Mais au bout de quelques jours, le naturel a repris le dessus.

Pavel se tut, troublé par ses souvenirs.

– Et alors, Papa ? Qu'est-ce qui s'est passé ? demanda Oksa, impatiente.

– Une vraie catastrophe, répondit-il. J'ai fait quelques Magnétus chez la boulangère que je détestais.

– Pourquoi tu as fait ça ?

– La colère, Oksa, la colère… Tu connais bien ça, n'est-ce pas ? lança-t-il négligemment. Cette femme n'était pas très tolérante avec les étrangers et elle avait eu le malheur de faire une réflexion qui m'avait particulièrement blessé. Alors, toutes les baguettes de pain se sont envolées comme des fusées pour aller s'écraser contre le plafond et les gâteaux ont été projetés comme des bombes sur cette femme affreuse. Elle n'a pas compris ce qui lui arrivait mais le lendemain, Léomido est venu nous chercher et, par ma faute, nous avons dû quitter la Suisse en urgence.

– Comme la famille de Tugdual… fit remarquer Oksa. Et comme nous, n'est-ce pas ?

– Pourquoi dis-tu cela ? lui demanda son père, interloqué.

– Nous avons dû quitter la France, précisa Oksa sans pouvoir se retenir, le cœur cognant fortement. Nous avons fui à cause de ce journaliste qui est mort.

Pavel Pollock se passa une main sur le visage. Pâle comme un linge, il regarda sa fille, puis ferma les yeux en soupirant.

27

Éclaircissements

– Ce journaliste, Peter Carter… Il est bien mort à cause de nous, non ? insista Oksa.

En constatant l'état dans lequel sa question mettait son père, elle ressentait un vague remords. Mais l'envie de savoir était bien plus forte que tous les sentiments de culpabilité du monde. D'un air résigné, son père se lança :

– Oui… Peter Carter est mort à cause de nous.

– Mais c'est atroce ! cria Oksa, hors d'elle, en le fixant avec effarement. Pourquoi ? Qui a fait ça ? Lequel d'entre vous ?

Pavel Pollock eut un mouvement de recul.

– Lequel d'entre nous ? Pourquoi me demandes-tu cela, Oksa ? s'étonna-t-il. Et d'ailleurs, comment es-tu au courant ? Qui t'en a parlé ?

– Je vous ai entendus, Baba et toi… répondit piteusement Oksa.

– Oh ! Oksa… Un jour, cette agaçante manie d'écouter aux portes te jouera des tours… Bon, autant que je te dise tout maintenant… Mais tu risques d'être déçue car je ne sais pas grand-chose, je préfère te prévenir ! Tu es vraiment la fille la plus exaspérante qu'un père puisse avoir, vraiment…

Il soupira bruyamment avant de poursuivre :

– Tout a commencé avec l'un des nôtres, Petrus, un Sauve-Qui-Peut éjecté aux États-Unis. Il avait décidé d'entamer une carrière de voleur d'œuvres d'art qui, grâce à ses dons, s'est révélée florissante. Pendant des années, il a parcouru le monde pour « visiter » des dizaines de musées, de galeries et de collections privées. Mais un jour, la chance a tourné et il a été pris la main dans le sac. Dans la précipitation, il s'est servi de ses pouvoirs pour s'échapper du quarante-septième étage où se trouvait l'appartement du riche collectionneur qu'il était en train de cambrioler. Paniqués, les policiers qui venaient l'arrêter lui ont tiré dessus, le tuant sur le coup. Chez lui, on a retrouvé des centaines de tableaux, certains d'une valeur inestimable, dont la disparition était restée un mystère pour les enquêteurs les plus chevronnés. Et pour cause ! Comment auraient-ils pu imaginer ? Le problème, c'est qu'un journaliste, Peter Carter, était sur une piste depuis plusieurs mois déjà. Il avait fait la connaissance de Petrus lors d'une vente d'œuvres d'art. Le personnage l'avait intrigué et il s'était mis à le suivre en se persuadant peu à peu qu'il était un extraterrestre –, c'est véridique ! Quand Petrus a été tué, Peter Carter a continué son enquête et découvert des éléments qui lui ont permis de se rapprocher de nous...

– Qu'est-ce qu'il a trouvé ? demanda Oksa, fascinée.

– Oh, des souvenirs de notre Terre que Petrus gardait précieusement... et surtout, un carnet avec des noms, des dates, des informations sur Édéfia et des articles de journaux sur Léomido...

– Aïe ! fit Oksa.

– Oui, comme tu dis... acquiesça son père. Carter en a tiré des conclusions qui n'étaient pas sans fondement. Et les ennuis ont commencé. Il a enquêté sur Léomido, puis sur ta grand-mère et notre famille. Peu de temps après, il nous a contactés pour acheter notre silence.

– Carrément ! s'exclama Oksa. Quel pourri ! J'espère que vous n'avez pas cédé !

– Crois-tu que nous avions le choix ? Il menaçait de tout dévoiler, tu imagines un peu le désastre ? Nous avons payé, une fois, deux fois...

– Et après, direction Londres, c'est ça ?

– Exactement ! À cause de cet homme, nous avons dû partir en urgence et dans le plus grand secret, sans laisser de traces. Et ça n'a pas été facile, je peux te l'assurer...

– Je comprends mieux pourquoi tu étais si pressé, souffla Oksa. Mais il n'empêche que ce type est mort...

– Oui, et c'est très troublant, renchérit son père. Carter était un rapace sans scrupules et je ne peux pas dire que je regrette sa disparition. Mais on ne doit jamais se réjouir de la mort d'un homme.

Oksa plissa les yeux, vaguement soupçonneuse.

— Papa ?
— Oui, Oksa ?
— Qui l'a tué ? Qui a tué Carter ? Tu le sais ? Pourquoi Baba a dit que c'était forcément l'un de vous ?

Le regard de Pavel Pollock se troubla. Le haut de son visage se contracta en marquant un rictus de contrariété.

— Carter a été tué par une Pulmonis, une substance que seuls les Sauve-Qui-Peut savent fabriquer, précisa-t-il. Tout ce que je peux te dire, c'est que ni moi ni ta grand-mère ne sommes responsables de sa mort.

— Eh bien, je préfère ça ! s'exclama Oksa. Oh ! Papa, tu ne peux pas savoir combien je suis soulagée... Je me suis fait des films de dingue à cause de cette histoire. Mais tu crois que ça pourrait être Abakoum ou Léomido ?

— Non, ils sont incapables d'agir ainsi. Aucun de nous n'en est capable. C'est ce qui rend les choses encore plus mystérieuses. C'est comme si celui qui a fait ça voulait nous protéger...

Pavel Pollock se leva et alla se servir un verre de soda qu'il but d'une traite en tremblant. Il reposa son verre sur le rebord de la cheminée avec si peu de délicatesse qu'il manqua le briser. Oksa sursauta et dévisagea son père avec inquiétude. Mais avant qu'elle puisse poser la moindre question, il darda sur elle un regard d'une telle gravité qu'elle fut définitivement découragée de poursuivre son interrogatoire.

— Nous avons beaucoup fui, tu sais... poursuivit-il. Édéfia, la Sibérie, la Suisse, la France...

— Comment vous êtes arrivés en France ? l'interrompit Oksa, suspendue à ses lèvres.

— C'est un peu grâce à Malorane, figure-toi. Tu te souviens quand Dragomira t'a parlé des pouvoirs de la Gracieuse ? l'interrogea son père.

— Celui de sortir d'Édéfia ?

— Les Gracieuses ont effectivement ce pouvoir très enviable : ouvrir le Portail et sortir. Mais Malorane connaissait la France parce qu'il existe un autre pouvoir Gracieux, un pouvoir exclusif et fabuleux : celui de rêvoler...

— Rêvoler ? l'arrêta Oksa.

— Rêvoler, c'est voyager par la pensée sans que ton corps quitte l'endroit où tu es. Une sorte de transmutation de l'esprit ou de la conscience, si tu veux. Malorane était une femme curieuse, elle a rêvolé de nombreuses fois pour voir comment les Du-Dehors vivaient. Contrairement à la plupart des précédentes Gracieuses, elle préférait savoir ce qui se passait à Du-Dehors plutôt que de fermer les yeux et de faire comme si Édéfia était seule dans l'univers. Ensuite, elle effectuait des projections publiques de ses voyages au Caméroeil. Elle a rêvolé plusieurs fois en France, c'est un pays qui lui plaisait beaucoup et elle réservait à Dragomira des séances spéciales où elle lui « montrait » la France, comme d'autres mamans racontent de belles histoires à leurs enfants. Voilà pourquoi nous nous sommes mis en route pour ce pays qui est devenu si cher à mon cœur. Une drôle d'histoire, non ?

– Une drôle d'histoire ? Tu veux dire une histoire phé-no-mé-na-le ! répondit Oksa avec fougue. Mais avoue quand même que ce n'est pas le plus incroyable… Je peux te donner une bonne centaine de trucs *strange* que j'ai entendus ces derniers jours, si tu veux !

– Je ne vois pas de quoi tu veux parler, fit Pavel avec un faux air naïf. *E.T. téléphone maison*… ajouta-t-il en roulant des yeux, le petit doigt dans l'oreille. Non, y a rien de bizarre à l'horizon…

Oksa pouffa de rire et l'air fusa de sa bouche dans un étonnant sifflement. Puis, reprenant son sérieux :

– Papa… il y a quelque chose qui me tracasse…

– Dis-moi, ma grande, dis-moi !

– Si les Gracieuses ont le pouvoir de rêvoler, est-ce que ça veut dire que je le peux aussi ?

Elle regarda son père avec fièvre. Pavel poussa un profond soupir, étira ses longues jambes devant lui et attendit quelques secondes avant de répondre.

– C'est tout à fait vrai. Tu as ce pouvoir en toi. Mais tu ne pourrais l'utiliser que si tu entrais dans la Chambre de la Pèlerine. C'est la Pèlerine qui déclenche le pouvoir.

Oksa était un peu déçue, elle aurait adoré rêvoler ! Devant son air dépité, Pavel la serra contre lui.

– Moi aussi, tu sais, c'est quelque chose que j'adorerais pouvoir faire ! Et je pense que je ne suis pas le seul. Mais il y a de nombreux autres pouvoirs auxquels nous allons t'initier. Enfin… surtout ta grand-mère et Léomido. Abakoum sera aussi un très bon maître pour toi, il est très fort, le plus fort de nous tous…

— Plus fort que la Gracieuse ? demanda Oksa.

Ils furent interrompus par le téléphone qui sonnait. C'était Marie Pollock. Tous les soirs, elle appelait et parlait avec sa fille pendant un long moment. Sa voix était tendue et émue, pleine de larmes, mais Oksa essayait de ne pas remarquer combien elle paraissait affectée par toute cette histoire. Tout ça, c'était à cause d'elle. Cela lui crevait le cœur d'entendre aussi clairement la tristesse de sa mère. Elle tentait alors de lui changer les idées en lui racontant sa journée, comme si elle était à la maison, comme si elle était assise en face d'elle à la table de la cuisine devant des *pirojki* fumants. Et quand elle percevait les sourires de Marie à l'autre bout du fil, elle était rassurée.

— Dix-huit sur vingt en maths, qu'est-ce que tu dis de ça, Maman ?

— Pas mal, répondit Marie avec une indifférence feinte.

— Maman ! Je te précise quand même que c'est avec l'épouvantable McGraw, le redoutable dictateur de St Proximus !

— Ah bon, alors, dans ces conditions extrêmes, j'admets et reconnais ton excellence, ma chère fille…

— Tu aurais vu la tête qu'il faisait en me rendant ma copie ! C'était trop drôle !

— Je suis fière de toi, ma grande. Tu vas bien, sinon ? Ça se passe bien avec ton père ?

Et comme tous les soirs, elles discutaient ainsi quelques instants, puis se souhaitaient une bonne nuit en s'embrassant par téléphone interposé. Oksa lui proposait alors de parler à son père, mais quand ce dernier prenait le combiné, Marie avait déjà raccroché.

— Mais pourquoi elle fait ça chaque fois ? s'emportait Oksa, la gorge nouée.

Ce soir-là, plus que tous les autres, elle aurait aimé les entendre se parler tous les deux. Se parler normalement.

— Elle t'en veut à ce point ? continua-t-elle, les joues empourprées par la frustration et le cœur prêt à se déchirer.

— Toi aussi, tu m'en voulais, rappelle-toi, lui répondit son père d'une voix triste. Les choses vont s'arranger, tu verras…

— Tu crois ?

— J'en suis sûr.

Oksa posa la tête sur l'épaule de son père et ferma les yeux, comme pour faire un vœu.

– Pourvu qu'elle soit là pour mon anniversaire…

– Je crois qu'elle ne manquerait ça pour rien au monde !

Après une petite interruption, il reprit :

– Tu n'aurais pas envie de te détendre ?

– Un peu que j'en ai envie ! s'exclama Oksa, dont l'intérêt était soudainement attisé. Qu'est-ce que tu proposes ?

Pour toute réponse, Pavel lui prit la main et l'entraîna vers l'appartement de Dragomira.

28

Une étonnante discussion

Dès que la porte s'ouvrit, le Foldingot se planta devant eux et se courba dans une révérence grotesque – mais sincère –, faisant des moulinets avec ses longs bras.

– Oh, petite-fille et fils de ma Gracieuse, votre présence dans cette masure est la bienvenue !

– Masure ? s'étonna Oksa.

– Tu sais, Oksa, intervint son père, les Foldingots lisent absolument tout ce qui leur passe sous les yeux : le journal, le dictionnaire et les livres de Dragomira, bien sûr. Mais aussi les consignes sur les flacons de produits d'entretien, la composition des aliments, les étiquettes sur les vêtements, rien ne leur échappe. Ce sont des lecteurs compulsifs qui font un usage assez particulier des mots qu'ils rencontrent ! Notre ami Foldingot a dû lire ce mot, il lui a plu et maintenant, il l'utilise. De façon un peu saugrenue, certes, mais les Foldingots *sont* des êtres saugrenus ! expliqua Pavel.

– Oh, fils de ma Gracieuse, vous êtes tellement magnanime ! s'exclama la créature, visiblement folle de joie d'être ainsi qualifiée. Le fils de ma Gracieuse attribue une louange qui engloutit mon cœur dans la délectation !

– Tu vois ce que je veux dire ? dit Pavel à sa fille en lui faisant un clin d'œil.

– J'a-do-re ! murmura Oksa.

– Vous avez mené votre visite jusqu'à cet étage pour faire une sollicitation, fils et petite-fille de ma Gracieuse ? C'est avec le ravissement que la Foldingote et votre domesticité donneront l'assistance, vous pouvez éternellement envisager notre frénésie, interrompit le Foldingot frémissant.

– Oh, à propos de Foldingote, où est-elle donc ? s'enquit Pavel.

– Dans le côté de cette pièce, fils de ma Gracieuse, elle fait l'application d'un baume déstressant à la plante Goranov qui est à cran depuis la convalescence campagnarde de ma Gracieuse. Vous avez le plaisir de la visionner ?

Pavel acquiesça. Oksa en profita pour exprimer son enthousiasme à voix basse pour ne pas être entendue :

– Un peu que j'ai envie de la « visionner » ! Et la Goranov ? C'est qui ?

Son père n'eut pas le temps de répondre, le Foldingot revenait suivi de la Foldingote, une créature tout aussi hallucinante que lui. Totalement disproportionnée, elle était en longueur ce que son compagnon était en largeur, les deux tiers de son corps étant composés de ses jambes. Pour le visage, à part de fins cheveux jaune citron au sommet de sa tête, tout était semblable à son compagnon : une peau marron fripée, le même petit nez aplati, des oreilles parfaitement perpendiculaires au crâne, deux grosses dents rondes qui dépassaient de la bouche. Mais pouvait-on encore parler de bouche ? Une longue fente courbée parcourant le visage d'une oreille à l'autre, ce serait plus juste… Tous les deux étaient vêtus d'une salopette de couleur foncée, impeccablement repassée, avec un *smiley* hilare.

Dès qu'elle vit Oksa, la Foldingote courut vers elle. Mais, troublée par cette rencontre et gênée par ses longues jambes aussi peu épaisses qu'un manche à balai, elle trébucha et s'étala sur le tapis. En conséquence de quoi, la plante qu'elle tenait entre les mains voltigea pour atterrir dans les mains d'Oksa, médusée par ce spectacle surprenant.

– Ooohh, petite-fille de ma Gracieuse ! s'écria la Foldingote maladroite. Comme je suis absurde de tomber ainsi ! Mes jambes sont follement ridicules, veuillez me pardonner un jour ! se lamenta-t-elle en se frottant les reins.

Oksa se tourna vers son père qui affichait un air mi-navré, mi-mort de rire.

– Ils sont tout le temps comme ça, Papa ? lui demanda-t-elle, hilare.

– Oui !

Pavel se mit à rire franchement cette fois-ci.

– Aahh ! Mais qu'est-ce que c'est que ça ? s'exclama soudain Oksa.

En effet, c'est comme si la plante qu'elle tenait entre les mains venait de se réveiller ! Depuis son tronc fin, haut d'une quarantaine de centimètres, s'épanouissaient de délicates feuilles rondes et plates d'un beau vert brillant. La plante sembla osciller et son feuillage s'ébroua comme si elle frissonnait, pendant qu'un cri effaré s'échappait *d'elle*.

– Mais elle est *vivante* ! s'écria Oksa, bouche bée.

– Une plante est toujours vivante, Oksa ! fit remarquer son père en se retenant d'exploser de rire.

– Oui… Mais pas à ce point !

– Vivante, vivante… Il faut le dire vite ! s'insurgea soudain la plante, prenant Oksa à témoin en orientant toutes ses feuilles vers elle. Cette Foldingote a perdu la tête !

– Non, Goranov, ma tête n'a pas rencontré de perte, c'est mon équilibre qui souffre de déficit ! précisa la Foldingote.

– Mais il faut que tu sois folle pour me faire subir un looping ! Tu veux que je meure, c'est ça ?

– Le looping est un excès, Goranov, tu as exécuté un vol plané d'une perfection aboutie, corrigea la Foldingote.

– Looping ou vol plané, c'est la même chose ! hurla la Goranov en tremblant de toutes ses feuilles. Tu as voulu m'assassiner une fois de plus, espèce de *serial killeuse*…

Et sur ces paroles, ses feuilles s'effondrèrent le long de son tronc.

– Elle vient de s'évanouir, précisa Pavel à Oksa qui pleurait de rire. Mais ne t'inquiète pas, c'est assez habituel chez elle.

– Quel délire… Je les adore, ces créatures ! dit Oksa en adressant un sourire à la Foldingote.

Celle-ci la regarda avec reconnaissance. Soudain, on entendit la sonnerie du téléphone. Oksa posa la Goranov, toujours évanouie, et se précipita.

– J'y vais ! Ça doit être Gus ! Salut, les Foldingots, à bientôt !

Et elle dégringola la volée de marches à toute vitesse, l'humeur légère.

– Je compte sur vous demain, hein ?

La semaine était terminée et Oksa, entourée de ses amis, faisait un dernier rappel sur le trottoir avant que chacun rentre chez soi : Gus, Merlin, Zelda… Ils commençaient tous à mieux se connaître et ils s'appréciaient de plus en plus. Une bonne petite bande !

– Oksa, est-ce que ça t'embête si je viens avec une copine ? demanda Zelda. C'est Zoé, elle est en quatrième Oxygène. On est dans le même cours de danse et elle est vraiment sympa, tu sais. Je l'ai invitée à dormir chez moi ce week-end et je ne veux pas la laisser toute seule, ni manquer ton anniversaire !

– Pas de problème ! s'exclama Oksa. À mon avis, mon père prépare un gâteau d'au moins trente parts, c'est bien son genre ! Il y aura bien assez pour une personne de plus.

– Merci, c'est sympa ! enchaîna Zelda. Zoé a besoin d'amis, elle est arrivée ici il y a quelques semaines. Ses parents sont morts l'année dernière et c'est sa grand-mère qui s'est occupée d'elle avant de mourir à son tour, c'est trop triste… Maintenant, elle vit chez son grand-oncle.

– Raison de plus pour qu'elle vienne s'amuser avec nous ! Ça lui fera du bien… À demain !

– Salut, Oksa, à demain !

Accoudée à sa fenêtre, Oksa regardait l'agitation du square. Elle sentait la tristesse peser sur elle ce soir. La nuit était tombée, mais le ciel était dégagé et elle profita de sa solitude pour réfléchir tranquillement. Une réflexion bien difficile à mener… Toutes ses pensées se mélangeaient dans sa tête comme le linge dans le tambour d'une machine à laver. *Au moment de l'essorage.* Le passage de l'état de fille ordinaire à celui d'héritière du pouvoir d'une Terre inconnue ET fabuleuse ne se faisait pas sans douleur ni accroc. Oksa se sentait pleine à ras bord de sensations extraordinaires.

Ses tout nouveaux dons se confirmaient et lui donnaient une vertigineuse impression de puissance à laquelle il était difficile de ne pas céder. Et c'était précisément cette incapacité à résister qui lui avait attiré des ennuis et l'accablait aujourd'hui d'une souffrance qui lui collait au cœur comme de la boue. En même temps, un sentiment inconfortable se développait d'une façon sournoise. Elle avait la désagréable impression que sa vie prenait un tournant aussi mystérieux que dangereux. Elle brûlait d'envie d'en savoir plus et de découvrir cette fameuse Édéfia. Cependant, qu'est-ce que tout cela allait entraîner ? Elle l'ignorait. Le meilleur comme le pire, sans doute. Avec l'apparition de cette Empreinte, toute sa vie était bouleversée. Ou plutôt son avenir. Deviendrait-elle astrophysicienne comme elle en rêvait depuis qu'elle avait découvert que le ciel recelait de si grandes richesses ? Se marierait-elle ? Aurait-elle des enfants ? Ou bien guiderait-elle les Sauve-Qui-Peut jusqu'à Édéfia et deviendrait-elle leur souveraine ?

Tout ce qu'elle savait aujourd'hui, c'est que sa mère lui manquait terriblement et qu'elle avait une peur bleue que ses parents ne divorcent. Elle aurait donné tout ce qu'elle possédait pour un retour à la normale. Mais serait-ce possible un jour ? Une étoile filante passa en laissant derrière elle une étincelante lueur dorée et Oksa fit un vœu. Un vœu aussi inaccessible que les étoiles dans le ciel.

Parmi ces sombres pensées se dégagea soudain une idée. Quelqu'un dans cette maison pouvait répondre à ses questions ! Elle grimpa rapidement au troisième étage et toqua doucement à la porte. La Foldingote de Dragomira lui ouvrit, un large sourire fendant sa face ronde.

— Oohh, petite-fille de ma Gracieuse, une visite gorgée de prodigalité, quelle réjouissance !

— Bonsoir, ça va bien ? demanda Oksa, toujours troublée de se trouver en tête à tête avec la drôle de petite créature.

— Bien, bien, toujours ! C'est une régularité à laquelle nous tenons, nous les Foldingots ! Nous avons du travail, notre Gracieuse a mis la responsabilité sur nous, il faut être régulier, l'importance est volumineuse !

— Tu as bien raison ! acquiesça Oksa en essayant de garder son sérieux. Et à propos de Dragomira… Est-ce que, par hasard, tu sais quand elle revient ? Et… ma mère ?

— Je suis dans la connaissance de cette information, mais, même si ma bouche n'est pas cousue de fil, je dois la garder muette. Cependant, n'ayez pas la mélancolie, votre parentèle possède le véritable amour pour vous et le retour connaît la proximité, c'est inamovible, répondit la Foldingote en regardant Oksa de ses grands yeux doux. Avez-vous le souhait d'une boisson enchanteresse ?

Oksa accepta avec joie. Elle resta un moment avec la créature qui était véritablement adorable. Elle ressentait une vague honte à profiter ainsi de sa gentillesse, mais elle avait tellement besoin de savoir !

– Dis-moi, Foldingote, pourquoi ma grand-mère n'est-elle jamais retournée sur Édéfia ?

La Foldingote la regarda d'un air ébahi.

– Pourquoi ? Vous avez la demande du pourquoi ? Je fais le plongeon dans l'étonnement complet. Vous n'avez pas la compréhension ?

– Dis-moi, je t'en prie, c'est tellement compliqué pour moi ! insista Oksa, les yeux implorants.

– C'est-à-dire... J'ai la frayeur à vous répondre mais je vais néanmoins livrer l'éclaircissement. Deux choses gravement importantes mettaient ce retour dans l'empêchement : la malédiction a frappé le Portail de fermeture. Mais la gravité est effacée puisque vous êtes la future Gracieuse. Grâce à l'alliance des deux Gracieuses, le retour connaît à nouveau la possibilité. La seconde chose, par contre, fait l'inscription d'une tristesse indélébile dans nos cœurs : c'est l'ignorance. Édéfia est quelque part, mais qui sait où ?

– Tu veux dire que personne ne sait où est Édéfia ? Même pas à peu près ? Au nord ? Au sud ? Quelqu'un a bien un indice, non ? s'emporta Oksa.

– Une seule personne avait le Repère : la Gracieuse Malorane. La Chambre de la Pèlerine est la donatrice de ce Repère et la Gracieuse Malorane est celle qui a fait la visite ultime de la Chambre. Mais sa vie a été engloutie par la perte du Secret-Qui-Ne-Se-Raconte-Pas. Pourtant... Puis-je formuler une pensée à la petite-fille de ma Gracieuse ? Une pensée qui est ma conviction ?

– Oui, oui ! dit impatiemment Oksa.

– Votre domesticité connaît la prévoyance de la Gracieuse Malorane, elle a immanquablement fait la confidence du Repère à quelqu'un, mon espérance dans cette certitude est immense.

– Tu crois que ma grand-mère... ?

– C'est mon espérance. Ma Gracieuse fait le chemin vers la solution, l'Espoir ne connaît plus la stérilité.

La Foldingote essuya ses gros yeux dans lesquels des larmes rosées brillaient, puis renifla très bruyamment. Oksa caressa sa grosse tête fripée.

– Je dois filer… dit-elle avant de coller un léger baiser sur le sommet de son crâne. Je te remercie pour ces renseignements, Foldingote ! À bientôt !

29

Joyeux anniversaire, Oksa !

– Encore un peu de patience… On y est presque… murmura Pavel en guidant Oksa.

Chaque anniversaire de sa fille était l'occasion pour lui de préparer une surprise visant à apposer un sceau impérissable à ses souvenirs. Le rituel était immuable : il venait chercher Oksa, lui bandait les yeux et l'emmenait dans un lieu inattendu. Une fois qu'ils étaient arrivés à destination, le bandeau était retiré et le mystère levé. Pour ses douze ans, il l'avait tout simplement conduite au sommet de la tour Eiffel ! Une surprise étourdissante qu'elle n'était pas près d'oublier. Pavel ne faisait jamais les choses à moitié…

Cette année, Oksa avait une petite idée de ce qui l'attendait : depuis l'arrivée à Londres, ses parents avaient catégoriquement refusé qu'elle voie le restaurant et c'était plutôt louche. Tout ce qu'elle savait, c'est que l'inauguration avait été fixée au 29 septembre, le jour de son treizième anniversaire. « La date porte-bonheur qui marque deux événements essentiels de ma vie… » lui avait dit Pavel d'un air solennel. Alors, tout en se doutant de sa destination, Oksa se laissait diriger, impatiente.

– On arrive… Prépare-toi à subir un choc, ma courageuse Oksa-san… chuchota Pavel à son oreille en dénouant le bandeau.

Oksa cligna des yeux et vit face à elle une devanture extraordinaire recouverte de lierre, de glycine et de rosiers grimpants. Au-dessus de l'entrée, une banderole flottait au vent pour informer tous les passants que ce jour était celui de l'anniversaire d'Oksa.

– Oh Papa… C'est génial !

– Bienvenue au *French Garden*, ma fille ! Mais, attends, tu n'as encore rien vu…

Pavel lui prit la main et l'entraîna. À peine poussa-t-il la porte qu'Oksa eut l'impression d'entrer dans un autre univers : un jardin fantastique s'étalait devant elle, un monde végétal idyllique dans lequel régnait une végétation aussi inattendue qu'épanouie. La jeune fille s'avança, fascinée.

– Mais… c'est de l'herbe ?! s'exclama-t-elle en s'agenouillant pour toucher le sol.

– Oui… répondit sobrement Pavel, les yeux brillants.

Impressionnée, Oksa continua sa visite. Il y avait des plantes partout, des massifs de fleurs, des bouquets d'arbustes et même un chêne en plein milieu de la salle ! Autour d'un bassin dans lequel nageaient des poissons rouges, des joncs et des roseaux bruissaient sous l'éclairage chaleureux des photophores géants. L'intimité de chaque table était préservée par de petites haies de buis ou d'aubépine et le confort garanti par de voluptueux fauteuils de cuir. Sur la mezzanine surplombant une partie du rez-de-chaussée, la magie continuait avec des transats de toile installés face à un mur d'eau.

– Vous avez recréé un jardin… à l'intérieur d'une maison ?! Mais c'est dingue !

– Tout le mérite en revient à mes origines. Le sang Sylvabul qui coule dans mes veines m'a légué le pouvoir de la Vertemain dont j'ai su tirer un certain profit…

– C'est magnifique, Papa !

– Je sais… Mais viens plutôt par là…

Pavel l'attira vers une treille couverte de roses sombres derrière laquelle se trouvait une autre salle tout aussi fabuleuse surmontée d'une verrière. Debout dans l'herbe parsemée de pâquerettes, les invités commencèrent à chanter à tue-tête autour de la table où trônait un gâteau gigantesque aux trois chocolats, le plus gros qu'Oksa ait jamais vu. Tout le monde se précipita pour embrasser la jeune fille avec fougue. Les Bellanger et ses amis du collège étaient là, Gus tout près d'elle, s'égosillant en chantant « Joyeux anniversaire ». Puis la musique jaillit et certains se mirent à danser. La fête était très réussie et le gâteau bon à se damner – Pavel y avait veillé.

Tout était parfait.

Tout ou presque…

Il ne manquait que Marie Pollock. Au bord des larmes, Oksa ne cessait de surveiller la porte, souhaitant avec une ardeur désespérée voir apparaître sa mère. Quant à Pavel, il voyait bien le cœur de sa fille s'alourdir au fur et à mesure que le temps passait. Elle faisait tout pour paraître joyeuse et légère. Mais elle se sentait terriblement malheureuse.

Dragomira était arrivée le matin même. Oksa s'était jetée dans ses bras dès qu'elle l'avait vue franchir la porte accompagnée du fidèle ami de la famille, Abakoum. Par pure politesse, elle n'avait pas osé dire quoi que ce soit sur la mauvaise mine de sa grand-mère. Pourtant, la joie de la revoir ne l'empêchait pas de constater avec amertume ses traits tirés, ses yeux cernés de poches sombres. Mais sa Baba était là maintenant, c'était déjà beaucoup !

Quant aux jeunes invités d'Oksa, ils avaient investi les transats et se goinfraient de bonbons en détaillant les cadeaux reçus par leur amie : une lunette astronomique, une webcam, un sac à l'effigie d'une héroïne de manga, un fauteuil gonflable en plastique vert, le dernier CD de son groupe préféré et un savon parfumé. Ce dernier cadeau avait été offert par Zoé, l'amie de Zelda. Quand Oksa l'avait vue, elle n'avait pas pu se retenir d'exprimer son étonnement : c'était la fille qui tournait autour de Gus ! La fille qui l'énervait le plus au monde. Celle qu'elle avait décidé d'appeler l'Intrigante. Elle l'avait regardée avec méfiance, plutôt contrariée de la voir chez elle le jour de son anniversaire, et elle avait d'abord pensé que Zelda était manipulée. Tout ce qui intéressait cette fille, c'était sûrement de se rapprocher de Gus. Et cela ne plaisait pas du tout à Oksa…

Après l'avoir observée un moment, elle se rendit compte que tout n'était pas aussi simple et sa contrariété ne fit que grandir. Car Zoé était une fille qui ne laissait pas indifférent. Elle était jolie et chacun de ses gestes avait la grâce d'une danseuse. Pis : il y avait en elle une mélancolie qui la distinguait des autres et qui émouvait profondément dès qu'on croisait ses grands yeux tristes et timides. Oksa était très intriguée par cette jeune fille qu'elle sentait tourmentée. Agacée, elle ne put s'empêcher de surveiller l'attitude de Zoé envers Gus – et inversement –, sans aucune discrétion puisque son ami ne tarda pas à venir lui en faire la remarque :

– Tu ferais une très mauvaise espionne, ma vieille…

– Quoi ? répliqua Oksa, feignant de ne pas comprendre.

— Pourquoi tu nous surveilles comme ça ? Hein ?

— Cette fille m'énerve ! dit Oksa comme si c'était la chose la plus naturelle.

— Elle t'énerve parce qu'elle me parle et parce que je la trouve sympa, c'est ça ?

— Pffff... soupira-t-elle pour toute réponse.

— Est-ce que je te fais la tête, moi, quand Merlin vient discuter avec toi ? lança amèrement Gus.

Interloquée par cette remarque cinglante, Oksa le regarda bouche bée. Puis elle tourna les talons, ce qui n'arrêta pas Gus qui continua de grommeler entre ses dents en la suivant :

— Je ne dis rien, moi, quand vous rigolez tous les deux. Rien du tout... D'ailleurs, j'en ai rien à cirer, si tu veux tout savoir !

Piquée au vif, Oksa se jeta sur un transat pour discuter avec Zelda. Quel sale caractère il avait, ce Gus ! Soudain, elle vit que le regard de son amie était attiré par quelque chose. Elle tourna la tête et ses yeux s'illuminèrent.

— MAMAN !

Marie Pollock venait d'arriver ! Oubliant aussitôt ses problèmes, Oksa, le cœur gonflé de joie, se précipita vers elle et toutes les deux se couvrirent mutuellement de baisers.

— Ma chérie, comme tu m'as manqué !

— Oh, merci, Maman ! Tu es venue !

— Non, Oksa, je ne suis pas venue, objecta sa mère. Je suis *revenue.*

Oksa se blottit contre elle et la serra en se disant qu'elle n'avait jamais rien connu de meilleur. Puis, saisissant sa main, elle clama fièrement en l'enserrant par la taille :

— Mes amis, voici ma mère !

Touchée, Marie balaya l'assemblée des yeux.

— Je suis terriblement en retard... bredouilla-t-elle.

— C'est pas grave, Maman ! lança Oksa.

Tous la saluèrent avec enthousiasme, conscients qu'elle était la personne la plus attendue de l'après-midi. Dragomira, Abakoum et Pavel s'étaient levés. Marie se dirigea vers eux, un peu hésitante, puis se jeta dans les bras de son mari en lui murmurant à l'oreille ce qui semblait être des mots tendres, vu le visage radieux de Pavel. Ce fut ensuite au tour de Dragomira et d'Abakoum, pour le plus grand bonheur d'Oksa qui les regardait avec soulagement.

Un bel anniversaire, vraiment !

Le meilleur d'entre tous !

30

Des cadeaux hors du commun

L'humeur était à l'image du soleil de cette fin d'après-midi : douce et lumineuse. Marie revenue, les invités n'avaient pas tardé à s'éclipser, laissant les Pollock et Abakoum se réjouir de leurs retrouvailles. Tout le monde était revenu à Bigtoe Square, le pas alerte et le cœur léger, et, afin de sceller l'union retrouvée, Dragomira décida d'ouvrir pour la première fois la porte de son atelier-strictement-personnel à Oksa et à Marie. Ce qui représentait pour la Baba Pollock un geste hautement symbolique.

– Ça alors ! s'étonna Oksa en pénétrant dans l'étui de contrebasse permettant d'accéder à la pièce secrète cachée sous les combles. C'est trop fort ! Est-ce qu'il y a un code ? Comment ça marche ?

– Non, il n'y a pas de code, répondit sa grand-mère en montant l'étroit escalier en colimaçon. Mais l'étui est inviolable, il n'obéit qu'à trois individus : mes deux fidèles Foldingots, qui sont les gardiens des créatures vivant sous ce toit, et moi. Il nous suffit de plaquer notre main au fond de l'étui pour ouvrir le passage.

– Une commande digitale ? s'extasia Oksa. C'est de la haute technologie, dis donc !

– Mais que crois-tu, ma Douchka ? Nous sommes des êtres évolués ! Ce mode d'ouverture est vieux comme le monde… Enfin, je veux dire que nous l'utilisons à Édéfia depuis la nuit des temps.

– Waouh ! commenta sobrement Oksa. Tu avais la même installation dans l'appartement de Paris ?

– Oui, dans le grenier, juste au-dessus de ta chambre… Ah, nous voici arrivés, claironna Dragomira. Oksa, Marie, je vous présente mon atelier-strictement-personnel !

– Oh ! mon Dieu... bredouilla Marie, une main sur la bouche.

– Aaahhh, d'accord ! Je vois... s'exclama Oksa en s'arrêtant net sur le palier.

Et ce qu'elle voyait aurait en effet rendu muet n'importe qui. Devant ses yeux, des habitants bizarroïdes dormaient tranquillement à l'intérieur des cavités creusées dans le mur. Une espèce de grosse pomme de terre chevelue, des petites grenouilles aux ailes repliées, un morse nain couvert de plis, une poule minuscule enveloppée dans une boule de coton... Mais le plus bizarre pour Oksa était de savoir qu'elle avait toujours vécu avec ces voisins étranges, logés dans une pièce secrète aux allures d'antre magique à quelques mètres seulement de sa chambre !

– Entrez, entrez... fit Dragomira. Ne craignez rien : mes créatures ont un sommeil de plomb.

Oksa s'approcha et observa de plus près l'atelier bordé d'immenses lucarnes en verre par lesquelles passait une agréable lumière naturelle. Comme dans les autres pièces où logeait la Baba Pollock, il régnait un fouillis indescriptible. Du « Dragomira » tout craché... La pieuvre qu'Oksa avait vue le soir de la révélation du secret était installée sur une console en fer forgé et agitait ses onze tentacules aux extrémités lumineuses comme de petits projecteurs, ce qui était du plus bel effet. Les Foldingots étaient là, eux aussi, immobiles comme de petites statues dans un coin de la pièce.

– C'est incroyable... souffla Marie à l'oreille d'Oksa.

– Mais venez donc vous installer ! proposa Dragomira en les invitant à s'asseoir sur une longue causeuse de velours prune.

Marie prit la main de son mari tandis qu'Oksa se pelotonnait contre elle, la tête au creux de son épaule. Tous trois formaient un tableau émouvant après ces dures semaines de séparation... Abakoum, légèrement en retrait, les regardait avec émotion.

Dragomira sortit de sa poche un petit paquet qu'Oksa s'empressa de déballer.

– Qu'est-ce que c'est, Baba ? Un bracelet ? Il est dément ! Et qu'est-ce qu'il est doux !

– C'est un Curbita-peto, ma chère petite, précisa Dragomira.

Oksa la regarda avec incrédulité.

– Nous avons cru comprendre que tu avais quelques difficultés à maîtriser certaines aptitudes…

– C'est le moins que l'on puisse dire ! l'interrompit Marie Pollock en plongeant son regard noisette dans celui d'Oksa. Je ne te cacherai pas que j'ai été très choquée par tout ce que m'a raconté ta grand-mère. J'ai d'abord refusé d'y croire, puis j'ai été complètement terrifiée par ce qui arrivait. J'ai toujours su en épousant ton père que les Pollock étaient des gens un peu excentriques… Mais à ce point-là ! Et puis, tu ne m'as pas épargnée toi non plus, espèce de petite sorcière !

Elle ne cherchait pas à cacher sa tristesse. La jeune fille ne connaissait pas cette gravité qui se lisait si clairement sur son visage à cet instant. Cette expression était d'habitude réservée à son père…

– Ne t'inquiète pas, Maman, murmura-t-elle.

– Oh, je ne suis pas inquiète, je suis *terrorisée* ! précisa Marie Pollock.

Un silence plombé s'installa dans l'atelier. Les Foldingots prirent une étonnante couleur verdâtre et tentèrent de quitter la pièce. Malheureusement, le trouble qui les avait envahis ne fit qu'accentuer leur maladresse naturelle : tous les deux se prirent les pieds dans un coussin qui traînait sur le sol et ils s'étalèrent de tout leur long.

– Ohohohhhh, quelle déconvenue… se lamenta le Foldingot en aidant prestement sa compagne à se relever. La discrétion connaît l'échec ardent !

Ils tournèrent le dos en gémissant et décidèrent de ne plus bouger. Marie regarda Oksa d'un air à la fois résigné et amusé avant de poursuivre :

– Dis-moi, Oksa, l'autre soir dans la cuisine, est-ce que j'ai eu droit à l'échantillon complet de ce que tu sais faire ? continua-t-elle.

Aïe, aïe, aïe ! Oksa regarda Dragomira, puis son père, se demandant que répondre. Pavel hocha la tête en signe d'encouragement.

– Tu peux me parler franchement, tu sais ! la rassura Marie. Plus de secrets entre nous, d'accord ?

– Eh bien, Maman, dit Oksa en prenant son courage à deux mains, je sais déplacer des objets et les faire bouger à distance, allumer le feu, me soulever du sol et flotter en l'air…

— Ah oui ? Flotter en l'air ? dit Marie Pollock en se passant la main sur le visage d'un air consterné. Voyez-vous ça… Tu me diras, il vaut mieux que tu ne m'aies pas fait la démonstration en même temps que le reste. Je crois que j'aurais hurlé assez fort pour ameuter tout Londres !

— Euh, hésita Oksa, il y a aussi un truc, mais je ne suis pas tout à fait sûre…

Tous les quatre la fixèrent intensément.

— Dis-nous, Oksa ! supplia son père.

— Je crois que je peux donner des coups de poing sans mes mains. Je dis bien « je crois »…

— Des coups de poing ? s'alarma sa mère. Sans les mains ?

— Le pouvoir du Knock-Bong ! Mais c'est fabuleux ! s'exclama Dragomira tandis que Pavel fronçait les sourcils, visiblement moins convaincu que sa mère des bienfaits de ce don.

— Le problème, c'est que je n'arrive pas vraiment à contrôler ce que je sens en moi. J'ai envie que certaines choses arrivent et elles viennent toutes seules, sans formule, sans baguette ! Je suis tout le temps obligée de faire attention parce que j'ai l'impression que c'est superpuissant, expliqua Oksa.

— Ça l'est, en effet ! confirma Dragomira. Voilà pourquoi je t'offre aujourd'hui ce Curbita-peto. Un cadeau très utile, tu verras. Regarde-le de près, veux-tu ?

D'une épaisseur d'environ un centimètre, le fameux bracelet était recouvert d'une fine fourrure très douce, rousse à rayures bleues, avec en son milieu une petite tête d'ours aux yeux bruns étincelants. Quand Oksa le mit autour de son poignet et chercha le fermoir, le bracelet s'anima comme s'il était vivant !

— Oohh ! C'est quoi, ce délire ? s'exclama Oksa en sursautant.

Les minuscules griffes à chaque extrémité venaient de s'entrecroiser pour enserrer son poignet et le bracelet-créature ondula pour se lover le plus confortablement possible. Une fois qu'il eut trouvé la meilleure position, il cligna des yeux et sourit en signe de satisfaction. Marie réprima un cri. Ce que ne réussit pas à faire Oksa.

— C'est complètement hal-lu-ci-nant ! Je n'ai jamais rien vu de pareil… Mais comment ça marche ? Et à quoi ça sert ?

— Le Curbita-peto est une créature, ma Douchka, répondit Dragomira. Un petit être d'Édéfia. Tu verras, il est inoffensif.

Tout ce qui l'intéresse, c'est ton bien-être. Les dons que tu viens de découvrir en toi peuvent être provoqués par ta pensée, mais aussi par la colère ou la frustration. Et ce n'est pas toujours facile à contrôler…

– Oh je sais… admit Oksa en se souvenant de la discussion qu'elle avait eue avec Gus quelques jours plus tôt. Question contrôle, je suis plutôt nulle.

– Il peut même arriver que ce soit impossible ! Et s'il n'est pas contrôlé, le pouvoir n'a aucun sens. D'après ce que tu nous dis, il t'est déjà arrivé de ne pas pouvoir maîtriser tes dons, n'est-ce pas ?

– Oui… Au collège… répondit Oksa, la mine honteuse.

Cette dernière précision fut immédiatement suivie de vifs échanges de regards inquiets, ce qui ne lui échappa pas. Elle décida de passer sous silence l'épisode McGraw et la visite du bureau de Bontempi qui restaient en tête de la catégorie « Top Secret ». Mieux valait ne pas aggraver les choses…

– Il y a un élève de troisième qui me cherche, continua-t-elle en choisissant bien ce qu'elle allait dire. Dès qu'il me voit, ça ne rate jamais, il faut qu'il me bouscule et qu'il m'insulte. L'autre jour, il m'a bloquée dans les toilettes…

– Quoi ? s'écria son père. Et tu ne nous as rien dit ?

– Non, répondit piteusement Oksa. Mais tu ne dois pas t'inquiéter, je n'ai rien eu ! C'est surtout lui…

Hésitante, elle marqua un temps d'arrêt alors que tout le monde était suspendu à ses lèvres.

– C'est surtout lui ? Que veux-tu dire ? l'encouragea son père.

– Eh bien, j'ai paniqué, avoua Oksa. Enfin, à vrai dire, j'étais morte de trouille. Et tout à coup, cet Ostrogoth s'est retrouvé projeté en arrière, carrément éjecté contre le mur ! Il était plié en deux comme s'il avait reçu un coup de poing. J'ai juste tendu le bras pour l'empêcher de m'approcher, mais je ne l'ai pas touché. Ça, j'en suis sûre ! Et pourtant, je sais que ça vient de moi, c'est dingue… conclut-elle d'une toute petite voix en constatant les regards atterrés de ses parents.

Le silence plana un moment, ponctué par le tapotement des doigts de Dragomira sur l'accoudoir du fauteuil. Abakoum se racla la gorge tandis que Marie se figeait. Oksa se sentait sur des charbons ardents. Elle aurait mieux fait de se taire… Encore heureux qu'elle n'ait pas eu la mauvaise idée de parler de la lévitation dans la cour de St Proximus…

– Hum hum… Je ne peux pas te féliciter, je pense que tu le comprends, commenta son père, le front barré de rides inquiètes. Et aucun de nous ne le peut, n'est-ce pas ? continua-t-il en dévisageant tour à tour sa femme, Dragomira et Abakoum d'un air censé les dissuader de contester ce point de vue. La violence ne doit jamais être une solution…

– Mais Papa, il fallait bien que je me défende ! s'insurgea Oksa, les joues en feu.

– Il y a d'autres moyens de se défendre ! répliqua son père du tac au tac. D'abord, il est anormal qu'un grand agisse comme ça, d'autant plus à l'intérieur du collège. Pourquoi ne nous as-tu rien dit ? Tu as si peu confiance en nous ?

– Oh, Papa, ne sois pas si dramatique… bougonna Oksa, rouge de confusion.

– Je ne suis pas dramatique, reprit sévèrement son père. Au contraire, je crois que je suis très réaliste. Tu aurais dû parler de cette histoire à tes professeurs ou au directeur. D'ailleurs, c'est ce que je vais m'empresser de faire en personne dès lundi !

– Non ! S'il te plaît, ne fais pas ça !

Interloqué par la virulence de cette supplication, Pavel Pollock resta un instant silencieux avant de demander :

– Et pourquoi ?

– Je suis assez grande pour me défendre toute seule ! bougonna-t-elle.

– Je comprends que tu aies agi ainsi car je suis moins radicale que ton père en matière de pacifisme, intervint Marie en jetant un coup d'œil frondeur à son mari. Je pense que dans notre monde, chacun doit se défendre avec les armes dont il dispose. Mais le problème, c'est que tes armes ne sont pas très conventionnelles. Tu prends un très gros risque en les utilisant. Voilà pourquoi je suis si soucieuse. Ce n'est pas à cause d'Édéfia, ni à cause de tes origines extraordinaires, non ! Ça, je peux arriver à l'admettre… Si je suis tellement inquiète, c'est à cause de tes pouvoirs qui partent dans tous les sens. Imagine que quelqu'un comprenne que tu n'es pas comme tout le monde… Que se passerait-il ? Je préfère ne pas y penser… Et pourtant, c'est une question *essentielle*. J'éprouve le sentiment épouvantable de te savoir en danger permanent, ma chérie. D'autre part, et là je suis d'accord avec ton père, il est anormal qu'un grand te harcèle jusque dans les toilettes ou n'importe où, d'ailleurs. Nous ne préviendrons pas M. Bontempi lundi. Mais si cela doit se reproduire, je veux que tu nous en parles immédiatement et ce sera à nous d'intervenir. J'espère que nous pouvons compter sur toi…

— Oui, murmura Oksa, tête baissée.

— Tu dois savoir, chère petite, renchérit Dragomira, que ce que tu as fait est aussi très imprudent vis-à-vis de nous tous. Personne ne doit savoir, c'est *vital* ! Personne ne doit même deviner que nous sommes un peu… comment dire… *spéciaux*. J'espère que tu comprends tout ce que nous sommes en train de te dire, tête de mule. Bon… Peut-être pouvons-nous clore le chapitre, qu'en pensez-vous ?

Tout le monde acquiesça, Oksa avec un peu plus d'ardeur. L'image de criquets disséqués sur une table de laboratoire entourée d'agents secrets ayant tous le visage de McGraw s'imposa dans son esprit et la fit frissonner.

Abakoum prit la parole à son tour :

— Voilà à quoi va te servir le Curbita-peto, ma chère enfant. Il va t'aider à réguler ton humeur et tes émotions en exerçant des pressions autour de ton poignet.

— Un antistress, c'est excellent ! s'exclama Oksa.

— En revanche, si tu passes à l'acte malgré ses tentatives pour t'en dissuader, le Curbita-peto va manifester son mécontentement. Je préfère te prévenir : ce n'est pas franchement agréable. Et une chose très importante, continua Abakoum, tu dois lui donner à manger chaque matin. C'est d'une extrême importance. Surtout, n'oublie pas…

— Sinon ? demanda Marie Pollock, légèrement inquiète.

— Sinon, le Curbita-peto sera d'une humeur de dogue ! Et quand il est dans cet état, il se plaint et, bien que sa mission soit d'encourager à la discrétion, je peux vous dire que son mécontentement est loin de passer inaperçu… Alors, une granule par jour, pas plus et surtout pas moins, d'accord ? dit fermement Abakoum en tendant à Oksa une petite boîte ronde. Voici de quoi le nourrir pendant un mois. Quant à moi, j'ai aussi un cadeau. L'accessoire indispensable de tout Du-Dedans qui se respecte. Voici, ma chère Oksa, ta Crache-Granoks…

31

Granokologie et compagnie

Abakoum sortit de la poche intérieure de sa veste un petit tube d'environ quinze centimètres de long sur trois de diamètre.

– Qu'est-ce que c'est ? demanda Oksa. Une flûte ?

Tout le monde se mit à rire, surtout les Foldingots qui se roulèrent par terre.

– Oh, oh ! petite-fille de notre Gracieuse, une flûte ! Quelle drôlerie ! Votre humour enrichit nos zygomatiques, oh, oh !

– Ils sont vraiment trop fous, ces deux-là ! remarqua Oksa entre deux hoquets de rire.

Puis, reprenant son sérieux :

– Mais dis donc, ce ne serait pas le genre de sarbacane que j'ai vue au Caméroeil de Baba ?

– Tout à fait, lui répondit Abakoum. Plus exactement, c'est une Crache-Granoks. TA Crache-Granoks, ma chère petite. Sur Édéfia, chacun en possède une. J'ai fabriqué la Crache-Granoks de ta grand-mère, il y a de nombreuses années, et aujourd'hui, c'est à ton tour d'en avoir une.

Avec mille précautions, Oksa tourna sa Crache-Granoks dans tous les sens pour l'observer. C'était un objet étrange et magnifique aux reflets soyeux. Son embouchure ciselée de motifs floraux s'harmonisait parfaitement avec le nom d'Oksa écrit en lettres d'or rose à l'autre extrémité.

– Elle est faite d'un alliage d'écume de mer et d'ambre, précisa Abakoum. À l'intérieur, de minuscules alvéoles referment des Granoks, des sortes de granules d'origine végétale, animale ou minérale, selon leur fonction. La Crache-Granoks permet de les stocker et de les utiliser quand on en a besoin, comme des munitions. La Granokologie a toujours existé. Mais au cours de ces deux derniers siècles, tout s'est accéléré. Grâce à leurs rêvoleries, les Gracieuses voyaient les Du-Dehors faire des bonds gigantesques en matière de découvertes scientifiques, technologiques et spatiales. À mesure que les techniques évoluaient à Du-Dehors, les Gracieuses ont commencé à craindre que notre Terre ne soit découverte un jour ou l'autre et elles ont décidé de mettre en place un vaste programme de développement de la Granokologie dès la fin du XIXe siècle, programme qui incluait essentiellement la conception de Granoks de défense. Au cas où… Les armes étant proscrites à Édéfia, les Granoks nous ont toujours paru un bon compromis entre nos valeurs et notre savoir-faire. Il en existe des dizaines, très différentes les unes des autres. La gamme est très large, elle va de la Granok dite « d'agrément », comme la Pissette Rieuse, à des Granoks plus combatives, comme la Dormident par exemple.

— La Pissette Rieuse ? l'arrêta Oksa.

— Oui, la Pissette Rieuse qui fait tellement rire celui qui la reçoit que sa vessie ne résiste pas longtemps. La Dormident, quant à elle, peut plonger un individu dans un profond sommeil.

— Un sommeil éternel ?

— Tout dépend de la dose infligée et de la constitution de l'adversaire, précisa Abakoum. Mais effectivement, ce sommeil peut être éternel.

— Il y a d'autres Granoks combatives ? renchérit Oksa, fascinée. Quelle est la plus dangereuse ?

— Oh, sans vouloir entrer dans les détails, je dirais que la Stuffarax fait partie des Granoks les plus dangereuses. Elle libère des insectes dans la gorge de la personne qui la reçoit dans le but de l'étouffer.

— L'étouffer à mort ?

— Cela peut arriver, oui.

— C'est démoniaque ! s'exclama Oksa. Qui fabrique les Granoks ?

— Comme tu le sais, ta grand-mère et moi avons été herboristes. Mais nous sommes avant tout experts en Granokologie, nous savons fabriquer la plupart des Granoks qui existent. Sur Édéfia, j'appartenais à une petite confrérie très confidentielle de fournisseurs officiels. Mais l'un de nous a rejoint les Félons pour fabriquer en secret des substances contre lesquelles personne n'a pu se défendre au moment du Grand Chaos.

— Des Globus Noirs ?

— Mais tu en sais des choses, jeune fille ! fit remarquer Abakoum en la fixant intensément.

Soudain rembruni, il poursuivit :

— Ces Granoks faisaient partie de la catégorie la plus dangereuse, car elles étaient conçues à base de produits chimiques dont nous interdisions l'usage en raison de leur toxicité ; et surtout à cause de leur virulent potentiel de destruction et de mort. Mais les Félons nous ont surpris par leur maîtrise des Globus Noirs et par les stocks visiblement très importants qu'ils avaient réussi à constituer dans le plus grand secret. Tout cela prouvait bien qu'ils s'étaient préparés depuis plusieurs mois à cette attaque, quelle perfidie… Le Globus Noir qui a causé le plus de dommages est le Putrefactio, fabriqué avec de la poussière de roche des montagnes À-Pic. Il putréfie tout simplement les membres qui sont touchés.

— C'est ce que j'ai vu au Caméroeil ! s'exclama Oksa. Cet homme qui gémissait sur le sol avec son bras qui se décomposait, c'était atroce !

— Oui, le Putrefactio est une arme effroyable, admit Abakoum en hochant gravement la tête. Depuis notre arrivée à Du-Dehors, j'ai cependant réussi à mettre au point quelques substances encore plus puissantes, comme le Crucimaphila, que seule ta grand-mère qui est une Gracieuse peut utiliser.

— Elle fait quoi, cette Granok ? lança Oksa en voyant qu'Abakoum hésitait à continuer sa description.

— Elle tue, chère petite. C'est une Granok mortelle. Elle absorbe l'ennemi dans une lumière noire qui l'anéantit.

— Waouh, c'est violent ! Et moi, je peux l'utiliser, alors ? Je suis aussi une Gracieuse !

— N'y pense même pas, ma fille… murmura Pavel, les sourcils froncés.

— Avant de pouvoir manier des Granoks aussi dangereuses, tu as beaucoup de choses à apprendre, intervint Dragomira. La Granokologie est une science complexe qui ne laisse aucune place au hasard. Il y a aussi les pouvoirs, ceux que tu connais déjà et d'autres que tu ignores. Tu dois être initiée. Abakoum, Léomido et moi, nous allons être tes professeurs, si tu le veux bien.

— Oh, oui ! s'exclama Oksa. Un peu que je le veux ! Mais il y a quelque chose…

Elle s'interrompit. Une question lui brûlait les lèvres. Une question primordiale. Pourtant, fallait-il la poser ? Fallait-il *vraiment* savoir ?

– Quelque chose ?... l'encouragea sa grand-mère.

– À quoi ça va servir que je sache tout ça ? risqua-t-elle. J'adore être capable de faire toutes ces choses, vous pouvez me croire, je trouve ça dément ! Mais si je dois les cacher, je me demande *pourquoi* je dois apprendre...

Elle regarda ses parents avec inquiétude. Mais, contrairement à ce qu'elle craignait, ils semblaient calmes. Tout le monde, semblait-il, s'attendait à cette question.

Sa grand-mère prit la parole :

– Ma petite-fille, nous avons besoin de toi. Je t'ai montré dans quelles circonstances nous avons dû fuir Édéfia et, au plus profond de nous, nous souhaitons retrouver notre Terre perdue et rétablir l'équilibre qui s'est brisé. Notre peuple souffre, il a besoin d'aide. Nous avons fait de nombreuses tentatives, mais, sans Empreinte, elles sont restées vaines. Depuis le Chaos, tu es à notre connaissance la première à la porter. Et tu deviens le dernier maillon qui permettra de lever la malédiction et fera renaître la Chambre de la Pèlerine. C'est pourquoi notre espoir est plus grand que jamais.

– Mais... qu'est-ce qu'il y a dans cette Chambre de la Pèlerine ? Qu'est-ce qui est si important ? demanda Oksa.

Le regard de Dragomira se troubla.

– À part les Gracieuses qui y sont entrées, personne ne peut le savoir. Donc, à part le Secret-Qui-Ne-Se-Raconte-Pas – ou devrais-je dire le Secret-Qui-N'est-Plus-Un-Secret –, je ne sais pas. Je ne peux pas répondre à ta question, car l'attaque d'Ocious et la fuite à Du-Dehors m'ont fermé les portes de la Chambre à jamais. Tout ce que je sais, c'est que la Pèlerine donne le pouvoir suprême. Un pouvoir que personne d'autre que la Gracieuse ne peut recevoir, même par la force la plus brutale.

– Pourtant, cet Ocious a bien pris le pouvoir, lui ! s'exclama Oksa avec fièvre.

– Oui, il l'a pris, mais c'est un pouvoir qui ne lui était pas destiné. Et j'ai peur que cette usurpation n'ait engendré un dangereux déséquilibre qui risque de mener Édéfia à sa perte.

– Si ce n'est déjà fait... ajouta Abakoum d'un air sombre.

– Alors il faut y aller ! s'enflamma Oksa. Il faut sauver Édéfia !

– Ce n'est pas si simple, fit Pavel, la mine abattue.

– Mais j'ai l'Empreinte !

– Tu n'es pas prête…

– Je ne suis qu'une débutante, c'est ce que tu veux dire ? répliqua aussitôt la jeune fille.

– Pas dans le sens où tu l'entends, répliqua placidement Dragomira. En effet, tu es une débutante et ce serait de la folie de nous engager trop précocement dans cette aventure. Nous ignorons ce que nous pouvons trouver à Édéfia. Nous avons laissé une Terre où régnaient le chaos et le sang. Qui sait ce qu'elle est devenue avec les Félons et Ocious au pouvoir ?

Le silence s'installa autour de la table. Chacun méditait sur ce qui venait d'être dit. Au bout de quelques minutes, Oksa leva la tête et lança :

– Bon… Je le commence quand, cet apprentissage ?

Très touchée, Dragomira la regarda avec reconnaissance.

– Vous êtes d'accord ? demanda Oksa en se tournant vers ses parents.

Marie et Pavel Pollock acquiescèrent avec une certaine émotion.

– *Vraiment ?* C'est vrai ? J'en reviens pas !

– Nous sommes d'accord, ma chérie, répondit son père, l'air néanmoins très soucieux. Même si je suis partagé. Pour ne pas dire tout à fait hostile… Depuis que tu es née, j'ai toujours redouté ce qui arrive aujourd'hui. Je comprends les aspirations de ma chère mère et de tous ceux qui ont connu Édéfia, mais j'aurais tellement voulu que tu ne sois pas mêlée à tout cela… Malheureusement, tu es la Gracieuse. Tu es la clé…

– Oh ! Papa… Tu n'exagères pas un tout petit peu ?

– Pas le moins du monde, rétorqua brutalement son père. Tu es l'Inespérée. Ai-je d'autre choix que de me soumettre à cette évidence ? Disons que je suis d'accord sans l'être vraiment, c'est ainsi. Tout ce que je souhaite maintenant, c'est que tu apprennes à vivre avec tes pouvoirs et surtout que tu parviennes à les maîtriser. Si tu te comportes d'une manière raisonnable, tu partiras donc chez ton grand-oncle Léomido aux prochaines vacances scolaires et tu pourras commencer, comment dire… ton premier stage pratique.

— Yahhooouu ! Oh, merci ! Merci ! Vous êtes trop excellents comme parents ! s'écria Oksa en sautant au cou de sa mère, puis de son père.

— Mmh, tu as vu ça, chéri ? dit Marie en se tournant vers son mari, les larmes au bord des yeux. Nous sommes trop excellents !

— C'est un anniversaire comblé de réussite ! Radieux anniversaire, ravissante petite-fille de notre Vieille Gracieuse ! s'exclamèrent les Foldingots en se jetant à plat ventre devant Oksa.

— Je ne suis pas tout à fait persuadée d'apprécier qu'on me nomme la « Vieille Gracieuse », lança Dragomira. Mais je crois que maintenant, vous pouvez appeler ma chère petite-fille la « Jeune Gracieuse ». C'est ce qu'elle est désormais…

32

Suspicion

Les vacances scolaires approchaient. Oksa, motivée par la perspective de commencer son apprentissage de Gracieuse, travaillait avec le plus grand sérieux. En cours, elle redoublait d'attention et les professeurs ne tarissaient pas d'éloges à son propos. Sauf McGraw pour qui, de toute façon, personne n'était et ne serait jamais à la hauteur. Ce matin-là confirmait d'ailleurs sa sinistre notoriété… McGraw rendait les copies du dernier devoir de maths et le cours prenait l'allure d'une véritable séance de fléchettes. L'impitoyable professeur s'en donnait à cœur joie !

– Mademoiselle Beck, douze sur vingt. Il semblerait que les bases de la géométrie vous échappent définitivement… Mademoiselle Pollock, dix-huit sur vingt, passable. Si vous pouviez m'épargner la laborieuse lecture de votre écriture en pattes de mouche, je vous en serais infiniment gré. Monsieur Bellanger, quinze sur vingt. La proximité avec Mlle Pollock vous réussit, semble-t-il…

Et ainsi de suite… Le professeur McGraw avait l'avantage de mettre tout le monde à égalité en ce qui concernait les remarques désobligeantes. À part Merlin qui, grâce à son intérêt pour Einstein, échappait par miracle à la rafale de petites phrases cinglantes.

– Il est vraiment dingue, ce prof ! Dix-huit sur vingt, alors que tu n'as fait aucune faute, c'est gonflé ! s'insurgea Merlin à la pause. Et il ose dire que c'est passable ! Il délire à mort… Qu'est-ce qu'il t'a mis comme remarque cette fois ?

– Ooff… « Écriture déplorable et peu soignée », comme la dernière fois, il manque d'imagination, répondit Oksa en haussant les épaules. Mais j'essaie de ne plus faire attention !

– Tu as de la chance de rester zen, dit Gus. Moi, je n'arrive pas à prendre ça à la légère. Tu as vu ce qu'il m'a dit ? Il insinue que je copie sur toi ! Ça m'énerve, mais ça m'énerve *à un point* !

– T'inquiète, c'est un vrai malade... On sait bien que tu ne copies pas. D'ailleurs, t'as pas intérêt ! renchérit Oksa en lui donnant un bon coup de coude.

– Ouais, d'accord, bougonna Gus. Mais s'il marque ça sur mon bulletin, j'aurai l'air de quoi, moi ?

– Mais quinze sur vingt, c'est une bonne note ! En tout cas, c'est bien mieux que moi... ajouta Zelda d'un air affligé. Mes parents vont être furieux. J'aimerais bien être à ta place, Gus... Ou à celle de Merlin !

– Oh ! si tu crois que c'est facile d'être dans les bonnes grâces d'un homme pareil ! répliqua Merlin en s'énervant. Je préférerais m'en passer, je peux te le dire ! Quitte à encaisser ses remarques à chaque cours.

– Je le déteste, ce McGraw, grogna Gus. Je le hais. Je le maudis !

– En tout cas, je plains sa femme et ses enfants, dit Merlin.

– Ah, parce que tu crois qu'un psychopathe pareil pourrait avoir une femme et des enfants ? lança Zelda. Et il l'aurait trouvée où, sa femme ?

– Chez la *famille Adams*, peut-être... proposa Merlin.

– Tiens, regarde, Oksa, on ne dirait pas ton copain là-bas, l'Ostrogoth de troisième ? fit remarquer Gus.

Oksa tourna la tête. En effet, c'était bien lui. Assis sur le bord de la fontaine en pierre au milieu de la cour, il la fixait d'un œil mauvais. Une fille, assise à ses côtés, lui dit quelque chose à l'oreille tout en regardant Oksa, elle aussi, et tous les deux ricanèrent bêtement.

– Rigole, va, rigole, espèce de crétin décervelé... murmura Oksa.

Elle sentit le Curbita-peto se serrer autour de son poignet. C'était arrivé quelquefois depuis que Dragomira le lui avait offert. Presque toujours en présence de McGraw, qui avait le don exceptionnel de la mettre dans un état de stress et de frustration intenses. Plusieurs fois, elle avait failli utiliser le Magnétus et le Knock-Bong qu'elle contrôlait beaucoup mieux maintenant. Projeter McGraw à l'autre bout de la classe, le rêve... La petite créature-bracelet, très observatrice, l'en dissuada chaque fois. Mais, ajouté au retour commenté des copies de maths, le regard moqueur et méprisant de l'Ostrogoth était la goutte d'eau risquant de faire déborder le vase. Une image qui donna aussitôt une idée lumineuse à Oksa...

– Gus, regarde ! Je ne t'ai pas encore montré ce que Baba m'a appris, je suis sûre que ça va te faire rire ! murmura-t-elle en attirant son ami à l'écart des autres.

Sur ce, elle prit une bouteille dans son sac et versa un peu d'eau dans le creux de sa main. Puis elle frotta ses paumes comme si elle malaxait de la pâte à modeler. Au bout de quelques secondes, elle montra discrètement à Gus ce qu'elle venait de fabriquer : une boule d'eau ! Une magnifique boule d'eau aux reflets argentés qui frémissait sur la paume de sa main comme une grosse goutte de mercure !

– J'y crois pas ! bredouilla Gus.

– Attends ! Tu vas halluciner !

Oksa leva le bras comme si elle voulait se gratter la tête et, l'air de rien, jeta la boule d'eau en direction de la fontaine. La boule décrivit un arc parfait et atterrit sur le crâne de l'Ostrogoth qui bondit comme s'il était monté sur ressort. Le Curbita-peto augmenta encore la pression autour du poignet d'Oksa et passa à l'étape suivante devant l'urgence de la situation. Oksa allait agir de nouveau, c'était sûr et certain ! Il griffa la fine peau en des points très précis. Un fourmillement engourdit la jeune fille, détournant un instant son attention. Mais peine perdue... L'heure de la revanche avait bel et bien sonné ! Plus déterminée que jamais, Oksa venait de fabriquer une nouvelle boule et s'apprêtait à la projeter.

– Aïe ! cria-t-elle en même temps qu'elle procédait au second lancement.

Le Curbita-peto venait de lui piquer le poignet, sans modération cette fois-ci. Mais le cri de la jeune fille fut couvert par les nombreux éclats de rire qui fusaient. L'Ostrogoth avait reçu la boule en pleine figure et gigotait comme un dément en hurlant :

– Qui a fait ça ? QUI A FAIT ÇA ? Je vais lui casser la tête !

– C'est la fontaine, Mortimer, c'est le jet d'eau ! tentait de lui expliquer sa camarade en lui tendant des mouchoirs en papier.

Mais un Ostrogoth ne se calme pas facilement... Pour toute réponse, il donna un violent coup de pied dans le rebord de la fontaine, se faisant très mal et ajoutant ainsi au ridicule de sa situation. Puis, après avoir jeté un regard noir à la statue angélique qui surmontait la fontaine, il fit volte-face et se précipita vers les toilettes, ruisselant et fou de rage.

Tout le monde était focalisé sur l'attraction au centre de la cour. Tout le monde sauf Zoé, l'amie de Zelda qui plaisait tant à Gus. Oksa crut lire dans son regard une vive curiosité. À moins que ce ne fût de la suspicion… Et si Zoé avait deviné ce qui s'était passé ? Mais non, c'était impossible. Néanmoins, Oksa se mit à regretter son geste. Ce n'était pourtant pas faute d'avoir été prévenue ! Quelle sombre idiote elle était… Machinalement, elle caressa son Curbita-peto sous la manche de son pull et adressa un sourire gêné à Zoé.

— Il vaut mieux ne pas s'approcher de cette fontaine, on dirait !

— Oui, le mécanisme doit être un peu détraqué, c'est une très vieille fontaine, répondit Zoé en lui souriant à son tour.

Elle inclina la tête, faisant danser sa longue frange de cheveux blond vénitien. Devant la sincérité de son expression, Oksa s'en voulut d'avoir mal interprété le regard de Zoé. C'était une fille timide – et peut-être un peu maladroite dans ses relations avec les autres – qui voulait tout simplement avoir des amis ! Elle était toujours avec Zelda et sa présence dans le groupe avait été acceptée par tous. Surtout par Gus… Oksa avait fait des efforts considérables pour ne plus manifester sa contrariété dès que Zoé s'approchait de son ami.

Malgré ces efforts, elle n'arrivait pas à se sentir à l'aise quand Zoé était là. Elle la regardait toujours d'une manière si bizarre ! Oksa avait beau se dire qu'elle n'avait pas une vie facile et qu'elle avait besoin d'être entourée, elle n'arrivait pas à se rapprocher d'elle ni même à lui parler d'une façon naturelle. Et elle s'en voulait de ne pas avoir la générosité de Zelda ou l'ouverture d'esprit des autres.

Elle pensa au savon que lui avait offert Zoé à son anniversaire, un joli savon parfumé en forme de tortue qu'elle avait dû donner à sa mère à cause de son allergie à la glycérine contenue dans la plupart des savons. Tout comme elle faisait une espèce d'allergie à cette fille…

Gus l'interrompit dans ses pensées en murmurant à son oreille :

– Tu as bien failli te faire remarquer, cette fois ! Mais que fait ton Curbita-peto ?

– Il joue les vampires, voilà ce qu'il fait ! répondit Oksa en serrant les dents. Regarde, je suis en train de me vider de mon sang !

Elle souleva la manche de son pull pour montrer à Gus l'état dans lequel se trouvait son poignet strié d'égratignures sanglantes plutôt profondes.

– Tu l'as bien mérité, ma vieille, reconnais ! répliqua Gus. Tu as vraiment l'air d'oublier que quand on cherche les ennuis, on finit souvent par les trouver…

– Oh, mais monsieur joue les philosophes, à ce que je vois, ironisa Oksa en faisant mine de préparer une nouvelle boule d'eau. Monsieur veut peut-être me donner une leçon de morale !

– Ne t'avise pas de me lancer *ça,* sinon je te promets que je te jette tout habillée dans la fontaine ! s'écria Gus en pointant un doigt menaçant vers elle.

Sur ce, il laissa retomber sa longue mèche devant ses yeux pour masquer la jubilation qui les faisait briller.

33

Quand on cherche les ennuis…

Quand Oksa frappa à la porte de Dragomira, la Foldingote lui ouvrit. Elle portait un tablier à rayures par-dessus sa salopette et semblait en pleine activité.

— Oooohhhh ma Jeune Gracieuse, la bienvenue soit-elle ! Avez-vous le souhait de faire le partage de notre goûter ?

— Foldingote ! Laisse-la entrer déjà, veux-tu ?

Dragomira s'était approchée pour accueillir Oksa. Elle posa les mains sur les épaules de sa petite-fille, fit claquer un baiser sur sa joue et l'entraîna à l'intérieur de son appartement. Elle avait retrouvé la forme éblouissante qui l'avait abandonnée quelque temps plus tôt, quand l'Empreinte sur le ventre d'Oksa avait été dévoilée. Et c'était de nouveau une grand-mère radieuse, vêtue d'une longue robe bouffante bleu turquoise, qui s'empressait autour de sa petite-fille.

— Je t'ai préparé ces *nalysnyky*[1] que tu aimes tant !

— Oh, merci, Baba, j'adore ça ! Mais dis-moi, qu'est-ce que la Foldingote est en train de faire ?

La Foldingote en tablier, perchée sur un petit siège devant la table à repasser, appuyait de toutes ses forces avec le fer sur un petit paquet entouré de papier d'aluminium.

— Un croque-monsieur, ma Douchka, répondit Dragomira avec un naturel déconcertant. Un croque-monsieur « recette Foldingote », cuit au fer à repasser.

— C'est pas croyable !

— Oh ! tu sais, les Foldingots sont d'une inventivité illimitée…

Dragomira servit une tasse de thé à Oksa, son préféré, celui aromatisé à la cardamome.

1. Crêpes ukrainiennes fourrées au fromage blanc, un des desserts préférés d'Oksa.

— Alors ? Quelles sont les nouvelles ?

Oksa but une gorgée de thé. Dire ou ne pas dire, telle était la question du jour...

— Eh bien, Baba... J'ai eu dix-huit sur vingt en maths et dix-sept en histoire. Pas mal, non ?

— Pas mal du tout, nous frôlons la perfection, bravo !

Mais les yeux de Dragomira étaient fixés sur le poignet d'Oksa grossièrement bandé. Et surtout sur le Curbita-peto qui avait une mine effroyable et les yeux vitreux.

— Et à part ces excellentes notes, tu ne me cacherais pas quelque chose, par hasard ? Ta conscience est-elle tout à fait en paix ? demanda Dragomira en glissant son doigt sous le minuscule menton du Curbita-peto pour tenter de le dérider.

— OK, je capitule... Mais promets-moi de ne rien dire à Maman, s'il te plaît Baba ! implora Oksa.

— C'est à ce point-là ? demanda Dragomira, les sourcils froncés.

— Promets-moi !

— Bien, je promets de ne rien dire à ta mère, mais certainement pas de ne pas te gronder si tu mérites de l'être !

— Ooff, ça, je crois bien que je le mérite... J'ai arrosé l'Ostrogoth, avoua Oksa en jetant à sa grand-mère un regard à la fois honteux et réjoui.

— Tu as arrosé l'Ostrogoth ? Oui ? Et ?... demanda Dragomira, une ombre obscurcissant son regard clair.

— Le Curbita-peto a tout fait pour me prévenir et m'en empêcher, mais je n'ai pas voulu lui obéir. Une fois de plus, l'Ostrogoth m'a provoquée en se fichant de moi ouvertement ! J'ai fait une boule d'eau. Voilà, c'est tout...

Dragomira passa une main sur son visage d'un air aussi désemparé que découragé et soupira.

— Est-ce *vraiment* tout ?

— Oui... Enfin, je ne sais pas, hésita Oksa en se mordillant la lèvre inférieure. J'ai l'impression que Zoé a compris que j'y étais pour quelque chose.

— Zoé ? La jeune fille qui accompagnait ton amie Zelda à ton anniversaire ?

— Oui, c'est elle.

— Je ne peux guère te féliciter, tu le comprendras, la réprimanda Dragomira. Je ne dirai rien à tes parents, premièrement parce que je viens de te le promettre et deuxièmement parce que j'ai autant envie que toi d'aller chez Léomido pour commencer ton apprentissage. Mais je ne sais pas si tu te rends bien compte…

– Oui, je sais, Baba, excuse-moi ! explosa Oksa avec fièvre. Je suis désolée !

Dragomira la regarda avec raideur, mais moins sévèrement qu'elle ne l'aurait voulu.

– Menteuse ! lui lança-t-elle, ses yeux trahissant un certain amusement. Tu n'es pas désolée du tout ! Tu aurais pu avoir pitié de ce malheureux Curbita-peto qui essaie de t'inciter à la raison. Maintenant, il ne nous reste plus qu'à le remettre sur pied.

Elle se leva pour choisir une petite fiole bleutée parmi les centaines qui occupaient l'armoire vitrée et humecta son index avec le liquide huileux contenu à l'intérieur.

– Qu'est-ce que c'est ? demanda Oksa.

– Un baume spécial à base de crête d'Insuffisant, répondit Dragomira en massant doucement le minuscule crâne du bracelet boudeur.

– Crête d'Insuffisant ? releva Oksa.

– Il n'y a que ça qui puisse décrisper ton Curbita-peto, continua Dragomira sans répondre à la question d'Oksa. Passer outre ses avertissements le met dans une situation d'échec difficile à supporter, figure-toi. C'est comme s'il avait failli à sa mission.

Le Curbita-peto, les yeux mi-clos, se mit à ronronner de plaisir en souriant béatement. Ce baume était sensationnel ! Si Oksa pouvait en avoir un peu pour McGraw… Quoique, masser la tête du professeur maudit, beurk…

– Et ton ami Gus, qu'est-ce qu'il pense de tout ça ?

– Oh ! Baba ! s'insurgea Oksa.

Personne d'autre que la famille Pollock et les Sauve-Qui-Peut d'Édéfia n'était censé être au courant des événements des dernières semaines, Gus pas plus que quiconque.

– Oh ! Oksa Pollock, s'il te plaît ! Ne va pas me faire croire que tu ne lui as rien dit ! Pas à moi… ironisa Dragomira en plongeant son regard bleu dans les yeux de sa petite-fille.

– Tu sais toujours tout, c'est vraiment énervant ! siffla Oksa en abandonnant toute résistance. Comment tu fais ?

– Secret maison, chérie, secret maison… Dis-moi, veux-tu me rendre un petit service ?

– Tout ce que tu veux !
– Va chercher tes parents, s'il te plaît !
Oksa resta clouée sur place par un très désagréable sentiment d'appréhension. Les effets à retardement de sa culpabilité, sans doute…
– Ne crains rien, la rassura Dragomira avec un sourire moqueur. Va les chercher…
Quelques minutes plus tard, ils étaient tous les quatre installés chez Dragomira devant la cheminée. Oksa éprouvait une sérieuse inquiétude. Malgré les paroles rassurantes de sa grand-mère, n'allait-elle pas payer cher ses débordements de l'après-midi ? Son père prit la parole :
– Ma grande, nous avons reçu ton relevé de notes, tu as fait du très bon travail !
– La félicitation pour notre Jeune Gracieuse ! firent écho les Foldingots qui dégustaient leur croque-monsieur recette fer à repasser.
– Nous ne sommes pas surpris, reprit Pavel Pollock. Mais cela ne nous empêche pas d'être très fiers de toi. Les appréciations de tes professeurs sont très bonnes, sauf celles du professeur McGraw. Et là, je dois dire que nous ne comprenons pas vraiment… Tu n'as pourtant aucune note en dessous de seize et il ne parle que d'écriture approximative ou je ne sais quoi, c'est assez bizarre.
– McGraw ? Mais il est fou, il n'est même pas prof ! C'est un psychopathe ! lâcha Oksa avec sa spontanéité désastreuse.
– Un psychopathe, carrément ? Ce n'est pas un peu excessif, comme jugement ? fit remarquer sa mère. Il a l'air un peu spécial, mais tout de même… Pourquoi dis-tu qu'il n'est même pas prof ?
– Parce que c'est un agent secret de la CIA… bredouilla Oksa en regrettant aussitôt ses paroles.
Le silence qui suivit fut loin de mettre la jeune fille à l'aise. Sa mère afficha un sourire amusé qui s'effaça rapidement pour laisser place à un rictus soucieux. Elle jeta un rapide regard à son mari et à Dragomira dont l'inquiétude était tout aussi visible.
– Qu'est-ce qui te fait dire cela ? souffla-t-elle d'une voix monocorde.
À cet instant précis, Oksa aurait voulu être à des milliards de kilomètres de l'appartement de sa grand-mère. Mais pourquoi

avait-elle lancé cette phrase ? « *J'ai peut-être des bonnes notes, mais pour ce qui est de réfléchir avant d'ouvrir la bouche, je ne vaux pas un clou…* » se dit-elle en pestant. Les pensées se bousculaient dans sa tête. Si elle expliquait sa théorie, il lui faudrait tout dire depuis le début, c'est-à-dire le malaise de la rentrée, la « non-chute » du flacon, les soupçons que McGraw semblait avoir à son propos, l'hypothèse des vers téléguidant le cerveau des criquets… Et les circonstances dans lesquelles Gus et elle avaient pu rassembler tous leurs précieux indices… Autant dire tout de suite adieu aux vacances chez Léomido.

Alors, le cœur plein à craquer de remords, elle s'entendit répondre d'une voix désinvolte :

– Non, je plaisantais ! On aime bien se faire des films avec mes copains… Ça nous fait délirer d'imaginer que McGraw est un agent secret.

Le soulagement que semblèrent éprouver les trois adultes fut immédiat. Oksa soupira intérieurement tout en les regardant d'un air candide.

– Nous avons donc raison de penser que tu t'es bien comportée, n'est-ce pas ? continua sa mère. Pas de Magnétus ? Pas de Knock-Bong ? Pas de vol en public ? Tu as vu ? lui glissa-t-elle, l'œil pétillant. Je parle comme une vraie Sauve-Qui-Peut !

Oksa sourit d'un air gêné et regarda Dragomira avec anxiété. Décidément, cette discussion était un vrai supplice…

– Rien à signaler, répondit sa grand-mère en forçant la voix. J'ajouterai juste une petite chose : Gus est au courant. Mais ce n'est pas un scoop, non ?

Pavel et Marie Pollock confirmèrent en souriant, pour la plus grande surprise d'Oksa. Ainsi, ils savaient ! Ça alors ! C'était la meilleure de l'année ! Enfin, non… Pas de l'année… Mais de la journée, sans problème !

– Bon, que décidons-nous pour cette jeune fille ? continua Dragomira, s'amusant à plonger Oksa dans une nouvelle alarme.

– Tu veux parler de ma fille ? Ma magnifique, très brillante et très talentueuse fille ? demanda Pavel Pollock en faisant comme si Oksa n'était pas là. Qu'en penses-tu, Marie ? Cela demande réflexion, tu ne crois pas ?

– Papa… gémit Oksa en se tortillant dans son fauteuil.

– Il faut que je réfléchisse, poursuivit Marie en entrant dans le jeu de son mari. Mais je m'engage à vous donner ma réponse d'ici six mois…

– Maman… gémit encore plus fort Oksa.

– Ma chérie, nous sommes d'accord, tu vas pouvoir aller chez Léomido pendant les vacances, lança son père, mettant fin à son supplice. C'est Dragomira qui viendra avec toi, car nous avons beaucoup de travail au restaurant. Mais vous aurez un invité, quelqu'un que tu aimes beaucoup et pour qui, semble-t-il, tu n'as aucun secret…

– Gus ? s'exclama Oksa, au comble du bonheur. Oohhh ! merci, Papa ! Merci, Maman !

– Deux ou trois petites choses à régler avec Jeanne et Pierre Bellanger et, dans une semaine, vous partez tous les trois pour le pays de Galles.

– C'est excellent ! Je suis contente ! Je suis trop contente !

34

Cap sur le pays de Galles

Dans le hall de l'aéroport, Gus et Oksa contenaient à grand-peine l'effervescence qui formait de grosses bulles d'allégresse dans leur esprit. Après ces quelques semaines alourdies par les tensions et les conflits, Oksa ne pouvait cacher qu'elle avait hâte de changer d'air. Ce petit éloignement allait lui faire le plus grand bien.

Gus, quant à lui, était la proie de sentiments beaucoup plus contradictoires. Certes, il était ravi de partir chez Léomido avec sa meilleure amie et d'être le témoin privilégié de cet « apprentissage » qui s'annonçait fantastique. Mais, en même temps, il ne se sentait pas très à l'aise de porter ce secret sans pouvoir le partager avec ses parents. Les scrupules qu'il éprouvait pesaient comme du plomb dans sa conscience.

Les Bellanger et les Pollock se dirigèrent vers la salle d'embarquement, lieu d'émouvantes effusions au cours desquelles Pavel Pollock laissa échapper quelques profonds soupirs.

Enfin, l'avion décolla.

— On aurait presque pu y aller en volant, ç'aurait été marrant ! dit Oksa une fois qu'ils furent au-dessus des nuages.

— Tu m'étonnes ! lui répondit Gus. Mais bon, si c'est pour être pris pour des ovnis et pourchassés par l'armée de l'air…

— Oh, toi… Quel terre à terre… ironisa Oksa en lui donnant un coup de coude.

— Je vois que ma petite-fille ne t'a caché aucun détail, mon cher Gus ! intervint Dragomira.

— Tout ce que je sais, il le sait ! dit fièrement Oksa.

— Euh… oui, effectivement… bredouilla Gus qui ne savait pas si c'était une bonne ou une mauvaise chose aux yeux de Dragomira.

Quelques heures plus tard, ils étaient installés près d'une cheminée colossale dans laquelle crépitait un grand feu. Léomido était venu les chercher à l'aéroport en voiture pour les conduire chez lui, à une cinquantaine de kilomètres, en plein pays de Galles. Il n'habitait pas une maison ordinaire, mais une ancienne église édifiée quatre siècles plus tôt, puis reconvertie en monastère. Il l'avait rachetée avant qu'elle ne tombe en ruine et en avait fait une demeure magnifique et confortable qui ressemblait plus à un manoir qu'à un lieu religieux, si ce n'était le petit cimetière qui se trouvait le long de la partie arrière. Située dans un des méandres tortueux des côtes de la mer Celte, à plusieurs kilomètres de toute habitation, l'étonnante bâtisse était entourée d'une immense terre protégée par des vallons couverts de bruyère qui s'arrêtaient au bord d'une petite crique de sable.

Oksa n'était pas venue depuis deux ans, une éternité ! La propriété de Léomido lui parut encore plus belle que dans son souvenir, avec son étang, ses douces rondeurs et le vent qui faisait ondoyer les hautes herbes.

— Cet endroit est dément ! Vous habitez vraiment ici ? demanda Gus.

Tout en s'extasiant, il ne pouvait s'empêcher de regarder avec admiration les murs de pierre couverts de tableaux d'art contemporain et l'énorme lustre à pampilles noires qui surplombait la pièce démesurée. Calé dans un immense fauteuil en cuir usé, Léomido sourit.

— Oui, Gus, j'habite *vraiment* ici. Depuis que ma chère femme est morte, il y a douze ans. C'est un lieu qui m'invite à la paix, je m'y sens libre et serein.

— Vous ne vous sentez pas trop seul ? continua Gus en le regardant avec une certaine fascination. Cette maison est gigantesque !

— Dix pièces, en plus de cette salle qui était jadis le chœur de l'église… Mais non, je ne me sens pas seul, tu sais ! répondit Léomido.

— En tout cas, c'est vraiment gentil de ta part de me former, Léomido, dit Oksa. Je te remercie beaucoup.

— Oh, je t'en prie, ma chère petite, dit-il en tapotant son menton du bout des doigts. J'espère simplement ne pas être trop rouillé, il y a bien longtemps que je n'ai enseigné à quiconque. Bien longtemps... Depuis Édéfia, à vrai dire.

Chacun sentit une profonde nostalgie empreinte de regret dans ces derniers mots. Le silence plana quelques instants dans le grand salon. Oksa et Gus ne cachaient pas leur impatience d'en savoir plus. Ce que Léomido ne manqua pas de remarquer.

– Comme vous le savez, commença-t-il d'une voix rauque, Dragomira, Abakoum et moi, nous avons été éjectés d'Édéfia en octobre 1952 et nous sommes arrivés en Sibérie. Aussitôt, nous avons compris que les différences entre Du-Dedans et Du-Dehors dépassaient tout ce que nous avions pu imaginer ou découvrir grâce aux rêvoleries de Malorane. Les premiers mois, le bouleversement a été insoutenable. La Sibérie était trop dure pour moi, à tous points de vue. Je voyais ma petite sœur Dragomira qui souffrait en silence en faisant des efforts considérables pour encaisser le choc de notre fuite, et Abakoum qui donnait toute son énergie pour nous aider à nous adapter à ces nouvelles conditions de vie. De mon côté, je ne montrais rien, je voulais que ma sœur puisse s'appuyer sur moi comme me l'avait demandé notre mère. Mais j'ai failli à mon engagement...

– Arrête, Léomido, intervint Dragomira en fronçant les sourcils. Tu ne devrais pas te culpabiliser comme cela après toutes ces années. Regarde, je ne m'en sors pas si mal !

– Oui, tu as merveilleusement réussi. Mais c'est loin d'être grâce à moi... répliqua avec gravité son frère.

– Enfin... s'immisça Oksa, c'est quand même grâce à toi que Baba et Abakoum ont pu sortir de Russie !

– C'est tout à fait exact, ma Douchka ! s'écria Dragomira. Merci de le rappeler à cet entêté qui ne veut jamais reconnaître son mérite. Mais continue, Léomido, je t'en prie.

– Huit mois après le Grand Chaos, pendant l'été 1953, j'ai traversé l'Europe et je me suis installé en Angleterre. Très vite, j'ai pu constater avec tristesse que certains souvenirs de mon pays d'origine s'effaçaient. Le visage de ma mère Malorane était de moins en moins net dans mon esprit. Cette évaporation de ma mémoire me troublait et me peinait. Je me suis adapté sans difficulté à l'Angleterre. Quelques mois après mon installation londonienne, j'ai été engagé dans un orchestre prestigieux et j'ai épousé ma bien-aimée Lisa. Ma carrière professionnelle a décollé tandis qu'Édéfia s'éloignait de mon esprit et de ma mémoire. Mais pas de mon cœur… Tout cela était très perturbant, la nostalgie me déchirait, Abakoum et Dragomira me manquaient terriblement. En 1955, à la naissance de Cameron, mon premier enfant, j'ai vraiment pris conscience de l'importance de la transmission, car, même si je n'envisageais pas de dévoiler mes origines – je n'y étais pas du tout prêt –, il me paraissait essentiel de laisser une trace de ce que l'on est. Il m'a fallu quelques années encore avant de pouvoir en parler, à ma femme d'abord, puis à mes enfants. Ça n'a pas été facile, je peux vous l'assurer. Quand j'ai enfin retrouvé ma chère Dragomira et Abakoum, j'ai beaucoup mieux assumé mon passé et aujourd'hui, je me sens prêt à t'apprendre tout ce que je sais, ma chère Oksa.

– Merci, Léomido, murmura Oksa, très touchée par le récit de son grand-oncle.

Son regard fut attiré par une silhouette désormais familière.

– Tu as des Foldingots ?

– Oui, en effet, un couple et leur petit. Ils sont occupés en cuisine à l'heure qu'il est, ils nous préparent un festin…

– Aahh ! s'exclama Gus. Je vais enfin voir à quoi ressemblent ces fameux Foldingots !

– J'espère qu'ils sont aussi bons cuisiniers que ceux de Baba ! lança son amie.

– Oui, tu verras ! Ce sont d'excellents cuisiniers ! Mais à propos de la solitude sur laquelle tu t'interrogeais tout à l'heure, Gus, sache que si je ne me sens pas seul, c'est parce que *je ne suis pas seul* ! Cette maison est isolée, certes. Mais il vaut mieux qu'elle le soit, pour moi et surtout pour toutes mes créatures. Ainsi, elles peuvent vivre sans se cacher et sans craindre d'être vues.

– Des créatures ? Quelles créatures, Léomido ? s'exclamèrent Oksa et Gus.

– Suivez-moi…

35

Un potager étrangement peuplé

– J'espère que tu as apporté ta Boximinus, Dragomira ? demanda Léomido.

– Bien entendu ! Et je peux te dire que c'est la révolution, là-dedans ! répondit sa sœur en tapotant le sac qu'elle tenait toujours contre elle.

Ils sortirent tous les quatre de la magnifique salle et s'engagèrent dans un couloir bordé de vitraux d'un côté et de massives portes ferrées de l'autre. Tout au bout, ils débouchèrent sur une pièce sans fenêtres remplie de casiers de toutes les tailles, douillettement matelassés à l'intérieur, puis sur une autre pièce encombrée de matériel de jardinage et de bocaux de céréales. Au fond de la pièce, on apercevait la palissade de pierres plates bordant un petit jardin.

– Où sont-elles donc passées ? dit Léomido. Ah, peut-être dans le potager ?

Il poussa la porte et là, un spectacle totalement inattendu s'offrit aux yeux de ses deux jeunes hôtes : des créatures toutes plus étranges les unes que les autres occupaient le petit terrain.

Des créatures vivantes. Et parlantes.

Très vivantes et *très* parlantes.

Les unes s'adonnaient à de menus travaux de jardinage, d'autres lustraient les feuilles de plantes frétillantes tout en discutant avec elles, d'autres encore profitaient tout simplement du soleil, allongées sur d'énormes potirons.

– Approchez, approchez ! lança Léomido. Mes chères créatures, je vous présente la jeune fille dont je vous ai parlé, Oksa, ma petite-nièce. Et voici son ami Gus.

Les créatures interrompirent leurs activités et se massèrent devant Oksa et Gus. Médusés, tous les deux restèrent figés sur place.

– Bonjour, Jeune Gracieuse ! Bonjour, jeune ami de notre Jeune Gracieuse ! Bonjour, Vieille Gracieuse !

– Ooohhh, voilà qui n'est pas très élégant… s'indigna Léomido. Veux-tu bien les excuser, Dragomira ? Je suis navré.

Nullement vexée, Dragomira riait de bon cœur.

– Ne t'inquiète pas, mes créatures m'appellent désormais ainsi, elles aussi…

– Oksa, Gus, je vous présente mes petits compagnons. Gétorix ! Vous voulez bien vous approcher ?

Deux créatures d'environ trente centimètres s'avancèrent et saluèrent les deux amis en inclinant leur gros corps : une sorte de pomme de terre brune de laquelle émergeaient deux longs bras qui traînaient sur le sol et deux pieds d'une longueur étonnante, le tout recouvert d'une volumineuse touffe de cheveux emmêlés.

– Je préfère vous prévenir tout de suite, les avertit Léomido. Les Gétorix sont un peu farceurs et adorent faire tourner en bourrique certains de leurs camarades. Comme l'Insuffisant, par exemple.

– Hé ! l'Insuffisant ! Au feu, les pompiers, y a ta crête qui brûle ! se mit à brailler un Gétorix pendant que l'autre imitait la sirène des pompiers.

– Hein ? Quoi ? Qu'est-ce qu'il y a encore ? Le feu qui hurle ? s'écria la cible de la plaisanterie.

Les autres créatures s'esclaffèrent dans un gloussement étouffé.

– Non, ne t'inquiète pas, l'Insuffisant, le rassura Léomido en prenant la petite créature par la main.

Oksa et Gus se penchèrent pour observer le dénommé Insuffisant de plus près. Un peu plus grand que les Gétorix, il paraissait terriblement empoté. Son corps flasque et jaunâtre, hérissé d'une crête descendant le long de son dos, se terminait par une tête de morse sans défense – au propre comme au figuré, semblait-il… De ses grands yeux doux, il regardait les deux amis avec indolence.

– L'Insuffisant a un cerveau, comment dire… un peu mou… précisa Léomido.

– Hé ! mou du bulbe, mou du bulbe ! lancèrent les Gétorix survoltés.

– Il est un peu plus lent que les autres, continua Léomido. Mais c'est une créature extrêmement gentille et très utile, vous vous en apercevrez bientôt.

– Chaque créature a une utilité, c'est ça ? demanda Oksa en caressant le corps duveteux de l'Insuffisant qui affichait un sourire béat.

– C'est tout à fait ça ! dit Léomido. Devinaille, approche-toi s'il te plaît !

Une espèce de poule rousse à peine plus grande qu'un canari s'approcha des jeunes invités de Léomido et s'adressa à eux sur un ton aigrelet en agitant frénétiquement sa petite houppette :

– Vous, vous provenez du Sud-Est, une contrée bien plus clémente que ce pays frigorifique battu par les vents d'ouest ! Je le sais ! Je le sais ! Parce que je le sens ! Fait-il plus chaud d'où vous venez ? J'en suis sûre ! J'en suis certaine ! L'hiver ne tardera plus maintenant. Par pitié, pourquoi ne m'emmène-t-on jamais sous les tropiques ? Qu'on arrête de me dire « quand les poules auront des dents » ! Car j'ai des dents, moi ! Pourquoi me laisse-t-on claquer des dents ? Pourquoi m'interdit-on de rejoindre mes cousins migrateurs ?

– Eh, regarde-toi un peu ! T'as rien d'une hirondelle, ma belle ! Tu ne sais même pas voler ! lui lança une drôle de grenouille hilare dont le corps couvert de pustules était équipé d'une magnifique paire d'ailes semblables à celles des libellules.

Oksa et Gus se regardèrent, interloqués mais au bord du fou rire. Léomido prit la poule et la cala à l'intérieur de sa veste molletonnée.

– Je dois vous dire que la Devinaille a une nette tendance à l'hystérie, mes chers enfants. Une hystérie souvent provoquée par sa frilosité. Et aussi par l'humour désastreux des Grenettes, précisa Léomido en jetant un regard amusé aux quatre grenouilles volantes qui dansaient en l'air.

– Elle a dû être malheureuse quand vous étiez en Sibérie ! remarqua Oksa.

Un long gémissement leur parvint depuis la veste de Léomido.

– Un nom à éviter, si tu le veux bien, Oksa, poursuivit Léomido à mi-voix. Un souvenir un peu « congelé » pour notre pauvre Devinaille, qui passa plusieurs années confinée au bord de la cheminée dans la cabane forestière de Dragomira et d'Abakoum. Mais si on arrive à mettre de côté sa phobie du froid, cette petite créature a une très intéressante fonction de révélateur de vérité, car elle voit au-delà des apparences. Sur Édéfia, elle nous servait de détecteur de mensonges et aussi à évaluer la quantité de travail fournie par chacun. Une sorte de compteur, si l'on peut dire.

– C'est redoutable ! s'exclama Gus, exalté par cette présentation.

– Je suis bien d'accord avec toi, mon garçon.

– Eh ! Mais voilà les Foldingots ! s'écria soudain Oksa. Regarde, Gus !

En effet, deux Foldingots ressemblant à ceux qu'Oksa connaissait venaient d'arriver dans le potager. Ils étaient accompagnés d'un plus petit qui suscita aussitôt des cris d'enthousiasme de la part des trois invités.

– Il est superbe ! s'exclama Dragomira.

– Je peux le prendre dans mes bras ? S'il te plaît, Léomido ! implora Oksa. Il est trop mignon !

– Oh ! le chouchou ! Oh ! le chouchou ! scandèrent les Gétorix.

– Mais qui êtes-vous ? interrogea l'Insuffisant en regardant Gus qu'il tenait docilement par la main depuis une bonne dizaine de minutes déjà.

Oksa se pencha pour prendre dans ses bras le petit Foldingot potelé à la peau fripée. De ses grands yeux bordés de cils laineux, il souriait à Oksa, l'air ravi.

– Je crois qu'il est temps de vous libérer, mes amis, dit Dragomira en s'adressant à la boîte dont elle avait de plus en plus de mal à maîtriser les soubresauts.

Elle détacha la sangle de cuir qui fermait la boîte et l'ouvrit précautionneusement.

– Un par un, s'il vous plaît, pas de cohue !

Oksa et Gus se penchèrent et virent les mêmes créatures que celles qui étaient devant eux, mais réduites à une taille minuscule, comme si elles en étaient les versions miniatures ! Ils écarquillèrent les yeux et restèrent bouche bée.

– C'est une Boximinus, mes enfants, expliqua Dragomira devant leur air intrigué. Quand nous avons dû fuir Édéfia, Abakoum – qui est sans aucun doute l'homme le plus prévoyant que je connaisse – s'est occupé de rassembler des spécimens qu'il a réduits grâce à cette invention géniale. Le but premier de la Boximinus était le gain de place et nous nous en servions pour stocker des denrées ou des archives encombrantes. Mais seul Abakoum savait qu'on pouvait l'utiliser sur des êtres vivants. Heureusement, car, ainsi, nous avons pu emmener avec nous à Du-Dehors un grand nombre de plantes et de créatures provenant d'Édéfia. Certaines variétés de végétaux n'ont pas survécu au passage du Portail ou au choc thermique quand nous sommes arrivés en Sibérie. Mais globalement, tout est là !

Une à une, elle sortit les créatures en modèle réduit qui, une fois hors de la boîte, reprirent leur taille initiale.

– C'est une invention révolutionnaire ! murmura Gus à l'intention d'Oksa.

– Tu m'étonnes !

Les Foldingots de Dragomira projetèrent leur ventre proéminent contre celui des Foldingots de Léomido, signe manifeste d'heureuses retrouvailles. Les Gétorix se précipitèrent sur l'herbe et s'y roulèrent avec allégresse jusqu'à devenir une grosse pelote de cheveux emmêlés. Quant à l'Insuffisant de Léomido, il s'approcha de celui de Dragomira d'une démarche nonchalante.

– Vous ressemblez à quelqu'un que je connais… dit-il d'une voix molle en observant sa copie conforme.

– Je crois que je vous ai déjà vu quelque part, répondit son *alter ego*, ses drôles d'yeux roulant mollement dans leurs orbites.

À peine sortie de la Boximinus, une Devinaille partit rejoindre celle qui se réchauffait dans la veste de Léomido pendant que des espèces de pieuvres à tête de mouche entrelaçaient leurs multiples pattes.

– Eh ! Je connais ces créatures ! s'exclama Oksa.

– Ce sont des Trasibules, mes enfants, des Trasibules phosphorescentes, plus lumineuses qu'une lampe torche, expliqua Léomido. Elles nous servaient souvent pour l'éclairage public ou en guise de lampe d'intérieur. À l'âge adulte, figurez-vous que l'intensité de la lumière qu'elles peuvent dégager est telle qu'elle peut rendre aveugle si on la fixe plus de quelques secondes !

– C'est trop génial ! Et lui, c'est qui ?

Oksa montrait le dernier spécimen, une espèce de cafard squelettique tout à fait hideux, ligoté et bâillonné, qui se tortillait au fond de la Boximinus.

– C'est un Abominari, dit Dragomira d'un air affligé.

– Drôle de nom, fit remarquer Gus. Et pourquoi est-il attaché ?

Pour toute réponse, Dragomira entreprit de le sortir de la boîte et de lui ôter la corde qui l'enserrait. Dès qu'il fut libre, il bondit sur ses pieds et se redressa en hurlant.

– Tu vas me le payer très cher, la vieille peau ! Si tu t'approches encore de moi, je réduis en lambeaux ton vieux corps avarié après l'avoir vidé de tout son sang périmé et de ses tripes faisandées, tu n'auras que ce que tu mérites !

Pour accompagner cette déclaration plutôt offensive, l'Abominari, hors de lui, menaçait Dragomira de ses ongles longs et sales. Et visiblement très tranchants.

– Qu'est-ce qu'il a ? demanda Oksa.

– Ce que j'ai ? cracha l'Abominari. CE QUE J'AI ? Cette mégère délabrée et répugnante n'a aucun respect pour ce que je suis.

– Et qui es-tu ? osa Oksa en fronçant les sourcils.

– QUI JE SUIS ? Tu me demandes qui je suis ? Mais tu es aussi stupide que cette matrone décatie ! Tu mériterais que je t'éventre sur-le-champ... Je suis le fidèle Abominari d'Ocious, le seul véritable maître d'Édéfia !

36

Le rebelle déchaîné

Toutes les créatures, sans exception, frémirent et lancèrent des regards scandalisés à l'infâme Abominari qui éructait rageusement au milieu du potager.

— Il y a longtemps qu'il est comme ça ? demanda Léomido quelque peu inquiet.

— Plusieurs semaines, répondit Dragomira. Depuis que nous sommes en Angleterre, dirais-je. Plus aucun traitement n'agit sur lui.

— Même le Psychosfortis ?

— Même le Psychosfortis. Je ne sais plus quoi faire ! Il agresse les autres, il me griffe ou me mord dès que je l'approche, à tel point que je suis obligée de lui envoyer une Granok d'immobilisation ou un Knock-Bong pour pouvoir m'occuper de lui.

Léomido regarda Dragomira d'un air préoccupé. L'Abominari qui grognait entre ses dents pointues, prêt à en découdre avec quiconque s'approcherait de lui.

— Mais pourquoi parle-t-il d'Ocious, Baba ? demanda Oksa.

— Les Abominaris sont pour les Mainfermes ce que les Foldingots sont pour la famille Gracieuse, répondit Dragomira, les lèvres pincées par la contrariété. Ocious était effectivement le maître de cet Abominari. Juste avant d'être éjectés d'Édéfia, nous étions poursuivis par le fils de ce Félon. Il nous suivait de très près et l'Abominari s'est accroché à ma robe quelques secondes seulement avant que nous passions le Portail. Dans l'affolement, je n'avais pas fait attention à lui. Une fois que nous nous sommes retrouvés à Du-Dehors, nous l'avons recueilli et soigné comme n'importe quelle autre créature, bien qu'il nous ait toujours donné du fil à retordre. Il n'a jamais voulu m'accepter et ne reconnaît que la suprématie de son maître, même après toutes ces années. Une fidélité à toute épreuve, n'est-ce pas ? Pendant longtemps, il s'était tenu tranquille grâce notamment au Psychosfortis, un traitement qu'Abakoum a élaboré pour adoucir… comment dire… ses penchants haineux. Mais depuis quelque temps, il est incontrôlable et j'avoue être plutôt désemparée.

– Mon Maître va venir me chercher, la vieille ! lança l'Abominari en s'approchant d'elle, toutes griffes dehors. Et avant de le retrouver, je vais te crever les yeux et faire exploser ta cervelle rance !

– Oh, tu commences à me fatiguer avec tes discours menaçants ! s'énerva Dragomira.

Elle dirigea la paume de sa main vers l'Abominari fielleux. Ce dernier se retrouva projeté une bonne dizaine de mètres en arrière. Dans un bruit sourd, son corps visqueux atterrit contre le petit mur de pierre en bordure du cimetière. Oksa poussa un cri et, avec fierté, murmura à Gus :

– C'est exactement ce que j'ai fait à cet imbécile d'Ostrogoth !

Léomido alla chercher l'Abominari assommé, le prit dans ses bras et le porta à l'intérieur de la maison.

Quelques secondes plus tard, il revenait, seul.

– Je l'ai isolé, indiqua-t-il d'un air sombre. Dans une pièce close de laquelle il ne pourra s'échapper. Il est vraiment déchaîné, c'est très étrange. Mais revenons à nos présentations, si vous le voulez bien, poursuivit-il sur un ton plus gai. Où en étions-nous ?

– Il n'y a pas que des créatures, mais des plantes, aussi, fit Oksa, un peu secouée par le spectacle que venait de leur offrir l'immonde créature.

Dragomira sortit une à une de la Boximinus de minuscules plantations. Dès qu'elles avaient retrouvé leur taille, elle les plaçait à côté de leurs semblables et les retrouvailles allaient bon train, à grands coups de froufroutements de feuilles et de soupirs de joie.

– Chaque plante a son intérêt, expiqua Léomido. Mais ça, ce n'est pas une originalité. Sur ce point, c'est la même chose à Du-Dehors et à Du-Dedans. La seule différence, c'est que les plantes d'Édéfia ont une personnalité bien marquée, ainsi qu'un langage et un mode de communication adaptés à notre compréhension humaine. Et réciproquement. Oh ! Dragomira ! Tu as réussi à amener ta Goranov ? Bravo, tu es très forte ! Tu sais que j'ai du mal à mettre la mienne dans le potager parfois ? Elle est si stressée…

Dragomira acquiesça.

– Je t'ai apporté du baume de crête d'Insuffisant, c'est très efficace.

Puis elle précisa à l'intention des jeunes invités :

– La Goranov est la plante des Fées Sans-Âge. Sa sève ressemble à du mercure. Mélangée à l'ADN d'un individu, elle permet de fabriquer une substance unique servant à confectionner des Crache-Granoks et certains Granoks. L'opération est délicate et complexe, Abakoum était le seul autorisé à la pratiquer à Édéfia. Ta Crache-Granoks, Oksa, contient des gouttes de cette sève qu'il a mélangées à quelques-uns de tes cheveux que j'avais prélevés sur ton peigne. Mais la Goranov a deux points faibles : elle est extrêmement peureuse et terriblement sensible au stress.

Les deux amis s'approchèrent des plantes, slalomant entre les créatures qui laissaient éclater leur joie de se retrouver. Les Goranovs, elles, étaient en pleine discussion :

– Un voyage épouvantable ! J'ai bien cru mourir… L'avion, tu te rends compte ! L'AVION ! Rien ne me sera épargné…

– Comme je te comprends ! Je l'ai pris une fois et j'ai fait de l'hypertension chlorophyllienne. J'ai bien cru que mes nervures allaient exploser ! Rien que d'y penser…

La plante se mit à trembler de toutes ses feuilles de façon fort inquiétante, comme si un vent violent venait de se lever. Puis, tout à coup, elle s'affaissa complètement. Oksa s'exclama, la main devant sa bouche. Elle avait déjà été le témoin d'une telle scène, mais la surprise n'en était pas moins vive !

– Au secours ! cria l'autre Goranov. À l'aide !

Et, à son tour, tout son feuillage s'effondra le long de sa tige. Gus et Oksa étaient stupéfaits.

– C'est l'automne ! s'écrièrent aussitôt les Devinailles, dont seules les petites têtes émergeaient de la veste de Léomido. Alerte ! Les feuilles tombent, c'est l'automne ! Tous aux abris !

– Qu'est-ce que c'est que ça encore, l'automne ? interpellèrent les Insuffisants. Tous les jours un truc nouveau, comment voulez-vous qu'on suive, nous ?

Oksa éclata d'un rire si communicatif que Gus, Dragomira et Léomido ne purent s'empêcher d'exploser, eux aussi.

– Ils sont irrésistibles ! Je les adore, Baba !

– C'est du délire… Du pur délire… enchaîna Gus, les yeux rivés sur les deux plantes évanouies.

– Hum hum…

– Je crois que les Foldingots essaient de nous dire quelque chose, fit remarquer Léomido en montrant du doigt les créatures dodues.

– Le repas est arrivé à une préparation aboutie ! L'invitation à rejoindre la table est d'une promptitude immédiate, si votre volonté est active… précisèrent les Foldingots de Léomido.

– Leur façon de parler n'a rien à envier à celle de vos Foldingots, Dragomira ! nota Gus.

– N'est-ce pas ? dit-elle en souriant. Rentrons tout ce petit monde à l'intérieur et allons donc manger !

– C'était la journée la plus dingue de ma vie, dit Oksa en bâillant.

Allongée de tout son long sur un canapé, face à l'immense cheminée dans laquelle crépitait un bon feu, Oksa faisait le bilan du jour avec Gus qui bâillait aussi fort qu'elle. Le repas avait été succulent – mis à part le plat de poireaux, spécialité galloise qu'Oksa détestait – et l'ambiance était restée excellente. Les yeux fixés sur la danse hypnotique des flammes, les deux amis résistaient difficilement et le sommeil gagnait du terrain.

– Quand même, marmonnait Gus d'un ton assoupi, du baume de crête d'Insuffisant… Beurk…

– C'est pas le plus *strange* qu'on ait vu aujourd'hui, tu dois le reconnaître… remarqua Oksa sur un ton tout aussi amolli.

– De la crête d'Insuffisant…

La suite et la fin de la phrase de Gus se perdirent dans un profond sommeil auquel Oksa ne tarda pas à faire écho.

Dans la petite pièce tout au fond de la demeure de Léomido, les créatures extravagantes s'étaient elles aussi endormies dans leurs casiers matelassés après avoir abondamment commenté les événements du jour.

Une journée palpitante !

37

Voltical au programme

Le soleil pâle filtrait à travers la fenêtre. Oksa ouvrit les yeux et s'étira longuement. Où était-elle ? Ah, oui !... Chez Léomido. Dans l'adorable petite chambre qu'elle avait rejointe la veille dans un état de somnolence avancée... Une bûche acheva de se consumer dans la cheminée en émettant un craquement mou qui la réveilla pour de bon. Elle se leva et tira le rideau pour ouvrir la fenêtre. La vue était magnifique, elle changeait radicalement de celle qu'elle avait depuis sa chambre en ville. Ici, tout n'était qu'espace verdoyant à perte de vue. On entendait les oiseaux pépier et la mer un peu plus loin, telle une musique de fond. Comme c'était agréable !

– Le bonjour, Jeune Gracieuse ! Le sommeil a-t-il fait des réparations ?

Oksa se pencha et aperçut les deux Foldingotes dans le potager, une laitue dans chaque main.

– Ça va super bien, merci ! répondit-elle en leur faisant signe.

Se sentant effectivement en pleine forme, elle décida d'aller voir Gus. Si ses souvenirs brumeux de la veille étaient fiables, il occupait la chambre à côté de la sienne. Elle colla son oreille contre la porte et frappa.

– C'est ouvert ! résonna la voix de son ami.

Elle entra, joyeuse comme un pinson. Gus était réveillé et se frottait les yeux.

– Alors, les crêtes d'Insuffisant ont hanté tes rêves ? fit-elle en sautant sur son lit comme un chat.

– Salut, Oksa... J'ai dormi comme un loir.

– Un loir qui ronfle comme un ours, oui ! lui lança Oksa. Même avec des murs de pierre de un mètre d'épaisseur, je t'entendais !

– Oofffff, ça va… grommela Gus en réprimant un sourire. J'étais crevé…

Les deux amis se levèrent, s'enveloppèrent dans d'épaisses robes de chambre et descendirent dans la cuisine.

Les Foldingots préparaient le petit déjeuner en se chamaillant, à cause semble-t-il d'une sombre histoire sur la façon la plus savoureuse de préparer les toasts. Très aristocratiques dans leur longue robe d'intérieur en soie damassée, Léomido et Dragomira buvaient une tasse de thé fumant.

– Waouh, ça, c'est la classe totale ! s'exclama Oksa en effectuant un semblant de révérence. Mes hommages du matin, mes Seigneurs !

– Bonjour, jeunes gens ! Bien dormi ? demanda Dragomira.

– Très bien ! répondit Gus en bâillant une nouvelle fois. C'est génial ici. Merci de m'avoir invité !

Les deux amis se jetèrent sur leur petit déjeuner, affamés.

– Et si nous parlions du programme d'aujourd'hui ? proposa Léomido. Enfin… si nos chers Foldingots veulent bien baisser le ton…

Les créatures ne se le firent pas dire deux fois. Aussitôt, le silence s'imposa et Léomido reprit la parole :

– Ma chère Oksa, tu es ici pour apprendre certaines choses. Tu as eu un aperçu de ce qui constitue l'univers des Sauve-Qui-Peut d'Édéfia, dont tu fais partie à la fois par héritage et par hérédité. Tu dois maintenant parfaire tes aptitudes afin de pouvoir atteindre un contrôle total, sans être dirigée ou parasitée par des sentiments impulsifs comme la colère, la peur… Le contrôle et la maîtrise sont les clés du pouvoir, il faut que tu le comprennes.

Tout en parlant, Léomido beurrait soigneusement un toast et le regard d'Oksa fut soudain attiré par la grosse bague que son grand-oncle portait à la main droite. Une superbe bague à monture d'argent encadrant une étrange pierre grise qui l'intrigua. « *J'ai déjà vu cette pierre…* » se dit-elle. Mais le fil de ses pensées fut interrompu par Dragomira qui enchaînait sur ce que Léomido venait de lui expliquer.

– Ma petite-fille, tu dois savoir que Léomido est très doué. À Édéfia, c'était un maître respecté, un expert. Non, Léomido, ne rougis pas, c'est vrai ! C'est surtout lui qui va t'aider en matière de pouvoirs.

— Je propose que nous fassions un petit inventaire afin que je voie ce que tu sais déjà faire, proposa le maître. Gus, tu viens avec nous, n'est-ce pas ?

— Bien sûr que je viens, monsieur Fortensky ! s'exclama Gus en se levant aussitôt de table.

— Oh, je t'en prie, tu fais partie de notre grande famille, alors par pitié, pas de monsieur Fortensky entre nous, appelle-moi Léomido…

Une demi-heure plus tard, ils étaient tous les quatre dehors, dans le creux d'un vallon, non loin de la maison de Léomido. Gus et Dragomira, assis sur un plaid, regardaient Oksa qui flottait, debout au-dessus de la tête de Léomido. Gus apprécia particulièrement la posture d'attaque kung-fu, jambe droite en équerre et mains jointes dressées. Quant à Dragomira, elle avait un petit faible pour la position horizontale, dite « planche céleste ».

— Pas mal, Oksa, pas mal ! Mais crois-tu que tu pourrais t'élever un peu plus ?

— Je ne l'ai jamais fait ! répondit Oksa avec nervosité en revenant les deux pieds sur terre. C'est la première fois que je fais ça dehors. Jusqu'à maintenant, c'était dans ma chambre et je n'ai jamais dépassé le plafond.

Devant ce mensonge éhonté, Gus roula des yeux, l'air de dire : « *Tu n'oublierais pas une certaine descente du deuxième étage de St Proximus, par hasard ?* »

— Je n'ai pas envie de mourir, moi… murmura-t-elle en esquivant le regard ulcéré de son ami.

— Ma chère petite, rétorqua calmement Léomido, dis-toi bien que tout passe par ta tête : si tu penses à la chute, tu chuteras. Si tu penses au vol, tu voleras. C'est la première règle du Voltical.

— Le Voltical… Je sais volticaler, c'est trop classe ! Mais j'ai la trouille quand même ! fit remarquer Oksa en grattant le sol du bout du pied.

— Si cela peut te rassurer, je vais t'accompagner, mais je suis persuadé que tu n'en as pas besoin. Allez, au boulot ! Concentre-toi.

Léomido sourit et lui tendit les mains. Oksa s'y agrippa, ferma les paupières, les traits de son visage se tendirent. Puis, rouvrant les yeux, elle plongea son regard dans celui de son guide et commença à s'élever. Léomido suivit son rythme sans la lâcher et tous les deux continuèrent de monter verticalement. Quand ils furent à une hauteur que Gus évalua équivalente à cinq étages – cinq étages ! –, Oksa s'immobilisa et Léomido lâcha une main, puis la seconde. Oksa frémit. Son corps oscilla, troublé par l'immense vide sous elle.

— Reste concentrée, Oksa, je suis là, chuchota Léomido. Il ne peut rien t'arriver. Je vais reprendre tes mains et tu vas nous faire redescendre…

Quelques secondes plus tard, ils étaient de nouveau sur le sol, sains et saufs.

— T'as vu ça, Gus ? souffla Oksa, les yeux brillants. Je suis allée haut ?

— Sacrément haut, tu peux me croire !

— Veux-tu essayer seule ? demanda Léomido.

Oksa hésita pendant un dixième de seconde, puis se lança. Elle s'éleva d'abord de quelques mètres, les jambes flageolantes et le souffle court.

— Vas-y, Oksa, tu peux y arriver ! l'encouragea Gus, les mains en porte-voix.

Déterminée à réussir seule son ascension, elle respira à fond et, avec une concentration absolue, gagna de la hauteur. Léomido avait raison, ce n'était pas compliqué ! Perchée à plus de quarante mètres, elle osa une pirouette arrière dont la réception fut un peu approximative, le vide n'offrant pas un appui très ferme. Gus frémit et Dragomira mit la main devant sa bouche en réprimant un cri d'effroi. Seul Léomido, totalement confiant, restait calme.

— Tu apprends vite, c'est bien, lui dit-il sur un ton flegmatique quand elle rejoignit le sol. Mais je vais te montrer quelque chose à mon tour. Car la hauteur, c'est bien, mais si tu y ajoutes la vitesse, c'est mieux…

Le vieil homme – presque quatre-vingts ans tout de même ! – se figea, les bras le long du corps, et décolla comme une fusée pour ne plus ressembler qu'à une minuscule silhouette perchée à deux cents mètres de hauteur.

— Waaooouuhh ! Vous avez vu ça ? C'est dément !

Les yeux agrandis de stupeur, Oksa regardait son grand-oncle qui les saluait. Aussi vite qu'il était monté, il redescendit en piqué, la tête en bas, en chantant à tue-tête un air d'opéra célèbre. Il s'arrêta juste au niveau du visage d'Oksa et posa un léger baiser sur sa joue, puis se laissa flotter horizontalement jusqu'au sol en continuant de chanter.

– Alors là, ma vieille, t'as du pain sur la planche si tu veux faire pareil un jour… lança Gus en donnant à Oksa une vigoureuse tape dans le dos.

– Scotchée… je suis scotchée, constata Oksa, éberluée par ce qu'elle venait de voir. Je veux faire pareil ! Je peux y arriver, j'en suis sûre !

– Bien sûr que tu peux y arriver ! s'exclama Léomido.

Se surprenant elle-même, Oksa disparut à la vitesse de l'éclair dans le ciel qui s'obscurcissait de lourds nuages. Puis elle réapparut, infime point qui grossissait au fur et à mesure que le sol se rapprochait… et que le cri qu'elle poussait se faisait plus perceptible à chaque seconde. Plus qu'un cri, c'était un véritable *hurlement* ! Au point que Léomido et Dragomira décollèrent comme des flèches, à une vitesse si ahurissante que Gus ne réagit que quand il reconnut la robe rouge de Dragomira dans les airs. En un clin d'œil, Oksa fut raccompagnée sur la terre ferme par son grand-oncle et sa grand-mère. Tous les trois paraissaient très contrariés.

– Mais enfin ! leur cria Oksa en se dégageant brusquement de leur étreinte. Tout allait bien ! Vous ne me faites pas confiance, c'est ça ?

– Ne le prends pas mal, répondit Léomido avec gravité. D'ordinaire, il faut des semaines d'entraînement pour arriver à volticaler à cette vitesse. Nous avons seulement craint que tu ne sois en chute libre…

– *En chute libre ?* Tu plaisantes, Léomido ? Je m'éclatais comme une folle !

Et pour prouver ce qu'elle disait – à supposer que quelqu'un en doutât encore –, elle s'élança de nouveau à une vitesse fantastique. Elle disparut au-delà des nuages dans un vol magnifique suivi d'un atterrissage exemplaire qui lui valut une salve d'applaudissements, cette fois.

– Eh bien, voilà une première journée fort fructueuse, félicitations, Jeune Volticaleuse ! dit Léomido avec un large sourire.

– J'ai assuré à mort, non ? rayonna Oksa.

– Tu m'étonnes ! fit Gus, admiratif. Et Dragomira, c'est carrément excellent aussi ! Je ne me doutais pas que vous voliez si bien !

– Je suis un peu rouillée, lui répondit Dragomira en s'étirant. Mais je te remercie pour ton compliment, Gus. Bon, je ne sais pas pour vous, mais en ce qui me concerne, je meurs de faim ! D'ailleurs, je crois qu'on nous appelle…

En effet, deux des Foldingots, suspendus à la chaînette qui activait la cloche d'une des tours de la maison, sonnaient l'heure du dîner. Dans le soleil couchant, Léomido, Dragomira, Gus et Oksa, épaule contre épaule, rejoignirent la maison, le corps épuisé mais le cœur frémissant d'émerveillement.

38

Question de volonté

– Aujourd'hui, Oksa, je te propose de voir un peu plus en détail le Magnétus, expliqua Léomido à sa petite-nièce. Il peut te permettre d'animer des objets à distance en te fondant sur le souffle intérieur et sur l'attraction.

– Comment ça, le « souffle intérieur » ? s'étonna Oksa.

– C'est ton esprit qui provoque le mouvement, lui répondit son grand-oncle. Le souffle naît en toi et te traverse. Grâce à tes yeux qui servent de relais, c'est comme si ce souffle devenait solide. Il porte ou déplace les objets comme le ferait ta main.

– Ah, oui, bien sûr ! lança la jeune apprentie d'un air faussement désinvolte. Bien sûr, bien sûr…

– Je crois savoir que tu t'es un peu exercée, ça ne devrait donc pas te poser trop de problème…

– Problème ? Quel problème ? Y a aucun problème !

En parfaits complices, le maître et l'élève se dirigèrent vers le même endroit que la veille, le terrain d'entraînement abrité par les douces collines couvertes de bruyère. Léomido avait transporté toutes sortes d'ustensiles dans un grand sac. En voyant que des créatures l'accompagnaient, Oksa eut un moment de perplexité.

– Tu ne veux quand même pas que je m'entraîne sur des êtres vivants ? Ça ne va pas être possible, Léomido, je ne pourrai pas. L'expérimentation animale, je suis contre, je te le dis tout de suite ! lança-t-elle vivement.

– L'expérimentation animale ? Seigneur ! Mais il n'en est pas question ! dit-il en éclatant de rire. Les créatures sont là pour t'assister et rien ne peut être fait sans leur accord. Tu vas commencer avec des objets et je vais te compliquer la tâche au fur et à mesure que tu progresses. Voyons un peu de quoi tu es capable, jeune fille !

Léomido installa sur le sol différents objets qu'Oksa entreprit de faire bouger. Effectivement, il n'y avait rien de difficile, sa technique avait déjà fait ses preuves à de multiples reprises. La jeune apprentie devait tout bonnement concentrer toute l'attention dont elle était capable en fixant l'objet sur lequel elle voulait agir comme si la force et le mouvement pouvaient sortir de ses prunelles. Sa volonté faisait le reste. Aucun des objets, qu'il soit lourd, encombrant, mou ou microscopique, ne pouvait résister à son Magnétus. Enchanté, Gus ne la quittait pas des yeux.

– Vous avez le souhait d'une collaboration de mon corps, ma Jeune Gracieuse ? proposa le Foldingot. Ma volonté est en plein accord !

Oksa hésita. Mais devant le regard suppliant de l'adorable créature, elle ne sut résister. Peu après, le Foldingot se retrouvait suspendu en l'air, en train de tourner autour de Gus qui pleurait de rire.

– Ma légèreté ! Ma légèreté ! s'exclamait le petit être.

– Eh oh, du Zeppelin, vous m'entendez ? Ici la Terre… lança le Gétorix. C'est vrai, quoi ? Vous ne trouvez pas qu'il ressemble à un Zeppelin avec sa grosse panse ?

Oksa se tourna vers la créature malicieuse, ce qui eut pour effet de dresser la volumineuse chevelure en l'air. Le Gétorix, attiré vers le haut comme si une main invisible le soulevait par la crinière, se retrouva bientôt au même niveau que le Foldingot. De ses longs bras, il entoura le cou de l'intendant domestique et se mit à cheval sur son dos.

– Hue, le canasson, hue ! brailla-t-il, son énorme touffe de cheveux en broussaille lui cachant les yeux.

Le Foldingot tenta de désarçonner l'intrus, entreprise difficile car Oksa le maintenait en hauteur.

– Je manifeste mon inadéquation ! s'égosilla le Foldingot, très en colère. Que ce Gétorix quitte mon échine ! S'il vous plaît ! Jeune Gracieuse, expulsez-le que je puisse voguer avec la paix !

Aussitôt dit, aussitôt fait : le Gétorix fut expédié *illico presto* dans les bras de Gus et le Foldingot rejoignit le sol avec un certain regret. Devant la nouvelle performance d'Oksa, Léomido poussa un long sifflement admiratif.

– Tu aimes voler, Foldingot ? demanda Oksa à la petite créature émerveillée par l'expérience qu'elle venait de vivre.

– Ooohhh, Jeune Gracieuse, c'est une certitude ! Volticaler est mon désir le plus exotique !

– Y a pas que ton désir qu'est exotique, lança le Gétorix en rigolant.

– Non, y a pas que ton désir, le Foldingot ! renchérirent les Devinailles qui grelottaient, enfouies dans un bonnet de ski. Il y a aussi le nôtre ! Pourquoi nous refuse-t-on l'exotisme ? Pourquoi ? Qu'on nous le dise, à la fin !

– Viens dans mes bras ! dit Oksa en faisant signe au petit intendant.

– Ooohhh, Jeune Gracieuse ! ne put que bredouiller le Foldingot violet des pieds à la tête.

– Accroche-toi, d'accord ?

Et le couple insolite s'éleva comme une fusée, accompagné par deux puissants cris, celui du Foldingot ivre de bonheur et celui d'Oksa, la grande Volticaleuse.

Sous l'escorte des créatures exaltées, Gus et Dragomira avaient rejoint la maison depuis un bon moment quand Léomido décida d'entraîner Oksa à une tout autre discipline.

– Ma chère petite, j'aimerais vérifier quelque chose, lui dit-il sur un ton mystérieux. Vois-tu les nuages au-dessus de ces collines au loin ?

– Oui, je les vois, répondit Oksa, intriguée. Tu veux que je les fasse venir vers nous, c'est ça ?

Il la regarda avec tendresse, puis détourna les yeux vers les nuages.

– Crois-tu être capable de faire quelque chose ? demanda-t-il.

– Mais Léomido, non ! s'exclama Oksa.

– Pourquoi ?

Oksa, estomaquée, commençait à douter de la bonne santé mentale de son grand-oncle.

– Pourquoi ? Mais parce que ce sont des nuages ! Comment veux-tu que je déplace des nuages ? C'est impossible !

– Réfléchis, ma chère petite. Réfléchis…

Agacée, Oksa porta son regard sur les nuages. Ils étaient d'un blanc éclatant et paraissaient duveteux comme d'énormes boules de coton.

– Tu sais, Léomido... risqua-t-elle.

Mais son grand-oncle s'était allongé de tout son long sur le sol moussu et, les mains croisées sous la tête, semblait s'être endormi.

– Ah, d'accord... bougonna Oksa, déconcertée. Merci beaucoup pour ton aide...

Soudain, un souvenir lui revint avec une clarté presque aveuglante : le terrible orage qui s'était abattu après sa sinistre mésaventure dans les toilettes pour garçons n'avait-il pas été provoqué par... ELLE ? Elle se redressa, le cerveau bouleversé par cette folle pensée. La violence de cette manifestation météorologique était à la mesure de la colère et de la peur qui la submergeaient alors. Et elle se rappelait parfaitement l'étonnement qu'elle avait éprouvé.

– Ce n'est pas possible ! chuchota-t-elle en s'éloignant de son grand-oncle assoupi. Je ne peux pas y croire !

Quand les nuages blancs prirent une inquiétante couleur de plomb, Oksa comprit parfaitement ce que Léomido avait voulu dire. La luminosité déclinait au rythme du ciel qui se couvrait de sombres nuées striées de violet foncé. Les nuages, gonflés de pluie, noircirent et se dirigèrent vers Oksa en tonnant. Le vent, jusqu'alors brise légère, se leva en gémissant, comme s'il portait des cris lointains jusqu'à la jeune fille.

– Oh non, pas ça ! murmura-t-elle en portant les mains à ses oreilles.

Mais se boucher les oreilles ne servait à rien et Oksa l'avait bien compris. Car il s'agissait de ces horribles cris qu'elle avait déjà entendus et qui lui faisaient dresser les poils sur les bras ! Plus déchirants encore que les autres fois, ils vrillaient dans son cerveau comme des éclairs. Et quand elle entendit son prénom scandé par des voix féminines très éloignées, elle crut perdre la raison. Les voix avaient beau paraître lointaines, elle sentait qu'il n'en était rien et qu'elles étaient bel et bien enfermées à l'intérieur d'elle. Un vrai cauchemar... Elle leva les yeux vers les nuages ténébreux pendant qu'une pluie violente s'abattait sur le sommet arrondi de la colline où elle se trouvait.

L'averse dura à peine une minute. Le ciel s'éclaircit et retrouva sa belle limpidité bleutée à une vitesse étonnante, comme s'il avait oublié que, quelques secondes plus tôt, un vrai déluge s'était déchaîné à cet endroit précis. Étourdie et trempée, Oksa se retourna et se trouva nez à nez avec Léomido qui s'épongeait le visage avec un grand mouchoir. Elle le regarda, effarée par ce qu'elle venait de vivre.

— Léomido ! Je crois… je crois que j'ai compris ! souffla-t-elle, le cœur prêt à se décrocher.

— Oksa… Ma chère petite… dit-il d'une voix tremblante. Tu es une immense Gracieuse, certainement la plus grande de toutes…

Quand ils arrivèrent à proximité de la maison, Dragomira et Gus coururent à leur rencontre, des serviettes-éponges à la main.

— Mon Dieu, ne me dites pas que vous vous êtes trouvés sous cette monstrueuse averse ! s'exclama Dragomira.

Encore sous le choc, Léomido et Oksa ne répondirent pas et se contentèrent de s'enrouler dans les serviettes.

— Rentrez vite au chaud avant d'attraper la mort ! lança Dragomira.

Assise près du feu et habillée de vêtements secs, il fallut à Oksa un bon moment pour se remettre de cette étrange expérience. Elle ne pouvait ignorer le regard intrigué qu'avait jeté sa grand-mère à Léomido et la réaction de ce dernier : un imperceptible signe de tête. La réponse muette à la question que Dragomira venait de murmurer : « *C'est Oksa qui a fait* cela ? » Oui, c'était elle… Les Foldingots lui apportèrent un grog fumant qu'elle but en grimaçant et, seulement alors, elle vit que Gus la fixait en silence, inquiet. Elle balaya le trouble qui lui agitait le cœur et l'esprit et s'écria :

— Quel temps de chien ! La prochaine fois, je ne sors pas sans parapluie !

— Ces microclimats, c'est dingue ! renchérit Gus en lui adressant un sourire impénétrable. Il peut tomber des trombes d'eau à un endroit et, cent mètres plus loin, pas une goutte !

— Gus… bredouilla Oksa.

— T'inquiète pas, ma vieille… Bois ton grog, va…

39

Un ami malheureux

Ce soir-là, Marie et Pavel Pollock téléphonèrent et, avec un enthousiasme teinté d'euphorie, Oksa leur expliqua dans le détail tout ce qu'elle avait appris en seulement deux jours.

– Tu es prudente, j'espère ? interrogea son père d'un ton anxieux.

– Mais bien sûr, Papa ! Tu verrais comme Léomido veille sur moi ! Franchement, il est pire que toi.

– Oh, l'insolente jeune fille, voyez comme elle traite son pauvre vieux père angoissé ! Je ne suis qu'un misérable incompris…

– Oh, Papa, toujours aussi excessif ! répondit Oksa en riant.

Derrière le pathétique hululement que poussa Pavel, Oksa entendait sa mère qui riait, elle aussi.

– Papa, est-ce que tu sais faire tout ça ? demanda Oksa en redevenant sérieuse.

– Euh… je me demande si je ne vais pas m'y remettre en voyant le manque de compassion de ta mère, juste par représailles… Qu'elle voie un peu à qui elle a affaire !

Tout en notant que son père esquivait la question, Oksa entendit sa mère rire de plus belle avant de prendre le téléphone.

– Ça va, ma petite magicienne ? Tu passes de bonnes vacances ?

– Super ! J'adore ! Tu verrais tout ce que je sais faire, Maman ! J'ai bien amélioré mon Magnétus et maintenant, je sais volticaler.

– Oh, mon Dieu, c'est terrifiant… murmura Marie. Fais attention quand même et repose-toi un peu.

– D'accord !

– On se rappelle demain, bises ma grande !

Après avoir raccroché, Oksa rejoignit Gus dans le grand salon. Recroquevillé dans un fauteuil, face à la fenêtre, il regardait dehors en caressant le bébé Foldingot qui ronflait, allongé sur ses genoux.

– Ça va, Gus ? demanda Oksa en s'approchant.

Gus se contenta de hausser les épaules et s'enfonça encore davantage dans son fauteuil.

– Quelque chose ne va pas ? insista Oksa.

– Ooooffff… Rien d'important, bougonna Gus.

– Il y a bien quelque chose alors, constata Oksa en s'agenouillant près de son ami.

– Oh ça, oui, il y a… moi… répondit Gus sans la regarder.

– Qu'est-ce que tu racontes ?

– Je raconte que… moi, je ne sais rien faire du tout ! lança-t-il en essayant de moduler sa voix pour ne pas réveiller la petite créature endormie. Je raconte que… si j'appelle mes parents, de quoi je vais leur parler ? De ma meilleure amie qui s'entraîne à voler et à faire éclater des orages ? Des créatures hallucinantes venues d'un pays invisible ? Ou bien de moi qui suis là à ne rien savoir faire d'autre que regarder et applaudir à tes trucs incroyables ? De mon inutilité ? De ma nullité ?

Gus parlait entre ses dents, les mâchoires crispées. Les mots cinglants qu'il prononçait atteignirent Oksa en plein cœur. Les larmes lui montèrent aux yeux.

– *Nullité ?* Ça va pas la tête ? T'es pas nul ! T'es pas inutile ! s'exclama-t-elle, la gorge nouée.

– Ah oui ? Tu crois ça ? Même les Insuffisants sont plus utiles que moi ! Tout ce que je fais, je le fais moins bien que toi. Et je ne parle pas du Voltical ou du Magnétus, je parle aussi de tout le reste : le roller, le collège, le karaté, les amis, TOUT, je te dis ! Moi, je reste à la traîne, toujours, encore et toujours, Gus-le-gros-nul…

Oksa était abasourdie par le discours de Gus. Elle savait depuis longtemps qu'il n'avait pas une très grande opinion de lui-même, mais jamais elle ne l'avait vu dans cet état. Ce qui l'attristait le plus, ce n'étaient pas ses mots, durs et intransigeants. Non, le pire, c'est que Gus pensait vraiment ce qu'il était en train de dire. Il se voyait effectivement ainsi.

– Mais… tu dis *n'importe quoi* ! s'exclama-t-elle sur un ton mordant. Tu as des tas de qualités ! Tu es fidèle et intelligent, tu es superdoué pour plein de choses, l'informatique, les jeux vidéo. Tu connais tout sur les mangas, tu es un super élève…

– Tu parles ! grinça Gus avec amertume. Tu as de bien meilleures notes que moi !

– Le karaté, continua Oksa sans se départir de sa vigueur, désolée, mon vieux, mais, comme pour le reste, tu te sous-estimes ! Dès qu'on regarde d'un peu plus près, on voit tout de suite que tu maîtrises bien mieux que moi ! Moi, tu me connais, j'en fais toujours des tonnes, mais il y a des tas de choses que je ne réussis pas. Contrairement à un certain Gus qui reste efficace sans se faire remarquer, discret et tout… Ce qui est quand même une *sacrée qualité* ! Et puis tu sais, ce qui est super chez toi, c'est ton calme. Si tu n'étais pas là, je crois que je me serais attiré de gros ennuis. Toi, au moins, tu réfléchis avant d'agir, alors que moi, c'est l'inverse. Est-ce que tu te rends compte comme c'est important ? J'ai besoin que tu sois mon ami… Et puis, j'aime que tu sois mon ami, un point c'est tout ! Tu comptes pour moi autant que ma famille. D'ailleurs, tu es comme ma famille ! Ooohh, ce que tu peux *m'énerver* à dire des trucs pareils…

Excédée, Oksa détourna la tête et regarda dehors. Un douloureux sentiment mêlé de colère et de tristesse bouillonnait en elle. Luttant pour ne pas se laisser submerger, elle inspira profondément pour tenter de se calmer.

– D'accord, d'accord, concéda Gus. Mais il n'empêche que toi, tu es une reine, une magicienne, une fille d'exception ! Et moi, que dalle ! Je ne suis pas jaloux, Oksa, je me sens juste *complètement nul.*

– Ah ouais ? Et être le meilleur ami d'une reine, c'est que dalle ? T'exagères, quand même… répondit Oksa en tirant une mèche des longs cheveux noirs de Gus. Tu crois qu'une personnalité de mon envergure s'embêterait avec un *nul de chez nul* ? Franchement ?

Elle lui fit une grimace tout en réprimant l'émotion et la tristesse qui gonflaient son cœur. Gus esquissa un sourire plein de retenue.

– J'aimerais tellement être comme toi, parfois…

– Surtout pas, Gus, surtout pas. Tu es très bien comme tu es, crois-moi ! murmura Oksa, écarlate jusqu'à la racine des cheveux.

Et les deux amis restèrent côte à côte, silencieux dans l'obscurité qui envahissait le salon. La pluie s'était arrêtée aussi soudainement qu'elle s'était déclenchée, on n'entendait plus que les légers ronflements du petit Foldingot et la voix lointaine de Léomido qui conversait avec les Foldingots en pleine activité devant les fourneaux. Quant à Dragomira, adossée à la porte du salon, elle regardait les deux enfants qu'elle ne voyait que de dos. La conversation qu'elle venait de surprendre l'avait bouleversée. Elle essuya la larme qui s'était échappée de ses yeux humides et rejoignit Léomido dans la cuisine à pas feutrés.

40

Disparition sur la lande

Quand Oksa se réveilla, la pluie battait les fenêtres. Le jour semblait s'être levé depuis longtemps et laissait passer une lumière froide à travers les rideaux. Le corps entravé par ses draps entortillés, Oksa était trempée de sueur. Elle se dégagea tant bien que mal et, comme la veille, se précipita dans la chambre de Gus. Il dormait encore – ou faisait semblant... –, une longue mèche cachant la moitié de son visage. Tout en le regardant, Oksa se surprit à remarquer combien les traits de son ami étaient parfaits. Il était l'image même des héros énigmatiques des mangas dont elle dévorait des volumes entiers.

Gus. Son ami Gus.

Soudain, il expulsa son gros édredon à l'autre bout de la chambre et bondit en poussant un grand cri. Surprise et confuse, Oksa hurla.

– Alors, ma vieille ? Tu m'épiais ?

Oksa lui fit une grimace avant de remettre l'édredon en place. D'un seul regard, bien sûr.

– Frimeuse... lui fit Gus en souriant.

Trois petits coups toqués à la porte les interrompirent.

Oksa alla ouvrir et tomba nez à nez avec la Foldingote de Léomido qui portait une toque de cuisinier et un tablier vert pomme.

– Jeune Gracieuse et son jeune ami, les dix coups de l'horloge vont sonner dans nos oreilles, c'est l'information que tous les ventres attendent. Mais soyez rassurés ! Les Foldingots savent prévoir ce genre d'inconvénients et ont préparé des casseroles qui vont lécher vos babines.

– Tu veux dire que nous devons venir déjeuner, c'est ça ? demanda Oksa en se penchant pour se mettre au niveau de la créature.

– C'est une affirmation de parfaite exactitude, Jeune Gracieuse !

– Où sont Dragomira et Léomido ?

– Oh… Jeune Gracieuse ! Comment vous donner une réponse sans tomber dans un risque ?

– Un risque ? Quel risque ?

– Un risque pour moi de faire une livraison de renseignements que je devrais envelopper dans le secret, répondit la Foldingote en jetant des regards affolés tout autour d'elle.

– Dis-nous, Foldingote, s'il te plaît ! Nous ne raconterons rien, tu peux vraiment compter sur nous !

Gus se rapprocha et s'agenouilla près d'Oksa, devant la créature.

– Me voilà dans la difficulté d'adresser un refus à la Jeune Gracieuse…

La Foldingote inspira profondément avant de poursuivre à voix basse :

– Un intrus a pris des permissions nocturnes…

– Un intrus ?

– Oui, Jeune Gracieuse, un intrus a procédé au contournement de la demeure de notre Maître. Ses grands pieds ont inscrit des marques à la terre du potager et du cimetière. Et sa curiosité à la fenêtre a créé des perturbations chez les Goranovs qui ont fait la chute dans une crise d'angoisse terrible. Un autre problème a fait l'addition : l'abominable Abominari a pratiqué une disparition.

– Comment ça ? Que veux-tu dire ? demanda Oksa. Il s'est échappé ?

– Assurément, il n'existe plus dans nos parages. Pftt ! La disparition n'est pas regrettée, car le compagnon était détestable. Mais le niveau de l'inquiétude du Maître a connu la croissance. En dépit de ses prospections, la détection est négative. Il a l'appréhension que l'Abominari fait l'errance et il a la pensée gorgée d'espoir que la cachette est restée sur la propriété et que le ventre vide de l'ingrat provoquera son retour. Pour les traces autour de la demeure, mon oreille a entendu les paroles confiées à la Vieille Gracieuse : l'avis du Maître va à un rôdeur et, cette nuit, des Culbu-Gueulards feront l'alarme s'il présente l'extrémité de son nez.

– Des Culbu-Gueulards ? demanda Oksa.

– Les Culbu-Gueulards pratiquent des gueuleries très puissantes pour prévenir le Maître, expliqua la Foldingote. Ensuite, le Maître motive l'intrus dans la fuite.

– Je serais curieux de voir ça, fit Gus.

– Et moi donc ! Enfin, j'espère qu'il n'y a rien de grave, dit Oksa. Foldingote, si tu veux bien nous laisser le temps de nous rendre présentables, on arrive !

Cinq minutes plus tard et après avoir promis une trentième fois à la Foldingote de garder le silence sur l'information qu'elle leur avait donnée, Gus et Oksa descendaient le grand escalier de bois sombre. Attirés par la musique qui parvenait jusqu'à eux, ils se dirigèrent vers le salon dans lequel Léomido était installé. Il jouait un air d'une beauté lente et profonde sur l'immense piano à queue qui occupait toute une partie de la pièce. Devant lui, à quelques centimètres des touches blanches et noires, deux Goranovs balançaient avec conviction leur feuillage au même rythme que la musique. Soudain, le mouvement s'accéléra et les plantes ultrasensibles redressèrent leurs feuilles avec ardeur. Puis, la cadence ralentissant, elles reprirent leur doux balancement.

– Approchez, les enfants, approchez ! les invita Léomido à mi-voix. Les Goranovs sont très nerveuses ce matin et, quand elles sont dans cet état, il n'y a que Chopin qui réussisse à les calmer…

Gus et Oksa se regardèrent en essayant de rester sérieux. De son côté, Léomido souriait en coin, amusé par leur surprise et par le spectacle des deux plantes qui fredonnaient – ou plutôt gémissaient – en frémissant de la tige et des branches.

– Ah… la vie, la vie… soupiraient-elles. Un tourment permanent…

Les deux amis s'accoudèrent au piano et profitèrent un moment du concert. Gus était fasciné par le talent de Léomido. Les yeux fixés sur les mains du vieil homme, il se sentait comme envoûté par la musique, tout comme les Goranovs qui, peu à peu, se laissaient gagner par une réconfortante torpeur. Leurs feuilles frémirent de moins en moins et se stabilisèrent bientôt pour arriver à une immobilité parfaite.

– Vous devez être morts de faim ! chuchota Léomido en refermant délicatement le piano. Dragomira nous attend dans la cuisine, allons-y !

– Je suggère un programme allégé pour aujourd'hui. Vous avez remarqué que le temps vous propose sa spécialité locale, fit Léomido en montrant la fenêtre contre laquelle crépitait la pluie. Donc, pas d'activités extérieures. Nous nous contenterons de quelques révisions à l'abri et au chaud. Par ailleurs, tu m'as l'air un peu fatiguée, ma chère petite, et je connais un certain Pavel Pollock qui me maudirait jusqu'à la fin de mes jours si je lui rendais sa fille avec le moindre cerne sous les yeux...

À ces mots, Dragomira faillit s'étouffer, ce qui ne manqua pas d'alarmer ses Foldingots qui coururent à son secours, avant de se lamenter :

– Oohh ! notre Vieille Gracieuse, la nourriture est nauséeuse ? Oohh, votre dégoût est notre regret...

– Non, mes Foldingots, tout est délicieux comme d'habitude, hoqueta Dragomira en leur tapotant la tête. C'est simplement Léomido qui me fait rire. Tu n'insinues pas que le tempérament de mon fils est excessif, mon cher frère ?

– Pas plus excessif que le tien ou que celui de tes Foldingots, ma chère sœur ! répliqua Léomido en riant.

– Quelle bande de barjos, ta famille... s'esclaffa Gus en jetant un coup d'œil hilare à Oksa.

La journée s'écoula en grande partie dans l'ancien réfectoire du couvent. Là, la Jeune Gracieuse s'entraîna longuement à peaufiner son Magnétus sur des objets de plus en plus lourds et imposants, comme des volumes d'encyclopédie, des pots de fleurs et même un vélo ! De son côté, tout en surveillant son amie du coin de l'œil, Gus se liait d'amitié avec quelques-unes des créatures, notamment les Devinailles auxquelles il décrivit le voyage en Australie qu'il avait fait avec ses parents, leur donnant des détails climatiques qui ouvrirent des perspectives nouvelles aux petites créatures frileuses.

– Voilà exactement les conditions atmosphériques qui nous conviendraient ! lancèrent-elles avec enthousiasme. Pourquoi le Maître s'acharne-t-il à vouloir vivre dans l'hémisphère Nord alors que l'hémisphère Sud est si accueillant ? Le désert australien vaut bien la lande galloise en termes de densité humaine, si c'est ça qu'il recherche ! Ah !... jeune ami de notre Jeune Gracieuse, parlez-nous encore du désert et de ces températures idylliques...

Oksa s'accordait une petite pause quand ses pensées l'entraînèrent vers la Crache-Granoks qu'elle n'avait pas encore utilisée. Elle fonça la chercher dans sa chambre et entreprit de l'examiner en compagnie de Gus.

– Ça ne marche pas ! s'exclama-t-elle en voyant Léomido et Dragomira s'approcher.

– Évidemment, ma Douchka ! Toutes tes tentatives seront vaines tant que ta Crache-Granoks restera… vide ! annonça Dragomira.

Elle fixa les deux amis, hésita un instant et finit par lancer :

– Voulez-vous une petite démonstration ?

Ils acquiescèrent avec vigueur. Alors, Dragomira sortit des plis de son ample robe sa propre Crache-Granoks et prononça à mi-voix :

– Reticulata !

Puis elle souffla dans le tube à l'extrémité duquel se mit à enfler une sorte de bulle, gélatineuse comme une méduse.

– Regardez… proposa-t-elle en invitant les enfants à s'approcher de la fenêtre.

Gus et Oksa se précipitèrent et constatèrent avec stupéfaction que tout ce qui se trouvait dans leur champ de vision était grossi au centuple par la Reticulata, des fragiles fleurs de bruyère à la plus microscopique fourmi qui se faufilait entre les brins d'herbe.

– Waouh, excellent ! s'écria Oksa.

Dragomira fit pivoter la grosse bulle et ce fut au tour du Foldingot de se trouver dans son axe. Cette fois, les deux amis purent inspecter les moindres détails de la peau de la créature comme s'ils l'examinaient à la loupe, chaque pore, chaque poil duveteux, chaque ridule leur apparaissant en très gros plan.

– Tu veux essayer ? demanda Dragomira en mesurant l'enthousiasme d'Oksa.

– Je peux ? C'est vrai ?

– Oui, tu peux. Je vais te donner quelques Granoks, ma chère petite. Mais à partir du moment où elles seront intégrées dans ta Crache-Granoks, tu dois te souvenir que tu seras la seule à pouvoir les utiliser, précisa Dragomira en jetant un regard plein de douceur à Gus.

– Ne vous inquiétez pas, renchérit Gus sur un ton résigné. Je suis et resterai le fidèle assistant de sa Jeune Gracieuse, ce n'est pas si mal, ajouta-t-il en baissant les yeux.

– Oh, je crois que tu es bien plus que cela... fit Dragomira.

Puis, après avoir approché sa Crache-Granoks et celle d'Oksa, elle appela une Reticulata qui tomba dans la paume de sa main et fut aussitôt aspirée par l'instrument de la jeune fille.

– Voici ta première Granok, Oksa. Si tu veux activer sa mise en marche, tu dois prononcer cette petite formule :

Par le pouvoir des Granoks
Déchire ta coque
Reticulata, Reticulata
Et le lointain plus près sera.

Oksa répéta docilement.

– Dès que tu voudras l'utiliser, tu devras simplement prononcer son nom, soit à mi-voix, soit dans ta tête. Cette seconde solution est la meilleure, je ne te le cache pas, notamment en situation d'urgence ou de défense. Dit à haute voix, le nom donnerait en effet à ton adversaire une indication précieuse qui lui permettrait de parer. Pour cet essai, ce ne sera pas difficile, d'autant plus que la Reticulata est un simple outil qui n'entre pas dans la catégorie des Granoks offensives ou défensives. Cependant, imagine que tu disposes de dix ou vingt Granoks différentes : quand tu les charges dans ta Crache-Granoks, tu dois prononcer la formule qui validera leur usage. Mais ensuite il faut te souvenir du nom de chacune d'entre elles et surtout de leur fonction. Abakoum en a évoqué quelques-unes avec toi, n'est-ce pas ?

– Oui, la Dormident et la Stuffarax...

– Quoi ! s'affola Léomido en regardant Dragomira avec stupeur. Elle connaît la Stuffarax ?

– Juste de nom ! se défendit Oksa.

– Ta petite-nièce est très curieuse et elle a une excellente mémoire, tu sais, fit Dragomira. Rien ne lui échappe !

Oksa sentit ses joues s'empourprer et chercha du regard l'aide de Gus. Le garçon lui sourit en haussant les épaules d'un air amusé.

– C'est vrai que depuis que tu es toute petite, nous avons dû rivaliser d'imagination pour t'empêcher de découvrir nos petits secrets ! reconnut Léomido.

– Petits secrets, petits secrets, il faut le dire vite ! fit remarquer Oksa. Des secrets d'État, oui !

– Eh ! Oksa-007 ! interrompit Gus. Montre-nous un peu de quoi tu es capable ! Allez, fais-nous une belle Reticulata !

La démonstration dépassa les espoirs les plus fous : la bulle-méduse jaillit de la Crache-Granoks d'Oksa dès qu'elle eut prononcé la formule et soufflé dans le petit tube. En quelques secondes, elle doubla de volume, tripla, quadrupla… jusqu'à envahir la moitié de la pièce ! Gus riait de bon cœur en se tenant le ventre.

– Toujours ce sens de la proportion, ma vieille !

– C'est géant ! Mais comment je dois faire si je veux d'autres Granoks, Baba ?

– Nous verrons cela plus tard avec Abakoum.

Lisant la déception sur le visage d'Oksa, elle se reprit :

– Bon… je vais miser sur la confiance que j'ai en toi, même si tu en abuses démesurément parfois. Voyons ce que j'ai en stock… Regarde et surtout écoute avec attention, dit Dragomira en articulant bien nettement les formules des Granoks au fur et à mesure que la Crache-Granoks les aspirait.

– Super ! dit Oksa en tapotant sa Crache-Granoks avec fierté. Merci pour ces munitions !

– Je t'en prie, promets-moi juste de ne pas en faire un usage… inconsidéré.

– Tu me connais, Baba ! Compte sur moi ! la rassura la jeune fille devant l'air hilare de Gus.

L'apothéose de cette journée paisible vint sans conteste d'une idée de la Jeune Gracieuse. En fin d'après-midi, vidée par ces *révisions* auxquelles elle s'était adonnée avec le plus grand sérieux, elle chercha Gus et le vit au fond de la grande salle, près de la cheminée. Une bonne vingtaine de créatures s'étaient installées tout autour de lui et l'écoutaient avec une vive attention. Un étonnant tableau… Gus leva les yeux dans sa direction et elle reçut son regard comme un choc : son ami avait l'air si exalté et à la fois si triste ! Il se passa la main dans les cheveux et lui fit un sourire qui effaça aussitôt cette impression d'amertume. Une idée folle jaillit alors dans le cœur d'Oksa : elle s'approcha de son ami et l'invita à la suivre au milieu de la grande salle.

— Mets-toi derrière moi et pose les mains sur mes épaules !

— Qu'est-ce que tu vas faire, Oksa ?

— Tu t'accroches fortement et tu ne me lâches pas, d'accord ?

— Non, je ne te lâche pas… lui dit-il, surpris de se sentir gêné par ce contact.

Et tous les deux s'élevèrent du sol, d'abord de quelques centimètres, pour arriver au plafond qui devait atteindre environ huit mètres de hauteur. Gus, agrippé aux épaules d'Oksa et plaqué contre son dos, se laissait mener en bredouillant :

— Incroyable ! Je volticale ! Je volticale !

Ils firent ainsi quelques allées et venues aériennes qui rendirent le jeune garçon fou de bonheur, jusqu'à ce qu'Oksa, les épaules douloureuses mais le cœur gonflé de joie, les repose tous deux à terre.

— Oh, merci, ma vieille ! dit pudiquement Gus, les joues écarlates et les yeux noyés de gratitude rivés au sol. Merci…

41

Excursion sous haute tension

– Mes chers enfants, nous avons une petite surprise pour vous, je vous invite à me suivre… lança le maître de maison.

Gus et Oksa entamaient leur quatrième jour chez Léomido et se réjouissaient d'avance des découvertes que cette nouvelle journée ne manquerait pas de leur proposer. Le petit groupe sortit de la maison. Dehors, le temps était doux, le ciel dégagé et l'humeur au beau fixe. Gus se mit à courir dans l'herbe encore humide, Oksa à sa poursuite. Pleins d'énergie, tous les deux se défoulaient en grimpant au sommet des petites collines qui se succédaient sur le domaine. Ils se roulaient ensuite sur la lande couverte de mousse en riant à perdre haleine. Quant à Léomido et Dragomira, ils marchaient beaucoup plus paisiblement sur le chemin à peine tracé qui parcourait les doux reliefs, l'un appuyé sur le bras de l'autre. On pouvait voir flotter la longue robe bleu turquoise de Dragomira derrière elle, seule touche colorée dans ce paysage d'automne.

Bientôt, ils bifurquèrent pour se diriger vers un vallon plus profond que les autres, abrité par des ajoncs ondoyant sous le souffle léger de l'air. Au creux du vallon se trouvait un lac bordé de roseaux sur lequel évoluaient deux immenses poules de plus de deux mètres de haut…

– Laissez-moi vous présenter mes Gélinottes… annonça Léomido.

Les Gélinottes, l'une blanche et l'autre rousse, se tournèrent vers leurs visiteurs et caquetèrent bruyamment en agitant leurs ailes avec frénésie.

– Elles sont énormes ! remarqua Oksa.

— Attention à ce que tu dis, ma petite-fille, elles sont très soucieuses de leur apparence et peu réceptives à la critique, prévint Léomido. Un petit tour sur leur dos vous tenterait-il ?

Une minute plus tard, les Gélinottes s'approchaient de l'embarcadère de bois et se laissaient chevaucher de bon gré. Léomido s'installa avec Gus sur la Gélinotte rousse et Oksa avec sa grand-mère sur la blanche, et les équipages insolites se mirent à voguer paisiblement sur le lac. Oksa et Gus contenaient tant bien que mal leur hilarité. En vérité, ils pouffaient de rire, ce qui ne sembla pas du goût des gros volatiles qui manifestèrent leur contrariété en poussant des gloussements perçants à déchirer les tympans. Les mains sur les oreilles, Léomido conseilla de flatter les Gélinottes vexées en caressant les plumes mouchetées à la base de leur cou. Gus et Oksa se regardèrent, les yeux pétillants, en se mordillant les lèvres pour s'empêcher d'exploser de rire. Puis, obéissant à Léomido, ils plongèrent leurs mains sous le plumage qui dégageait une douce chaleur. Les Gélinottes, surprises par cette attention, marquèrent un temps d'arrêt. Quelques minutes plus tard, le calme était revenu sur le lac et la petite promenade nautique put continuer.

— Comme elles sont douces ! remarqua Oksa sans cesser de caresser les plumes de plus de cinquante centimètres de long. On dirait de la soie ! Elles sont magnifiques. Est-ce qu'on pourrait s'envoler ?

— Eh bien, nous risquerions d'attirer l'attention avec de telles créatures, répondit Dragomira. Si quelqu'un nous voyait, juchés sur des poules géantes, en plein ciel gallois… Seigneur, non… Je préfère ne pas y penser… D'ailleurs, les Gélinottes ont l'interdiction absolue de voler sans l'autorisation de l'un des nôtres. Il arrive que nous le leur permettions certaines nuits très sombres, bien qu'elles aient une très mauvaise vue nocturne. Sinon, elles doivent rester à l'abri des regards sur ce lac et dans le poulailler construit pour elles là-bas, dit-elle en montrant le long de la rive une cabane de bois de la taille d'une maison. Mais profitons de notre promenade…

C'était un moment délicieux, si délicieux que les esprits se laissèrent dériver vers une douce langueur. Gus, lui, se sentait si détendu qu'il était au bord de l'assoupissement, son corps se relâchant sur le dos confortable de la poule géante. Une joue posée contre son cou soyeux, il contemplait d'un air rêveur les collines rondes et le ciel clair en pensant à ce qu'il était en train de vivre : une fantastique aventure dont il profitait grâce à la générosité de son amie et de la famille Pollock. Quelle famille… Il avait de la chance de les connaître, beaucoup de chance.

Sur l'autre Gélinotte, Oksa avait atteint un état de félicité tel qu'elle avait l'impression que ses muscles, ses veines et même ses os s'étaient transformés en guimauve. Imitant la posture alanguie de Gus, elle se pencha en avant pour laisser reposer sa tête contre le cou moelleux de sa monture. On n'entendait plus que le doux bruissement des ajoncs et des roseaux le long du rivage et le léger clapotis des pattes dans l'eau. Les Gélinottes longeaient la rive opposée à l'embarcadère quand celle qui transportait Dragomira et Oksa poussa soudain des cris perçants, comme si elle éprouvait une violente douleur. Elle se mit à gigoter de plus en plus furieusement sur l'eau, battant des ailes avec rage.

– Baba ! Que se passe-t-il ? cria Oksa en tentant de se maintenir sur le volatile géant.

– Je ne sais pas ! Reste calme, ma Douchka, nous allons la ramener vers le bord !

Dragomira se coucha sur la Gélinotte en entourant partiellement de ses bras le corps ventripotent de la poule, qui caquetait et se débattait de plus en plus fort. Léomido et Gus tentèrent de se rapprocher. Mais la Gélinotte blanche frappait si fort l'eau de ses ailes qu'ils durent se maintenir à une certaine distance afin de ne pas être renversés. Dragomira, toujours accrochée au corps emplumé, gardait de plus en plus difficilement son équilibre.

– Oksa ! cria-t-elle. Tiens bon ! Reste accrochée à son cou, je vais plonger !

– Mais Baba, l'eau doit être glacée !

Un avertissement qui n'impressionna pas la vieille dame le moins du monde : elle avait déjà sauté dans l'eau ! Sa robe formant comme un nénuphar bleu autour de son corps, elle nagea jusqu'à l'arrière de la Gélinotte et se mit à battre rapidement des pieds en poussant de toutes ses forces la pauvre créature.

Malheureusement, la Gélinotte ne bougeait pas d'un centimètre…

– Bon, aux grands maux les grands remèdes ! marmonna Dragomira, les cheveux dégoulinant le long de son visage.

Oksa se retourna et ce qu'elle vit faillit la faire tomber à la renverse. Dragomira avait en effet abandonné la nage pour adopter un tout autre mode de déplacement : elle marchait maintenant à la surface du lac, comme s'il s'agissait de la terre ferme ! Debout sur l'eau – *debout sur l'eau !* –, elle s'était adossée à la Gélinotte et faisait pression de tout son corps, de la même façon qu'elle aurait poussé une armoire ou une voiture en panne : en prenant appui avec ses pieds, ce qui s'avérait nettement plus efficace que la nage dans ce cas précis. Léomido, comprenant la tactique de sa sœur, dirigea la Gélinotte rousse derrière sa compagne pour aider à la manœuvre. À grand renfort de poussées et de cris, le rivage fut bientôt atteint.

Léomido sauta à terre et aida Gus et Oksa à quitter leur monture.

– Reculez-vous, les enfants ! leur lança-t-il d'un ton vif.

– On va t'aider !

– NON ! répliqua-t-il d'un ton brusque. Éloignez-vous du bord !

Et il hissa tant bien que mal la Gélinotte sur le rivage, la tirant par le cou pendant que Dragomira poussait l'arrière-train.

– Oouff, j'ai bien cru que nous n'y arriverions jamais ! soupira-t-elle, trempée des pieds à la tête.

Léomido se précipita pour lui mettre sa veste en velours sur les épaules. Puis, se tournant vers Gus :

– Gus, mon garçon, veux-tu courir jusqu'au poulailler, s'il te plaît ? Tu verras, il y a un placard. Ouvre-le et rapporte toutes les couvertures qui sont dedans !

Gus n'attendit pas une seconde et entama un sprint infernal : le sprint du siècle ! Trois minutes plus tard, telle une momie, Dragomira était totalement enveloppée de plusieurs couches de plaids, ce qui fit cesser net ses claquements de dents et les frissons qui commençaient à l'agiter.

– Mais qu'est-ce qu'elle a, Baba ? demanda Oksa en regardant la Gélinotte qui se tordait dans tous les sens.

– Je ne sais pas ! C'est bien la première fois qu'une Gélinotte réagit comme ça ! Oh, regardez, elle est blessée !

Effectivement… Et la blessure était loin d'être ordinaire : une de ses pattes semblait *vitrifiée* ! La pauvre créature essayait en vain de la mouvoir et ses cris de douleur, d'abord perçants, se transformaient peu à peu en longs gémissements pathétiques.

— Léomido ? Tu penses comme moi ? demanda Dragomira à son frère, le regard figé sur la Gélinotte.

— J'en ai bien peur… répondit-il, l'air sombre.

— Qu'est-ce que c'est ? interrogea Oksa à son tour. Baba ? Léomido ?

Le silence des deux adultes rendait les plaintes de la Gélinotte encore plus terribles.

— Mais dites-nous ce qui se passe ! insista Oksa, tendue.

Dragomira et Léomido, le front plissé et les yeux fixés sur la patte vitrifiée, semblaient perdus dans leurs pensées. Léomido leva enfin la tête, regarda Gus puis Oksa, et prononça d'une voix blanche dont il tentait de maîtriser le tremblement :

— Un Colocynthis… Un Globus Noir…

Léomido était resté près de la Gélinotte blessée pendant que Dragomira, la démarche entravée par les couvertures qui la saucissonnaient, ramenait les enfants à la maison.

Essoufflés et le cœur battant à tout rompre, tous les trois se trouvaient maintenant dans le grand salon.

— Gus, Oksa, vous allez m'attendre ici, dit Dragomira d'un ton grave. Je ferme les portes et je veux que vous ne sortiez sous aucun prétexte. S'il y a le moindre problème, envoyez ce Veloso me prévenir, d'accord ? Il saura m'alerter en cas de besoin.

Une créature ressemblant à une belette, haute de vingt centimètres et pourvue de deux longues jambes rayées, se précipita et se campa fièrement devant eux, prête à agir.

— Je reviens dans une demi-heure, tout au plus. Je vais me changer, je n'aimerais pas attraper une pneumonie, ce n'est vraiment pas le moment, dit Dragomira comme si elle se parlait à elle-même.

Puis, s'adressant aux deux amis :

— Je vais apporter un onguent à Léomido pour soigner la patte de cette malheureuse Gélinotte. Foldingots, je vous confie ces deux enfants.

Oksa se demandait ce que pouvait bien être ce mystérieux Colocynthis. Mais en remarquant le rictus bizarre qui restait crispé sur le visage de sa grand-mère, elle décida de remettre sa question à plus tard. D'ailleurs, Dragomira venait de tourner les talons, non sans avoir fermé la porte à clé derrière elle. Ébahis, Gus et Oksa se regardèrent.

— Alors là, j'aimerais bien comprendre ce qui se passe ! commenta Gus.

— Je vais te dire comment je comprends les choses, enchaîna Oksa à mi-voix. D'après ce que je sais, les Globus Noirs sont des Granoks très dangereuses, certaines sont même mortelles. Les Félons les avaient mises au point pour mener l'attaque sur Édéfia. J'ai déjà vu au Caméroeil un homme atteint par une de ces Granoks et je peux te dire que c'était monstrueusement atroce. Ce Colocynthis doit faire partie de la même catégorie. Ce qui voudrait dire que c'est un Félon qui a attaqué la Gélinotte…

— Un Félon ? Tu délires, ma vieille ! Comment ça pourrait être possible ?

— Je ne sais pas, Gus… Foldingote ? interpella Oksa en se tournant soudain vers la petite créature qui ne la quittait pas des yeux. Tu as bien dit que quelqu'un était entré sur le domaine cette nuit ?

— Oui, Jeune Gracieuse, la vérité est ainsi, répondit la Foldingote.

— Que sais-tu d'autre ? Dis-moi ! Je suis la Jeune Gracieuse ! ordonna Oksa d'un ton plus brutal qu'elle ne l'aurait voulu.

C'était la première fois qu'elle revendiquait son statut et elle ressentait une vague honte d'en abuser ainsi avec une créature aussi prévenante que la Foldingote. Elle allait s'excuser quand la petite intendante, les yeux affolés, se mit à parler nerveusement :

— Le Maître et la Vieille Gracieuse avaient une grande inquiétude vocale hier, la crainte se mesurait. J'ai déjà fait l'exposition à la Jeune Gracieuse de tous les détails qui se trouvaient dans ma cervelle et je ne connais pas l'information supplémentaire, c'est ma promesse !

— D'accord, d'accord, Foldingote, calme-toi… répondit Oksa en lui tapotant la tête. Je te remercie de ton aide.

Puis, se tournant vers Gus, elle continua en exultant :

— Tu vois ! Il se passe quelque chose ! Je suis sûre que l'intrus de l'autre nuit a quelque chose à voir avec cette histoire de Globus Noir. Si ça se trouve, il est encore dans les parages, j'en suis même sûre ! Et n'oublie pas que l'Abominari a disparu. Il y a peut-être un rapport...

– Tu as certainement raison. Mais ce que j'aimerais bien savoir, c'est pourquoi cette pauvre Gélinotte a été attaquée, renchérit son ami.

– Ce n'était peut-être pas la Gélinotte qui était visée...

– Tu veux dire que...

La porte d'entrée claqua lourdement. Les enfants se turent et Oksa mit l'index sur ses lèvres pour indiquer à la Foldingote de garder le silence sur ce qui venait d'être dit.

– Oui, ma Jeune Gracieuse, votre domesticité possède la compréhension.

Léomido fit son apparition dans le salon, les traits tirés. Il semblait fournir de gros efforts pour ne pas afficher son inquiétude, mais ses yeux allaient de droite à gauche, balayant la pièce sans pouvoir se fixer sur quoi que ce soit. Une anxiété qui n'échappa ni à Gus ni à Oksa.

– Alors, Léomido ? La Gélinotte va mieux ? lui demanda Oksa en se levant de son fauteuil.

– Oui, beaucoup mieux, répondit-il en se servant un verre d'alcool qu'il avala d'un trait. Nous avons pu récupérer sa patte, elle est quasiment redevenue normale grâce, une fois de plus, au talent de Dragomira et d'Abakoum. Je n'aurais jamais cru devoir me servir un jour de cet onguent...

– Quel onguent ? interrogea Oksa.

La question parut ne pas atteindre le cerveau de Léomido. La mine défaite, le vieil homme se tenait debout près de la cheminée, son verre vide à la main.

– Baba est restée avec elle ? continua Oksa dans une nouvelle tentative de sortir Léomido de son hébétude.

– Oui, pour la surveiller, répondit-il enfin d'une voix atone. La pauvre Gélinotte a été bien choquée...

Oksa regarda Léomido avec plus d'intensité encore. Si la Gélinotte allait mieux, ce ne semblait pas être le cas de son grand-oncle.

– Ce n'est pas un peu dangereux ? Je veux dire... Baba... toute seule là-bas ? Qu'est-ce qui s'est passé exactement, Léomido ?

Léomido s'assit dans un fauteuil et renversa la tête en arrière, de nouveau complètement absorbé dans ses pensées.

– Que dis-tu, Oksa ? réagit-il. Excuse-moi, je réfléchissais.

– Baba ne risque rien, toute seule là-bas, après ce qui s'est passé ?

– Tout est rentré dans l'ordre, rassurez-vous tous les deux ! lança-t-il faiblement.

Oksa jeta un coup d'œil sceptique à Gus qui haussa les épaules, dépité. En retour, il lui fit une mimique indiquant qu'il valait mieux en rester là, quitte à chercher des réponses à leurs questions plus tard, éventuellement par un autre procédé. En accord avec cette suggestion, Oksa enchaîna :

– À propos de Baba, elle a fait un truc de dingue, tout à l'heure…

– Alors là, je suis à mort d'accord ! ajouta Gus avec entrain. Comment elle fait ça ? C'est hallucinant !

– Vous voulez parler de l'Aqua-Flottis ? demanda Léomido qui leur prêtait à nouveau toute son attention. Je savais bien que ça vous étonnerait…

– Nous ? Étonnés ? Tu veux rire ? s'exclama Oksa. On est complètement bluffés, oui !

– C'est un des pouvoirs des Gracieuses, mes chers enfants, expliqua Léomido avec un pâle sourire. Un grand privilège aux yeux des Du-Dedans et certainement plus que cela pour les Du-Dehors. Alors, motus et bouche cousue, vous devez vous en douter. Mais je voulais vous proposer quelque chose, car il ne saurait être question d'interrompre notre programme. Je vous invite à une petite promenade dans les airs…

– On va volticaler ? s'écria Oksa.

– Non, pas cette fois, répondit Léomido. Nous allons faire un petit tour de montgolfière.

– Waaaoouuuhhhh ! Ça, j'adore ! s'exclama Gus en bondissant de son fauteuil.

Oksa lui fit écho en tapant fougueusement dans ses mains.

– Merci, Léomido ! C'est un super cadeau !

– Je vais mettre des vêtements plus adéquats, j'en ai pour une demi-minute, attendez-moi là !

Dès que le vieil homme eut disparu dans les escaliers, les commentaires des deux amis allèrent bon train.

– Ça alors ! C'est bizarre, quand même… On vient juste de vivre un truc de dingue et Léomido veut continuer de faire ce qui était prévu, comme si de rien n'était. Et pourtant, il a l'air vraiment mal. Franchement, tu ne trouves pas ça hyper *strange*, toi ?

– Si, confirma Gus. Mais je suis sûr que depuis la montgolfière, on va pouvoir repérer celui qui a lancé le Globus Noir, il doit être encore sur le domaine… Alors, même si ça paraît bizarre de faire cette excursion dans ces conditions, c'est plutôt une bonne idée, non ?

42

La rencontre insensée

– C'est trop beau !

Gus et Oksa ne pouvaient arrêter de s'enthousiasmer. Depuis la nacelle de la montgolfière jaune et rouge qui volait au-dessus de la propriété de Léomido, la vue était splendide. Plus loin, à quelques kilomètres seulement, la mer brillait.

– On y va, Léomido ? demanda Oksa, très excitée par cette excursion.

– À vos ordres, Jeune Gracieuse ! Cap sur la mer ! lança Léomido.

Tout en effectuant ses manœuvres, le vieil homme regardait autour de lui, scrutant les collines et les vallons, le front plissé et les yeux froncés, comme s'il était à l'affût. Ce qui n'échappa pas à Oksa, qui jetait à Gus des coups d'œil d'un air entendu.

Lente et silencieuse, la montgolfière évoluait au-dessus des collines qu'ils avaient parcourues deux heures plus tôt. Les ajoncs et les herbes hautes ondulaient sous la brise, offrant un spectacle d'une grande beauté. La mer n'était plus très loin, Oksa et Gus pouvaient déjà apercevoir les falaises qui la surplombaient, la petite crique en contrebas n'était plus qu'à une centaine de mètres.

C'est alors que surgit de la crique abritée des regards l'autre *Gélinotte* ! Les deux amis poussèrent un cri de stupéfaction.

– Mais qu'est-ce qu'elle fait là ?

Aussitôt, Léomido s'affaira aux commandes, comme s'il s'était attendu à cette surprise un peu spéciale.

– Les enfants ! Accrochez-vous, je vais descendre ! cria-t-il.

Il avait raison d'anticiper, Oksa et Gus s'en rendirent tout de suite compte : la Gélinotte battait des ailes avec une puissance implacable à quelques dizaines de mètres seulement de leur engin, au risque de le heurter. Léomido agit sur la soupape et tous les trois s'agrippèrent de toutes leurs forces à la nacelle. Mais malgré les manœuvres d'éloignement, la Gélinotte se rapprochait de plus en plus. Comme si elle suivait la montgolfière.

OU PLUTÔT COMME SI ELLE LA POURSUIVAIT !

Que Léomido vire à droite ou à gauche, qu'il monte ou qu'il descende, il était aussitôt imité par la poule géante. Des cris diffus retentirent soudain, parvenant aux oreilles du trio et, malgré leur manque de clarté, Oksa crut percevoir le nom de son grand-oncle.

– Léomido ! J'ai l'impression qu'on t'appelle depuis la Gélinotte ! s'exclama-t-elle.

– Que dis-tu ? C'est impossible !

Et pourtant si ! C'était bel et bien le nom de Léomido qu'elle avait entendu. À mesure que les deux équipages se rapprochaient, le doute s'effaçait. Léomido sortit sa Crache-Granoks et sollicita une Reticulata pour essayer de voir qui l'appelait avec autant d'insistance. La méduse-loupe devant lui, il marqua un temps d'arrêt pendant lequel il resta immobile, les yeux écarquillés de stupeur. Puis il se mit à blêmir en s'accrochant au bord de la nacelle.

– Non, ce n'est pas possible ! C'est absolument impossible… bredouillait-il comme s'il voyait un revenant.

On apercevait bien une silhouette sombre qui s'agitait sur le dos de la Gélinotte. Une silhouette étrangement familière à Gus et à Oksa. Mais non… Ce devait être une vague ressemblance.

Une hallucination.

Un trouble de la vision.

Un *grave* trouble de la vision.

Un *très très grave* trouble de la vision.

– Gus, je crois qu'il y a un problème, murmura Oksa en montrant son grand-oncle livide.

– Oui… et là aussi, il y a un problème… répondit Gus d'une voix blanche en montrant la Gélinotte qui, en se rapprochant, confirmait leurs impressions. REGARDE !

Oksa détourna les yeux et reçut le choc de sa vie.

Une vision d'horreur. Un cauchemar éveillé.

Le professeur McGraw était là !

L'exécrable, l'infect, l'insupportable McGraw était là, atrocement proche. Sur le dos de la Gélinotte ! Là, dans le ciel du pays de Galles, à plusieurs centaines de kilomètres de chez eux !

– MCGRAW ! s'écrièrent en chœur les deux amis.

– ORTHON ! lâcha Léomido d'une voix d'outre-tombe.

L'équipage maudit s'approchait encore et effaçait les derniers doutes. McGraw braillait le nom de Léomido à tue-tête et Oksa regarda son grand-oncle avec un air de profonde incompréhension, réclamant des yeux une explication, aussi minime soit-elle. Quand il croisa son regard, le temps sembla s'arrêter quelques dixièmes de seconde pendant lesquels Oksa lut une expression de terreur, comme si Léomido vivait ses derniers instants. Puis il se reprit, remuant la tête comme s'il voulait chasser ses effrayantes pensées.

– Couchez-vous, les enfants, restez cachés ! dit-il en les poussant vers le fond de la nacelle avec une rudesse inhabituelle.

Bouleversé, il se précipita sur le brûleur de la montgolfière. L'engin monta subitement. Mais, comme on pouvait le craindre, McGraw manœuvrait la Gélinotte à la perfection et suivait le trio de très près.

– Léomido ! hurla-t-il. Laisse-moi Oksa ! Tu me dois bien ça ! J'ai voué ma vie entière à ce moment, cette enfant est ma clé !

– Tu n'es qu'un fou, Orthon ! répondit Léomido.

– C'est toi qui me parles de folie ? Regarde combien ta vie est médiocre ! Rejoins-moi ! J'ai découvert à Du-Dehors un monde à la hauteur de nos ambitions. Une nouvelle ère se promet à nous, une ère de puissance et de grandeur ! Ne t'oppose pas à moi, Léomido, viens à mes côtés…

– Mais qu'est-ce qu'il dit ? Qu'est-ce que ça veut dire ? Comment il te connaît ? cria Oksa, terrorisée, en s'accrochant au bras de Léomido, qui se dégagea aussitôt pour se concentrer sur la machinerie.

Projetée en arrière, elle se recroquevilla et jeta un coup d'œil paniqué à Gus qui vint s'accroupir près d'elle. « *On est foutus !* » hurla-t-elle dans sa tête.

– Tu vois ? J'avais raison ! McGraw me cherche, ce n'est pas un prof, il est là pour m'enlever ! J'avais raison, oh, Gus…

– Orthon ! cria Léomido par-dessus la nacelle. Abandonne ! Oksa ne viendra jamais avec toi ! Jamais ! Tu m'entends ? Repars d'où tu viens !

– Et toutes tes promesses ? Je suis là pour que tu les tiennes ! Laisse-moi Oksa ! lui répondit Orthon-McGraw.

Oksa était abasourdie et affolée par ce qu'elle entendait. Un tremblement de désespoir lui parcourut le corps. Elle s'affaissa encore davantage dans un coin de la nacelle, Gus tout près d'elle.

– Qu'est-ce que c'est que cette histoire ? Pourquoi Léomido l'appelle Orthon ? Je ne comprends rien... Et je suis morte de peur !

– Oksa, tu as pris ta Crache-Granoks ? demanda Gus d'un ton précipité.

Oksa acquiesça.

– Je crois que c'est le moment de montrer ce que tu sais faire, ma vieille. Allez, à toi de jouer ! l'encouragea-t-il avec force.

– Tu as raison ! dit-elle en se reprenant.

Elle sortit le petit tube qu'elle gardait dans la poche intérieure de sa veste et se redressa. Laissant dépasser juste le haut de sa tête de la nacelle, elle vit McGraw à quelques mètres. Il visait l'enveloppe de la montgolfière avec quelque chose qui brilla brièvement au soleil. Était-ce une arme ? Un pistolet ? Oksa essaya de se concentrer, mais la terreur emportait tout sur son passage et balayait son esprit de toute pensée rationnelle.

– Oksa ! la secoua Gus. Vite ! Il faut faire quelque chose !

Mais Oksa avait beau chercher, c'était le vide cosmique dans son esprit. Sa mémoire ne contenait plus la moindre bribe de ce que Dragomira lui avait expliqué quelques heures plus tôt.

Au bord des larmes, elle jeta à Gus un regard affolé.

– Je ne me rappelle plus, Gus... Je ne sais plus !

Gus se pencha vers elle et lui souffla quelques mots dans le creux de l'oreille. Il était temps ! Le cœur rempli de rage et de peur, bénissant l'intuition extraordinaire de Dragomira et le sang-froid exemplaire de Gus, elle lança le nom que son ami venait de lui rappeler :

– Tornaphyllon !

Puis, dirigeant son tir droit sur McGraw, elle souffla. Dès que la Granok fut expulsée, la Gélinotte se mit à tourner follement sur elle-même, emportée dans un brusque tourbillon d'air formant un remous phénoménal auquel rien ne pouvait résister.

– Oksa ! T'as réussi ! T'es géniale ! exultait Gus. Aahh ! Mais qu'est-ce que c'est que ça ?

Une inquiétante tache noire s'approchait. Aussi dense et mobile qu'un nuage d'étourneaux, la tache bondit soudain vers eux.

– Attention les enfants ! hurla alors Léomido. Des Chiroptères Tête-de-Mort ! Baissez-vous et couvrez-vous la tête, ne les laissez surtout pas vous mordre !

Gus et Oksa eurent juste le temps d'apercevoir un monstrueux essaim d'insectes qui se dirigeait vers leur montgolfière. Ils s'accroupirent pendant que Léomido prenait les choses en main en lançant une défense à grands coups de boules de feu. Dans la nacelle, les deux amis entendirent l'écœurant crépitement des insectes grillant dans les flammes. Mais aussi le terrifiant vrombissement des rescapés qui parvenaient malgré tout à les assaillir ! Imitant Léomido, Oksa se concentra et réussit à lancer quelques boules enflammées qui atteignirent leur but en décimant plusieurs groupes de Chiroptères Tête-de-Mort. Des dizaines de cadavres carbonisés de ces insectes répugnants dont les plus grands spécimens atteignaient dix centimètres tombèrent aussitôt. L'un d'eux, plus résistant ou encore plus obstiné que ses congénères, passa néanmoins la barrière de feu dressée par Léomido et Oksa. Alors qu'il se ruait férocement sur Gus, ses ailes commencèrent à fumer, une odeur de chair brûlée s'éleva et l'insecte poussa un hurlement d'agonie à glacer le sang.

– Mais comment peut-il encore être vivant ? souffla Gus. Il est en feu ! Il se consume sous nos yeux !

À la vue de la gueule béante laissant entrevoir des crocs aiguisés comme des lames de rasoir, le jeune garçon s'affola. Il n'eut pas le temps de réagir qu'une vive douleur près de l'oreille le fit grimacer : l'immonde bestiole l'avait mordu ! Il l'écrasa d'une violente tape du plat de la main alors qu'une substance verdâtre et visqueuse coulait le long de sa joue. Il s'essuya nerveusement et, du bout des doigts, attrapa l'insecte pour le regarder de près. Quand il vit son abjecte petite tête, il comprit aussitôt d'où il tenait son nom et, avec un haut-le-cœur, il le jeta par-dessus bord.

De l'autre côté, malmenée par la tornade, la malheureuse Gélinotte perdait à la fois de la vitesse et de la hauteur. Elle se débattait avec hargne pour se débarrasser de son cavalier en poussant des cris déchirants. Soudain, elle lui donna un coup d'aile qui le désarçonna. Assommé, McGraw perdit l'équilibre alors que la Gélinotte les précipitait tous les deux vers la mer dans laquelle ils s'écrasèrent sans délicatesse.

Pendant ce temps, crispé sur les outils de commande, Léomido dirigea la montgolfière rouge et jaune vers l'intérieur des terres, sous les cris menaçants de McGraw qui résonnaient sur la lande…

43

Un sinistre compte rendu

– Alarme ! Alarme ! L'accident s'est abattu sur l'ami de notre Jeune Gracieuse ! Il a fait le plongeon dans l'évanouissement et une blessure mauvaise a teinté de sang son visage ! Mes yeux ont été le témoin plein d'impuissance depuis la lande ! Alarme !

Le Foldingot de Léomido gémissait en se tordant les mains. En face de lui, la Foldingote blanchit jusqu'à en devenir presque translucide. Puis elle chancela sous l'effet de l'émotion. Tout en tanguant dangereusement d'un pied sur l'autre, elle réussit à bredouiller :

– Il… il a pratiqué la chute de la montgolfière ?

– Non, ma Foldingote, lui répondit son compagnon. La blessure a été attribuée par un danger monstrueux… un Chiroptère Tête-de-Mort !

– Un Chiroptère Tête-de-Mort ? Mais les Chiroptères viennent d'Édéfia ! Les Félons…

La Foldingote n'eut pas le temps de terminer sa phrase : submergée par une douloureuse angoisse, elle s'effondra sur le sol. Le Foldingot se précipita vers elle et souffla sans ménagement sur son visage joufflu jusqu'à ce qu'elle revienne à elle.

C'est alors que la porte d'entrée s'ouvrit en grinçant sur ses gonds. La longue silhouette de Léomido apparut sur le seuil, pour le plus grand soulagement des petites créatures affolées. Malheureusement, comme l'avait annoncé le Foldingot, ce retour était des plus dramatique : Léomido portait dans ses bras le corps inanimé de Gus dont le visage laissait voir une vilaine marque ressemblant à une morsure de serpent. La peau avait gonflé en prenant une inquiétante couleur de fruit pourri qui s'étendait sur le côté gauche du visage du jeune garçon. Oksa, écœurée par la forte odeur que dégageait la blessure, ne détachait pas les yeux de son ami tout en luttant contre la panique.

Quand Léomido allongea le blessé sur un des canapés du grand salon, les yeux de Gus s'entrouvrirent pour laisser apparaître les globes oculaires complètement révulsés, blancs et laiteux, vides de vie. L'espace d'un instant, Oksa crut que le pire était arrivé. Gus ne s'en remettrait pas… Un violent picotement pinça ses narines et emplit son corps tout entier de larmes amères. Pendant plusieurs secondes, le regard bleu marine du garçon resta dénué de toute expression, comme si son cerveau ne fonctionnait plus. Puis une lueur brilla au fond de ses pupilles : il revenait à lui.

– Mon Foldingot, va vite chercher Dragomira ! ordonna Léomido. Ne t'inquiète pas Oksa, ajouta-t-il en se tournant vers sa petite-nièce. Dragomira saura ce qu'il faut faire, Gus va s'en sortir…

Il était près de minuit quand les derniers Sauve-Qui-Peut pénétrèrent enfin dans la nef de l'ancienne église transformée en salon. Suivant de peu Mercedica, la fière Espagnole membre du Baba's Band, Naftali et Brune Knut, les excentriques grands-parents de Tugdual, se débarrassèrent de leurs épais manteaux avant de saluer chacun de leurs amis.

– Vous êtes tous là… murmura Naftali. Bonsoir, Jeune Gracieuse… ajouta-t-il, les yeux fixés sur Oksa.

Oksa ne connaissait pas encore les Knut et sa stupéfaction était à la hauteur de leur arrivée majestueuse. Jamais elle n'avait vu des gens aussi surprenants. D'une stature hors du commun, Naftali était chauve, le bas du visage couvert d'un fin duvet presque translucide. Ses vêtements de velours noir étaient agrémentés d'une seule fantaisie : un collier de minuscules perles d'un vert étincelant qui mettait en valeur son énigmatique regard d'émeraude. Sans quitter Oksa des yeux, il posa la main sur le bras de sa femme qui s'inclina légèrement en prononçant d'une voix gutturale :

– Je me réjouis de faire ta connaissance, Jeune Gracieuse.

Brune Knut était aussi remarquable que son mari. Elle paraissait avoir soixante-dix ans, peut-être même en avait-elle quatre-vingts. Vêtue d'un pantalon recouvert d'une robe asymétrique, elle avait une allure fantastique. Ses cheveux d'un blanc neigeux, coupés au carré, découvraient une oreille percée d'une bonne dizaine de minuscules diamants. Le haut de sa lèvre supérieure était également orné d'une petite pierre qui brilla d'un bref éclat lorsqu'elle courba la tête devant Oksa.

– Bonsoir… bredouilla la jeune fille, impressionnée de susciter autant de respect chez une personne d'une telle prestance.

Elle s'installa sur le tapis, les bras enroulés autour des genoux, en tentant de masquer son embarras. Autour d'elle, en dépit de la chaleur de ce lieu superbe, l'ambiance était grave et les visages sombres. Réunis en arc-de-cercle devant l'immense cheminée, tous échangeaient des commentaires à voix basse en lui jetant des coups d'œil inquiets. Elle sentait le poids de leur regard, mais ses pensées l'isolaient malgré elle dans une réflexion qui la faisait bouillir. Instinctivement, elle leva les yeux vers le plafond orné d'entrelacs en stuc. Juste au-dessus se trouvait la chambre de Gus. Le garçon allait mieux grâce aux pommades et aux décoctions mystérieuses de Dragomira. Mais le choc avait été terrible, il devait se reposer. D'ailleurs, il n'avait pas tardé à plonger dans un profond sommeil. Oksa l'avait veillé un moment, inquiète et bouleversée par la mine de son ami et sa pâleur cadavérique. L'image était obsédante.

Elle frissonna et chercha du regard ses parents, qui étaient arrivés deux heures seulement après le terrifiant accident en compagnie d'Abakoum, de Tugdual et… de Pierre et Jeanne Bellanger ! Qu'est-ce qu'ils faisaient là ? Leur présence dans cette demeure – surtout dans ces circonstances un peu spéciales – était incompréhensible. C'était une réunion de Sauve-Qui-Peut ! À part Gus, aucun Bellanger n'avait de raison de se trouver là, et, pourtant, personne ne semblait étonné. Oksa avait entraîné Dragomira pour tenter de l'interroger entre deux portes. Mais la Baba Pollock s'était contentée de faire de vagues signes d'apaisement de la main : comme d'habitude, il fallait patienter, les réponses ne tarderaient pas.

Dragomira s'assit avec raideur, sa large robe prune s'évasant autour d'elle. Du bout des doigts, elle se mit à effilocher nerveusement les franges de soie qui pendaient de l'accoudoir du fauteuil, les réduisant en fins filaments. Puis elle se racla la gorge pour attirer l'attention de l'assistance.

— Mes amis… prononça-t-elle enfin, la voix tendue. Depuis plus de cinquante ans, nous avions toujours été dans le doute, mais aujourd'hui, nous avons eu la confirmation funeste de ce que nous craignions tous : au moins un des Félons a réussi à passer le Portail. Le fils du pire ennemi d'Édéfia est à Du-Dehors et il a réussi à s'approcher au plus près du cœur de notre espoir, ajouta-t-elle en désignant Oksa.

Une onde affolée se propagea et envahit la pièce entière. Les Foldingots poussèrent un cri suraigu auquel Jeanne et Marie firent écho.

— Que s'est-il passé exactement ? Dis-le-nous, Léomido ! prononça Pavel d'une voix tremblante.

Le front couvert de sueur, Léomido ferma les yeux un court instant, puis les rouvrit.

— Il a tenté une première attaque en début d'après-midi, dit-il d'une voix caverneuse. C'est une de mes Gélinottes qui en a subi les conséquences. Mais c'était dérisoire comparé à ce que nous avons dû affronter deux heures plus tard…

Léomido se tut et déglutit à grand-peine.

— Il a récidivé ? l'encouragea Naftali.

— Oui, reprit le vieil homme, avec une force qui m'a sidéré. J'ai bien cru que nous n'allions pas pouvoir faire face. Heureusement qu'Oksa et Gus ont été courageux, ajouta-t-il. Sinon Oksa serait entre ses mains… Elle a eu le bon réflexe en lui envoyant une Granok de Tornaphyllon. Mais, en retour, nous avons reçu un essaim de Chiroptères Tête-de-Mort.

Un frémissement inquiet parcourut l'assemblée des Sauve-Qui-Peut.

— Quelle horreur ! Vous avez eu de la chance d'en réchapper ! s'alarma Jeanne Bellanger qui paraissait tout à fait savoir de quoi il s'agissait, pour le plus grand désarroi d'Oksa.

— Oui, reconnut Léomido. Comme vous le savez, Gus a été touché, mais, par chance, la morsure est superficielle. Dragomira a fait ce qu'il fallait, il n'y a plus aucun danger…

— Ni aucune séquelle ? s'empressa de lui demander Naftali d'un air soucieux. Les Chiroptères sont extrêmement…

— Ne compliquons pas les choses inutilement, le coupa Léomido d'un ton sec.

— Comment avez-vous échappé à cet essaim de Tête-de-Mort ? continua Mercedica en fixant Léomido.

— Nous avons lancé des Feufolettos, tous ces monstres ont été carbonisés. Mais c'est à Oksa que revient tout le mérite. C'est grâce à elle que la Gélinotte a été entraînée vers la mer.

— Et grâce à Gus… murmura Oksa.

— C'est vrai ! acquiesça Léomido. Ils ont tous les deux fait preuve d'un sang-froid extraordinaire. Pour ma part, je n'en ai pas cru mes yeux quand j'ai vu que nous étions attaqués en plein ciel. C'était ahurissant… L'attaque de ma Gélinotte n'était en fait destinée qu'à m'attirer dans les airs et je suis tombé dans le piège à pieds joints. J'ai toujours été si prévisible à ses yeux…

— Alors, c'est bien lui ? Tu en es sûr ? l'interrompit Naftali.

— Oui, il n'y a aucun doute, c'est bien Orthon, le fils d'Ocious !

— Mais non ! C'est McGraw, notre prof de maths ! intervint Oksa d'un ton vif.

Tous les regards se tournèrent vers elle. Pavel poussa un cri de rage. Pâle comme un linge, Marie lui saisit le bras, les yeux écarquillés. Jeanne et Pierre se regardèrent, interdits.

— Votre prof de maths ? balbutia Dragomira, perdue.

— Enfin… répondit Oksa avec hésitation. Ce n'est pas un vrai prof…

La stupéfaction était unanime.

— Oups… fit Oksa avec la désagréable impression d'en avoir trop dit. Désolée…

— Que veux-tu dire ? insista son père d'une voix cassée.

Oksa hésita un instant. Puis, encouragée par Pavel, elle expliqua d'une voix presque inaudible :

— Jusqu'à aujourd'hui, Gus et moi, on pensait que McGraw était envoyé par des services secrets et qu'il voulait m'enlever pour faire des expérimentations sur mon cerveau…

— QUOI ?

Le cri avait été poussé à l'unisson par tous ceux qui se trouvaient dans le salon, y compris les Foldingots. Oksa baissa les yeux, gênée d'être à la fois le point de mire, le sujet de conversation et l'objet de tous ces troubles.

— Attends ! dit Marie d'une voix affolée. Tu veux dire que depuis la rentrée, vous pensez tous les deux que votre prof de maths est une espèce de mercenaire qui envisageait de te kidnapper ?

— Qu'est-ce qui vous a fait penser cela ? demanda Abakoum de sa belle voix calme.

Oksa jeta un coup d'œil désespéré à Dragomira.

— Nous avons enquêté sur lui.

— Qu'est-ce que c'est que cette histoire ? bougonna Pavel, les sourcils froncés.

— Tout le monde le déteste et le craint, continua Oksa. On l'a toujours trouvé louche et pas seulement parce que c'est un prof atroce, contrairement à ce que vous pouvez penser. Car, depuis le début, c'est comme s'il connaissait tout sur moi. Comme s'il avait toujours su qui j'étais… Il y a quelques jours, on a pu avoir son dossier administratif.

— Je préfère ne pas savoir comment… marmonna Pavel.

— C'était écrit qu'il a travaillé pour la CIA et la NASA. Il est spécialisé dans la photoélectricité et il est passionné par les travaux d'Einstein sur la lumière.

— Eh bien, voyons… bougonna Abakoum à son tour.

— Sur le coup, on a pensé que c'était incroyable de quitter la NASA pour venir enseigner les maths à des collégiens, poursuivit Oksa en regardant brièvement son père. Puis on a découvert qu'il avait postulé à St Proximus College pour des raisons personnelles. Et ses raisons personnelles, C'EST MOI ! C'est pour ça qu'on a cru que c'était un agent secret qui me recherchait. Mais on était loin d'imaginer que c'était un Félon…

Dire que les Sauve-Qui-Peut étaient cloués de stupeur aurait été bien en dessous de la réalité. Tous étaient littéralement paralysés par les révélations d'Oksa et de Léomido. Le souffle court, les yeux fiévreux, chacun essayait d'assimiler les incroyables informations. Quant à Oksa, les pensées se mettaient en place dans son esprit survolté. Ses prunelles gris ardoise s'agrandirent au fur et à mesure que les indices s'imbriquaient les uns dans les autres.

— Oh ! là, là ! s'exclama-t-elle soudain. J'y crois pas !

44

De troublantes réactions

La conclusion à laquelle Oksa venait d'arriver la plongea dans l'épouvantable pressentiment qu'ils s'engageaient tous dans une aventure bien plus dangereuse que ce qu'ils pouvaient imaginer.

– Pourrions-nous savoir à quoi tu penses ? lui demanda Pavel d'un air tendu.

Oksa le regarda mécaniquement, le visage sans expression. Elle secoua la tête pour retrouver ses esprits et cligna des paupières.

– À St Proximus, il y avait un prof de maths qui s'appelait Williams, commença-t-elle d'une voix rauque. Juste avant la rentrée, il a été retrouvé mort dans la Tamise. Assassiné ! Il paraît que c'était un meurtre atroce et très mystérieux, c'est notre copain Merlin Poicassé qui nous a raconté ça…

– Seigneur ! s'exclama Dragomira. Et… sait-on comment est mort cet homme ?

La question venait de faire irruption dans tous les esprits. Une question capitale à la réponse redoutable.

– Euh… non… bredouilla Oksa. Mais j'ai une petite idée sur la question…

Sur ce, elle bondit et courut jusqu'au bureau de Léomido attenant au grand salon. Elle alluma l'ordinateur de son grand-oncle et, quelques secondes plus tard, elle surfait sur Internet, les Sauve-Qui-Peut rassemblés autour d'elle.

Quand une page de journal, extraite des archives du *Times*, s'afficha. Oksa se rapprocha de l'écran et parcourut l'article de presse à toute vitesse. Jamais elle n'avait lu aussi rapidement ! Quand elle eut terminé, elle siffla entre ses dents tout en crispant les mains sur le clavier de l'ordinateur.

– Dis-nous maintenant ! lança Mercedica en tendant le cou pour essayer de voir l'écran. Nous voulons savoir !

— Eh bien, non seulement McGraw est un Félon, mais en plus c'est un criminel ! s'exclama Oksa d'un air à la fois triomphal et affolé. Il a tué le professeur Williams pour prendre sa place…

— Mais c'est épouvantable ! s'écria Dragomira.

— Et ce n'est pas tout ! continua Oksa en s'agitant. Il a également tué le journaliste Peter Carter parce qu'il devenait trop dangereux. Et voici la preuve !

Ce qu'éprouvèrent les Sauve-Qui-Peut à cet instant précis ressemblait à un vertige glacé. L'article du *Times* donnait les détails terrifiants de la mort de Lucas Williams, l'honorable professeur de maths du St Proximus College, retrouvé dans la Tamise deux semaines avant la rentrée. Les causes de sa mort restaient une énigme pour les enquêteurs de Scotland Yard : les poumons de la victime s'étaient dissous sous l'effet d'une substance dont aucun laboratoire scientifique n'avait pu trouver l'origine. Les plus grands spécialistes mondiaux s'étaient penchés sur cette matière inconnue, mais aucun n'avait réussi à percer le mystère de sa composition.

Le meurtre de Lucas Williams n'avait toujours pas été élucidé quand était survenu un autre cas, étrangement similaire. Le corps de Peter Carter avait été retrouvé. Et il s'avérait que le célèbre journaliste d'investigation américain était mort de la même façon que le prof de maths anglais…

— Papa ? intervint Oksa quand tout le monde eut terminé de lire l'article. Tu te souviens quand tu as dit que c'était *forcément* l'un de vous qui avait tué Peter Carter ? Eh bien, tu avais raison, c'est un Sauve-Qui-Peut… Mais ce Sauve-Qui-Peut est un Félon ! C'est McGraw, ou Orthon, si vous préférez… C'est lui qui a lancé une Granok de Pulmonis à Lucas Williams et à Peter Carter.

Le souffle coupé et les yeux plissés, chacun essayait tant bien que mal d'intégrer cette incroyable théorie.

— Attendez… intervint Léomido d'une voix mal assurée. Vous ne pouvez pas être aussi catégoriques en vous fondant uniquement sur des suppositions, c'est très grave…

— Moi, je mettrais ma main au feu, ma tête à couper ou tout ce que vous voulez que c'est McGraw qui a fait ça ! s'emporta Oksa, les poings sur les hanches. Que ce soit pour Williams ou pour Carter, il avait un sacré mobile !

— Un mobile, si sérieux soit-il, ne fait pas de quelqu'un un criminel… rétorqua Léomido.

— Peut-être… admit Abakoum en le regardant. Mais si ce n'est pas lui, c'est l'un de nous. Et franchement, permets-moi d'en douter, mon cher Léomido. L'hypothèse d'Oksa semble te contrarier, mais elle me paraît plus que vraisemblable. La mort de Lucas Williams permettait à Orthon de se rapprocher d'Oksa. Quant à Peter Carter, il était sur le point de découvrir notre origine. Il devenait un danger pour nous, mais aussi pour Orthon. N'oublions pas que nous partageons le même secret… Cependant, même s'il nous a libérés de la menace « Peter Carter », il n'en demeure pas moins qu'Orthon est dangereux. Ce qui s'est passé aujourd'hui l'illustre bien et ajoute une preuve à charge : lancer des Chiroptères contre quelqu'un n'est pas un acte anodin. D'autant plus quand c'est dirigé contre des enfants et son ancien meilleur ami…

Certains échangèrent des regards inquiets sans pouvoir prononcer un seul mot. Dans ce silence plombé, Oksa prenait conscience de la gravité de la situation et surtout des conséquences que les révélations du jour impliquaient.

— Il faut que je vous montre quelque chose ! s'écria-t-elle en faisant si rapidement volte-face qu'elle bouscula le Foldingot qui se trouvait sur son passage.

Sous les regards interrogatifs des Sauve-Qui-Peut, Oksa quitta la pièce comme une trombe, manquant de trébucher en marchant sur son lacet défait. Elle le fourra dans sa basket et gravit quatre à quatre les marches menant aux chambres à l'étage.

Une porte claqua et la jeune fille réapparut bientôt en brandissant victorieusement un petit papier plié en huit.

— Gus et moi, on a trouvé ça dans le portefeuille de McGraw ! indiqua-t-elle.

— *Trouvé ?* objecta son père en passant la main sur son menton.

— Ça correspond à une liste, poursuivit Oksa sans relever. C'est très étrange, je suis dessus… Toi aussi, Jeanne ! ajouta-t-elle en se tournant vers la mère de Gus.

Les Sauve-Qui-Peut redoublèrent d'attention pendant qu'elle dépliait la feuille pour la tendre à Dragomira. Puis ils se groupèrent autour de la Baba Pollock qui déchiffrait à mi-voix la fameuse et mystérieuse liste établie par McGraw :

G.L. 19/04/54 Kagoshima (Jap.) 10/67+08/68
G.F. 09/06/60 Londres (Angl.) 09/73+05/74+01/75
J.K. 12/12/64 Plzen (Tchéc.) 04/77+02/78
H.K. 01/12/67 Mänttä (Finl.) 11/79+10/80
A.P. 07/05/79 Myrdalsjökull (Isl.) 01/91+06/92
C.W. 16/03/88 Houston (USA) 12/99+05/01+10/01
Z.E. 29/04/96 Amsterdam (Pays-Bas) 07/08
O.P. 29/09/96 Paris (Fr.) 05/09

Dès les premières lignes, la consternation fut unanime.

– Incroyable… prononça péniblement Dragomira en reposant la feuille sur ses genoux. Mais comment a-t-il fait ?

Oksa attendait avec fièvre en se mordillant un ongle. Enfin, Dragomira leva la tête et tous les regards convergèrent de nouveau vers la jeune fille.

– Ce que tu as trouvé là vaut de l'or, dit-elle en tentant de maîtriser son excitation.

– Mais qu'est-ce que c'est, en fait ? interrogea Oksa.

– La liste de celles qui auraient potentiellement pu être des Gracieuses…

– Waouh ! lâcha Oksa, éberluée.

– Comme tu dis, ma Douchka, acquiesça Dragomira. Les informations que tu viens de nous donner sont inestimables. Orthon, ou McGraw, ce qui revient au même puisqu'il s'agit en effet de la même personne, a visiblement consacré sa vie à rechercher comment retourner à Édéfia. D'abord par ses travaux scientifiques sur la lumière, ce qui est en rapport direct avec le Portail – l'unique accès à Édéfia, ne l'oublions pas –, et ensuite en cherchant sans relâche dans le monde entier l'éventuelle Gracieuse qui pourrait lui permettre d'entrer. Cette liste fait froid dans le dos, mais elle le prouve clairement. Nous connaissons la plupart des personnes qui y figurent et elles sont toutes filles ou petites-filles de Sauve-Qui-Peut.

– Ma fille est mentionnée, confirma Naftali sans détacher les yeux de la liste.

– La mienne aussi, marmonna Léomido.

Oksa prit son visage entre ses mains et se mit à réfléchir à voix haute :

– Qu'est-ce que je suis nulle de ne pas avoir compris plus tôt… Nulle de chez nulle ! J'étais si sûre que McGraw était un agent secret que, pour moi, c'était juste une liste des gens de notre entourage grâce auxquels il pouvait remonter jusqu'à nous…

– Mais c'est le cas, Oksa ! intervint Pavel. La plupart des noms qui sont sur cette liste correspondent à des proches des Pollock ! Tu ne pouvais pas te douter qu'ils étaient des Sauve-Qui-Peut.

– Tu m'étonnes… commenta Oksa, les yeux dans le vague.

– Quoi qu'il en soit, agent secret ou Félon, Orthon/McGraw est là pour toi, Oksa, c'est une évidence, précisa Abakoum. Il est clair que tu cours un grand danger, il ne te lâchera pas. Toutes ces manœuvres et ces meurtres atroces ne sont entrepris que pour se rapprocher de toi.

– Oui, et il a parfaitement réussi ! ajouta Dragomira.

– Donc, si je comprends bien, vous voulez dire que cet Orthon/McGraw, le prof de maths de nos enfants, est un Sauve-Qui-Peut de la catégorie des Félons, doublé d'un dangereux criminel ? résuma Marie d'une voix blanche en s'adressant à Léomido et à Abakoum.

– Un dangereux criminel, je n'irais pas jusque-là… répondit Léomido avec amertume.

– Tu es bien indulgent ! fit remarquer Naftali.

– Si j'ai souhaité vous réunir tous aujourd'hui, continua Léomido sans réagir à cette remarque, c'est pour vous informer et aussi pour vous rassurer. Même si de nombreuses années sont passées, je connais bien Orthon. N'oubliez pas que nous étions très liés à Édéfia, nous avons quasiment été élevés ensemble. Il n'est pas celui qu'on croit, il faut aller au-delà des apparences…

Un brouhaha agité se leva et enfla. Tout le monde parlait en même temps et le ton des conversations laissait entendre que Léomido ne faisait pas l'unanimité. Abakoum était le seul à rester silencieux, se contentant de lui jeter un regard désapprobateur. Léomido parut déstabilisé, mais réussit à poursuivre d'une voix monocorde :

– Je sais qu'Orthon ne fera pas de mal à Oksa…

– Mais il a quand même essayé de l'enlever ! s'écria Pavel. Et je te rappelle qu'il a lancé des Chiroptères Tête-de-Mort, au cas où tu l'oublierais !

– Oui, c'est vrai, reconnut Léomido, presque à contrecœur. Mais ils n'étaient pas destinés à Oksa, Orthon a trop besoin d'elle ! Il ne lui fera jamais aucun mal, c'est une certitude. Elle est trop précieuse à ses yeux.

– Eh bien, on ne dirait pas... bougonna Marie.

– Je suis d'accord avec toi, Léomido, il faut aller au-delà des apparences, intervint Abakoum en lissant du bout des doigts sa courte barbe... Ceux qui l'ont connu savent qu'Orthon n'a pas toujours été un homme cruel. Mais regarde les choses en face, mon ami ! Tu peux te souvenir du garçon qu'il était, mais n'oublie pas l'homme qu'il est devenu...

Léomido, le regard fixe, sembla se décomposer encore davantage. Il se raidit dans son fauteuil, puis s'affaissa subitement, accablé. Aucun Sauve-Qui-Peut n'osait parler et le silence s'abattit sur la grande pièce.

– Le garçon qu'il était ? souffla Oksa en se tournant vers sa grand-mère. Mais il était comment ?

Pour toute réponse, Dragomira se leva de son fauteuil pour décrocher un tableau. Elle se rassit et braqua les yeux sur le mur nu. Aussitôt, des images apparurent.

– Le Caméræil ! murmura Oksa, impatiente de voir en direct les souvenirs de sa grand-mère.

La première scène qui s'afficha sur le mur semblait remonter à l'époque où Dragomira était encore une enfant. Un gâteau d'anniversaire orné de sept bougies s'offrait au regard des Sauve-Qui-Peut et, autour d'une table richement garnie, Oksa reconnut certaines personnes qu'elle avait déjà vues lors des précédentes séances de Caméræil : la Gracieuse Malorane – la mère de Dragomira – et son mari Waldo, ainsi que trois jeunes hommes.

– Voilà Abakoum, précisa Dragomira, et, ici, c'est Léomido et Orthon.

Ce dernier devait avoir une quinzaine d'années. D'une stature mince, presque chétive, il avait un visage doux encadré de cheveux bruns. Oksa frémit : le regard d'Orthon étant dirigé vers Dragomira, c'est comme si le jeune homme la regardait, elle, ainsi que tous les spectateurs du Caméræil. Cependant, ce regard n'avait rien d'inquiétant, bien au contraire. Affectueux et bienveillant, il contrastait totalement avec celui qu'Oksa avait croisé l'après-midi même.

– Allez, souffle tes bougies ! Et n'oublie pas de faire un vœu ! s'exclama Orthon à l'intention de la petite fille qu'était alors Dragomira.

Le Caméræil s'interrompit un court instant pour passer à une autre séquence, plus aérienne et plus sportive : Dragomira se trouvait dans les airs, en compagnie de Léomido et d'Orthon.

– Léomido va encore gagner ! lança joyeusement Orthon. Vite Dragomira ! Il faut qu'on le rattrape !

Mais les souvenirs de Dragomira s'enchaînaient à toute vitesse et personne ne connut l'issue de cette course-poursuite : le Caméræil emportait déjà les Sauve-Qui-Peut vers une troisième séquence. Orthon était assis face à Léomido et affichait un air profondément triste.

– Je suis loin d'être le fils idéal pour un homme comme lui, disait-il à son ami. Il ne supporte pas ce que je suis. C'est toi le fils qu'il aurait aimé avoir… Un garçon courageux au tempérament fort et déterminé…

Une quatrième scène apparut sur le mur et Oksa reconnut le décor de la Colonne de Verre, la résidence des Gracieuses. Les échos d'une conversation houleuse résonnaient contre les parois de verre. On vit le jeune et frêle Orthon surgir d'une pièce. Apparemment, Dragomira n'était pas supposée se trouver là car une partie de la scène fut occultée, comme si elle se tenait derrière un pilier.

– Comment avez-vous pu cacher une chose pareille ? Est-ce que vous vous rendez compte que c'est *eux* qui en paient le prix aujourd'hui ? Toute cette histoire est entièrement votre faute et celle de votre fichu secret ! Si quelqu'un est immoral, c'est VOUS, pas eux ! hurla Orthon en claquant la porte derrière lui.

Malorane, en larmes, sortit à son tour de la pièce et se dirigea vers Orthon qui tremblait de tous ses membres. Elle tenta de s'approcher de lui, mais il la rejeta violemment du revers de la main.

– Jamais je ne te le pardonnerai ! cria-t-il. Ni à toi ni à ton père, tu m'entends ? Jamais !

La dernière image que montra le Caméroeil de Dragomira était encore bien présente dans la mémoire d'Oksa : un jeune homme, casqué de cuir, faisait face aux partisans de Malorane qui tentaient de fuir.

Orthon. Le Grand Chaos. Bien sûr…

Toute douceur avait abandonné le visage de celui qui était devenu un Félon. Dans son regard dur et cruel, Oksa crut cependant lire une grande souffrance qu'elle n'avait pas perçue lors de la première projection des souvenirs de sa grand-mère, et elle en fut à la fois surprise et troublée.

Le Caméroeil s'éteignit complètement et Dragomira resta quelques secondes les yeux fermés, coupée du monde. Face à elle, Léomido semblait oppressé, sa respiration était haletante et nerveuse.

– Voilà qui était Orthon, commenta Dragomira en revenant à elle. Un jeune homme adorable que son père a brisé, un jeune homme fragile et malheureux qui était notre meilleur ami et est devenu notre ennemi… Saurons-nous jamais ce qui s'est passé ?

Dragomira plongea son regard humide dans celui de son frère. Ce dernier ouvrit la bouche, mais aucun son n'en sortit. Il déglutit à grand-peine et ses traits se tendirent encore davantage.

– Tout ce que je sais, réussit-il à murmurer, c'est qu'à partir de son entrevue avec Malorane, tout s'est détérioré. Orthon n'a plus jamais été le même.

Puis le vieil homme se leva et, sous les yeux de tous les Sauve-Qui-Peut, il quitta la pièce d'un pas lourd.

– Léomido a raison, lança Abakoum de longues minutes plus tard, Orthon ne peut pas se permettre de faire du mal à Oksa, c'est certain. Mais il peut commettre de sacrés dégâts pour parvenir à ses fins, il nous l'a déjà prouvé, à Édéfia comme à Du-Dehors. Il n'y a qu'à voir ce qu'il a infligé à Gus pour en être convaincu. Je ne pense pas que sa personnalité se soit adoucie au fil des années. Peut-être même a-t-elle empiré… C'est un homme amer et ambitieux qui sait ce qu'il veut et qui mettra tout en œuvre pour l'obtenir. Son vœu le plus cher est de retourner à Édéfia. Car n'oubliez pas que son père Ocious est resté là-bas…

– Ce mec est le diable en personne, intervint froidement Tugdual depuis la causeuse dans laquelle il s'était installé, à l'écart du groupe. Vous ne vous en êtes pas encore rendu compte ? Ce qu'il veut, c'est conquérir le Monde et nous faire tous ramper à ses pieds.

– ARRÊTE ! tonna son grand-père Naftali. Tu ne sais rien…

– Mais Tugdual a raison ! s'écria Oksa en croisant le regard d'acier du garçon. Quand on était sur la montgolfière, il a dit qu'une nouvelle ère de puissance et de grandeur allait s'ouvrir !

Abakoum prit l'air abattu.

– Léomido a négligé ce *détail*… lança-t-il.

Oksa se mordit les lèvres, gênée d'avoir dénoncé son grand-oncle. Et pourtant, c'était sacrément important !

– Orthon a les moyens de nous dominer tous, vous savez bien que j'ai raison, renchérit Tugdual, le regard ardent. Le compte à rebours a commencé !

45

Le secret des Bellanger

Un silence glacial tomba sur l'assemblée. Chacun était perdu dans ses propres pensées. De son côté, Oksa n'en revenait pas : l'horrible McGraw et Léomido étaient des amis d'enfance ! Elle éprouvait un sentiment curieux en imaginant sous les traits d'un jeune garçon tendre et complexé celui qui était la cause de tous ses ennuis depuis la rentrée…

Par ailleurs, elle se posait beaucoup de questions au sujet de Léomido. Elle trouvait notamment très étrange qu'il atténue le danger que représentait Orthon/McGraw alors qu'il avait été le mieux placé pour constater l'obstination du Félon et la violence de son attaque. Les deux hommes avaient certes été amis, mais la rencontre de l'après-midi venait de prouver que cette belle amitié faisait désormais partie du passé. Orthon/McGraw avait changé bien avant le Grand Chaos, tous l'avaient constaté. Alors comment son grand-oncle pouvait-il être sûr que ce scélérat ne lui voulait pas de mal ? Et sa famille ? S'il faisait du mal à sa famille ? Ou à Gus ? Car Abakoum avait raison : même s'il s'avérait que McGraw n'était pas l'agent secret qu'elle avait imaginé, le fait qu'il soit un ancien Félon n'augurait rien de bon. *C'était même pire…*

Profitant de la concentration dans laquelle tout le monde était plongé, Oksa se leva et quitta le salon. Il fallait qu'elle bouge si elle ne voulait pas devenir folle ! Elle se dirigea vers la cuisine pour se servir un verre d'eau qu'elle avala d'une traite, puis revint sur ses pas, peu rassurée à l'idée de se retrouver seule. En passant dans le hall d'entrée, elle aperçut les Foldingots de Léomido en pleine conversation sous la cage d'escalier. Elle s'approcha à pas feutrés et tendit l'oreille.

– Le Félon Orthon a pratiqué le double assassinat, c'est la certitude ! chuchota le Foldingot à l'intention de la Foldingote au comble de l'affolement.

– Donc, l'évidence est qu'Orthon, fils d'Ocious le Félon honni, a vécu le départ d'Édéfia ? Comme nous avec l'accompagnement de la Vieille Gracieuse ? interrogea-t-elle, le teint plus crayeux que jamais.

– La vérité est désastreuse mais implacable, ma Foldingote. Le Félon Orthon a installé sa vie près de nous et il prépare des projets d'une grande laideur. Le courage et la force doivent être rassemblés pour lutter contre la félonie. Et, surtout, l'espoir du retour à Édéfia doit être maintenu malgré les guets-apens sournois.

– Sournois, mais puissants, précisa la Foldingote. Tu as la mémoire creuse…

– C'est la Jeune Gracieuse qui possède la puissance suprême, ma Foldingote. Garde la confiance chaudement dans ton cœur…

Le Foldingot s'interrompit. Son visage rebondi prit une étonnante couleur violette, signe qu'il ressentait un sérieux embarras.

– Les oreilles de la Jeune Gracieuse font l'absorption de nos paroles, sa présence connaît la proximité…

Oksa parvenait désormais à décrypter le langage alambiqué des petites créatures. Aussi le sens de cette dernière remarque ne lui échappa-t-il pas…

– Hum hum… dit-elle.

– Jeune Gracieuse, votre domesticité a pratiqué la surveillance zélée du garçon alité, annonça le Foldingot en sortant de son abri. La Jeune Gracieuse doit recevoir l'information que celui qui est son ami a fait la rencontre avec la réanimation. Il revit !

– Tu veux dire que Gus est réveillé ? s'exclama Oksa. C'est super !

Et avant que le Foldingot puisse dire un mot de plus, elle courut à l'étage.

– Gus ! Ça va ? fit-elle en débarquant en trombe dans la chambre de son ami.

La tête soutenue par trois coussins, l'oreille et la joue gauches couvertes d'un épais pansement, Gus regarda Oksa et son beau visage d'Eurasien s'éclaira d'un large sourire.

– Oui, ça va, ma vieille… répondit-il. J'ai juste cru que j'allais mourir dans d'atroces souffrances quand cette bestiole diabolique m'a mordu. J'ai un mal de chien et peut-être que je suis en train de me transformer en mutant sans le savoir… Mais sinon, ça va… Et toi ? Quoi de neuf ?

Oksa ne put s'empêcher de rire. Elle était à la fois effarée et soulagée. Deux sensations totalement opposées qui la mettaient dans un état de grande agitation.

– Oh, Gus, si tu savais !

Et elle se mit à lui raconter dans leurs moindres détails les édifiantes révélations des dernières heures. Assis dans son lit, Gus l'écouta avec une attention stupéfaite, sans l'interrompre.

– Alors là, on a mis les pieds dans une sacrée histoire ! siffla-t-il dès qu'Oksa eut terminé. McGraw ? Un Félon d'Édéfia ? On est mal…

Les deux amis s'entre-regardèrent un moment, les rouages de leur cerveau fonctionnant à plein régime, le cœur battant à tout rompre.

– Tu sais, il se passe quelque chose avec Léomido, c'est trop bizarre… dit Oksa en se rapprochant de Gus. On dirait presque qu'il cherche à défendre McGraw, c'est comme s'il était de son côté…

– Tu ne crois quand même pas que c'est lui qui l'a mené jusqu'à toi ? interrogea Gus, haletant.

– Non ! Pourquoi nous aurait-il défendus comme il l'a fait, sinon ? Il se serait contenté de me livrer, un point c'est tout. Non, non, ça ne colle pas. Il y a autre chose… Mais quoi ?

– Et est-ce que tu as remarqué que McGraw avait l'air sacrément plus jeune que ton grand-oncle ? ajouta Gus d'un air tourmenté. Pourtant, ils ont à peu près le même âge, non ?

– Oui… répondit la jeune fille, intriguée. C'est bizarre…

– Il y a un autre souci, ma vieille…

Gus ferma les yeux, oppressé par l'émotion. Quand il les rouvrit, Oksa put y lire un profond trouble.

– J'étais à moitié inconscient, mais j'ai bien vu que mes parents étaient là, balbutia-t-il.

– Ta mère… commença Oksa.

– … est une Sauve-Qui-Peut, c'est ça ? continua Gus, la voix cassée.

Un raclement de gorge les fit sursauter. Ils se retournèrent pour découvrir Abakoum adossé au chambranle de la porte. Les bras croisés, légèrement penché sur le côté, le vieil homme les fixait de son pénétrant regard gris.

– Abakoum ! Ooohhh, c'est pas vrai ! Je suis sûre que tu as tout entendu… se lamenta Oksa.

– Ne t'inquiète pas, répondit-il d'un ton affable. Tu sais très bien que tu peux avoir confiance en moi. Je n'ai jamais trahi personne.

Oksa grimaça.

– Puis-je te donner un conseil, ma chère petite ? Fais attention à ne pas juger sans savoir. Les choses ne sont pas toujours ce qu'elles ont l'air d'être.

– D'accord, Abakoum… dit Oksa la tête basse.

– Néanmoins, les impressions et l'instinct peuvent parfois être aussi justes que la connaissance des choses, ajouta Abakoum d'un air mystérieux. C'est une question de dosage…

Il regarda longuement les deux amis avant de reprendre :

– J'ai cru vous entendre parler de l'apparence d'Orthon… Qu'est-ce que vous vouliez dire exactement ?

– Eh bien, il faisait beaucoup plus jeune que Léomido, c'était vraiment bizarre, expliqua Oksa.

– Beaucoup plus jeune ? s'étonna Abakoum.

Oksa jeta un coup d'œil à Gus.

– Je dirais trente ans de moins, à l'aise ! répondit-elle alors que Gus approuvait d'un signe de tête.

– À ce point-là ? Alors, je comprends votre surprise…

Le vieil homme plissa les yeux et caressa sa courte barbe d'un air préoccupé.

– Qu'est-ce que ça veut dire, Abakoum ?

– J'ai ma petite idée, mais nous verrons cela plus tard. Pour le moment, je crois que Gus souhaiterait qu'on réponde à une question beaucoup plus urgente… La présence de tes parents t'intrigue ?

– Oui ! s'exclama Gus en rejetant une mèche de cheveux qui lui tombait sur le visage. En plus, ma mère est sur la liste ! Ça veut dire qu'elle est une Sauve-Qui-Peut, n'est-ce pas ? ajouta-t-il, contrarié.

– Effectivement, ta mère est une descendante de Sauve-Qui-Peut et, à ce titre, il existait une probabilité pour qu'elle soit un jour notre Gracieuse. C'est pourquoi son nom apparaît sur cette fameuse liste que vous avez… hum… *trouvée*. Seulement, ce n'est pas elle qui a été choisie, ajouta-t-il en glissant à Oksa un sourire affectueux. Mais ne crois-tu pas qu'il vaudrait mieux en parler avec ceux qui sont directement concernés ?

Abakoum aida Gus à se lever et lui offrit son bras pour rejoindre le salon, Oksa ouvrant la marche.

– Jeanne, Pierre, voici un jeune homme qui souhaiterait vous poser quelques questions…

– Gus ! s'exclama Pierre.

Celui que tout le monde surnommait « le Viking » affichait un air confus contrastant avec son impressionnante envergure.

– Eh bien… bredouilla-t-il en se couvrant d'une main le bas du visage. Puisque l'heure est aux révélations…

Il regarda enfin Gus, qui était au supplice.

– Comme tu l'as compris, si nous sommes ici, mon fils, c'est parce qu'Édéfia n'est pas une inconnue pour nous. Tout comme Pavel, ta mère et moi, nous n'y sommes pas nés et nous n'y sommes jamais allés. Mais nos parents font partie du groupe de Sauve-Qui-Peut qui a franchi le Portail le jour du Chaos…

Saisi par un élancement douloureux, Gus se prit la tête entre les mains et se laissa glisser le long du mur. Son père se précipita pour le soutenir et le porta ensuite jusqu'au sofa, à côté de sa mère.

– Prends ceci, mon cher garçon ! intervint Dragomira en lui tendant une petite fiole bleutée. Je crois qu'une nouvelle dose ne te fera pas de mal, bien au contraire.

Gus ferma les yeux, avala d'une traite le contenu de la fiole et grimaça en secouant la tête.

– Ce truc va me décaper l'estomac, c'est sûr !

– Le goût n'est pas comblé d'excellence, mais l'action est victorieuse des empoisonnements, l'encouragea le Foldingot.

Gus sourit faiblement à la petite créature, puis se tourna vers sa mère.

– Explique-moi, Maman, s'il te plaît. Je veux savoir.

– Mon père était le représentant des Gorges-Hautes au Pompignac, le gouvernement d'Édéfia, commença la douce Jeanne Bellanger, et les parents de Pierre étaient des Mainfermes responsables de l'intendance de la Colonne de Verre. Tous les trois étaient très attachés à la Gracieuse Malorane et c'est pour cette raison qu'ils ont bénéficié de sa protection jusqu'au Portail. Comme tous ceux qui ont eu cette chance, ils avaient juré de veiller sur Dragomira. Mais malheureusement, l'éjection d'Édéfia a disséminé dans le monde entier tous les Sauve-Qui-Peut. Seuls ceux qui sc trouvaient les uns à côté des autres ont pu rester réunis : ce fut le cas pour Dragomira, Abakoum et Léomido. Un autre groupe était constitué de mon père et des parents de Pierre, éjectés en Tchécoslovaquie, à plusieurs milliers de kilomètres de la Sibérie. Ils se sont intégrés rapidement et sont toujours restés très solidaires.

« Mon père s'est marié avec une jeune Tchèque et, douze ans après, je naissais. Lors des événements d'août 1968, quand les Soviétiques sont intervenus à Prague, mes parents ont été tués. Les parents de Pierre m'ont accueillie et m'ont traitée comme leur fille. Peu de temps après, nous avons pris la route de l'exil. Pour les parents de Pierre, c'était la deuxième fois. Leur instinct les a menés en France et le hasard a voulu qu'ils retrouvent Dragomira, Abakoum et Léomido quelques années plus tard.

– Comment ils ont fait ? l'interrompit Oksa, captivée par ce récit.

– Quand ma famille se trouvait encore en Tchécoslovaquie, le pays était fermé et ce qui se passait en Occident avait du mal à parvenir jusqu'à nous. Mais quelques mois après notre arrivée en France, le père de Pierre est tombé sur un article qui parlait de Léomido qui, comme vous le savez, était devenu un chef d'orchestre réputé. Il l'a tout de suite reconnu sur la photo, comme certains Sauve-Qui-Peut qui vivaient dans des pays où les informations circulaient librement. Plusieurs d'entre eux ont ainsi pu se retrouver grâce à la réputation de ton grand-oncle, Oksa. Ceux de la première génération, comme Mercedica en Espagne, Naftali et Brune en Finlande, Cockerell au Japon…

– Combien vous êtes ? Vous le savez ? demanda Gus.

– Aujourd'hui, nous connaissons dix Sauve-Qui-Peut. Sans compter Orthon, dont on se serait volontiers passés, répondit Pierre « le Viking » d'un ton amer. La liste que vous venez de nous donner va nous fournir des indications pour essayer d'en repérer d'autres. Le groupe qui accompagnait la Gracieuse Malorane était composé de trente-cinq personnes, mais nous ne savons pas combien ont réussi à passer le Portail. Alors, tu vois ! Pour les deuxième et troisième générations, c'est encore plus difficile, car tous n'ont pas forcément informé leurs enfants de leurs origines.

– Comme vous… marmonna Gus.

– Oohh, Gus ! s'exclama sa mère en tentant de l'attirer contre elle.

– Ça veut dire que depuis plusieurs semaines, vous savez que je connais toute l'histoire et vous avez fait comme si de rien n'était ! s'insurgea Gus en repoussant son geste.

– Ne sois pas vexé… lui dit son père avec douceur.

– Je ne suis pas vexé, maugréa Gus, je suis *humilié*. Vous avez dû bien rigoler !

– Mais enfin, Gus ! s'indigna sa mère en se redressant. Pourquoi est-ce qu'on aurait *rigolé* ? Tu trouves vraiment que c'est drôle ?

– Oui, tu as raison, concéda Gus d'un air hargneux, il n'y a rien de drôle. C'est même encore pire que ce que je craignais.

– Pourquoi pire, Gus ?

– Parce que maintenant je suis encore plus *étranger* ! explosa-t-il.

– Ooohhh, c'est reparti, la complainte de Gus-le-complexé… cria Oksa encore plus fort. Tu vas arrêter de te lamenter ? Ça suffit ! Si tu es là, c'est parce que tu es mon ami, le meilleur ami dont je puisse rêver. Qu'est-ce que tu veux de plus ? Et si ça ne te suffit pas, tu peux me rappeler qui a permis qu'on ait aujourd'hui tous ces renseignements sur McGraw ? Qui m'a rappelé la formule de la Tornaphyllon quand mon cerveau était complètement vide ? Qui est *toujours là* pour m'aider à y voir clair ? C'EST TOI, JE TE SIGNALE !

Écarlate et les yeux humides, Oksa regarda Gus bien en face, puis tourna les talons pour se précipiter au fond du salon où elle se jeta sur un sofa.

– J'en ai vraiment assez !

46

Appel à l'aide

Le silence qui suivit était affreusement gênant, surtout pour Gus, à la fois humilié et honteux de cet esclandre. Ses parents le regardaient avec tristesse, blessés et impuissants. Il faudrait un peu de temps pour que leur fils accepte qu'ils l'aient tenu à l'écart de leur histoire. Mais il y parviendrait. Plus tard. Pour le moment, il souffrait. « *Une réaction tout à fait légitime… J'aurais fait comme lui si j'étais à sa place…* » pensait Pierre pour se rassurer.

– Nous devons absolument décider d'une marche à suivre concernant Orthon ! intervint soudain Brune Knut de son étonnante voix de basse en se calant au fond de son fauteuil de cuir. Tout cela est très grave…

– Que faire ? demanda Marie.

– Pas grand-chose, j'en ai bien peur, répondit Abakoum. Prévenir la police, n'y pensons pas, on nous prendrait pour des fous…

– Bons à enfermer… marmonna Tugdual dans son coin.

– Ou pire, nous deviendrions des rats de laboratoire aux mains des scientifiques, continua Abakoum sans prêter attention à la remarque du garçon. Ça, nous le savons tous. Retirer les enfants de ce collège me paraît difficile.

– Et puis, ça ne changerait rien maintenant qu'Orthon est à nos trousses, ajouta Dragomira. Regardez comme il a réussi à traquer certains d'entre nous, dit-elle en montrant la liste qu'elle tenait toujours à la main. À part changer d'identité et fuir à l'autre bout de la Terre…

– Nous avons déjà tellement fui et regarde, pour quel résultat ? s'emporta Pavel. Nous sommes encore plus en danger !

– Non, ce qu'il faut, c'est rester solidaires, reprit Dragomira en fixant lourdement son fils. Solidaires et fidèles. Nous devons être prêts à affronter le pire. Il faut unir nos forces pour lutter contre Orthon et surtout pour défendre Oksa. Il en va de notre destin à tous !

— Mais Oksa ne vous appartient pas ! assena Pavel. Ce n'est pas à vous de décider de son destin. Arrêtez de le lier au vôtre !

— Pavel, je t'en prie, ce n'est pas le moment, répliqua Dragomira d'un ton sec.

— Je vous le répète, Orthon ne fera pas de mal à Oksa... prononça Léomido d'une voix brisée. Ce serait totalement contraire à son intérêt. Il veut la même chose que nous tous : retourner à Édéfia !

— C'est hors de question ! opposa Pavel.

Il se leva et se mit à faire les cent pas à l'écart du groupe. D'où elle se trouvait, Oksa pouvait parfaitement le voir jeter des regards accablés à Marie. Il avait l'air si fatigué, si tourmenté. Tout ça à cause de cette fichue Empreinte... « *J'aurais dû me taire au lieu de la montrer à Baba !* » se dit-elle en se mordant l'intérieur des joues. Depuis que le secret de ses origines avait été révélé, ses proches ne connaissaient plus que le trouble et le danger. Édéfia ne leur causait que des ennuis. Et elle, Oksa, celle qu'ils nommaient désormais « l'Inespérée » ne faisait que compliquer une situation déjà sacrément difficile...

Malgré les efforts du Curbita-peto, la peur et la colère formaient une boule douloureuse au creux de son ventre. Une boule qui gonflait, gonflait en répandant une bile âcre dans toutes les veines de son corps. Alors, avec la violence d'une tempête, l'angoisse balaya ses dernières résistances.

— SI ÇA CONTINUE, J'ARRÊTE TOUT ! hurla-t-elle, à bout de nerfs.

Ses mots résonnèrent aux quatre coins de la pièce. Elle bondit du sofa pour fuir cet endroit rendu insupportable par l'attention à nouveau focalisée sur elle. Mais elle en fut empêchée par un puissant flash qui illumina soudain la pièce, ébranlant les murs et le plafond. Une pluie de particules de plâtre tomba sur elle, la couvrant de poudre blanche, alors que des filaments d'électricité se mettaient à crépiter en zigzaguant en direction des Sauve-Qui-Peut, sans toutefois les atteindre. Marie poussa un cri, juste au moment où un filament doré frôlait son visage crispé, lui donnant un aspect fantomatique.

Oksa se figea, impressionnée mais nullement effrayée. Elle savait ce que c'était. Elle reconnaissait des sensations qu'elle avait déjà éprouvées. Il n'y avait aucun doute : les Fées Sans-

Âge étaient là, en elle. Elle entendait leurs voix tout au fond d'elle, à l'intérieur, là où son cœur battait. Mais à la grande différence des autres fois, elle n'était pas la seule à constater leur présence : tous les Sauve-Qui-Peut en étaient témoins.

— Ne crains rien, lui murmura Abakoum en prenant sa main, elles ne te veulent pas de mal.

— Je sais… Je n'ai pas peur… lui répondit Oksa.

— Que disent-elles ? demanda Dragomira dans un souffle.

Les filaments grésillaient toujours autour d'Oksa, qui s'apprêtait à répondre à la question de sa grand-mère quand une force phénoménale la souleva du sol. Marie mit la main devant sa bouche, les yeux emplis de panique et d'effroi.

— Oksa ! Arrête ça tout de suite ! grinça-t-elle entre ses dents.

— Elle n'y est pour rien, lui chuchota Abakoum. Ce sont les Sans-Âge, elles veulent dire quelque chose…

Oksa, quant à elle, se laissait faire. Arrivée à mi-hauteur de la pièce gigantesque, elle resta suspendue en l'air, immobile et confiante. Incroyablement confiante. Les voix des Sans-Âge se répandaient en elle en même temps qu'une sensation inouïe, mêlée de force et de certitude. Et soudain, les crépitements cessèrent et les filaments électriques s'évanouirent. Tous les Sauve-Qui-Peut se raidirent et s'entreregardèrent.

Et c'est alors qu'ils entendirent une voix, chaude et captivante, qui semblait venir à la fois de l'intérieur de chacun d'eux et des quatre coins de la pièce :

La malédiction arrive à sa fin
Car l'Inespérée porte l'Empreinte
Qui mènera à Du-Dedans.
Sa force et l'alliance des deux Gracieuses
Sont l'espoir qui peut sauver le Monde et son cœur.
La puissance des ombres ne peut abolir son pouvoir
Sans fin nous y veillerons.

Dans la seconde qui suivit, tout s'arrêta et Oksa se retrouva les deux pieds sur le sol, hébétée mais étrangement apaisée. Des myriades d'étincelles tournaient autour d'elle. Personne ne parlait, tous les regards étaient braqués sur son visage. Dragomira l'attira vers elle, posa la main sur son épaule et la pressa doucement dans un geste rassurant.

– Ma Douchka… commença-t-elle.

Elle s'interrompit, trop émue pour poursuivre sa phrase.

– Alors ça, c'était quelque chose ! s'exclama Oksa en époussetant la poussière de plâtre qui la recouvrait. Vous avez vu ça ?

– On aurait eu du mal à ne pas le voir… prononça péniblement Marie.

Elle baissa les yeux et inspira, comme pour étouffer la panique qui gagnait du terrain. Avec précaution, Pavel la serra contre lui. L'immense inquiétude qu'ils ressentaient tous les deux les unissait plus que jamais.

– C'était les Fées Sans-Âge, Maman ! précisa Oksa, vidée par ce qui venait de lui arriver. Je crois bien qu'elles…

Pendant un court instant, elle chercha le mot juste. Elle hésitait entre « elles me guident » et « elles m'appellent » quand Gus, les yeux brillants d'exaltation, intervint.

– Elles savent… dit-il simplement.

Oksa le regarda avec gratitude, heureuse de le retrouver tel qu'il était.

– C'est tout à fait ça, Gus, approuva Abakoum. Les Sans-Âge savent qui tu es, Oksa. Et surtout, elles connaissent ton pouvoir mieux que quiconque, mieux que toi-même. Ce qui vient de se passer est exceptionnel : c'est la première fois que les Sans-Âge s'adressent *directement* à plusieurs personnes. De mémoire de Du-Dedans, ce n'est jamais arrivé ! Et c'est sans nul doute le signe qu'elles sont désespérées. C'est un appel à l'aide, mes amis…

– Je n'aurais jamais cru voir cela un jour, commenta Naftali. Les Sans-Âge… Incroyable… Vous rendez-vous compte de ce qui vient de se passer ?

– C'est prodigieux, renchérit Mercedica, mais c'est aussi très inquiétant.

– Qu'est-ce que ça veut dire ? demanda Oksa avec fièvre.

– Rien de bon, je le crains, répondit Abakoum en regardant Dragomira avec tristesse. « Sa force et l'alliance des deux Gracieuses sont l'espoir qui peut sauver le Monde et son cœur », ont-elles dit.

– S'il faut sauver le Monde, c'est qu'il est en danger ! Ça sent très mauvais…

– D'autant plus qu'il est bien possible que ce Monde ne soit pas uniquement Édéfia…

47

Tête-à-tête nocturne

Assise sur les marches du grand escalier, les coudes posés sur les genoux, Oksa essayait de calmer ses bouffées d'angoisse. Son sang battait à ses tempes avec force, provoquant une douleur presque aveuglante. Elle ferma les yeux un court instant, se coupant du monde et de tout ce qui l'entourait. Quelques secondes d'absence qui l'empêchèrent de voir une silhouette, sombre comme une ombre, se glisser tout près d'elle et s'immobiliser dans un des recoins obscurs de la cage d'escalier…

– Je ne dois pas craquer, grinça-t-elle, le souffle court.

Elle sentit le Curbita-peto à son poignet et releva sa manche. Le petit bracelet-animal ondulait avec vigueur pour tenter de la calmer.

– Je te donne du boulot en ce moment, mon Curbita… lui dit Oksa en le caressant.

Elle se mordilla un ongle, puis se leva et décida d'aller respirer dehors.

La nuit était noire comme de l'encre, l'air était vif et le silence total. Tout ce dont elle avait besoin… Elle s'assit un moment dans le potager désert, sans voir que la silhouette mystérieuse l'avait suivie pour s'installer à quelques mètres. Se laissant envelopper par le calme nocturne, Oksa s'allongea de tout son long dans l'herbe fraîche et humide. Elle resta ainsi un moment à contempler les brèves apparitions de la lune à travers les nuages. Perdue dans ses pensées emmêlées, elle était si absorbée qu'il lui fallut plusieurs minutes pour remarquer la douce mélodie en provenance du vieux cimetière, derrière la demeure de Léomido. Elle se releva, tendit l'oreille : la voix était grave et sourde, infiniment triste. Oksa frissonna, mais plus de froid que de peur. Car même si tout cela n'était guère engageant, sa curiosité prenait le dessus. Comme d'habitude... Elle regarda autour d'elle et aperçut des petites lumières qui brillaient dans le cimetière. Elle ne s'était pas trompée ! En s'approchant, elle reconnut Tugdual, adossé à une antique pierre tombale posée de travers et couverte de mousse. Comme à son habitude, il était vêtu de noir et portait autour du cou d'étranges colliers en argent. Des écouteurs sur les oreilles, il chantait. Une Trasibule agitait ses tentacules lumineux au rythme de la voix du ténébreux jeune homme.

Le spectacle était saisissant, beau et effrayant à la fois. Tugdual leva la tête, découvrant un regard noir, presque hostile. Les minuscules diamants qui ornaient ses oreilles et ses narines luirent dans la nuit. Oksa resta figée sur place, craignant la réaction du jeune homme. Mais loin de la rabrouer, il lui fit signe de s'approcher.

— Viens, si tu veux...

— Euh... Je ne veux pas te déranger, bredouilla Oksa.

— Tu ne me déranges pas. Installe-toi ! dit-il en lui faisant une place à côté de lui contre la pierre tombale.

Oksa déglutit avec difficulté, mais obtempéra. « *Fichue curiosité... Ça va finir par me perdre* », se dit-elle.

— Tu aimes les cimetières ? lui demanda Tugdual à brûle-pourpoint.

— Eh bien... Je ne sais pas... Je ne crois pas, répondit Oksa qui, à cette seconde précise, se sentit totalement idiote.

— Moi, j'adore... enchaîna-t-il. Ça m'apaise. Ce silence. Cette immobilité. Les gens croient que je suis malsain, mais ils se trompent, ils ne comprennent rien. Ils ne voient que les quelques millimètres que je leur montre, alors qu'il suffirait juste de me regarder *vraiment* ! Je veux dire, me regarder au-delà de ce que l'on peut voir...

— Tu es malheureux ? risqua Oksa en lui jetant un coup d'œil en biais.

À sa plus grande surprise, elle constata que Tugdual réfléchissait avec attention avant de lui répondre, prenant visiblement sa question très au sérieux, et elle se sentit moins bête.

— Non, je ne suis pas malheureux. Enfin, je ne crois pas... Je crois plutôt que je ne suis pas très doué pour le bonheur, la légèreté, tout ça, tu vois.

– Mais c'est atroce ! s'exclama Oksa avec une sincère sympathie.

– Non, détrompe-toi ! Je dirais que je ne suis ni heureux ni malheureux. Je n'attends rien, c'est tout.

Oksa se sentait bouleversée par les paroles du jeune homme. Ses épaules s'affaissèrent, comme si un poids chargé de tristesse et de compassion venait d'être lâché sur elle.

– Pendant longtemps, j'ai voulu avoir des pouvoirs qui auraient fait de moi quelqu'un de plus fort que les autres, reprit Tugdual. Je n'ai pas lésiné sur les efforts, j'ai tout essayé.

– Mon père m'en a parlé, avoua Oksa en grimaçant au souvenir des immondes potions que Tugdual et sa bande avaient ingurgitées.

– Le jour où j'ai su que j'avais tous ces dons naturellement, j'ai cru que mon but était atteint. Et puis, ce sentiment de puissance m'a très vite étouffé. Je l'ai enfermé en moi et je ne l'ai plus jamais exprimé.

– Mais pourquoi ? s'exclama Oksa.

– Parce que la puissance, P'tite Gracieuse, c'est le danger à l'état pur. Quelqu'un qui n'a peur de rien est invulnérable, rien ne peut l'arrêter. C'est la peur qui rend les hommes faibles. Mais c'est aussi ce qui fait d'eux des hommes. Des humains, je veux dire…

– Et toi ? Tu as peur parfois ?

– Pas vraiment… C'est le problème… reconnut Tugdual en baissant la tête.

Tous les deux gardèrent un moment le silence, troublés par cette étrange conversation.

– Qu'est-ce que tu écoutais ? reprit Oksa pour changer de sujet. De la musique satanique ?

– Non, j'ai horreur de ça, répondit Tugdual avec un léger rire qui éclaira son visage blafard d'une façon singulière. J'écoute Lisa Gerrard. Sa musique est la plus somptueuse qui existe. C'est une musique dans laquelle tu peux trouver toute la tragédie de l'humanité et le sens profond de la vie. Tu veux écouter ?

Sur ce, il posa avec délicatesse ses écouteurs sur les oreilles d'Oksa et elle comprit aussitôt ce qu'il avait voulu dire. Une voix magnifique se répandit dans ses oreilles, puis dans sa tête, pour envahir son cœur, le pétrir et le renverser.

Était-ce le contrecoup de cette journée infernale ? Les paroles des Sans-Âge ? Sa dispute avec Gus ? Cette musique poignante ? Elle l'ignorait. Tout ce qu'elle savait, c'est qu'elle avait une violente envie de pleurer. Elle se retint en fermant les yeux si serrés qu'elle vit une multitude de petits points électriques voltiger devant elle. Enfin, ce fut plus fort qu'elle : un sanglot, plus gros que les autres, enfla jusqu'à exploser dans un cri rauque qui résonna dans la nuit. Tugdual lui retira les écouteurs et posa pudiquement sa main sur la sienne.

– Vas-y, P'tite Gracieuse, sors tout ce que tu as...

– C'est un peu dur pour moi en ce moment, hoqueta-t-elle, le visage ruisselant de larmes.

– Je comprends.

Les larmes continuaient de couler, diluant l'angoisse pour l'emporter loin du cœur. Puis elles finirent par se tarir. La respiration d'Oksa se fit plus paisible.

– Tugdual ?

– P'tite Gracieuse ?

– Tu crois que je peux t'aider ?

– Non, répondit-il, le regard plus ténébreux que jamais. Personne ne peut m'aider. Mais merci quand même... Concentre-toi plutôt sur tout ce qui se passe et surtout, aie confiance. Les Sans-Âge ont raison : tu réussiras à surmonter tout ça. Tu es la seule à le pouvoir.

Cette remarque était inattendue. Cependant, Oksa lui accorda encore plus d'importance que si elle était venue de n'importe qui d'autre.

– Cet Orthon/McGraw, c'est le mal absolu, je le sais, continua Tugdual. Et le mal triomphe souvent du bien... C'est triste, mais c'est comme ça. Seulement toi, tu n'es pas comme les autres, ça aussi, je le sais. Je l'ai tout de suite compris, dès que je t'ai vue. Et je sais reconnaître ce genre de choses, tu peux me croire. Tu y arriveras...

Ils restèrent ainsi, assis contre la pierre tombale penchée, jusqu'à ce qu'Oksa soit complètement calmée. Puis la Trasibule les aida à se frayer un chemin jusqu'à la demeure endormie où ils se quittèrent dans un silence apaisé.

La mystérieuse silhouette, qui était jusqu'alors restée accroupie contre le muret de vieilles pierres dans une immobilité parfaite, les regarda passer et se leva à son tour. Tout au fond de ses yeux brillait une lueur étrange, d'émotion et d'inquiétude mêlées. Soudain, un oiseau s'envola dans un bruissement d'ailes brutal. La silhouette tourna alors le dos à la maison, enjamba le muret et s'enfonça dans la sombre immensité de la nuit.

48

Le lièvre Abakoum ou Abakoum le lièvre ?

– Gus ! Guuusss !

Oksa était en train de secouer son ami. Mais ce dernier résistait en grognant dans son sommeil.

– Gus ! Réveille-toi, espèce de marmotte !

Oksa avait encore les paupières gonflées par la crise de larmes dont Tugdual avait été l'unique témoin dans le cimetière. Tugdual... Quel garçon étrange... Si seulement elle pouvait faire quelque chose pour lui...

– Mais qu'est-ce que tu veux ? grommela Gus. Quelle heure il est ?

– Quatre heures...

– Matin ? Après-midi ? demanda Gus entre deux bâillements.

– Matin, bien sûr !

– Oui, évidemment, marmonna-t-il. Quelle question débile...

– Tu crois que tu peux te lever ? lui demanda Oksa en regardant le pansement qui couvrait toujours le côté gauche de sa tête. J'ai entendu de drôles de bruits et des voix, il faut qu'on aille voir !

Comment résister ? Gus se leva et suivit Oksa, saisissant l'occasion de retrouver leur légendaire connivence éraflée par les crises des dernières heures. Ils descendirent les escaliers à pas de loup. Effectivement, on parlait à voix basse dans la pièce du fond, celle abritant les créatures de Léomido.

– Dis donc, tu as une sacrée bonne oreille pour entendre depuis ta chambre ! remarqua Gus en chuchotant.

– J'ai d'abord entendu une sonnerie vers trois heures, expliqua Oksa. Je me demande si ce n'était pas cette créature-alarme dont nous a parlé la Foldingote l'autre jour.

– Le Culbu-gueulard ?

— Je ne sais pas, peut-être. J'ai tendu l'oreille, mais je n'ai repéré que des bruits de pas et les voix de Dragomira et de Léomido. Je me demande ce qui se passe ! Viens, on va essayer d'en savoir plus…

— Oksa… soupira Gus.

Il se sentait bien trop éreinté pour tenter de retenir son amie – pour cela, il aurait fallu être en possession de toutes ses forces, voire plus… Et à quatre heures du matin, après avoir subi l'assaut d'un Félon enragé et reçu une piqûre de Chiroptère Tête-de-Mort, autant déclarer *mission impossible.* Sur la pointe des pieds, ils s'approchèrent de la pièce située tout au bout du long couloir du rez-de-chaussée. La lumière filtrait par la porte restée entrouverte et on entendait vaguement des voix étouffées. Oksa s'approcha davantage, saisissant Gus par le bras. Le garçon leva les yeux au ciel et se laissa entraîner. Quand Oksa avait une idée en tête, bonne ou mauvaise, rien ne pouvait l'arrêter. « *Cette fille a une détermination à toute épreuve…* »

Arrivés devant la porte, les deux espions se calèrent au coin du mur pour regarder à l'intérieur de la pièce. L'angle de vue était réduit, mais ils pouvaient apercevoir Dragomira et Léomido de profil, assis à une table sur laquelle se tenait un énorme et magnifique lièvre au pelage gris-brun.

— J'ai d'abord parcouru le domaine jusqu'à la mer, mais je n'ai rien détecté. Ooohhh, mes pattes sont toutes courbaturées, il y avait bien longtemps que je n'avais couru comme ça…

C'était la voix d'Abakoum. « *Où est-ce qu'il est ?* se demanda Oksa. *Il doit être assis de l'autre côté de la table…* »

— Veux-tu un peu d'eau ? Tu dois être épuisé, mon cher Abakoum, dit Dragomira en posant un bol devant le lièvre et en le caressant.

Oksa fronça les sourcils avec une expression de profonde perplexité. Dragomira parlait au lièvre ?! Abakoum ? Abakoum le lièvre ? Le lièvre Abakoum ? Qu'est-ce que ça voulait dire ?

De son côté, Gus se disait tout simplement qu'il était en train de dormir et surtout de faire un drôle de rêve dans lequel un lièvre qui s'appelait Abakoum parlait, parlait… avec la voix d'Abakoum… « *N'importe quoi !* se dit-il en s'adossant contre le mur. *Je suis en plein délire…* »

— Par contre, mon flair m'a mené jusqu'au bourg et, là, j'ai vu et entendu quelque chose de très intéressant.

Oksa écarquilla les yeux : c'était bien le lièvre qui parlait ! Ses longues oreilles dressées, l'animal s'adressait en ce moment même le plus sérieusement du monde à Dragomira et à Léomido, il n'y avait aucun doute ! Le lièvre et Abakoum ne faisaient donc qu'un ! Décidément… McGraw et Orthon, Abakoum et le lièvre, c'était la série des doubles identités… Ébahie, Oksa serra le bras de Gus qui, lui, se sentait transporté dans une autre dimension et refusait de croire qu'il était bel et bien éveillé. Le lièvre, après avoir bu quelques gorgées d'eau, reprit son récit, dissipant les derniers doutes :

– J'ai vu Orthon devant l'hôtel *Dirty Liar*. Il faisait très sombre, mais je l'ai reconnu, surtout à sa voix, dure et cassante comme il y a cinquante ans. Il était en train de remplir le coffre d'une voiture. Il semblait blessé et il avait du mal à porter ses bagages. Un jeune garçon l'aidait, son fils… Je les ai entendus se disputer. Apparemment, le garçon souhaitait rester et tenter « *le tout pour le tout* », ce sont ses mots. Orthon n'était pas d'accord, il lui a répondu que les choses étaient plus compliquées qu'il ne l'avait prévu et qu'il lui faudrait mettre en place un autre plan plus efficace. Ensuite, ils sont montés en voiture et sont partis.

– Bravo, Abakoum ! lança Dragomira au lièvre. Voilà des informations intéressantes ! Si Orthon est parti, nous sommes tranquilles pour un petit moment… Mais tout cela ne présage rien de bon et, avant la deuxième offensive qu'il ne va pas manquer de nous préparer, nous allons devoir nous organiser, nous aussi.

– J'ai également vu l'Abominari près de lui, ajouta le lièvre.

– Ah, je comprends maintenant pourquoi il était si agressif ces derniers temps, fit Dragomira. Il devait sentir que son maître était dans les parages. J'aurais dû y penser plus tôt… Enfin… il n'erre pas dans la nature, voilà au moins une bonne nouvelle. Enragé comme il l'était, il aurait été capable de se livrer à des Du-Dehors rien que pour nous mettre dans l'embarras.

– Nous avons évité le pire, c'est certain, confirma le lièvre, le museau frémissant.

– Orthon a donc un fils… murmura Léomido, les mains jointes devant son visage, perdu dans ses pensées.

– Pourquoi n'en aurait-il pas ? lui fit remarquer le lièvre d'une voix douce. Il a fait sa vie à Du-Dehors. Comme toi. Comme nous tous.

Sentant que la conversation arrivait à son terme et qu'il serait plutôt délicat d'être pris en flagrant délit d'espionnage, Oksa et Gus optèrent pour un repli rapide et rejoignirent la chambre de Gus sur la pointe des pieds. Là, ils se jetèrent sur le lit, les joues en feu et le souffle court.

– Non, mais tu te rends compte, Gus ? Abakoum est un lièvre ! C'est du délire !

Gus eut un petit rire saccadé.

– Non, répliqua-t-il sur un ton faussement dégagé, je ne vois pas ce qu'il y a d'extraordinaire à ça. Franchement, Oksa, des lièvres qui parlent, c'est tous les jours que j'en croise, moi ! C'est comme les filles qui décollent comme des fusées, les poules de deux mètres de haut et les plantes qui s'évanouissent dès qu'elles sont stressées. Pour quelqu'un comme moi, c'est d'une banalité, tout ça… Mais toi, un rien t'impressionne ! Vraiment, tu devrais sortir un peu de chez toi, de temps en temps.

Pour toute réponse, il reçut un oreiller sur la tête, attaque à laquelle il répondit par un jet de traversin.

– T'as de la chance d'être blessé ! gronda Oksa en pouffant de rire. Sinon, je te ferais la misère…

– Si tu crois que tu me fais peur ! rétorqua Gus en lui jetant une chaussette. Va donc te recoucher et profiter encore de quelques heures de sommeil…

– Pfffffff… souffla son amie en haussant les épaules.

Et avant de quitter la chambre, d'un seul regard, elle lui renvoya la chaussette qui gisait par terre.

– Frimeuse et insolente ! s'insurgea Gus, le sourire aux lèvres. Voilà ce que tu es !

Quand les deux amis rejoignirent la cuisine, tous les Sauve-Qui-Peut étaient en train de prendre leur petit déjeuner autour d'une table monumentale.

– Qu'est-ce qu'on mange à midi ? lança soudain Oksa en s'esclaffant. Moi, je ne serais pas contre un bon civet de lièvre…

Dragomira leva brusquement la tête et regarda Abakoum qui, lui, baissa la sienne en esquissant un sourire entendu.

– Avec des carottes ? Ça ne vous dirait pas ? C'est trop bon, les carottes ! Ça croque sous la dent, continua Oksa, ravie de ses allusions et de son sens de l'à-propos.

– Arrête, Oksa, chuchota Gus en profitant de ce que Dragomira détournait précipitamment la conversation. T'exagères…

– C'est mes nerfs, lui répondit-elle sur le même ton. Je les contrôle plus.

– C'est ta folie, oui ! T'es vraiment timbrée…

– Ma Jeune Gracieuse ! l'interpella le Foldingot, alerté par les propos culinaires d'Oksa. J'ai la crainte que la dégustation de civet de lièvre soit dans l'impossibilité de réjouir votre estomac. Mais je fais la proposition de se délecter de filets de poisson et de petits pois à proximité de treize heures. Ah ! le lave-vaisselle a fait la sonnerie, la préparation est aboutie !

Tout le monde se tourna pour suivre des yeux la petite créature rebondie qui ouvrait le lave-vaisselle pour en sortir une boîte en plastique. Le Foldingot ouvrit le récipient et un nuage de vapeur s'en échappa – ainsi qu'un délicieux parfum de poisson !

– Ne me dis pas que tu as cuit le poisson et les petits pois *dans* le lave-vaisselle ! s'exclama Oksa.

– Jeune Gracieuse, le lave-vaisselle entraîne la perfection des cuissons à l'étuvée, la certitude est savoureuse.

– Il est hallucinant, ce Foldingot, commenta Gus, éberlué. J'adore…

– Si la Jeune Gracieuse en donne le désir, des carottes peuvent connaître cette cuisson pour faire l'accompagnement du poisson. Le souhait doit être communiqué pour se joindre à la prochaine tournée de lave-vaisselle.

– D'accord ! accepta Oksa. Va pour les carottes ! Tu es génial, Foldingot.

– La Jeune Gracieuse fait l'honneur fou, répondit le Foldingot, le teint violet de plaisir.

Laissant les Foldingots à leurs préoccupations domestiques, les Sauve-Qui-Peut abandonnèrent la cuisine, Oksa et Gus à leurs côtés. Après une nuit de sommeil, courte mais réparatrice, l'émotion laissait place à la réflexion. Installés dans le grand salon de Léomido transformé une nouvelle fois en quartier général, ils profitèrent de leur présence massive pour se concerter longuement afin de parvenir à des décisions et à un partage des actions à mener : l'analyse de la fameuse liste, la recherche active d'éventuels Sauve-Qui-Peut – et Félons – qui pourraient encore se trouver n'importe où dans le monde, la surveillance d'Orthon/McGraw, la protection d'Oksa… la plus importante de toutes les mesures étant de former Oksa à maîtriser ses nouvelles aptitudes et à en acquérir d'autres.

– Et n'oublions pas : tant qu'il y a du monde autour de vous, vous ne risquez rien. Mais il ne faut laisser aucune occasion à Orthon de se trouver dans les parages quand vous êtes seuls, précisa Pavel.

– Eh ! Je sais me défendre ! se récria Oksa. Avouez que ma Tornaphyllon était plutôt réussie !

– Oui, d'ailleurs, j'en profite pour te féliciter ! s'exclama Dragomira dont les joues étaient rouges d'excitation. Avec tout ce qui s'est passé, nous avons oublié de saluer ce magnifique premier essai. Tu as parfaitement maîtrisé ta Granok, bravo Oksa !

Tout le monde applaudit et Gus lança un puissant sifflement. Le visage d'Oksa s'éclaira d'un large sourire. Mais la satisfaction qu'elle affichait avait un goût amer, car c'était à Gus qu'elle devait tout le mérite de cet essai réussi. Il s'était souvenu de la formule qui avait permis d'envoyer la Granok tandis qu'elle restait pétrifiée par la panique, le cerveau à l'arrêt. Elle regarda tous les Sauve-Qui-Peut debout devant elle, si pleins d'espoir, si confiants. Les cris menaçants de McGraw résonnèrent de nouveau dans sa tête et elle sentit plus brutalement que jamais l'ampleur de sa destinée.

Et s'ils s'étaient tous trompés ?

Et si elle n'était pas aussi forte qu'ils le pensaient ?

49

Du sol au plafond

Comme l'avaient annoncé les Sauve-Qui-Peut, une des mesures les plus urgentes était de renforcer les pouvoirs d'Oksa. Dès le retour des Pollock à Londres, Dragomira prit les choses en main.

– Viens, ma Douchka, suis-moi !

Elle entraîna Oksa vers l'étui de contrebasse. La jeune fille, fascinée par l'escalier en colimaçon, se laissa conduire jusqu'à l'atelier-strictement-personnel dans lequel flottaient les effluves parfumés d'un thé à la bergamote. La pièce secrète était désormais rangée, tout avait fini par trouver sa place. Mais l'atelier n'en était pas moins plein de vie grâce aux créatures qui s'affairaient gentiment sur des coussins de sol bleu pétrole en offrant une nouvelle fois un singulier tableau.

Oksa se dirigea vers le coin le plus sombre de l'atelier, où trônait un alambic géant dont certains des innombrables tubes de verre coloré atteignaient le haut du plafond.

– Je n'ai jamais vu un truc pareil ! Tu fais quoi avec ça ? Tu distilles de l'alcool de contrebande ? C'est ça ?

Oksa était d'humeur espiègle ce jour-là. Ce qui n'échappa pas aux créatures…

– Al Capone ! s'écria le Gétorix. Attention ! Eliott Ness n'est pas loin, gare à la mafia italienne !

Dragomira éclata de rire, imitée aussitôt par Oksa.

– Tu es bien renseigné ! lança gaiement la vieille dame. Je vois que le livre sur la prohibition que j'ai prêté aux Foldingots a bien profité à tous !

– Il est toujours aussi dingue, dis donc ! remarqua Oksa en montrant le Gétorix qui grattait la terre de la Goranov avec ses minuscules instruments de jardinage.

– C'est qui, Eliott Ness ? demanda l'Insuffisant depuis le fauteuil de velours rose dans lequel il se tenait droit comme un « I ».

– Eliott Ness ? C'est un détective qui pourchasse les contrebandiers et les créatures hideuses ! répondit le Gétorix. Et celles qu'il déteste par-dessus tout, ce sont les Insuffisants, pas de bol !

– Eliott Ness est une créature hideuse ? Ça alors ! Le pauvre… s'apitoya l'Insuffisant.

– Et l'Insuffisant est toujours aussi décalé ! constata Oksa en pouffant de rire. Mais non, l'Insuffisant, continua-t-elle en s'adressant à la créature fripée, n'écoute pas ce coquin de Gétorix, tu es très joli et je t'aime beaucoup, moi.

– Quoi ! Quoi ! s'exclama à son tour la Goranov qui prenait la conversation en cours de route. La mafia italienne distille de l'alcool de contrebande dans cette maison ? Mais c'est extrêmement dangereux !

Ses feuilles frémirent violemment, menaçant de s'effondrer à chaque seconde. Le Gétorix se précipita en imitant la sirène d'une ambulance.

– Urgence ! Binons vite sa terre ! Ses pieds doivent respirer ! Écartez-vous, de l'air, de l'air… Tiens bon, Goranov, inspire profondément !

Et il se mit à biner à toute allure sous les éclats de rire d'Oksa qui se tenait le ventre.

– Ils sont fous ! Ils sont tous fous ! J'adore ! s'exclama-t-elle en s'essuyant les yeux. Oohh, Baba ! Mais qu'est-ce que tu fais ?

– Quoi ? Qu'est-ce qu'il y a ? dit-elle avec un naturel déconcertant.

– Mais Baba ! Mais Baba…

– Pas très original, ma Douchka, si je peux me permettre. Tu m'as habituée à des réponses plus pertinentes, remarqua malicieusement Dragomira. Quelque chose te choque, peut-être ?

Ce « quelque chose » aurait choqué n'importe qui. Même Oksa qui pourtant en avait vu d'autres ces dernières semaines… Dragomira se tenait dans une position des plus inhabituelle : les pieds collés au mur, le corps totalement horizontal, elle regardait sa petite-fille avec le plus grand sérieux. Seuls ses yeux trahissaient son amusement. Oksa, quant à elle, était médusée.

Sa surprise s'accrut encore quand Dragomira se déplaça le long du mur avec la même aisance que si elle se trouvait sur le sol. Elle slalomait entre les tableaux en sifflotant, un plumeau à la main, et se mit à épousseter l'alambic géant avec un naturel désinvolte.

– Ah, ah ! La Jeune Gracieuse est baba de ce que fait sa Baba ! ironisa le Gétorix avec un sens de l'à-propos hors du commun.

– Pfffffff... soupira la Goranov qui avait repris ses esprits.

Les Grenettes, inspirées par Dragomira, se mirent à battre de leurs belles ailes translucides et voletèrent gracieusement autour de leur maîtresse.

– Veux-tu bien m'aider, ma Douchka, et m'apporter un chiffon ? demanda Dragomira, l'air de rien.

– Tu crois que je peux ? *Vraiment ?* J'ai toujours rêvé de faire ça ! C'est si... MAGIQUE !

– Bien sûr ! Si je le peux, tu le peux ! Vide ta tête de toutes les idées qui t'empêchent d'y croire. Je ne te dirai pas que c'est la solution à tout et que cette recette te permettra de faire tout ce que tu souhaites. Mais en ce qui concerne cet exercice précis, tu verras que c'est un très bon conseil. Avant de me rejoindre, prends un Capaciteur blanc dans le bocal posé sur la table, veux-tu ?

– Un Capaciteur ? À quoi ça sert ?

– Il existe une multitude de Capaciteurs, répondit Dragomira, toujours en position horizontale, en se tournant vers Oksa. Tu vas en découvrir certains au cours de ta formation. Globalement, je dirais qu'ils servent à améliorer les aptitudes humaines pour une durée limitée : l'équilibre, la réflexion, la vitesse, c'est très varié. Celui que je te propose est un Ventosa. À quoi sert-il ? Tu vas le découvrir dans un instant. Tout ce que je peux te dire, c'est qu'il est à base de concentré d'insectes grimpants et de lierre...

Oksa, passablement écœurée, hésita. Des images d'insectes grouillants et répugnants grimpant le long des troncs la firent grimacer. Elle tourna la gélule blanche entre ses doigts et la porta à son oreille pour vérifier une éventuelle trace de vie intérieure. L'envie de la couper en deux pour s'en assurer était grande, mais Dragomira la regardait, amusée et souriante.

– Tu connais notre respect pour tout ce qui est vivant, ma Douchka, précisa-t-elle à Oksa. Jamais nous ne portons atteinte à la vie. Jamais. C'est un principe essentiel.

Après avoir secoué et inspecté le Capaciteur une dernière fois, Oksa l'avala enfin en fermant les yeux. Un étonnant goût de roquefort envahit sa bouche et sa gorge. Ces insectes devaient être de sacrés amateurs de fromage…

Mais le plus important était en face d'elle : le mur.

– Je vais me planter, ça c'est sûr ! marmonna-t-elle en commençant à poser un pied sur la surface verticale.

Elle essaya de soulever le second pied en l'imaginant de toutes ses forces rejoindre l'autre plaqué au mur.

– Pas mal, Oksa ! Pas mal ! l'encouragea Dragomira.

Pourtant, Oksa doutait. Elle essaya de se concentrer, avança un pied devant l'autre…

– Bravo, ma Douchka ! Du premier coup !

Oksa poussa un cri de joie. Elle avait réussi ! Un frisson d'excitation lui parcourut le dos et faillit lui faire perdre l'équilibre. Si tant est qu'on pût parler d'équilibre en position horizontale… La première hésitation passée, elle se déplaça avec de plus en plus d'assurance.

– Waouh ! Magique ! C'est excellent ! On dirait que mes pieds sont aimantés !

– C'est exactement le principe de ce Capaciteur, confirma Dragomira.

– Heureusement qu'on est en pantalon ! pouffa Oksa. T'avais prévu ton coup, Baba !

Avec un clin d'œil, la Vieille Gracieuse réajusta son pantalon de kimono brodé.

– Veux-tu essayer avec tes mains maintenant ?

De plus en plus étonnée, Oksa se recroquevilla dans un mouvement souple et colla ses mains au plafond. Ses deux paumes adhérèrent aussitôt !

– C'est génial ! s'exclama-t-elle avec enthousiasme. Regarde, Baba ! Je suis une grosse araignée !

– Très réussi, *Spidergirl* ! la félicita Dragomira, les pieds toujours plaqués au plafond.

– Et comment on fait pour descendre ?

Sans attendre la réponse, Oksa s'arracha du plafond en faisant une pirouette qui lui permit d'atterrir sur ses deux pieds.

– Yaaahaaaa !

Dragomira ne put retenir un cri.

– Assez risqué pour un premier essai, tu aurais pu te faire très mal ! avisa-t-elle en fronçant les sourcils. Risqué mais très spectaculaire, je dois en convenir ! ajouta-t-elle, l'œil brillant.

– Et si on faisait une surprise à Papa et Maman ?

Deux minutes plus tard, toutes les deux descendaient à l'étage du dessous. Sans utiliser les escaliers, bien sûr ! Bien trop ordinaire pour elles ! Oksa toqua à la porte et se retrouva nez à nez – mais à l'envers – avec son père.

– Salut, Papa ! Ça va bien ? lança-t-elle en tentant de garder un air naturel.

Pavel choisit de jouer le jeu.

– Mais entre, Oksa ! Oh, Dragomira, tu es là, toi aussi, quelle surprise ! Entrez, mes belles dames, entrez !

Les belles dames en question entrèrent en enjambant l'espace qui se trouvait entre le haut de la porte et le plafond.

– Pas très pratique, chez vous, mon bon garçon, remarqua Dragomira, les nattes dégringolant vers le sol et frôlant le visage de son fils. Bonjour, Marie !

Marie leva les yeux et le bras pour passer la main dans les cheveux d'Oksa.

– Oksa, te laisseras-tu tenter par un bon chocolat aux épices ?

– Pour sûr ! s'exclama Oksa en reproduisant avec brio sa pirouette qui lui permit de se décoller du plafond pour atterrir aux pieds de sa mère. Tu as vu ça, Maman ? C'est génial, non ?

– Eh bien, si je ne m'abuse, c'est le B.A.BA de toute sorcière qui se respecte, non ? remarqua Marie d'un ton imperturbable. Mais non, je te taquine ! reprit-elle avec un pâle sourire. Bien sûr que c'est génial !

Puis, se tournant vers Dragomira qui avait rejoint le sol de façon un peu moins athlétique :

– Alors ? Que dites-vous de votre élève ? Est-elle prudente, au moins ?

– Elle est parfaite, Marie, ne vous faites aucun souci…

– Je me fais toujours du souci, vous savez. Toujours.

50

Squelette et Curbita-peto en folie

Ces courtes vacances arrivaient à leur fin. Il s'était passé tellement de choses qu'Oksa avait l'impression qu'elles avaient duré plusieurs mois. Et ce fut avec une sensation étrange qu'elle revêtit son uniforme de collégienne – version hiver avec pull et pantalon – et chaussa ses rollers ce lundi matin pour retrouver Gus qui l'attendait devant la maison.

Il n'était pas seul : les parents Bellanger et Pollock s'étaient mis d'accord pour se relayer afin que les deux ados ne parcourent jamais seuls le trajet entre la maison et l'école. « *Adieu notre belle liberté*… » avait déploré Oksa.

Ce matin, c'était le père de Gus qui allait les escorter.

– Bonjour, Pierre, tu vas bien ? salua Oksa. Tu as un super vélo !

– Bonjour, Oksa ! Oui, tu vois, je l'ai sorti de la cave exprès pour Gus et toi ! J'espère seulement que j'arriverai à vous suivre…

– On peut très bien aller au collège sans chaperon ! On est grands, tu sais ! On sait se défendre !

C'était à peu près la cinquantième fois qu'Oksa abordait le sujet depuis le retour du pays de Galles. Et à peu de chose près, Pierre Bellanger lui donna la même réponse que celle qu'elle avait obtenue chaque fois :

– Ce n'est pas le problème, Oksa. Il vaut mieux être doublement prudent quand on a affaire à des individus comme Orthon.

– Ne m'en parle pas, Papa, renchérit Gus. Je suis malade à l'idée de le revoir. Avec un peu de chance, il ne sera peut-être plus là…

Mais la chance n'était pas au rendez-vous ce jour-là. La tête aussi basse et les pieds aussi traînants que tous les lundis matin, les élèves de quatrième Hydrogène se dirigèrent vers la salle de cours comme ils se seraient rendus au bagne.

McGraw écrivait de façon saccadée au tableau et ne se retourna pas quand les élèves entrèrent.

– Asseyez-vous en silence ! tonna-t-il en guise d'accueil. *En silence*, j'ai dit ! Ce mot est-il résolument absent de votre vocabulaire ? Mademoiselle Beck, pouvons-nous espérer que ces vacances vous auront été profitables et que vous n'allez plus nous infliger ces innombrables chutes de crayon dont vous êtes si coutumière ?

La pauvre Zelda rougit jusqu'à la racine des cheveux et s'assit en retenant à la fois son souffle et un crayon qui roulait déjà vers le bord du bureau. Oksa la regarda en souriant et fit mine d'éponger son front du revers de la main. Pourtant, elle ne se sentait pas au mieux de sa forme. Grâce, ou à cause de sa victoire sur Orthon/McGraw, elle redoutait les retrouvailles. Quand il se retourna, elle pinça les lèvres pour étouffer un cri d'étonnement : le professeur honni avait le bras gauche en écharpe et un œil au beurre noir ! Gus donna un coup de coude à son amie et murmura :

– Pas de quoi faire le malin, McGraw !

McGraw balaya des yeux la classe, évitant soigneusement Oksa et Gus, puis dit d'une voix d'outre-tombe .

– Sortez des feuilles, devoir sur table ! •

Une rumeur désapprobatrice parcourut les rangs. Un devoir sur table le jour de la reprise, c'était du pur McGraw. Mais ce n'était pas moins dur à encaisser pour autant.

– Je ne tolérerai aucun commentaire, ni aucune note en dessous de la moyenne, annonça-t-il froidement. Vous avez eu toutes les vacances pour réviser, vous n'aurez aucune excuse !

Chacun se pencha sur sa feuille et se concentra pour répondre aux questions notées au tableau. Quand elle levait les yeux, Oksa essayait de ne pas croiser ceux du professeur, assis à son bureau. Elle se sentait forte et les efforts que McGraw semblait faire pour l'éviter lui apparaissaient comme une confirmation du pouvoir qu'elle détenait. Un pouvoir tout neuf et si enivrant ! D'ailleurs, elle n'attendit pas longtemps pour l'exercer de nouveau… Et ce fut le squelette suspendu dans le coin de la classe, entre la fenêtre et le tableau, qui lui inspira une irrésistible envie de passer à l'action.

Le squelette commença par remuer une main comme s'il saluait les élèves. Attirés par le mouvement, certains levèrent la tête et regardèrent autour d'eux pour voir lequel d'entre eux était en train de jouer ce bon tour à McGraw. Ce dernier, intrigué par l'agitation qui gagnait la classe, tourna la tête. Mais le squelette affichait une parfaite immobilité. Comme tous les squelettes qui se respectent. Quant à Oksa, elle était consciencieusement penchée sur son devoir, le visage en partie caché par ses cheveux. Toutefois, sitôt McGraw replongé dans ses notes, elle récidiva avec davantage d'audace encore. Cette fois-ci, le squelette mit les mains sur les hanches et s'accroupit en levant les jambes l'une après l'autre, comme s'il dansait une danse russe traditionnelle. Gus donna un violent coup de coude à Oksa, alors que la moitié de la classe pouffait de rire et que l'autre moitié retenait son souffle en prévision de la réaction du redoutable professeur.

– Au cas où vous l'auriez oublié, je vous rappelle que vous êtes en train de faire un devoir sur table ! ne tarda pas à hurler le professeur McGraw. Pourquoi gloussez-vous comme des poules hystériques ? Mademoiselle Guckert, par exemple, avez-vous une explication ?

La jeune fille eut du mal à s'arrêter de rire pour répondre :

– C'est le squelette, monsieur…

– Mademoiselle Guckert, soupira McGraw avec dédain, votre réponse ne constitue d'aucune façon une phrase intelligible, et encore moins une réponse claire. C'est le squelette qui quoi ?

– C'est le squelette qui danse, monsieur.

– ET ALORS ?! vociféra McGraw en abattant son livre sur le bureau avec une telle brutalité que tous les élèves sursautèrent. Un, ou *une* élève fait joujou avec le squelette et pas un seul d'entre vous n'est capable de rester concentré sur son devoir ! Vous vous croyez en maternelle ? Vu le niveau, je dirais même le jardin d'enfants !

Il balaya la classe d'un regard d'encre, glissant sur Oksa comme si elle n'existait pas. Par cette indifférence qu'elle savait feinte, elle comprit que McGraw avait bien conscience qu'elle était responsable de cette plaisanterie destinée à le provoquer et à le faire sortir de ses gonds.

Et la réjouissance qu'elle en éprouvait était du pur bonheur !

À onze heures, le cours de sciences se passa de la même façon : devoir sur table ! Les soupirs se firent encore plus lourds et les plaintes plus perceptibles, ce qui fit une fois de plus rugir McGraw :

– Je suis votre professeur, c'est moi qui décide de la façon dont je dois mener mon cours ! Si vous ne pouvez supporter deux devoirs sur table d'affilée, je ne donne pas cher de votre scolarité. Vos remarques et votre désaccord sont le cadet de mes soucis. Mais le prochain que j'entends se plaindre écopera de trois heures de retenue, soyez-en certains ! Quant à vous, monsieur Bellanger, je n'ai pas oublié l'avantage dont vous avez bénéficié la dernière fois en partageant le bureau de la brillante Mlle Pollock... Je vous prierai donc de vous mettre seul au fond de la classe.

Raide comme un piquet et rouge de colère, Gus se leva et rejoignit le dernier bureau en essayant de garder son calme. Oksa leva les yeux et fixa McGraw. Mais celui-ci évitait toujours son regard : il préférait s'attaquer à Gus. Ce qui ne laissait rien présager de bon... Elle ne voulait pas que son ami subisse les sales coups à sa place. Elle se retourna et lui fit un signe d'encouragement avant de s'atteler à son devoir de sciences. Mais elle fut bientôt distraite par son Curbita-peto qui se tortillait autour de son poignet. « *Je suis calme, pourtant ! Qu'est-ce qu'il a ?* » s'étonna-t-elle. Elle souleva discrètement sa manche et vit son petit bracelet vivant faire une drôle de tête : sa minuscule langue pendait sur le côté et ses yeux étaient affreusement vitreux ! Elle le caressa, mais rien n'y fit. Des bruits aussi évocateurs que disgracieux se mirent à résonner.

Des bruits de flatulences, aucun doute n'était permis...

Certains élèves se regardèrent avec suspicion, d'autres risquèrent un ricanement. McGraw, quant à lui, leva la tête et chercha la provenance de la pétarade battant désormais son plein, sans réussir à débusquer le responsable. « *Oh ! là, là !, c'est pas vrai, j'ai oublié de lui donner sa granule !* s'affola intérieurement Oksa. *Mais quelle nulle je suis ! Je comprends ce que voulait dire Abakoum quand il parlait de mécontentement qui ne passait pas inaperçu... Il faut que je tienne jusqu'à midi !* » Et elle plongea littéralement sur sa feuille en s'aplatissant sur son bras pour tenter d'étouffer les échos intestinaux du Curbita-peto. Un peto, c'était le cas de le dire…

Quand la cloche sonna midi, il fallut quelques secondes seulement aux élèves pour rendre leur copie et rassembler leurs affaires. Impatients de s'éloigner de McGraw au plus vite, ils quittèrent tous la salle sans dire un mot au professeur, sauf un ou deux qui ne manquaient jamais une occasion de se faire bien voir.

La plus rapide à sortir fut Oksa. Elle courut comme une flèche jusqu'à son casier où elle récupéra la réserve de granules qu'elle y avait stockée en cas d'urgence. Et l'urgence était pressante ! Le Curbita-peto engloutit sa granule quotidienne et la pétarade s'arrêta aussitôt, pour le plus vif soulagement de son imprudente maîtresse.

– Excuse-moi, mon Curbita, murmura Oksa en refermant son casier. Je ferai attention maintenant, tu peux compter sur moi !

Et elle se rendit enfin dans la cour où l'attendaient ses amis. Les commentaires allaient bon train…

– Quand le squelette a commencé à s'accroupir et à danser, j'ai cru que j'allais mourir de rire ! s'exclama Zelda.

– Moi, je me mordais les joues pour ne pas éclater et j'essayais de penser à des choses tristes. Mais même de visualiser ma future note de maths, ça ne m'a pas empêché d'avoir un fou rire ! ajouta un autre élève.

– C'était un de vous ? demanda Merlin Poicassé.

Les collégiens firent « non » de la tête, Oksa restant un peu plus évasive et se contentant de baisser les yeux d'un air innocent.

– J'aimerais bien savoir qui c'était, dit Merlin en arrêtant son regard sur Oksa. Pour lui demander son truc… Ça devait être bigrement ingénieux comme mécanisme, pas trace de fil, j'ai regardé. Peut-être une action à distance avec des aimants, un système téléguidé ou électromagnétique, pourquoi pas ? En tout cas, on n'y a vu que du feu, de la pure magie…

Oksa fit mine d'ignorer les remarques – ô combien pertinentes – de Merlin. Ce n'était pas la première fois que son camarade faisait des allusions de ce genre. Immanquablement, elle en avait des sueurs froides et son cœur s'emballait. Et s'il avait tout deviné ?

– Magie ou pas magie, celui qui a fait ça mériterait une sacrée récompense ! renchérit Zelda.

– Mais quand même, il a fait fort, McGraw ! s'exclama Gus en changeant de sujet. Deux devoirs sur table le jour de la reprise, c'est n'importe quoi !

– Tu m'étonnes ! C'est un vrai malade, ce prof… ajouta Zelda. Et puis, il commence à m'énerver avec ces histoires de crayons qui tombent. Je suis un peu maladroite, d'accord, mais c'est pas une raison pour faire toute cette comédie ! Il m'a tellement stressée que j'ai failli faire tomber ma trousse entière. Vous imaginez ? L'enfer… Je préfère ne pas y penser.

– Et moi, tu crois que c'est pas l'horreur ? se lamenta Gus. Il continue avec ses accusations débiles… Je ne copie pas ! Je n'ai jamais copié ! J'en ai marre…

Oksa écarta les bras et entoura affectueusement les épaules de Gus et de Zelda, les deux cibles préférées de McGraw.

– Je ne sais pas ce qui me retenait de lui faire un deuxième œil au beurre noir, continua Gus.

– En tout cas, j'ignore comment il s'est cassé le bras, mais c'est bien fait pour lui ! remarqua Merlin. Dommage que ça ne l'ait pas rendu plus aimable.

– Et est-ce que vous avez entendu ? Il y en a un ou une qui avait forcé sur les haricots au petit déjeuner, oh la crise ! dit Merlin en s'esclaffant.

– J'étais morte de rire, renchérit Zelda. La tête de McGraw !

– Heureusement qu'il n'a pas trouvé qui c'était, moi je vous le dis, lança Oksa en tâtant son poignet. Allez, venez, on va manger…

Et le petit groupe se dirigea joyeusement vers le réfectoire.

– C'était ton Curbita-peto, hein, c'est ça ? murmura Gus à l'oreille d'Oksa en s'écartant du groupe.

– Oui, le « peto », tu l'as dit ! lui répondit-elle en pouffant de rire.

– Il n'y a pas que McGraw qui a fait fort aujourd'hui… Je crois bien que tu le bats largement, ma vieille. Ton squelette danseur était d'enfer ! J'ai adoré !

– Je suis désolée que ce soit toi qui en paies les frais, dit Oksa, honteuse, en baissant les yeux. Si j'avais su qu'il se vengerait sur toi, je ne l'aurais jamais fait, je t'assure !

– Ne t'inquiète pas… De toute façon, mauvais comme il est, je suis sûr qu'il m'aurait changé de place de toute façon. Le squelette n'y est pour rien… et toi non plus, ajouta-t-il en lui adressant un sourire réconfortant.

Tout l'après-midi, Oksa resta très sombre. Contrairement à Gus, elle n'était pas persuadée que McGraw aurait décidé de changer son ami de place si elle n'avait pas cédé à son envie de le provoquer. Et quand elle pensait aux paroles bienveillantes de Gus, à cette façon si généreuse qu'il avait de lui remonter le moral et de la déculpabiliser, elle se sentait consternée par son propre comportement.

Avait-elle été une vraie amie en agissant ainsi ?

En voyant l'indifférence de McGraw à son égard, elle aurait dû se douter qu'il trouverait une autre cible et qu'il se retournerait contre Gus dès que l'occasion se présenterait. Il n'avait pas fait que l'éloigner : il avait publiquement insinué des choses injustes et calomnieuses. Et Oksa savait combien ce genre d'allusions pouvait blesser profondément.

Si seulement elle avait réfléchi avant d'agir…

Elle avait encore beaucoup à apprendre.

Et pas seulement en Granokologie…

51

Une rencontre inamicale

Ce même lundi, en fin d'après-midi, Oksa eut cependant l'occasion de montrer à son ami qu'il pouvait compter sur elle. Alors qu'ils rangeaient leurs affaires de sport dans leur casier, Hilda Richard – dite la Primitive – s'approcha d'eux par-derrière et assena à Gus un violent coup de poing dans le creux du dos en lui braillant dans les oreilles :

– La honte sur toi, sale copieur !

Gus se retourna aussitôt. Réprimant sa fureur, il choisit de répondre par la raillerie en détaillant l'adipeuse silhouette de la tête aux pieds.

– Oh, mais voilà la très douce et très délicate Hilda Richard ! Quel plaisir de te voir, chère Hilda, quel bon vent t'amène ?

– T'as pas intérêt à copier sur moi, sinon je te casse la tête, moi ! ajouta-t-elle d'un air provocant.

– Je ne risque pas de copier sur toi, rétorqua Gus, écarlate. Sauf si je veux avoir *systématiquement* moins que la moyenne…

– Ferme-la ! répliqua Hilda. Et fiche-moi la paix avec ta petite poupée russe, cette frimeuse de Pollock qui se croit si maligne !

– Toi, lâche-nous, la Primitive ! intervint Oksa, les yeux lançant des flammes.

– Et essaie donc d'avancer un peu dans l'évolution humaine, tu ne vas pas rester toute ta vie dans le Précambrien ! renchérit Gus.

– Précambrien toi-même, sale Chinetoque ! lança-t-elle avant de tourner les talons.

– Alors là, murmura Oksa hors d'elle, elle va voir ce qu'elle va voir…

Et elle plongea la main dans la poche intérieure de sa veste d'uniforme pour en ressortir… sa Crache-Granoks !

– Couvre-moi, Gus !

– J'y crois pas ! T'as apporté ta Crache-Granoks au collège ? Mais t'es folle ! Tu ne peux pas t'en servir là... comme ça ! bredouilla Gus en tremblant. Et si quelqu'un te voit ?

Il en fallait bien plus pour arrêter une Oksa assoiffée de revanche. Elle sourit avec une lueur vengeresse dans les yeux et, avant de porter le petit tube à ses lèvres, elle murmura ces quelques mots :

Dermenfeu, Dermenfeu
Que ce suc recevant
Tu te grattes jusqu'au sang.

Puis elle souffla en direction de l'épouvantable collégienne qui s'éloignait dans le couloir. Aussitôt, la Primitive se contorsionna en hurlant :

– Ça me démange ! Au secours, ça me démange !

Tous les élèves se trouvant dans les parages, au lieu de compatir comme ils l'auraient fait pour n'importe qui d'autre, se groupèrent autour d'elle en riant.

– Ça me gratte ! Ça me gratte à mort ! s'époumonait la Primitive, le visage et les bras – ainsi certainement que toute la surface de son corps – recouverts de plaques rouge vif.

– C'est la méchanceté qui ressort, lança une voix.

Quant à Oksa et Gus, ils se tenaient à bonne distance tout en profitant du spectacle et en riant de bon cœur.

– Granok urticante ? demanda Gus à voix basse.

– Dermenfeu ! confirma Oksa en rengainant sa Crache-Granoks.

Elle leva la main et son ami topa dedans d'un air entendu. Et reconnaissant...

La semaine se poursuivit plus calmement qu'elle n'avait commencé. Oksa, échaudée par l'épisode embarrassant du Curbitapeto affamé, avait décidé de ne plus se laisser prendre au dépourvu et avait réuni tous ses ustensiles de Jeune Gracieuse dans un petit sac brodé qu'elle portait en bandoulière. Elle y avait ajouté le téléphone portable flambant neuf que ses parents venaient de lui offrir dans le cadre des mesures de sécurité instaurées par les Sauve-Qui-Peut. Par ailleurs, chaque matin,

Pierre Bellanger accompagnait les deux enfants au collège. Le soir, c'était au tour de Pavel ou de Marie de venir les attendre à la sortie.

– Il est par là, cet Orthon/McGraw ? Que je voie à quoi ressemble ce traître... demanda Pavel un soir.

– Oh ! Papa, tu sais, dès que les cours sont finis, il disparaît. Il n'a pas l'air de s'entendre super bien avec ses collègues, il déjeune rarement avec eux, il n'est jamais dans la salle des profs. Tu me diras, pour ce qu'il est agréable, il vaut mieux pour eux ! ajouta-t-elle en pouffant de rire. Mais tu vas bientôt avoir l'occasion de le rencontrer...

– Ah bon ?

– Mais oui ! Tu ne t'en souviens pas ? C'est bientôt la réunion parents-profs ! Vendredi prochain exactement. Tu vas y aller ?

– Alors là, je ne raterais ça pour rien au monde ! J'espère que Pierre et Jeanne viendront aussi ! ajouta Pavel à l'intention de Gus.

– À mon avis, ils sont aussi impatients que toi !

– Eh bien, nous irons en comité voir de plus près ce prof ex-espion de la CIA ou du KGB, renchérit Pavel en jetant un regard rieur à sa fille.

– Oh, ça va, Papa ! Tout le monde peut se tromper... répondit Oksa en haussant les épaules et en réprimant un sourire à l'évocation de sa méprise finalement plutôt comique.

Plus qu'un comité, ce fut un véritable commando qui se présenta à la rencontre parents-professeurs quelques jours plus tard. Une fois dans la cour dallée du collège, l'ordre de dispersion fut donné. Et tandis que les Pollock montaient au premier étage par l'impressionnant escalier de pierre, une ombre venue de nulle part se glissa furtivement derrière eux et les suivit de près...

Les parents d'Oksa n'avaient aucun souci scolaire avec leur fille, pas plus que les professeurs d'ailleurs. Mlle Crèvecœur releva le vif intérêt qu'Oksa manifestait pour l'histoire-géo et les excellentes notes qu'elle avait obtenues. Et elle ne fut pas la seule : à l'unanimité, les professeurs n'avaient que des compliments à faire, ce qui ne surprit pas les parents d'Oksa, mais leur fit néanmoins extrêmement plaisir. Il restait à voir deux professeurs : M. Lemon et l'Infâme, tel que l'appelait désormais le père d'Oksa.

– Tu feras quand même attention, Papa, à ne pas l'appeler comme ça ! avait prévenu Oksa.

Ces deux derniers professeurs partageaient une même salle, M. Lemon près du tableau et McGraw, tiré à quatre épingles, tout au fond, là où il reléguait maintenant Gus à chaque cours. Le professeur d'anglais n'eut rien de plus à ajouter aux commentaires élogieux de ses collègues et loua le niveau – vive la Poluslingua ! – ainsi que l'admirable accent d'Oksa, légèrement gallois peut-être ?

C'était maintenant au tour de McGraw.

– Le meilleur pour la fin… murmura Pavel, les dents serrées.

Affaiblie par un vertige soudain, Marie lui prit le bras pour se maintenir en équilibre. Tendu, Pavel saisit la main de sa femme et tous deux se dirigèrent d'un pas ferme vers le fond de la salle, suivis de l'ombre mystérieuse qui glissa contre une armoire et s'immobilisa. McGraw leva les yeux et, d'un ton austère, invita le couple à s'asseoir.

– Vous êtes ?… interrogea-t-il.

– Marie et Pavel Pollock, les parents d'Oksa. Bonsoir, *monsieur Orthon*, répondit Pavel avec froideur et fermeté.

Le professeur croisa ses mains devant lui.

– Je vois…

– Le travail d'Oksa est-il satisfaisant dans les matières qui vous concernent, *monsieur Orthon* ? le coupa Pavel d'un air glacial.

Marie jeta un regard anxieux à son mari et vit ses tempes qui vibraient sous la pression sanguine. Alors qu'elle-même se sentait vidée de toutes ses forces, elle percevait la rage qui saisissait chaque parcelle du corps et du cœur de Pavel. Son regard devait d'ailleurs très bien trahir ce qu'il ressentait, car le visage de McGraw se crispa.

– Son travail est exemplaire. Je déplore simplement…

– Oui ? l'interrompit Pavel d'un air railleur. Que déplorez-vous « simplement » ?

Et tout en restant parfaitement immobile, les mains posées à plat sur ses genoux, il avisa la bouteille d'eau qui se trouvait sur le bureau. Du regard, il dévissa le bouchon qui fut éjecté vers le plafond. Puis la bouteille se souleva et se dirigea derrière McGraw en flottant dans l'air. Stupéfaite, Marie se tourna à nouveau vers son mari, à la fois effarée et ravie de ce qui allait inévitablement arriver. Répondant aux ordres muets de Pavel, la bouteille renversa son contenu dans le dos du professeur, inondant son costume sombre. McGraw se rembrunit, puis esquissa un sourire mauvais.

— Des enfantillages… murmura-t-il.

Tout en fixant Pavel, il leva le poing devant lui et l'ouvrit brutalement. Aussitôt, un horrible insecte s'en échappa et vola en direction des Pollock. Un Chiroptère Tête-de-Mort ! À quelques millimètres du visage de Pavel, l'insecte s'arrêta et ouvrit sa monstrueuse gueule, découvrant deux rangées de dents effilées comme des lames de rasoir. Marie mit la main devant sa bouche pour étouffer le cri d'effroi qui menaçait d'attirer l'attention sur leur étrange trio. Une épouvantable odeur de viande pourrie s'échappa de la gueule béante du Chiroptère et, dans un geste instinctif, Pavel abattit sa main pour le chasser, comme il l'aurait fait d'une guêpe qui tournerait autour de lui. Mais le Chiroptère disparut, comme s'il n'avait été qu'une hallucination ou un mirage cauchemardesque.

Surmontant son trouble, Pavel répéta en grinçant des dents :

— Que déplorez-vous donc chez Oksa ?

— Son écriture est désastreuse, répondit McGraw avec défi.

Les jointures de ses mains croisées très serrées blanchirent sous la pression.

— Vous êtes le premier à nous mentionner ce… *désastre*, souligna Marie d'un ton ironique.

— Monsieur Orthon, continua Pavel à voix basse en se rapprochant de son ennemi, que les choses soient bien claires. Nous savons qui vous êtes, tout comme vous savez qui nous sommes. Vous ne devez pas ignorer non plus que nous avons plusieurs atouts de notre côté, à commencer par le nombre…

— Monsieur Pollock, l'interrompit Orthon/McGraw sur le même ton, vos atouts sont bien inférieurs aux miens, croyez-moi. Sachez aussi que je n'ai pas pour habitude de renoncer dès qu'un obstacle se présente devant moi.

— Nous sommes beaucoup plus qu'un simple obstacle, monsieur Orthon. Et je doute que cette fois-ci, vous parveniez à vos fins…

— Eh bien, doutez, monsieur Pollock, doutez…

Sur ce, Marie et Pavel Pollock se levèrent avec raideur, jetèrent un dernier regard glacial à l'Infâme et quittèrent la salle, l'ombre énigmatique derrière eux.

– Orthon ne manque vraiment pas d'aplomb, nous devons être plus vigilants que jamais !

Comme convenu, les Pollock et les Bellanger s'étaient retrouvés à l'issue de la rencontre afin de partager leurs impressions à chaud. Abakoum était là, lui aussi.

– Je crois qu'il ne faut surtout pas le sous-estimer, son assurance n'est pas du bluff. C'est un homme très puissant, souligna Dragomira. Il l'était déjà à Édéfia, nous en avons été les témoins, n'est-ce pas, Abakoum ?

– Oui, tu as raison. Et je pense qu'il a passé toutes ces années à parfaire ses pouvoirs, contrairement à beaucoup d'entre nous. D'autre part, rien ne nous prouve qu'il est seul. Comment a-t-il été avec vous ? demanda le vieil homme aux Bellanger.

– Imperturbable, cynique et sûr de lui ! répondit le père de Gus. Nous lui avons conseillé de laisser les enfants tranquilles et tout ce qu'il a répondu, c'est : « Sinon quoi ? Vous allez me dénoncer à la police ? » Il sait très bien que nous devons être aussi discrets et prudents que lui vis-à-vis de nos origines et de nos pouvoirs. La discussion a été très courte, car, en fait, nous n'avions pas grand-chose à nous dire, à part nous menacer mutuellement comme des coqs dressés sur leurs ergots.

– Maintenant, nous sommes fixés. Continuons de veiller sans relâche sur les enfants. Par ailleurs, je crois que ce serait une bonne idée d'emmener Oksa avec moi pour le week-end, qu'en pensez-vous ? demanda Abakoum.

Tout le monde opina gravement. Sauf Pavel qui posa la main sur le bras de sa femme, lui jeta un regard douloureux et prononça d'une voix cassée :

– Avons-nous notre mot à dire ? Nous sommes ses parents, tout de même…

Dragomira regarda son fils et sa belle-fille avec tristesse, puis soupira longuement.

– Nous n'avons plus le choix, Pavel. Nous ne pouvons plus faire marche arrière.

– Qui te parle de faire marche arrière ? lança Pavel avec rudesse. Il faut tout arrêter !

– Admettons que nous arrêtions tout, là, maintenant, intervint Pierre Bellanger. Comment feras-tu pour convaincre Orthon/McGraw ? Comme l'a dit Tugdual, le compte à rebours a commencé. Nous ne pouvons rien faire de plus que de suivre ce que notre destin nous dicte.

– Ça vous arrange bien, n'est-ce pas ? capitula Pavel d'un ton amer.

– Oksa ? Tu veux bien sortir de ta cachette ? Et tu peux venir aussi, Gus… enchaîna Abakoum sans se retourner.

Vaguement penauds, les deux amis qui s'étaient cachés derrière un canapé pour espionner la discussion se levèrent. Les mains derrière le dos en signe de docilité, ils vinrent rejoindre le petit groupe.

– Il est temps de te donner des armes, chère petite…

52

L'Homme-Fé

La dernière fois qu'Oksa était venue chez Abakoum, elle était loin de se douter que le parrain de sa grand-mère – son Veilleur, comme Dragomira l'appelait – était un homme aussi surprenant. Hormis cette époustouflante transformation en lièvre dont Oksa avait été le témoin, cet homme discret et mystérieux était l'incarnation même de la confiance. Malorane avait misé sur sa fidélité et elle avait eu raison. Tenant sa parole envers et contre tout, il avait consacré sa vie à veiller sur Dragomira. Même quand elle était devenue une femme tout à fait capable de se défendre.

Avait-il été marié ? Amoureux ? Oksa l'ignorait, mais elle se promettait de le lui demander un jour ou l'autre. Pendant qu'il pilotait son side-car sur la petite route qui menait à sa ferme, elle l'observait du coin de l'œil. Ses gestes, comme tous ceux qu'il effectuait au quotidien, étaient à son image : calmes, apaisants et surtout rassurants. Aussi loin qu'Oksa s'en souvienne, il avait toujours été considéré comme un membre de sa famille. Dans l'herboristerie qu'il avait tenue avec Dragomira pendant trente ans, c'est la Baba Pollock qui semblait être le pilier. Son esprit baroque et son charisme attiraient l'attention et les honneurs. Surtout ces dernières années où la réputation de la modeste entreprise s'était répandue au-delà des frontières. Malgré son extraordinaire savoir-faire, Abakoum avait mis tout en œuvre pour freiner l'élan de Dragomira à l'égard de toute promotion. Oksa avait d'ailleurs été témoin de quelques discussions plutôt animées à ce propos et elle avait alors trouvé la réaction du vieil homme excessive, voire incompréhensible. Pourquoi autant de prudence ? s'était-elle demandé. Aujourd'hui, elle comprenait mieux : le moindre article sur Dragomira et ses talents d'herboriste risquait de mettre des personnes malveillantes sur la piste des Pollock. Comme Orthon/McGraw par exemple. Elle se souvint du dernier article paru dans une revue américaine spécialisée, quelques mois seulement avant le départ pour Londres. Le journaliste n'avait pas été avare de louanges, qualifiant Dragomira de « génie de la médecine douce » et de « magicienne des plantes ». La magicienne en question avait refusé d'être prise en photo, mais son nom apparaissait clairement…

En regardant Abakoum et en sachant désormais plus de choses sur lui, Oksa comprenait le rôle essentiel que tenait cet homme secret au caractère si sage. Un homme de l'ombre, résolument. Mais avant tout un protecteur avisé.

Le side-car traversa un village, puis s'engagea sur un chemin bordé de buissons d'aubépine. Au bout du chemin, une haute barrière les arrêta. Abakoum descendit et retira son casque avant de sortir de sa sacoche une petite boîte. Il en libéra une sorte de scarabée d'un vert éclatant qu'il introduisit dans le trou de la serrure. Aussitôt, la barrière s'entrouvrit. « *Tiens !* se dit Oksa, qui n'en était pas à son dernier étonnement. *Une clé vivante ! Très intéressant…* »

Abakoum gara le side-car dans la cour, referma soigneusement la barrière et récupéra le scarabée qui gigotait mollement.

Le terrain qu'occupait le bâtiment principal était entouré d'un mur très haut bâti de pierres plates superposées et percé de deux portes blindées. Abakoum habitait une maison aussi extraordinaire que celle de Léomido, bien que d'un style très différent. Longtemps, cette splendide ferme rénovée avait été la maison de vacances d'Abakoum. Mais depuis le départ de France, il y vivait à temps complet, préférant la campagne anglaise au chahut de Londres. Oksa était venue l'été précédent passer quelques jours avec sa famille et, l'automne venu, la ferme n'avait rien perdu de son charme. Le long de ses murs de brique aux multiples nuances de rouge, du plus foncé tendant vers le marron au rose fané, des glycines et des rosiers grimpaient jusqu'à envahir le premier étage de la bâtisse. Sur le côté, un ancien silo à grains qu'Abakoum avait réaménagé de fond en comble était relié à la ferme par une coursive totalement close.

Oksa n'était jamais entrée dans cette annexe. Mais peut-être qu'Abakoum accepterait de la lui faire visiter, cette fois-ci.

– Oh, Abakoum, c'est de plus en plus beau chez toi !

Installée dans un fauteuil en forme de coque, Oksa contemplait l'intérieur de la maison pendant qu'Abakoum préparait un goûter de bienvenue. Le contraste avec l'extérieur était saisissant : on s'attendait à un décor rustique, mais Abakoum avait opté pour un style nettement différent.

– On se croirait au musée d'Art moderne ! siffla Oksa.

Abakoum posa un plateau sur une petite table aux pieds zébrés, remplit deux tasses de chocolat chaud et s'assit face à Oksa.

– Tu ne le sais peut-être pas, ma chère Oksa, mais mes parents adoptifs étaient ce que l'on appelle ici des *designers*. Mon père et ses parents concevaient des meubles, et ma mère était la meilleure architecte d'intérieur d'Édéfia. C'est elle qui a entièrement aménagé les appartements de Malorane dans la Colonne de Verre. La manière dont j'ai agencé cette maison est à peu de chose près l'habitation typique des Sylvabuls d'Édéfia. La maison que j'habitais quand j'étais petit ressemblait beaucoup à celle-ci, mis à part qu'elle était installée dans un arbre gigantesque – un Colosso – à plusieurs dizaines de mètres du sol… Ma famille a toujours attaché beaucoup d'importance à l'esthétique des choses, surtout celles de la vie quotidienne, et je suis heureux que tu sois sensible à cela.

Oksa l'écoutait avec une grande attention. Elle adorait quand on lui parlait ainsi en tête à tête.

– Ça doit vraiment être très beau, Édéfia… dit-elle à mi-voix, le regard rêveur. Abakoum, excuse-moi, mais tu as parlé de tes parents adoptifs. Tu es comme Gus, alors ?

– Oui. Et comme lui, j'ai eu beaucoup de chance car j'ai été recueilli par des personnes exceptionnelles. De véritables cœurs d'or.

– Tu avais quel âge ? demanda Oksa, encouragée par le sourire paisible du vieil homme.

– Quelques heures…

– Mais tu étais un tout petit bébé !

Un voile de tristesse passa fugacement sur le visage d'Abakoum. Il ferma les yeux un instant avant de reprendre :

– Ah, ma petite Oksa… Je vais te confier un secret que peu de gens connaissent.

– Un de tes parents était un lièvre, c'est ça ? lança Oksa avec sa spontanéité habituelle.

À ces mots, Abakoum éclata du plus puissant éclat de rire qu'elle ait jamais entendu. À tel point qu'elle en sursauta et faillit renverser sur elle une partie de son chocolat chaud.

– Je savais bien que tu étais au courant pour… comment dire… la part animale qui est en moi, dit Abakoum en essuyant ses yeux pleins de larmes. Mais là ! C'est la première fois que quelqu'un suggère que mes parents aient pu être des lièvres !

– Alors, tu sais que je sais… dit piteusement Oksa qui s'amusait néanmoins comme une folle de voir Abakoum secoué de rire. Je suis vraiment nulle comme espionne !

– Non, je ne dirais pas ça… Mais ce n'était pas difficile à comprendre avec tes allusions matinales. C'était d'ailleurs ton but, espèce de chipie, n'est-ce pas ? Je te connais… Non, Oksa, mes parents n'étaient pas des lièvres. Mais ce qu'ils étaient est tout aussi fabuleux.

– Oh, raconte-moi, Abakoum ! l'implora Oksa. S'il te plaît !

– Mon père était un apiculteur Sylvabul qui s'appelait Tiburce. Je sais peu de chose de lui, simplement que c'était un homme assez solitaire, humble et bon, proche de la nature. Un jour, une Fée Sans-Âge l'aperçut dans la clairière couverte de fleurs où il avait installé ses ruches. Et elle s'éprit aussitôt de lui. C'était un événement rarissime, peut-être même unique dans toute l'histoire d'Édéfia. Cette Fée Sans-Âge, ma mère, s'est révélée à mon père par amour. Dès leur rencontre, ils tombèrent fous amoureux l'un de l'autre. Malgré le caractère exceptionnellement pur de leur histoire, cette union les a menés à leur perte : un homme et une Sans-Âge ne pouvaient pas se rencontrer. Et encore moins s'aimer…

– Qu'est-ce qui s'est passé ? demanda Oksa dans un souffle, ses grands yeux gris suspendus aux lèvres d'Abakoum.

– Ils ont été pulvérisés dès que je suis né, dit Abakoum avec mélancolie.

– Oh ! s'exclama Oksa en portant la main à sa bouche. C'est horrible ! Tu veux dire que ta mère est morte juste après t'avoir mis au monde ?

– En quelque sorte… répondit Abakoum avec un sourire triste. Les Sans-Âge n'ont pas la même constitution que les humains, semble-t-il, car ma naissance a suivi immédiatement ma conception. Et provoqué la disparition de mes parents.

– C'est horrible… répéta Oksa, la gorge nouée.

– Moi, je trouve que c'est plutôt une belle histoire, dit le vieil homme, le regard brillant. Ils savaient tous les deux qu'ils prenaient un risque insensé. Mais même la menace de la mort ne pouvait freiner l'amour qu'ils éprouvaient l'un pour l'autre. Un amour absolu…

– Et qu'est-ce qui s'est passé après ? demanda Oksa, la gorge nouée.

– Le lendemain, deux voisins, alertés par mes cris affamés, m'ont trouvé dans la maison de mon père. J'étais seul, nu et sale. Ne sachant que faire, ils m'ont nourri, puis emmené chez la Gracieuse Malorane, qui a ordonné des recherches. Personne ne savait qu'une jeune fille était entrée dans la vie et dans le cœur de mon père, c'était la stupéfaction totale. Pendant plusieurs jours, des dizaines d'hommes ont fouillé les forêts et les clairières, sondé les lacs, exploré les troglodytes. Mais on n'a trouvé aucune trace de mes parents. Ils avaient tout bonnement disparu… Ce fut le grand mystère d'Édéfia pendant plusieurs semaines, d'autant plus qu'aucune disparition de jeune fille ni aucune naissance n'avaient été signalées. Pourtant, chacun avait son idée sur ce qui avait pu se passer. Les uns pensaient que mes parents avaient été attaqués par les abeilles ; d'autres croyaient que la jeune fille avait accouché dans la clandestinité pour échapper à la colère de ses parents ; d'autres encore imaginaient que Tiburce avait voulu entrer sur l'Îlot des Fées et que cette imprudence lui avait valu de devenir à tout jamais un Attentionné…

– Un Attentionné ?

– Ce sont de petits hommes, mi-hommes, mi-cerfs, prisonniers d'un sortilège destiné à les punir de leur curiosité.

– Comment ça, de leur curiosité ? s'exclama Oksa. Qu'est-ce qu'ils ont fait ?

– Ils ont voulu voir les Fées.

– Mais c'est normal de vouloir voir des Fées, non ? s'indigna la jeune fille. C'est vraiment cruel de les punir pour ça !

– Oui, peut-être, admit Abakoum. Mais dis-toi bien que la punition à laquelle ils sont soumis leur procure aussi un grand bonheur. Certes, le bas de leur corps est désormais celui d'un cerf et ils portent des bois sur la tête, mais ils peuvent vivre avec les Fées sur l'Îlot jusqu'à la fin de leur vie. Ce qui était leur vœu le plus cher. Concernant mon père, tu comprendras que cette théorie était celle qui se rapprochait le plus de la réalité. Bien plus tard, j'ai pu consulter les archives de *L'Éclairé* – c'est le journal des actualités d'Édéfia – et je peux te dire que toutes les possibilités ont été évoquées, de la plus absurde à la plus romantique. Mais personne n'a réussi à savoir ce qui s'était réellement passé, ni à retrouver mes parents. Alors, Malorane m'a confié au couple de Sylvabuls dont je t'ai parlé, Mikka et Eva. Tous les deux m'ont aimé comme leur propre fils et je leur dois beaucoup. Ce n'était pas facile pour eux...

Oksa regarda Abakoum avec une curiosité intense, impatiente d'en savoir encore plus.

– En acceptant de m'accueillir, ils acceptèrent également le secret qui accompagnait ma naissance. Dès qu'un enfant naît à Édéfia, on lui confectionne une bague d'identité avec son ADN et de la sève de Goranov, comme pour les Crache-Granoks. Quand on a voulu fabriquer ma bague, on s'est aperçu que mon ADN était absolument anormal, c'est-à-dire qu'il ne correspondait à rien de connu à Édéfia. Seulement quatre personnes étaient au courant : Malorane, mes parents adoptifs et le Manufacturier de bague, qui, de toute façon, devait garder le secret professionnel absolu sur la fabrication des bagues.

« Je dois dire que j'ai été l'objet de toutes les attentions de la part de Malorane et de mes parents pendant mon enfance. Tous les trois étaient à la fois inquiets et curieux à mon sujet, ce n'était pas toujours évident à supporter. De plus, on s'est très vite rendu compte que j'avais des dispositions particulières...

– Tu es un Homme-Fé, alors ? l'interrompit Oksa en bondissant presque hors de son fauteuil. Un homme-fé !

53

La révélation de la Source Chantante

Abakoum caressa sa barbe du bout des doigts, intrigué par cette remarque.

— Je n'avais jamais envisagé les choses sous cet angle... Mais pourquoi pas ? Mes parents, eux, disaient que j'étais un enchanteur. Et c'est aussi ce que disent ta grand-mère, ton père et les parents de Gus, qui sont au courant de mes origines particulières. Mais je reconnais que l'idée d'être un « Fé » me plaît beaucoup !

— Mais comment tu sais tout ça ? Comment tu peux savoir que ta mère était une Sans-Âge ?

— Je me suis souvenu de ma naissance, répondit simplement le vieil homme, les yeux brillants d'une intensité émouvante.

— Abakoum, excuse-moi, mais personne ne peut se souvenir de sa naissance ! réagit Oksa d'un ton vif.

— Tu as raison, personne ne peut remonter aussi loin dans ses souvenirs. Même un homme-lièvre-fé, lança-t-il avec un clin d'œil. Non, j'ai simplement eu la chance d'être tiré au sort pour me rendre à la Source Chantante...

— Tiré au sort ? s'étonna Oksa.

— Chaque année, à l'occasion de la grande fête du Solstice d'Été, un habitant d'Édéfia était tiré au sort pour être mené jusqu'à la Source Chantante, une source bien mystérieuse située non loin de l'Îlot des Fées. Figure-toi que son eau permet de retrouver et de revivre un souvenir impossible ou perdu. Et je peux te dire que c'était un privilège très convoité ! Je m'en souviens comme si c'était hier...

« C'était le jour de mes douze ans. Quand la Gracieuse Malorane a plongé la main dans l'immense vase de cristal qui contenait tous les noms des habitants d'Édéfia pour le tirage au sort et qu'elle a prononcé le mien, j'ai cru rêver. Elle m'a mené jusqu'aux portes d'un dédale gigantesque protégeant l'accès à la Source Chantante. Là, elle a touché ma main et un plan s'est imprimé sur ma paume. Malgré ses indications, j'ai erré pendant des heures entre les haies de végétaux et les murs de pierre, exténué et anxieux, avant de trouver l'issue. Et cette issue était essentielle, non seulement pour échapper au Dédale dans lequel certains s'étaient retrouvés piégés à tout jamais, mais surtout pour accéder à la Source ! Quand je suis enfin sorti, le plan s'est effacé : j'étais arrivé à destination.

« Deux monstres à tête de femme et corps de lion gardaient l'entrée d'une caverne. J'avais en face de moi les redoutables Corpusleox ! Comme tous les enfants d'Édéfia, j'avais entendu parler de ces créatures. On racontait des histoires terribles à leur propos. Des histoires, ou des légendes, surtout destinées à effrayer les plus jeunes... Mais à douze ans, j'y croyais encore et je me souviens d'avoir tout simplement été terrifié : les Corpusleox me fixaient de leurs yeux jaunes et j'avais une peur effroyable. Leurs griffes étaient si acérées qu'un seul coup de patte m'aurait déchiqueté ! Je ne savais que faire, craignant que le moindre de mes gestes ne les contrarie. Les Corpusleox, je l'ai appris plus tard, doivent refouler sans pitié ceux qui auraient pu trouver la Source sans y avoir été invités. Moi, je suis passé sans encombre, ma venue était annoncée et la traversée du Dédale me donnait le droit d'entrer. Alors que j'étais paralysé de peur devant l'entrée de la caverne, ces formidables créatures ont incliné la tête et, d'un mouvement de patte, elles m'ont invité à pénétrer à l'intérieur.

« Là, j'ai découvert un endroit somptueux. Les parois de la grotte, entièrement constituées de lapis-lazuli, étincelaient. L'eau de la Source Chantante, d'une magnifique couleur rose transparente, se reflétait sur toute leur surface et l'air était à la fois tiède et sucré. Je me suis allongé sur le sol et je suis resté là, une heure, une nuit, je ne sais pas... J'avais perdu toute notion de temps et d'espace. Tout ce qui me restait, c'était l'incroyable impression d'être au centre d'une pierre précieuse géante. Jamais je n'ai vu de couleurs aussi pures et aussi vivantes que dans cette caverne. Je me suis endormi, bercé par le chant de la Source, et, quand je me suis réveillé, un gros coquillage nacré était posé à côté de moi. Une voix claire et douce m'a appelé par mon nom et m'a proposé de boire le contenu de ce coquillage. Et c'est ainsi que j'ai goûté l'eau fantastique de la Source Chantante. Elle avait un goût de limonade légèrement pétillante, les bulles limpides éclataient dans ma bouche. C'est comme si des étoiles explosaient en moi ! Dès la première gorgée, je suis revenu jusqu'au jour de ma conception – qui fut aussi celui de ma naissance. Et j'ai enfin su qui j'étais…

Oksa était émerveillée par le récit d'Abakoum.

– Tout s'est éclairci instantanément, reprit l'Homme-Fé. C'était si évident une fois qu'on savait ! Même si j'étais un enfant très choyé, l'ignorance était une véritable souffrance pour moi. On ne m'a jamais rien caché de mes origines, mais une bonne partie de mon histoire et de mon identité était une telle énigme pour tous, à commencer par moi-même. Là, dans cette caverne prodigieuse, j'ai fait un bond de douze ans en arrière et j'ai vu ma mère, la Fée Sans-Âge, et mon père, Tiburce, l'apiculteur. Ils étaient… comment dire… si lumineux ! Dès que mes yeux de bébé se sont posés sur eux, mon père m'a pris dans ses bras et ma mère s'est penchée vers moi. Ses cheveux bruns encadraient son visage éblouissant, elle était extraordinaire, d'une beauté qui irradiait autour d'elle. Délicatement, elle a posé ses lèvres sur les miennes et, dans un souffle d'une infinie tendresse, elle m'a donné sa vie et son essence profonde. Mes parents ont alors explosé dans un scintillement intense. C'était si beau que tout sentiment de peine m'a aussitôt abandonné. J'avais enfin trouvé la paix car je savais ! Avant de quitter cet endroit féerique – c'est le cas de le dire –, la voix douce s'est de nouveau adressée à moi et m'a guidé vers une cascade, m'ordonnant de tendre la main à travers le rideau d'eau et de saisir l'objet qui se trouvait derrière. J'ai obéi, docilement tu t'en doutes, et quand j'ai sorti ma main de l'eau, je tenais une baguette. La voix m'indiqua qu'il s'agissait de la baguette de ma mère, la Fée Sans-Âge-Qui-Mourut-D'Amour, comme les Fées la nommaient désormais entre elles.

Abakoum se tut, bouleversé par son propre récit. Oksa, quant à elle, était aussi stupéfaite qu'émue.

– Waouh… murmura-t-elle. Ça, c'est d'enfer ! Mais c'est si triste, ça me donne envie de pleurer…

Le doux regard d'Abakoum était perdu dans le vague.

– Il y avait bien longtemps que je n'avais pas parlé de tout cela… Ne sois pas triste, ma chère petite, ajouta-t-il en se tournant vers Oksa. Dis-toi que je suis un pur enfant de l'amour ! Je sais qu'il est difficile de m'imaginer ainsi, quand on voit ma barbe, mes cheveux blancs et mes rides profondes, mais c'est pourtant ce que je suis…

Oksa le regarda avec tendresse et reconnaissance. La gorge nouée par l'émotion, elle luttait contre les larmes qui inondaient son cœur et qu'elle sentait monter. Abakoum, témoin attentif de ce bouleversement, parut hésiter un instant. Puis il se leva de son fauteuil et lança d'une voix aussi claire que sa propre émotion le lui permettait :

– Est-ce que tu aimerais voir de près à quoi ressemble cette fameuse baguette ?

– Quoi ? s'exclama Oksa dans un sursaut. Tu veux parler de la vraie, de l'authentique, de l'unique baguette de la Fée Sans-Âge importée directement d'Édéfia ? ajouta-t-elle en retrouvant sa vivacité naturelle.

– Exactement ! répondit Abakoum sur le même ton. Celle-là même !

– Et tu me demandes si je veux la voir ? continua Oksa, en élevant la voix, les mains sur les hanches. Un peu que je veux la voir ! Je donnerais tout ce que j'ai pour ça…

Quelques instants plus tard, le vieil Enchanteur posait sur la table aux pieds zébrés le précieux objet qui provoqua chez Oksa des cris admiratifs. Longue d'une quarantaine de centimètres, elle était en bois clair, torsadée sur toute sa longueur. Elle s'épaississait progressivement, comme une canne à pommeau, et son extrémité la plus large était entourée d'une bague en or blanc sur laquelle était finement gravée l'inscription « La Fée Sans-Âge-Qui-Mourut-D'Amour ».

– J'y crois pas ! Une baguette magique ! Dis-moi que je ne rêve pas !

– Je croyais rêver moi aussi quand je l'ai eue entre les mains, précisa Abakoum. Pendant des semaines, je l'ai observée et analysée. J'ai ainsi découvert qu'elle était en bois de Majestique – une essence d'arbre noble – et qu'elle renfermait dans sa pointe une pierre magnétique issue des plus hautes montagnes. Mais je l'ai aussi tournée dans tous les sens pour essayer de comprendre comment elle pouvait bien fonctionner. Et je peux te dire qu'elle a mis ma patience à rude épreuve ! J'ai même failli la briser tant la frustration mettait mes nerfs en pelote. J'ai lancé des milliers de formules au hasard, des incantations qui échouaient lamentablement. Mais un jour, j'ai compris : il suffisait de s'exprimer sur un mode harmonieux – c'est-à-dire poétique ou chanté – pour que la baguette agisse.

– Une baguette lyrique, en quelque sorte ! dit Oksa dans un souffle, les joues en feu.

– Exactement ! C'est ainsi que j'ai découvert que je pouvais me transformer. Pour ce faire, je dois me regarder dans un miroir pour diriger le sort sur moi-même.

– C'est comme ça que tu te transformes en lièvre ? demanda Oksa, les joues de plus en plus rouges. Ça, c'est génial ! Je comprends pourquoi Papa disait que tu étais le plus fort de nous tous !

– Oh, tu sais, ce sont des pouvoirs que j'utilise très rarement, maintenant. Mais j'avoue que cela m'a bien servi dans certaines situations extrêmes…

– Quand, par exemple ?

– Au moment de notre fuite d'Union soviétique surtout, quand nous avions le KGB à nos trousses. La métamorphose m'a sauvé la vie ! Je me souviens notamment d'un certain militaire qui a eu des ennuis avec son téléphone au moment de donner l'alerte. Le câble avait été sectionné, rongé par un animal aux dents longues qui s'était glissé sous le bureau, on ne sait comment… Ce qui nous a permis d'embarquer à bord de l'avion dans lequel Léomido devait repartir à l'Ouest avec les membres de son orchestre et ses trois passagers clandestins, dont ton père enfermé dans une caisse de violoncelle.

– Oui, il m'a raconté, vous l'avez échappé belle ! renchérit Oksa avec fièvre. Mais je ne connaissais pas ces détails techniques. Eh bien, on peut dire que tu as un sacré patrimoine génétique, Abakoum ! J'espère que tu n'as jamais eu à faire d'analyses de sang, parce que tu dois être une vraie énigme scientifique !

Le visage du vieil homme s'éclaircit et ses yeux se mirent à pétiller.

– Tu penses vraiment à tout, toi ! Non, heureusement, je n'ai jamais eu affaire au corps médical et j'espère en être préservé jusqu'à la fin de mes jours. Je n'ose même pas imaginer les conséquences…

– Tu m'étonnes ! lança Oksa. Euh… Abakoum… Et ça ? Qu'est-ce que c'est ?

Du doigt, elle montra le gros livre qu'Abakoum avait rapporté en même temps que la baguette, un livre impressionnant relié de cuir usé rose pâle et incrusté de filaments métalliques.

– Aaahhh, soupira le vieil Enchanteur, voici le Livre des Ombres. Quand j'ai quitté la caverne de la Source Chantante, un des deux Corpusleox m'a tendu une étoffe. Dès que je l'ai saisie, une ombre a obscurci l'endroit où je me trouvais et je me souviens d'avoir frissonné. J'étais très surpris, je ne comprenais pas ce que cela pouvait signifier. J'ai alors découvert un livre à mes pieds, posé sur le sol. Le Corpusleox qui m'avait donné l'étoffe, un des foulards de ma mère, m'expliqua qu'il s'agissait d'un Livre des Ombres. Chaque Fée possède le sien ; elle y consigne recettes, formules, incantations et charmes. Celui que je tenais entre les mains et que tu es en train d'observer était à ma mère. Le secret de ma naissance m'ayant été dévoilé, je pouvais désormais le recevoir. Voilà, ma chère petite, tu sais tout…

Oksa tournait avec mille précautions les pages du livre fabuleux. Sur l'épais papier jauni étaient inscrits à l'encre colorée des formules obscures, des dessins mystérieux, des poésies sibyllines. Mais plus que l'objet lui-même, c'était la connaissance de son origine qui fascinait Oksa. Un livre ayant appartenu à une fée, on ne voyait pas cela tous les jours ! Et en feuilletant ces pages extraordinaires, elle sentit une profonde émotion submerger son cœur et l'engloutir avec fièvre et délice.

54

Une alarme d'enfer

– Et si nous passions aux questions pratiques ? demanda Abakoum au bout d'un long silence pensif. J'ai aménagé une chambre spécialement pour toi : la chambre-forêt. Veux-tu venir voir ?

– Bien sûr !

Ils montèrent l'escalier métallique qui menait à l'étage et Abakoum ouvrit une porte coulissante.

– Waouh ! s'exclama Oksa. C'est génial ! On se croirait dans les arbres !

Effectivement, des baies vitrées couvrant deux des quatre murs, la chambre donnait directement sur un bosquet d'arbres qui se trouvait si près qu'on avait l'impression d'entrer dans une forêt. Des vignes vierges grimpaient sur le mur extérieur et débordaient sur la vitre, ajoutant encore à la beauté végétale de cette vue hors du commun.

– Tu as raison, c'est une vraie chambre-forêt ! constata Oksa.

– À Édéfia, les Sylvabuls habitaient traditionnellement dans les arbres, dans la région de Vert-Manteau, lui rappela Abakoum. Pour être tout à fait exact, je te dirai qu'il s'agissait de vastes maisons encastrées dans les arbres. Si tu avais vu Gratte-Feuillée, notre capitale, ma chère Oksa ! Je suis sûr que tu aurais adoré… Elle était entièrement suspendue dans des arbres dont la largeur des branches offrait des surfaces immenses, comme les Colossos et les Pieds-en-l'air – des sortes de banians aux racines aériennes. Une ville de plus de cinq cents maisons reliées par des ponts de singe et des tyroliennes géantes. Et pour les moins sportifs, le passage entre les arbres pouvait se faire par télécabines solaires.

– C'était ultramoderne, dis donc ! fit remarquer Oksa.

— Bien sûr ! rétorqua Abakoum en souriant. Édéfia n'avait rien d'un monde archaïque !

— Oh, ce n'est pas ce que je voulais dire ! se défendit la jeune fille, vaguement honteuse. Je sais que vous êtes branchés technologie.

— Oh, je parlerais plus d'éco-technologie, car nous avons su évoluer en observant le meilleur de notre environnement et en respectant scrupuleusement la nature. Dommage que les Du-Dehors n'aient pas su faire de même, dommage…

— Et les maisons de Vert-Manteau ? Tu disais qu'elles ressemblaient à la tienne ?

— Oui, tout à fait. Elles étaient construites en bois, en verre et en métal. Leurs formes épousaient les branches des arbres sur lesquelles elles étaient installées, comme si elles s'adaptaient et se moulaient à l'arbre qui les accueillait. Depuis quelques années, les Du-Dehors adoptent des règles de construction et d'aménagement proches de celles que les Sylvabuls observaient depuis plus de mille ans à Édéfia. On semble enfin comprendre l'intérêt de l'ergonomie et de l'éco-design ! Mieux vaut tard que jamais, n'est-ce pas ?

Oksa opina pensivement.

— Bon, ma chère petite, je vais te laisser ranger tes affaires… Puis tu pourras venir me rejoindre, proposa Abakoum.

Quelques minutes plus tard, Oksa redescendait. Fière de ses derniers apprentissages, elle fit une entrée renversante dans la grande salle du bas, les pieds collés au mur et le corps à l'horizontale. Abakoum, allongé dans un hamac tendu entre deux colonnes, était entouré de créatures dont certaines n'étaient pas inconnues à Oksa.

— Bienvenue, Jeune Gracieuse ! s'écrièrent-elles en chœur.

Oksa rit et remercia les créatures de leur accueil après avoir accompli une pirouette irréprochable.

— Je vois que Dragomira n'a pas perdu de temps ! nota Abakoum en souriant largement. Bravo, Oksa ! Magnifique entrée et quelle réception ! On sent une nette influence kung-fu, ça a du style, indéniablement… Viens t'asseoir, veux-tu, je vais te présenter.

Oksa s'enfonça dans un fauteuil mou en forme de poire et posa les coudes sur ses genoux.

— Chez moi, tu ne verras pas de Foldingots. Comme tu le sais, ils sont réservés à la famille Gracieuse, précisa Abakoum. En revanche, j'ai plusieurs dizaines de petits compagnons dont certains te sont peut-être déjà familiers : Merlicoquette, Gétorix, Insuffisant, Culbu-gueulard, Devinaille…

— Tu as aussi des Goranovs ? demanda Oksa en balayant du regard les créatures qui la dévisageaient. Elles me font mourir de rire…

— Oui, une seule à partir de laquelle j'ai réussi à obtenir quelques plants. Tu te doutes que leur culture est des plus complexe… Ils sont encore à l'état de nourrisson et, même si je n'ai plus guère l'occasion de fabriquer des Crache-Granoks ou des bagues d'identité, ils me sont très utiles. Dans le cas de la révélation d'une nouvelle Jeune Gracieuse, par exemple…

Oksa sourit et regarda le vieil homme avec affection. Elle se sentait si proche de lui. Encore plus qu'avant.

— Oui, merci pour ma Crache-Granoks !

— Tu t'en sers beaucoup ? demanda innocemment Abakoum.

— Euh… Un peu… bredouilla-t-elle.

— Jamais en public, j'espère ! renchérit-il en fixant la jeune fille.

Son ton se voulait sérieux, mais son regard trahissait l'amusement qu'il ressentait à la tourmenter.

— Jamais ! s'exclama Oksa d'un air faussement scandalisé.

— Tant mieux ! lui répondit Abakoum, l'œil taquin. Nous savons tous que tu es une jeune fille raisonnable…

— C'est *marvellous* ! C'est *wunderbar* ! enchaîna une créature filiforme, délivrant Oksa d'un grand poids.

— Oh ! Comme tu es drôle ! s'exclama-t-elle.

— Vous voulez dire que je suis *ridiculous* ? *Grottesca* ? *Löjlig* ? Bouhouhou…

Brusquement, la Merlicoquette se mit à pleurer à chaudes larmes, son corps longiligne troué comme du gruyère se gonflant et se rétractant dans des proportions spectaculaires. Oksa écarquilla les yeux, stupéfaite.

— Ne t'inquiète pas, Oksa, intervint Abakoum d'un ton rassurant. Comme tu peux le remarquer, les Merlicoquettes mélangent volontiers les langues, mais, surtout, elles ont un sens aigu de la tragédie. Comme plusieurs des créatures qui ont participé à notre exil, elles ont développé une sensibilité encore plus exacerbée qu'à Édéfia. À cause du climat de Du-Dehors ou peut-être de notre long séjour russe, qui sait... Tu seras donc souvent témoin de grandes scènes dramatiques...

– ... ou comiques, interrompit un Gétorix. Parce que nous, au moins, on a su garder notre sens de l'humour, pas comme certaines !

Il se mit à danser autour de la Merlicoquette en pleurs qui se divisa soudain en plusieurs lanières, puis entreprit de pourchasser le moqueur en s'abattant sur son échine à la manière d'un martinet !

– Le fouet ! Voilà ce que tu mérites, *very bad* chose ! cria la Merlicoquette en postillonnant partout autour d'elle.

Le Gétorix se réfugia derrière Oksa et la Merlicoquette fouetteuse s'arrêta net.

– C'est bien ce que je disais ! Aucun sens de l'humour ! brailla-t-il, goguenard.

Oksa ne put s'empêcher de le recueillir dans ses bras et le Gétorix posa avec reconnaissance sa tête sur l'épaule accueillante.

– Tu me chatouilles, se tortilla Oksa.

– C'est *because of* sa chevelure démoniaque, dit la Merlicoquette polyglotte qui avait repris sa forme initiale. *Achtung*, faites attention, Jeune Gracieuse, à la crasse de cette *capela* !

– Des scènes comiques ? intervint l'Insuffisant avec quelques secondes de décalage, ainsi qu'une totale confusion. Parce que vous trouvez ça drôle, une Jeune Gracieuse chevelue ?

– Nous, on n'aime pas la crasse et on n'aime pas le froid, ajoutèrent en chœur les Devinailles avec un sens de l'à-propos plus personnel.

– Dis donc, Abakoum, commenta Oksa en reposant le Gétorix à terre entre deux hoquets de rire, tes créatures sont aussi hallucinantes que celles de Dragomira et de Léomido ! Mais je n'avais encore jamais vu de Merlicoquette en vrai, c'est du délire, ça !

– C'est une créature très intéressante au service de nous autres Sylvabuls. Tu viens d'en avoir un aperçu, mais figure-toi qu'elle peut se transformer en n'importe quel objet utilitaire, une échelle, une chaise, une corde... Son corps est fait d'une matière à la fois solide et malléable proche de la pâte à modeler ou du caoutchouc. Pratique, non ?

– Tu m'étonnes ! Et le Gétorix ? Quelles sont ses qualités ? À part faire le clown et enquiquiner les autres, je veux dire…

– Tu vois cette opulente chevelure dont il est si fier ? Eh bien, on l'utilise avec d'autres ingrédients pour fabriquer les Capaciteurs d'Excelsior, ceux qui permettent au cerveau d'accélérer sa réflexion. Quant à l'Insuffisant, on se sert de sa crête pour fabriquer un baume antistress…

– Ah, oui ! J'ai vu ça chez Léomido ! Dragomira en avait apporté pour masser les feuilles de sa Goranov quand elle est trop angoissée. Ce qui a l'air d'arriver en moyenne cinquante-deux fois par jour…

– Bien observé ! lança Abakoum en riant. Mais la crête d'Insuffisant sert aussi à fabriquer la Granok Vrac-Mémoire dont je te laisse imaginer les effets, ainsi que les granules dont tu nourris chaque matin ton Curbita-peto. Au fait, comment va-t-il ?

Pour toute réponse, Oksa sourit et souleva sa manche pour montrer son bracelet vivant qui ronronnait paisiblement. Abakoum s'approcha et caressa la petite tête endormie qui se mit à ronronner de plus belle.

– Il va super bien ! répondit Oksa. Il m'a juste fait un drôle de coup, un jour au collège. Mais c'était entièrement ma faute : j'avais oublié de lui donner sa granule… Je peux te dire que ç'a été la fanfare ! expliqua-t-elle en pouffant de rire. Une expérience explosive ! Depuis, j'ai sur moi mes ustensiles de parfaite future Gracieuse : ma Crache-Granoks, ma boîte antipétarade, mes Capaciteurs de Ventosa… ajouta-t-elle en tapotant le petit sac en toile qu'elle portait en bandoulière. Je le garde toujours sur moi maintenant, même quand on a cours de sport. J'ai tellement peur que quelqu'un ne tombe dessus…

– Tu as raison d'être prudente, surtout avec Orthon dans les parages, fit remarquer Abakoum. Mais je vais te donner de quoi te rassurer. Approche, Culbu-gueulard, veux-tu ?

Une créature ne dépassant pas sept centimètres de haut voleta jusqu'à lui. Son corps légèrement conique, de couleur violette, était arrondi à la base et lui donnait l'aspect d'un culbuto. D'où son nom sûrement… Ce drôle de corps se terminait par une tête étonnante de laquelle émergeaient deux gros yeux qui semblaient pivoter à trois cent soixante degrés, ce qui lui donnait une attitude perpétuellement affolée. Deux longs bras pendaient sur les côtés et équilibraient le gros corps.

– Maître ? Une mission ?

– Oui, une mission d'importance, répondit Abakoum. Désormais, tu vas offrir tes services à la jeune personne ici présente. Oksa, je te présente ton Culbu-gueulard personnel !

Oksa regarda d'un air à la fois intrigué et amusé la créature qui s'était posée sur ses genoux et la regardait avec intensité. Le Culbu-gueulard salua en remuant son corps d'avant en arrière, puis se stabilisa en posant ce qui lui servait de mains de chaque côté. Abakoum continua sa présentation :

– Les Culbu-gueulards sont des sortes d'alarmes dévouées s'adaptant à toutes les situations et à tous les besoins. Tu peux leur confier n'importe quelle mission de détection et ordonner toi-même le mode d'alarme. Je te conseille de demander à ce Culbu-gueulard de veiller sur ton sac. Si quelqu'un veut regarder dedans, par curiosité ou par malveillance, le Culbu-gueulard peut te prévenir ou déclencher un signal qui rendra toute tentative impossible. Comme par exemple une sonnerie stridente qui transperce les tympans ou une griffure acérée sur des mains trop aventureuses, c'est à toi de décider !

– Viens, petit Culbu-gueulard, appela Oksa, viens…

La créature violette voleta jusque dans la paume de la main qu'Oksa lui tendait et reprit son mouvement de balancier.

– Jeune Maîtresse, j'attends vos instructions !

Abakoum encouragea Oksa d'un clin d'œil.

– Alors, écoute bien, reprit-elle en déposant le Culbu-gueulard dans son sac. Tu vas être mon gardien de sac et hurler très très fort si quelqu'un d'autre que moi et Abakoum tente de l'ouvrir. On va essayer, d'accord ? Je vais jouer le rôle du curieux…

Aussitôt, Abakoum se mit les mains sur les oreilles. Oksa ouvrit la fermeture du petit sac et une alarme digne d'une sirène de caserne de pompiers retentit furieusement. Oksa lâcha le sac et imita Abakoum en portant les mains à ses oreilles. Visiblement, l'expérience avait déjà prouvé au vieil homme que cette précaution n'était pas superflue… Quelques secondes plus tard, la terrible sonnerie s'arrêta et le Culbu-gueulard émergea, l'air interrogateur.

– Jeune Maîtresse, l'alarme vous convient-elle ?

Oksa, un doigt dans chaque oreille, les tympans assourdis, tentait d'atténuer ce choc auditif en riant.

– Peut-être un peu plus discret ? Sinon j'ai bien peur d'ameuter toute la ville !

– Oh, ces Culbu-gueulards, ce n'est pas la subtilité qui les étouffe… grogna la Merlicoquette qui s'était roulée en boule dans un coin de la pièce. *Villano !*

– OK, OK, message reçu, Jeune Maîtresse ! promit le Culbugueulard en replongeant dans le sac.

– Voilà une bonne chose de faite ! dit Abakoum. Maintenant, nous allons passer aux choses sérieuses, si tu le veux bien ! Suis-moi…

55

Le silo secret

Abakoum entraîna Oksa au premier étage, toutes les créatures suivant docilement. Au bout du couloir, une porte blindée s'ouvrait sur la coursive qui menait au mystérieux silo. Comme la barrière extérieure, la serrure céda dès qu'Abakoum y glissa l'étonnant scarabée vert. Ils longèrent alors la passerelle et débouchèrent sur le silo aménagé en immense serre grâce à son sommet en forme de dôme translucide qui arrosait tout l'espace d'une lumière laiteuse.

De minuscules oiseaux dorés accueillirent le maître des lieux et ses invités en s'égosillant.

– Bonjour, les Ptitchkines ! salua Abakoum.

– Eh ! Baba a des boucles d'oreilles en forme d'oiseaux qui leur ressemblent drôlement ! s'exclama Oksa en clignant des yeux pour essayer de les distinguer.

– Je me demande s'il ne s'agit pas de *véritables* oiseaux... renchérit Abakoum en souriant malicieusement.

– Oh, Abakoum, arrête de me faire marcher !

– Tu regarderas de plus près la prochaine fois que ta grand-mère les portera, lui conseilla-t-il.

– Vous n'êtes pas croyables, vous deux, capitula Oksa. Aaahhh, mais qu'est-ce que c'est que ça ? hurla-t-elle soudain en s'agrippant au bras d'Abakoum.

Une énorme nuée d'insectes venait de se mettre en mouvement et se déplaçait en rythme en changeant brutalement de direction comme le font les étourneaux. Oksa blêmit, le cœur affolé. La nuée lui rappelait un souvenir qu'elle aurait souhaité oublier à jamais. Et surtout ne jamais revivre ! L'image des Chiroptères Tête-de-Mort était encore vive et traumatisante. Abakoum comprit aussitôt que la jeune fille était paniquée.

– Ce n'est pas ce que tu crois, dit-il en lui pressant l'épaule pour la rassurer. Regarde bien !

La nuée était magnifique. Sauf qu'Oksa détestait les insectes. Surtout quand ils voyageaient en bande et qu'ils prenaient un malin plaisir à foncer droit sur elle pour virer à droite ou à gauche au dernier moment, la faisant frémir à chaque passage… Se rendant compte de l'effet de ce ballet sur sa jeune hôte, Abakoum siffla bruyamment entre ses doigts et, aussitôt, la nuée se plaqua contre la paroi du silo pour former un tableau mouvant sur lequel apparaissaient les mots :

Bienvenue à la Jeune Gracieuse !

– Oh, Abakoum ! Qu'est-ce que ça veut dire ?

– Cela signifie que mes Invisibuls veulent te souhaiter la bienvenue, tu ne le vois pas ? répondit l'Enchanteur avec un grand sourire.

– Tes *quoi* ?

– Mes Invisibuls. Ce ne sont pas des insectes, malgré ce que tu peux penser au premier abord, mais de minuscules créatures ressemblant à des têtards volants. En fait, ce sont de parfaits petits caméléons ailés qui peuvent prendre toutes les couleurs qu'ils souhaitent. Regarde !

Sur la paroi, il n'y avait plus aucune trace de la présence de la nuée. Mais, dans la seconde qui suivit, un nouveau tableau s'était formé, représentant le visage d'Oksa entouré de feux d'artifice qui explosaient ! La jeune fille éclata de rire :

– C'est génial ! J'adore !

– Tu sais, la création artistique n'est pas leur principale fonction, précisa Abakoum. Ils sont avant tout un outil d'invisibilité pour les Gracieuses qui peuvent s'en recouvrir et passer incognito grâce à leur mimétisme.

– Je peux essayer ? lança Oksa, débordant d'enthousiasme.

– En temps voulu, oui, tu le pourras… répondit laconiquement Abakoum.

– C'est une vraie forêt tropicale ici ! continua Oksa en regardant tout autour d'elle.

Effectivement, le silo abritait des dizaines de plantes plus luxuriantes les unes que les autres. Une fois passé la première impression, étouffante et plutôt désagréable, le corps finissait par s'habituer à la moiteur et se laissait envoûter par ce lieu étonnant. Un escalier parcourait les parois du silo et permettait de descendre jusqu'au sol, là où étaient installées la plupart des plantes. Oksa s'était toujours doutée qu'Abakoum devait cacher bien des mystères dans cet endroit. Mais avoir sous les yeux des plantes fantastiques papotant entre elles comme des vieilles dames dans un salon de thé, voilà qui avait de quoi laisser béate de stupéfaction la plus expérimentée des Jeunes Gracieuses. Certaines de ces fabuleuses plantes étaient posées à même le sol ou sur de longues tables en bois, d'autres étaient suspendues le long de la rambarde de l'escalier. Oksa reconnut des Goranovs, dont plusieurs plants occupaient une immense console. Les nourrissons, certainement... Quand elle s'approcha, la plus grosse Goranov – la mère, à n'en pas douter – frémit douloureusement.

– Qui va là ? Mais c'est une étrangère ! Une étrangère qui va nous apporter des maladies ! Des bactéries ! Des virus ! Mais que font les Culbu-gueulards ? Une étrangère est entrée ! Alerte ! ALERTE !

Abakoum s'approcha et caressa ses feuilles en murmurant quelques mots qu'Oksa perçut à peine. L'excitation avait gagné tout le silo et on n'entendait plus que des bruissements de feuilles et des chuchotis qui s'amplifiaient. La rumeur enfla et se transforma en vacarme. Les plantes se penchaient les unes vers les autres comme pour se passer un message, jusqu'à ce qu'un cri rauque s'échappe de l'une d'entre elles, la plus grande qui trônait au milieu dans un énorme pot :

– C'est la Jeune Gracieuse ! C'EST L'INESPÉRÉE !

Aussitôt, le bruissement cessa pour reprendre frénétiquement quelques secondes plus tard. Les plantes battaient des feuilles, les faisant claquer comme des cymbales.

– Elles t'applaudissent, chuchota Abakoum à l'oreille d'Oksa.

Oksa rougit, peu habituée à être applaudie par des plantes, et les salua avec reconnaissance.

– Cette grosse plante est hallucinante ! Qu'est-ce que c'est ?

Avant de répondre, Abakoum siffla de nouveau entre ses doigts pour imposer le silence et les plantes reprirent leurs conversations sur un volume moins élevé.

– Oh, je vois que tu as remarqué ma Centaurée ! C'est vrai qu'elle ne passe pas inaperçue. Et pourtant, elle n'est pas encore arrivée à maturité. Dans quelques mois, elle atteindra cinq mètres de haut.

— Elle a l'air de faire la loi sur les autres, non ? On dirait une plante-shérif, remarqua Oksa en observant la Centaurée avec curiosité.

— Tu n'as pas tout à fait tort ! Une Centaurée permet d'abord de réguler l'atmosphère dans une verrière en absorbant ou en relâchant de la vapeur d'eau ou du gaz carbonique, selon les besoins. Mais ce n'est pas sa seule fonction… Tu as peut-être remarqué que les créatures ont des caractères bien trempés. Eh bien, pour les plantes, c'est la même chose, sauf qu'elles sont immobiles et confinées dans cet espace. Elles possèdent certains dons, mais malheureusement pas celui de se déplacer. En cas de conflit, c'est donc un peu plus difficile à gérer. La Centaurée peut alors jouer le rôle de médiateur et apaiser les esprits échauffés. Tu as vu comme elle a pris les choses en main tout à l'heure ?

— Elle est trop forte, ça se voit tout de suite ! Et celle-là, toute frêle ? demanda Oksa en s'approchant d'une plante aux longues tiges fines au bout desquelles de graciles fleurs mauves s'épanouissaient.

— C'est une Nobilis. Le pistil de ses fleurs produit une sorte de poussière dorée utilisée pour fabriquer une Granok d'aveuglement.

La Nobilis inclina une de ses longues tiges pour venir caresser délicatement du bout de ses pétales la main d'Oksa. Surprise, Oksa eut un sursaut et fit un pas en arrière. Puis, voyant le sourire confiant d'Abakoum, elle se laissa faire. La Nobilis se trémoussa en gloussant de plaisir. Plus loin, une autre plante, touffue et volubile, essayait d'attirer son attention en agitant ses feuilles dans tous les sens. Oksa s'approcha avec curiosité et la plante, manifestant son enthousiasme par de petits cris aigus, enserra aussitôt son poignet pour la garder près d'elle.

— Voici la Pulsatilla, Oksa, présenta Abakoum. Une plante au caractère vif, comme tu peux le voir. J'ai découvert son utilité suite au Chaos d'Édéfia, après avoir étudié ces Granoks terrifiantes qui servirent d'armes aux Félons…

— Les Globus Noirs ? demanda Oksa.

— Oui, notamment le Colocynthis qui transforme les membres en verre, comme tu as pu le voir sur la malheureuse Gélinotte de Léomido. La Pulsatilla permet de fabriquer un antidote qui annule les effets du Colocynthis. C'est ce que Dragomira a donné à la Gélinotte et qui a permis de guérir sa patte.

La Pulsatilla tenait toujours Oksa par le poignet et ne semblait pas vraiment décidée à la lâcher.

— Autre chose : c'est une plante très affectueuse. Mais tu t'en es peut-être rendu compte toute seule... Pulsatilla, veux-tu bien me rendre Oksa ? Je voudrais lui montrer quelque chose.

— Allez, la laitue, lâche la Jeune Gracieuse ! intervint le Gétorix en tirant de toutes ses forces sur la tige qui enserrait le poignet d'Oksa.

— Je ne suis pas une laitue, le Chevelu ! s'indigna la Pulsatilla. Je suis une plante très utile et très noble, le Maître l'a dit. Et j'ai besoin d'affection pour m'épanouir ! Est-ce que quelqu'un sait ce que cela veut dire ? De l'affection !

Abakoum tendit l'oreille vers Oksa qui lui chuchota quelques mots.

— Bien sûr que tu peux ! approuva-t-il.

Oksa se pencha alors vers la Pulsatilla et déposa un léger baiser sur la plus grande de ses feuilles. La plante lâcha aussitôt son poignet en poussant un soupir de satisfaction qui bouleversa toutes ses voisines. Abakoum profita de ce moment de pure émotion pour entraîner Oksa sur la petite mezzanine installée à mi-hauteur du silo. Sur la plate-forme, un atelier était aménagé avec un plan de travail encombré d'instruments et d'immenses meubles à tiroirs comme celui de Dragomira. Abakoum invita Oksa à prendre place sur une chaise longue et s'installa à côté d'elle dans une sorte de rocking-chair.

— Quand même ! s'exclama Oksa, ses grands yeux gris écarquillés. Une plante qui ressent et qui exprime des émotions, c'est complètement fou ! Est-ce que tout est comme ça à Édéfia ?

— Oui, répondit Abakoum. Nous sommes tellement à l'écoute de la nature, tellement respectueux de la vie sous toutes ses formes que nous sommes devenus réceptifs les uns aux autres. Au fil du temps, les différences ont fini par s'effacer et nous sommes parvenus à nous comprendre. À Édéfia, les plantes communiquent avec les humains parce que les humains les écoutent, tout simplement. À Du-Dehors, rares sont ceux qui sont capables d'ouvrir suffisamment leur esprit et leurs sens pour comprendre ce que la nature leur transmet. Vladimir, le mari de Dragomira, faisait partie de cette catégorie de personnes, ainsi que son grand-père, Metchkov, le chaman sibérien qui nous a recueillis à notre arrivée. Tu sais, Oksa, Édéfia a – ou en tout cas avait – un fonctionnement basé sur ce respect et cette écoute. Mais aussi sur les besoins et non sur les désirs ou sur la convoitise comme ça l'est trop souvent à Du-Dehors… Par exemple, à Édéfia, le travail servait uniquement à satisfaire nos besoins, sans souci de cumul, de profit ou de supériorité. Il n'y avait pas d'échelle sociale, un boulanger était l'équivalent d'un architecte, un égoutier n'était pas différent d'un dignitaire du Pompignac. Chacun faisait ce qu'il savait faire et cela pour le bien de tous. Jusqu'à ce que Malorane nous montre que la société pouvait s'organiser d'une autre manière, nous vivions ainsi, avec ce système équilibré bénéfique à tous. Ce fut une grave erreur d'appréciation de la part de Malorane d'avoir voulu nous montrer Du-Dehors. Tout se passait si bien avant… Quel dommage… Quel gâchis… Qui sait dans quel état se trouve Édéfia aujourd'hui…

— Tu faisais quoi avant de devoir partir ? demanda Oksa, fascinée par le récit d'Abakoum. Tu étais herboriste, c'est ça ?

— Oui, j'étais le Maître Granokologue d'Édéfia et l'herboriste-apothicaire officiel de la famille Gracieuse. Tout petit déjà, j'avais de très fortes prédispositions, les plantes m'ont toujours passionné. Je pouvais passer des heures à les observer à plat ventre dans l'herbe des forêts, des serres ou des champs. Vers sept ans, j'ai commencé à créer des mélanges originaux et à fabriquer des remèdes simples. C'est à cet âge que j'ai même inventé ma première Granok, par dépit amoureux, figure-toi !

— Raconte-moi, Abakoum ! implora Oksa.

— À cette époque, j'étais amoureux d'une petite fille qui n'avait d'yeux que pour un autre garçon que je détestais, bien sûr. Alors, pour me venger, j'ai mis au point la Pissette Rieuse. Rien de tel pour éloigner les rivaux, pensais-je !

— C'est toi qui as inventé la Pissette Rieuse ? À sept ans ? Mais comment tu as fait ?

— L'observation, Oksa, l'observation. C'est souvent la méthode la plus efficace pour comprendre et apprendre. J'avais remarqué que les moutons étaient particulièrement joyeux après avoir brouté une certaine plante dans les prés. Ils bondissaient dans tous les sens comme s'ils étaient pris d'un fou rire et, ensuite, comment dire, leur vessie semblait les lâcher. Ça m'a donné l'idée d'essayer et voilà ! Tout simplement !

– Enfin, tout simplement, c'est vite dit ! fit remarquer Oksa en se redressant sur sa chaise longue. En tout cas, ça me plaît beaucoup comme invention. Et la petite fille ? Elle a été amoureuse de toi après ?

Abakoum eut un petit rire.

– Pas du tout ! Elle a volé au secours de mon rival humide en m'ignorant totalement ! Oh, ne t'inquiète pas, je m'en suis remis... En tout cas, cette déconvenue m'a au moins permis de confirmer une chose : j'étais fait pour la Granokologie.

– Et tes parents, ils en pensaient quoi ? demanda Oksa.

– Ils ont été un peu surpris au début, ils pensaient que j'allais suivre leur voie dans le design. Mais ma passion pour les plantes était si forte qu'ils m'ont laissé faire. Quand j'ai eu huit ans, j'ai commencé mon apprentissage chez Mirandole, le meilleur maître de Granokologie d'Édéfia à l'époque, un vieil homme qui avait plus de cent cinquante ans. Il était un adepte d'Hildegarde von Bingen, dont le nom a été donné à la Soignerie d'Édéfia – c'est l'équivalent de l'hôpital, tu l'auras deviné. Hildegarde était une Du-Dehors extraordinaire. C'est la Gracieuse Annamira qui a découvert son existence au XIIe siècle lors de ses rêvoleries. Hildegarde von Bingen était une poétesse mystique, mais on la connaissait aussi pour ses extraordinaires talents de médecin car elle possédait les secrets des plantes. Annamira a énormément rêvolé en Europe à cette époque et ses observations ont inspiré bon nombre de Granokologues, dont mon bon Mirandole qui m'a tant appris. Et huit ans plus tard, j'entrais au service de la Gracieuse Malorane.

– Tu étais précoce, dis donc ! s'exclama Oksa.

– Tu n'es pas mal non plus, dans ton genre, souligna Abakoum.

Il se leva et se dirigea vers un des meubles contenant une multitude de minuscules tiroirs. Il en ouvrit une dizaine d'où il retira ce qui ressemblait à des pilules, puis il les posa à l'intérieur d'un tube coupé en deux dans le sens de la longueur. Il y en avait de différentes sortes : des rondes, des plates, des allongées, de toutes les couleurs

– Viens voir par là, nous allons passer aux exercices pratiques. Tu veux bien sortir ta Crache-Granoks ?

56

Cours intensif de Granokologie

Pendant près de deux heures, Oksa répéta consciencieusement les formules, les fonctions et les noms des Granoks, comme si elle apprenait une récitation. Tous deux étaient si concentrés qu'ils ne virent même pas la Centaurée qui se dressait sur ses racines pour les observer et faire ensuite un compte rendu détaillé aux autres plantes du silo.

– Eh bien ! s'exclama Abakoum. Tu es une sacrée bonne élève ! Tu apprends vite, je te mets vingt sur vingt.

– Aahh, je suis trop contente ! s'exclama Oksa en étirant ses bras au-dessus d'elle. Je crois bien que la Granokologie est devenue ma matière préférée ! Merci, Abakoum !

Elle se jeta au cou du vieil homme qui la serra tendrement, touché par la spontanéité et l'affection de sa jeune élève.

– Euh… Abakoum… Je me demandais quelque chose…

– Oui, je t'écoute !

– Tu me parlais tout à l'heure du respect mutuel entre les plantes et les Du-Dedans, et je me demandais comment tu faisais pour utiliser leurs feuilles, leurs racines ou leur sève. Ça doit leur faire mal, non ? Est-ce que ce n'est pas contraire à tes convictions ?

Abakoum plongea ses yeux gris dans ceux d'Oksa et lui répondit :

– Très bien observé, ma chère petite… C'est une bonne remarque. Pour ma part, j'ai toujours veillé à garantir aux plantes et aux créatures qui vivent sous mon toit toute l'estime et la bienveillance qu'elles recevaient à Édéfia. Et je sais que Dragomira et Léomido sont tout aussi prévenants que moi. Pour ce qui est d'utiliser leurs feuilles, je les coupe, tout simplement, et crois-moi, si c'est fait avec délicatesse, les plantes ne souffrent pas plus que quand tu vas chez le coiffeur te faire couper les cheveux. Pour les racines, j'opère de la même manière et là, c'est comme si je coupais leurs ongles. C'est la même chose pour la crête de l'Insuffisant. Bien qu'elle ait une croissance plutôt lente…

– Comme son cerveau ! l'interrompit Oksa en pouffant.

– Oui, comme son cerveau, s'esclaffa à son tour Abakoum. Sa crête est comme les ongles : elle doit être coupée régulièrement. Pour la sève des plantes, en particulier celle des Goranovs qui est extrêmement précieuse, c'est plus compliqué. Pendant des décennies, les Du-Dedans ont pratiqué de minuscules incisions sur leur tronc afin de récolter cette sève, et tu imagines combien cela pouvait être pénible pour les Goranovs. D'ailleurs, c'est peut-être pour cela qu'elles sont génétiquement si stressées… Un jour, un botaniste avisé a trouvé un autre moyen et, depuis, nous les trayons.

– Quoi ? s'exclama Oksa, éberluée. Vous trayez les Goranovs ? C'est bien ce que tu as dit ?

– Oui, tout à fait ! La technique est assez complexe car, avec les Goranovs, rien n'est jamais simple. Mais c'est effectivement le principe.

– Alors ça, c'est géant ! La traite des Goranovs…

Sur cette explication, Abakoum se leva et referma tous les petits tiroirs desquels il avait extrait les Granoks. Il ouvrit un autre placard et en sortit une boîte ronde.

– Tu ne m'as pas dit tout à l'heure que tu avais des Capaciteurs sur toi ? demanda-t-il.

Oksa acquiesça et, avec l'accord du Culbu-gueulard prêt à donner l'alerte, elle sortit une ancienne boîte de cigarillos en métal dans laquelle elle avait rangé les Capaciteurs de Dragomira.

– Tiens, je te donne ce Coffreton, dit Abakoum en lui tendant une petite boîte ronde. Je l'ai fabriqué spécialement pour toi avec les mêmes matériaux que ta Crache-Granoks. Et après une bonne traite de Goranov… ajouta-t-il avec un clin d'œil. Il te permettra de stocker tes Capaciteurs, à commencer par les Ventosas que Dragomira t'a donnés.

Le Coffreton était un très joli objet d'environ huit centimètres de diamètre en écume de mer. Oksa le prit en regardant Abakoum avec reconnaissance et caressa du bout des doigts la surface lisse et mate. Puis elle pressa le minuscule fermoir d'or rose en forme de O et de P tressés, et la boîte s'ouvrit, dévoilant une dizaine de mini-compartiments. Abakoum fouilla dans les tiroirs d'un autre meuble et en rapporta suffisamment de gélules de tailles et de couleurs diverses pour remplir la petite boîte. L'heure suivante fut consacrée à un véritable cours de Capaciteurs pendant lequel Oksa s'appliqua pour intégrer toutes ces informations nouvelles.

– Et ce meuble là-bas ? Qu'est-ce qu'il contient ? lança-t-elle en pointant le doigt vers un meuble beaucoup plus petit que les autres, accroché au mur à près de deux mètres de hauteur.

Abakoum prit un air très énigmatique. Ce qui, bien sûr, n'échappa pas à Oksa et redoubla sa curiosité.

– Oh, dis-moi, Abakoum, je t'en prie ! implora-t-elle en joignant les deux mains. S'il te plaît !

– Avec toi, c'est tout ou rien, soupira-t-il en caressant sa barbe. Je devrais le savoir, pourtant ! ajouta-t-il en souriant. Cela dit, je comprends ta curiosité... Dans cette petite armoire – blindée, je te le précise – se trouvent des plantes et des herbes qui ne sont pas à mettre entre toutes les mains.

– Tu veux dire qu'elles sont dangereuses ? Ce sont des poisons ?

– Non, pas exactement. À l'état naturel, elles sont presque toutes inoffensives. Mais selon les associations ou les dosages, elles peuvent être redoutables. C'est valable pour beaucoup de choses que l'on trouve dans la nature : les remèdes et les poisons mortels ont souvent la même origine. Dans ma petite armoire, on trouve de la Jusquiame et des Capuchons de Moine qui ont des vertus allant de l'engourdissement pour l'aspect curatif à la paralysie pour des préparations plus agressives, dirais-je. Bien sûr, j'ai aussi de la Belladone et de la Mandragore qui me servent pour différents Capaciteurs, de la Morelle Endormante dont tu peux aisément deviner l'usage, de la Stramoine et des Gants de Bergère Pourpre, deux plantes qui peuvent être très toxiques, et plusieurs autres dont tu me permettras, ma chère petite, de préserver l'anonymat.

– Waouh ! dit Oksa, à la fois impressionnée et songeuse. Mais dis-moi, Abakoum... Tu as déjà fabriqué des poisons ?

– Ah, Oksa, Oksa… répondit Abakoum en tapotant le rebord du plan de travail. Me permettras-tu d'invoquer le secret professionnel et de ne pas répondre à ta question ?

– Oh ! dommage… soupira Oksa. Mais je suis sûre que oui ! En tout cas, je sais que tu peux fabriquer des Globus Noirs !

Pour toute réponse, Abakoum hocha imperceptiblement la tête avec un léger sourire aux lèvres, ce qu'Oksa interpréta comme la conclusion du chapitre « plantes toxiques et poisons ».

– Eh, Abakoum ! s'écria-t-elle en changeant complètement de sujet. Regarde ! Je ne t'ai pas encore montré ! Je sais faire un truc incroyable. Et sans Capaciteur, en plus !

Oksa escalada la rambarde de la mezzanine et s'assit sur le bord extérieur, à plus de quatre mètres du sol. La Goranov mère poussa un cri :

– Alerte ! La Jeune Gracieuse va s'écraser sur moi ! Je vais mourir !

Oksa se mit debout sur l'étroit rebord, battit des paupières et avança le pied droit vers le vide, les bras le long du corps. Puis elle avança le pied gauche et se mit alors à descendre lentement, régulant sa vitesse pour ne pas effrayer la Goranov qui avait d'ores et déjà recroquevillé ses feuilles contre son tronc. Accoudé à la rambarde, Abakoum applaudit à tout rompre, accompagné du Gétorix et de la Merlicoquette qui s'était transformée en castagnettes. Emballée par ces vivats, Oksa reprit son envolée vers le haut du silo, à une vitesse beaucoup plus rapide, cette fois-ci. Si rapide que le dôme de verre fut atteint en un clin d'œil ! Ce qu'Oksa n'avait pas évalué avec la précision qu'il aurait fallu… Sa tête heurta violemment le plafond transparent. Complètement étourdie, elle sentit sa vue se brouiller et ses oreilles se boucher jusqu'à ce qu'elle soit précipitée dans un grand trou noir.

57

Cœur percé

Quand Oksa reprit connaissance, elle était allongée sur le lit de la chambre-forêt. Abakoum, un Insuffisant sur les genoux, était installé sur une chaise longue, face à une des deux baies vitrées. Dès qu'il s'aperçut qu'Oksa était éveillée, il déposa la créature qui se mit à regarder placidement les arbres et se leva pour venir s'asseoir auprès d'elle.

— Comment te sens-tu, ma petite fille ?

— Honteuse… répondit Oksa en gardant les yeux fixés sur le plafond.

— Ne le sois pas ! C'est aussi par ses propres erreurs qu'on apprend. Tu t'es laissé submerger par ton enthousiasme, c'est un peu normal quand on a treize ans… Il faut seulement que tu apprennes à concilier ton impulsivité et les risques qu'elle peut entraîner. Ça ne se fera pas en un jour, je préfère te prévenir tout de suite… La leçon à retenir concernant ta mésaventure d'aujourd'hui, c'est qu'il vaut mieux regarder s'il y a un plafond avant de volticaler…

— C'est sûr, bougonna Oksa en rougissant. C'est toi qui es venu me… chercher ?

— Non, Oksa, ce sont les Grenettes. Elles ont volé à ton secours pour te ramener sur le sol. Moi, je ne peux pas volticaler.

— Quoi ? Tu ne peux pas ? Mais tu peux faire tellement de choses pourtant !

Oksa se redressa sur un coude, stupéfaite par cette nouvelle.

— Non ! Je suis un Sylvabul et les Sylvabuls ne volticalent pas, ils restent attachés à la terre, au propre comme au figuré, c'est ainsi. Mais rassure-toi, ils font d'autres choses. Comme ça par exemple…

Abakoum tendit alors le bras par-dessus Oksa. Sceptique, elle se dit intérieurement qu'il n'y avait rien d'incroyable à cela. Mais elle changea d'avis quand le bras en question s'allongea de façon impressionnante, de plusieurs centimètres d'abord, jusqu'à atteindre la poignée de la porte à l'autre bout de la pièce ! Les yeux béats, Oksa siffla d'admiration.

— Alors ? Que dis-tu de ça ? demanda Abakoum en ramenant son bras à des proportions plus ordinaires.

— Ce que j'en dis ? Je t'ai déjà vu faire ça quand Baba m'a montré au Caméroeil votre fuite de la Colonne de Verre. Tu avais enjambé le balcon et tes bras s'étaient allongés jusqu'au sol, c'était complètement dingue ! Mais c'est encore mieux en vrai ! J'suis bluffée, voilà ce que j'en dis...

Et elle se laissa retomber sur l'oreiller, épatée et épuisée.

Oksa était étendue sur son lit, face aux arbres qui ondoyaient mollement sous le souffle léger de l'air. Elle se frotta les paupières, inspira à fond et laissa retomber les bras le long de son corps dans une attitude de complet relâchement. Alors qu'elle réfléchissait à tout ce qui s'était passé au cours de cette journée hallucinante, il lui sembla entendre toquer à la porte de sa chambre.

— Oui ? murmura-t-elle en se redressant.

La porte coulissa et elle eut la surprise de voir apparaître Tugdual Knut.

— Salut... Je peux entrer ?

— Oui, bien sûr ! répondit Oksa, vaguement étonnée.

Tugdual tourna le fauteuil dans lequel Abakoum était assis un peu plus tôt et s'installa face à elle. Il avait l'air beaucoup plus détendu que toutes les fois où Oksa l'avait vu. Il avait coupé ses cheveux et ses yeux n'étaient pas maquillés, ce qui éclaircissait son visage et son regard clair, le rendant presque méconnaissable. À part son jean, il était toujours vêtu de noir, mais il avait abandonné ses multiples colliers et croix autour du cou. Seuls deux piercings à l'arcade sourcilière et sur la narine gauche avaient résisté à sa transformation.

Oksa le dévisagea, captivée par sa beauté polaire et intriguée par la profonde tristesse qu'il dégageait sans chercher à la cacher. Quelques semaines plus tôt, il lui avait dit regretter que les gens ne voient pas au-delà de son apparence. Et aujourd'hui, à ce moment précis, elle comprenait ce qu'il avait voulu dire. Mais l'impression de voir qui il était vraiment, sans fard, sans masque, la troublait avec une intensité inédite. Était-elle plus clairvoyante ? Moins aveuglée par ses propres tourments ? Ou bien Tugdual se découvrait-il sous son véritable jour ?

— Je ne savais pas que tu étais là, lui dit-elle en rougissant.

— Convalescence… répondit-il laconiquement.

— En tout cas, tu as bonne mine.

À sa grande surprise, elle était heureuse de se trouver une nouvelle fois en tête à tête avec ce garçon étrange et déconcertant. Très très heureuse…

— Tu te sens… mieux ? risqua-t-elle en essayant de ne pas montrer son émotion.

— Mieux ? Oui, on peut dire ça comme ça… répondit Tugdual en étirant ses bras devant lui. Et toi ? Tu vas comment ?

— Moi ? Je viens juste de m'assommer bêtement contre le plafond du silo d'Abakoum. J'ai décollé comme une fusée et bang ! Sinon, j'ai juste l'impression de vivre en plein délire depuis quelques semaines. C'est comme si j'avais débarqué dans un film !

— Tu m'étonnes… reconnut le garçon. Il faut être très costaud pour ne pas péter les plombs. Moi, je ne l'étais pas assez. Et pourtant, à côté de toi, c'est que dalle !

— Pourquoi ?

— Parce que tu es l'*Inespérée* ! Tu es la plus forte d'entre nous, c'est toi qui nous sauveras.

— Non, je ne crois pas… balbutia Oksa.

— Mais si, c'est évident ! rétorqua Tugdual sans la quitter des yeux. Regarde ! Tous les Sauve-Qui-Peut sont sur des charbons ardents depuis qu'ils savent que tu portes l'Empreinte ! Ils sont tous aux petits soins pour toi.

— Je ne comprends pas trop ce que tu es en train de me dire… Je ne vais sauver personne !

— Si, P'tite Gracieuse, ce que je t'ai dit la dernière fois est fondé, crois-moi. J'y ai bien réfléchi : tu n'as pas l'air de t'en rendre vraiment compte, mais c'est toi qui vas tous nous sauver parce que c'est toi qui es la dernière clé. Celle qui manquait. Et la dernière clé, c'est la puissance suprême ! Orthon/McGraw l'a compris. Il est bien parti pour semer le chaos total et je suis persuadé que dans ce monde, pas mal de gens pourraient se rallier à sa cause. Je sais ce que je dis, tu peux me croire. Fais bien attention à toi, P'tite Gracieuse. Je n'aimerais pas qu'on te fasse du mal…

Oksa frissonna. Tugdual parlait avec beaucoup de sang-froid, sans la jubilation latente qu'elle avait ressentie lors de leurs précédents échanges. Elle lisait même une certaine inquiétude dans son regard.

– Tu… te sens bien, Tugdual ?

– Tu veux parler de ma psychose paranoïaque aiguë et de ma morbidité chronique ? lui répondit-il d'un ton railleur. Eh bien, crois-le ou pas, ça va nettement mieux. J'ai donné un peu de fil à retordre à Abakoum, mais c'est le seul qui a su me comprendre. Franchement, ce mec est un génie…

Quand Abakoum appela Oksa et Tugdual pour qu'ils viennent dîner, une agitation hors du commun régnait dans l'immense pièce du bas : le Gétorix faisait une partie de baby-foot avec la Merlicoquette ! Autour d'eux, un petit attroupement de supporters composé de l'Insuffisant, des six Grenettes, des deux Devinailles et du Culbu-gueulard s'était formé, et tout le monde était très excité. Sauf Abakoum qui s'affairait tranquillement en cuisine, accoutumé aux démonstrations bruyantes de ses créatures. Autour de lui flottaient des ustensiles, fouet à œufs, cuillers en bois et couteaux à beurre qui se propulsaient dans sa main au fur et à mesure qu'il en avait besoin. Cette décontraction n'était malheureusement pas partagée par tout le monde : près du maître des lieux, posée sur le plan de travail, la Goranov-mère s'alarmait.

– On ne me fera jamais croire qu'on ne veut pas ma mort, jamais ! Que signifie donc tout ce vacarme ? Une émeute ? Une révolution ? Un bain de sang ?

– Mais non, Goranov, mais non… lui répondit Abakoum avec nonchalance pendant que le noyau de l'avocat qu'il était en train de préparer voltigeait au-dessus de sa tête pour atterrir dans la poubelle.

Oksa et Tugdual le regardèrent avec amusement : un Homme-Fé dans une cuisine, voilà qui valait le coup d'œil !

– Tiens, prends ça dans les dents, la Merlicoquette à face de cacahuète ! brailla soudain le Gétorix.

Échevelé comme jamais, le petit monstre hirsute s'acharnait sur les manettes du baby-foot. Oksa et Tugdual s'approchèrent, intrigués. La partie battait son plein…

– Tu sais ce qu'elle te dit, la cacahuète, espèce de hooligan ? répondit la Merlicoquette outragée en s'agitant frénétiquement.

– Les cacahuètes, ça se cultive dans les pays chauds, non ? renchérirent les Devinailles qui portaient de minuscules cache-nez en laine mohair bigarrée.

– Oh ! Vous avez de jolis cache-nez, dites donc ! remarqua Oksa.

– Ce sont des cache-bec, s'il vous plaît ! C'est le Maître qui les a tricotés pour nous dans le cadre du plan « grand froid », précisa une des Devinailles. En attendant de migrer définitivement dans un pays chaud…

Cette petite conversation climatique fut interrompue par les cris hystériques du Gétorix qui venait de marquer un but. Les Grenettes battirent des ailes avec exaltation et le Culbu-gueulard, à l'instar des supporters de football, trompeta bruyamment.

– Alors ? demanda le Gétorix. C'est qui le meilleur ? Je te le demande, la Merlicoquette qui caquette !

– Oh ! *Shut up*, espèce de poète à la noix de coco !

– Le Gétorix s'est mis en tête de faire des rimes, précisa Abakoum depuis la cuisine. Mais soyez indulgents, il débute seulement.

– Ah, je comprends mieux ! dit Oksa en riant.

Inspiré par cette réponse, l'Insuffisant s'approcha d'elle avec un air encore plus incertain que d'habitude.

– Ah ! Parce que vous y comprenez quelque chose, vous ? Moi, non…

– Eh, l'Insuffisant ! croassa le Gétorix. Le jour où tu comprendras quelque chose, il neigera au mois d'août !

– Ah, non ! Ne parlez pas de malheur ! renchérirent les Devinailles en claquant des dents à cette évocation.

Mais l'Insuffisant, décidément très en forme, continua sa lente réflexion tout en ignorant les remarques des autres créatures.

– Je ne comprends vraiment rien à ce jeu. Comment l'appelez-vous déjà ? Le jeu de la cacahuète ?

– Non, c'est du baby-foot, lui expliqua Oksa en se retenant poliment de rire. C'est très simple, il y a deux équipes, la bleue et la rouge. Il s'agit de mettre la balle dans les cages de l'adversaire. Le gagnant est celui qui a totalisé le plus de points.

L'Insuffisant marqua un temps d'arrêt pendant lequel il sembla méditer profondément.

– Ça a l'air très compliqué... Et pourquoi faut-il mettre un cache-bec tricoté par le Maître pour y jouer ? Puis-je en avoir un ?

– Hé ! Pour toi, ça serait plutôt un cache-truffe ! rigola le Gétorix. Ha ! ha ! Un cache-truffe pour l'Insuffisant !

Oksa se tourna vers Tugdual pour cacher le fou rire qui montait et pour chercher de l'aide. Mais ce dernier se contenta de lui faire un clin d'œil en souriant. Plus loin, la Goranov se plaignait de la violence des échanges et du stress que tout ce remue-ménage provoquait sur ses nerfs fragiles. Quant au Gétorix et à la Merlicoquette, ils trichaient à qui mieux mieux pour gagner la partie de baby-foot.

– Je vais te scalper si tu *do it again* ! hurlait la Merlicoquette. C'est illégal de prendre la balle et de la mettre directement dans le *goal* !

– Tu sais ce que j'en fais de tes menaces, je m'éponge avec ! répondit le Gétorix en hurlant de rire. Ha ! Ha ! Je m'éponge avec, la Merlicoquette qui rouspète !

– Tiens ! Je n'avais jamais remarqué combien la chevelure de cette créature est abondante, comme c'est étonnant... remarqua l'Insuffisant avec une telle candeur qu'Oksa ne put faire autrement que d'exploser de rire. Ce jeu est très drôle, n'est-ce pas ? ajouta-t-il en voyant les larmes qui coulaient sur les joues d'Oksa.

– C'est un festival ! fit remarquer Tugdual en se tenant le ventre. Ils sont tous complètement frappés...

– Allez, les créatures ! intervint Abakoum en essayant d'adopter un ton sérieux. Nous allons manger ! Le baby-foot est terminé pour ce soir.

Avec une grande docilité, les créatures grimpèrent à l'étage en continuant de se chamailler, sauf l'Insuffisant qui regardait Oksa, une profonde incertitude noyant ses gros yeux globuleux.

– Je vous ai déjà vue quelque part, marmonna-t-il.

– Moi aussi, l'Insuffisant, moi aussi... articula Oksa entre deux hoquets.

Sans quitter Oksa des yeux, il s'installa près de la cheminée pour s'enfoncer dans les méandres obscurs de son cerveau défaillant. Non loin de lui, la Jeune Gracieuse cédait à la douceur de cette soirée.

Mais l'excellent repas n'était pas le seul responsable de son bien-être, elle en était consciente. Quelque chose s'était produit en elle.

Quelque chose de totalement inattendu.

Elle chercha à croiser le regard de Tugdual pour confirmer ce dont, pourtant, elle ne doutait plus. Le jeune homme semblait concentré sur son assiette, un sourire en coin. Il resta ainsi pendant de longues secondes, mettant Oksa au supplice.

Soudain, il leva la tête et plongea ses yeux dans les siens. Oksa frémit, rougit, se sentit sens dessus dessous, mais réussit à maintenir ce lien visuel d'une intensité qu'elle n'avait jamais connue.

Son cœur s'était percé.

Pour de bon.

58

Urgence !

Quand ils arrivèrent à Bigtoe Square le dimanche soir, Abakoum et Oksa virent aussitôt le gyrophare d'une ambulance qui éclairait par intermittence la façade de la maison des Pollock. Paniquée, Oksa bondit hors du side-car et fonça dans le salon. Personne… La cuisine, elle aussi, était vide. Enfin, elle aperçut sur le seuil de l'étage des ambulanciers qui portaient un brancard sur lequel était étendue sa mère.

– MAMAN !

Les longs cheveux de Marie tombaient en cascade désordonnée, dégageant son visage crispé et blafard. Les bras le long du corps, elle ne bougeait pas. Seuls ses yeux tournaient confusément dans leurs orbites. Les ambulanciers interrompirent leur descente et Oksa se précipita vers sa mère.

– Qu'est-ce qui se passe ? Papa ? Où es-tu ? cria-t-elle, affolée.

Pavel Pollock surgit de l'appartement, le visage grave et tourmenté, un sac de voyage encore ouvert à la main.

– Oksa, oh, ma petite fille ! Ta Maman a un gros problème, viens ! Il faut l'emmener d'urgence à l'hôpital !

– Tu n'as pas l'air en état de conduire, Pavel, je vais vous emmener ! proposa Abakoum en dévisageant le père d'Oksa d'un air soucieux. Tu vas nous expliquer ce qui s'est passé en chemin. Où est Dragomira ?

– J'arrive !

La Baba Pollock sortit à son tour de l'appartement et se dirigea vers Oksa pour la serrer dans ses bras. Sur son visage se lisait une inquiétude inhabituelle et, chose rare, ses mains tremblaient de façon incontrôlée, rendant imprécis chacun de ses gestes.

Elle s'approcha d'Abakoum et lui dit quelque chose à l'oreille, ce qui fit blêmir le vieil homme de façon alarmante.

Ils montèrent tous les quatre dans la voiture des Pollock. Abakoum démarra et suivit l'ambulance dont la sirène dégageait instantanément la circulation. D'une voix blanche, Pavel, figé sur le siège avant, expliqua enfin ce qui se passait :

– Elle ne vous a rien dit, mais, depuis plusieurs jours, elle n'est pas du tout en forme. Elle a commencé par souffrir de ses articulations comme si elle avait des rhumatismes. Je l'ai même taquinée sur son âge, comme d'habitude… avoua-t-il, la gorge nouée par un sanglot. Et puis vendredi, de terribles vertiges se sont déclenchés. Nous pensions tous les deux que c'était à cause de la rencontre parents-professeurs et surtout de l'entrevue avec Orthon/McGraw. Elle était un peu nerveuse, j'ai senti son appréhension toute la journée… J'étais moi-même assez anxieux et je n'ai pas cherché d'autre explication. Samedi, ses vertiges ont empiré et des douleurs ont commencé à affecter ses yeux. Elle ne supportait plus la lumière et, même dans la pénombre, elle ne distinguait presque plus rien. Nous avons pensé que c'était une violente migraine. Dragomira a préparé une décoction puissante pour essayer de l'apaiser, mais ça n'a eu aucun effet. Marie ne tenait plus sur ses jambes, les vertiges l'en empêchaient. Elle s'est assoupie et elle a dormi jusqu'en milieu d'après-midi. Dragomira et moi, nous nous sommes relayés pour veiller sur elle, nous étions très soucieux. Quand elle s'est réveillée, son corps était paralysé ! Elle ne pouvait plus bouger tout le côté gauche ! Tout ce qu'elle arrivait à faire, c'était d'articuler qu'elle avait horriblement mal partout. J'ai appelé les urgences et vous êtes arrivés juste après…

Pavel se passa une main sur le visage, abattu par l'inquiétude. Oksa, assise juste derrière lui, noua les bras autour de son cou pour le réconforter. Mais les larmes coulaient sur son petit visage, elle se sentait impuissante face à ce drame.

– Nous voilà arrivés à l'hôpital, dit Abakoum en rompant le silence. On va bien s'occuper d'elle et vous verrez, dans quelques jours, ce ne sera plus qu'un mauvais souvenir.

Cependant, sa voix trahissait un certain pessimisme qu'il ne pouvait avouer ouvertement. Les mains crispées sur le volant, il rencontra dans le rétroviseur le regard soucieux de Dragomira qui ne fit que confirmer son appréhension.

Le lendemain matin, Oksa dut retourner à l'école, le cœur plombé et l'esprit à des années-lumière de ses préoccupations quotidiennes de collégienne. Un lundi pas comme les autres. McGraw était porté malade et elle en fut soulagée. Elle n'était pas du tout prête à supporter sa présence, ni ses sarcasmes.

Merlin et Zelda, informés par Gus du problème de Marie Pollock, entourèrent leur amie aussi chaleureusement qu'ils le purent. Mais Oksa paraissait perdue, absente et imperméable. Les mots glissaient sur elle sans trouver prise. Rien ni personne ne pouvait lui apporter le moindre réconfort. Pendant le cours de M. Bento, de sombres pensées l'assaillirent et la plongèrent dans un désespoir étouffant. Elle avait déjà pensé à la mort, bien sûr. Des personnes étaient mortes dans son entourage, mais, en y réfléchissant bien, aucun de ses proches. Elle n'avait jamais perdu quelqu'un qu'elle aimait. Jamais. La mort était toujours restée une notion abstraite, une douleur qu'elle imaginait profonde et indélébile. Une sensation très lourde de vide. Mais aujourd'hui, la situation était bien différente. Et bien *réelle*. Plus qu'une douleur, c'était une terreur sourde et incontrôlable qui s'insinuait jusque dans le moindre recoin de son cœur.

À la pause, elle courut se réfugier dans la Tanière aux Statues dans laquelle elle s'enferma pour laisser éclater de violents sanglots. Quand elle en sortit, les yeux rouges, ses amis l'attendaient, inquiets et désarmés.

Juste avant midi, M. Bontempi vint la chercher en salle d'étude et l'emmena dans son bureau.

– Oksa, je sais que votre mère est hospitalisée. C'est une épreuve difficile à laquelle j'ai été confronté quand j'avais votre âge et je pense qu'il serait mieux pour elle comme pour vous que vous passiez quelques jours auprès d'elle. Vous n'aurez aucune difficulté à rattraper les cours que vous manquerez. Vous avez des amis sur qui vous pouvez compter, c'est un des privilèges de la popularité, n'est-ce pas ? ajouta-t-il avec un sourire qu'il voulait réconfortant. Votre grand-mère va venir vous chercher. D'ailleurs, tenez, la voilà !

En voyant entrer sa grand-mère, Oksa se précipita en renversant sa chaise derrière elle.

– Baba ! Tu as vu Maman ? Comment elle va ?

– Elle a passé de nombreux examens, répondit Dragomira après avoir salué M. Bontempi. Nous en savons un peu plus aujourd'hui. Elle a eu une sorte d'hémiplégie, c'est ce qui a paralysé le côté gauche de son corps. Mais il y a un autre problème neurologique que les médecins sont en train d'examiner. Pour le moment, ils ne savent pas vraiment, c'est un peu tôt. Mais ta Maman va mieux, Oksa, elle souffre moins et elle voudrait te voir...

– Alors, ne la faites pas attendre, madame Pollock, encouragea M. Bontempi. Partez vite ! Et soyez forte, Oksa... Votre mère a besoin de vous !

Les jours qui suivirent furent éprouvants pour les Pollock. Selon le bon conseil de M. Bontempi, Oksa fit des efforts considérables pour se forger une carapace et pour supporter la peine qui la mordait sans pitié ni répit. Chaque jour, elle passait de longues heures à l'hôpital près de sa mère, en compagnie de son père. En camouflant sa détresse du mieux qu'elle le pouvait, elle déversait sur le lit tous les cadeaux achetés le matin même en ville avec son père : des chemises de nuit plus jolies les unes que les autres, de l'eau de toilette, des gadgets et des fleurs pour égayer la chambre, des fruits confits – le péché mignon de Marie –, des disques de musique relaxante... Elle lui faisait la lecture de magazines *people* pour la distraire et lui racontait tout ce qui lui passait par la tête, des informations du matin aux dernières histoires drôles qu'elle avait entendues.

Le soir, elle revenait de l'hôpital épuisée par l'énergie qu'elle avait dû dépenser pour ne pas s'effondrer. Elle se jetait alors sur son lit, le plus souvent en larmes, le cœur en mille morceaux. Son père venait près d'elle et tentait de la consoler comme il le pouvait, lui-même étant cruellement affligé. Quant à Dragomira, elle s'installait sur une chaise longue, à côté de son lit, pour veiller sur elle. Mais une grand-mère, si prévenante soit-elle, ce n'est pas une mère... Assommée par sa peine, Oksa finissait quand même par s'endormir d'un sommeil douloureux, hanté par l'angoisse d'un avenir aussi sombre qu'incertain.

Quand elle était arrivée à l'hôpital, Marie Pollock était dans un état très inquiétant. Aux yeux de ses proches, le contraste était si saisissant entre la Marie d'avant et celle d'aujourd'hui, allongée sur son lit d'hôpital, les traits émaciés et exsangues ! Comme l'avait dit Dragomira, elle souffrait moins, effectivement. Mais c'était si difficile de la voir affaiblie par ce mal qui la rongeait… Sans compter les nausées provoquées par les médicaments puissants qu'on lui administrait… Parallèlement, les diagnostics médicaux confirmaient la gravité de la maladie et la difficulté à la traiter. Un sentiment de pessimisme muet planait autour de la mère d'Oksa, plongeant tout le monde dans une peine sans nom.

Pourtant, quelques jours plus tard, à la plus grande surprise des médecins, son état évolua de façon aussi radicale que surprenante…

59

Un retour remarqué

La semaine suivante, Oksa revint au collège. Gus l'attendait avec une impatience et un plaisir qu'il ne cherchait pas à dissimuler.

— Salut, ma vieille ! Ça fait super plaisir de te voir ! s'exclama-t-il.

Et, se précipitant sur elle, il lui fit la bise. Deux baisers sincères, maladroits mais spontanés. Pour une première, c'était une première ! Depuis qu'ils se connaissaient – c'est-à-dire depuis leur petite enfance –, Oksa n'avait pas souvenir que Gus l'ait déjà embrassée… Surprise, elle baissa les yeux et rougit légèrement. Moins cependant que son ami qui était si écarlate qu'il semblait au bord de la combustion !

— Salut, Gus ! lança-t-elle en le regardant de nouveau. Ma mère est revenue à la maison, je suis trop contente ! Les médecins ne voulaient pas, ils trouvaient que c'était un peu trop tôt, mais Papa a insisté pour signer une décharge et la ramener. J'ai bien cru qu'il allait se battre en duel…

— Oui, je sais ! fit Gus, les joues et le front toujours aussi rouges. Mes parents ont appelé ton père hier soir, ils viennent juste de me le dire. Elle va comment ? Elle avait l'air de tellement souffrir quand on est passés la voir l'autre jour…

Oksa se rembrunit.

— Maintenant, elle arrive à bouger légèrement le bras gauche. Elle ne peut pas marcher, mais elle arrive à se tenir debout, son équilibre se rétablit peu à peu et sa vue est bien revenue, elle n'a plus de vertiges. J'espère que ça va continuer comme ça… J'ai eu tellement peur Gus, si tu savais !

— Et les médecins ? Qu'est-ce qu'ils disent ?

— Ils pensent à une sclérose en plaques. Je me suis renseignée : c'est une maladie grave qui attaque le système nerveux et qui touche surtout les femmes. Comme son nom le dit bien, il y a des plaques qui se forment et qui altèrent les fonctions neurologiques. Abakoum est à la maison pour quelques jours et je peux te dire qu'avec Baba, ils forment une sacrée équipe. Je savais qu'ils en connaissaient un rayon en médecine parallèle, mais je ne me doutais pas à quel point ! Figure-toi que Baba a injecté à ma mère des Vermiculums !

– Euh… C'est quoi, des Vermiculums ? demanda Gus.

– Je vais te donner une info ultrasecrète, murmura Oksa en regardant autour d'elle d'un air soupçonneux. Les Vermiculums sont un remède très utilisé à Édéfia, surtout en microchirurgie. Inutile de te dire que les médecins ne sont pas au courant… Abakoum m'a expliqué qu'au lieu d'opérer les gens, on leur injecte cette matière qui contient des vers de la taille de cellules humaines. Ils se dirigent là où le mal est installé et le traitent, tout simplement ! Je t'assure ! Dit comme ça, c'est un peu dégoûtant, je suis d'accord, mais je crois que ça a bien marché sur ma mère. Dans son cas, il semble que le centre nerveux ait subi des lésions, on ignore quels sont les effets à long terme, c'est ce qu'ont expliqué les médecins. En général, et d'après ce que j'ai lu, les dommages sont irréversibles, c'est une maladie régressive : les cellules affectées ne se reconstituent pas, ce qui est perdu ne se récupère jamais. C'est pour cette raison que les médecins ont classé les résultats des derniers examens qui ont été faits sur ma mère dans la catégorie des miracles. Ils n'en reviennent pas de l'amélioration en quelques jours seulement, c'est la première fois qu'ils observent un cas pareil ! On ne peut rien leur dire, mais je dois te confier dans le plus grand secret que les Vermiculums d'Abakoum et de Baba sont allés droit au but : c'est grâce à eux que ma mère va mieux ! Bon, elle n'est pas guérie, loin de là. Mais vu l'étendue des dégâts, elle devrait être dans un état bien plus grave, selon les médecins. J'espère que ça va continuer comme ça…

– Ça, c'est du Pollock tout craché ! Des vers microscopiques comme des cellules ! Si vous n'existiez pas, il faudrait vous inventer… Et toi ? Tu vas comment ? demanda Gus en s'approchant davantage pour regarder Oksa par en dessous.

– Oh, Gus, tu as un point noir sur le nez ! lança Oksa pour tenter de détourner la conversation. Non, je plaisante… Ça va mieux maintenant que ma mère est là, même si elle est loin d'être tirée d'affaire. Papa, tu le connais, ne la quitte pas d'une semelle. Sinon, tu verrais les Foldingots ! Dragomira les a exceptionnellement autorisés à descendre chez nous et ils s'activent comme… comme…

– Comme des Foldingots ? l'aida Gus.

Oksa rit de bon cœur pour la première fois depuis plusieurs jours.

– Oui, c'est tout à fait ça ! Ils sont plus déjantés que jamais, c'est l'anarchie totale dans leur vocabulaire. Mais heureusement qu'ils sont là, ma mère les adore et moi aussi. Ils nous font bien rire et ils savent se rendre très utiles.

Elle marqua un court temps d'arrêt avant de se lancer :

– Et… McGraw ?

– McGraw ? Oooff… Il a demandé où tu étais, figure-toi, on dirait presque que tu lui manques ! Sinon, rien de spécial, il est comme d'habitude. Ignoble, comme dit ton père. Sinon, il y en a un autre à qui tu as manqué…

Il fut interrompu par l'arrivée de Merlin Poicassé qui poussa de grands cris de joie en constatant le retour d'Oksa. À son tour, il s'approcha d'elle pour lui faire une bise aussi maladroite que franche. Les joues à nouveau rosies par cette nouvelle embrassade, Oksa se demanda : « *Mais qu'est-ce qui se passe avec ces deux-là ? Ils ont fait un pari, ou quoi ?* » Mais si elle avait regardé la tête déconfite de Gus, elle aurait tout de suite compris qu'il était loin d'être question de pari. Cet « autre » à qui elle avait manqué n'était peut-être pas celui qu'elle croyait…

Comme l'avait prévu M. Bontempi, cette semaine d'absence fut sans effet sur le travail d'Oksa. Chaque jour, Gus lui avait envoyé par messagerie les devoirs à faire et les leçons à apprendre, et le retard fut très vite comblé. Tous les professeurs firent preuve de bienveillance et lui demandèrent des nouvelles de sa mère. McGraw, quant à lui, n'avait malheureusement pas changé de style, persistant dans la raillerie et le mépris.

– Oh ! mais voilà le retour *i-nes-pé-ré* de Mlle Pollock ! lâcha-t-il en appuyant narquoisement sur chaque syllabe. Une semaine d'absence pour un parent hospitalisé ! Qu'est-ce que ce serait si c'était *vous* qui tombiez malade ? Une année sabbatique, au moins…

Un murmure scandalisé parcourut les rangs. Oksa, quant à elle, était littéralement soufflée. Seule à son bureau depuis la relégation de Gus au fond de la classe, elle sentit le Curbita-peto lui serrer le poignet avec fermeté. Car pour être énervée, elle était énervée ! Elle mit la main sur son petit sac en bandoulière et tâta sa Crache-Granoks. L'envie était forte de s'en servir. Une bonne Cafouillis ou un Dermenfeu, voilà qui apprendrait à cet arrogant McGraw à faire de l'ironie ! Le Curbita-peto accentua sa pression et Oksa, comme envahie par un souffle rafraîchissant, sentit s'éteindre la colère qui commençait à la consumer de l'intérieur. D'autant plus qu'elle avait préparé une petite vengeance qu'elle gardait en réserve, au cas où… Une vengeance doublement savoureuse puisqu'elle ne contenait aucun ingrédient magique. Et, sans le savoir, McGraw venait de lui offrir une magnifique occasion.

Alors qu'il était en train d'écrire au tableau, elle leva la main et l'appela :

– Monsieur, s'il vous plaît ?

McGraw se retourna avec étonnement, le regard ombrageux.

– Oui ?

– Monsieur, dans le dernier exercice que vous nous avez donné, il y a quelque chose d'assez étrange, exposa-t-elle d'un air candide. Il me semble que vous avez inversé l'abscisse et l'ordonnée. Tel que c'est présenté, le problème est insoluble…

Le silence qui se fit après cette remarque pourtant très pertinente fut loin d'être léger. Au fond de la classe, Gus prenait la décision cruciale d'abandonner définitivement tout espoir d'amener un jour son amie à la raison. En prévision du cataclysme qui risquait de s'abattre sur la classe dans la minute suivante, certains élèves se mordaient la lèvre inférieure pendant que d'autres baissaient prudemment les yeux. Oksa, elle, gardait les siens fixés dans ceux de McGraw. C'était difficile, mais elle était résolue à ne pas lâcher la première. Des tas de pensées l'y aidèrent. Des images bien précises, la Gracieuse Malorane se mettant en péril pour Dragomira, l'homme au bras pourri se tordant de douleur, les flammes sortant de la Colonne de Verre d'Édéfia, sa mère sur le brancard. Même si elle n'avait aucun rapport, cette dernière image lui donnait encore plus de courage que toutes les autres. McGraw dénigrait la maladie de sa mère et ça, elle ne l'accepterait pas !

Le professeur fouilla dans ses papiers et sortit celui où figurait le fameux exercice. Il relut rapidement, mais Oksa était sûre de son coup et ne le lâchait pas des yeux. Finalement, il leva la tête et braqua son regard d'encre sur elle.

— Heureusement que la brillante Mlle Pollock est là pour traquer les erreurs de ses professeurs ! Peut-être dois-je vous céder ma place ? demanda-t-il d'un ton pincé, ses lèvres minces tordues de rage.

— Mais, monsieur McGraw, je ne suis pas professeur, je n'ai que treize ans ! rétorqua-t-elle avec une note sarcastique dans la voix. Je voulais juste être sûre qu'il s'agissait d'une erreur parce que sinon, on pourrait avoir du mal à comprendre, c'est tout !

— Vos camarades ont sans doute déjà corrigé. Je suis persuadé que, bien avant votre intervention, tous avaient remarqué cette faute dont l'énormité pouvait difficilement passer inaperçue, clôtura McGraw sur un ton glacial.

Oksa lui adressa un sourire narquois en remarquant que plusieurs élèves s'étaient jetés sur leur trousse et leur cahier pour rétablir la logique défaillante de l'exercice et tenter hâtivement de trouver un résultat cohérent. Cet empressement et le sourire provocant d'Oksa n'échappèrent pas à McGraw dont les yeux continuèrent pendant toute l'heure de lancer des éclairs foudroyants en direction de la jeune collégienne.

Bien entendu, elle fut ovationnée à la pause… Les élèves de quatrième Hydrogène jubilaient : une fois de plus, Oksa avait réussi à tenir tête au détestable McGraw ! Elle s'esquiva juste à temps pour ne pas être portée en triomphe, car cette victoire, loin de lui monter à la tête, n'effaçait pas ses soucis du moment.

— Je dois téléphoner chez moi, il faut que je sache comment va ma mère, je ne l'ai pas vue avant de partir. Je vais chercher mon portable, je l'ai oublié dans mon casier.

— Tu veux que je vienne avec toi ? s'empressa de demander Gus.

— Non, pas la peine. J'en ai pour une minute.

Le couloir était désert, tout le monde profitait de la cour ensoleillée. Oksa récupéra son téléphone et appela chez elle. Dragomira décrocha aussitôt et rassura sa petite-fille : Marie allait bien ce matin, elle avait même réussi à faire quelques pas en s'appuyant au bras de Pavel ! Les Vermiculums semblaient faire des merveilles. Rassurée, Oksa raccrocha.

Toutefois, quand elle se retourna, son sourire soulagé s'effaça : devant elle se trouvait l'Ostrogoth de troisième ! À deux pas, tout au plus !

–Tiens tiens ! Mais c'est ma minus préférée ! On dirait que tu fais moins ta fière quand t'as pas ta cour de morveux débiles autour de toi ! lança-t-il d'un ton provocant.

– Moins ma fière que qui ? répliqua Oksa avec hargne en massant son poignet pour soulager la pression du Curbita-peto qui se trouvait sollicité pour la deuxième fois de la matinée.

– C'est ça ! Fais ta maligne, mademoiselle Je-fais-tout-mieux-que-tout-le-monde ! Si tu crois que je ne sais pas qui tu es… Mais qu'est-ce que tu imagines ? Tu es loin d'être aussi forte que tu le penses, tu n'arrives même pas à la cheville de mon père. Il pourrait te réduire en bouillie, toi et toute ta famille !

– Ah ouais ? lança Oksa, bien décidée à ne pas se laisser impressionner. C'est un bulldozer, ton père ?

– Pauvre débile, t'as pas encore compris ! MON PÈRE, C'EST ORTHON/MCGRAW ! brailla l'Ostrogoth.

60

Trois pour le prix d'un

À ces mots, Oksa ne put se retenir : le Knock-Bong partit tout seul et, avec une puissance fulgurante, projeta à une vingtaine de mètres celui qu'elle devrait désormais appeler le fils de McGraw. Il retomba lourdement sur le sol dallé en poussant un cri étouffé.

« *Waouh !* se dit Oksa en se frottant le poignet. *Ça valait bien une décharge de Curbita-peto !* »

Cependant, le garçon massif se relevait déjà, avec difficulté et un peu sonné, mais déterminé à prendre sa revanche – Oksa le voyait à son air furieux qui n'augurait rien de bon. Plié en deux, il se rapprocha péniblement, le regard lourd de menaces, en se massant le bas du dos. Et soudain, aussi rapide qu'une flèche, il se précipita sur Oksa avant qu'elle ait pu réagir, parcourant les vingt mètres qui les séparaient à une vitesse phénoménale, totalement irréelle. Et moins d'une seconde plus tard, il se jetait sur elle en l'aplatissant sur le sol avec une force amplifiée par sa vitesse. Oksa, écrasée sous le corps de son assaillant, poussa un gémissement sourd dans lequel étaient contenues autant de rage que de douleur.

– Qu'est-ce que tu crois ? postillonna Mortimer McGraw. Qu'il n'y a que toi qui es capable de…

Il n'eut pas le temps de terminer sa phrase : Oksa venait de lui porter un coup qui ébranla sa belle détermination. Utilisant les doigts de sa main droite comme les serres d'un aigle fondant sur sa proie, elle l'avait frappé à la tempe avec une force implacable. Puis elle roula sur le côté, se dégageant athlétiquement comme son père le lui avait appris au karaté, profitant de l'étourdissement dans lequel cette attaque inattendue avait plongé le garçon. Elle se préparait à riposter à un nouvel assaut quand, soudain, quelqu'un lui sauta sur le dos et la plaqua au sol ! Elle eut juste le temps de mettre ses mains en avant pour amortir sa chute.

– Tu touches pas à Mortimer, t'as compris ! résonna une voix.

Oksa, le visage contre le sol, ne pouvait voir qui lui parlait. Tout ce qu'elle voyait, c'étaient les chaussures du fils McGraw juste devant elle. Et tout ce qu'elle sentit, c'est le violent coup de pied qu'elle reçut sur le flanc droit. Avec un effort surhumain, elle essaya de se retourner. L'étreinte se relâcha et Oksa put alors se redresser, les côtes douloureuses, pour voir qui lui parlait.

– ZOÉ ?! Il me semblait bien que c'était ta voix ! Aide-moi !

– Laisse Mortimer tranquille ! Ne touche pas à ma famille ! siffla Zoé en retour.

– Tu veux dire que ce... cet Ostrogoth est ton frère ?

Une à une, les informations lui parvenaient et se complétaient en la plongeant dans l'incrédulité.

– Ça veut dire que McGraw est ton père à toi aussi ! Mais je croyais que tu étais orpheline ! TU AS MENTI !

– Non, tu n'as rien compris ! grommela Zoé entre ses dents.

Elle relâcha son étreinte pour s'enfuir en courant. Au même moment, Gus surgit dans le couloir, inquiet de ne pas voir son amie revenir. Oksa leva la tête, juste assez pour apercevoir son ami qui se ruait sur l'Ostrogoth comme une bête fauve. Face à face, les deux garçons se défiaient du regard, Mortimer McGraw dans l'attitude d'un boxeur prêt à décocher un coup de poing fatal. Mais Gus intercepta le mouvement en barrant de son bras droit la gorge de son ennemi juré et crocheta sa jambe. Malgré sa carrure massive, l'Ostrogoth chancela et faillit perdre l'équilibre. Il se rattrapa de justesse en saisissant Gus par la cravate de son uniforme.

– Je te conseille de me lâcher ! lui lança Gus en grinçant des dents.

Mais au lieu de suivre ce judicieux conseil, Mortimer McGraw resserra sa prise, s'apprêtant visiblement à projeter Gus contre le mur. Ce qui ne fut pas du tout du goût du jeune garçon qui, à ce moment précis, vit sa force décuplée par la rage. Dans un vigoureux mouvement de détente, il attrapa l'Ostrogoth par le bras et le bascula par-dessus sa hanche, le jetant à terre comme un vulgaire sac de pommes de terre.

— Oksa, tu es blessée ? haleta Gus en se précipitant vers son amie pendant que l'Ostrogoth détalait.

— Non, ça va… Enfin, non, ça ne va pas du tout… dit-elle assise par terre, la tête entre les mains. Aïe ! cria-t-elle en se tenant les côtes.

— Qu'est-ce qui se passe ? demanda Merlin qui venait d'arriver en compagnie de quelques collégiens alertés par la bagarre. Tu es blessée, Oksa ? Je peux t'aider ?

— Laisse, Merlin, répondit Gus, le souffle court. Je m'occupe d'elle. Viens, Oksa, je vais t'emmener à l'infirmerie…

L'infirmière refusa de la croire quand Oksa prétendit s'être cassé une côte en tombant et la harcela pour obtenir la vérité. Devant la résistance de la collégienne, elle appela M. Bontempi qui arriva deux minutes plus tard.

— Oksa, vous devez me dire qui vous a fait ça, lui dit-il en s'asseyant à côté de son lit.

— Je suis tombée, monsieur… Je vous assure ! ajouta-t-elle en voyant son air peu convaincu.

M. Bontempi soupira.

— Oksa, on peut difficilement se casser une côte par une simple chute dans un couloir ! Je pense plutôt qu'un élève vous a agressée pour vous racketter et que vous ne voulez pas donner son nom par peur de représailles.

Oksa tourna la tête de gauche à droite : sa réponse était définitive. M. Bontempi se tourna vers Gus avec espoir.

— Gustave, vous avez vu quelqu'un ?

— Non, monsieur, quand je suis arrivé, Oksa était par terre et il n'y avait personne.

— Je vois…

M. Bontempi se leva et adressa un dernier mot aux deux amis avant de quitter l'infirmerie :

— Si vous voulez me parler, vous savez où est mon bureau. Je vous répète que ce qui vient de se passer est très grave. Je pourrais punir sévèrement celui qui vous a fait cela si seulement vous vouliez bien coopérer. J'ai juste besoin d'un nom ! La balle est dans votre camp, les enfants.

Il tourna les talons et on l'entendit descendre l'escalier d'un pas lourd. L'infirmière s'approcha à son tour.

– Vous pouvez retourner en classe, Gustave, merci de votre aide. Oksa, j'ai appelé chez vous, votre père vient immédiatement vous chercher pour vous emmener à l'hôpital. Je pense que vous avez une côte cassée, mais il faut que vous passiez une radio. Restez allongée en attendant, d'accord ?

Et elle regagna le petit bureau vitré depuis lequel elle pouvait surveiller ses visiteurs.

– Merci, Gus, chuchota Oksa à l'oreille de son ami. Merci de n'avoir rien dit !

– Oksa, je n'ai pas rêvé ? C'était bien Zoé qui t'empêchait de te défendre ?

– C'est encore plus grave que ça, Gus…

L'oreille pratiquement collée aux lèvres d'Oksa, Gus tomba des nues quand son amie lui apprit l'impensable nouvelle. En quelques secondes, pour lui comme pour elle, McGraw venait de se multiplier par trois…

61

Le cadeau empoisonné

Dans la crainte d'être interrogé sur l'étrange empreinte auréolant le nombril d'Oksa, Pavel ramena la jeune blessée directement à la maison, évitant soigneusement la case « hôpital ». Le thorax comprimé par un bandage, Oksa fut accueillie par Dragomira et les Foldingots qui avaient désormais investi l'appartement du premier étage.

— Oooohhhh ! La Jeune Gracieuse a rencontré l'accident ! La santé connaît de grandes déficiences dans la famille, la série est noire comme l'encre et le mélodrame est complet !

La Foldingote se mit à sangloter bruyamment tandis que son compagnon s'empressait d'aider Pavel à soutenir Oksa.

— Appuyez votre gracieuse main sur ma tête, je vais devenir une canne pour vous, c'est mon ambition !

— Merci, Foldingot. Où est Maman ?

— Elle siège à la table de la cuisine dans l'attente de votre accompagnement, répondit la Foldingote en reniflant un grand coup.

— Par ici ! résonna la voix de Marie.

Oksa et son père la retrouvèrent effectivement installée dans la cuisine devant un thé parfumé.

— Enfin, te voilà ! s'exclama Marie. Comment te sens-tu, ma chérie ?

Avant de répondre, Oksa embrassa sa mère en grimaçant de douleur et voulut d'abord prendre de ses nouvelles.

— Ça va, je t'assure. Mais nous parlerons de moi plus tard, explique-nous déjà ce qui t'est arrivé !

— Je suis tombée et j'ai une côte cassée, répondit péniblement Oksa.

La moindre inspiration la faisait terriblement souffrir. Elle grimaça et essaya de respirer le plus légèrement possible.

– Une côte cassée ! s'exclama Dragomira. Ne bouge pas, j'ai ce qu'il te faut !

Elle bondit de sa chaise et on entendit résonner ses pas dans l'escalier menant au deuxième étage.

– Ne dites rien ! Ne faites rien ! Ne bougez pas ! Attendez-moi ! cria-t-elle d'une voix retentissante.

On entendit des échos de remue-ménage et, quelques minutes plus tard, Dragomira était de nouveau là, un petit bocal en main.

– Enlevons ce bandage, maintenant... dit-elle en invitant Oksa à venir s'allonger sur un des canapés du salon.

– Tu vas lui mettre une Osgonum ? interrogea Pavel en voyant le flacon que tenait sa mère. Il y a bien longtemps que je n'en ai vu... C'est une bonne idée. Avec ça, Oksa, tu vas guérir à toute vitesse !

– En tout cas, si c'est aussi efficace que les Vermiculums, je te le conseille, ma chérie, dit Marie.

Dragomira ouvrit le petit pot et en retira une grosse limace bleu vif d'une dizaine de centimètres, luisante et épaisse. *Très* luisante et *très* épaisse... Oksa poussa un cri d'horreur, suivi aussitôt d'un deuxième cri causé par la douleur que venait de provoquer le premier.

– Je vais... Tu vas... bredouilla-t-elle.

– Tu conjugues très bien le verbe « aller », ma Douchka... remarqua Dragomira en souriant, la limace gigotant mollement entre deux doigts.

– Je vais devoir *manger* cette chose immonde ? continua Oksa en déglutissant avec difficulté.

Cette question souleva l'hilarité générale. Dragomira et Pavel explosèrent de rire et les Foldingots, violets jusqu'au sommet du crâne et la bouche béante, se tapèrent les cuisses avec frénésie.

– Manger une Osgonum ? Éloignez cette pensée de votre estomac, Jeune Gracieuse ! L'Osgonum ne se mange pas et ne mange personne, elle va être la réparation de votre os.

– C'est vrai, Baba ?

– C'est tout à fait vrai !

– Alors, tu vas me l'injecter comme les Vermiculums, hein, c'est ça ? Je ne veux pas, non, non, non, s'affola Oksa en imaginant la taille de la seringue nécessaire pour une telle injection.

– Ne crains rien, ma petite fille. C'est beaucoup plus simple que cela, laisse-toi faire !

Dragomira posa une main sur le front d'Oksa et, de son autre main, la limace immonde à même la peau, juste à l'endroit où la douleur était la plus vive, là où la côte cassée saillait sous la peau tuméfiée. Oksa détourna d'abord les yeux, complètement écœurée. Puis la curiosité prit le dessus et elle risqua un coup d'œil. Les yeux de la limace avaient gonflé tout en se striant de veinules noires. Par ailleurs, elle s'était mise à produire une impressionnante quantité de salive : sous son corps luisant, des bulles mousseuses se répandaient en abondance pour pénétrer dans la peau d'Oksa.

– Tu vois, l'Osgonum agit comme un puissant cataplasme, expliqua Dragomira en pressant légèrement sur la limace qui se trémoussait. Sa salive a le pouvoir d'accélérer la soudure des os et, comme tu peux le constater, ta peau l'absorbe comme une éponge. En quelques heures, ta côte sera comme neuve !

– C'est un truc à rendre dingue n'importe quel médecin ! fit remarquer Oksa.

– Très juste, ma chérie, confirma son père. Nous éviterons donc le corps médical pendant quelques jours afin d'échapper à des questions embarrassantes...

– Et les réponses ? Tu imagines les réponses ? s'enthousiasma Oksa. « Ma côte cassée ? Ah, oui, c'est vrai, j'avais une côte cassée ce matin, mais c'est de l'histoire ancienne, vous savez ! »

Oksa se mit à rire et grimaça aussitôt : la douleur, elle, n'était pas encore de l'histoire ancienne... Il fallait attendre quelques heures, la limace bleue, immonde et baveuse, collée sur le flanc.

– Oui, évitons de nous faire remarquer des médecins, ils se posent déjà tellement de questions avec moi...

Et Marie expliqua à Oksa que son état s'était amélioré à un rythme défiant tous les traitements médicaux : les plaques qui sclérosaient son centre nerveux perdaient sensiblement du terrain, ce qui était inédit aux yeux des médecins. Par ailleurs, étant donné les graves lésions qu'elle avait subies et dont on ignorait toujours les causes, elle n'aurait même pas dû réussir à bouger un seul doigt de pied et encore moins à faire quelques pas, même avec un appui aussi secourable que celui qu'offraient Pavel et Dragomira à chaque instant.

– Vive les Vermiculums, alors ! lança gaiement Oksa depuis son canapé de convalescence. Et vive l'Osgonum ! Tu devrais déposer un brevet, Baba, tu pourrais être la reine de l'industrie pharmaceutique et tu deviendrais multimilliardaire !

– Sans aucun doute ! acquiesça la Baba Pollock en souriant. Avec tout ce que nous savons faire, Abakoum et moi, nous aurions pu créer un empire. Mais ça n'a jamais été notre ambition. Nous avons gardé l'esprit qui était le nôtre et celui de beaucoup d'entre nous à Édéfia : vivre et travailler selon nos besoins – ni plus ni moins – et ne pas abuser de nos pouvoirs. C'est un principe !

– Eh bien, tout le monde ne peut pas en dire autant... enchaîna Oksa d'un air soudain assombri.

– Tu veux parler d'Orthon ? Enfin... McGraw ? questionna sa mère.

– Oui...

– Tu veux dire que ta blessure a un rapport avec lui ? s'exclama Pavel en se levant brutalement de son siège.

– Oui... Enfin, non... Avec lui, toujours les mêmes vannes, on commence à s'habituer. C'est avec ses enfants que j'ai eu des problèmes aujourd'hui... avoua Oksa la tête basse.

– QUOI ?!

La stupéfaction se lut instantanément sur tous les visages. La main sur le cœur, Dragomira ferma les yeux pour essayer d'encaisser le choc de cette nouvelle. Marie poussa un cri et Pavel, debout derrière elle, serra les poings dans un geste de rage. Un rictus tordit son visage, trahissant l'angoisse qu'il ressentait. Les regards se croisèrent, puis convergèrent vers Oksa.

– Ses enfants ? Tu veux dire que les enfants d'Orthon sont ici ? Au collège ? demanda Dragomira, le souffle court.

– Vous vous souvenez de l'Ostrogoth ? Je vous en ai déjà parlé... fit remarquer Oksa en se rendant compte de l'impact de telles révélations sur sa famille.

– Ce grand garçon brutal qui te cherche et que tu as arrosé un jour avec des boules d'eau ? enchaîna Dragomira. Tu veux dire que c'est le fils d'Orthon/McGraw ?

Oksa opina et choisit de dire la vérité. Mentir demandait beaucoup d'énergie et elle se sentait si fatiguée...

– Il s'appelle Mortimer. Et… je ne suis pas tombée. C'est lui qui m'a cassé une côte, dit-elle d'une traite en essayant de contrôler le tremblement de sa voix. Il m'a coincée dans le couloir juste après mon coup de fil. Il m'a dit qui il était en menaçant de tous nous réduire en bouillie. Je lui ai envoyé un super Knock-Bong, je n'ai pas pu me retenir ! ajouta-t-elle en se mordant la lèvre.

– Tu as envoyé un Knock-Bong au fils de McGraw ? Dans un couloir du collège ? s'exclama sa mère, atterrée.

– Oh, Maman, tu aurais vu la force ! s'emballa Oksa, ragaillardie au souvenir de cet épisode. Il a été éjecté au moins à vingt mètres ! C'était génial ! Le problème, c'est qu'il a l'air d'avoir de sacrés pouvoirs, lui aussi. Il m'a foncé dessus à une vitesse de fou, je n'ai jamais vu quelqu'un courir aussi vite ! On s'est battus et puis sa sœur est arrivée par-derrière et m'a sauté sur le dos. Je me suis retrouvée aplatie par terre et, pendant ce temps, Mortimer a récupéré. Il m'a donné un coup de pied dans les côtes. Gus est arrivé juste à ce moment-là, il lui a fait une de ces prises d'enfer ! Heureusement, parce que je ne sais pas ce que je leur aurais fait à ces deux-là… J'aurais pu les massacrer ! s'emporta-t-elle en oubliant le décalage entre son désir et la réalité.

– Ou c'est eux qui t'auraient massacrée… souligna son père, le visage plus tourmenté que jamais. Mais tu parlais de la sœur de ce garçon ? Elle est aussi à St Proximus ? Tu la connais ?

– Oui. Et vous aussi d'ailleurs… C'est Zoé.

– Zoé ? La Zoé qui est venue à ton anniversaire ? s'affola Dragomira.

– Oui, répondit rageusement Oksa. Maintenant, je suis sûre qu'elle s'est liée d'amitié avec Zelda juste pour m'approcher. Je ne l'ai jamais sentie, cette fille, je t'en avais parlé, Baba. Quand je pense qu'elle nous a fait croire à tous qu'elle était orpheline ! Je suis dégoûtée…

– Mais alors, cela veut dire que la fille d'Orthon/McGraw est entrée dans cette maison ? articula lentement son père.

Silencieusement, tous les quatre se regardèrent en réfléchissant à ce que cette nouvelle et surprenante information impliquait. Soudain, Dragomira s'écria d'une voix suraiguë :

– Le savon !

– Le savon ? firent écho à leur tour Pavel et Marie tandis qu'Oksa rongeait le dernier ongle qui lui restait.

– Où est le savon que cette Zoé a offert à Oksa à son anniversaire ? demanda précipitamment Dragomira.

– Oksa me l'a donné à cause de son allergie à la glycérine, répondit Marie d'une voix blanche. C'est moi qui l'utilise depuis quelques jours…

Abakoum et Dragomira étaient formels : les analyses faites sur le morceau de savon qui restait prouvaient que le cadeau de Zoé était empoisonné, au sens propre du terme. Destiné à Oksa dans le but de l'affaiblir et de faciliter à Orthon/McGraw son approche, voire le kidnapping qu'il semblait projeter, le savon avait trouvé une autre victime en la personne de Marie Pollock. La soudaineté avec laquelle elle était tombée si gravement malade s'expliquait, maintenant !

– C'est très ingénieux, leur précisa Abakoum. Orthon a intégré de l'essence de Robiga-Nervosa. C'est une plante très toxique et très rare dont les cellules ont directement attaqué votre système nerveux, Marie. Elles agissent comme de la rouille, c'est redoutable. J'emporte ce qui reste de ce savon pour l'examiner, je vais essayer de trouver un antidote. Heureusement que nous avions les Vermiculums, ma chère Marie, car je crois qu'à l'heure qu'il est, vous seriez encore paralysée sur votre lit d'hôpital, sans possibilité de rémission. Les Vermiculums ont l'air efficaces, ils ont permis de stabiliser et d'améliorer votre état général. Mais il existe peut-être quelque chose de plus performant qui vous permettra de recouvrer entièrement les fonctions que vous avez perdues. Car, en cela, les médecins ont certainement raison d'être pessimistes. Ils ne vous l'ont pas caché, n'est-ce pas ?

Marie hocha la tête en signe d'affirmation et Oksa sentit monter les larmes. Sa mère devrait-elle rester dans cet état jusqu'à la fin de ses jours ? C'était terrible, d'autant plus que c'est elle qui lui avait donné le savon empoisonné à cause de cette fichue allergie.

– Quand je pense que c'est toi qui étais visée, j'en suis malade, murmura Marie en s'approchant d'Oksa.

– Mais tu en es malade ! répliqua Oksa en ravalant ses larmes.

62

Piégée par l'alphabet !

– C'est pas que j'ai pas compris, c'est juste que j'ai pas écouté !

L'Insuffisant était debout au beau milieu de l'atelier-strictement-personnel de Dragomira, les bras ballants le long du corps. Devant lui se tenaient le Gétorix et une Devinaille enroulée dans une grosse écharpe de laine.

– Alors, y a pas que ton cerveau qui est mou, l'Insuffisant, y a aussi tes oreilles ! lança le Gétorix plus ébouriffé que jamais.

– Ouvrir une fenêtre en plein hiver ! continua la Devinaille excédée. On n'a jamais vu ça ! À quoi tu penses, l'Insuffisant ? Je l'avais dit : surtout ne pas ouvrir les fenêtres. C'est pourtant pas compliqué ! Il neige dehors, je l'ai vu et surtout *je l'ai senti*... Si on veut que je meure, qu'on le dise tout de suite ! brailla-t-elle en claquant des dents. Et la grippe aviaire, tu y as pensé ? Tu n'as jamais entendu parler de confinement sanitaire ?

– Mais qu'est-ce qui se passe ici ? Pourquoi vous vous disputez ?

Oksa venait d'entrer dans la pièce après s'être faufilée dans l'étui de contrebasse resté ouvert. Dragomira, que les chamailleries quotidiennes des créatures n'inquiétaient plus depuis longtemps, travaillait devant son alambic géant. Les tubes laissaient échapper des fumerolles bleutées dont le parfum doucereux envahissait tout l'atelier.

– Bonjour, ma Douchka ! Comment vas-tu ? Je suis à toi dans un instant, installe-toi.

– Jeune Gracieuse, avez-vous la volonté d'accuser réception de mes hommages ?

En s'approchant d'Oksa, la Foldingote se pencha tellement en avant qu'elle se déséquilibra et s'effondra sur le sol, aux pieds de la jeune fille. Ce qui n'échappa pas au Gétorix…

– Ha, ha, la ridicule révérence ! Tu te crois à la cour d'Autriche ?

Du fond de l'atelier, Dragomira, dont au moins une des deux oreilles était restée attentive, apporta quelques indications utiles à Oksa :

– Je dois te préciser, ma Douchka, que, hier soir, les Foldingots ont regardé un film sur la vie de Sissi l'impératrice d'Autriche. Depuis, ils sont complètement imprégnés par… comment dire… les affaires de protocole.

– Jeune Gracieuse, Vieille Gracieuse, vous aurez le consentement de me confectionner une crinoline ? Le rêve est intense dans mon cœur.

Oksa éclata de rire alors que la Devinaille s'approchait en grelottant.

– Et moi, si on pouvait me confectionner une combinaison intégrale en fourrure, je pourrais peut-être réussir à passer l'hiver.

Oksa prit la malheureuse créature transie dans ses bras et lui frotta l'échine pour la réchauffer, tandis que la Foldingote reculait en soulevant les pans d'une crinoline imaginaire.

– Tu fais quoi, Baba ? demanda-t-elle en s'approchant de l'alambic géant.

– Des Granoks, ma Douchka, des Granoks… J'ai quelques réserves, mais nous allons tous avoir besoin de munitions, ces prochains temps. Il va falloir travailler d'arrache-pied.

– À cause des McGraw ?

– À cause des McGraw, oui. Il faut que nous soyons prêts à nous défendre, répondit gravement Dragomira.

– Tu crois que Mortimer et Zoé ont une Crache-Granoks eux aussi ?

– Non, en tout cas, c'est très peu probable. Dans la composition des Crache-Granoks, la sève de Goranov est l'ingrédient indispensable, comme tu le sais. Au moment du Grand Chaos à Édéfia, ma mère Malorane a pu préparer notre fuite et c'est la raison pour laquelle Abakoum a emporté la Boximinus contenant des boutures de plantes et des créatures…

– Comme l'arche de Noé ! l'interrompit Oksa.

– Tout à fait ! Mais il est impossible que les Félons aient pu prévoir que certains d'entre eux seraient éjectés d'Édéfia, impossible. Ils sont passés à Du-Dehors seulement avec ce qu'ils avaient sur eux : leurs vêtements, leur Crache-Granoks et... leurs noires ambitions... Non, à part Abakoum, personne n'est en mesure de fabriquer des Crache-Granoks. De toute façon, je te le répète, il faut de la Goranov pour cela.

– Mais il y a plusieurs Goranovs !

– Oui, effectivement, nous avons partagé les plants par sécurité. Les stocker dans un seul endroit, ce serait manquer de prévoyance. Ce qui se passe en ce moment nous le confirme... soupira la Baba Pollock.

– J'en ai vu chez Léomido également. Tu ne crois pas que ça craint ? ajouta Oksa en regardant sa grand-mère avec l'espoir d'en savoir plus sur les rapports de son grand-oncle avec l'ennemi juré des Sauve-Qui-Peut.

– Pourquoi ? lui demanda Dragomira en plissant les yeux. Parce qu'il vit seul dans cette immense maison à la campagne ? Ne t'inquiète pas pour cela. Comme chez Abakoum, tout est très bien sécurisé, tu peux avoir confiance.

Sa grand-mère ne voulait visiblement pas comprendre ses allusions. En ce qui concernait Abakoum, Oksa était totalement confiante, aucun souci ! Mais Léomido ne lui inspirait pas du tout le même sentiment. L'image du vieil homme tendant une fiole de sève de Goranov à McGraw passa fugitivement devant ses yeux...

– À quoi penses-tu, ma Douchka ? l'interrogea Dragomira.

– Oh, à rien, Baba ! Je me faisais peur toute seule...

– Tiens, je crois que la distillation de l'Arborescens est terminée !

Les deux Gracieuses se penchèrent vers l'embouchure du plus petit des tubes de l'alambic d'où sortait un liquide jaunâtre et épais recueilli dans une coupelle. Quand la dernière goutte fut écoulée, Dragomira versa la substance dans la partie inférieure d'un petit appareil qui ressemblait à une cafetière italienne qu'elle posa ensuite sur un réchaud. Les flammes bleues léchèrent l'ustensile et, au bout de quelques minutes, on entendit des crépitements. Lisant dans les pensées de sa petite-fille, Dragomira précisa en souriant :

– Non, non, non, je ne suis pas en train de te préparer du pop-corn…

Puis elle retira l'étrange cafetière du feu et ouvrit la partie supérieure : une multitude de minuscules Granoks frémissaient sous l'effet de la chaleur. Oksa regarda Dragomira avec étonnement.

– Voilà déjà un petit stock d'Arborescens ! Donne-moi ta Crache-Granoks, ma Douchka.

– Oh, mais je la connais, cette Granok ! Abakoum m'en a parlé. Arborescens, tu dis ? Elle permet de ligoter son adversaire, si je m'en souviens bien…

Dragomira acquiesça en souriant.

– Qu'est-ce que tu as mis comme ingrédients ?

– À Édéfia, nous utilisions essentiellement des racines de Pieds-en-l'air. Mais, tu t'en doutes, il a fallu trouver un autre végétal à Du-Dehors… Alors, après avoir testé le lierre, les courges et les ronces, nous avons réussi à fabriquer des Arborescens avec la sève de plantes volubiles comme le liseron et la clématite. L'effet n'est pas aussi efficace qu'avec les Pieds-en-l'air, mais néanmoins satisfaisant. Le processus de fabrication est assez complexe : il est basé sur la macération de la sève dans une eau de source parfaitement pure et dans laquelle ont été immergées de la Chrysoprase – une pierre qui tient sa force de la nuit –, des algues lacustres et de la sueur de Grenettes.

– Tu veux dire que les Grenettes suent ? s'étonna la Jeune Gracieuse.

– Bien sûr ! lui répondit Dragomira en riant. En quantité infime, certes… Mais c'est ce qui rend leur sueur plus précieuse encore.

Oksa grimaça pendant que sa Crache-Granoks aspirait une bonne vingtaine de granules jaunes. La Baba Pollock versa ce qui restait dans un petit bocal qu'elle enferma dans une niche cachée derrière un des innombrables cadres fixés au mur.

– C'est ta planque à Granoks ? Derrière le portrait de Papa ?

– Oui, mais inutile de te dire que tout cela est secret. D'ailleurs, connaître cet endroit ne suffit pas car, à part moi, personne ne peut ouvrir la cache.

– Ah ! c'est comme la grille chez Abakoum et le fond de l'étui de la contrebasse : la serrure n'obéit qu'à son maître !

– Exactement !

Après avoir fait le plein de Granoks et révisé avec Dragomira les formules de chacune d'elles, Oksa redescendit dans sa chambre et s'allongea sur son lit. Les mains derrière la tête, elle fixait le ciel étoilé installé au plafond.

Il ne lui semblait pas avoir peur. Grâce à tout ce qu'elle avait appris ces dernières semaines, les Granoks, les pouvoirs – surtout le Knock-Bong, son préféré ! –, elle se sentait plus forte et prête à affronter de nouvelles épreuves. Quand Mortimer l'avait agressée, elle s'était plutôt bien défendue et, sans l'intervention de cette traîtresse de Zoé, elle s'en serait sortie toute seule. Et quand McGraw les avait poursuivis en plein ciel, elle avait réussi à lutter et l'ancien Félon avait dû battre en retraite.

Cependant, en y regardant de plus près, la victoire avait un goût bien plus mitigé. Si Gus n'était pas arrivé à temps dans le couloir du collège, Oksa aurait été à la merci des deux McGraw juniors. Ce qui lui aurait peut-être coûté bien plus qu'une côte cassée… Sans parler de ses pouvoirs qu'elle avait utilisés *dans le collège* en prenant le risque insensé d'être vue… Plus d'une fois, elle avait enfreint la règle essentielle qui avait préservé les Sauve-Qui-Peut pendant plus de cinquante ans : ne jamais risquer d'attirer l'attention. En y repensant, Oksa éprouva un très fort sentiment de honte.

Puis elle remonta quelques semaines plus loin dans ses souvenirs et se revit dans la montgolfière. Si Léomido n'avait pas réussi à les protéger, elle et Gus, des Chiroptères Tête-de-Mort que leur envoyait McGraw, que se serait-il passé ? Et, plus récemment, si les Grenettes n'avaient pas volé à son secours dans le silo d'Abakoum ? Son père disait parfois qu'avec des « si », on pourrait refaire le monde et qu'il ne servait à rien de revenir sur ce qui avait été fait. Mais aujourd'hui, cette maxime ne parvenait pas à la réconforter. Elle se sentait plus forte, beaucoup plus forte. Mais Dragomira avait raison : il fallait rester humble par rapport à ses pouvoirs et surtout ne jamais se surestimer. Ou sous-estimer celui en face de soi, ce qui revenait au même. Car, malgré la vigilance de tous, McGraw avait réussi à atteindre sa famille en plein cœur. Et s'il n'était pas le seul Félon à être sorti d'Édéfia ? Les Sauve-Qui-Peut trouveraient-ils tous assez de force pour lutter ? Étaient-ils suffisamment unis ? Pouvaient-ils compter sur Léomido ? Et sur son père ? Il paraissait si hostile à ce périple vers Édéfia... Oksa le comprenait, d'ailleurs. Il n'avait jamais connu cette Terre qu'on disait fabuleuse, mais qui n'était pas tout à fait la sienne. De plus, cette aventure n'était pas sans risque et Oksa était en première ligne, ce qui semblait être son principal tourment. Mais elle non plus n'avait jamais connu Édéfia ! Et pourtant, elle se sentait prête à affronter mille dangers pour retrouver la Terre de ses ancêtres. Était-ce à cause des Sans-Âge qui avaient lancé cet appel si étrange et si puissant ? De la force et des pouvoirs qui grandissaient en elle ? De cette Empreinte – la fantastique étoile à huit branches – qui se dessinait chaque jour davantage autour de son nombril ? Toutes ces questions la fascinaient et l'effrayaient en même temps, la plus terrible de toutes étant celle dont la réponse demeurait la plus mystérieuse : qu'allait-il se passer ?

– Devoir sur table ! Sortez vos feuilles, s'il vous plaît. Mademoiselle Pollock, en l'absence de M. Oyster, c'est vous qui m'aiderez à ranger le matériel après le cours.

Le professeur McGraw, en prononçant cette phrase sur un ton faussement désinvolte, venait de prendre Oksa par surprise.

– Mais, monsieur, j'ai un cours... un cours de violon après ! mentit Oksa, pour la bonne cause. Je ne peux pas rester !

– Vous jouez du violon ? Tiens donc, je n'aurais pas cru ça de vous. Je croyais que vous étiez plutôt une adepte de kung-fu ou je ne sais quoi d'exotique... Eh bien, violon ou pas violon, peu m'importe ! Nous avons tous des choses à faire après le cours mais vous resterez m'aider, c'est ce qui est convenu depuis le début de l'année : chaque jeudi soir, un élève m'aide au rangement.

– Je peux rester, monsieur ! proposa Gus.

– Monsieur Bellanger, soupira McGraw d'un air exagérément épuisé, nous avons bien compris combien vous pouviez être chevaleresque... Mais c'est une valeur un peu dépassée de nos jours, il va falloir penser à d'autres tactiques si vous voulez attirer l'attention des filles. D'autre part, Mlle Pollock suit immédiatement M. Oyster dans l'alphabet dont l'ordre est une valeur immuable, contrairement à la courtoisie adolescente. Ce sera donc Mlle Pollock.

Quelques élèves ricanèrent, Hilda Richard en tête. Gus, confus et furieux à la fois, se recroquevilla au fond de la classe. Rapidement, la colère laissa place à l'inquiétude : Oksa ne devait en aucun cas rester seule avec McGraw ! Il voyait son amie de dos et sentait les tourments qui l'assaillaient. Voûtée sur son bureau, Oksa réfléchissait à toute vitesse. Il fallait qu'elle appelle chez elle pour prévenir son père ou Dragomira ! Avec mille précautions, elle ouvrit son petit sac bandoulière. Le Culbu-gueulard en profita pour lui caresser les doigts en signe de reconnaissance alors qu'elle extrayait son téléphone portable tout neuf. Tout en surveillant McGraw qui passait entre les bureaux, elle commença à rédiger un SMS sur le clavier du téléphone posé sur ses genoux :

17 h 30 = moi seule...

Tout à coup, l'écran du téléphone s'éteignit. Horriblement tendue, Oksa leva les yeux vers McGraw : un sourire mauvais aux lèvres, il était à peine à deux mètres d'elle ! Il fit un petit geste du bout des doigts et le téléphone se ralluma aussitôt. Oksa sentit son sang bouillir dans toutes les veines de son corps et s'empressa de recommencer son message. Tant pis si McGraw la voyait ! Ce qui ne manqua pas d'arriver, d'ailleurs... Avec une franche jubilation, il refit le même geste et Oksa vit nettement un éclair très fin et très brillant partir du téléphone pour atteindre le bout des doigts de l'ignoble professeur. L'énergie de la batterie venait d'être aspirée ! McGraw, l'air très satisfait, continua sa ronde, laissant Oksa avec son téléphone désormais inutilisable. Elle se retourna et essaya d'attirer l'attention de Gus, tâche rendue difficile car plusieurs élèves les séparaient. Très vite, cela devint tout à fait impossible car McGraw s'interposait systématiquement entre les deux amis, empêchant tout contact visuel. Oksa sentit de gros bouillons de panique soulever son estomac et des gouttelettes de sueur couvrir son front. L'affolement lui donnait la nausée. Elle tentait de réfléchir, mais toutes ses pensées se bousculaient confusément. Le Curbita-peto serra son poignet et ondula de plus en plus fort sous sa manche. Oksa ferma les yeux en essayant de caler sa respiration sur le rythme des mouvements du bracelet vivant. Quelques minutes plus tard, elle se sentait un peu moins affolée et plus en confiance. Mais malheureusement, elle ne voyait toujours pas comment se sortir de ce mauvais pas. Dépitée, elle fouilla dans son sac et sortit de son Coffreton un Capaciteur doré, le fameux Excelsior supposé rendre le cerveau plus performant. Elle ne l'avait encore jamais essayé, peut-être l'aiderait-il à prendre les bonnes décisions ? Juste à côté des Excelsior, les Ventosas luisaient d'une belle couleur nacrée. Du bout des doigts, elle en saisit également une. Elle en aurait peut-être besoin, on ne savait jamais… Elle venait juste d'avaler les deux minuscules gélules quand Merlin se retourna pour lui faire un clin d'œil d'encouragement. Trente secondes plus tard, Oksa lui glissait un mot griffonné en toute hâte :

Merlin, dis à Gus téléphone K-O. Prévenir mon père. Très URGENT. *Merci.*

Merlin se tourna de nouveau et fit un signe de tête à Oksa : il avait compris, elle pouvait compter sur lui.

Ce serait certainement le plus mauvais devoir de toute la scolarité d'Oksa, car sa concentration se focalisait sur un tout autre objet que les sciences. La Jeune Gracieuse se préparait au pire et elle avait raison : McGraw allait passer à la vitesse supérieure. Mais elle n'allait pas se laisser piéger sans résister ni se battre ! Il la connaissait bien mal…

Dès que la cloche sonna, les élèves s'éparpillèrent sans traîner. Personne ne s'attardait jamais aux cours de McGraw, surtout le jeudi soir où les quatrièmes Hydrogène étaient les derniers à avoir cours dans le collège désert. Seuls Gus et Merlin prenaient leur temps en rangeant lentement leurs affaires. Oksa essayait de croiser le regard de Gus, mais McGraw prenait un malin plaisir à s'interposer entre eux. Oksa se contorsionna et réussit tout de même à montrer à son ami son téléphone portable éteint en lui faisant signe qu'il était hors d'usage. Et quand les deux garçons sortirent de la salle en lui jetant un dernier regard plein d'anxiété et de soutien, elle vit Gus brandir le petit papier qu'elle avait passé à Merlin. Puis il leva son pouce en l'air et sortit aussitôt son téléphone. Elle comprit que la transmission du message s'était bien effectuée. Ouf ! Gus allait sortir et retrouver Pavel qui les attendait comme d'habitude à la sortie, et tous les deux voleraient ensuite à son secours. Il fallait juste qu'elle tienne quelques minutes !

C'est néanmoins le cœur plombé qu'elle vit Gus et Merlin s'éloigner à travers les vitres qui longeaient le couloir.

Un cœur plombé qui s'alourdit encore quand McGraw referma la porte, donna un tour de clé et se retourna, sa Crache-Granoks à la main, en affichant un air sardonique du plus mauvais augure…

63

L'attaque félonne

— Aaahhh, ma chère, ma très chère Oksa ! résonna la voix grinçante de McGraw. Tu m'as donné du fil à retordre, tu sais ?

— Je ne suis pas votre chère Oksa ! Lâchez-moi, sale traître !

Il n'avait pas fallu longtemps à McGraw pour lancer une Granok à Oksa. Dès la porte fermée, il était passé à l'offensive et la jeune fille s'était aussitôt retrouvée suspendue à deux mètres du sol par deux Grenettes qui la tenaient fermement par les coudes. Elle s'était attendue à une attaque, mais, malgré tout, McGraw l'avait prise par surprise. Et c'est ce qui la rendait folle de rage ! Comment avait-elle pu se laisser avoir de la sorte ? Maintenant, elle se retrouvait là, bloquée en l'air… Elle se débattit furieusement en lançant les jambes d'avant en arrière dans un mouvement de balancier pour essayer de se libérer. Mais les grenouilles ailées avaient une force phénoménale. Elle les sentait capables de soulever la statue de la Liberté !

— Te lâcher ? répliqua McGraw en ricanant avec méchanceté. Tu plaisantes, je suppose ! Maintenant que je te tiens, je ne vais certainement pas te lâcher comme ça, juste parce que tu me le demandes ! Gracieuse ou pas, tu ne peux rien contre moi…

— Vous n'obtiendrez rien de moi ! Jamais ! cria Oksa en tentant de se dégager.

— Mais que crois-tu, petite idiote ? Que tu peux t'opposer à moi ? J'attends depuis près de soixante ans ! Tous ceux qui se sont mis en travers de mon chemin l'ont regretté…

— Oui ! Et on sait ce que ça veut dire ! hurla Oksa en le fusillant des yeux. Lucas Williams et Peter Carter ont payé le prix fort, espèce de monstre !

McGraw, un sourcil haussé, la regarda avec étonnement.

– Lucas Williams et Peter Carter ? Je les avais presque oubliés, ces deux-là... Je vois que tu es futée. Mais ce n'est pas une gamine de treize ans qui va m'empêcher de réaliser mes rêves. J'ai cherché à t'affaiblir, mais c'est une autre cible qui s'est retrouvée visée. Ta chère mère, la charmante Marie Pollock, quel dommage... railla McGraw. Aujourd'hui, je te tiens enfin ! Tu n'y peux rien, c'est la loi du plus fort, ma petite, et *je suis le plus fort* ! Je vais t'endormir et te garder près de moi jusqu'à ce que ta chère grand-mère et toi m'ouvriez le Portail...

Soudain, on entendit quelqu'un toquer à une des vitres qui séparaient la salle du couloir. Mortimer McGraw était juste de l'autre côté et faisait signe à son père. Il jeta un regard à la fois hargneux et ironique à Oksa, toujours suspendue en l'air par les Grenettes.

McGraw s'approcha de la vitre.

– Ça y est, Papa ! J'ai fait ce que tu m'as dit... clama Mortimer.

– C'est bien, mon fils ! Maintenant, tu dois partir...

– Mais Papa...

Il avait visiblement quelque chose à lui dire. McGraw se retourna pour jeter un coup d'œil à Oksa, toujours prisonnière des Grenettes, et sortit dans le couloir. Immédiatement, la jeune captive, l'esprit en ébullition, stimulée par sa rage et par le Capaciteur d'Excelsior, profita du relâchement de la vigilance de l'ancien Félon pour appeler son Culbu-gueulard et son Curbita-peto. Elle savait que Gus et son père ne tarderaient pas. Mais, en attendant, les seuls qui pouvaient l'aider étaient les deux fidèles créatures qui ne la quittaient plus depuis plusieurs semaines.

– Aidez-moi ! leur murmura-t-elle. Je ne sais pas comment, mais je vous en supplie, aidez-moi...

Aussitôt, le Culbu-gueulard ouvrit la fermeture du sac depuis l'intérieur, s'en extirpa et bondit le long du flanc droit d'Oksa pour gagner l'épaule. Une fois le coude atteint, il griffa avec violence la Grenette qui lâcha aussitôt prise en grognant. Oksa s'affaissa brutalement sur le côté et, de sa main libérée, en profita pour saisir sa Crache-Granoks dans son sac ouvert. De l'autre côté, le Curbita-peto se déroula et rampa précipitamment jusqu'au second coude suspendu. D'un coup de dents, il délogea la deuxième Grenette qui s'éloigna à tire-d'aile en se plaignant du manque de savoir-vivre du Curbita. L'opération « Libérez Oksa » avait pris à peine cinq secondes ! La Jeune Gracieuse, enfin sur le sol, se sentait plus que jamais prête à en découdre avec McGraw.

Afin d'éviter de se trouver de nouveau à découvert, elle plongea sous un des bureaux.

– OKSA ! tonna McGraw d'une voix puissante, à peine revenu dans la classe. OKSA ! Tu ne m'échapperas pas, inutile de te cacher !

Pour toute réponse, Oksa inspira à fond pour se concentrer. Son regard balaya alors la salle en fracassant toutes les éprouvettes et les flacons posés sur les plans de travail. De fins débris de verre se répandirent aux pieds de McGraw qui poussa un rugissement de colère. Les produits chimiques, mélangés dans leur chute, commencèrent à former une fumée âcre et éclaboussèrent les chaussures impeccables du professeur. Ce dernier se rua sur le premier chiffon qui lui tomba sous la main et essuya rageusement ses chaussures fumantes.

Pendant ce temps, prudemment accroupie, Oksa changea de cachette et passa sous un autre bureau.

– Je t'entends, petite peste, j'entends le moindre de tes mouvements, le moindre souffle que tu exhales. Mon très cher Léomido – mon frère de sang – ne t'a pas dit que j'avais le pouvoir de la Chucholotte ?

À ces mots, Oksa lança un Magnétus en direction des robinets installés sur les plans de travail au milieu de la classe. Les robinets s'ouvrirent d'un coup et l'eau jaillit avec une telle violence que le jet était presque horizontal ! Dégoulinant de la tête aux pieds, McGraw effectua un Magnétus inverse pour les fermer un à un, tandis qu'Oksa manœuvrait pour les rouvrir aussitôt.

– Fais ta maligne, tu vas voir !

McGraw se dirigea vers le fond de la classe et actionna une manette rouge qui coupa immédiatement l'arrivée d'eau. Mais Oksa, dont le cerveau fonctionnait à plein régime, lança cette fois-ci un Feufoletto qui atteignit le portemanteau où étaient suspendus le chapeau et le pardessus de McGraw.

– Tu es contente ? Tu as fait brûler les vêtements de ton professeur préféré ? Pas mal, je vois que Dragomira n'a pas lésiné sur les moyens... Mais ce n'est pas grand-chose à côté de ce qui t'attend, ironisa McGraw avec un ignoble ricanement. Et quand tu seras enfin à moi, ce sera au tour de cette vieille mégère décatie…

C'est alors qu'Oksa se redressa, prenant le risque d'être à découvert :

– Je vous défends de parler de ma grand-mère comme ça !

Et elle souffla dans sa Crache-Granoks en direction de son adversaire.

– Ah, ah, ah ! Petite idiote ! Tu as encore des progrès à faire !

McGraw venait d'éviter la Granok de Tornaphyllon, mais son effet n'en était pas pour autant annulé. Venant de nulle part, une tornade – petite, mais très violente – se déchaîna dans le labo. Elle poursuivit sa course folle en renversant tous les ustensiles qui n'avaient pas encore été atteints. Les feuilles posées sur les bureaux volèrent aux quatre coins de la pièce alors que les néons et les vitres donnant sur le couloir explosaient. Impressionnée par le désastre qu'elle venait de provoquer, Oksa plongea sous un nouveau bureau, déchirant au passage le pantalon de son uniforme sur les débris des éprouvettes qui couvraient le sol. Elle se recroquevilla du mieux qu'elle le put, courbant le dos et se protégeant la tête de ses bras. Un peu trop tard, malheureusement… Des éclats de verre l'avaient atteinte en plein visage ! Constatant que sa tête et son visage étaient couverts de sang, elle poussa un cri dans lequel était contenue plus de terreur que de douleur. Une terreur décuplée quand elle vit l'ombre de McGraw sur elle…

– Voilà, tu vois ! Je t'avais dit que j'étais LE PLUS FORT !

Il souffla aussitôt dans sa Crache-Granoks et Oksa échappa de justesse à la Granok projetée en s'élevant du sol comme une fusée. Cette fois-ci, elle sut s'arrêter à temps pour ne pas s'assommer contre le plafond.

Mais elle fut immédiatement rejointe par McGraw… À deux mètres l'un de l'autre, tous les deux flottaient face à face et se défiaient comme des fauves, prêts à lancer l'attaque. Oksa, le cœur battant à se décrocher, tenait bon et faisait tout son possible pour ne pas lâcher l'infâme professeur des yeux. Un effort qui porta ses fruits car, soudain, elle vit un mince fil lumineux semblable à un éclair s'échapper du regard incandescent de son ennemi juré. Elle fit une roulade sur le côté pour éviter le courant électrique qui atteignit le mur derrière elle dans un affreux crépitement. Debout à mi-hauteur de la pièce, le Félon récidiva et Oksa ne dut son salut qu'à une course effrénée contre les murs sur lesquels elle courait et rebondissait pour échapper aux éclairs électriques. Au bout de plusieurs tours complets, elle décida de changer de tactique et se servit de l'élan du dernier saut pour rejoindre le centre de la salle de classe.

C'est alors qu'un souvenir jaillit de sa mémoire comme un flash : l'image fugace de Malorane piégée dans la Colonne de Verre par Ocious et ses sbires lui apparut, telle qu'elle l'avait vue à travers le Caméroeil de Dragomira. L'effet « Excelsior » certainement… Aussitôt, ses jambes formant un grand écart presque parfait, à plus de un mètre du sol, la Jeune Gracieuse se mit à tourner sur elle-même à une vitesse vertigineuse, se transformant en véritable arme. Elle sentit rapidement que son pied venait de heurter quelque chose et cessa de tournoyer tout en restant suspendue en l'air pour contempler le résultat : McGraw avait été éjecté au fond de la classe, touché par Oksa-san, la redoutable toupie humaine. La tête penchée sur le côté et les yeux clos, il semblait inconscient.

Mais le répit fut de courte durée… L'invincible professeur ouvrit brusquement les yeux et porta aussitôt sa Crache-Granoks à ses lèvres. Un quart de seconde suffit pour que la minuscule granule soit projetée avec la rapidité d'une flèche. Oksa ne put éviter la Granok et, quand elle vit l'état de son genou, elle écarquilla les yeux d'horreur en comprenant ce qu'elle venait de recevoir : un PUTREFACTIO ! Elle allait pourrir ! Terrassée par une violente douleur, elle s'écroula sur le sol et, sous le rire infernal de McGraw, elle s'abrita en rampant derrière une étagère renversée.

Le labo n'était plus éclairé que par le portemanteau qui achevait de se consumer, la lumière du couloir et un néon survivant qui clignotait faiblement. Une fumée acide et suffocante émanant des produits chimiques remplissait toute la pièce et des pensées aussi sombres qu'étranges envahirent l'esprit affolé d'Oksa. Reverrait-elle sa mère ? Que faisait Gus ? Et son père ? Pourquoi n'étaient-ils pas encore arrivés ? Était-ce Mortimer qui avait bloqué le passage ? Allait-elle mourir ? Oui, elle allait sûrement mourir ici, dans ce labo dévasté, loin de ceux qu'elle aimait… Dans quelques minutes, tout serait fini, elle ne serait plus qu'un tas de pourriture répugnante.

À cette seule évocation et malgré la douleur épouvantable qu'elle ressentait, elle rassembla tout son courage, se redressa et visa McGraw :

— ARBORESCENS ! hurla-t-elle.

Et ce qu'elle vit lui donna toutes les raisons d'espérer sortir vivante de cet enfer : des lianes jaunes, visqueuses et épaisses se mirent à enlacer McGraw dans un bruit de succion écœurant, le privant de l'usage de ses mains et de ses jambes.

— Je t'aurai ! Tu ne perds rien pour atten… eut-il le temps de tonner avant que les lianes atteignent sa bouche, le réduisant au silence.

Attendre ? Hors de question ! Oksa grimpa sur un bureau qui s'était retrouvé collé au mur dans la violence du combat. Elle enjamba tant bien que mal une fenêtre à la vitre explosée et se laissa glisser dans le couloir.

— OKSA !

Gus arrivait juste à l'angle du couloir où se trouvait la salle de travaux pratiques quand il vit son amie en sang, les vêtements noircis et en lambeaux. À travers la déchirure de son pantalon, il aperçut son genou blessé qui avait une drôle de couleur verdâtre. Derrière elle, du verre était répandu partout sur le sol et de la fumée s'échappait de la salle de classe. Gus se précipita pour soutenir son amie. À peine étaient-ils arrivés au bout du deuxième couloir qu'ils entendirent un grand fracas et un hurlement qui leur glaça le sang dans les veines :

— OKSA ! OKSA !

— Il s'est libéré, vite, il faut qu'on sorte d'ici ! cria Oksa, complètement terrifiée.

Ils se mirent à courir aussi vite qu'ils le purent. Mais, ralentis par le piteux état d'Oksa, ils furent bientôt rattrapés par McGraw, qui brandissait sa Crache-Granoks.

— Qu'est-ce qui se passe ici ?

— MADEMOISELLE CRÈVECŒUR !

La professeur d'histoire-géo venait juste de déboucher devant eux à l'angle du couloir, les yeux exorbités !

— Monsieur McGraw ? Qu'est-ce que vous êtes en train de faire ? demanda la jeune femme en le regardant d'un air incrédule.

– Vous, mêlez-vous de ce qui vous regarde et taisez-vous ! lança-t-il, écumant de rage.

Avec un effort surhumain et poussée par son instinct, Oksa fit une ultime tentative pour arrêter McGraw en lui lançant un Knock-Bong qui le projeta à l'autre bout du couloir. Mlle Crèvecœur poussa un cri de peur et d'incompréhension.

– Sauvez-vous, mademoiselle Crèvecœur ! cria Gus en lui adressant un regard suppliant.

Malgré le danger, la malheureuse, clouée de stupeur, était incapable de bouger. Mais Gus avait une autre priorité : il attrapa Oksa par le bras et l'entraîna vers la sortie.

64

Coups montés en série

La voiture de Pierre Bellanger freina en dérapant juste devant l'entrée du collège au moment même où les deux amis sortaient du bâtiment. Mais la lourde porte d'entrée était verrouillée, impossible de sortir !

– Oksa ! Tu vas devoir faire un dernier effort, il faut qu'on escalade le mur, on est coincés ! dit Gus d'un ton saccadé.

L'effort que dut faire Oksa fut surtout de laisser de côté la douleur atroce et la terreur inouïe que sa blessure lui inspirait pour se concentrer sur le Voltical qu'elle devait réussir à tout prix.

– Gus, mets-toi devant moi et serre-moi fort…

Gus obéit et se colla à Oksa en la prenant par la taille. Ils décollèrent aussitôt, quelques centimètres d'abord, puis s'élevèrent en tanguant pour atteindre bientôt le sommet du mur haut de près de trois mètres. De l'autre côté, Pierre avait préparé le terrain en éteignant magiquement les réverbères – une coupure de courant très bien venue – afin de garantir un maximum de discrétion aux deux enfants. Le moindre témoin de la scène aurait été plus que gênant et ce n'était vraiment pas le moment d'être dérangés par des curieux…

– Courage, Oksa ! lança-t-il à la jeune fille qui se tenait dans un équilibre précaire contre Gus en haut du mur. Encore un tout petit effort, tiens bon !

Les deux amis, soudés l'un à l'autre, redescendirent aussi chaotiquement qu'ils étaient montés. Une fois sur le sol, ses forces abandonnèrent Oksa et, sans le soutien de Gus, elle se serait écroulée sur le trottoir. Pierre bondit pour prendre la blessée dans ses bras et l'installer sur la banquette arrière de la voiture.

— Allonge-toi, Oksa, tu ne crains plus rien, tu es en sécurité maintenant !

Gus s'assit à l'avant à côté de son père qui redémarra en trombe.

— Là ! C'est M. Bontempi qui arrive, regarde !

— Nous ne pouvons pas le prévenir, Gus, il faut partir d'ici et soigner Oksa !

À l'arrière, la blessée serrait les dents pour ne pas hurler. Une douleur intolérable et terrifiante se distillait dans son corps et dans son esprit comme un poison impitoyable. Elle risqua un coup d'œil à son genou et gémit : la peau était boursouflée et avait pris une hideuse couleur marron ne laissant rien présager de bon. Quant à l'odeur, elle était tout aussi épouvantable. Une sale odeur de pourriture à laquelle s'ajoutaient celles du sang et des vêtements imprégnés de la fumée des produits chimiques. Le Curbita-peto redoublait d'efforts et ondulait sans s'interrompre pour calmer sa petite maîtresse paniquée.

— Accroche-toi, Oksa ! Nous arrivons !

La jeune fille dans les bras, Pierre grimpa les marches du perron des Pollock à toute vitesse. Gus, blanc comme un linge, tambourina à la porte.

— Mes enfants ! s'écria Dragomira en voyant le spectacle tragique qu'offrait sa petite-fille. Seigneur ! Que s'est-il passé ?

— Dragomira, va vite chercher des Pelli-Nettoyeurs, je crois qu'Oksa a reçu un Putrefactio ! intervint Pierre.

Pendant que Dragomira fonçait à l'étage, il étendit Oksa sur un des canapés du salon avec l'aide de Pavel.

— C'est entièrement ma faute, bredouilla ce dernier, le visage décomposé. Je ne me le pardonnerai jamais…

— Arrête, Pavel ! lui lança Pierre.

— S'il te plaît, Pavel… intervint Dragomira de retour dans le salon, une petite fiole à la main. Ce n'est pas le moment !

Puis, se tournant vers Oksa :

— Oksa, je vais appliquer ceci sur ton genou…

Le front de la Baba Pollock était plissé par l'inquiétude et c'est en tremblant qu'elle déboucha le flacon. Du bout des doigts, elle versa une bonne noisette d'une substance orange avec laquelle elle massa précautionneusement le genou d'Oksa.

— Ça brûle, Baba ! gémit la blessée en se tordant de douleur.

Sa mère lui prit la main et la serra contre elle.

— Gus, tu veux bien rester près d'Oksa ? demanda Dragomira après avoir couvert le genou malade de la substance visqueuse et grouillante Je reviens…

Les trois Pollock et Pierre Bellanger s'éloignèrent dans le vestibule. En dépit du niveau sonore très bas de la discussion, Oksa pouvait tout entendre dans les moindres détails. La fameuse Chucholotte…

— Marie, je dois vous dire que c'est la première fois depuis le Grand Chaos que nous sommes confrontés à un Putrefactio, murmura Dragomira. Nous n'avons jamais eu à en soigner. Les Pelli-Nettoyeurs font un excellent travail de réparation sur les plaies, les infections et même la gangrène. Cette thérapie commence à être utilisée à Du-Dehors avec des asticots, vous en avez peut-être déjà entendu parler. Mais en ce qui concerne les Putrefactios, nous ne connaissons pas de précédent et je ne peux pas garantir que les Pelli-Nettoyeurs arrivent à soigner Oksa…

— Je comprends, répondit Marie en tremblant. Et je sais aussi que vous ferez tout ce que vous pouvez.

Tous réunis à nouveau autour d'Oksa, les yeux rivés sur le genou estropié, chacun suivait l'évolution de la blessure avec anxiété.

— Tu m'as mis des vers, Baba… dit Oksa d'une voix faible et néanmoins teintée de reproche.

— Oui, ma Douchka. Les Pelli-Nettoyeurs font des miracles avec ce genre de plaies, la rassura Dragomira, pourtant peu sûre de leur efficacité sur un tel mal. Les vers grignotent toutes les chairs malades et les reconstituent. Bientôt, ton genou sera comme neuf !

Oksa laissa échapper une grimace de douleur et de dégoût à la vue de la centaine de vers qui s'agitaient avec indolence sur la peau purulente.

— Te sens-tu assez forte pour nous expliquer ce qui s'est passé ?

Pavel, les yeux fous d'angoisse, venait de prononcer d'une voix tendue la question que tout le monde se posait. Oksa prit une profonde inspiration et raconta dans le moindre détail ce qui était arrivé depuis que McGraw lui avait ordonné de l'aider à ranger le labo. Dès qu'elle eut terminé, ce fut au tour de Gus.

— Quand Merlin m'a donné le papier et que j'ai vu le téléphone d'Oksa éteint, j'ai couru te chercher à la sortie, Pavel, dit-il en regardant le père d'Oksa. Tu n'étais pas là, alors j'ai essayé de téléphoner, mais ça ne répondait pas, ni à la maison ni sur ton portable.

— Nous avons reçu un appel de l'hôpital en début d'après-midi, le médecin de Marie voulait nous voir de toute urgence, expliqua Pavel d'un air complètement abattu. En arrivant, il fallait déconnecter les portables. Deux heures plus tard, nous avons compris qu'aucun médecin n'avait appelé à la maison et nous avons pensé qu'il s'agissait d'une erreur. Il est clair que cet appel était un coup monté destiné à nous éloigner... Il était encore temps que je vienne vous chercher à la sortie du collège. Mais quand nous avons voulu reprendre la voiture, impossible de la faire démarrer. Nous avons pris un taxi pour rentrer. La station était juste à côté, mais il y avait des embouteillages monstres, le retour fut très long. Je n'ai pensé à reconnecter mon portable qu'assez tard et j'ai essayé de t'appeler, Oksa, pour te dire de m'attendre. Ton téléphone était sur messagerie. J'ai appelé Gus qui m'a tout expliqué et j'ai alors prévenu Pierre qui est venu au plus vite. Je m'en veux, j'ai été trop négligent...

— Ne culpabilise pas, intervint Pierre. C'est un terrible concours de circonstances...

— C'est surtout une succession de coups montés ! réagit Dragomira. Et après, que s'est-il passé, Gus ?

— Je voulais rester le plus près possible d'Oksa, mais impossible de rentrer dans le collège, le gardien était parti en fermant le porche derrière lui. J'ai encore appelé chez vous, il n'y avait personne et je comprends pourquoi maintenant. J'ai reçu ton appel, Pavel, et j'ai téléphoné au restau pour que tu viennes en vitesse, Papa. Tu étais déjà au courant, Pavel venait de t'appeler. Je suis resté dehors, devant le collège, j'étais mort d'angoisse. À ce moment-là, j'ai vu Mlle Crèvecœur qui arrivait, je me suis faufilé derrière elle quand elle a ouvert le porche et j'ai foncé au premier étage. Tu venais juste de sortir du labo, Oksa, et tout à coup, McGraw a surgi en hurlant. C'est ce qui a alerté Mlle Crèvecœur. Je suis désolé, Oksa, je n'aurais jamais dû te laisser seule, je le savais pourtant ! Je suis nul...

– Gus, ce qui est arrivé n'est pas ta faute ! s'exclama Marie. Tu as eu une excellente réaction en nous alertant, c'est exactement ce qu'il fallait faire ! Et si tu étais resté, McGraw n'aurait pas fait grand cas de toi, tu sais. Dis-toi bien que tu ne représentes à ses yeux qu'une monnaie d'échange potentielle…

– Oui, je sais, répondit Gus la tête basse.

– N'empêche que sans toi, je n'aurais jamais pu me sauver, je tenais à peine debout ! C'est grâce à toi que j'ai échappé à McGraw… Tu m'as sauvé la vie ! s'exclama Oksa avec vigueur.

Gus rougit de confusion.

– Ce qui m'inquiète, c'est Mlle Crèvecœur, ajouta-t-il. Elle a tout vu et nous l'avons laissée seule avec McGraw. Il ne peut pas se permettre qu'elle parle. Soit il disparaît de la circulation, soit c'est elle, vous ne croyez pas ?

– J'en ai bien peur, acquiesça gravement Pierre.

– Tu as vu M. Bontempi arriver juste quand vous partiez, c'est cela ? Tu crois qu'il vous a aperçus ? demanda Dragomira.

– Non, il faisait trop noir. Heureusement pour nous tous…

65

Mauvais endroit, mauvais moment

En effet, il faisait trop noir pour que M. Bontempi puisse voir qui que ce soit en arrivant sur le parking du collège, ce jeudi soir. Une coupure de courant semblait affecter l'éclairage public et c'est à la lueur de ses phares qu'il gara sa voiture à côté de celle de Mlle Crèvecœur, non sans remarquer un troisième véhicule. « *Tiens ! M. McGraw est encore là…* » se dit-il en apercevant la voiture du professeur. Il claqua sa portière, contrarié par le retard qu'il avait pris à cause de ce stupide appel téléphonique l'informant qu'un cambriolage avait eu lieu chez lui. Il avait dû traverser la moitié de la ville pour finalement s'apercevoir qu'il avait été la cible d'un canular. Son appartement n'avait pas du tout été cambriolé ! C'était une bonne nouvelle, mais quelle perte de temps ! Lui qui pensait passer une longue soirée romantique avec Bénédicte Crèvecœur… Depuis la cour, il vit que le couloir du premier étage était encore éclairé. Avant de se rendre dans son bureau où l'attendait la professeur d'histoire-géo, il décida donc de monter pour éteindre.

– Diable ! Que s'est-il donc passé ici ?

Le labo était tel qu'Oksa l'avait quitté : ravagé. M. Bontempi marcha avec précaution sur l'épaisse couche de verre brisé qui couvrait le sol, la main sur le nez et la bouche à cause de l'odeur âcre qui s'accentuait au fur et à mesure qu'il approchait de la porte du labo laissée grande ouverte. Les meubles et le matériel étaient renversés et dégoulinaient d'eau. On aurait dit qu'une tornade furieuse avait tout dévasté sur son passage. M. Bontempi coupa la lumière et, perplexe, se dirigea vers son bureau. Sur le palier du grand escalier, il faillit trébucher contre quelque chose : un sac à main. Bien qu'il lui semblât le reconnaître, le directeur fouilla à l'intérieur et reconnut le porte-monnaie et le tube de rouge à lèvres. C'était bien le sac à main de Mlle Crèvecœur...

– Bénédicte ? Tu es là ?

Le bureau était vide. Tout comme la salle des professeurs et les couloirs du collège. Ayant épuisé toutes les possibilités, M. Bontempi s'affala dans son fauteuil et téléphona chez la jeune femme. Les sonneries se succédèrent en vain, personne ne décrocha. Il tenta d'appeler sur le portable, mais c'est depuis le sac à main posé sur la table que la sonnerie lui parvint. « *Qu'est-ce que ferait sa voiture sur le parking si elle n'était pas là ? Et son sac à main ? Pourquoi son sac était dans le couloir ? Pourvu qu'il ne lui soit rien arrivé...* » pensa-t-il en ayant à l'esprit les images du labo saccagé.

Il se mit au milieu de la cour et, les mains en porte-voix, hurla :

– BÉ-NÉ-DIC-TE ! Où es-tu ?

Mais il ne régnait dans tout le bâtiment qu'un silence inquiétant, seulement interrompu par l'écho de ses appels angoissés.

– Allô ? La police ? Ici le directeur du St Proximus College. Je voudrais vous signaler un acte de vandalisme et... une disparition...

Bénédicte Crèvecœur ne pouvait pas l'entendre. Pourtant, elle n'était pas très loin, juste à quelques pas. Quand elle était arrivée dans la cour un peu avant dix-huit heures, son regard avait été attiré par la lumière à l'étage et par des cris qui parvenaient jusqu'à elle. Elle était montée précipitamment et ce qu'elle avait vu dans le couloir était digne des plus trépidants films à suspense dont elle était fan : deux de ses meilleurs élèves de quatrième, Oksa Pollock et Gustave Bellanger, étaient poursuivis par le professeur McGraw, trempé des pieds à la tête et couvert de morceaux de grosse ficelle jaune ! Son étrange collègue hurlait des menaces et la jeune Oksa était dans un état épouvantable, couverte de sang, l'uniforme déchiré, une horrible blessure à la jambe. Gus, l'air aussi terrorisé qu'elle, la soutenait pour l'aider à fuir.

– Sauvez-vous, mademoiselle Crèvecœur ! lui avait-il crié.

À ce moment, Oksa avait tendu la main en avant et McGraw avait été projeté une vingtaine de mètres en arrière, comme si une force monstrueuse venait de lui donner un gigantesque coup de poing. Le professeur avait rebondi contre le mur dans un bruit sourd. Puis il était retombé sur le sol, inconscient. Spontanément, Bénédicte Crèvecœur s'était approchée de lui pour lui porter secours. Elle avait voulu interpeller les deux enfants, mais ils avaient déjà disparu.

Elle était seule. Quand elle s'était trouvée tout près de McGraw, ce dernier avait soudain ouvert les yeux et lui avait attrapé les poignets. Elle avait poussé un cri perçant et, en voyant le sourire mauvais de McGraw, son affolement s'était accentué pour se transformer en véritable terreur.

– Monsieur McGraw, qu'avez-vous fait à Oksa Pollock ?

– Oh, Bénédicte, Bénédicte... avait répondu McGraw en soupirant d'un air las tout en redoublant la force de son étreinte. Vous venez de tout gâcher, vous, l'adorable Bénédicte Crèvecœur que tout le monde apprécie tant... Oksa est ma clé, mon sésame ! Celle que j'attends depuis plus de cinquante ans...

– Plus de cinquante ans ? Mais qu'est-ce que vous racontez ? Vous êtes en plein délire ! Vous avez bu ?

McGraw avait de nouveau soupiré en regardant la jeune femme avec mépris.

– Comment pourriez-vous comprendre ?

– Ce que je comprends, c'est que vous avez agressé une élève de ce collège et, quelles que soient vos raisons, elles ne peuvent justifier un tel acte ! Vous ne vous en sortirez pas comme ça !

McGraw avait ricané alors que Bénédicte Crèvecœur se débattait pour essayer de se dégager. Quand il l'avait lâchée d'une main, elle avait vu un espoir de se libérer. Un espoir qui s'était vite transformé en une sinistre défaite lorsque McGraw avait soufflé dans sa Crache-Granoks directement sur elle... La douce Bénédicte Crèvecœur s'était alors affaissée jusqu'à s'effondrer sur le sol de pierre. Son agresseur l'avait prise sous les bras pour la traîner jusqu'à un local désaffecté et poussiéreux dans lequel plus personne ne venait. Là, il avait adossé la malheureuse contre un socle de pierre et avait soigneusement refermé la porte grinçante derrière lui, sans oublier de replacer la planche qui en barrait l'entrée. Puis, le plus naturellement du monde, il avait emprunté le petit couloir de service pour quitter le collège et avait filé jusqu'au parking.

– Voilà cet idiot de Bontempi ! Qu'est-ce qu'il fait là, celui-là ? avait-il grimacé en voyant le directeur fermer la portière de sa voiture. Mmh... Il vient sûrement chercher sa *chère* Bénédicte...

Après avoir plongé derrière un muret, il l'avait observé : M. Bontempi regardait du côté de sa voiture garée un peu plus loin sur le parking. McGraw avait attendu encore quelques minutes. Puis, profitant de l'obscurité, il avait discrètement rampé jusqu'à sa propre voiture. Il s'était alors glissé dessous et avait arraché un câble. Enfin, l'air de rien, il s'était redressé pour se diriger d'un pas ferme et satisfait vers le centre-ville.

Après avoir fait le tour de toutes les salles de classe et des bureaux du collège, les deux policiers se tenaient au milieu du labo saccagé et prenaient des notes.

– Quelles sont les dernières personnes à avoir quitté le collège ? demanda l'un des deux hommes à M. Bontempi.

– Le professeur McGraw. Il est le seul à avoir cours avec les quatrièmes Hydrogène jusqu'à dix-sept heures trente, le jeudi soir. Chaque semaine, un élève l'aide à ranger le labo. En général, ça ne dure pas plus de dix minutes.

– Qui l'a aidé ce soir ?

– Je ne sais pas. Comme je vous l'ai dit, je n'étais pas là. J'avais reçu un coup de fil m'informant d'un cambriolage. J'ai dû rentrer chez moi précipitamment. Ce qui s'est révélé inutile puisqu'il n'y avait eu aucune effraction... Une mauvaise blague, sans doute. Je suis donc retourné au collège où je suis arrivé à dix-huit heures et quelques minutes. Je devais retrouver Bénédicte, sa voiture était sur le parking, et j'ai vu que celle du professeur McGraw était là, elle aussi, ce qui m'a intrigué car personne ne reste aussi longtemps. La suite, vous la connaissez...

– Tout le monde a accès au collège ?

– Non. En journée, vous ne pouvez entrer qu'en sonnant à l'entrée. À ce moment-là, le gardien vérifie votre identité, l'objet de votre visite et, enfin, il vous laisse entrer. Sinon, l'entrée et la sortie des élèves se font sous surveillance.

– Même ce soir ?

– Un gardien est toujours là jusqu'à dix-sept heures trente. Après cette heure-là, aucun élève n'est plus censé se trouver dans le collège. Sauf ceux qui doivent aider un professeur, comme le professeur McGraw le jeudi soir. Dans ce cas-là, c'est lui qui raccompagne l'élève concerné. Chaque professeur a un badge qui lui permet d'ouvrir ou de fermer ce porche.

– Donc, pour entrer comme pour sortir après dix-sept heures trente, il faut ce badge, c'est bien cela ?

– Tout à fait ! acquiesça M. Bontempi. Cela dit, je n'ai rien constaté d'anormal et personne n'a signalé la perte de son badge. Mais on ne peut jamais exclure des entrées par effraction… Je suis très inquiet pour Bénédicte, messieurs, très inquiet…

– Vous avez une idée de ce qui a pu se passer dans cette salle ? Quelqu'un s'est déchaîné, rien n'y a échappé !

– Je n'en ai aucune idée, répondit le directeur d'un air abattu.

Tous les trois balayèrent du regard le labo vandalisé. L'odeur des produits chimiques, encore très forte, piquait les yeux et les narines. Les deux policiers inspectèrent consciencieusement chaque recoin, marchant avec prudence entre les meubles renversés, le verre des vitres brisées et des flacons explosés en milliers d'éclats craquant sous leurs pieds. Même la céramique qui recouvrait les plans de travail n'avait pas résisté au carnage.

– Une dernière question, monsieur Bontempi : vous avez l'adresse de M. McGraw ? demanda un des policiers.

– Monsieur McGraw ? Police. Nous faisons une enquête de routine et nous avons quelques questions à vous poser.

– Entrez, je vous prie, invita McGraw d'un ton aimable. C'est à quel sujet ? Rien de grave, j'espère !

Les deux policiers ignorèrent la question et s'installèrent sur les sièges que leur indiquait le professeur.

– À quelle heure avez-vous quitté le collège ce soir ?

– À dix-sept heures quarante, tout au plus. J'ai rangé le labo avec l'aide d'Oksa Pollock, une élève de quatrième Hydrogène. Puis je l'ai raccompagnée jusqu'à la sortie pour lui ouvrir le porche. Là, je suis monté dans ma voiture, mais elle n'a jamais voulu démarrer. Je l'ai laissée sur le parking, je n'avais pas le courage d'appeler un dépanneur ce soir, la journée a été fatigante, et j'ai préféré prendre un taxi pour rentrer chez moi.

– Vous avez bien dit « Oksa Pollock » ? releva un des deux policiers en griffonnant son carnet.

– Tout à fait ! répondit McGraw, le front barré d'un pli aussi soudain que soucieux.

– Vous avez croisé quelqu'un avant de quitter le collège ?

– Non, personne.

– Vous avez remarqué quelque chose d'anormal ou d'inhabituel ?

– Non, rien. Comme tous les jeudis soir, les couloirs étaient déserts. Je n'ai rien remarqué de spécial, répondit McGraw avec désinvolture.

– Quand avez-vous vu Mlle Crèvecœur, votre collègue d'histoire-géo, pour la dernière fois ?

– Mlle Crèvecœur ? Attendez que j'essaie de me souvenir... Ce devait être après le déjeuner, dans la salle des professeurs. Je l'ai peut-être croisée dans les couloirs juste à la reprise des cours, à quatorze heures, je ne me souviens plus très bien... Mais pourquoi me demandez-vous cela ? Il lui est arrivé quelque chose ?

– Où vous êtes-vous fait cela ? demanda un policier en montrant du doigt les griffures qui striaient le visage et les mains de McGraw.

– C'est mon chat, répondit le professeur sans ciller. Ces derniers temps, c'est un vrai fou furieux !

À ce moment précis, Mortimer McGraw fit irruption dans le salon. Un chat se débattait en soufflant dans les bras.

– Reste tranquille, Léo ! Papa, ce chat est dingue ! Oh, excuse-moi ! s'interrompit-il brusquement. Je n'avais pas vu que tu avais de la visite.

Il fit volte-face et repartit vers le couloir. Là, sans ménagement, il pinça le chat qui miaula en s'échappant de ses bras.

– Aïe ! Sale bête ! Tu m'as griffé ! s'écria-t-il suffisamment fort pour être entendu depuis le salon.

Et s'ils n'avaient pas eu le dos tourné, les policiers auraient pu voir le large sourire de contentement qu'il affichait...

66

Des couturières hors pair

Quand Oksa se réveilla, Dragomira était près d'elle, en train de préparer une mixture dans un pilon en marbre.

— Baba ?

— Ma Douchka ! Comment te sens-tu ?

Pavel, allongé sur un lit de camp installé à côté du lit d'Oksa, ouvrit un œil et se redressa. De lourds cernes noircissaient son regard anxieux qui se porta aussitôt sur le genou de sa fille, dont l'aspect était nettement moins répugnant que la veille : la peau, dépouillée de cette affreuse couleur marécageuse, semblait s'être reconstituée ! Et sentait beaucoup moins mauvais… Les Pelli-Nettoyeurs continuaient de grouiller mollement, grignotant les dernières particules de peau pourrissante. Ce qui arracha une grimace à Oksa. C'était décidément très difficile de s'habituer à la pharmacopée de Du-Dedans. Les vers, les limaces…

— Magnifique ! s'exclama Dragomira. Ça a marché ! Regarde, on dirait juste que tu es tombée en rollers. Plie la jambe, veux-tu ?

Oksa obéit avec prudence. La peau s'étira, mettant en relief les vers réparateurs qui fourmillaient.

— Je ne sens plus rien ! C'est top, Baba !

Elle sauta au cou de sa grand-mère et attira son père près d'elle pour les serrer tous les deux très fort. Quel soulagement ! Elle avait eu si peur !

— Maintenant que ton genou est hors de danger, je vais m'occuper de ton visage, ma Douchka.

— Mon visage ? s'affola Oksa en tâtant ses joues et son front du bout des doigts. Qu'est-ce qu'il a ?

Puis elle se souvint de l'état de sa main quand elle l'avait passée sur son visage au moment de l'explosion des vitres du labo : ensanglantée !

– Je suis défigurée, c'est ça ? dit-elle d'une voix étranglée.

– Non, Oksa, tu n'es pas défigurée, lui dit doucement Dragomira en la forçant à s'allonger. Tu as juste quelques marques à cause des éclats de verre. Mais je vais arranger ça en un clin d'œil. D'abord les coupures, puis une pâte qui effacera la moindre trace. Tu verras, c'est fantastique.

– Tu vas me recoudre ? Ah, non, Baba, je ne veux pas ! Pas d'aiguille !

Oksa se tortilla sur son lit et son désaccord s'amplifia encore quand elle vit *qui* allait recoudre ses coupures : des araignées ! De minuscules araignées aux pattes ultrafines, d'accord... Mais des araignées quand même !

– Ah ! non, non, non, ça, je ne peux pas, Baba ! Je vais péter les plombs !

À la surprise générale, Pavel explosa d'un rire puissant qui lui fit monter les larmes aux yeux. Contaminée, Dragomira ne tarda pas à l'imiter et les frêles araignées semblèrent elles aussi céder à l'hilarité de leur maîtresse en se trémoussant sur sa main.

– Mais regarde-les, Oksa-san, ce sont des Filfollias, elles sont totalement inoffensives ! s'écria Pavel. Et surtout, ce sont de merveilleuses couturières...

– Le fils de la Vieille Gracieuse possède la vérité en bouche, Jeune Gracieuse, intervint le Foldingot qui venait d'entrer dans la chambre, un plateau surchargé de tartines et de bols fumants à la main. Une journée où un doigt m'appartenant avait été guillotiné par un coutelas lors d'une manœuvre de découpage de carottes, les Filfollias ont cousu avec la finesse de la dentelle. Regardez, mon doigt appartient de nouveau à ma main ! La sensation a été absente, totalement absente, vous devez avoir la croyance confiante, l'exactitude est dans ma parole !

Oksa se mordilla les lèvres et ferma les yeux en soupirant avec résignation :

– Bon, allez-y, faites de moi ce que vous voulez ! Si on m'avait dit que je donnerais un jour mon corps à la science... De mon vivant, en plus...

Pavel et Dragomira eurent un sourire complice. Puis Dragomira saisit délicatement une des trois araignées qui s'étiraient sur sa main et la posa sur le visage d'Oksa. Cette dernière frémit et serra encore davantage les yeux, à tel point que son front se plissa d'angoisse.

— Détends-toi, ma chérie, dit Pavel en lui prenant la main. Si tu crispes trop le front, les Filfollias vont coudre les plis… Et treize ans, c'est un peu tôt pour un lifting, tu ne crois pas ?

— Super… grommela Oksa entre ses dents en levant les yeux au plafond.

Les trois Filfollias étaient maintenant sur son visage. Elle pouvait sentir leurs fines pattes se déplacer et s'activer sur sa peau. La sensation était bizarre. *Très très* bizarre. Mais pas désagréable si on arrivait à oublier qu'il s'agissait d'araignées… Jusqu'à ce moment, Oksa n'avait pas senti qu'elle avait des coupures au visage, toute son attention s'étant concentrée sur son genou mutilé. Mais l'action des Filfollias ravivait sa mémoire, la ramenant quelques heures en arrière. Plusieurs images lui revinrent, le labo qui explosait de tous les côtés, l'odeur infecte des produits chimiques, McGraw enragé et prêt à tout pour l'attraper… Et Mlle Crèvecœur…

— Ça y est, ma Douchka ! Tes coupures ne sont plus qu'un vieux souvenir ! Je vais t'appliquer cette pâte, elle va faire disparaître les cicatrices et tu vas retrouver une peau de bébé !

— J'en connais une qui va être heureuse de te voir aussi… pimpante, lui murmura Pavel à l'oreille.

Il déplia son long corps et sortit de la chambre.

— Marie ! entendit-on résonner dans le couloir. Veux-tu voir ta valeureuse fille ?

Il réapparut quelques secondes plus tard, poussant le fauteuil roulant de sa femme. En voyant Oksa, un large sourire éclaira le visage de Marie, sans toutefois effacer l'expression de profonde inquiétude que trahissait son regard. Pavel fit rouler le fauteuil jusqu'au lit d'Oksa.

— Tu as vu ça, Maman ? fit la jeune fille en indiquant des yeux les Filfollias que Dragomira était en train de replacer délicatement dans une boîte en verre. C'est atroce… Euh, Baba… puisqu'on est au rayon des horreurs, qu'est-ce qu'il y a dans cette pâte *exactement* ?

— Tu te méfies encore, n'est-ce pas ?

— Eh bien, c'est-à-dire que… OUI !

Dragomira et Pavel sourirent tandis que Marie reconnaissait intérieurement éprouver le même dégoût que sa fille.

— Ne t'inquiète pas, expliqua la Baba Pollock, il n'y a rien d'autre que quelques feuilles d'achillée séchées et pilées, mélangées à une goutte de sève de Goranov et à du jus de rose.

– Promis ? interrogea sévèrement Oksa.

– Promis !

– Bon, alors, dans ces conditions, je veux bien continuer de prêter – et j'ai bien dit « prêter » – mon corps à la science.

Et elle s'allongea de tout son long sur son lit, les bras écartés, dans une attitude de résignation absolue.

– Je vais aller au collège aujourd'hui, n'est-ce pas ? murmura-t-elle avec hésitation.

– Oui, lui répondit son père. Nous avons réfléchi et même si cela te coûte un gros effort après ce que tu as subi hier soir, il nous semble à la fois plus prudent et plus raisonnable que tu y ailles. Il est presque certain que la police aura été alertée, ne serait-ce que par rapport aux dégradations dans le labo. Et d'après ce que Gus et toi vous nous avez dit, McGraw aura sûrement fait ce qu'il fallait pour faire taire Mlle Crèvecœur. Elle a vu trop de choses. Si on t'interroge, et il est évident que tu le seras, il faut absolument que tu fasses comme si de rien n'était, comme si McGraw t'avait raccompagnée à la sortie comme il le fait d'habitude avec les autres. Est-ce que tu comprends ?

Oksa acquiesça en hochant la tête.

– Nous savons que c'est difficile pour toi, très difficile. Mais il est vital pour nous tous que personne ne sache ce qui s'est passé, continua Dragomira. Observe bien, écoute, et tu verras que McGraw va agir de même. Il ne peut pas prendre le risque que quelqu'un devine quoi que ce soit, ni sur lui ni sur nous. Même si nous n'avons rien fait de mal, dis-toi bien que nous aurions de gros ennuis si quelqu'un découvrait qui nous sommes et surtout ce que nous sommes capables de faire. Tu n'avais pas tout à fait tort quand tu imaginais que des services secrets ou des agences gouvernementales donneraient cher pour examiner des gens comme nous. Et quand je dis « examiner », c'est un minimum… En ne disant rien, en ne donnant pas l'alerte, nous nous protégeons, et c'est sur toi que cela repose aujourd'hui. Je suis désolée de te demander un tel effort. Mais pendant plus de cinquante ans, nous avons réussi à conserver notre anonymat et notre secret…

– Oui, je sais bien, répondit Oksa d'un ton accablé. Mais Mlle Crèvecœur ?

Pavel lui répondit d'une voix étranglée .

– Nous ne pouvons rien pour elle pour le moment, ma chérie, rien…

Quand Pierre Bellanger déposa Gus et Oksa devant St Proximus, il sentit comme eux l'effervescence qui semblait agiter le collège tout entier. Il leur adressa un dernier regard plein d'encouragements et s'assura qu'ils étaient bien entrés dans la cour avant de repartir.

– Ils ont tous l'air sacrément excité… murmura Gus à Oksa en lui jetant des regards inquiets du coin de l'œil.

Oksa ne répondit pas. Son visage, lisse et pâle, laissait paraître une grande fatigue et une tension qu'elle ne parvenait pas à masquer. Les deux collégiens passèrent entre les groupes d'élèves qui discutaient. Les mots « police » et « labo » semblaient être présents dans toutes les conversations, ce qui n'arrangeait pas le stress galopant d'Oksa.

Merlin Poicassé, qui attendait ses amis devant les casiers, fut le premier à leur donner des informations :

– Salut, Oksa ! Salut, Gus ! Vous savez quoi ? Le labo de sciences a été saccagé hier soir, un vrai carnage ! Tout a été détruit, tout ! Même les plans de travail en céramique, vous vous rendez compte ? La police est venue, il paraît que personne n'a aucune idée de qui pourrait avoir fait ça. C'est dingue, non ?

Oksa et Gus feignirent la stupéfaction avec beaucoup de conviction, leur sembla-t-il. Une impression de très courte durée… car Merlin, ses yeux malins fixés sur Oksa, s'approcha bientôt pour murmurer sur le ton de la confidence :

– Je sais ce qui s'est passé, Oksa… J'ai tout vu !

Ces phrases brèves eurent l'effet d'une bombe sur les deux amis. Gus se sentit vidé de tout son sang et s'avança vers Merlin.

– Mais qu'est-ce que tu racontes ? lui dit-il en simulant l'étonnement.

– Je t'ai suivi quand tu t'es glissé derrière Mlle Crèvecœur après qu'elle a ouvert le porche, lui répondit Merlin en observant sa réaction. Je me doutais bien qu'il se passait quelque chose de bizarre… J'ai vu Oksa projeter McGraw à l'autre bout du couloir *sans le toucher*… Et je vous ai vus tous les deux vous élever pour passer par-dessus le mur…

– Tu dis n'importe quoi ! prononça Gus entre ses dents.

– Tu avais l'air salement touchée, Oksa, continua Merlin sans se laisser démonter. Mais je constate avec plaisir que tu vas beaucoup mieux, la nuit semble avoir été réparatrice. On pourrait presque penser que c'est un rétablissement magique !

– Arrête de délirer, Merlin, marmonna Gus en pâlissant.

– Laisse tomber, Gus, capitula Oksa. Tu vois bien qu'il a compris...

– Tu es une magicienne, alors ? rebondit Merlin.

– Ça fait un moment que tu t'en doutes, non ? répliqua Oksa en le regardant bien en face. Mais je t'en supplie, ne dis rien ! La vie de plusieurs personnes en dépend !

– Ah bon ? bredouilla Merlin, impressionné par le regard ardent de la jeune fille.

– Je te promets de tout t'expliquer si tu fais le serment de rester muet.

– Oksa ! s'exclama Gus, choqué.

– On n'a pas le choix, Gus... murmura la Jeune Gracieuse en se tournant vers son ami. Si on nie, il va continuer de fouiner et ce sera pis encore... Et puis je suis persuadée qu'on peut lui faire confiance, ajouta-t-elle d'une voix plus forte en fixant de nouveau Merlin. N'est-ce pas, Merlin ? Je te le répète : si tu dis quoi que ce soit, tu mets plusieurs personnes en danger de mort, à commencer par moi.

Le jeune garçon tressaillit, troublé d'être regardé aussi intensément par cette jeune fille à laquelle il était loin d'être insensible et par la gravité de sa demande.

– Je comprends... acquiesça-t-il. Tu peux compter sur moi. Et McGraw ? Il est comme toi ?

– McGraw ? C'est pire que ça... lui répondit Oksa en voyant le terrible professeur entrer dans la cour.

– En tout cas, tu l'as drôlement arrangé ! commenta Merlin avec enthousiasme. Waouh, la tête qu'il a ! On dirait qu'il est tombé dans un rosier !

McGraw venait en effet d'apparaître, l'œil sombre et le visage complètement griffé. Tous les collégiens qui le croisaient le regardaient avec curiosité. Certains se risquèrent même à lui jeter des coups d'œil amusés et à pouffer de rire.

Gus et Oksa étaient loin de partager cette gaieté, surtout quand McGraw s'engagea dans leur direction. Ne les quittant pas des yeux, il ralentit en arrivant à leur niveau et Oksa nota un certain étonnement dans son expression quand il la fusilla du regard, constatant sûrement l'absence de toute marque de la terrible lutte de la veille. Il les dépassa, la tête haute, mais le dos voûté, et disparut à l'angle du couloir.

Dix minutes après le début du cours de français, M. Bontempi, le visage défait, fit irruption dans la salle.

– Je vous informe que Mlle Crèvecœur sera absente pour la journée. Vous irez donc en étude de dix heures à midi. D'autre part, je voudrais que vous veniez un instant avec moi, Oksa. Je vous la rends très vite, monsieur Lemaire, dit-il au professeur de français avec un sourire crispé.

Oksa se leva pour suivre le directeur en veillant bien à ne pas boiter. Son genou ne pourrissait plus, mais il lui faisait tout de même encore très mal. Elle devait être forte. Plus que jamais.

– Des inspecteurs de police enquêtent sur la détérioration du labo, l'informa M. Bontempi d'une voix monocorde. Ils veulent juste vous poser quelques questions, mais ne vous inquiétez pas.

M. Bontempi ne dit plus un mot jusqu'au bureau et Oksa se sentit submergée par une grande compassion. Il devait être très inquiet pour Mlle Crèvecœur et elle savait à quel point il avait de sérieuses raisons de l'être. D'un geste nerveux, elle réajusta son petit sac en bandoulière. « *Oh ! là, là ! Pourvu qu'ils ne me fouillent pas !* s'alarma-t-elle. *S'ils trouvaient ma Crache-Granoks… Et mon Culbu-gueulard ! Non non, Oksa, ne pense pas à ça, surtout ne pense pas à ça !* » Elle enfonça les mains dans les poches de sa veste d'uniforme et sentit quelque chose de curieux. Du bout des doigts, elle reconnut le talisman que Dragomira lui avait donné le jour de la rentrée. « Si tu sens la tension serrer ton cœur et envahir ton esprit, prends ceci et caresse-le doucement. Tu verras venir l'apaisement, le ciel te paraîtra plus clair et le chemin plus sûr », lui avait-elle dit alors.

– Oh ! Baba, merci ! murmura Oksa avec émotion en imaginant sa grand-mère placer la petite bourse secourable dans sa poche juste avant le départ pour le collège.

À cette pensée, les forces et le courage lui revinrent. Sa famille l'accompagnait, toujours. Et puis elle avait Gus. Elle n'était jamais seule.

Deux policiers l'attendaient dans le bureau. Mais elle s'était préparée et elle se sentait moins impressionnée qu'elle ne l'aurait cru. Peut-être, finalement, arriverait-elle à mentir sans qu'ils s'en aperçoivent…

– Bonjour, dit-elle dès la porte franchie.

– Bonjour ! Tu es Oksa Pollock, c'est bien cela ?

– Oui.

– Assieds-toi et ne crains rien, nous avons juste quelques questions à te poser. Tu es restée avec le professeur McGraw hier soir pour ranger le labo ?

– Oui.

Jusque-là, tout allait bien.

– À quelle heure avez-vous terminé ? Tu t'en souviens ?

Maintenant, il fallait jouer serré…

– Je n'ai pas regardé, mais ça n'a pas duré longtemps. Dix minutes, un quart d'heure, peut-être. Il n'y avait pas beaucoup de matériel à ranger parce que McGraw… enfin je veux dire, le professeur McGraw nous avait donné un devoir sur table.

– Et ensuite ? Que s'est-il passé ?

– Ensuite ? Eh bien, on est redescendus, il m'a ouvert le porche et on est partis chacun de notre côté.

– Tu as remarqué quelque chose d'inhabituel ?

Oksa serra très fort son talisman. Elle avait l'impression d'être écarlate de la tête aux pieds. Heureusement qu'elle n'avait plus aucune égratignure sur le visage ! Plus jamais elle ne dirait du mal des araignées…

– Non. Sauf que le professeur McGraw m'a appelée par mon prénom, et ça, c'est loin d'être son habitude, dit-elle pour détendre l'atmosphère.

Les policiers sourirent.

– As-tu vu Mlle Crèvecœur avant de quitter le collège, Oksa ?

– Mlle Crèvecœur ? Non… répondit-elle le cœur lourd comme du plomb. Je n'ai vu personne.

Les policiers se levèrent. Visiblement, l'interrogatoire était terminé. Ouf !

– Bien, nous te remercions, Oksa. Mais avant de te laisser rejoindre tes camarades, nous avons une dernière question…

À ce moment précis, Oksa se sentit vidée de tout son sang. À l'intérieur de son cerveau se déchaînait une véritable tempête. Elle serra encore plus son talisman et lutta de toutes ses forces contre la panique qui menaçait d'anéantir tous les efforts qu'elle avait faits jusqu'à maintenant.

– Une dernière question ? répéta-t-elle.

Par la fenêtre placée juste derrière les policiers, elle vit les nuages s'assombrir et prendre en quelques secondes une teinte d'un noir d'encre. « *Oh, non !* se dit-elle. *Pas un orage ! C'est pas le moment !* »

– Nous aimerions savoir si tu es de la famille de Léomido Fortensky, le chef d'orchestre ? demanda l'un des policiers en la regardant fixement.

67

Tourments en pelote

– La Jeune Gracieuse a la mine recouverte de fatigue, remarqua le Foldingot en fixant Oksa de ses gros yeux ronds. La boisson que je donne en proposition va distiller la force dans les veines, vous pouvez avoir la confiance gratuite !

– Merci, Foldingot. C'est vrai que je suis crevée… reconnut Oksa en prenant la tasse que lui tendait la créature.

– Du jus de rustine, voilà ce qu'il faut quand on est crevé ! brailla un Gétorix en se roulant sur le sol avec sa démesure habituelle.

En effet, Oksa était épuisée. Les derniers événements avaient pompé toute son énergie et, dès le vendredi soir, elle s'était laissé envahir par une molle langueur sans chercher à résister. Le regard perdu, la tête vide, elle passa le samedi en pyjama à errer nonchalamment dans la maison ou à rester avachie dans un fauteuil sans pouvoir s'adonner à quoi que ce soit. Ce qui ne l'empêchait pas d'être lucide et de comprendre ce qui se passait. Elle avait l'impression de ne pas souffrir, tout en se sentant pleine à ras bord de sensations diffuses qui se mélangeaient en elle et qui l'attiraient en arrière. Ou plutôt, vers des abîmes inconnus. Elle ne ressentait ni peur, ni inquiétude, ni soulagement.

Simplement un vide implacable. Un tourbillon mou, noir et puissant à la fois, dans lequel elle se laissait emporter avec indolence, sans résister.

Témoins impuissants de cet état inhabituel, ses parents la réconfortaient du mieux qu'ils le pouvaient. Mais leurs mots, aussi chaleureux puissent-ils être, glissaient sur elle. Elle les entendait, mais ils n'arrivaient pas à atteindre son cœur qui battait dans le vide, sans écho.

Le dimanche commença de la même façon : enfermée dans un mutisme inquiétant, Oksa resta en pyjama, écartant par ailleurs toute éventualité de se laver, de manger et, surtout, de communiquer.

– Elle est en état de choc, diagnostiqua Dragomira. Je crois qu'il est temps que je ressorte la Nascentia…

Marie la regarda d'un air interrogateur alors que Pavel s'exclamait :

– Tu l'as encore ? J'aurais juré qu'elle était restée en Sibérie !

– Oui, je l'ai encore, répondit Dragomira en lui adressant un clin d'œil. Et je suis persuadée qu'elle va faire le plus grand bien à notre petite Oksa…

– Est-ce que l'un de vous pourrait me dire de quoi vous êtes en train de parler ? intervint Marie d'une voix tendue.

Pour toute réponse, Dragomira se leva pour revenir quelques secondes plus tard avec une sorte de couverture de survie transparente pliée en seize qu'elle posa sur la table. Intriguée, Marie la toucha du bout des doigts pour en apprécier la surface incroyablement douce et veloutée.

– On dirait… *de la peau de bébé* ! remarqua-t-elle en réprimant un frisson et en jetant un regard aussi horrifié qu'écœuré à Pavel.

– Oh, ne crains rien, chérie, ce n'est pas de la peau de bébé. Mais il y a un peu de ça…

– Un peu de ça ?!? grimaça Marie.

– La Nascentia est en fait un placenta, continua Pavel. Mais pas un placenta ordinaire.

– Ça, je m'en serais doutée… souffla Marie avec soulagement. Ordinaire et Pollock vont rarement de pair !

Pavel esquissa un pâle sourire.

– Tu sais que de toute leur vie, les Foldingots ne peuvent enfanter qu'une seule fois – je te précise que leur durée de vie est d'environ trois cents ans et que leur gestation dure plus de deux ans. Mais comme pour les humains, il peut arriver qu'ils mettent au monde des jumeaux. Le placenta ayant abrité des jumeaux est extrêmement précieux, il a des pouvoirs étonnants en matière de thérapie et d'aide psychologique. J'en ai fait l'expérience quand j'ai perdu mon père… Cela ne peut qu'être bénéfique à Oksa, je pense que Dragomira a une excellente idée. Tu es d'accord pour que nous fassions un essai ?

– Bien sûr que je suis d'accord ! s'exclama Marie d'un air tendu. Il faut essayer, nous ne pouvons pas la laisser comme ça !

– Oui, on n'a qu'à essayer…

Oksa, debout à l'entrée du salon depuis un petit moment, venait de prononcer ces mots. Elle se dirigea vers sa mère et s'accroupit devant elle pour poser la tête sur ses genoux.

– J'ai l'impression d'être un vrai zombie, Maman… C'est comme si j'étais toute creuse.

Dragomira prit alors la Nascentia. Une fois dépliée, la fine membrane, légèrement opaque, avait la forme d'un cercle d'environ un mètre de diamètre. Cercle qui se mit à gonfler au contact de l'air pour se transformer en un beau globe nacré. L'air sembla se condenser à l'intérieur, l'emplissant d'une vapeur intense.

– Attention, prévint Dragomira en tapotant délicatement le globe, c'est très chaud ! Environ quatre-vingt-dix degrés.

– Vous n'allez pas faire entrer Oksa dans cette étuve ? s'alarma Marie, la tête de sa fille toujours posée sur ses genoux.

– Non, Marie, ne t'inquiète pas, la rassura Dragomira. La température va chuter et se fixer à trente-sept degrés, la température idéale. Encore quelques minutes et ce sera bon…

La Nascentia s'était maintenant élevée et flottait au-dessus du sol. À l'intérieur, la vapeur se résorbait. On pouvait voir des gouttelettes de condensation glisser le long des parois transparentes. Au bout de quelques minutes, Dragomira posa les mains à plat sur la surface du globe et caressa la membrane.

– Elle cherche l'entrée, expliqua Pavel. Ah ! voilà, elle l'a trouvée.

Avec mille précautions, Dragomira écarta de ses deux mains une fente haute d'une cinquantaine de centimètres pour former un passage.

– Tu veux venir, Oksa ? La Nascentia est prête à t'accueillir.

Oksa se leva et rejoignit la curieuse bulle pendant que Dragomira maintenait l'ouverture. Elle glissa un pied à l'intérieur, puis engagea son corps tout entier. Contre toute attente, la Nascentia ne s'affaissa pas sous son poids, mais continua de flotter au-dessus du sol. Dragomira referma le passage en lâchant la pression de ses mains.

Une fois à l'intérieur, Oksa dut se recroqueviller. Elle se roula instinctivement en boule contre la membrane confortable et se laissa envelopper par la chaleur humide. À peine s'était-elle installée que la Nascentia se couvrit de fines nervures bleutées qui se mirent à palpiter comme si une forme de vie se diffusait à travers elles. Et quelques secondes plus tard, elle s'animait de légères contractions faisant onduler sa surface soyeuse.

— On dirait un cœur qui bat… murmura Marie en serrant le bras de son mari.

À l'intérieur, Oksa ne tarda pas à s'assoupir, bercée par les battements réguliers. Gagnée par une torpeur irrésistible, elle avait l'étrange sensation que les pensées qui obscurcissaient son esprit et attiraient son cœur vers des profondeurs insondables s'échappaient d'elle pour se diluer dans la moiteur de la Nascentia.

Quand elle rouvrit les yeux, elle était toujours dans la même position, les jambes remontées pratiquement jusque sous son menton et les bras enroulés autour de ses genoux. Elle n'avait aucune idée de l'heure qu'il pouvait être. Était-elle là depuis une heure ? Une journée ? Une semaine ? Tout était possible… Une seule chose était certaine : un bien-être absolu avait remplacé le poids douloureux de ses tourments. À travers la membrane devenue opaque et grise, elle pouvait distinguer la silhouette de sa mère, allongée sur un des canapés. À ses côtés, son père, un bras sur l'accoudoir et plus loin, une large tache couleur aubergine, sa grand-mère sans doute. Depuis la Nascentia, Oksa percevait leurs voix, auxquelles s'était ajoutée celle d'Abakoum. Elles lui parvenaient comme si elle se trouvait sous l'eau, dans une sorte de brouillard maritime, à la fois amplifiées et déformées.

Soudain, une ouverture se matérialisa sur la paroi et le visage de son père lui apparut.

— Ma chérie… Ça va ?

— Ça va, Papa. Ça va même très bien. Mais je suis un peu à l'étroit là-dedans ! Je suis restée longtemps ?

— Un peu plus de quatre heures…

Son père lui adressa un large sourire et, procédant comme Dragomira l'avait fait pour l'entrée d'Oksa, il écarta l'ouverture pour former un passage. Oksa se contorsionna, entoura de ses bras le cou de son père et se laissa glisser hors de la Nascentia. Une fois debout, elle s'étira et bâilla aussi longuement que bruyamment, sous le regard interrogatif de sa mère.

– Comment te sens-tu ? lui demanda-t-elle avec une certaine nervosité dans la voix.

– Oh Maman ! s'exclama Oksa en se précipitant contre elle. Je me sens trop bien ! C'est comme si j'étais… *neuve* !

– J'espère quand même que tu es restée la Oksa que j'aime tant, renchérit sa mère.

– Oh, je crois qu'il n'y a aucun souci à se faire à ce sujet, la rassura Dragomira en souriant.

Sur ce, la Foldingote fit irruption dans le salon avec son accessoire favori : un plateau, celui-ci chargé d'une théière fumante et d'appétissantes pâtisseries.

– Le séjour dans la Nascentia a fait l'apport d'un bienfait, Jeune Gracieuse ? L'impression de la détente est la lecture sur votre visage et le réconfort dans mon cœur.

– Tu as raison, Foldingote, je me sens bien plus détendue. C'est magique, cette Nascentia ! Les psys peuvent aller se rhabiller face à un truc pareil.

– Effectivement, constata Marie avec un sourire soulagé à l'intention de Dragomira, c'est bien la même Oksa…

– Vous devriez regarder par là, toutes les deux… indiqua la Baba Pollock avec un geste de la main.

Abakoum, debout devant la Nascentia qui flottait toujours au milieu de la pièce, venait de sortir de sa veste un étui en acajou. Il l'ouvrit et en retira un objet qu'Oksa connaissait bien.

– C'est sa baguette magique ! précisa-t-elle fièrement à Marie. La baguette héritée de sa mère, la Fée Sans-Âge-Qui-Mourut-D'Amour…

– Ah, d'accord ! sourit Marie en cachant son étonnement. Je me disais aussi… des Fées sans baguette, voilà qui n'est pas bien sérieux…

Celui qu'Oksa avait décidé d'appeler l'Homme-Fé plongeait maintenant son bras à l'intérieur de la Nascentia et tournait sa baguette en frôlant les parois. Au fur et à mesure, la bulle s'éclaircissait et retrouvait sa blancheur. Au bout de quelques minutes, Abakoum sortit la baguette. La Nascentia se dégonfla aussitôt pour ne plus ressembler qu'à une étoffe légère que Dragomira replia avec soin. Abakoum s'approcha d'Oksa et de sa mère, et leur montra la baguette : à son extrémité était accrochée une grosse boule duveteuse, foncée, presque noire, qui ressemblait vaguement aux paquets de poussière qui s'agglutinent sous les meubles.

— C'est… de la saleté ? interrogea Oksa en grimaçant.

Abakoum sourit et hocha la tête.

— Oui, en quelque sorte. Pour être tout à fait exact, il s'agit de tes idées noires.

— QUOI ?! s'étonnèrent Oksa et sa mère dans un même cri.

— La Nascentia permet de libérer l'esprit des tourments qui l'encombrent et surtout de l'éloigner des profondeurs vers lesquelles il se laisse attirer. Certains tourments sont nécessaires pour avancer, mais d'autres polluent l'esprit. Ce que tu vois au bout de cette baguette n'est pas autre chose que cette noirceur qui t'éloignait de nous en te faisant oublier qu'il y a toujours de la lumière et de l'espoir.

Oksa se pencha et examina la pelote composée de filaments fourchus qui s'entremêlaient de façon embrouillée.

— Tu veux dire que tout ça est sorti de ma tête ?

— De ta tête, de ton corps, de ton cœur, oui… répondit Abakoum en la fixant de ses yeux gris.

— C'est… vivant ?

— Bien sûr ! Autant que toi ! Les pensées ne sont pas inertes, elles sont aussi vivantes que la mécanique qui anime notre corps.

— Qu'est-ce que tu vas en faire ?

— Ça, ma très Jeune Gracieuse, permets-moi de ne pas te le dévoiler… répondit l'Homme-Fé avec un sourire mystérieux.

Sur ce, il agita la baguette au-dessus d'une boîte en laque et y déposa la pelote d'idées noires. Il perça ensuite une grosse granule extraite de son Coffreton qu'il déversa à l'intérieur. Puis, après avoir scellé le couvercle, Abakoum rangea la boîte à l'intérieur de sa veste, avec son étui à baguette, laissant Oksa dans un état d'intense stupéfaction.

68

Captive de la crypte

Oksa avait dû attendre toute la matinée pour raconter à Gus son expérience inédite dans la Nascentia. Aussitôt après le déjeuner, tous deux décidèrent de fausser compagnie à leurs amis pour aller s'isoler dans la Tanière aux Statues, devenue depuis quelque temps l'Antre Personnelle et Exclusive de Gus Bellanger et d'Oksa Pollock. Malheureusement, M. Bontempi, après s'être aperçu de ces intrusions, avait fermé la salle à double tour. Nullement découragés, les deux amis se mirent en quête d'un nouvel abri et leurs recherches les conduisirent bientôt vers un lieu encore inexploré pour cause de délabrement avancé : la minuscule chapelle du collège.

– Oksa, on ne va pas entrer là-dedans ! dit Gus sur le palier de la porte condamnée par une simple planche clouée en travers.

– Si, viens ! On sera tranquilles !

– On pourrait peut-être trouver un autre endroit, grommela Gus, très récalcitrant à l'idée d'entrer dans cette chapelle lugubre. Si tu tiens absolument à une chapelle, on n'a qu'à aller dans la nouvelle !

– Tu veux rire ? lança Oksa. C'est l'heure des répétitions de la chorale du collège ! Écoute… On entend les voix jusqu'ici !

Oksa tira la planche vers elle : les clous rouillés cédèrent aussitôt et la planche vermoulue lui resta dans les mains.

– Tu vois ! sourit-elle. C'est un signe.

– Hum… toussota Gus, peu convaincu par l'optimisme délirant de son amie. Tu parles d'un signe… Un signe d'ennuis à venir, oui !

Du bout des doigts, la Jeune Gracieuse poussa la porte et passa sa tête à l'intérieur.

– Rien à signaler, espèce de trouillard ! Ça a l'air super !

– Ça a plutôt l'air sinistre… répliqua Gus.

Ils entrèrent et, une fois à l'intérieur, ils repoussèrent la porte en vérifiant une dernière fois que personne ne les observait. La chapelle était étouffante et sombre. La poussière saturait l'air et recouvrait les bancs et les rares objets de culte réduits à l'état de débris. Dehors, le soleil venait certainement d'émerger des nuages car de fins rais de lumière colorée traversèrent soudain la crasse des vitraux au-dessus de l'autel. Les deux aventuriers, surpris par cette illumination subite, sursautèrent. C'était comme si la chapelle venait de reprendre vie après des années d'abandon ! Oksa, animée par un réflexe étonnant, plissa les yeux et se mit en position d'attaque kung-fu, mains raides dressées devant elle, jambe droite en équerre. Gus ne put s'empêcher de sourire.

– Ça va ? Rien à l'horizon ? Tu m'épateras toujours, tu sais…

Oksa posa la main sur le bras de son ami.

– Eh ! Tu n'as rien entendu ?

Gus, l'attention de nouveau en alerte maximum, retint son souffle et tendit l'oreille, sans rien remarquer de particulier.

– Un vieux fantôme qui traîne dans le coin, peut-être… ironisa-t-il.

Oksa voulut lui donner un coup de coude, mais suspendit son geste, les sens aux aguets.

– Soit c'est la Chucholotte, soit c'est une hallucination… murmura-t-elle.

– La Chucholotte ? C'est le pouvoir d'entendre des sons infimes, c'est ça ?

– Exactement, confirma Oksa d'un air concentré. Et là, je peux te dire que ça fonctionne à plein régime. Suis-moi ! Il y a quelque chose…

Gus avait une envie plus que limitée d'aller vérifier. Mais entraîné par son aventureuse amie, il se laissa conduire vers la crypte, au fond de la chapelle.

– On ne va quand même pas descendre *là-dedans* ? bredouilla-t-il en tentant de faire demi-tour.

– Oh, Gus… lança Oksa d'un ton moralisateur. Ce n'est qu'une crypte !

– CE N'EST QU'UNE CRYPTE ? C'est la meilleure ! Tu sais ce qu'on trouve dans les cryptes ? Des tombeaux… Des reliques de martyrs… Des morts ! Tu m'entends ? Des morts ! Des cadavres ! Des squelettes ! Des macchabées !

– C'est bon, l'interrompit-elle en fronçant les sourcils, tu ne vas pas me faire la liste de tous les synonymes du mot « mort »…

– Tu crois vraiment que je vais descendre là-dedans ?

– Mais tu as peur, ma parole ! s'exclama Oksa, un peu refroidie malgré tout. Bon, d'accord, viens, on s'en va… AAAAHHHHH ! Qu'est-ce que c'est que ça ?

En entendant le chant qui s'élevait très distinctement de la crypte, elle s'agrippa au bras de Gus qui, lui, restait figé d'horreur, les jambes pétrifiées.

– Viens, il faut qu'on sorte ! On n'aurait jamais dû entrer, c'est de la folie… bafouilla-t-il. On n'est *pas du tout* censés être là !

– T'inquiète, je suis armée… rétorqua Oksa en lui montrant sa Crache-Granoks et en se dirigeant résolument vers la crypte.

Il n'était pas loin de trois heures ce mardi quand les collégiens entendirent les échos retentissants et anarchiques d'un tambour. Dans les classes, les professeurs tentèrent d'abord de maintenir l'ordre, à grand-peine car le tintamarre les intriguait autant qu'il intriguait les élèves. Mais quand ce ramdam s'accompagna d'une voix chantant à tue-tête dans les couloirs « Oh ! je ris de me voir si belle en ce miroir ! », la curiosité fut la plus forte. Des dizaines de visages se précipitèrent aux fenêtres donnant sur la cour ou sur les couloirs pour chercher des yeux d'où parvenait cette étrange animation. Certains professeurs pensèrent que M. Bontempi avait préparé une petite distraction à l'occasion du carnaval qui aurait lieu dans quelques jours. D'autres ouvrirent la porte de leur salle de classe pour essayer de localiser l'origine du tapage et l'un d'entre eux réussit à voir une silhouette assez fluette et vêtue de bleu qui tournait au bout d'un couloir. Oksa et Gus étaient collés à la fenêtre de la salle d'anglais quand Merlin s'écria :

– Eh, regardez ! On dirait Mlle Crèvecœur, près de la fontaine !

Son regard croisa celui d'Oksa. Cette dernière lui adressa un clin d'œil que le garçon, le sourire aux lèvres, lui rendit d'un air complice. Une rumeur étonnée se propagea dans la classe et dans toutes celles qui avaient vue sur la cour du collège. Il ne devait plus y avoir un seul élève en train de travailler ! Oksa et Gus se tordirent le cou pour tenter de voir l'intérieur de la cour depuis la fenêtre où ils se trouvaient. L'angle ne leur était pas favorable, mais en revanche ils percevaient nettement la voix de crécelle qui chantait maintenant « À la claire fontaine ». Gus prit Oksa par le bras et l'entraîna dans le couloir. Là, ils s'accoudèrent à la balustrade du premier étage depuis laquelle ils avaient une vue imprenable sur la cour.

— Elle a réussi, Gus ! murmura Oksa. Ouf !

Mlle Crèvecœur – puisque c'était bien elle – fêtait bruyamment sa libération en braillant à tue-tête.

Quand Gus et Oksa avaient aperçu une silhouette indécise dans la pénombre de la crypte, ils avaient manqué s'évanouir. Voire mourir de peur, en ce qui concernait Gus…

— Mademoiselle Crèvecœur, c'est vous ? avait bredouillé Oksa d'une voix rauque, sa Crache-Granoks braquée devant elle.

— Crèvecœur ? Quel joli nom ! Joli joli nom… Non, je ne connais pas de Crèvecœur, mais je connais un cœur à prendre… s'était élevée depuis le fond de la crypte une voix douce et mélodieuse avant que les deux collégiens aventuriers ne s'enfuient à toutes jambes.

Et c'est ainsi que quelques heures plus tard, on retrouvait Mlle Crèvecœur, assise au bord de la fontaine centrale. Une casserole placée en bandoulière grâce à un chiffon sale, elle tapait comme une forcenée sur son instrument de fortune en s'égosillant sur des chansons enfantines qu'elle massacrait de sa voix éraillée. Les cheveux hirsutes, le visage noir de crasse, elle offrait un spectacle saisissant, pour ne pas dire choquant. Son tailleur bleu était déchiré et ses jambes nues étaient couvertes d'hématomes et de croûtes de sang.

— Eh là, mes petits moutons, il est temps de rentrer à la bergerie ! brailla-t-elle depuis la fontaine en levant les yeux vers les fenêtres et les balustrades bondées. Le grand méchant loup risque de vous attraper, venez, venez, mes jolis moutons, venez avec votre gentille bergère.

Et elle se mit à siffler entre ses doigts, pour le plus grand plaisir de la plupart des collégiens qui lui répondirent par des cris de joie. Mlle Crèvecœur, encouragée par cette réaction, monta alors sur le rebord de la fontaine depuis lequel elle sauta à pieds joints dans l'eau glacée.

Elle avait de l'eau jusqu'aux genoux et s'ébattait joyeusement en chantant de plus belle « Il était une bergère et ron et ron petit patapon » d'une voix démente, quand M. Bontempi, suivi de plusieurs professeurs, accourut et la souleva dans ses bras pour la sortir de l'eau.

– Bénédicte ! Calme-toi, tout va bien !

Mais Bénédicte Crèvecœur ne semblait pas de cet avis. Elle prit sa casserole-tambour et tenta d'assommer son sauveur qui, sans l'intervention de M. Bento, aurait certainement vu trente-six chandelles. Le petit groupe disparut de la cour sous les cris révoltés de la *bergère* trempée et les applaudissements des collégiens hilares.

Quelques minutes plus tard, la sirène d'une ambulance résonnait sur les murs de pierre, jetant un froid dans les classes et faisant taire le dernier rire.

69

De mal en pis

— Vous dites que Mlle Crèvecœur est réapparue ?! Vous en êtes sûrs ?

— Archisûrs !

Oksa et Gus étaient revenus à toute allure, escortés par Pierre Bellanger qui n'en avait pas cru ses oreilles quand les enfants lui avaient raconté l'incroyable événement de cette journée. Chez les Pollock, la nouvelle fut accueillie avec autant de stupéfaction.

— C'est vraiment très surprenant… dit pensivement la Baba Pollock, les yeux dans le vague.

— Je crois qu'on a eu la peur de notre vie, tu sais, précisa sa petite-fille. Tu aurais vu à quelle vitesse on est sortis de la chapelle !

— Cette femme vous doit une fière chandelle, fit remarquer Dragomira. Qui sait ce qui lui serait arrivé si vous ne l'aviez pas trouvée ? Mais je suis très étonnée, j'étais persuadée qu'Orthon l'avait tuée…

— Non, heureusement ! enchaîna Oksa, soulagée. Mais elle a perdu la tête.

— Elle était en plein délire, tu veux dire ! précisa Gus. Folle à lier ! Mais vu le sale état dans lequel elle était, ce n'est pas étonnant. McGraw a dû se déchaîner contre elle. Vous pensez qu'il a pu lui faire quoi ? ajouta-t-il en se tournant vers Dragomira.

— Ça pourrait ressembler à une Granok de Cafouillis, en beaucoup plus nocif.

Devant l'air dubitatif de Gus, Oksa précisa sur un ton doctoral :

— La Granok de Cafouillis perturbe le cerveau pour une petite période, quelques heures tout au plus. Elle rend l'esprit confus et fait dire n'importe quoi à celle ou celui qui la reçoit.

– Précisons que c'est relativement inoffensif, ajouta Dragomira. Et vu ce que vous nous avez dit, je pense qu'il s'agit de quelque chose de plus… agressif.

– Tu ne crois pas que McGraw aurait pu utiliser une Granok de Vrac-Mémoire ?

– Il est très possible qu'il ait mêlé les deux et je pense qu'il n'a pas lésiné sur les doses. Il ne peut pas se permettre de laisser parler Mlle Crèvecœur, elle a vu trop de choses. J'ai bien peur que son état ne soit irréversible. Pauvre femme… Où est-elle ? Le savez-vous ?

– Une ambulance est venue la chercher et j'ai entendu les profs parler d'elle cet après-midi, répondit Oksa. Elle est à l'hôpital, la police veut l'interroger, mais elle est très perturbée et ça se présente plutôt mal.

– Décidément… murmura Pavel en serrant la main de sa femme. On ne peut pas dire qu'on porte chance à ceux qui nous approchent…

Tout le monde se tut. Oksa et Gus se souvenaient de Mlle Crèvecœur, si douce et si attentionnée, et revirent dans leur tête les dernières images qu'ils avaient d'elle, si choquantes.

Tout près d'eux, calée dans le fauteuil roulant qu'elle se résignait à utiliser, Marie les regardait avec tristesse tout en pensant aux ravages qu'avait faits McGraw en si peu de temps. Elle était loin d'avoir recouvré toutes ses facultés, mais elle allait mieux, beaucoup mieux. Elle pouvait désormais se servir de ses mains et de ses bras, et les atroces vertiges dont elle avait tant souffert avaient presque disparu. Seule la marche restait une source d'inquiétude et d'angoisse. Mettre un pied devant l'autre donnait à Marie l'impression que du métal en fusion coulait à l'intérieur de ses jambes, la faisant atrocement souffrir. Chaque tentative provoquait une douleur insoutenable. Et une déception immense… Le reste du temps, ses jambes étaient comme déconnectées de son cerveau. Elles ne répondaient plus et restaient inertes, y compris face aux aiguilles que les médecins enfonçaient sous sa peau pour mesurer le degré de sensibilité. Marie ne le montrait pas, mais elle désespérait de pouvoir remarcher un jour. Et par-dessus tout, elle craignait de ne pouvoir s'occuper d'Oksa dans les années à venir. Cette idée la révulsait au point de lui donner la nausée. Elle ne pouvait s'empêcher de se dire que seul l'amour intense qu'elle portait à son mari et à sa famille l'empêchait d'abandonner cette terrifiante aventure dans laquelle elle se trouvait embarquée.

Mais les Sauve-Qui-Peut avaient raison : rien ne pouvait plus arrêter leur destinée. Et même si elle n'était pas à proprement parler une Sauve-Qui-Peut, tous l'avaient intégrée à leur histoire. Elle était une des leurs. Et sa fille était leur Inespérée…

Pavel, de son côté, souffrait beaucoup, lui aussi. Sa souffrance était différente, mais ses motifs n'étaient pas moins légitimes. Ses principaux tourments concernaient sa femme, bien sûr, qu'il aimait passionnément et qu'il redoutait de voir dans cet état jusqu'à la fin de ses jours, et sa fille qui portait une responsabilité énorme sur ses jeunes épaules. Sa petite Oksa-san… Elle n'avait que treize ans ! Il savait que son intelligence et sa vivacité lui conféraient une indéniable solidité. Elle encaissait héroïquement tous les mauvais coups qui pleuvaient depuis quelque temps. En apparence… La Nascentia en avait effacé les retombées chez Oksa, mais il fallait reconnaître qu'ils venaient tous d'essuyer un sévère revers.

L'avenir ne s'annonçait pas sans risque, loin de là. Ils avaient affaire à un fou furieux. Orthon/McGraw ne lâcherait pas comme ça. Il était déjà allé très loin et Oksa était en première ligne. Qui aurait pu croire, cinq mois auparavant, que leur vie à tous basculerait vers cet espoir fou de retrouver Édéfia ? Et si tout cela n'aboutissait à rien d'autre qu'à les mener tous à leur perte ?

Pavel se faisait tant de souci… Pour ne rien arranger, un désagréable sentiment d'inutilité avait commencé à s'insinuer dans son esprit depuis plusieurs jours. Son naturel tourmenté ne l'empêchait pas d'être lucide et il mesurait pleinement la puissance de l'implacable fatalité qui entraînait sa fille vers une destinée contre laquelle il ne pouvait rien. Il s'opposait en vain, il le savait. Faire marche arrière ? Tout arrêter ? Impossible. Tout ce qu'il pouvait faire, c'était protéger Oksa. C'était son rôle de père. Mais comme il devait être décevant… Abakoum et Dragomira étaient tellement plus efficaces que lui. Quoi qu'il arrive, ils trouvaient toujours une solution. Sans eux, Oksa serait certainement entre les griffes de McGraw. Lui, Pavel Pollock, n'avait été d'aucun secours. À aucun moment.

Il n'avait jamais voulu s'intéresser vraiment à Édéfia. Pour lui, c'était du passé, de vieilles histoires de famille. D'accord, il avait bien quelques dons. Il pouvait volticaler, faire un Feufoletto ou un petit Knock-Bong par-ci par-là. Mais puisqu'il devait s'en cacher, à quoi tout cela pouvait-il lui servir, sinon à mettre en péril sa famille ?

C'était ce qu'il avait pensé jusqu'à aujourd'hui. Mais l'heure n'était plus à ce genre de considérations désabusées. L'heure était à l'urgence et à la défense des deux personnes qu'il aimait le plus et qui avaient le plus besoin de lui : Marie et Oksa. Ce soir-là, seul dans la cuisine de son restaurant, il réfléchissait, assailli par ses propres angoisses. Et cette réflexion l'entraînait vers une explosion de rage contre celui qu'il ne voulait pas être : un homme faible qui fuyait ses responsabilités, ses origines et son destin. Il était fils de Sauve-Qui-Peut, le sang qui coulait dans ses veines était du sang Gracieux, sa famille venait d'Édéfia et Oksa avait l'Empreinte qui permettait d'y retourner – sans parler de la prédiction des Sans-Âge qui avaient parlé de sauver le Monde.

Il ne pouvait plus faire comme si tout cela n'existait pas.

Ce temps-là était fini. Maintenant, il fallait faire face ! Le Du-Dedans qui somnolait au fond de lui fut parcouru d'un frisson glacé. Les yeux mi-clos, il se mit en position de combat, une jambe pliée devant lui en angle droit. Puis il sauta sur une table pour saisir deux longs couteaux qu'il croisa devant lui. Les lames frottèrent l'une contre l'autre dans un cliquètement sinistre. D'un coup de pied sauté, jambes en grand écart, Pavel rejoignit le sol et bondit à nouveau, le corps emporté par l'élan de ses jambes projetées en avant. Il volait littéralement sur les tables, les éviers, les plans de travail, avec l'agilité et la rapidité du maître d'arts martiaux qu'il était. Face à la porte métallique de la chambre froide, il observa son reflet et poussa un long cri rauque dans lequel étaient contenues sa frustration et sa colère. Puis, après avoir pris son élan, il se précipita vers le mur. Ses pieds prirent appui sur la surface de céramique et il se mit à courir le long de la cloison, animé par toute la rancœur qu'il conservait depuis des semaines. Enfin, à bout de souffle, il tendit le bras et concentra toute sa hargne en direction de l'énorme faitout en cuivre qui, quelques secondes plus tard, se retrouva projeté et aplati comme une crêpe sur le mur opposé. La lutte contre son premier ennemi venait de commencer.

Un ennemi invisible et pourtant terriblement puissant : lui-même.

70

La Gom-Souvenance

Le lendemain, les Pollock et les Bellanger étaient réunis dans la cuisine de Bigtoe Square, tourmentés et silencieux, quand leur sombre déjeuner fut interrompu par le tintement de la sonnette d'entrée. Pavel se leva et revint accompagné… des deux policiers qui avaient interrogé Oksa quelques jours plus tôt ! La jeune fille déglutit bruyamment et sentit une sueur acide dégouliner le long de son dos. Mais qu'est-ce qu'ils faisaient là ? Dans sa maison ? La dernière question qu'ils lui avaient posée lui revint en mémoire. « Nous aimerions savoir si tu es de la famille de Léomido Fortensky, le chef d'orchestre ? » Elle avait répondu par l'affirmative, bien sûr, vaguement intriguée par cette question mais plutôt soulagée d'en finir avec cet interrogatoire périlleux. En y réfléchissant un peu plus tard, elle s'était dit que les policiers étaient peut-être des mélomanes avertis… tout en sachant au fond d'elle que cette question avait forcément un lien avec les meurtres de Lucas Williams et de Peter Carter. Logique policière oblige ! Mais elle avait été si épuisée les jours suivants que cette hypothèse – la pire qui puisse être – était restée enfouie dans les profondeurs de son esprit. Et voilà le résultat ! Maintenant, les policiers étaient là. Et s'ils étaient là, c'est que l'implication de sa famille dans toutes ces atroces affaires était claire. L'étau se resserrait, personne ne pouvait plus le nier…

— Nous sommes navrés de vous déranger en plein milieu de votre déjeuner, commencèrent les policiers en prenant place sur un des canapés du salon où les avait guidés Pavel. Mais nous avons quelques questions à vous poser.

— Permettez-moi de vous présenter ma mère Dragomira Pollock, ma femme Marie et ma fille Oksa… dit Pavel d'un ton aussi détendu que possible, quoique légèrement plus aigu que d'ordinaire.

– Bonjour, Oksa, dit l'un des hommes sur un ton très poli. Nous nous sommes déjà rencontrés à St Proximus College, il y a quelques jours, précisa-t-il à l'intention du reste de l'assemblée. Puis-je vous demander qui sont ces personnes ? ajouta-t-il en dirigeant son regard vers la cuisine restée grande ouverte.

– Nos amis, Jeanne et Pierre Bellanger, et leur fils Gus, répondit Pavel.

– Bellanger ? Vous avez dit Bellanger ? releva le policier en regardant son collègue. Ces personnes sont également concernées par notre visite, si vous voulez bien les inviter à prendre part à notre entretien...

Troublé, Pavel alla chercher les Bellanger dans la cuisine. Gus jeta un coup d'œil crispé à Oksa avant de s'asseoir face à elle.

– Que souhaitiez-vous savoir, messieurs ? demanda Dragomira avec une grande cordialité.

– Connaissiez-vous, de près ou de loin, le dénommé Lucas Williams ?

Tous se regardèrent avec un air aussi détaché que possible et secouèrent la tête en signe de négation.

– Lucas Williams ? Non, ça ne me dit rien, répondit Dragomira d'un air candide très convaincant.

– Ce n'était pas un prof de maths à St Proximus ? intervint Oksa en créant une vague de surprise chez ses proches qui, heureusement, surent ne rien en montrer. Un élève de notre classe nous a dit qu'il avait été assassiné.

Les policiers la regardèrent avec attention.

– Tout à fait, Oksa. Tu es très bien renseignée. Et est-ce que le nom de Peter Carter vous dit quelque chose ?

– Il a été assassiné, lui aussi ! répondit fougueusement Oksa, à la plus grande surprise des policiers et au grand désarroi de ses proches.

Gus jeta un nouveau coup d'œil à son amie et poussa un lourd soupir. « *Mais qu'est-ce qui lui prend ? Cette fille est incurable !* pensa-t-il. *On ne peut plus rien pour elle...* » Et il ne tarda pas à s'imaginer menotté et jeté en prison pour le restant de ses jours, pendant que les Sauve-Qui-Peut – ses parents et Oksa en tête – seraient mis à l'isolement dans des laboratoires sophistiqués pour y être disséqués par des militaires sans scrupules. « *Bravo, Oksa… On est foutus !* »

De son côté, Oksa semblait plutôt à l'aise. Contrairement à ce que tout le monde pensait, elle savait tout à fait ce qu'elle faisait. Ce que Dragomira comprit bien vite…

– Les causes de leur mort sont identiques, poursuivit la jeune fille. Leurs poumons ont fondu, on en a parlé dans tous les journaux !

– C'est tout à fait exact, fit remarquer l'un des policiers. Et nous sommes ici aujourd'hui car nous avons de sérieuses raisons de penser que Peter Carter – qui était journaliste d'investigation, comme vous le savez peut-être – enquêtait sur votre famille depuis plusieurs mois.

– Qu'est-ce que vous voulez dire ? intervint Pavel en fronçant les sourcils.

– Nous avons retrouvé chez lui de nombreux articles de presse concernant votre oncle, Léomido Fortensky, lui répondit le policier, ainsi que plusieurs documents qui ne laissent aucun doute sur le sujet de son enquête. Ce dossier a malheureusement été dérobé quelques jours seulement après que nous avions retrouvé le corps de Carter. Nous avons cependant eu le temps de l'étudier. Il contenait entre autres un organigramme, des photos et des notes très détaillées sur vos amis et sur les membres de votre famille. Sur vous, madame Pollock, et sur votre ami Abakoum Olixone. Vous teniez une herboristerie très réputée, n'est-ce pas ?

– Oui, répondit franchement Dragomira en s'efforçant de sourire.

– Ces documents contenaient aussi des informations très étranges sur un dénommé Petrus Prokopius, trafiquant d'œuvres d'art, abattu dans l'exercice de ses fonctions il y a deux ans aux États-Unis. Ce nom vous rappelle quelqu'un ?

– Non, je ne vois pas… dit Dragomira tout en fouillant imperceptiblement dans les plis de son ample robe, à défaut de fouiller dans sa mémoire. Mais quel rapport avec ce prof de maths ? Comment l'avez-vous appelé, déjà ? Williams ?

– Lucas Williams, c'est bien cela. Eh bien, nous avons de sérieuses raisons de croire que votre famille – ou du moins certains de ses membres – est liée à l'assassinat de ces deux hommes, ainsi qu'à la disparition de Mlle Crèvecœur, professeur à St Proximus, assena froidement le policier en observant chacune des personnes présentes.

– Mais Mlle Crèvecœur est réapparue ! s'exclama Oksa, indignée.

– Effectivement, rebondit le policier. Mais cette réapparition revêt à nos yeux un caractère très mystérieux. Sans oublier, vous ne l'ignorez certainement pas, que la malheureuse souffre de graves lésions psychiques. Pour résumer, votre famille semble être le point commun à toutes ces affaires et nous sommes ici pour y voir plus clair. Lucas Williams a été tué trois jours seulement après votre installation en Angleterre et Peter Carter vous a suivis jusqu'à Londres où il a subi le même sort que Williams un mois plus tard… Mais que faites-vous, madame Pollock ? s'écria-t-il soudain en se levant de son siège. Je vous prie de poser…

Le policier n'eut pas le temps de terminer. Son collègue et lui s'affaissèrent mollement sur le canapé, les yeux écarquillés en direction de Dragomira qui venait de souffler dans sa Crache-Granoks.

– Bravo, Baba ! s'exclama fiévreusement Oksa. C'était moins une ! Ils avaient tout compris !

– Oui ! admit la Baba Pollock. Nous voici entraînés dans un véritable piège… Mais dépêchons-nous, il n'y a pas une minute à perdre !

– Qu'est-ce que vous avez fait ? s'alarma Marie, la main sur la bouche.

– Ne t'inquiète pas, Marie, la rassura Pierre. Je crois bien que Dragomira a utilisé une Granok de Gom-Souvenance.

– Tout à fait ! confirma la vieille dame. Et maintenant, nous devons persuader ces deux hommes que nous n'avons absolument rien à voir avec ces affaires. Il faut qu'ils repartent d'ici avec cette conviction !

– Oui, bien sûr… répondit Marie d'un ton incertain.

– Comment on va faire, Baba ? demanda Oksa, surexcitée.

– Comme ça !

Dragomira enserra de ses mains la tête d'un des policiers et le regarda droit dans les yeux en murmurant à un rythme effréné des phrases que personne n'arrivait à comprendre.

– J'hallucine ! bredouilla Oksa, estomaquée par ce qu'elle voyait.

De la bouche de Dragomira sortait une fine bande de fumée bleutée qui ondula jusqu'aux oreilles de l'homme inerte. La fumée pénétra dans le pavillon de l'oreille, ressortit quelques secondes plus tard de l'autre côté et s'évapora au contact de l'air.

– Qu'est-ce que c'est que ce truc ? balbutia Gus.

– Dragomira a le don du Fourre-Pensée, lui répondit son père à mi-voix.

– Laissez-moi deviner, intervint Oksa. C'est une forme d'hypnose, n'est-ce pas ? Baba est en train de persuader ces hommes que nous ne sommes pour rien dans ce qui est arrivé à Lucas Williams et Peter Carter…

– Tu oublies Mlle Crèvecœur, précisa Gus. Ça commence à faire beaucoup de monde…

Pendant qu'ils parlaient, Dragomira avait appliqué le même traitement au second policier. Sitôt sortie de ses oreilles, la fumerolle bleue disparut dans l'air.

– Vite ! prévint Dragomira. Ils vont revenir à eux, reprenez tous votre place !

Chacun se rassit aussitôt. Sur leur canapé, les policiers dodelinaient doucement de la tête en grognant. Dragomira porta sa Crache-Granoks à sa bouche et prononça à voix basse :

Par le pouvoir des Granoks
Déchire ta coque
Poussières de mémoire gommées
Souviens-toi des mots que je t'ai donnés.

Et elle souffla deux fois de suite en visant les policiers. Aussitôt, les deux hommes reprirent la conversation là où elle s'était arrêtée. Ou plutôt, là où Dragomira avait souhaité qu'elle s'arrête…

– Bien ! dit l'un d'eux en se levant. Nous vous remercions d'avoir pris le temps de répondre à nos questions. Nous vous avons suffisamment importunés…

– Mais pas du tout, messieurs ! répliqua Dragomira avec un grand sourire. Nous aurions tant aimé vous aider !

– Détrompez-vous, madame. Les éléments que vous nous avez fournis nous mettent sur une piste que nous étions loin d'avoir envisagée… Nous vous en remercions très vivement.

Oksa et Gus se regardèrent, les yeux écarquillés.

– Trop forte, ta grand-mère… murmura Gus pendant que Dragomira raccompagnait les policiers à la porte.

– Je sais, je sais… s'amusa Oksa. On est comme ça dans la famille…

– En attendant, j'ai vraiment cru que tu perdais la tête quand tu as commencé à tout leur déballer !

– Tu as même semé une belle panique ! renchérit Marie. J'ai vu notre dernière heure arriver…

– Si vous me faisiez un peu plus confiance ! lança Oksa d'un air provocateur et terriblement malin. Il faut croire en moi, vous savez !

– Heureusement que ta grand-mère a l'esprit vif, quand même… fit remarquer Pavel avec gravité.

– Nous étions sur la même longueur d'onde, intervint Dragomira après s'être débarrassée des deux policiers. Je crois que les Fées étaient de notre côté…

– Tu crois qu'elles y sont pour quelque chose ? demanda Oksa avec curiosité.

– Non, c'est une expression d'Édéfia, ma Douchka… répondit la vieille dame en riant.

– Mais maintenant, j'aimerais bien que tu nous dises quelle est cette fameuse piste sur laquelle tu as lancé ces innocents policiers, ma chère Mère, lança Pavel.

– Oh, c'est très simple ! Vous vous souvenez tous que Gus et Oksa étaient persuadés qu'Orthon/McGraw était un agent secret ? Eh bien, je me suis servie de cette théorie et j'ai introduit de façon indélébile dans l'esprit de ces policiers l'explication suivante, écoutez bien : Peter Carter n'était pas un journaliste – ça, c'était une couverture. En réalité, cet homme était un agent secret du FSB, le Service fédéral de sécurité russe, autrement dit l'ex-KGB. Cet homme était chargé de repérer tous les dissidents russes qui se trouvaient en Occident. Comme vous le savez, mon cher mari Vladimir était un grand chaman. Dès qu'elles ont eu connaissance de ses pouvoirs, les autorités soviétiques ont vu en lui un danger potentiel. Il a été emprisonné dans un goulag pour ses prises de position prétendument subversives. Quelques jours plus tard, il a été tué alors qu'il tentait de s'évader. Et là, malheureusement, je n'invente rien…

Dragomira ferma les yeux et secoua la tête pour essayer de chasser cet épouvantable souvenir.

— Suite à cet assassinat, Abakoum, Pavel et moi, nous avons fui l'Union soviétique grâce à Léomido venu à notre secours. Depuis ce jour, notre famille a toujours été considérée comme étant opposée au régime. J'ai fait croire aux policiers que Lucas Williams était en réalité Luka Wilenkov, un grand biologiste russe qui avait également fui pour des raisons politiques. Une fois en Angleterre, cet homme a pris le nom de Lucas Williams et s'est fait engager comme professeur de mathématiques à St Proximus – encore une couverture. Il y a quelques mois, il nous avait contactés pour que nous rejoignions un groupe de dissidents qui préparait un coup d'État visant à renverser le président russe. Son principal atout était une substance qu'il avait mise au point, une arme bactériologique fatale élaborée dans la plus grande clandestinité.

— La Pulmonis ! l'interrompit Oksa.

— Oui, confirma Dragomira. Vous pouvez facilement imaginer la suite… Peter Carter a retrouvé la trace de Lucas Williams, ainsi que la nôtre. Il a tué Williams avec l'arme qu'il avait mise au point, avant d'être lui-même tué par un autre dissident du groupe de Williams. Groupe auquel, bien sûr, pas un seul Pollock n'est lié de près ni de loin. Car les Pollock, depuis leur départ forcé d'Union soviétique, se gardent bien de faire de la politique, très peu pour eux, merci ! Bref, tout cela n'est désormais aux yeux de la police qu'un sinistre règlement de comptes d'agents secrets russes et nous comptons bien entendu sur la plus grande discrétion des autorités britanniques pour que notre tranquillité soit assurée – nous avons suffisamment souffert, n'est-ce pas ?

Dragomira s'arrêta sur cette question en adressant à chacune des personnes assises autour d'elle un sourire rayonnant.

— Alors ? Qu'en pensez-vous ?

— Baba, tu es gé-nia-le ! s'exclama Oksa, rouge d'excitation. Lucas Williams et Peter Carter, des agents secrets russes ! Tu as vraiment une imagination incroyable ! Tu devrais écrire des romans…

— Bravo, Dragomira ! Vous n'avez pas perdu la main ! la félicita Pierre. Vous avez presque réussi à me convaincre, moi aussi !

– Alors là… bredouilla Gus, admiratif. C'est la classe absolue… Ça me fait penser à ces histoires d'empoisonnement d'espions russes qui ont causé quelques soucis aux services secrets britanniques, il n'y a pas très longtemps…

– Oh, tu sais, Gus, la réalité est parfois plus surprenante que la fiction… renchérit mystérieusement Dragomira.

Seuls Marie et Pavel, l'air très tendu, gardaient le silence. L'inquiétude et la panique qu'ils avaient ressenties pendant la visite des policiers étaient loin d'avoir disparu.

– Et Mlle Crèvecœur ? demanda Pavel en fixant sa mère. C'est une dissidente, elle aussi ?

– Qui peut savoir… lui répondit en souriant Dragomira.

71

Mystère et longévité

Mlle Crèvecœur, bien sûr, n'avait pas de liens avec un quelconque groupe de dissidents ou d'agents secrets russes. Et surtout, elle n'était pas morte ! Cette étonnante nouvelle, après avoir troublé Dragomira, répondait maintenant à une certaine logique qui n'échappa pas à Oksa lorsque les Sauve-Qui-Peut se réunirent à nouveau au grand complet dans la maison de Bigtoe Square.

— Évidemment ! Si McGraw avait tué Mlle Crèvecœur, il aurait pris le risque d'attirer encore plus l'attention sur nous, et par ricochet sur lui. Pour Peter Carter et Lucas Williams, les hypothèses que Baba a données à la police tiennent la route. Mais si on rajoutait Mlle Crèvecœur, ce serait vraiment tiré par les cheveux !

— Tu as raison, Oksa, approuva Abakoum. Vis-à-vis des Du-Dehors, Orthon/McGraw est obligé de nous protéger pour se protéger lui-même. Et inversement ! Notre sort est lié…

— Galère… soupira Oksa.

— Est-ce qu'on en sait plus sur cette pauvre femme ? demanda Naftali, l'immense Suédois.

Oksa et Gus avaient eu le temps d'obtenir quelques nouvelles sur l'état de leur professeur. En furetant de-ci de-là et en laissant judicieusement traîner leurs oreilles, ils réussirent à collecter des informations intéressantes qu'ils livrèrent en vrac aux Sauve-Qui-Peut.

— Apparemment, l'enquête s'oriente vers un acte de vandalisme qui aurait mal tourné : Mlle Crèvecœur se serait trouvée là au mauvais moment et elle aurait été agressée. En tout cas, c'est ce que pensent les profs et la police, exposa Oksa. Sinon, j'ai appris qu'elle a été internée dans une maison de repos,

M. Bontempi l'a dit à M. Bento hier. Il va la voir tous les jours et il dit que c'est terrible parce que son esprit est complètement perturbé, elle peut le prendre pour un mandarin chinois quand il arrive et, quelques minutes plus tard, pour un prêtre égyptien…

– On sent qu'elle est prof d'histoire avant tout ! lança Pavel avec dérision. Oh, excusez-moi, je ne le ferai plus, ajouta-t-il aussitôt en se mordant la lèvre.

– Papa ! lança Oksa sur un ton de reproche teinté d'amusement. Tu es im-pos-si-ble !

– Moi, j'allais chercher du matériel pour M. Lemaire et j'ai surpris une conversation entre McGraw et Bontempi, continua Gus. J'étais écœuré… Cet hypocrite de McGraw disait qu'il était profondément désolé de ce qui était arrivé à Bénédicte – il l'appelait par son prénom, quel pourri ! – et que le choc avait été immense pour lui de la découvrir comme ça au bord de la fontaine en train de patauger dans l'eau glacée, que c'est une image qui resterait toujours dans sa mémoire, et bla-bla-bla… Ça m'a dégoûté.

– Et en cours ? Ça s'est passé comment avec lui, cette semaine ? demanda Abakoum.

Oksa et Gus s'entre-regardèrent avant de répondre en chœur :

– Très bien !

– Très bien ? s'étonna Marie.

– Oui, c'est-à-dire qu'il nous a ignorés, répondit Oksa. Alors, pour nous, c'est le paradis ! On ne peut pas rêver mieux. Ni acharnement ni persécution, c'est le bonheur absolu. On aurait pu danser sur nos bureaux qu'il n'aurait rien dit…

– Tu crois vraiment ? demanda Gus en souriant. J'ai un petit doute, quand même. Tu n'as sûrement pas vu les regards féroces qu'il te lançait en coin. Tu me diras, tu ne l'as pas raté, quand on voit sa face toute griffée…

– Lui non plus ne m'a pas ratée, répliqua Oksa d'un air brusquement sombre. Il n'a raté personne à vrai dire…

– Et Mortimer ? Et Zoé ? Vous les avez vus ? continua Dragomira.

– Zoé m'a couru après, répondit Gus. Mais je lui ai tourné le dos en lui disant que je ne voulais plus qu'elle m'adresse la parole, ni même qu'elle m'approche.

– Elle a essayé de me parler à moi aussi, sous le prétexte qu'elle voulait m'expliquer, soupira Oksa. Elle avait les larmes aux yeux et l'air tellement triste que j'ai failli me laisser apitoyer. Mais je suis partie sans lui répondre, juste en la regardant aussi durement que je le pouvais. Sinon, j'ai entendu Mortimer frimer à propos d'une île où il va aller pendant les vacances.

– Une île ? s'étonna Dragomira.

– Oui, une île que son père vient d'acheter au large de l'Écosse. Vous l'auriez entendu se vanter ! « L'île de mon père » par-ci, « l'île de mon père » par-là, c'était d'un grotesque... Après, il m'a vue et il a essayé de me provoquer, comme d'habitude. Mais cette fois, c'était pour ironiser sur la tête que je faisais quand son père m'a suspendue en l'air grâce à ses Grenettes. Il a dit que je me débattais comme un ver de terre au bout d'un hameçon et que j'avais l'air d'une grosse sangsue. Je lui ai répondu qu'en tout cas, c'était son père qui avait l'air ridicule maintenant avec sa face griffée et son dos tout voûté. Là, il m'a dit que tu n'étais qu'une vieille sénile et que tu n'allais pas faire des miracles bien longtemps, Baba, précisa Oksa la gorge nouée.

– Je vois, répondit Dragomira d'un air entendu. Mais ne t'inquiète pas, je ne suis peut-être pas de toute première jeunesse, mais j'ai plus d'un tour dans mon sac !

– À ce propos... rebondit aussitôt Oksa, les coudes sur les genoux et le visage entre les mains. Ça fait un bon moment qu'on se pose des questions avec Gus... Vous allez peut-être pouvoir nous répondre, maintenant !

Dragomira et Abakoum échangèrent un regard dans lequel se lisait l'expression résignée d'une capitulation imminente.

– On sait que vous avez tous un peu menti sur votre identité et votre état civil une fois que vous étiez à Du-Dehors, reprit Oksa, encouragée par ce silence. Vous n'aviez pas le choix. Et on sait aussi qu'officiellement, McGraw est né en 1960 alors qu'en fait, il est plus vieux que toi, Baba...

Gus se cala dans son fauteuil, attentif et curieux. Cette question le tracassait lui aussi depuis un bon moment. À la surprise générale, c'est Léomido qui prit la parole :

– Orthon... enfin McGraw a deux ans de plus que moi et sept de plus que Dragomira. Donc, si je calcule bien, il a presque quatre-vingts ans.

– Ah, non ! s'exclama Marie. C'est impossible !

– Oui, je savais que vous alliez me dire cela, concéda Léomido.

– Mais comment peut-il avoir l'air si jeune ? reprit Marie, intriguée.

– Il a peut-être fait de la chirurgie esthétique, suggéra Gus. Ou une cure de rajeunissement...

Ces mots semblèrent avoir l'effet d'un déclic sur Dragomira et Léomido. Tous deux se regardèrent, interloqués, alors que, dans leur esprit, une hypothèse s'imposait comme une évidence fulgurante. Quant à Abakoum, il affichait le calme royal de celui qui a déjà abondamment réfléchi à la question. Il regarda ses amis avant de rompre le silence :

– Vous ne pensez pas que...

Dragomira se prit la tête entre les mains et prononça dans un souffle :

– Non, je ne peux pas y croire...

– Ne me dites pas que vous pensez à... ajouta Léomido en épaississant encore le mystère.

– Que vous pensez *à quoi* ? osa Oksa d'une voix dont elle tentait à grand-peine de moduler le volume.

Les parents de Gus et d'Oksa observaient ces échanges mystérieux sans dire un mot. Mais les trois Sauve-Qui-Peut étaient si concentrés qu'ils ne pouvaient prêter attention à la fébrilité dans laquelle ils plongeaient leur entourage. Naftali, l'air préoccupé, se pencha et murmura à l'oreille de Marie qui lui répondit à voix basse :

– Je dirais environ quarante-cinq ans...

Naftali répéta à Brune et à Mercedica la remarque de Marie et tous trois se mêlèrent alors aux chuchotis mystérieux.

– Ils réagissent toujours comme ça quand on dit « cure de rajeunissement » ? chuchota Gus à l'intention d'Oksa.

Oksa le regarda en plissant les yeux et haussa les épaules d'un air dubitatif.

– En tout cas, on dirait que ça les a mis sur une piste... Alors ? retenta-t-elle d'une voix impétueuse. Vous pensez à quoi ?

Surprise, Dragomira leva la tête et écarquilla les yeux comme si elle venait seulement de remarquer la présence – et l'impatience – des siens.

— Nous avons peut-être une explication… Une explication qui rejoint ta suggestion, Gus, car ce que tu as dit était très sensé. Jamais je n'aurais cru dire cela un jour, mais nous pensons à une rumeur qui s'était largement répandue à Édéfia trois ou quatre ans avant le Grand Chaos. Certains prétendaient que l'Intemporenta avait été découverte…

— La quoi ? l'interrompit Oksa.

— L'Intemporenta, répéta Dragomira. La perle de longévité, si tu préfères.

— Euh… Je ne sais pas si je préfère ! répliqua Oksa en fronçant les sourcils. Qu'est-ce que c'est ?

— Jusqu'alors, cette perle était une légende. On disait qu'une Fée détenait un coquillage plein de perles qui retardaient le vieillissement. Mais je pense qu'Abakoum en sait plus que nous tous à ce sujet… précisa Dragomira en se tournant vers son Veilleur.

— Voilà un moment que cette histoire d'apparence me tracasse… Mais je crois qu'aujourd'hui, le puzzle est complet et je peux enfin lever le voile sur cette affaire restée un mystère pendant tant d'années, reconnut Abakoum en caressant sa courte barbe blanche. Il est vrai que je dispose de plusieurs éléments qui me donnent une longueur d'avance et me permettent d'établir une conclusion plus que plausible…

Les yeux brillants d'une intensité impressionnante, Abakoum s'interrompit, stupéfait par ce qu'il s'apprêtait à révéler.

— Abakoum… intervint Oksa d'un air suppliant, dis-nous ! On est en train de brûler de curiosité ! Tu veux nous achever ou quoi ?

— Dans le Livre des Ombres hérité de ma mère la Fée, il est dit que c'est l'eau de la Source Chantante qui donne leur fraîcheur aux Sans-Âge. Cette fraîcheur, bien sûr, est synonyme de jeunesse. Et plus concrètement, elle signifie un ralentissement du vieillissement. Les Fées peuvent en effet vivre plus de cinq cents ans.

— Waouh ! s'exclama Oksa. Encore plus que les Foldingots !

— Oksa ! lança Gus d'un ton sévère en donnant un coup de coude à son amie. Tais-toi !

— Oui, encore plus que les Foldingots… reprit Abakoum. Un jour, un petit garçon que je connaissais bien, Bjorn, est venu se confier à moi. Il avait été témoin de quelque chose d'effroyable plusieurs mois auparavant et il voulait m'en parler parce que cela l'empêchait de dormir, disait-il. Il avait sept ou huit ans et sa mère n'avait pas voulu le croire quand il lui avait raconté ce qu'il avait vu. Il avait beaucoup d'imagination, lui avait-elle dit, et elle n'avait pas cherché plus loin. Alors, Bjorn est venu me voir...

« Il avait aperçu un vieil homme dans la forêt, au bord d'une rivière. Il le connaissait bien, c'était Gonzal, un homme d'une grande douceur, apprécié de tous. Assis sur le rivage, il pleurait car son cinquième petit-enfant venait de naître. C'étaient à la fois des larmes de joie et de tristesse car ce cinquième petit-enfant était sa première petite-fille et il aurait aimé vivre plus longtemps pour la voir grandir. Je dois vous préciser qu'il avait à cette époque plus de cent cinquante ans, la fin de sa vie approchait... Le petit Bjorn m'a alors raconté qu'une dame brillante comme un ver luisant – une Fée sans aucun doute – était apparue et avait parlé un moment avec le vieux Gonzal. Puis elle lui avait donné un coquillage d'où jaillissait une lumière rose très vive. Quand il m'a indiqué ce détail, j'ai immédiatement pensé à ce que j'avais lu dans le Livre des Ombres : les Intemporentas, les perles de longévité, correspondaient à cette description.

« Le petit garçon a continué son histoire... Malheureusement pour Gonzal, quelqu'un d'autre avait été témoin de la scène : un homme caché derrière des fougères qui s'est jeté sur lui dès que la Fée eut disparu. Après lui avoir donné un coup de couteau en plein cœur, il a mis des pierres dans ses vêtements et l'a jeté dans la rivière, non sans lui avoir arraché des mains le coquillage, bien sûr. Très rapidement, la famille de Gonzal a signalé la disparition du vieil homme. Des recherches ont été menées, mais il n'y avait aucune trace de lui. Bjorn, lui, était terrorisé et n'osait rien dire.

« Comme Gonzal était très vieux, tout le monde en a conclu qu'il s'était retiré du monde pour mourir dans une solitude paisible, comme il arrivait que certains le fassent. De mon côté, je me souvenais bien de cette histoire et déjà à l'époque, cette conclusion m'avait laissé sceptique. Et ce que me confia ensuite mon petit informateur ne fit que confirmer mes doutes. En effet, quelques jours plus tard, en venant à Du-Mille-Yeux avec ses parents vendre une récolte de groseilles, il avait reconnu au détour d'une rue l'homme qui avait tué le vieux Gonzal. Sur le coup, il avait eu très peur et c'est d'ailleurs ce qui l'a décidé à parler. Cet homme remettait une boîte à quelqu'un qu'il connaissait, un personnage important : Ocious, le Premier serviteur du Pompignac et le père d'Orthon, comme vous le savez. Cette précision m'a mis la puce à l'oreille. Quand j'ai demandé à Bjorn de me décrire l'homme qui parlait avec Ocious, j'ai tout de suite reconnu Marpel. Bjorn m'avait parlé d'un dessin de branche de lierre tatoué à l'encre verte qui montait le long de son cou et couvrait ses oreilles, et Marpel était le seul à répondre à cette description. On lui avait retiré sa liberté pendant plusieurs mois pour avoir frappé et volé la Manufacturière de bijoux. Il était connu pour son tempérament violent et son incapacité à s'intégrer à notre société. J'ai secrètement cherché à retrouver sa trace mais il avait disparu de la circulation. Les quelques personnes qui comptaient parmi ses amis en avaient d'ailleurs fait part au Premier serviteur du Pompignac, Ocious. Mais l'enquête n'ayant rien donné, les recherches ont été abandonnées, plutôt rapidement si vous voulez mon avis. Car maintenant, je suis persuadé que c'est Ocious qui a pris les Intemporentas à Marpel, qui les avait lui-même volées au vieux Gonzal.

— Quelle histoire ! souffla Oksa en hochant la tête. Mais que sais-tu sur ces fameuses perles de longévité ?

— Seulement ce que j'ai lu dans le Livre des Ombres. On trouve les Intemporentas dans les profondeurs de la Source Chantante, et elles permettent à celui ou à celle qui les avale de garder sa fraîcheur. C'est un des secrets de la longévité des Fées Sans-Âge.

— Des hommes seraient prêts à tuer pour ça ! fit remarquer Pavel.

— Oui, même à Édéfia où pourtant nous vivons plus longtemps qu'à Du-Dehors... C'est d'ailleurs ce qui s'est vraisemblablement passé. Gonzal et Marpel ont payé de leur vie la possession de ces perles fabuleuses. Et c'est Ocious qui est au bout de la chaîne.

— Et qui dit Ocious dit Orthon/McGraw ! s'exclama Oksa.

— Quand je l'ai vu depuis ma montgolfière, j'ai été stupéfait, poursuivit Léomido en hochant la tête. Je le reconnaissais, mais il avait l'air si jeune que je ne pouvais pas y croire. Et en même temps, ça ne pouvait pas être son fils. Trop de détails confirmaient qu'il ne pouvait pas s'agir de quelqu'un d'autre que lui. Je suis abasourdi, vraiment abasourdi…

– Tout cela est bien troublant. Sans compter que cela complique terriblement la situation, ajouta Abakoum.

– Comme si elle ne l'était pas assez… grommela Pavel.

– Reconnaissez que c'est fantastique quand même ! s'écria Gus avec un enthousiasme qui surprit tout le monde. Des perles de longévité, moi ça m'épate ! Vous croyez que McGraw en a sur lui ou qu'il en cache quelque part ?

– Ne t'emballe pas, jeune homme, répondit Dragomira en posant la main sur le bras du garçon. C'est une supposition !

– Mais il n'y a pas d'autre explication possible, c'est évident ! s'enflamma Gus en relevant une mèche de cheveux qui venait de glisser sur son visage.

Cette idée l'excitait tellement qu'il en tremblait.

– Une explication possible et très séduisante, j'en conviens, Gus, commenta Abakoum. Je pense aussi que la probabilité qu'Orthon ait des Intemporentas est très forte. Ou plutôt *qu'il n'en ait plus…* Car c'est bien ce qui pourrait expliquer pourquoi il veut à tout prix retourner à Édéfia.

Interloquée, Oksa regarda Abakoum de ses grands yeux gris.

– Ça pourrait être une sacrée bonne raison !

– Oui… admit Abakoum. Néanmoins, j'ai une autre théorie… ajouta-t-il.

72

L'envers du décor

– Une autre théorie ? s'écria Oksa.

– Rappelle-toi ce que ta grand-mère t'a montré au Caméræil, enchaîna Abakoum. Ocious voulait sortir d'Édéfia. Nous ignorons les détails précis car la Gracieuse Malorane est toujours restée très évasive à ce sujet, même avec Mercedica et moi qui étions pourtant ses confidents. Pour résumer, nous savons qu'Ocious comptait utiliser ses pouvoirs à Du-Dehors dans un but de puissance et de domination. Ce que nous aurions tous pu faire depuis toutes ces années. Mais aucun de nous n'en a jamais abusé, sauf un qui l'a payé de sa vie…

– Le voleur d'œuvres d'arts… précisa Oksa.

– Tout à fait, acquiesça Abakoum. Concernant ce qui nous préoccupe aujourd'hui, je dois faire un retour en arrière et remonter à la période où la Gracieuse Malorane a pris l'initiative de montrer aux membres du Pompignac, puis aux habitants, ses rêvoleries à Du-Dehors. Ces projections publiques de Caméræil étaient une première dans l'histoire d'Édéfia, aucune Gracieuse ne l'avait jamais fait avant elle. La plupart d'entre elles sont restées muettes à ce sujet et n'ont rien laissé filtrer. Ou alors, elles se sont contentées de rendre compte oralement de ce qu'elles voyaient lors de leurs voyages virtuels. Mais, par prudence, elles choisissaient soigneusement ce qu'elles livraient en donnant une version qui s'éloignait souvent de la réalité.

– Abakoum ! s'écria Dragomira, outrée. Comment peux-tu dire une telle chose ?

– Ma chère Dragomira, je suis navré, mais tout ce que je dis là est la stricte vérité : les Gracieuses n'ont pas toujours été très loyales avec le peuple d'Édéfia en matière de rêvoleries. Loin de moi l'envie de les accabler, car c'est surtout l'instinct de protection qui les poussait à dissimuler ce qu'elles voyaient réellement. En entretenant une image mystérieuse de Du-Dehors, elles ont réussi au fil des siècles à convaincre notre peuple qu'au-delà d'Édéfia, tout n'était que danger.

– Mais Abakoum, intervint Oksa, il y a quelque chose qui me turlupine... J'ai l'impression que, en quelque sorte, vous étiez... *prisonniers d'Édéfia* !

– Oksa ! s'exclama à nouveau Dragomira, visiblement très choquée.

Un lourd silence chargé d'électricité envahit la pièce. Dragomira respirait avec nervosité, les narines frémissantes de colère. Abakoum regarda tour à tour celle à qui il avait voué toute sa vie – la précieuse Dragomira – et celle qui était désormais leur Inespérée à tous, leur nouvel espoir.

– Oksa a raison, prononça-t-il avec une délicatesse extrême tout en gardant les yeux fixés sur la vieille dame. Notre peuple n'a jamais ignoré l'existence de Du-Dehors, mais certains étaient persuadés qu'on leur cachait des choses, et notamment qu'il était possible de sortir. Au fil des siècles, cette conviction n'a fait que grandir et ils furent de plus en plus nombreux à se sentir prisonniers d'Édéfia.

– Je ne peux pas te laisser dire cela ! répliqua Dragomira, les larmes aux yeux. Édéfia était parvenue à la perfection ! Jamais je n'ai vu de système plus équilibré, plus respectueux et plus admirable !

– Aux yeux de la petite fille que tu étais alors, oui, j'en conviens, continua Abakoum avec une grande souffrance dans les yeux. Évidemment, Édéfia n'a jamais rien eu à voir avec les dictatures ou les États totalitaires que l'on peut rencontrer à Du-Dehors. C'était une Terre harmonieuse, la vie était idyllique pour la plupart d'entre nous. Mais génération après génération, on nous a néanmoins persuadés qu'ailleurs, tout était mauvais. Ainsi, une sorte de crainte, fondée sur l'ignorance et les rumeurs, s'est diffusée dans l'esprit des Du-Dedans au cours des siècles, garantissant aux Gracieuses la protection à laquelle elles aspiraient tant pour le bien de leur peuple, je le répète. Tout cela est très honorable, je suis le premier à le dire, mais en effet, Édéfia pouvait représenter une prison pour certains de ses habitants. En toute honnêteté, il faut le reconnaître. J'en veux pour preuve les méthodes originales de Malorane… Quand elle a commencé à montrer ses rêvoleries à l'état brut – c'était la première fois qu'une Gracieuse montrait ce qu'elle voyait *réellement* à Du-Dehors –, les ennuis ont commencé. Certains, Ocious en tête, se sont sentis trompés par les Gracieuses qui avaient précédé Malorane : la vision que nous avions du monde qui nous entourait était complètement fausse. Pouvons-nous juger les partisans d'Ocious ? Ce serait injuste, car non seulement les Gracieuses avaient menti – certes, pour nous préserver –, mais en plus Du-Dehors était loin d'être le monde inquiétant qu'on nous avait décrit jusqu'alors. Malgré les guerres, la violence, l'injustice, Du-Dehors n'était pas ce qu'on avait voulu nous faire croire. En quelques mois seulement, elle devint une Terre pleine de tentations et la certitude qu'on pouvait s'y rendre ne fit que croître chez certains d'entre nous.

Dragomira semblait accablée par les propos de son Veilleur. Les poings serrés, elle se leva et, dans un sanglot étouffé, se précipita vers la cuisine. Oksa bondit aussitôt pour la suivre, rejetant la main de son père qui voulait l'en empêcher.

– Papa ! lui dit-elle d'un ton plein de reproches. Tu imagines comme elle doit souffrir ?

Et elle rejoignit d'un pas ferme sa grand-mère, sous le regard troublé des Sauve-Qui-Peut.

Dragomira était debout contre l'évier et laissait ses larmes couler. Oksa lui serra l'épaule avec douceur.

– Ma Douchka…

– T'inquiète pas, Baba. C'est normal d'être triste…

Dragomira se moucha et lui répondit d'une voix tendue :

– Au fond de moi, je sais qu'Abakoum a raison. Je le sais depuis toujours, mais je ne veux pas le reconnaître et c'est ce qui me met le plus en colère…

Elle se retourna et dévisagea longuement Oksa avant de retourner près des autres qui attendaient en silence. Elle s'assit avec lenteur, leva les yeux vers son frère Léomido et l'interpella d'une voix sourde :

– C'est ce que tu ressentais, toi aussi ? Tu étais comme eux ? Tu voulais voir ailleurs ?

Léomido parut très mal à l'aise. Puis, subitement, il plongea son regard bleu dans celui de sa sœur et les mots jaillirent de sa bouche crispée :

– OUI... Si tu veux tout savoir, je crevais d'envie d'aller à Du-Dehors, parcourir les déserts et les océans, sentir la neige sur mon visage, écouter d'autres langues que la mienne, entendre d'autres rires que ceux que j'aimais pourtant tellement... Oui, j'aurais fait n'importe quoi pour partir !

– Tu aurais trahi les tiens ? demanda Abakoum avec dureté.

– Ce sont les miens qui m'ont trahi...

Les yeux d'Oksa tourbillonnèrent à toute vitesse, passant de Léomido à Abakoum. Les deux hommes se défiaient du regard, sans hostilité, mais avec rancœur et tristesse. La douleur qui se dégageait de cet affrontement silencieux semblait si profonde...

– Que veux-tu dire ? souffla Abakoum.

Au lieu de répondre, Léomido se leva et quitta la pièce avec raideur, laissant les Sauve-Qui-Peut dans la perplexité la plus complète.

– Et alors ? intervint Oksa, à la fois troublée par ces réactions et avide d'en savoir plus sur ces saisissantes révélations. Qu'est-ce qui s'est passé ensuite avec les rêvoleries de Malorane ?

Abakoum secoua la tête et se frotta les yeux comme pour se débarrasser d'une pensée trop envahissante avant de continuer son récit :

– Des hommes et des femmes, menés par Ocious, se sont groupés pour étudier le comportement et l'organisation des Du-Dehors. Vous ne serez pas étonnés d'apprendre que les questions de pouvoir les intéressaient particulièrement... Je me souviens d'une conversation enflammée que j'avais surprise entre Ocious et un de ses amis au détour d'un couloir de la Colonne de Verre : Ocious s'enthousiasmait à propos de la toute-puissance des magnats du pétrole. Il avait alors décrit dans leurs moindres détails les mécanismes financiers et leur influence sur le pouvoir politique international. Cette conversation m'avait à la fois captivé et glacé d'effroi, je m'en souviens très bien. Tout cela était si différent de ce que nous connaissions à Édéfia ! Et pourtant, d'une étrange façon, rien ne l'était véritablement car je sentais tout au fond de moi notre capacité à basculer dans ce mode de fonctionnement qu'Ocious admirait tant. À part nos pouvoirs, rien ne nous différenciait des Du-Dehors : notre environnement et notre mode de vie nous inclinaient à agir d'une certaine manière, mais nous étions avant tout des humains animés par des aspirations communes, qu'elles soient bonnes ou mauvaises. Quel choc… Très rapidement, Ocious et sa bande ont détecté les points forts et surtout les points faibles de ceux qui vivaient de l'autre côté du manteau, notre frontière lumineuse. Dès lors, Ocious n'a eu de cesse de harceler Malorane pour qu'elle rêvole et lui apporte les réponses à toutes les questions qu'il se posait. Il voulait tout savoir, absolument tout sur Du-Dehors. Et Malorane – qui saura jamais pourquoi ? – s'est largement pliée à ses exigences.

Abakoum s'interrompit une nouvelle fois et regarda Dragomira avec douceur. La Baba Pollock baissa tristement les yeux, les lèvres pincées.

— Vous savez que les Mainfermes ont le pouvoir de transformer une roche des montagnes À-Pic en diamant. Quand Ocious et ses amis ont compris l'avantage qu'ils pourraient tirer de ce pouvoir extraordinaire, ils ont vu là d'immenses possibilités. Terriblement motivés, ils tentèrent par tous les moyens de sortir d'Édéfia, se disant que si l'esprit pouvait le faire par les rêvoleries, le corps en était certainement capable, lui aussi. Bien sûr que le corps le pouvait ! Comme vous le savez, c'était le fameux Secret-Qui-Ne-Se-Raconte-Pas, le secret des Gracieuses. À partir de là, les choses se sont vite dégradées. Certains ont commencé à manifester de plus en plus brutalement leur désir de se rendre à Du-Dehors. Mais leurs visites n'auraient pas été des visites de courtoisie… Loin d'eux l'envie de faire du tourisme ou de mettre en place des relations diplomatiques ! Non… Ce qui les intéressait, c'était le pouvoir, la suprématie, toutes ces notions dont nous avions toujours tenté de nous préserver.

« Dès que le Secret-Qui-Ne-Se-Raconte-Pas a été révélé, nous avons compris avec épouvante pourquoi les précédentes Gracieuses nous avaient maintenus dans une sorte d'ignorance bienveillante : sortir impliquait l'ouverture du Portail. Et cette ouverture représentait un grand danger pour Édéfia, le plus grand danger qui puisse exister : l'intrusion des Du-Dehors ! La convoitise que notre Terre aurait suscitée pour eux s'ils avaient eu connaissance de son existence aurait mené à l'exploitation, à la guerre et peut-être même à sa destruction. Car contrairement à ce que de nombreuses personnes ont pensé à cette époque, le Secret n'avait pas été établi *contre* les Du-Dedans, il était le garant de notre sécurité et aucune Gracieuse avant Malorane ne s'y était trompée. Leur vie et le destin d'Édéfia en dépendaient. Rappelez-vous le serment confidentiel que toutes les Gracieuses prêtaient lors de la Cérémonie de la Pèlerine :

Seule toi la Gracieuse
Tu garderas ce Secret
Nul autre que toi ne le connaîtra
Car il y a dans l'homme
À Du-Dedans, à Du-Dehors
Du bon et du mauvais
Le Secret perdu
Ta vie tu donneras.

– En fait, on leur a reproché de respecter ce serment ! en déduisit Oksa.

– Oui… répondit Abakoum. Et il faut admettre que ce fut pour elles un bien cruel dilemme : sous peine de mourir, il leur fallait protéger le Secret – et par conséquent Édéfia et le peuple – en usant de la dissimulation et du mensonge. Moins elles en disaient sur Du-Dehors, plus elles préservaient le Secret-Qui-Ne-Se-Raconte-Pas. Et plus Édéfia restait à l'abri.

– Bonjour la pression ! fit remarquer Oksa.

– Vous êtes bien conscients, mes enfants, que nous avons des dons que plus d'un Du-Dehors rêverait d'avoir. Des dons qui conféreraient un pouvoir indéniable à ceux qui les utiliseraient à mauvais escient. C'est une force inouïe, mais aussi une immense faiblesse. Nous sommes bien placés pour le savoir, nous les Sauve-Qui-Peut qui vivons avec le risque permanent d'être découverts et capturés. Toutefois, il n'y a pas que ces dons, il y a aussi les diamants. À Du-Dehors, ce sont des matériaux convoités qui permettent d'accéder à la richesse et à ce pouvoir dont certains sont si avides. Nous pensons que c'est certainement ce qui a motivé Ocious. Aveuglé par son ambition, il n'a jamais mesuré le danger que représentait l'ouverture du Portail. Une seule chose l'intéressait : sortir avec des tonnes de diamants et soumettre Du-Dehors. Ou du moins imposer une forme de pouvoir grâce à l'immense richesse que ces pierres précieuses lui apporteraient... Dès qu'il a découvert qu'il était possible de sortir d'Édéfia, il a pris le risque de briser le Secret-Qui-Ne-Se-Raconte-Pas et d'entraîner notre pays dans le chaos. Pourtant, il n'est pas sorti. Alors que son fils Orthon, oui. Et si aujourd'hui Orthon veut retourner à Édéfia, c'est parce qu'*il sait qu'il le peut,* c'est un premier point. Quand il n'y a aucune possibilité, on finit par abandonner l'idée, sinon l'espoir...

« Deuxième point, Orthon a subi l'Exil tout autant que nous. Sans parler des perles ou des diamants, il est logique qu'il veuille retourner à Du-Dedans, tout comme nous, nous le voulons. Mais Orthon ne fait pas partie de notre groupe. Il ne l'a jamais fait et ne le fera jamais. Ce n'est pas uniquement parce qu'Ocious est son père – ça, il n'y peut rien et je crois que certains auraient été prêts à l'accueillir dans nos rangs malgré ce lien de parenté. À Du-Dehors, nous sommes tous dans le même bateau, si je puis dire... Non, si nous ne pouvons le compter parmi nous, c'est parce qu'il est à tout jamais un ennemi d'Édéfia, doublé d'un ennemi des Sauve-Qui-Peut. Je n'oublierai jamais qu'il a tué mon père adoptif devant mes yeux pendant le Grand Chaos et il sait quelle rancune je nourris à son encontre depuis toutes ces années.

À cette évocation, Abakoum pâlit. Son regard gris se voila d'une ombre amère et resta perdu quelques secondes dans le vague.

– J'ignore ce qui le motive, reprit-il d'une voix sombre. Mais ce qui est certain, c'est qu'il veut que le Portail s'ouvre et, pour cela, il doit nous écarter afin de mettre la main sur toi, Oksa. Nous avons affaire à quelqu'un de très ambitieux et cruel...

– Complètement mégalo, oui ! s'exclama Gus avec colère.

– En effet... approuva Abakoum.

– Mais enfin, nous ne pouvons pas le blâmer de vouloir retourner à Édéfia ! fit remarquer Mercedica avec une certaine aigreur. Ce désir serait légitime pour nous et pas pour lui ? Je vous trouve bien durs, mes chers amis.

Les Sauve-Qui-Peut s'agitèrent avec des murmures de désapprobation.

– Permets-moi de te dire que ton indulgence m'étonne, ma chère Mercedica, répliqua Abakoum avec une irritation difficilement contenue. Ce n'est pas son désir de retourner à Édéfia qui est contestable à nos yeux, mais les raisons qui l'animent et les moyens détestables qu'il utilise. Oui, nous voulons tous la même chose, mais c'est tout de même Orthon – et personne d'autre que lui – qui représente un grave problème pour nous aujourd'hui !

Dragomira enfouit son visage dans ses mains en gémissant. Son Foldingot, qui était resté pelotonné dans un fauteuil depuis le début de la discussion, bondit pour lui tapoter l'épaule. Oksa, quant à elle, regarda tour à tour ses parents, puis Gus, les yeux écarquillés et le cœur battant. Cette histoire était vertigineuse.

– J'ai une question…

– Oui, Oksa ?

– Édéfia est invisible depuis Du-Dehors… Alors, comment comptez-vous faire pour la retrouver ?

73

Le gardien du Repère Absolu

– C'est une excellente question, Oksa, fit Abakoum après quelques secondes de réflexion. Une question d'autant plus cruciale que nous possédons certaines des clés qui permettent de retourner à Édéfia…

Dragomira acquiesça avec un sourire triste et poursuivit en regardant particulièrement Oksa et Gus :

– Abakoum a raison. Ma mère avait beaucoup de qualités et certaines lui ont été fatales, comme vous le savez. Mais même si son excès de confiance en autrui a été néfaste pour Édéfia et pour nous tous, elle m'avait heureusement confié certaines choses avant notre fuite. Sinon nous serions à tout jamais dans l'impossibilité totale de retrouver notre Terre… C'était quelques jours avant mon entrée dans la Chambre de la Pèlerine qui devait faire de moi la nouvelle Gracieuse. J'ignorais que le Chaos était déjà amorcé. L'Elzévir avait été dérobé et le Secret-Qui-Ne-Se-Raconte-Pas dévoilé à son usurpateur.

– C'est quoi l'Elzévir ? demanda aussitôt Oksa. Tu n'en as jamais parlé…

– C'est une sorte de journal de bord en cristal, fabriqué par les Sans-Âge, dans lequel chaque Gracieuse consigne les grandes étapes de son règne. Les Elzévirs sont conservés dans la Mémothèque au dernier étage de la Colonne de Verre et constituent les Archives Gracieuses. Comme je le disais, celui de Malorane a mystérieusement disparu de la Mémothèque. Le premier bénéficiaire de ce vol ne fut autre qu'Ocious, vous vous en doutez… D'après ce que je sais, il a largement profité de l'aide d'un complice dans l'entourage immédiat de Malorane. Un traître infâme qui nous précipita vers le Grand Chaos, qu'il soit maudit à tout jamais… Je l'ignorais quand je pressais ma mère de questions quelques jours avant notre fuite. C'est Abakoum qui m'a donné tous ces détails des années plus tard et j'ai compris à ce moment pourquoi elle avait cédé si facilement. Pendant longtemps, je m'en étais voulu de m'être acharnée comme je l'avais fait. Mais aujourd'hui, je ne le regrette pas. Peut-être est-ce l'instinct qui m'a poussée… Ou qui a poussé ma mère à me livrer ses secrets. Car, malgré le serment qu'elle avait prêté dans la Chambre de la Pèlerine, elle me livra alors le plus grand de tous : les Gracieuses pouvaient ouvrir le Portail d'Édéfia et sortir à Du-Dehors ! Ce fut un choc… Jamais je n'avais rien imaginé de tel, jamais. Comme tout le monde, je savais que les Gracieuses pouvaient faire voyager leur conscience à Du-Dehors. Mais sortir d'Édéfia ! Impensable… Quand j'ai compris qu'Ocious était au courant lui aussi, j'ai saisi la gravité d'une telle possibilité et ce qu'elle pouvait représenter pour certains.

« Mais c'est une fois à Du-Dehors que j'ai vraiment compris le poids de ce secret et l'erreur de ma mère. Pour répondre à ta question, Oksa, le Portail d'Édéfia ne s'ouvre que si la Gracieuse intime l'ordre à son Phénix de l'actionner. Comment ? vas-tu me demander. Chaque Gracieuse a un Phénix qui naît – ou plutôt renaît des cendres du précédent – quand l'Empreinte apparaît. Cet oiseau fabuleux est un des deux éléments essentiels pour que s'ouvre le Portail : c'est son chant qui déclenche l'ouverture quand la Gracieuse prononce l'incantation inscrite sur un médaillon transmis de Gracieuse en Gracieuse. C'est aussi simple que cela. Ma mère m'a ensuite expliqué qu'à l'intérieur de la Chambre se trouve une reconstitution de l'univers. Les planètes, les étoiles, les comètes, on y retrouve l'espace en modèle réduit et en mouvement. Le plus intéressant étant, bien sûr, le Repère Absolu : la position d'Édéfia par rapport à l'Univers et à la Terre. Comme j'aurais aimé voir cela… ajouta la Baba Pollock avec un profond soupir.

Elle se tut et ferma les yeux. Suspendus à ses lèvres, tous avaient écouté avec une concentration extrême, mais personne n'osait manifester son impatience de connaître la suite de cette fascinante histoire. Oksa fut la première à tenter d'attirer l'attention de sa grand-mère en pressant délicatement sa main. Dragomira ouvrit les yeux à nouveau, émergeant à grand-peine de ses souvenirs.

— Oui, oui, excusez-moi. J'étais partie très loin… Tu voulais me dire quelque chose, ma Douchka ?

— Oui, Baba… Si on n'a aucune indication sur l'endroit où Édéfia se trouve, autant chercher une aiguille dans une botte de foin ! C'est mission impossible…

Dragomira l'écouta avec gravité, puis tous virent un léger sourire se dessiner sur son visage et ses yeux briller de mille petits feux.

— Pour le médaillon, le problème est résolu, dit-elle en dégageant le pendentif qu'elle portait au bout d'une chaîne en or, à l'abri sous sa robe.

— Waouh, c'est vrai ? C'est le médaillon de Malorane ? s'exclama Oksa.

— Oui, ma Douchka. Il ne m'a jamais quittée depuis le jour où ma mère l'a mis autour de mon cou. D'ailleurs, tu l'as certainement remarqué quand je t'ai montré au Caméroeil le jour du Chaos…

— Mais oui, bien sûr ! s'exclama Oksa en se tapant sur le front du plat de la main. Baba, c'est excellent ! Tu peux me montrer l'inscription ?

Dragomira se rembrunit et contempla le médaillon d'un air désolé avant de le tendre à Oksa.

— Mais… Baba ? Il n'y a rien ! se récria la Jeune Gracieuse en tournant le bijou dans tous les sens.

— C'est vrai, ma Douchka, dit tristement Dragomira. Cependant, tout espoir n'est pas éteint, car il est fort probable que l'inscription ne soit révélée qu'au moment où le Phénix apparaît. C'est en tout cas la conviction à laquelle nous nous accrochons coûte que coûte…

— Mais comment on va trouver le Phénix ? poursuivit Oksa en rendant le médaillon à sa grand-mère.

— Inutile de chercher, ma petite-fille. C'est le Phénix qui viendra à toi. Tout simplement.

— Est-ce qu'il est déjà né ? Ou « re-né », je ne sais pas comment on doit dire… continua Oksa.

— Oui, ton Phénix est né des cendres du mien le jour où l'Empreinte est apparue autour de ton nombril, lui répondit sa grand-mère.

— Alors, ça veut dire qu'à Édéfia, quelqu'un sait peut-être qu'il y a une nouvelle Gracieuse ?

– C'est tout à fait possible, acquiesça Dragomira. Les Fées Sans-Âge, en tout cas, l'ont bien compris.

Un bon milliard de sensations se mirent à bouillonner dans l'esprit surchauffé d'Oksa. L'image d'un Phénix volant jusqu'à elle la fit tressaillir. Rouge comme une tomate, les joues brillantes, la Jeune Gracieuse respirait bruyamment, la cage thoracique compressée par l'émotion et par une folle pensée.

– Et si on y allait maintenant ? lança-t-elle dans un cri éclatant.

Dragomira la regarda avec un sourire désolé.

– Non, ma Douchka, nous ne pouvons pas plus y aller maintenant que la dernière fois que tu m'as posé la question. Tu l'as dit toi-même, souviens-toi : nous n'avons aucune idée de l'endroit où peut se trouver Édéfia…

Ce rappel plomba aussitôt l'enthousiasme d'Oksa et dissipa les derniers espoirs des plus optimistes Sauve-Qui-Peut. La Foldingote de Dragomira s'approcha de sa maîtresse et lui tapota gentiment l'épaule en signe de sympathie.

– Notre Vieille Gracieuse ? appela la petite créature de sa voix haut perchée.

– Oui, ma Foldingote, qu'y a-t-il ?

– J'ai déjà donné ma conviction à la Jeune Gracieuse et je vais faire le renouvellement à cette assemblée, dit-elle en fixant les Sauve-Qui-Peut de ses immenses yeux bleus. La Gracieuse Malorane avait la confiance naïve envers la nature de l'homme et les mots que vous avez donnés sont convenables : son erreur a versé sur nous tous des conséquences chaotiques.

La Foldingote renifla avant de poursuivre :

– Mais la légèreté de son esprit n'a pas fait l'empêchement d'une prévision…

– Que veux-tu dire ? lui demanda Dragomira en fronçant les sourcils.

– La Gracieuse Malorane a fait la confidence du Repère Absolu à quelqu'un.

Les Sauve-Qui-Peut s'entre-regardèrent, interloqués.

– Tu veux dire que… *quelqu'un sait où se trouve Édéfia* ? murmura Dragomira, une main devant la bouche.

– Mon assurance dans cette conviction était occupée d'espoir mais aussi très mitigée. C'est mon Foldingot qui m'a fait le don de la confirmation…

Tous les regards se tournèrent vers le Foldingot qui préparait des croque-monsieur sur sa table à repasser. Se sentant le point de mire, il s'interrompit et son visage rondouillard se couvrit d'une étrange teinte aubergine.

– Mon Foldingot, approche, veux-tu ? l'invita Dragomira.

– Ma Vieille Gracieuse ?

– Je vais te poser une question très importante… Sais-tu où se trouve Édéfia ?

La voix de la Baba Pollock était rauque et frémissante. Un silence impressionnant, seulement ponctué par les respirations accélérées de tous les membres de l'assemblée, se mit à flotter dans la salle.

– Édéfia est le long du Monde et la connaissance du Repère est conservée avec la précision dans mon cerveau, oui, ma Vieille Gracieuse, répondit simplement le Foldingot.

– Seigneur ! Et tu n'en as jamais rien dit ? s'exclama Dragomira.

– La promesse a été garantie à la Gracieuse Malorane que seule la nécessité libérerait l'indication du Repère.

– Et c'est quoi, cette nécessité ? demanda Oksa, le souffle court et les joues écarlates.

Le Foldingot se tourna vers elle et inclina respectueusement la tête.

– La nécessité signifie le moment où la destinée fera la prise de cette décision, répondit placidement le Foldingot. Donner le Repère si le moment n'est pas le bon emmènerait les Sauve-Qui-Peut vers l'erreur et l'échec. Et vous devez absorber l'acceptation de cette information : connaître le Repère aujourd'hui fait la rencontre de l'inutilité.

– Et comment on saura que c'est le bon moment ? interrogea Oksa.

– Les Sans-Âge donneront les signes qui éclaireront notre Jeune Gracieuse. Elles ont déjà engagé le contact avec vous, c'est la vérité.

– Oui, c'est vrai, reconnut Oksa. Et le médaillon ? Tu sais quelque chose ?

– La conviction de la Vieille Gracieuse baigne dans la justesse. Le Foldingot possède le mystère de l'ouverture du médaillon : l'inscription révélera ses mots quand le moment rencontrera la circonstance adéquate.

– Chaque chose en son temps, c'est bien vu… Mais comment sais-tu tout cela, Foldingot ? demanda Oksa, la voix éraillée par l'émotion.

– Le Foldingot a la connaissance de tous les secrets confinés au fond des cœurs Gracieux, précisa le Foldingot. Tous les secrets.

74

La cinquième tribu

Suite à cette prodigieuse révélation, l'émotion des Sauve-Qui-Peut était à son comble. Tout le monde s'agitait et parlait en même temps. Quelle immense nouvelle ! Et quel soulagement… Quelqu'un savait comment retrouver Édéfia. Le Foldingot de Dragomira ! Aucun Sauve-Qui-Peut n'aurait pu imaginer que le Repère Absolu qui allait leur permettre de retrouver leur Terre perdue se trouvait à l'abri dans le cerveau de cette petite créature fantaisiste. Et bien sûr, l'éventualité du retour à Édéfia était plus concrète qu'elle ne l'avait jamais été. Surtout pour Oksa qui débordait littéralement d'enthousiasme.

– Je suis prête ! dit-elle avec frénésie à l'intention de sa grand-mère et d'Abakoum. Je sais tellement plus de choses maintenant !

– Oui, c'est indéniable, lui répondit calmement sa grand-mère. Je crois que nous comprenons tous ton impatience… Mais *regarde-nous* ! Certains d'entre nous sont des vieillards !

– Des vieillards qui pourraient aplatir le champion du monde de boxe, fit remarquer Gus.

– Des vieillards qui peuvent voler, continua Oksa sur le même ton, projeter des gens à plusieurs mètres, fabriquer des substances d'enfer… Des vieillards qui pourraient mettre le monde à leurs pieds s'ils le voulaient !

– Oui, admit Dragomira, mais avant tout des vieillards qui sont loin d'être des guerriers et qui ne sont pas du tout préparés, physiquement et mentalement, à affronter qui que ce soit. Et surtout, des vieillards qui ne savent pas qui ils vont trouver face à eux… Je te le répète : une telle entreprise ne peut se mener à la légère.

– Excusez-moi… intervint soudain Naftali, qui avait gardé le silence jusqu'alors.

Tous se tournèrent vers le géant suédois dont le regard d'émeraude affichait une intense concentration. Il joignit ses deux mains, les posa devant lui et jeta un coup d'œil mêlé de regret et de tension à Brune. Cette dernière posa la main sur son avant-bras pour l'encourager et lui adressa un sourire résigné.

– Excusez-moi, reprit-il, mais puisque nous en sommes aux révélations, j'ai quelque chose à vous dire… Quelque chose de très important qu'il faut que vous sachiez à propos d'Orthon/McGraw.

Léomido étouffa un soupir contrarié qui n'échappa pas à Oksa. Décidément, son grand-oncle avait des réactions très bizarres…

– De quoi veux-tu parler, Naftali ? s'étonna Abakoum.

– Je veux parler de la Société Secrète des Murmous, répondit-il en fixant l'Homme-Fé.

– Les Murmous ? souffla ce dernier, déconcerté. Que sais-tu sur les Murmous ?

Autour de la table, Brune et Dragomira se regardèrent, apparemment très troublées, tandis que Léomido s'assombrissait. Oksa interrogea des yeux ses parents, puis les Bellanger, mais personne ne paraissait comprendre plus qu'elle. Quant à Tugdual, les mots « Société Secrète » semblaient avoir retenu toute son attention.

– Avant toute chose, je dois remonter neuf siècles en arrière, annonça Naftali, et aborder les Diaphans qui sont indissociables des Murmous, vous le comprendrez bientôt. Jusqu'au XIIe siècle, nous n'étions pas quatre tribus, mais cinq : celles que vous connaissez, plus les Diaphans. Les Diaphans avaient toujours vécu à l'écart des autres, non loin de l'Inapprochable, le territoire le plus sauvage d'Édéfia. Ils étaient très peu nombreux, une cinquantaine d'individus tout au plus. Taciturnes et peu sociables, ils vivaient en autarcie selon leurs propres règles tout en donnant l'apparence d'un voisinage froid mais pacifique. Je dis bien « l'apparence », car ils cachaient en réalité une nature effroyable.

« En 1145, les Sans-Âge leur ont lancé le Sortilège de Claustration, c'est-à-dire que ces êtres ont été contraints à l'isolement sur le territoire hostile de Brûle-Rétine, là où les pierres étincellent tant que personne ne peut être exposé à leur éclat sans risquer de devenir aveugle sur-le-champ. Mais ce grand danger était inclus dans le Sortilège de Claustration, il en était même le fondement en inversant l'ordre des choses : désormais, les Diaphans ne pouvaient survivre en dehors de cette région extrêmement lumineuse. Le miroitement des roches était devenu essentiel à leur survie. Loin de lui, les Diaphans prenaient le risque de s'éteindre, au sens propre. Au fil des années, leur métabolisme s'est modifié pour s'adapter à ces nouvelles conditions de vie. Sur toute la surface de leur corps, une épaisse couche de graisse s'est formée, protégeant leur épiderme de l'intensité lumineuse ; leur peau, déjà très pâle naturellement, est devenue translucide, laissant apparaître leurs veines et leur cœur noirs. Quant à leur visage, il s'est réduit à sa plus simple expression : une membrane s'est formée sur leurs yeux, donnant à leur regard une opacité tout à fait étrange ; leur nez a quasiment fondu pour ne plus garder que deux petites fentes en guise de narines ; leur bouche s'est rétrécie et leurs oreilles ont perdu leur pavillon pour ne conserver que le conduit auditif.

— Ça fait penser à des extraterrestres… fit remarquer Oksa avec une petite moue.

— Oui, en quelque sorte, confirma Naftali.

— Mais pourquoi ont-ils subi ce Sortilège de Claustration ? continua Oksa. C'était une punition ?

— Tout à fait, admit Naftali. Car les Diaphans mâles avaient un vice atroce. Dénués de tout amour envers leurs semblables, ils étaient devenus les experts de la chasse. Une chasse très spéciale : la chasse à la passion.

— Qu'est-ce que ça veut dire ? demanda Oksa.

— Mais laisse-le parler, au lieu de l'interrompre tout le temps ! grogna Gus.

— La chasse à la passion, reprit Naftali, signifie que ces mâles, incapables d'avoir leurs propres sentiments amoureux, volaient ceux des autres. Pour ce faire, ils passaient en grand secret à Vert-Manteau, à À-Pic ou à Du-Mille-Yeux. Là, ils repéraient des jeunes gens ou des personnes plus âgées, peu importait du moment que leurs cibles étaient amoureuses. Alors ils les hypnotisaient et aspiraient leurs sentiments pour se les approprier, d'où leur nom de Renifleurs.

« Pendant longtemps, personne n'a su expliquer cet étrange phénomène. On lui a donné le nom de Détachement Bien-Aimé car, du jour au lendemain, des gens n'éprouvaient plus aucun amour pour celui ou celle dont la veille ils étaient fous amoureux. Et pour cause ! Cette passion amoureuse leur avait été dérobée pour l'éternité ! Les années précédant l'intervention des Sans-Âge, une véritable psychose s'était installée à Édéfia. Comme on ne savait pas exactement de quoi il s'agissait, on a parlé de Peste Amoureuse et les plus grands Granokologues ont tenté de mettre au point des substances qui auraient permis de lutter contre cette terrible affliction. En vain... Un jour, Coxo, le plus féroce des Renifleurs, a été pris sur le fait : il venait de s'emparer du sentiment amoureux de la Jeune Gracieuse qui devait se marier quelques jours plus tard ! C'est à partir de là que tout a été dévoilé, et les Diaphans ont été bannis à Brûle-Rétine.

– C'est écœurant, grimaça Oksa.

– Mais revenons aux Murmous... Tout a commencé avec Témistocle, expliqua Naftali. Témistocle était un Mainferme qui naquit en 1516 et mourut en 1648 dans les circonstances violentes que nous verrons plus tard. C'était un fervent chercheur dont les travaux se concentraient sur les propriétés des roches et des minéraux. Il a permis à la médecine par les pierres des avancées considérables, mais ses recherches ne s'arrêtèrent pas là. De la chimie, il est rapidement passé à l'alchimie, notamment l'alchimie transmutatoire.

– Qu'est-ce que c'est ? l'interrompit Marie d'une petite voix.

– Pour résumer, l'alchimie transmutatoire est la transformation d'une matière en une autre matière. Celle qui a certainement suscité le plus de passion à Du-Dehors est bien sûr la transformation du métal en or. Cependant, à Édéfia, les Mainfermes sont déjà capables de ce type de prodige puisqu'ils ont la capacité de transformer certaines roches en diamant. Quant à l'immortalité, qui est également une des grandes utopies des alchimistes, ce n'était pas ce qui captivait Témistocle. Lui n'était attiré que par notre frontière, ce manteau de lumière que personne n'avait jamais pu traverser. C'était son rêve absolu, le but ultime de sa vie : passer la frontière. Dans sa quête perpétuelle de nouvelles matières, il commença à s'intéresser à la roche étincelante de Brûle-Rétine. Voyant qu'il peinait à s'en approcher à cause de sa luminosité, un Diaphan entra en contact avec lui. Cela faisait plus de quatre cents ans que les Diaphans n'avaient vu âme qui vive ! Il fournit à son visiteur providentiel des fragments de cette roche aux éclats si redoutables. Témistocle l'appela la Luminescente et entreprit des recherches acharnées, persuadé d'avoir entre les mains une matière exceptionnelle. Et il avait raison ! De son côté, le Diaphan, conscient de l'opportunité inespérée que représentait Témistocle, lui proposa un marché impossible à refuser : la divulgation d'un secret concernant la transmutation de la matière contre le sentiment amoureux d'une jeune personne. À ces mots, Témistocle se précipita à À-Pic, drogua un jeune homme qui devait se fiancer et le ramena à Brûle-Rétine. Le Renifleur fit sa monstrueuse affaire en privant à jamais le garçon de tout sentiment passionnel, en échange de quoi il livra le secret des Diaphans : Coxo, l'ancestral Renifleur, avait mis au point une recette fabuleuse permettant la transformation de la matière en particules ! Je vous laisse imaginer le bonheur de Témistocle qui, après des années de recherche, voyait ses travaux faire un gigantesque bond en avant…

— Vous voulez dire que ce n'était pas du bluff ? s'étonna Oksa. La recette existait vraiment ?

— Oui, Oksa, lui répondit simplement Naftali.

— Vous… vous ne connaîtriez pas les ingrédients, par hasard ? tenta la Jeune Gracieuse.

— Si…

Dragomira ne put retenir un cri de surprise. Autour d'elle, les Sauve-Qui-Peut s'agitaient sur leurs sièges, perturbés par ces révélations et néanmoins impatients d'en savoir plus.

— La recette que donna le Diaphan à Témistocle ce jour-là était incomplète. Au fil des siècles, les mémoires s'étaient émoussées… Le Diaphan n'avait aucun doute sur les deux premiers ingrédients : un cube de Luminescente de trois centimètres de côté et un huitième de litre du sang de l'intéressé, soit douze centilitres et demi. Le troisième ingrédient était nettement moins précis : il s'agissait d'un végétal dont il fallait broyer les racines, les tiges et les feuilles, et qui agissait comme le catalyseur des deux précédents ingrédients. Puis le Diaphan décida d'offrir à Témistocle le quatrième ingrédient : une petite fiole d'une valeur inestimable.

— C'était quoi ? murmura Oksa en retenant son souffle.

— Une fois qu'ils ont reniflé le sentiment amoureux de malheureux innocents, les Diaphans connaissent une période d'euphorie. Bizarrement, cet état provoque l'écoulement d'une substance noire et visqueuse qui s'échappe par ce qui leur reste de nez. Et la petite fiole donnée à Témistocle contenait le goudron répugnant recueilli des narines de Coxo en personne, quatre cents ans auparavant !

— C'est dégoûtant ! s'écria Oksa.

— Fascinant... ajouta Tugdual.

— Immonde ! renchérit Gus. Ça me fait penser à l'« hormone de l'amour » !

— C'est quoi ? lui demanda Oksa en plissant les yeux.

— Des scientifiques étudient le phénomène de près, expliqua le jeune homme. Il paraît que quand on tombe amoureux, le corps sécrète une hormone très stimulante, proche de certaines drogues dures. Il peut même arriver que des gens deviennent complètement accros, et on dirait que c'est ce qui se passe avec les Diaphans, non ? Le plus dingue, c'est que le corps est capable de repérer olfactivement cette hormone...

— C'est dément ! commenta Oksa.

— Et aussi très juste, ajouta Naftali. Tu as tout à fait cerné le problème, Gus : les Diaphans sont accros à l'hormone humaine de l'amour.

— Mais pourquoi dites-vous que la « substance » de Coxo avait une valeur inestimable ? enchaîna Oksa. Qu'est-ce qu'elle avait de plus que celle des autres Diaphans ?

— Coxo était un inventeur de génie... répondit Naftali.

— Un sorcier fou, tu veux dire ! Un détraqué ! l'interrompit Dragomira. J'ai lu plusieurs articles sur lui à la Mémothèque. Il n'avait aucun scrupule et il était d'une cruauté sans limites !

— En effet... reprit Naftali, sur la défensive. Si je parle de génie, c'est seulement parce qu'il a réussi là où tous les autres avaient échoué. C'était un être abject, je ne le défends pas, mais il fut le premier à contrôler la transmutation. Quand Témistocle a pris le relais, quatre cents ans plus tard, il lui a fallu plusieurs années de travail obstiné pour arriver à un résultat...

— Il a fini par trouver l'ingrédient manquant ? l'interrompit Oksa. C'était une Goranov, n'est-ce pas ?

— Comment tu sais ça, toi ? demanda Gus.

– Une plante qui catalyse, Gus, souviens-toi…
– Mais oui, bien sûr !
– Tu as raison, Oksa, approuva Naftali. Il s'agit bien d'une Goranov.
– Mais c'est un sacrifice ! s'indigna Oksa. Ça me révolte… Pauvre Goranov ! Témistocle en a massacré beaucoup ?
– À n'en pas douter, confirma Naftali. Jusqu'à ce qu'il maîtrise enfin la composition de son élixir, appelé le Murmou, qui permettait de désintégrer les particules du corps afin de le rendre perméable aux matières dures, pierre, bois, métal…
– Vous voulez dire que ce Murmou permettait aux hommes de passer à travers les murs ? C'est ça ? demanda Oksa, abasourdie.
– Très juste, lui répondit Naftali sous les exclamations stupéfaites de ses amis.
– Un passe-muraille… murmura Gus. Vous imaginez le pouvoir que ça représente ?
– Oui, Gus, c'est un pouvoir immense… reconnut Naftali. Mais Témistocle ne s'arrêta pas là. Après avoir brillamment réussi à traverser des murs, des baies vitrées, des plaques de métal, des parois de pierre, il a tenté de traverser le manteau d'Édéfia – c'est ce qu'il voulait depuis le premier jour. Cependant, il s'est heurté à un mur, c'est le cas de le dire. Un mur de lumière contre lequel son élixir pourtant si puissant n'avait pas plus d'effet qu'un verre d'eau. Ce fut une déception terrible pour l'alchimiste, une désillusion qui faillit l'anéantir.

« Toutefois, l'espoir ne l'avait pas totalement abandonné et il fit alors la tentative du dernier ressort, celle qui allait le détruire : entrer dans la Chambre de la Pèlerine pour trouver la solution à son problème. Bien entendu, il ne connaissait pas le Secret-Qui-Ne-Se-Raconte-Pas, mais son instinct lui disait qu'il trouverait peut-être des indices intéressants. Une nuit, il se faufila dans la Colonne de Verre, déjouant les gardes grâce à son élixir de Murmou, et il pénétra dans la fameuse Chambre. Qu'y trouva-t-il ? Nul ne le sait car il en ressortit vidé de son esprit. Seule son enveloppe corporelle réapparut, affreusement déformée : Témistocle était mort.

« Quelques mois plus tard, son fils unique fonda dans la clandestinité la Société Secrète des Murmous, perpétuant la tradition. La Société réunissait dans l'ombre des grottes de Brûle-Rétine certains des plus grands chimistes d'Édéfia. Des chimistes transformés en alchimistes animés par cette volonté farouche de passer le manteau de lumière.

« Mais pour répondre à la question que tu me posais, Oksa, à propos de cette fiole offerte à Témistocle, il faut savoir que Coxo a tenté des centaines d'expériences sur lui-même, ce qui a eu pour effet de bouleverser considérablement son ADN. Et si je te dis qu'il est le père de la métamorphose humaine, tu comprendras aisément pourquoi la petite fiole offerte par le Diaphan à Témistocle avait une valeur si particulière...

Naftali s'interrompit un instant, laissant s'installer sur le groupe un silence pesant.

– C'est hallucinant, ne put que bredouiller Oksa, toujours la plus prompte à réagir. Donc, si je comprends bien, les Murmous utilisent la morve noire des Renifleurs pour pouvoir traverser les murs... Mais seul Témistocle a réussi la métamorphose grâce à la morve de Coxo, c'est bien cela ?

– C'est tout à fait exact, Oksa... répondit Naftali, décomposé par la tension que son récit suscitait. Témistocle et sa descendance...

– Naftali, certains d'entre nous connaissent les grandes lignes de l'histoire des Murmous, intervint Abakoum, l'air grave. Toutefois, je ne crois pas que cette partie de ton récit se trouve dans les archives d'Édéfia, ni nulle part ailleurs. Alors, je te prie de ne pas te formaliser, mais comment sais-tu tout cela ?

– Je sais que les Murmous ont fait l'objet de nombreuses rumeurs, fit Naftali, vos réactions quand j'ai prononcé ce nom tout à l'heure m'ont confirmé que certains d'entre vous en savaient plus qu'ils ne voulaient bien le dire. Mais effectivement, personne d'entre vous ne peut connaître les détails que je viens de donner, car je les tiens de ma mère qui est une repentie des Murmous.

– Tu veux dire que... ? rebondit Dragomira avec un air de profonde incrédulité sans oser poser la question fatale.

Naftali la fixa de ses yeux verts et, d'une voix abattue, lui répondit :

– Oui, Dragomira. À mon corps défendant, ma mère était une Murmou...

Dragomira poussa un cri et tout le monde regarda Naftali avec une stupeur mêlée d'horreur. Une grande tristesse assombrit le visage du géant suédois.

– Ma mère était chimiste, poursuivit-il avec cran. Un jour, elle a été contactée par les Murmous et elle est entrée dans cette Société Secrète, séduite par l'idée de sortir un jour d'Édéfia. Elle a bu l'élixir et elle a poursuivi en compagnie des autres membres les recherches entreprises depuis Témistocle. Mais le Maître des Murmous voulait produire de plus en plus d'élixir en prévision d'une réussite qu'il imaginait proche. Ce qui impliquait que les Diaphans renouent avec leur vice ancestral afin de fournir la fameuse morve noire. Ce début de XXe siècle fut une période assez trouble : de plus en plus de gens se détachaient soudain des êtres auxquels ils étaient profondément liés et le peuple tout entier s'inquiétait. La terrible histoire des Diaphans Renifleurs avait été oubliée depuis longtemps – rappelez-vous qu'elle s'était passée huit siècles auparavant. Tout le monde cherchait des explications. Des hypothèses plus catastrophistes les unes que les autres semèrent peu à peu le doute et la crainte aux quatre coins d'Édéfia. Certains pensaient que notre monde vivait les prémices de son déclin, d'autres qu'une malédiction avait été jetée par les Sans-Âge. Ma mère n'a pas supporté la cruauté des Murmous et leur alliance avec les Diaphans. Elle a quitté la Société Secrète sous la menace de voir toute sa famille massacrée si elle prononçait un seul mot à leur sujet. Malheureusement, tout cela a eu lieu après ma naissance…

– Pourquoi malheureusement ? demanda Tugdual sur un ton vif.

– À cause de l'ADN, non ? intervint Oksa.

– Oui, à cause de l'ADN, confirma Naftali d'un air sombre. Une fois que cet élixir est ingéré, il se transmet de génération en génération…

– Attends une minute… le coupa Tugdual. Tu es en train de nous dire que tu es un Murmou ?

La consternation se lut sur tous les visages. Abakoum ferma les yeux, comme s'il voulait s'enfermer dans ses propres pensées, et Dragomira cacha son visage dans ses mains.

– Dans mon sang se trouve effectivement le gène Murmou, reprit Naftali. Et croyez bien que je le regrette.

– Moi aussi, je suis un Murmou, alors ! lança Tugdual en se redressant dans son fauteuil, les yeux brillants. Le dé-li-re…

– Oui, admit Naftali d'un air abattu. De même que les descendants de chaque membre de la Société Secrète, nous possédons le gène Murmou.

– Seigneur ! s'exclama Dragomira. Mais rassure-toi, mon ami, aucun de nous ne peut te tenir rigueur des erreurs de tes ancêtres. Tu fais avant tout partie des Sauve-Qui-Peut, nul ne peut le contester ! Tu as suffisamment prouvé ta loyauté depuis toutes ces années.

– Merci, Dragomira, murmura Naftali, très touché par les paroles de la Baba Pollock.

– Mais tu nous disais tout à l'heure que tu avais une révélation à nous faire à propos d'Orthon/McGraw, reprit-elle avec appréhension. Quel est le rapport avec toute cette histoire ?

– Le rapport, Dragomira, c'est que le dernier Maître Murmou n'est autre qu'Ocious. Orthon est donc un Murmou… Et surtout, il est le descendant de Témistocle, le fondateur, l'inventeur de la métamorphose humaine…

75

Piques et cœurs

Oksa et Gus s'étaient éclipsés un peu plus tard, laissant les adultes converser dans le salon. L'esprit plein à craquer de sensations, ils commentaient sans pouvoir s'interrompre cette journée riche en révélations.

— Je ne sais pas ce qui m'épate le plus, lança Gus, étendu sur le lit d'Oksa. Entre la Gom-Souvenance, le Fourre-Pensée, les perles de longévité, les Diaphans Renifleurs, les Murmous… on a l'embarras du choix !

Oksa, quant à elle, faisait quelques mouvements de kung-fu, bougeant lentement ses mains tendues devant elle, le corps tournant comme un pivot.

— Tu m'étonnes ! murmura-t-elle en plissant les yeux.

— Je peux entrer ?

Tugdual venait de passer la tête dans l'entrebâillement de la porte et regardait Oksa d'un air intrigué.

— Qu'est-ce que tu fais, Vénérable P'tite Gracieuse ? lui demanda-t-il en souriant.

Pour toute réponse, elle fit mine de lui décocher un coup de pied sur le côté en tendant brusquement la jambe dans sa direction. Tugdual l'évita et lui fit un clin d'œil qui la surprit. Puis il rejoignit Gus sur le lit.

— Alors, qu'est-ce que vous dites de cette journée ? lança-t-il. Bluffante, non ?

Oksa s'affala dans son gros fauteuil à billes et regarda les deux garçons tour à tour en triturant le bas de son T-shirt autour de son index. Gus, son ami de toujours, bourré de qualités et de complexes, son indispensable compagnon… Et juste à côté de lui, Tugdual, ce garçon étrange, sombre et magnétique, qui faisait bondir son cœur chaque fois qu'elle le voyait...

– C'est ce qu'on était en train de se dire avant que tu ne débarques... répondit Gus d'une voix morne, quoique légèrement agressive.

Devant la réaction de Gus, Oksa sentit en elle une étonnante agitation, comme si une petite bombe pleine d'acide se répandait dans son cœur. Tugdual se redressa sur un coude et la fixa de son regard bleu acier.

– Moi, c'est le Foldingot qui m'a complètement soufflé, dit-il sans quitter Oksa des yeux. Quand je pense qu'il sait depuis toujours comment retrouver Édéfia ! Question discrétion, il est vraiment trop fort...

– Ton grand-père n'est pas mal non plus, dans le genre ! lança Gus avec morgue, les yeux toujours rivés au plafond. Attendre plus de cinquante ans pour parler de ses origines, c'est plus que de la discrétion, ça !

– Ooff, tu sais, chacun défend ce qu'il a à défendre, lui répondit mystérieusement Tugdual.

– Qu'est-ce que tu insinues ? demanda aussitôt Gus, sur le qui-vive.

– Tu crois que tes parents t'auraient parlé de leur passé si Oksa n'avait pas eu l'Empreinte ? riposta le sombre jeune homme.

Aïe, voilà qui faisait mal, se dit Oksa. Et en même temps, elle pouvait difficilement défendre Gus, il l'avait un peu cherché. Mais qu'est-ce qui lui prenait ? Lui qui était si sympathique, d'habitude... Toujours allongé sur le lit, il ne tarda pas à répliquer.

– En tout cas, ce n'est pas pire que d'avoir dans son sang des Goranovs sacrifiées et les hormones de dizaines de gens dont on a brisé la vie... marmonna-t-il avec hargne. Question secret de famille, on est quittes, non ?

– Eh oui... soupira Tugdual. Je ne crois pas qu'il existe quelqu'un sur cette Terre qui puisse maîtriser ses origines... Et toi, P'tite Gracieuse ? Qu'est-ce que tu penses de tout ça ?

– Moi ?

Oksa sentit une ardente confusion consumer son corps tout entier, y compris ses joues qui devinrent écarlates. Elle eut l'impression d'être parfaitement idiote, comme le jour où elle avait discuté avec Tugdual dans le cimetière. Quelle horreur ! Il fallait se reprendre !

— Je crois que le Foldingot sait beaucoup plus de choses qu'il ne veut bien le dire, dit-elle d'une voix assurée malgré son trouble. Mais je lui fais confiance, car je crois qu'il sait mieux que quiconque attendre le bon moment pour confier ses secrets. La preuve : il ne dira rien sur la position d'Édéfia tant que nous ne serons pas prêts !

— Tu n'as pas tort, acquiesça Tugdual. Mais s'il meurt, on fait comment ?

Oksa ne put retenir un petit rire nerveux.

— T'es trop, toi ! Pourquoi veux-tu qu'il meure ?

— Je ne veux pas qu'il meure ! répliqua Tugdual d'un ton amusé. Je te taquine, c'est tout !

— Drôle de sens de l'humour… fit remarquer Gus en bougonnant.

— En tout cas, l'avantage de toutes ces révélations, c'est que les Sauve-Qui-Peut prennent Orthon/McGraw au sérieux, maintenant. J'ai l'impression que tout le monde l'avait sacrément sous-estimé…

— Moi la première, reconnut Oksa. Vous croyez vraiment qu'il peut se métamorphoser ? demanda-t-elle aux deux garçons.

— Ce serait dramatique ! réagit Gus.

— C'est aussi mon avis, affirma Tugdual. Il aurait un sérieux avantage sur nous tous. Je viens d'en parler avec mon grand-père, il pense que le processus de métamorphose a perdu de ses effets depuis Témistocle. Mais qui peut savoir ? Avec Orthon/McGraw, je te l'ai dit, il faut s'attendre à tout. Surtout au pire.

— C'est sympa de nous rassurer ! ne put s'empêcher de lancer Gus.

— Je t'en prie, c'est tout naturel ! fit Tugdual avec un sourire mordant.

L'accalmie entre Gus et Tugdual n'avait pas duré longtemps, les voici qui s'asticotaient de nouveau, se lamenta intérieurement Oksa. Répondant à son instinct, elle décida de tenter une diversion en attirant à elle le verre de soda qui se trouvait sur son bureau. Le verre traversa la pièce en flottant sous le regard impénétrable de Gus qui était manifestement trop contrarié pour apprécier la manœuvre. Et son ressentiment fut loin de diminuer quand Tugdual alluma – depuis le lit et du bout des doigts – la petite bougie qui se trouvait sur le rebord de la fenêtre… Deux regards se braquèrent alors sur la Jeune Gracieuse : celui de Tugdual, complice et ensorcelant, et celui de Gus, désemparé, mais surtout profondément triste.

— Et alors, Tugdual ! s'exclama-t-elle pour chasser le trouble qui l'envahissait. Ça te fait quoi d'être un Murmou ?

— Pour le moment, rien ! avoua le jeune homme. Mon grand-père m'a surpris dans la cuisine tout à l'heure, j'essayais de passer à travers le mur et je dois reconnaître que je me suis bien ridiculisé sur le coup.

— Pourquoi ? lui demanda Oksa.

— Parce que je ne suis arrivé à rien d'autre qu'à me râper le bout du nez contre la cloison !

— Alors, t'es pas Murmou ! le défia Gus.

— Si, répliqua Tugdual. Il faut juste que je m'entraîne. Oksa sait ça mieux que moi : les dons sont une chose, mais sans préparation, c'est comme si tu avais des ingrédients sans avoir de recette. Alors, je vais bosser et on en reparle dans quelque temps…

— J'ai hâte de voir ça, dit Oksa.

— Moi aussi, P'tite Gracieuse ! Moi aussi…

Sur ce, il s'étira longuement et se leva.

— Bon, je vous laisse tous les deux. À plus tard…

— Salut, Tugdual, répondit Oksa.

Quant à Gus, il garda un silence buté jusqu'à ce que le bruit des pas du jeune homme s'évanouisse dans les escaliers.

— *P'tite Gracieuse*… marmonna-t-il. Je déteste quand il dit ça…

— Moi, j'aime bien, murmura Oksa, le regard dans le vague.

76

Une invitation comblée de danger

— Mais qu'est-ce qui se passe, les Foldingots ? Vous avez une drôle de couleur...

Oksa venait de rentrer du collège, escortée par son père qui était aussitôt reparti au restaurant. Sa mère sommeillait dans le salon, les traits tirés, son fauteuil roulant à côté d'elle et un téléphone à portée de main. Oksa n'avait pas osé la réveiller. Elle avait traversé le hall d'entrée à pas feutrés pour monter chez sa grand-mère. Et ce qu'elle avait devant les yeux était loin de la rassurer : non seulement les Foldingots étaient devenus presque translucides, signe de la violente panique qu'ils éprouvaient, mais leurs yeux rougis tournaient dans leurs larges orbites comme des toupies. Faute de pouvoir donner une explication, la Foldingote chancela en bredouillant des mots incompréhensibles. Pour finalement tomber sur le tapis, évanouie... Le Gétorix, pourtant si prompt à la moquerie, se précipita pour lui porter secours sans faire aucun commentaire. Ce qui s'avérait aussi inhabituel qu'inquiétant...

Oksa s'agenouilla près de la malheureuse et souleva délicatement sa tête pour la poser sur ses cuisses. En balayant du regard l'appartement de Dragomira, elle vit que toutes les créatures s'étaient recroquevillées aux quatre coins du salon. Quant à la Goranov, son feuillage tressaillait comme si un grand vent soufflait. La plante ultrasensible lutta quelques secondes contre l'émotion grandissante, puis toutes ses feuilles s'affaissèrent mollement, entraînant avec elles le tronc qui se mit à ployer vers le sol.

— Il s'est passé quelque chose ? Vous devez me dire ! dit Oksa au Foldingot décoloré et au Gétorix. Et d'abord, où est Baba ?

– La Vieille Gracieuse ? Ohohoh… se lamenta la Foldingote qui recouvrait à peine ses esprits.

– Il lui est arrivé quelque chose ? Mais dites-moi à la fin ! cria Oksa, les mains sur les hanches.

À grand renfort de gémissements et de soupirs, le Foldingot se lança enfin :

– Jeune Gracieuse, nous devons avoir le secret enfoui dans notre tête et la langue muette de fidélité, mais la gravité dépasse la discrétion qui est notre accoutumance. Le grand danger surveille la Vieille Gracieuse et elle va devant sa rencontre ! La force des Gracieuses est grande, mais le Félon a la ruse. C'est un outil de danger immense, la ruse ! La Vieille Gracieuse a cette connaissance, mais nous avons la peur terrorisante de l'insuffisance, la peur terrorisante…

Oksa fronça les sourcils.

– Tu veux dire que Baba court un danger ? Et qu'est-ce que c'est que cette histoire de Félon ?

– Le Félon Orthon/McGraw a offert l'invitation à la Vieille Gracieuse ! Il a donné la communication téléphonique une heure avant l'arrivée de la Jeune Gracieuse, et votre domesticité, nous les créatures, ont eu l'oreille dressée. Ils ont eu la compréhension de ce que le Félon disait… exposa le Foldingot en tordant frénétiquement ses oreilles fripées.

– McGraw a téléphoné à Baba ? Mais pourquoi ? l'interrompit Oksa, stupéfaite.

– C'est la vérité ! Le Félon Orthon/McGraw veut donner à la Vieille Gracieuse un secret sur son frère.

– Mais qu'est-ce que Léomido a à voir là-dedans ?

– Le Félon Orthon/McGraw a négligé les détails… Il a mis le poids sur le frère de la Vieille Gracieuse et sur un événement plein d'essence…

– Plein d'essence ? Qu'est-ce que ça veut dire ? l'interrogea Oksa, troublée.

– Essentiel, pas plein d'essence, espèce d'empoté ! soupira le Gétorix excédé.

– La moquerie est comblée d'inutilité, répliqua le Foldingot vexé en balançant vigoureusement son petit poing rageur en plein milieu de la figure du Gétorix qui s'écroula, sonné.

– Ho ! Ho ! intervint Oksa en prenant le Gétorix assommé dans ses bras. Ce n'est vraiment pas le moment de vous battre, vous ne croyez pas ? Je résume, Foldingot, dis-moi si j'ai bien compris : Baba a reçu un coup de fil de McGraw qui lui a demandé de venir le voir, car il a quelque chose à lui confier concernant Léomido. C'est bien ça ?

– C'est l'exactitude totale, Jeune Gracieuse, confirma la petite créature. La Vieille Gracieuse a fait l'oubli que son Foldingot connaissait tous les secrets Gracieux. Si la demande avait été formulée, son Foldingot aurait exposé le secret fraternel ! Mais la Vieille Gracieuse a fait la préférence de l'entendre dans la bouche du Félon... Notre anxiété est volumineuse, vous avez notre assurance. Nous avons la connaissance d'Orthon à Du-Dedans et le souvenir grandement mauvais...

– Je comprends... Mais maintenant, il faut agir ! Vous, vous restez là, vous veillez les uns sur les autres et vous ne vous battez pas ! ordonna Oksa en regardant sa montre. Et surtout – c'est extrêmement important –, si Baba et moi, nous ne sommes pas revenues avant vingt heures, tu préviens ma mère, Foldingot, et tu lui racontes tout ce que tu viens de me dire. Tu as bien compris ?

Le Foldingot approuva en hochant la tête avec fougue et sortit de la poche de sa salopette un petit papier plié en seize qu'il tendit à Oksa.

– Qu'est-ce que c'est ?

– La localisation du Félon Orthon, ma Jeune Gracieuse. Il a donné le positionnement de son habitation quand il a eu la communication téléphonique. Notre Vieille Gracieuse est là-bas !

– Merci, Foldingot !

Oksa lui tapota brièvement la tête, tourna les talons et dégringola les escaliers à toute vitesse, téléphone portable à la main.

– Gus ! Il faut que tu viennes tout de suite ! On a un gros souci...

– Si nos parents apprennent qu'on est sortis en cachette, ils vont hurler. . murmura Gus d'un air crispé. Ça va être notre fête..

– T'inquiète ! lui lança Oksa. De toute façon, on n'a pas le choix, on ne peut pas laisser Baba toute seule avec McGraw, quand même !

– Ta grand-mère est folle d'être allée chez lui sans rien dire à personne, c'est vraiment de l'inconscience…

– Allez, viens, ne perdons pas de temps !

– Qu'est-ce qu'on va dire à ta mère ? demanda Gus.

Pour toute réponse, Oksa entraîna son ami vers le salon où Marie était désormais réveillée.

– Maman, Gus et moi, on a un exposé à faire, on en a pour un bon moment !

– D'accord, ma chérie. Je ne vous dérangerai pas…

Puis, au lieu de remonter dans sa chambre, la jeune fille attrapa Gus par le bras et ouvrit la porte d'entrée, les yeux plissés et le souffle suspendu. Les deux amis s'échappèrent en courant vers la bouche de métro la plus proche.

– Ça craint… marmonna Gus en jetant un regard plein de désapprobation à Oksa. Mentir comme ça à ta mère, c'est moche…

– C'est pour la bonne cause, Gus. N'oublie pas que Baba est en danger !

Vingt minutes plus tard, les deux collégiens, haletants et en nage, se cachaient derrière une voiture pour observer de l'autre côté de la rue une des maisons cossues de ce quartier tranquille à quelques kilomètres du centre-ville.

– Tu es sûre que c'est là ?

– Oui, regarde, numéro 12 !

La maison en face d'eux s'élevait sur trois étages. C'était une ancienne bâtisse du même style que toutes celles accolées le long de la rue. Une bande de grès partait du sol pour monter jusqu'aux fenêtres ornées de lourds rideaux violets du rez-de-chaussée surélevé. Un portail en fer forgé s'ouvrait sur un étroit parterre d'herbe au milieu duquel était planté un buisson touffu. Non loin, un petit auvent à colonnades abritait la porte d'entrée.

– T'as un plan ? chuchota Gus à Oksa.

– Oui… On va commencer avec lui, répondit-elle en plongeant la main dans son sac en bandoulière.

— Jeune Maîtresse, dit le Culbu-gueulard, dodelinant sur la paume de la main d'Oksa. Une requête ? Une mission ? Je suis à votre service !

— Écoute-moi, mon Culbu-gueulard, tu vas aller jusqu'à la porte d'entrée de cette maison et tu vas vérifier si elle est fermée à clé. Ensuite, tu reviens nous le dire, d'accord ?

— OK, bien reçu !

Et tel un gros bourdon, le Culbu-gueulard très motivé s'éloigna en voletant. Quelques secondes plus tard, il se posait de nouveau sur la paume d'Oksa.

— Culbu-gueulard de la Jeune Gracieuse, au rapport ! s'exclama-t-il en se balançant. La porte de cette maison est fermée à double tour de l'intérieur, double serrure, barillet et pêne en acier trempé, gâche sécurisée.

Gus siffla discrètement entre ses dents, impressionné par ces précisions techniques.

— Tu as dit que c'était fermé de l'intérieur ? Comment le sais-tu ? demanda Oksa.

— La clé est dans la serrure, Jeune Maîtresse. Vous avez une autre mission ?

— Non, merci, mon Culbu-gueulard.

— Il y a donc quelqu'un dans la maison. Mais tout ça ne nous dit pas si on est au bon endroit, fit remarquer Gus, pas très à l'aise.

— Attends une seconde ! répliqua Oksa en lui montrant sa Crache-Granoks.

Elle souffla dans le petit tube et aussitôt en émergea une Reticulata.

— Regarde ! lança Oksa en braquant la méduse-loupe vers la boîte aux lettres, réduisant à néant le dernier espoir de Gus. C'est écrit *McGraw*... Mais regardons un peu par où on pourrait entrer.

Après avoir scruté la façade de la maison à travers la méduse-loupe, les deux amis arrivèrent à une conclusion périlleuse : Oksa devait passer par la fenêtre du deuxième étage qui semblait mal fermée, descendre au rez-de-chaussée et ouvrir la porte principale depuis l'intérieur pour faire entrer Gus. Ce dernier avait visiblement autant envie de pénétrer chez McGraw qu'il avait eu envie de descendre dans la crypte du collège...

– Fais pas cette tête ! On ne peut pas faire autrement... Ne crains rien, ma Crache-Granoks est pleine à craquer, lança Oksa avec un clin d'œil. Et puis tu oublies ça !

Tout en fixant Gus, elle s'éleva alors d'une dizaine de centimètres.

– Voltical en pleine rue ? Tu abolis tous les interdits, ma vieille !

– Eh ! Aux grands maux les grands remèdes ! Ou au grand McGraw les grands moyens, je devrais dire, ajouta-t-elle en pouffant nerveusement.

– Fais gaffe quand même... Je vais faire le guet pendant que tu grimpes.

La nuit approchait maintenant et Oksa, profitant du crépuscule qui assombrissait le ciel, traversa la rue d'un pas ferme. Le portail en fer forgé émit un faible grincement au moment où elle le poussa, ce qui porta une légère atteinte à sa détermination. Mais elle continua d'avancer avec courage, même si, au fond d'elle, elle était loin de ressentir la solide assurance qu'elle affichait. « *Allez, Oksa, vas-y ! T'es une ninja, ne l'oublie pas !* » se dit-elle pour se motiver.

Les paroles que son père prononçait parfois lors de leurs séances de karaté lui revinrent très opportunément à l'esprit : « Si tu penses que tu peux le faire, Oksa-san, c'est que tu peux le faire. Sinon, oublie. » Et avant de s'élever le long de la façade de pierre, elle regarda le mur et s'autorisa une pose de kung-fu, mains dressées devant elle et jambe gauche tendue vers l'arrière. « *Incurable... Cette fille est incurable* », pensa Gus en levant les yeux au ciel d'un air aussi amusé que désespéré.

Deux secondes plus tard, Oksa s'agenouillait sur le bord de la fenêtre du deuxième étage. Elle poussa l'encadrement et la fenêtre, effectivement mal fermée, s'entrouvrit sans difficulté. Elle s'engouffra alors à l'intérieur de la maison, comme engloutie par l'obscurité.

– Mais qu'est-ce qu'elle fabrique ? Elle s'est endormie dans la chambre de McGraw ou quoi ?

Gus trépignait d'impatience et d'appréhension. Une fois qu'Oksa eut disparu au deuxième étage, il avait traversé la rue et s'était agenouillé devant le muret, côté trottoir. Là, les yeux fixés sur la porte d'entrée, il lui semblait avoir attendu pendant des heures quand son amie, le regard brillant, lui ouvrit enfin de l'intérieur.

— T'en as mis du temps... marmonna-t-il en se précipitant.

— J'en ai profité pour visiter ! lui répondit Oksa d'un air espiègle. Allez, viens !

— Ça fait bizarre de se retrouver là.

— Tu m'étonnes ! murmura Oksa. Je n'imaginais pas ça comme ça...

— Tu pensais peut-être trouver des cercueils en guise de lits ? Des candélabres dégoulinants de bougies noires et des vases en forme de tête de mort, hein, c'est ça ? chuchota Gus en donnant un coup de coude à son amie.

Si cela avait été le cas, alors Oksa devait être bien déçue, car le vestibule et ce qu'on apercevait du salon étaient dominés par les couleurs claires. Les meubles et les murs, peints en blanc, donnaient une impression très sobre sans être sévère. Oksa et Gus s'avancèrent dans le salon : deux canapés beiges à fines rayures encadraient une table ronde recouverte d'une nappe immaculée. Le long des murs, des consoles en bois blond servaient de supports à des lampes à breloques cristallines ou à des bustes de plâtre. Un cadre accroché au mur attira l'attention de Gus.

— Oksa ! appela-t-il à mi-voix. Regarde, ça ne serait pas la fameuse île dont parlait Mortimer ?

Oksa s'approcha et tous deux observèrent la photo encadrée. Selon toute vraisemblance, il s'agissait bien d'une île. Ses côtes étaient très découpées et abritaient de nombreuses criques battues par l'écume des vagues furieuses. Au loin, derrière des collines pelées, on pouvait apercevoir une bâtisse de pierre grise. Mais la visite de la pièce fut brutalement interrompue par des bruits de voix étouffées semblant parvenir de la cave. Oksa prit sa Crache-Granoks d'une main et posa spontanément l'autre sur l'avant-bras de Gus.

Tous les deux se dirigèrent vers la petite porte qui se trouvait sous l'escalier.

— Tu es sûre que ça vient de là ? chuchota Gus, le cœur battant et le visage livide, peu enthousiaste à l'idée de descendre au sous-sol.

– J'ai regardé partout, la maison est vide, Gus ! Il ne reste que la cave, répondit Oksa en indiquant l'accès.

Une fois de plus, elle avait raison. Dès qu'ils eurent entrebâillé la porte, les échos d'une voix se firent entendre beaucoup plus nettement. Une voix qu'ils connaissaient bien : celle de Dragomira…

77

La face cachée de Dragomira

Oksa et Gus descendirent les premières marches avec le plus de discrétion possible, le dos collé au mur, la respiration suspendue. Une pâle lumière venait du fond de la cave. Mais l'escalier, tout en les protégeant de son ombre, les empêchait d'avoir une vue d'ensemble.

Soudain, un tumulte épouvantable éclata, immédiatement suivi par un cri étouffé. Oksa serra très fort le bras de Gus qu'elle tenait toujours et le regarda avec anxiété. Ils attendirent – une éternité, leur sembla-t-il – qu'une voix se fasse entendre.

– Alors ! Qu'en dis-tu ? J'ai perfectionné mon style depuis toutes ces années, tu ne trouves pas ?

Horreur ! C'était la voix de McGraw ! Centimètre par centimètre, Oksa descendit une marche, puis une autre, le souffle court et le cœur cognant contre sa cage thoracique. Derrière elle, Gus sentait ses jambes flageoler et son courage le quitter. Cette descente dans la cave de McGraw ressemblait de plus en plus à une descente vers l'enfer…

– Cette histoire a fait de toi un monstre ! lui répliqua Dragomira. Quel dommage… J'appréciais tant celui que tu étais à Du-Dedans… Tu aurais pu être quelqu'un de bien, mais tu es devenu comme ton père !

– Ne parle pas de mon père ! grinça McGraw en retour. Notre *vertueuse* Malorane ne vaut pas mieux. Mais regarde plutôt, j'ai quelque chose pour toi, ma chère petite Dragomira. Une surprise pour fêter nos retrouvailles… Je désespérais de pouvoir l'utiliser un jour, mais tu m'offres aujourd'hui une magnifique occasion de le faire !

Un grand fracas ébranla alors les cloisons et tout se mit à vibrer comme s'il y avait un tremblement de terre. Du sol au plafond, la maison tout entière semblait gronder. Un effroyable cri résonna. Un cri empreint d'une terreur intense, suivi du vacarme inquiétant d'objets brisés. Oksa jeta un regard affolé à Gus. Et si Dragomira était blessée ? Ou pire ? Gus tirait le bras de son amie dans l'espoir de la conduire vers le haut de l'escalier. Car ce qui se passait à quelques mètres d'eux était loin de ressembler à une rencontre amicale Il aimait beaucoup Dragomira, mais, à ses yeux, il paraissait fort peu judicieux de rester là, dans cet escalier. Et encore moins d'intervenir ! Il fallait plutôt quitter cette maison cauchemardesque et donner l'alerte. Cependant, Oksa n'avait pas l'air de partager son avis. Sa Crache-Granoks prête à l'emploi, elle attirait son ami vers le bas, vers cette cave dans laquelle pouvait les attendre aussi bien le pire que le meilleur. Et une fois de plus, le cœur prêt à se décrocher, Gus céda et se laissa entraîner.

À peine avaient-ils descendu quelques marches que les deux camarades entendirent des pas qui s'avançaient vers la cage d'escalier. Un grognement furieux leur fit comprendre qu'ils étaient découverts. Ils se figèrent sur place, incapables de descendre ou de fuir. Sur le sol, une ombre se dessina, se rapprocha et couvrit les premières marches. Soudain, l'ombre fit place à une personne de chair et d'os. Terrorisée, Oksa poussa un cri perçant et Gus fut pris d'un vertige avec l'horrible sensation qu'il allait mourir dans la seconde. Ils avaient une chance sur deux de se trouver face à Dragomira au bas des escaliers.

— MAIS QU'EST-CE QUE VOUS FAITES LÀ ?

OUF ! La chance était de leur côté ! Car c'était bel et bien la Baba Pollock qui, sourcils froncés et mains sur les hanches, se trouvait devant eux ! Gus préféra ne pas imaginer ce qui se serait passé si c'était McGraw qui était apparu…

— Baba ! J'ai bien failli te lancer une Granok ! Je crois qu'on vient d'avoir la peur de notre vie, s'exclama Oksa en sautant au cou de sa grand-mère.

— Qu'est-ce que vous faites là ? répéta Dragomira d'un air irrité, tout en se dégageant de l'étreinte d'Oksa.

— J'espère que tu ne vas pas lui en vouloir… C'est ton Foldingot qui m'a dit que McGraw t'avait appelée et que tu étais partie chez lui. Il angoissait, si tu l'avais vu ! Et moi aussi d'ailleurs. Alors, avec Gus, on a décidé de venir t'aider, mais on arrive trop tard, on dirait ! Tu n'as besoin de personne, t'es trop forte, Baba !

— Qui est au courant que vous êtes là ?

— Euh… personne… bredouilla Oksa en regardant ses pieds.

— Personne ? fit Dragomira d'un air abasourdi.

Elle marqua un léger arrêt avant de reprendre en regardant sévèrement les deux amis :

— Ce que vous avez fait est très imprudent. Vous auriez pu être blessés ! Mais bon, tout cela est inattendu, cependant je dois admettre que c'est plutôt providentiel…

À ces mots, le visage de la vieille dame changea totalement d'expression, affichant une satisfaction surprenante. Elle s'approcha d'Oksa et posa avec autorité la main sur son épaule. Puis, se tournant vers Gus, elle ajouta :

— Je te remercie d'avoir accompagné ma petite-fille, lança-t-elle avec une sécheresse dans la voix que les deux amis ne lui connaissaient pas. Tu peux rentrer chez toi maintenant, tes parents vont s'inquiéter. Moi, j'ai des choses à voir avec Oksa…

Et Dragomira poussa Gus du plat de la main, l'invitant avec fermeté à sortir de la cave, sinon de la maison. Avec un étonnement croissant, le regard de Gus croisa celui d'Oksa. Jamais Dragomira ne l'avait congédié de cette façon ! Elle devait être un peu perturbée par cette rencontre qui semblait avoir été plutôt brutale, vu l'état de la cave… Elle insista de nouveau pour que Gus quitte la maison et le jeune garçon n'eut pas le choix. Il gravit l'escalier à reculons, les yeux fixés sur Oksa et le cœur étrangement plombé.

— Bon… À plus tard, Oksa ! Je t'appelle.

Mais sitôt arrivé dans le vestibule, il se dirigea vers la porte d'entrée, l'ouvrit et la claqua aussitôt de l'intérieur en faisant le plus de bruit possible. Puis, dans le plus complet silence, il revint sur ses pas jusqu'à la porte de la cave restée grande ouverte et redescendit l'escalier à pas feutrés.

— Où est McGraw, Baba ? interrogea Oksa, une fois qu'elle eut entendu la porte d'entrée claquer. Tu lui as explosé la tête, j'espère !

— Ça te plairait, n'est-ce pas ? répondit Dragomira avec un petit rire. Regarde, il est là-bas, vautré par terre *comme un chien* !

Elle pointa le doigt vers une petite pièce attenante à la cave principale. Tout au fond de cette remise encombrée de bric-à-brac, dans une obscurité quasi complète, Oksa distingua une silhouette gisant sur le sol, le corps tordu de douleur. Un gémissement guttural parvint jusqu'à elle et la fit frissonner.

– Je ne lui ai pas encore explosé la tête, comme tu dis, précisa Dragomira. Mais puisque tu sembles le souhaiter, je peux exaucer ton souhait, ma chère Oksa !

– Enfin, c'était juste une façon de parler... précisa Oksa, effarée d'avoir été prise au mot et redoutant de voir une telle chose arriver un jour devant elle, même sur l'ignoble McGraw...

– Ensuite, puisque tu es venue jusqu'à moi, continua Dragomira en ignorant la remarque d'Oksa, nous pourrons partir. Tout sera alors beaucoup plus simple !

Oksa regarda Dragomira avec stupéfaction. Sa grand-mère avait dû recevoir une Granok de Cafouillis, car son cerveau paraissait un peu dérangé. Oui, il était temps qu'elles partent et que Dragomira prenne une de ces excellentes tisanes dont elle avait le secret afin que ses neurones retrouvent leur place... Oksa plissa les yeux pour percer l'obscurité, attirée par les gémissements de McGraw. Elle se sentait à la fois fascinée et troublée par les contorsions rageuses du corps de son ennemi juré. Des sons étranges troublèrent le silence de mort, des sons incompréhensibles desquels se dégageait une impression de fureur.

Dragomira s'approcha d'elle pour la repousser vers l'escalier.

– Attends-moi là ! Je n'en ai que pour une minute...

Et elle se posta dans l'encadrement de la petite pièce pour lancer avec mépris en direction de McGraw :

– Regarde ! Comme tu peux le constater, Oksa est là, près de moi. Tel est le destin, la boucle est bouclée, n'est-ce pas ? Elle va pouvoir me mener jusqu'à Édéfia sans que personne nous mette des bâtons dans les roues. Il y a plus de cinquante ans que j'attends ce moment... Quoi ? Que dis-tu ? Toi aussi ? Oui, peut-être, mais tes projets sont loin d'atteindre la dimension des miens. Mais avant que je parte définitivement avec ma petite-fille, je vais te donner un échantillon de l'enfer !

Dragomira tendit le bras devant elle et ouvrit la main en écartant les doigts. D'où elle se trouvait, Oksa vit de fins filaments lumineux s'en échapper en grésillant et distingua fugitivement le corps de McGraw projeté contre le plafond. Elle grimaça en entendant le terrible impact du corps qui retombait lourdement sur le sol, suivi aussitôt d'une plainte rauque. Un sourire figé aux lèvres, Dragomira se retourna pour la regarder avant de renouveler sa redoutable attaque. Le cri que poussa McGraw fut encore plus déchirant que le précédent. Tout en sentant une sueur glacée descendre le long de sa colonne vertébrale, Oksa crut entendre un faible murmure, une voix à peine audible qui disait dans un souffle « ma Douchka ». Comme si la situation n'était pas assez compliquée, voilà que son imagination se mettait à lui jouer des tours !

Elle secoua la tête et recula vers l'escalier alors que Dragomira s'exclamait victorieusement à l'intention de McGraw :

— Alors ! Qu'as-tu fait de ta superbe arrogance ?

Oksa la regarda avec ahurissement : comment sa grand-mère, qui n'aurait pas fait de mal à une mouche et qui prônait le respect pour toutes les formes de vie, pouvait-elle prendre un tel plaisir à faire souffrir quelqu'un ? C'était une facette qu'elle ignorait. Et qui ne lui plaisait pas particulièrement… Pour ne rien arranger, ce désagréable sentiment fut vite amplifié par le Curbita-peto qui ondulait avec fébrilité autour de son poignet… Il n'y avait aucune raison de s'inquiéter, pourtant… une véritable panique envahit bientôt la jeune fille, comme si le processus était inversé : le Curbita-peto faisait tout pour *l'affoler* ! Certes, elle n'oubliait pas qu'elle se trouvait dans la maison de McGraw. Mais c'était Dragomira qui avait le dessus. Et largement ! Tant qu'elle était avec elle, elle ne risquait rien, même si la Baba Pollock se montrait sous un jour qu'Oksa n'aurait jamais soupçonné. Alors, pourquoi le Curbita-peto s'activait-il autant ? Et voilà que le Culbu-gueulard s'y mettait lui aussi ! Émergeant du petit sac d'Oksa, il voleta jusqu'à l'oreille de sa jeune maîtresse pour y glisser quelques mots.

— Qu'est-ce que tu dis ? lui murmura-t-elle en le regardant d'un air incrédule. Je n'ai pas compris.

— Les grands-mères ne sont pas ce qu'elles ont l'air d'être… répéta la petite créature.

— Ce n'est pas le moment de faire de la psychologie, mon Culbu, répliqua Oksa à voix basse. C'est déjà bien assez compliqué comme ça.

— Oksa ! Pssssss… Oksa…

Oksa se retourna : Gus était là ! Au pied de l'escalier, il la regardait, pâle et haletant, l'air terrorisé, mais déterminé à rester près de son amie.

– Gus ! Qu'est-ce que je suis contente que tu sois là ! murmura Oksa en jetant des coups d'œil anxieux vers sa grand-mère qui s'affairait toujours sur le seuil de l'autre pièce.

– Il y a quelque chose qui ne colle pas ! souffla Gus.

– Tu m'étonnes ! Il faut qu'on aille voir… dit Oksa en se rendant à cette dangereuse évidence. On n'a pas le choix ! Ça va aller ? ajouta-t-elle en plongeant son regard gris dans les yeux épouvantés de Gus.

– Je suis mort de trouille, si tu veux tout savoir, répondit Gus. Mais t'as raison, il faut qu'on aille voir qui est dans cette pièce ! Grouille-toi !

Gus derrière elle, Oksa s'approcha de Dragomira à pas de loup. Arrivée tout près du seuil de la pièce obscure, elle saisit sa Crache-Granoks et prononça intérieurement :

Par le pouvoir des Granoks
Déchire ta coque
J'en appelle aux Trasibules
Qu'elles m'éclairent de leurs tentacules.

Aussitôt, une minuscule pieuvre orangée s'échappa de l'embouchure de la Crache-Granoks et s'éleva en l'air, projetant dans la cave une lumière si vive qu'elle aveugla Dragomira et Gus qui furent pris par surprise. Oksa, la main en visière au-dessus des yeux, s'avança et jeta un rapide coup d'œil dans la pièce.

Et le redoutable pressentiment qu'elle avait eu se confirma…

– BABA ?! s'exclama-t-elle.

Affolée, elle manqua de tomber à la renverse. Au fond de la pièce, effondrée dans l'angle d'un mur, se trouvait Dragomira – une deuxième Dragomira ! –, le corps désarticulé et le visage en sang !

78

Sauvetage en pleine cave

La Dragomira qui se trouvait au fond de la petite pièce était dans un état effroyable. En voyant Oksa, elle s'affaissa encore davantage contre le mur et des larmes se mirent à couler en traçant un sillon sur ses joues salies par la poussière et par le sang coulant de son crâne. Elle leva les yeux vers Oksa et les plongea dans les siens. Oksa tressaillit, choquée par la douleur et la tristesse qu'elle pouvait lire dans ce regard implorant.

– Tiens, tiens, mais voilà ce cher Orthon qui tente une ruse ! Très habile, Orthon ! Mes félicitations !

Oksa se figea d'effroi : la première Dragomira venait d'enlacer ses épaules et l'attirait contre elle avec fermeté. La jeune fille, désemparée, regarda la vieille dame qui la maintenait impérieusement contre elle – une façon de la protéger, peut-être ? –, puis la seconde vieille dame qui semblait lutter contre l'évanouissement.

– Qu'est-ce que ça veut dire ? bredouilla Oksa.

– Ma chère petite, répondit la première Dragomira, Orthon a tout simplement utilisé la métamorphose et tente en ce moment même de se faire passer pour *moi* !

– La métamorphose ? Ça marche, alors ! s'exclama Oksa.

– Bien sûr que ça marche ! C'est remarquable, n'est-ce pas ? Même si notre cher Orthon n'a pu s'empêcher de rajouter quelques éléments mélodramatiques pour t'apitoyer… Tout ce sang, Orthon, était-ce bien nécessaire, franchement ? ajouta-t-elle d'un air écœuré en direction de la seconde Dragomira.

Puis, regardant Oksa droit dans les yeux, elle lui dit d'un ton farouche :

– Ne te laisse pas émouvoir, ma chère petite ! La métamorphose est faite pour leurrer le monde, tu ne dois pas te laisser piéger par ces yeux larmoyants. Cet homme n'a que ce qu'il mérite. Édéfia est à nous, rien qu'à nous... Et je ne laisserai personne se mettre en travers de mon chemin. Dis-toi bien une chose : c'est lui ou moi. Et lui n'hésiterait pas à en finir avec moi si j'étais à sa place. N'est-ce pas, Orthon ?

– Oksa, ma Douchka, par pitié ne l'écoute pas, implora la Dragomira *bis* d'une voix très faible. Regarde-moi et tu sauras que c'est moi !

– Tais-toi ! cria la première Dragomira. Tu n'arriveras pas à nous tromper ! Je suis Dragomira Pollock, la seule et, surtout, *la vraie* !

– Qu'est-ce qui prouve que vous nous dites la vérité ? dit une voix mal assurée derrière elle.

La première Dragomira se retourna brusquement en entraînant Oksa avec elle. Elle scruta la pénombre et aperçut dans l'angle opposé celui qui venait de l'interpeller, droit comme un « I » mais tremblant de peur.

– Ooohhh, Gus ! dit-elle avec agacement en s'approchant du jeune garçon. Non seulement tu désobéis, mais en plus tu choisis le mauvais camp... Une double erreur que tu peux corriger en te joignant à nous, il est encore temps. Viens retrouver ton amie !

– Oksa ! ATTENTION ! hurla Gus en plongeant sous un établi vermoulu.

Sur le seuil de la petite pièce, la seconde Dragomira venait d'apparaître en chancelant, un filet de sang coulant de son crâne blessé !

Il y avait un problème, un gros problème !

Entraînant toujours Oksa avec elle, la première vieille dame s'avança dans la cave en renversant sur son passage à grands coups d'éclairs électriques tout ce qui entravait sa progression vers la seconde Dragomira. Les casiers en bois sur lesquels reposaient des bouteilles voltigèrent, répandant du vin sur les murs et du verre brisé sur le sol. L'ampoule suspendue par un cordon se mit à remuer furieusement au plafond en projetant une lumière agitée. Terrifiée, Oksa essaya de se dégager de l'étreinte de « la » Dragomira qui la serrait de plus en plus fort contre elle. Il fallait qu'elle trouve un moyen d'y voir plus clair. Elle avait face à elle deux Dragomira et la logique, la réalité, la vie voulaient que Dragomira soit unique ! Mais laquelle des deux était la bonne ? Son cerveau s'emballait, s'emmêlait, l'empêchant d'avoir la clairvoyance dont elle avait plus que besoin à cet instant précis. La réflexion étant compromise, son instinct lui commanda alors de choisir l'action. En un quart de seconde, elle effectua une des manœuvres qu'elle préférait : le décollage express. S'arrachant de l'étreinte qui la retenait, elle s'élança prestement vers le plafond et, d'une pirouette arrière, se posa sur une table au fond de la cave.

— Baba ! Montre-toi, s'il te plaît ! Aide-moi ! cria-t-elle d'un ton suppliant.

— Oksa, c'est moi, ma petite-fille, je suis ta grand-mère Dragomira ! Aie confiance en moi, dit la première Dragomira en s'avançant lentement vers elle, les yeux implorants.

— Ne crois pas cet imposteur, ma Douchka, je suis ta Baba, ta Baba qui t'aime et qui t'aimera toujours, répliqua la Dragomira *bis*, voûtée et tremblante.

Les deux Dragomira braquaient leur Crache-Granoks l'une sur l'autre et Gus lui faisait des signes qu'elle était incapable de comprendre. Quel cauchemar... Oksa fouilla alors dans son sac sans quitter des yeux les deux femmes. Des pieds à la tête, elles étaient en tout point identique. Cette métamorphose était incroyable ! Même visage, mêmes cheveux nattés en couronne, mêmes vêtements... Il était impossible de les distinguer. Sauf que l'une affichait un air beaucoup plus abattu et plus ensanglanté que l'autre. Ce qui n'avait rien d'étonnant étant donné la dose de sorts violents qu'elle avait reçue. C'était même étonnant qu'elle tienne encore debout !

Oksa ouvrit son Coffreton et saisit un Excelsior qu'elle avala immédiatement, dans l'espoir que son cerveau lui permette d'y voir plus clair. Son instinct ne suffirait jamais à dégager le vrai du faux. Son cœur penchait en faveur de la Dragomira *bis*, mais plus par déduction que grâce à des preuves indiscutables. Depuis son arrivée dans la cave, la première Dragomira lui avait semblé bizarre. Son comportement et son discours tranchaient avec ce qu'elle connaissait de sa grand-mère bien-aimée. Mais la situation était exceptionnelle et pouvait affecter les tempéraments les plus solides... L'aspect pitoyable de la Dragomira *bis*, ce visage ravagé, ce corps agité de spasmes douloureux influaient aussi sur ses sentiments. En supposant que la vraie Dragomira soit la première, Oksa trouvait atroce l'acharnement de sa grand-mère contre un homme à terre, brisé par la douleur. Même si McGraw était l'ennemi juré de sa famille, des Sauve-Qui-Peut et d'Édéfia, il y avait sûrement un autre moyen de le neutraliser. Le combat avait été déloyal. Et inégal. Jamais plus elle ne verrait sa Baba de la même façon…

Mais l'heure n'était pas à ce genre de considérations. Le plus urgent était de savoir laquelle des deux femmes était sa grand-mère et de se sortir de ce guêpier. En vie, si possible…

– Comment s'appelait ton mari, Baba ? lança sèchement Oksa à la Dragomira *bis* appuyée contre un pilier.

– Vladimir Pollock, ma Douchka, mais je pense qu'Orthon le sait. Ne te fie pas à ma réponse…

– Bon, alors, à toi ! continua Oksa en braquant son doigt sur la première Dragomira. Où les parents de Jeanne Bellanger sont-ils morts ?

– En Tchécoslovaquie, ma Douchka, pendant les événements de Prague en août 1968. Ils ont été tués par les militaires soviétiques. Et ça, je ne pense pas qu'Orthon le sache.

– Ne l'écoute pas, Oksa ! s'écria la Dragomira *bis* d'une voix éraillée. Orthon pourrait très bien le savoir, il nous surveille depuis des années, rappelle-toi la liste !

– Tais-toi ! répliqua la première Dragomira en agitant sa Crache-Granoks. Ta famille n'a jamais su que semer le chaos et, à cause d'elle, j'ai été séparée de mes parents ! Mais aujourd'hui, tu vas payer pour tout ce que les tiens ont fait…

– AR-RÊ-TEZ ! hurla Oksa, le cœur broyé par le doute.

Elle jeta un regard éploré à Gus qui tentait depuis un bon moment de lui faire comprendre quelque chose. Il montrait son majeur droit en le serrant de sa main gauche d'un geste discret, mais éloquent… Et c'est alors qu'Oksa comprit.

La bague !

Ses yeux allèrent de l'une à l'autre des deux mains : la bague qu'elle avait remarquée chez McGraw dès le jour de la rentrée, la magnifique bague en argent torsadé, ornée de la pierre couleur ardoise aux reflets mouvants, était au doigt de la première Dragomira ! Un vertige de panique la saisit. Comment savoir ? Comment être sûre que McGraw n'avait pas procédé à un échange et mis sa bague au doigt de la vraie Dragomira pour semer le doute ?

Les deux femmes se faisaient toujours face, ne se quittant pas des yeux un seul instant. Le corps raidi de nervosité, Oksa regarda Gus, perdue. Le jeune garçon soufflait maintenant dans sa main, entre ses doigts enroulés qui formaient un tube. Qu'est-ce que ça voulait dire encore ? La Crache-Granoks ? Qu'avait donc dit Abakoum à propos des Crache-Granoks ? Il fallait se souvenir… Elles étaient toutes personnelles et différentes, personne ne pouvait en utiliser une qui ne lui appartenait pas puisqu'elles ne reconnaissaient que leur propriétaire.

Différentes ! Oui ! C'était ça, la solution ! Oksa porta son regard sur les précieux tubes de chacune des Dragomira. La première tenait une Crache-Granoks en corne sombre striée de fins filets argentés. Quant à celle de la Dragomira *bis*, elle était plus claire, d'un blanc légèrement rosé, incrusté de minuscules éclats d'or et de pierres précieuses. Oksa se concentra de toutes ses forces. « *Ninja-Oksa, essaie de te souvenir, la Crache-Granoks de Baba… C'est pourtant pas compliqué !* » Avait-elle déjà vu la Crache-Granoks de Dragomira ? Aargghh ! Oksa s'embrouillait rageusement dans ses souvenirs.

Soudain, une image se dégagea parmi les nombreuses qui se chahutaient aux portes de sa mémoire et la projeta quelques mois plus tôt, dans la cuisine de Léomido. Dragomira avait sorti sa Crache-Granoks pour faire une démonstration de Reticulata. Une Crache-Granoks presque blanche étincelant de mille petits feux ! Oui, mais le problème était le même que pour la bague d'identité : McGraw avait peut-être poussé le détail jusqu'à échanger les Crache-Granoks ? C'était une question sans fin. Et surtout, sans réponse… Oksa n'eut pas le temps de s'interroger davantage : une créature voûtée et décharnée surgit soudain des profondeurs de la cave et sauta sur le dos de la seconde Dragomira.

— Vieille pourriture ! Je vais t'égorger comme la truie que tu es !

En reconnaissant l'Abominari, Oksa tendit précipitamment la main en avant et, dans un puissant Knock-Bong, l'envoya à l'autre bout de la cave. Mais l'épouvantable monstre avait une résistance – et une motivation – à toute épreuve. Il se remit aussitôt sur ses pattes et fonça de nouveau en direction de la seconde Dragomira.

– Vermine ! Tu vas crever dans cette cave et moisir pour l'éternité !

Oksa n'eut pas le temps de réagir que l'Abominari griffait déjà violemment le torse de la vieille dame de ses ongles immondes, avant de s'enfuir par l'escalier de la cave. Sa malheureuse victime poussa un cri de douleur et sa robe se déchira, découvrant un médaillon qui brillait d'une lueur incandescente. Le médaillon de Malorane ! Sans l'ombre d'une hésitation, Oksa leva alors sa Crache-Granoks et souffla après avoir prononcé mentalement la formule consacrée. La première Dragomira se trouva aussitôt enlacée par une liane visqueuse.

– Mais qu'est-ce que tu fais, pauvre idiote ! Tu as perdu la tête ?

Le visage déformé par les grimaces que provoquaient ses blessures, la Dragomira *bis* s'approcha d'Oksa et la serra tendrement dans ses bras en lui murmurant :

– Ma Douchka...

– Baba... répondit Oksa avec un immense soulagement. Tu es salement blessée ! Il faut qu'on parte d'ici et que tu te soignes !

Gus s'approcha à son tour.

– Merci, Gus ! Tu as été extra ! s'exclama Oksa.

– C'est rien, ma vieille. Mais tu as raison, il faut qu'on parte d'ici, Dragomira est mal en point...

La Baba Pollock, prenant appui sur les deux amis, semblait lutter pour ne pas s'effondrer. En face d'eux, la première Dragomira retrouvait son aspect d'origine, à savoir celui du Félon Orthon/McGraw. Peu à peu, l'apparence qu'il avait revêtue s'effaçait. Son visage était presque complètement redevenu celui que Gus et Oksa connaissaient bien, dur et cruel. Les effets de la métamorphose étaient terminés et la rage intense qui se lisait dans le regard de McGraw et sur chacun de ses traits tendus par la fureur faisait froid dans le dos.

– Vous êtes vraiment un monstre ! lança Oksa en regrettant d'avoir pu ressentir de la pitié pour cet homme quelques minutes plus tôt.

Mais cette pitié ne pouvait pas être destinée à un être aussi abject, se rappela-t-elle aussitôt. Les grands principes avaient la vie dure chez les Sauve-Qui-Peut, ces derniers temps...

– Vous avez voulu tuer ma grand-mère ! Et vous avez rendu ma mère malade ! Je vous hais ! JE VOUS HAIS VRAIMENT ! hurla-t-elle, tout sentiment de compassion l'abandonnant.

Dragomira ferma les yeux et leva sa Crache-Granoks. Elle s'apprêtait à souffler quand son regard croisa celui de McGraw. Sa conscience, ébranlée, lui fit baisser le bras.

— Je ne peux pas… murmura-t-elle en se laissant tomber contre le mur. Je ne peux pas le tuer…

— Baba ! s'écria Oksa en s'agenouillant près de sa grand-mère à bout de forces. Gus ! Qu'est-ce qu'on va faire ?

— Je ne sais pas, Oksa, répondit Gus d'une voix hachée. Mais il va falloir trouver… VITE… ajouta-t-il, les yeux tournés vers l'escalier.

Oksa suivit son regard et vit une ombre étonnamment dense glisser le long des marches.

— Qu'est-ce que c'est que ce truc ? hurla Gus, terrorisé.

— Mon cher Abakoum, tu es là… prononça Dragomira d'une voix faible.

— Et voilà ta grand-mère qui se met à délirer ! s'affola Gus. On est foutus !

L'ombre descendit les marches et les atteignit bientôt. Gus, la main devant la bouche, se sentit vidé de la dernière goutte de son sang en se rendant à l'évidence : cette ombre n'était rattachée à rien ! Pas le moindre corps, pas le moindre objet, pas la moindre créature !

— La vache ! bredouilla-t-il. Je crois que la mort est en train de nous foncer dessus !

McGraw, immobilisé par la Granok d'Arborescens d'Oksa, fixait l'étrange phénomène. L'ombre interrompit sa progression et, dans un bruissement soyeux, se matérialisa. McGraw se démena alors comme un diable dans ses entraves en reconnaissant celui qui venait d'apparaître.

— Abakoum ! Abakoum, c'est bien toi ! s'exclama Oksa, bouche bée. Je le savais !

— Oui, ma chère petite, lui confirma le Veilleur de Dragomira.

— Mais cette ombre… bredouilla Gus.

— Homme-Fé, Homme de l'Ombre, je veille sur vous… répondit-il simplement. Ton Foldingot m'a tout dit, ajouta-t-il en regardant Dragomira d'un air triste. Je ferai ce que tu ne peux pas faire.

Il s'approcha d'elle et lui pressa l'épaule avec une infinie délicatesse. Les yeux pleins de larmes et de douleur, il lui jeta un dernier regard. Puis il sortit sa Crache-Granoks et, sans dire un mot, il souffla aussitôt en direction de McGraw.

Les yeux écarquillés, le Félon reçut de plein fouet la Granok propulsée. Au-dessus de sa tête se forma alors une spirale sombre tourbillonnant à une vitesse irréelle. McGraw se tordait le cou pour essayer de voir ce qu'Oksa et Gus regardaient avec tant d'intensité. Et quand il put avoir une brève vision de ce qui se passait à quelques centimètres au-dessus de lui, il blêmit, gémit et se contorsionna de plus belle pour échapper à la liane qui l'emprisonnait. Peine perdue… La spirale freina sa rotation et se stabilisa en une sorte de trou noir qui évoluait lentement, mais inexorablement en se rapprochant du crâne de McGraw.

Le premier cheveu atteint, le Félon *explosa* ! Des milliards de particules sombres jaillirent à travers l'Arborescens et furent aussitôt aspirées par le trou noir. Quelques secondes plus tard, il ne restait plus aucune trace de McGraw… Seulement quelques débris de lianes jaunes sur le sol et un nuage noir aux reflets inquiétants, flottant au ras du plafond.

– Qu'est-ce que c'est ? chuchota Oksa, horrifiée.

– Un Crucimaphila, Oksa, lui répondit Dragomira dans un murmure brisé. Le Globus Noir absolu…

Oksa fut parcourue d'un frisson glacial. Ainsi, voilà à quoi ressemblait le terrible Crucimaphila ! Gus, aussi impressionné qu'Oksa, chancela, mais tint bon. Quant à Abakoum, il rangea sa Crache-Granoks puis souleva Dragomira et la prit dans ses bras. Impatients de quitter enfin cette maison maudite, tous les quatre firent demi-tour pour s'engager dans l'escalier et retrouver le calme de la rue.

– Rentrons chez nous, mes enfants…

Et pendant que l'Homme-Fé les ramenait en voiture vers le centre-ville sous une pluie glacée, ils ignoraient que Mortimer McGraw leur avait succédé de peu dans la cave maudite. Au moment même où ils arrivaient à Bigtoe Square, le jeune garçon, en larmes, le cœur gonflé de rage mais aussi d'un espoir fou, serrait dans son poing une fiole pleine des particules du trou noir qu'était désormais devenu son père, le Félon Orthon/McGraw.

Puissiez-vous accepter la réception
de nos remerciements farcis de chaleur,
Vous

Les Pollockmaniaks, d'ici et d'ailleurs, soyez enveloppés de félicité pour avoir fourni le soutien permanent à Oksa et aux Sauve-Qui-Peut.

Bernard Fixot (s'il existait un Gracieux, ce serait lui) et l'équipe **XO**, dans leur tour haut perchée, le plaisir de les connaître rencontre l'immensité.

Frédérique, Chloé et tous les libraires, dont la confiance a produit l'entretien de notre élan.

Zoé, alias Petit Elfmagic, qui a fait l'expression de multiples râleries tout en donnant l'exemple de la grande patience.

Laura Csajagi qui, par son talent graphique, a fait le don d'un visage à Oksa et son entourage.

*
* *

Anne P. fait l'insistance pour donner le remerciement spécial à Cendrine W. pour sa pugnacité et son espérance comblée de certitude sans faille.

Cendrine W. fait l'attribution du remerciement particulier à Anne P. pour sa fidélité de Foldingote et pour le décryptage de l'esprit d'Insuffisant qui est le sien.

DÉJÀ PARUS

Oksa Pollock, tome 1, *L'inespérée*, XO Éditions, 2010
Oksa Pollock, tome 2, *La forêt des égarés*, XO Éditions, 2010
Oksa Pollock, tome 3, *Le cœur des deux mondes*, XO Éditions, 2011
Oksa Pollock, tome 4, *Les liens maudits*, XO Éditions, 2012

Cet ouvrage a été imprimé en France par

BUSSIÈRE

à Saint-Amand-Montrond (Cher)
en mai 2013

N° d'édition : 2422/27 – N° d'impression : 2003116
Dépôt légal : mars 2010